AMARILLO

 **W9-BAM-296**

Amarillo, Noelia
Suave como la seda?   WITHDRAWN

33090021623410   MARK   02/14

¿Suave como la seda?

¿Suave como la seda?

Noelia Amarillo

TERCIOPELO

© Noelia Amarillo, 2012

Primera edición: enero de 2013

© de esta edición: Roca Editorial de Libros, S.L.
Av. Marquès de l'Argentera, 17, pral.
08003 Barcelona
info@terciopelo.net
www.terciopelo.net

© del diseño de cubierta: imasd
© de la fotografía de cubierta: Michael Powell / Getty Images

Impreso por Egedsa
Roís de Corella 12-16, nave 1
Sabadell (Barcelona)

ISBN: 978-84-15410-42-3
Depósito legal: B. 30.526-2012
Código IBIC: FRD

Prólogo

Mayo de 2009

Una vez en casa, Darío recorrió paso a paso la habitación vacía que pertenecía, o mejor dicho, que había pertenecido a su hermana y su sobrina. Se subió a la litera, se tumbó sobre ella con los brazos detrás de la cabeza y una lágrima se le escapó por entre las pestañas fuertemente cerradas. Estaba vacía; ya no se oirían gritos infantiles, ni risas acompasadas, ni temblarían las paredes con las travesuras de Iris. Su hermana ya no le recriminaría continuamente que no dijera tacos, ni controlaría con precisión la nevera. No habría nadie en el salón por las noches cuando regresara del gimnasio. Nadie le preguntaría cómo había ido el día, ni le daría un beso en la mejilla cuando se fuera a la cama. Y no es que pensara que lo fuera a echar de menos. Seguro que estaría en la gloria solo en casa.

Otra lágrima rodó por su mejilla con ese pensamiento.

Ruth e Iris se habían marchado definitivamente. Su hermana mayor se había casado esa misma mañana y ya no había marcha atrás.

Durante los últimos meses había mantenido la esperanza de que su hermana mandara a la porra al energúmeno con el que se iba a casar. Pero en vez de eso, ese energúmeno había empezado a caerle bien. Y ahora se la había llevado. Y él se había quedado solo.

Otra lágrima más brotó de sus ojos cerrados.

¡Jo…petas! No estaba triste, no estaba llorando; era simple y llanamente un efecto secundario de todas las cervezas que había tomado durante la celebración. Ni más ni menos.

¡Pero es que todo se aliaba en su contra!

Héctor, su hermano pequeño, con el que había vivido toda su vida, había anunciado la semana pasada que había conseguido una beca y se iría a principios de junio, en menos de un mes, a vivir a Alicante. Ruth había señalado su intención de llevarse a papá con ella. Menos mal que había logrado convencerla de que no lo hiciera. No le faltaba más que encontrarse de buenas a primeras viviendo solo en esa casa que hasta hacía bien poco estaba llena de gente.

En fin. Se dio la vuelta en la cama e intentó concentrarse en pensamientos más agradables. Una imagen apareció en su mente. Una mujer alta, de espaldas estrechas, piernas largas con músculos bien definidos y el vientre liso, con los abdominales más marcados que los suyos propios. Sacudió irritado la cabeza. Había dicho «pensamientos más agradables», no pesadillas con brujas. Volvió a girarse en la litera. Un perfil afilado, de pómulos marcados y con un hoyuelo en la barbilla, enfatizado por el corte de pelo más extraño que hubiera visto en su vida, entró en su mente sin pedir permiso. Lo acompañaban unos ojos grises insolentes y unos labios carnosos que escondían unos dientes tan blancos y perfectos como perlas, tras los cuales se ocultaba la lengua más retorcida y venenosa que pudiera existir. Suspiró irritado. ¡Solo le faltaba acabar la noche pensando en una bruja! Bajó de la litera y se fue al cuarto que compartía con su hermano Héctor, que en esos momentos dormía a pierna suelta. Se tumbó sigiloso en su cama e intentó conciliar el sueño...

1

Veintitrés años atrás…

Las niñas ya no quieren ser princesas…
JOAQUÍN SABINA, *Pongamos que hablo de Madrid*

Abril de 1986

—Mira qué cosita más bonita —balbució el emocionado padre a la vez que ponía morritos y hacía el tipo de gestos exagerados que los adultos solo se permiten hacer ante los bebés porque están seguros de que estos jamás los van a recordar—, vas a ser toda una princesita.

—Va a ser la muchachita más lista del mundo, mira como abre los ojos y se fija en todo —comentó la madre, que como todas las mamás primerizas andaba algo corta de vista y muy sobrada de ilusión, porque lo cierto era que la recién nacida solo abría los ojitos para llorar y reclamar su ración de teta—. Ya verás, con lo observadora que es, seguro que será periodista, escritora, fotógrafa…

—Qué va, a mi muchachita no le va a hacer falta currar nunca; va a ser princesa —contradijo el padre, que precisaba con urgencia de un babero para limpiarse la saliva que se le caía al observar a su pequeña—. Con lo preciosa, lo bonita y lo guapa que es, se van a enamorar de ella todos los príncipes del mundo. —Y con esto queda comprobado que no solo las madres primerizas son cegatas, ya que el bebé estaba rojo, arrugado y tenía todavía sebo blanquecino y repugnante pringándole la cabecita—. La voy a malcriar, le daré todos los caprichos y será la niñita más encantadora del barrio. Sí, señorita, eres la muchachita más preciosa y bonita de todas. Vas a ir a un buen colegio y llevarás siempre ropa nueva —continuó contándole al bebé su versión del cuento de hadas, aunque al bebé eso le traía al pairo. Lo cierto es que le interesaban más ciertas ubres llenas de lechecita rica y calentita—. Y los libros del colegio serán nuevos; no usarás nada de segunda mano, no señorita, porque tú eres mi princesita...

Diciembre de 1989

Arturo aparcó su maltrecha furgoneta en el único sitio vacío que encontró en el aparcamiento del cine. Su parienta había escrito una lista con todas las cosas que quería hacer con su familia y se había empeñado en cumplirla a rajatabla. Ese día tocaba ver una película de dibujos con Raquel. Arturo se rascó la cabeza mientras recordaba las cosas que habían hecho y las que quedaban por hacer. Habían ido al Retiro a ver los títeres, al teatro infantil, a una piscina que en vez de agua tenía bolas y al zoo a ver bichos. Según la lista faltaba ir al parque de atracciones, entregar una carta a Papá Noel y ver la cabalgata de los Reyes... Aunque cualquiera sabía, ya que a su mujer cada día se le ocurrían nuevos lugares que visitar en familia. Y tampoco es que entendiese muy bien por qué tenían que ir a todos esos sitios en ese momento; si tenían que ir, se iba, pero ir para nada...

—No sé yo si Raquel se va a enterar de la película, es *mu* chica —comentó Arturo por enésima vez.

—Pues claro que sí. Es de dibujos, tiene que gustarle. Será su primera película en cine —contestó María feliz poniéndose a la cola.

—¡Pero tú has visto los precios! Solo les falta sacar la pipa *pa* que sea un atraco a mano armada.

—Arturo, no seas roña.

—No es por *na*, María, pero con lo que nos van a costar las entradas y las palomitas, podríamos cenar marisco un mes —siguió refunfuñando él, aunque sabía de sobra que pagaría esa millonada.

Al poco rato estaban en el cine, en los asientos más cómodos y confortables en que se habían sentado jamás. Arturo tomó nota mental de darle su tarjeta a la taquillera; si alguna vez tiraban esas butacas, quería ser el primero en recogerlas. Las luces se apagaron, comenzó *La sirenita* y la gente enmudeció, bueno, enmudecieron todos, menos su princesita, que soltó un tremendo alarido al encontrarse de repente a oscuras.

Raquel subió y bajó las escaleras mil veces, saltó sobre las butacas (la suya, las de sus padres y todas las que encontró sin ocupar) y al final, para alivio de sus progenitores, se quedó dormida poco antes de que terminara la película.

Cuando las luces se encendieron de nuevo, la niña dormitaba con el pulgar en la boca, sobre los delgados y morenos brazos de su padre mientras la madre observaba a ambos con lágrimas en los ojos.

—¿*T´a gustao* la peli? —preguntó él.

—Ojalá hubiera sabido que ese nombre tan bonito era de niña.

—¿Qué nombre?

—Ariel.

—¿El de la pescadilla esa?

—Es una sirena.

—Sirena, pescadilla... Tenía cola de *pescao*, ¿no? —respondió Arturo divertido, su mujer era una persona muy emotiva—. Pues si te gusta el nombre, se lo ponemos a Raquel y ya está.

—Raquel ya tiene nombre —contestó ella divertida.

—¿Y qué? La llamamos Ariel y sanseacabó. Además, también es pelirroja como la pescadilla.

—¿Y si se ríen de ella por llevar nombre de detergente?

—Pues entonces enseñamos a la niña a dar buenas patadas y verás como solo se ríen la primera vez...

Junio de 1998

—Mamá, dice el viejo que puedo irme con él a por sustento, así que prepara papeo para dos —dijo Ariel entrando eufórica en la cocina.

—¡Ariel! Habíamos quedado en que ibas a pasar el fin de semana estudiando.

—¡Jo, mamá! Ya estudio mañana, hoy vamos a ir a las obras a por cobre y papá necesita mi ayuda. Soy imprescindible.

—¿Imprescindible? ¿Tú? ¡Ja! No me cuentes camelos y tira *pa* tu cuarto a estudiar.

—Anda que no, tengo que vigilar la furgoneta mientras Edu y papá van por el cobre.

—Que vigile el hermano de Edu.

—¿Ese? ¡Si es más inútil que una llave de goma! Vamos, mamá, guapa, solo por hoy. Mañana estudio, lo prometo, anda, bonita.

—Dile a tu padre que venga y luego vete a jugar —dijo María dando por finalizada la conversación.

Pues sí que estaba resultando complicado convertir a Ariel en una princesita, pensó cuando su hija abandonó la cocina. Lo único en lo que pensaba la niña era en salir con su padre a recoger chatarra...

Abril de 2002

—Ha llamado el Chispas, que tiene cobre en la obra de Tres Cantos.

Arturo giró el volante y tomó la M-40 dirección norte. El tráfico fluido de la carretera le permitía echar breves miradas de refilón al asiento del copiloto. Su hija de dieciséis años iba medio tumbada sobre el asiento. Los pies, embutidos en botas de seguridad, se apoyaban en el salpicadero mientras jugaba con el teléfono móvil.

—¿A qué estás jugando?

—Al Tetris —gruñó ella sin levantar la vista de la pantalla.

—¿No deberías estar estudiando?

—Paso. —Ni siquiera movió los labios para hablar.

—Tu tutora dijo que si te lo proponías podrías aprobar el curso... —comentó Arturo como quien no quiere la cosa, intentando que la cría dijera más de dos palabras.

—¡Ni de coña! Tres palabras de la petarda esa y ya tienes comido el coco. Paso de seguir haciendo el paripé en el *insti*.

—Espero que no le hables así a tu profesora. —Casi prefería que hablase con monosílabos.

—Te repites más que un yogur de ajos, papá. Claro que no le hablo así, es más corta que la picha de un canario, no me entendería ni una palabra.

—Ni ella ni nadie —masculló Arturo.

Su princesita se había torcido ligeramente. Muy ligeramente.

Cuando a los tres años empezó a ir al colegio, la vistieron con su mejor vestido, uno con volantes y un enorme lazo rosa. Al salir de clase el lazo había desaparecido y el vestido estaba lleno de barro.

Cuando cumplió seis años, la niña descubrió que llevando falda no podía pelearse, ni subirse a los árboles ni rodar por el suelo. Desde entonces se negaba a llevar otra cosa que no fueran pantalones.

Al cumplir los siete, un niño de su clase se rio de ella por llevar nombre de detergente. Antes de su octavo cumpleaños a todos los niños del barrio les quedó muy clarito (a ellos y a sus partes nobles) que de Ariel no se reía ni el papa de Roma.

A los nueve, María decidió inscribirla en clases de *ballet* para «feminizarla». Al cabo de un mes, y por cierta desavenencia de su hija con un niño, tuvieron que cambiarla a clases de judo para aprovechar sus aptitudes innatas en golpes bajos e intentar encarrilarlas, o al menos probar a ver si con disciplina la niña se sosegaba un poco. Encauzarse, se encauzó, pero a partir de ahí, sus padres, al igual que el resto del barrio, asistieron atónitos y algo angustiados al nacimiento de una nueva Bruce Lee.

A los diez años Ariel utilizó sus conocimientos de matemáticas para regatear el cobre mejor que su padre.

A los doce era capaz de conducir la furgoneta, hablar como una carretera y saltarse a la torera todas las normas del colegio, incluso aquellas que se inventaron exclusivamente para ella.

Con catorce suspendió por primera vez una asignatura, lo cual dejó a sus padres totalmente anonadados ya que era niña de sobresalientes en materia lectiva y suspenso en comportamiento. El director aseguró que tenía un problema de conducta y Ariel lo refutó respondiendo que las reglas estaban para romperlas.

Ahora, con dieciséis años, se negaba a seguir estudiando. Estaba clarísimo, su mujer y él eran un fracaso como padres, todos sus planes tan bien trazados al pie de la cuna se habían convertido en agua de borrajas. Había que hacer algo.

Arturo tomó en ese momento la primera decisión de su vida sin contar con su esposa.

Aparcó la furgoneta al pie de la obra, se acercó al Chispas y pidió el primer favor de su dilatada existencia.

—¿Te hace falta un aprendiz?

—Mal no me viene. ¿Tienes a alguien en mente?

—¿Qué te parece mi cría?

—¿Ariel? —El Chispas abrió mucho los ojos, sorprendido—. Tu cría es capaz de cortarle los cojones a cualquiera de mis chicos.

—Es buena trabajadora —afirmó Arturo, frunciendo el ceño, al darse cuenta de que no podía negar la afirmación hecha por el jefe de la cuadrilla de electricistas.

—No digo que no, pero tiene mal genio.

—Es muy fuerte, no tendrá problemas para hacer ningún trabajo.

—No hace ni puñetero caso de las órdenes.

—Tiene mucha iniciativa y aprende rápido.

—¡Nos va a volver locos!

—Es un genio con las matemáticas. Si la dejas, es capaz de regatear mejor que un moro.

—Eso ya lo sé, joder. Lo he experimentado en mis propias carnes. —El Chispas frunció el entrecejo. Estaba claro que la cría tenía un don para los números—. Salario base de aprendiz, sin derechos, y el mismo turno que el resto. Nada de trato preferente por ser chica.

—Con derechos y trato hecho —dijo Ariel que había estado escuchando la conversación y sopesando los pros y los contras.

2

Octubre de 2008

*L*as botas de seguridad recorrieron con fuertes pisadas la estrecha pasarela del andamio.

Una mano delgada, enfundada en un guante roído por el uso, buscó en el cinturón de trabajo la broca de widia que necesitaba para taladrar el hormigón. Cuando la encontró, la ajustó con un movimiento rápido y fluido a la máquina de taladrar.

—Está jodido el tema —comentó una voz femenina a nadie en particular.

—Lo mismo con una escalera… —apuntó la voz con altibajos de un adolescente asustado.

—Meter aquí una escalera es más difícil que ponerle un pantalón a un pulpo —contestó ella enfurruñada.

Ariel se quitó el casco y lo dejó caer al suelo del andamio, luego se mordió las puntas de los guantes hasta sacárselos y se los guardó en el bolsillo del mono azul de trabajo. Apoyó el trasero contra la barandilla inestable del andamio, levantó la vista y gruñó para sus adentros.

Un tubo de PVC negro recorría parte del techo de la nave industrial. Al final de él asomaban tres cables de distinto color de un centímetro y medio de grosor. Su tarea era muy sencilla, embornarlos a la regleta interior del foco de mercurio de medio metro de diámetro. Lo había hecho miles de veces antes; de hecho, lo podría hacer con los ojos cerrados, siempre y cuando se dieran las condiciones adecuadas, que no eran exactamente las que se daban en ese momento.

Estaba subida en un andamio que se movía a cada paso que daba, con agujeros tan grandes en las tablas que hacían de base que le estaba entrando complejo de Indiana Jones. Por si fuera poco, el techo quedaba a poco más de un metro sobre su cabeza y, por mucho que estiraba los brazos, no llegaba hasta los cables.

Puso las manos sobre sus caderas y bufó. Se lo pensó unos segundos y acto seguido se incorporó, se deshizo del cinturón de seguridad que la sujetaría al andamio en caso de dar un traspié, recogió el casco del suelo y se lo ajustó a la cabeza. Frunció los labios, entornó los ojos, se puso los guantes, se secó el sudor de la frente con el antebrazo y respiró hondo. Agarró la barandilla abollada con una mano y tiró fuertemente de ella, esta se inclinó a un lado y a otro pero no se desplomó. Con eso sería suficiente. Apoyó un pie en el tubo de aluminio que hacía de soporte intermedio de la barandilla, y se impulsó hacia arriba.

—¡Ariel, qué haces! —exclamó su compañero de fatigas, un aterrorizado aprendiz de electricista.

—Ensayo para trabajar en un circo —contestó mientras apoyaba el otro pie en el tramo superior de la barandilla—. Niño, ven aquí y sujétame por las rodillas.

—¡Estás loca! Yo no te toco.

—A ver si es que no me he explicado bien. Que-me-su-je-tes. *Capicci?*

—Ariel, por favor, baja de ahí. Como se entere el Chispas nos mata a los dos —rogó el muchacho, asustado.

—Si no me sujetas ahora mismo, seré yo quien te mate —le contestó ella con suma tranquilidad mientras hacía equilibrios a seis metros sobre el suelo.

El aprendiz caviló sobre la amenaza. Si tenía que matarle alguien, prefería que fuera el jefe; sería más piadoso que Ariel, y menos sádico. Así que se acercó con cuidado, el suelo del andamio estaba realmente muy mal, y la agarró por las corvas.

—Ves como no ha sido tan difícil… —sonrió Ariel—. Ahora pásame la Hilti.[1]

—No puedo.

—¿Por qué? —preguntó ella sin perder la tranquilidad, cosa que presagiaba un estallido de genio fulminante.

—Porque está en el suelo y, si me agacho para cogerla, te suelto.

---

1. Hilti: máquina de taladrar profesional.

—Joder.

Ariel se giró de repente y saltó sobre el andamio, dando un susto de muerte al pobre y mal pagado aprendiz. Sin dejar de refunfuñar entre dientes, cogió la pesada Hilti, se la encajó en el cinturón, miró al muchacho con una advertencia en los ojos y volvió a subirse a la barandilla. El chaval no se lo pensó dos veces, la abrazó fuertemente de las rodillas y comenzó a rezar una y otra vez la única oración que conocía.

Tras media hora de taladrar, atornillar y embornar, Ariel se dio por satisfecha con su trabajo. El foco de mercurio estaba correctamente colocado y ni siquiera un vendaval podría moverlo de su sitio. Ordenó al jovenzuelo que la soltara y, cuando se disponía a bajar de su precario apoyo, escuchó un alarido procedente de seis metros más abajo.

—¡Ariel, por el amor de Dios! ¿Qué cojones estás haciendo ahí subida?

—Practico para ser la novia de Superman, ¿quieres ver cómo vuelo? —dijo saltando sobre la barandilla.

—Padre nuestro que estás en el cielo, venga lo que sea que venga, hágase lo que tú quieras… —oró más alto el aprendiz, arrepintiéndose de no haber prestado atención al cura de su parroquia cuando les enseñaba el padrenuestro.

—¿Y tú qué narices haces? —le preguntó intrigada al chaval—. No me vengas con que estás rezando… —El aprendiz la miró con ojos desorbitados y comenzó a farfullar «Jesusito de mi vida»—. ¡Chispas! ¡El crío está sonado! —gritó haciendo bocina con las manos—. ¡Está rezando!

—Ariel, ¡baja ya mismo de esa barandilla!, o lo que va a sonar va a ser la torta que te voy a dar —respondió el jefe, alias Chispas, con la voz ronca y las venas del cuello tan marcadas que Ariel podía verlas palpitar.

—¿Tú y cuántos más? —le preguntó con sorna la muchacha, a la vez que le mostraba el dedo corazón y se inclinaba peligrosamente hacia delante.

Justo en ese momento se oyó un terrible lamento, un crujido inesperado y un grito aterrador. El primer sonido venía de la garganta del Chispas, el segundo de la barandilla que aprovechó ese preciso instante para romperse y el tercero del aprendiz que veía cumplidos todos sus temores.

Ariel tuvo el tiempo justo de girarse en el aire y cogerse como buenamente pudo al borde del andamio. Gracias a Dios, el aprendiz había sacado fuerzas de sus «oraciones» y se había lanzado en plancha a cogerla, asiéndola de la muñeca en el último segundo.

—Vaya, al final no has sido tan cortito como yo pensaba —comentó ella a la vez que se agarraba a los hombros esqueléticos del chico y se alzaba sobre la inseguridad del andamio.

—¡Ariel, baja de ahí ahora mismo! —gritó el Chispas intentando dominarse para no asesinarla.

—Será mejor que le hagamos caso —aceptó Ariel comenzando a recoger las herramientas—. El jefe está más quemado que la pipa de un indio.

El chaval miró a su compañera, luego observó la distancia hasta el suelo y por último vomitó sonoramente… Con la mala suerte de que parte del vómito cayó sobre el casco amarillo del jefe de electricistas.

—¡Ariel, por Dios! —exclamó el Chispas un segundo antes de que la joven pisara por fin el suelo—. ¿Qué crees que diría tu padre si hubiera visto lo que ha pasado hace un momento?

—No ha pasado nada —gruñó ella ante la mención de su padre—. Tenía que poner ese foco y lo he hecho. Punto.

—¡Estás como una cabra! Eso es lo que ha pasado, solo a una trastornada se le ocurriría hacer una cosa así —continuó diciendo el hombre a la vez que movía las manos, nervioso.

—¿Cómo pretendías que pusiera el foco? Se te olvidó darme los propulsores a reacción.

—¿Los qué? —preguntó estupefacto parando el ajetreo errático de sus brazos.

—Los propulsores, ya sabes, los cohetes esos que se ponen en la espalda y cuando los enciendes sales volando —contestó Ariel con una sonrisa sesgada en los labios.

—¡¿De qué estás hablando?!

—Ah, cierto, no tenemos de eso. Entonces, la única manera de colgar el foco es como lo he hecho, ¿no?

—Joder, niña, podrías haber buscado otra manera.

—¿Hay más extensiones para el andamio? —preguntó ella.

—No.

—¿Hay cuerdas y poleas en el techo para izarme?

—No.

—Pues entonces no había otra manera.

—Lo podría haber hecho otra persona —refutó el jefe.

—Andrés tiene casi sesenta años; Pedro está medio cojo por el accidente del otro día; Iñigo tiene tanta barriga que no es capaz de verse la polla, mucho menos de guardar el equilibrio sobre la barandilla, si esta aguantase su peso, que lo dudo. ¿Quién nos queda? Ah, sí. El niño, el mismo que ha vomitado del susto, mostrando que tiene bien colocados los cojones, justo bajo su garganta. Y tú. ¿Te hubieras subido conmigo a poner el foco? ¿A tu edad? —preguntó sarcástica.

—Tú… Tú… Tú… —farfulló el Chispas sin saber muy bien qué decir. Tantos años con esa chica en su cuadrilla le habían enseñado que a veces, solo a veces, era mejor ignorarla para no acabar entre rejas por homicidio voluntario.

—Déjalo, Chispas, que me recuerdas a un teléfono comunicando.

—¡Se acabó! —explotó el jefe—. Que todo el mundo se vaya a comer. —Miró uno a uno a sus obreros y a continuación se dio media vuelta a la vez que gritaba—: Tenéis media hora, luego os quiero ver en la entrada para acabar con los cuadros de mandos de una puñetera vez.

Dos días después, habían terminado. Los cuadros estaban montados, los focos embornados y los electricistas sin trabajo a la vista.

—Aquí ya hemos acabado, pero en un par de semanas comenzaremos la obra que tenemos apalabrada —aseveró el jefe, optimista.

—Aún no está firmada —comentó Ariel mirándolo fijamente.

—No te preocupes, el pistola[2] es de confianza. Si dice que nos la da a nosotros, es que lo hace y no hay más que hablar.

—No están las cosas para andarse con amiguismos. Que te firme el presupuesto y te adelante el cuarenta por ciento. Si no, no pilles el material —exigió Ariel enseñando los dientes. Era la enésima vez que discutían por lo mismo.

—Ariel, te lo he dicho una y mil veces: tú a tus cables y yo a mis cuentas y, si no te gusta, ya sabes dónde está la puerta —respondió el Chispas irritado. La chica tenía visión para los negocios, eso no podía negarlo, pero no conocía tan bien como él a los contratistas, por no mencionar que se le estaba subiendo a la chepa y eso no iba a consentirlo.

Ariel resopló, un mechón de su flequillo voló por encima de su frente. Los componentes de la cuadrilla dieron un paso atrás, a ninguno le apetecía meterse en medio de una de las apoteósicas broncas que tenían cada pocos días el jefe y ella.

2. Pistola: término utilizado en la construcción para referirse a contratistas de obras con no demasiados escrúpulos.

—Mira, Chispas, haz lo que te salga del *pepe*, pero ten en cuenta que no está fino el panorama; la mitad de las empresas están paradas y la otra mitad en suspensión de pagos. Si pillas el material de tu dinero, sin un contrato firmado ni un adelanto en el banco, te vas a quedar como una puta en Cuaresma, sin un duro.

—Mira, niña, me tienes hasta las narices; he dicho que la obra está fija y la pasta asegurada, no hay más que hablar. Si no te gusta, ya sabes: aire.

3

Jamás hay que discutir con un superior,
pues se corre el riesgo de tener razón.
MARCO AURELIO ALMAZÁN

Noviembre de 2008

*U*n mes. Llevaba un mes de brazos cruzados. Cobrando menos de quinientos euros mensuales, sin esperanza de encontrar trabajo y con paro garantizado para ocho meses más.

Estupendo. Simple y llanamente maravilloso. No podía estar mejor.

Ariel volvió a revisar las ofertas de empleo del periódico. Nada. No había nada a lo que pudiera echar mano; en todas partes requerían experiencia y ella tenía mucha, pero de electricista, y la sociedad machista de hoy en día no quería mujeres en puestos que, supuestamente, eran de hombres.

Un mes llamando a todos los pistolas que conocía, para obtener siempre la misma respuesta: no hay obras.

Genial, simplemente genial. No había obras, y las pocas que había, las conseguían los que tenían padrino y ella, debido a su temperamento irascible, no lo tenía. Aunque también era cierto que siempre había trabajado con el Chispas, y por tanto no había tenido necesidad de pulir su carácter. Su antiguo jefe y ella se entendían a la perfección; cuando no se hablaban, claro. Ella hacía bien su trabajo y él se rascaba los bajos mientras miraba.

Cerró el periódico desanimada y se levantó de la cama, estaba en su habitación alquilada. Por poco tiempo. A final de mes vencía el contrato, y los compañeros de cuadrilla con los que compartía piso y alquiler se iban a sus pueblos o a casa de sus padres. Ella no tenía pueblo y sus padres no estaban para ayudarla. La cosa iba mejorando por momentos. No solo tenía que buscar trabajo, también piso. Por un momento se sintió tentada de irse a vivir al garaje donde guardaba su Seat 124 pero desechó la idea al momento; el 124 no era un coche para dormir, era el capricho de su padre y ella no lo iba a utilizar como leonera.

Sacudió la cabeza con impaciencia; necesitaba una habitación, algún sitio con cuatro paredes, techo y una cama, que no fuera exageradamente caro. Tampoco pedía tanto, ¿no? Abrió el periódico de nuevo y se puso manos a la obra.

Dos horas después, estaba tentada de robar una joyería o algo por el estilo, no por conseguir dinero, sino para que la metieran en la cárcel y de esta manera tener un sitio en el que dormir que no fuera bajo un puente.

Alquilar un piso ella sola estaba totalmente fuera de su alcance. Compartirlo con sus compañeros de trabajo, como hasta ahora, resultaba imposible, más que nada, porque no tenía compañeros de trabajo. Alquilar una habitación «decente», y esa palabra era clave, se llevaba bastante más de la mitad de lo que le daban en el paro; y el garaje en el que guardaba el coche, la parte restante. Por tanto tendría que comer aire, y el aire, aparte de ser insípido, no alimentaba nada.

Tenía que encontrar un sitio donde dormir urgentemente, donde fuera y como fuera.

Mucho se temía que las próximas Navidades iban a ser las peores de su vida.

4

Cuando se puede elegir, es obligado acertar.
Eslogan publicitario
Y si no se puede… ¡Entonces qué!
Noelia Amarillo

Diciembre de 2008

Ariel alzó la cabeza y observó el edificio, era antiguo. Más que antiguo, era decrépito. Por fuera tenía el aspecto de que un huracán le hubiera pasado por encima, agujereando las persianas, reventando las esquinas de los ladrillos y arqueando la estructura.

Quizá por dentro mejorara. Se armó de valor y llamó a la puerta. La abrió una mujer en bata de boatiné calzada con unas zapatillas de andar por casa llenas de mugre, y la cabeza coronada por un nido de ratas blanco que debía ser su cabello.

—¿Qué quieres? —preguntó la vieja mostrando su magnífica dentadura, que constaba exactamente de dos incisivos y un solo colmillo.

—He visto en el periódico que alquilan habitaciones, quería información —contestó Ariel mientras cavilaba si taparse la nariz sería considerado un gesto de mal gusto; a la vieja le apestaba el aliento a alcohol rancio tela marinera.

—¿Quieres alquilar por horas? ¿Tú? —Observó a Ariel con ojos suspicaces—. Largo de aquí, no tengo tiempo para pobretonas.

—¡Eh! Tengo pasta gansa para apoquinar, así que tírate el pisto y dime qué tienes.

—¿Pasta gansa? ¿Tú? Esta sí que es buena —dijo la abuela echándose a reír y, de paso, llenando a Ariel de perdigonazos babosos procedentes de su boca de bebé—. Muy bien, veamos.

La anciana entró en el interior, que resultó estar en peor estado que el exterior. Ariel la siguió hasta un mostrador roñoso cubierto de papeles amarillentos y ceniceros abarrotados de cigarrillos a medio consumir. La mujer tosió aclarándose la garganta y sacó una tarifa de precios de un cajón.

—¿Por horas o por noches? La hora son diez euros, la noche entera son treinta. Piénsatelo bien, porque con las pintas que llevas dudo que puedas cazar más de uno por noche y, si es así, te interesa más pillar una sola hora, aunque si te arreglaras un poquito y te pusieras peluca… —La miró muy detenidamente, calculando—. Además hueles muy bien. Quién sabe, hay mucho loco suelto; lo mismo si te haces pasar por más joven. ¿Cuántos años tienes?

—¿Cuánto al mes por una habitación? —cortó Ariel enfadada. ¡Cómo se atrevía esa vieja esperpéntica a decir que ella llevaba «pintas»! ¿No se había mirado al espejo?

—¿Al mes? —La anciana empezó a reír de nuevo, para a los pocos segundos comenzar a toser de manera espasmódica. Cuando por fin pudo parar, cogió una colilla a medio consumir del cenicero y se la puso en la boca—. Calcúlalo tú misma, treinta por treinta, en total novecientos, pero, como me has caído bien, te lo dejo en seiscientos. —Sonrió mostrando sus tres dientes amarillentos mientras acariciaba con la lengua la boquilla del cigarrillo apagado.

—¡Es más caro que el seguro del coche fantástico! —exclamó Ariel desesperada. Había ido al barrio más barato y cochambroso de Madrid, con la esperanza de que allí los precios pudieran ser asequibles a su bolsillo, pero era la cuarta pensión que miraba y todas eran carísimas.

—¿Es más caro que el…? —La vieja no pudo continuar, rompió a reír de nuevo—. Qué graciosa eres —dijo entre toses y esputos—. Me has caído bien, dime cuánto te puedes gastar, lo mismo llegamos a un acuerdo.

—Ciento cincuenta al mes —contestó Ariel al momento.

—¿Ciento cuánto? —La vieja volvió a carcajearse—. Eres la monda, chica. Ahora en serio, ¿cuánto?

—Ciento cincuenta —respondió Ariel de nuevo. Como mucho podía gastarse doscientos, pero, si decía esa cifra desde el principio, no podría negociar.

—¿Lo estás diciendo en serio? —La vieja alzó una mano impidiéndole contestar—. Ya veo que sí. Pues con esa pasta gansa, aquí no hay nada —dijo irónica.

—Tienes la pensión hecha una mierda. Se está cayendo a trozos —atacó Ariel con su mejor arma—. La puedo reparar. Soy experta en albañilería, electricidad y pintura. Lo haré gratis a cambio de una habitación —exageró, no era experta en albañilería ni pintura, pero todo se andaría.

—Sí, hijita, sí. La pintura, y todo eso, ¿de dónde saldría? ¿De tú bolsillo o del mío? —preguntó la vieja entornando los ojos—. Seré vieja, pero de tonta no tengo un pelo.

Ariel se quedó callada, ahí la había pillado. Podía conseguir algo afanándolo en las obras abandonadas, pero no todo lo que hacía falta para «apañar» el edificio. Hundió los hombros derrotada. Normalmente era inasequible al desaliento, pero desde principio de mes estaba en la calle, durmiendo en su 124, aterrorizada por si la descubría el portero del garaje que tenía alquilado, y los pusieran (a ella y a su 124) de patitas/ruedecitas en la calle. Miró a la vieja una última vez esperando ver en sus ojos legañosos un mínimo de compasión, pero como siempre estaba sola. Bufó y se dio media vuelta murmurando entre dientes.

—Está claro que tengo menos futuro que un vampiro mellado.

—Espera —gritó la vieja a sus espaldas—, menos futuro que un vampiro mellado. ¡Qué ocurrente eres! —apuntó con hilaridad.

—Ya me estás cansando con tanta carcajada, abuela —contestó Ariel más que harta.

—¡Lulú!

Del interior del edificio salió una de las mujeres más hermosas que Ariel había visto en su vida: pelirroja, alta, con unas tetas impresionantes apenas ocultas por un minivestido de licra y unas piernas largas y esbeltas que se sostenían con maestría sobre unas botas de cuero negro de al menos diez centímetros de tacón de aguja.

La mujer miró aburrida a la vieja y esperó.

—Lulú, ¿sigues buscando compañera de habitación? Lo mismo te interesa esta mocosa, es bastante divertida y no creo que te quite ningún cliente —le comentó, señalando con la mirada a Ariel—. Dice que puede pagar ciento cincuenta al mes, pero ya serán doscientos, y además asegura que sabe hacer chapuzas.

Lulú la examinó detenidamente. Se detuvo en los pechos inexistentes bajo el enorme jersey, en los pantalones rotos que no le marcaban ninguna curva, en las antisexis botas de montaña de sus pies y, por último, repasó con una mueca burlona su cabello.

«¡Pero qué mosca le ha picado a esta gente con mi pelo!», pensó Ariel.

—Trabajo por la noche en la habitación, ¡así que en cuanto llegue te esfumas! —dijo Lulú con una voz tan grave y tan ruda que solo podía ser de hombre—. Tendrás el dormitorio libre desde el amanecer hasta la tarde, luego te largas —insistió—, quiero los doscientos el día uno de cada mes, si te retrasas te corro a patadas.

—¿Y qué hago por la noche?

—Te buscas la vida, niña —contestó Lulú.

Ariel se lo pensó rápidamente; por lo menos tendría un sitio donde dormir, aunque fuera de día. Ya ocuparía las noches en hacer algo. Además, no iba a ser para siempre; seguiría buscando hasta encontrar algo mejor, y más barato.

—Trato hecho —dijo tendiéndole la mano a Lulú.

—Espera un poco. Quiero que mi cuarto esté como los chorros del oro cada día —exigió con la mano extendida pero sin llegar a estrechársela a Ariel.

—Vale —gruñó esta.

—Y de paso, píntame la habitación de rosa, estoy harta de ver las paredes blancas.

—De acuerdo —dijo Ariel entre dientes; si ese hombre, mujer o lo que fuese, seguía poniendo condiciones, le iba a soltar un buen sopapo.

—Trato hecho. —Y le estrechó por fin la mano a Lulú.

En menos de una semana Ariel se acostumbró a su nueva vida.

Lulú resultó ser un tipo simpático, sobre todo cuando dormía, bastante endiosado, con un carácter manejable, siempre y cuando hubiera hecho buena «caja», y con un horario fácil de cumplir. Vivía en su propio piso, y usaba la habitación de la pensión para trabajar. Por tanto, durante el día Ariel era la dueña, pintora, limpiadora y señora de la «casa».

Todas las tardes, en cuanto caía el sol, Lulú aparecía en la pensión y se aseguraba de que la habitación que compartían estuviese limpia. Luego acompañaba a Ariel a la cafetería, donde ambas se tomaban un café, que cada una pagaba de su bolsillo. Lulú tenía estrictas normas con respecto al dinero: el suyo era suyo, y el de los demás, si podía agenciárselo, también. Durante ese rato, Lulú acostumbraba a explicarle lo exquisitos y perfectos que eran sus clientes y los ejercicios que practicaba con ellos, y, entre explicación y explicación, intentaba conseguir de la muchacha un poco de la colonia que ella misma fabricaba, gratis. A lo que Ariel contestaba, muy seria, que se la vendería con gusto, al contado. Lulú gruñía y amenazaba con echarla a la calle, pero luego se lo pensaba y no hacía nada. No solo ganaba doscientos euros con el alquiler, además tenía chacha gratis y, aunque jamás lo reconocería en presencia de nadie, en el fondo de su corazón, pero muy, muy en el fondo, la compañía de la chiquilla le alegraba la vida.

Cuando aparecía el primer cliente de la tarde, la joven salía a «dar una vuelta» de varias horas, hasta que, entre las tres y las cuatro de la mañana, Lulú subía las persianas del cuarto, lo cual significaba que ya no iba a trabajar más y, por tanto, Ariel, podía disponer de él.

La tarde de Nochebuena, Ariel se encontró, como cada tarde, sola. Pero no era la soledad a la que se había acostumbrado durante el último mes. Era una soledad densa, dolorosa, absorbente.

Las calles de Madrid estaban desiertas. Los madrileños estaban, al igual que el resto del mundo, en sus casas a punto de disfrutar de una buena cena familiar. A Ariel eso le daba igual.

No le importaba en absoluto.

Le parecía una tradición absurda. Incluso tenía suerte, pensó, apartándose de un soplido el pelo de la frente. No tendría que soportar reuniones familiares donde todo el mundo bebía un poco más de la cuenta y lanzaba pullas a diestro y siniestro. Ni tampoco tendría que comer hasta reventar. Ni aguantar los villancicos desafinados que se cantaban. Para nada. Se pasó la manga por los ojos, que, inexplicablemente, estaban húmedos. Tenía suerte de librarse de todo ese rollo. Punto.

Miró a su alrededor, eran las nueve de la noche, pronto cerrarían la estación de Sol.

Desde que vivía con Lulú, todas las tardes iba allí. El metro no cerraba hasta las dos de la madrugada, y ahí se estaba bastante calentito. Además, a esas horas era fácil encontrar los periódicos del día tirados en bancos y papeleras. Los recogía y revisaba con interés buscando algún trabajo, aunque sus opciones se reducían día a día. A las dos menos cinco, salía de allí y recorría las calles sin rumbo fijo hasta llegar a su pensión, observando las iluminaciones de edificios, estatuas, palacetes… Nunca se había fijado en lo hermosa que era su ciudad de noche.

Pero ese día no estaba de humor, y no porque fuera Nochebuena, ¡qué va! Es que… estaba todo tan solitario. Las luces de coloridos diseños ancladas en fachadas, árboles y farolas le recordaban que era Navidad. Los escaparates decorados saltaban a sus ojos, mostrando la familia de Jesús: el padre, la madre y el niño. Juntos. «Bah, me estoy poniendo sentimental», pensó dándose un capón en la cabeza con el periódico que tenía en la mano. A su espalda, un guardia de seguridad tosió. Ariel miró su reloj, eran las nueve y cuarto, tenía que irse. En Nochebuena, el metro cerraba sus puertas a las nueve y media. Al salir de la estación comprobó que todos los locales estaban cerrados, y así continuarían hasta más allá de las doce y media, hora en que la gente habría terminado su copiosa cena y los más jóvenes saldrían a celebrar la Navidad.

Se sentó en un banco de la Puerta del Sol y dio gracias por haber cogido los guantes, esa noche iba a hacer bastante frío. En fin, con un poco de suerte, Lulú tendría pocos clientes y lo mismo a la una y media o las dos de la madrugada terminaría y ella podría entrar en calor... tras haber ventilado bien la habitación, claro. Cualquiera aguantaba el pestazo a sudor, sexo y porquería. Pero aun en el mejor de los casos, para eso todavía faltaban unas cuantas horas.

Abrió el periódico y procedió a buscar trabajo. Señaló unos pocos anuncios de la primera página con el bolígrafo y, al pasar la hoja, uno le llamó la atención. Era de una empresa de venta a domicilio de juguetes «para adultos», pero no fue eso lo que hizo que Ariel lo rodeara de rojo, sino el texto del anuncio: buscaban gente joven con ganas de trabajar, iniciativa y creatividad. Exigían seriedad, compromiso y responsabilidad. Debían abstenerse bromistas e irresponsables y, en letras mayúsculas, una última advertencia:

ESTA EMPRESA NO OFRECE SEXO NI BUSCA SEÑORITAS
NI SEÑORES DE COMPAÑÍA.
BUSCA GENTE SERIA.

Los interesados debían personarse en una cafetería cerca de Atocha, el día 26 de diciembre a las siete de la mañana, y preguntar por Venus...

El 26 de diciembre, a las siete menos cuarto de la mañana, Ariel entró en la cafetería. Ahogó un bostezo con la mano enguantada y miró a su alrededor. No había nadie. En fin, tampoco le extrañaba mucho, era el día después de Navidad, y solo un loco o un desesperado —ella se tenía en esos momentos por ambas cosas— estaría buscando trabajo a esas horas. Pidió un café y, cuando el camarero puso ante ella una taza con un café negro como la brea, humeante y caliente como el mismísimo infierno, Ariel ni siquiera se planteó tomárselo; le corría más prisa otra cosa.

Se quitó con rapidez los guantes y pegó las palmas de las manos a la ardiente taza, sintió como los dedos empezaban a hormiguearle a la vez que se restablecía el calor que el frío le había arrancado de la sangre. Cerró los ojos y se dejó llevar por el deleite de tener, por lo menos, una parte de su aterido cuerpo caliente. ¡Cuánto echaba de menos el verano!

Estaba a punto de suspirar de placer cuando alguien carraspeó a su espalda. Se giró para ver quién era y encontró ante sí a una mujer de lo más anodino, de esas que miras una vez y no te das cuenta de que está. Si existieran las mujeres invisibles, esta sería una de ellas.

Castaña, con el pelo ni corto ni largo, ni alta ni baja, ni guapa ni fea, ni gorda ni delgada, rondando los cuarenta, tal vez menos, tal vez más… con vaqueros, abrigo negro hasta las rodillas y una enorme bufanda marrón tapándole media cara.

—¿Vienes por el anuncio? —preguntó con voz gangosa y enronquecida por lo que parecía ser un catarro de padre y muy señor mío.

—Imagino que sí —contestó Ariel alejándose de ella, no le faltaba más que acatarrarse.

—Soy Venus, de «Sexy y Juguetona, se lo enseñamos a domicilio» —se presentó a la vez que extendía la mano para estrechársela.

—Ariel, electricista en paro, seria, responsable, creativa y dispuesta a todo —respondió Ariel sin soltar su taza, que, por desgracia para sus dedos, se iba enfriando por momentos. Perdona que no te dé la mano, pero tengo más frío que un camello en el polo norte y la taza aún está caliente —se excusó.

—No pasa nada —dijo Venus mirando la hora en el reloj de muñeca y echando luego un vistazo a su alrededor—. No parece que haya nadie más interesado —comentó para sí misma.

—Estamos a 26 de diciembre y son las siete de la mañana. ¿Qué esperabas? ¿Un equipo de fútbol dispuesto a vender consoladores? Porque es de eso de lo que habla el anuncio, ¿no? —dijo Ariel sin medir sus palabras; estaba a punto de palmarla… no sabía si de frío, de sueño o de hambre y eso la ponía de mal genio.

Venus miró sorprendida a la jovenzuela que tenía enfrente. A pesar de su aspecto rudo y extraño, no parecía la típica «viva la virgen» que normalmente acudía en respuesta a sus anuncios. Dejando de lado su insólito vestuario y su pelo indescriptible, parecía una chica lista, de las que cazan las ideas al vuelo y no tienen pelos en la lengua —eso para vender juguetes eróticos era importantísimo—. Asimismo, por las pocas frases que había dicho, se la veía creativa y segura de sí misma. Además, si era tan directa y ocurrente como parecía, no le sería difícil despertar la curiosidad de futuros clientes, y eso estaba a medio camino de lograr una venta. Por otro lado, pensó quitándose la bufanda, la chica olía de maravilla y quedaba una zona por cubrir. No se había presentado nadie más —al menos nadie «normal»— y Venus no podía posponer más su regreso a Barcelona.

—No vendemos consoladores —dijo Venus respondiendo a la pregunta de Ariel.

—¿No? ¿Entonces qué? ¿Coches? ¿Barbies? ¿Llaveros?

—Me refiero —contestó parpadeando asombrada por la rápida e irónica respuesta— a que no usamos el término «consolador». Lo consideramos peyorativo.

—¿Por qué? A mí no me ofende.

—Quizás a ti no, pero el término en sí implica la necesidad de consolarse, de aliviarse… y no es esa la impresión que queremos dar, sino todo lo contrario. Nuestros juguetes son para darle gusto al cuerpo y pasar un rato divertido y ameno. Es preferible decir vibradores, estimuladores o incluso dildos.

—¿Dildos? ¿Qué es eso?

—Consoladores, pero en inglés. No me mires con esa cara de asombro. William Shakespeare usó ese término, dotándolo de connotaciones sexuales, en su obra *El cuento de invierno*. No creo que ni siquiera tú vayas a poner en duda a Shakespeare.

—No, señorita Venus —contestó Ariel al momento como si estuviera de nuevo en el colegio.

—No sé si me va a gustar tu carácter insolente —murmuró entre dientes la mujer—. ¿Te interesa el trabajo, sí o no?

—Qué tengo que hacer exactamente y cuál será mi margen de beneficios.

Venus sonrió, por fin hablaban de lo que tenían que hablar.

—Tu trabajo consistirá en vender juguetes para adultos.

—¿Así, por las buenas? ¿Me presento a un tipo cualquiera y le pregunto si quiere un vibrador para darle gusto al cuerpo? No es por nada, pero lo veo un poco chungo.

Venus suspiró, la chica iba a ser dura de roer, pero ella necesitaba alguien en la zona sur y estaba segura de que, si conseguía que dejara la ironía a un lado, con su desparpajo y atrevimiento lograría las suficientes ventas como para que la directora comercial no se quejara.

—Veamos —dijo frotándose las sienes pensativa—. ¿Conoces Avon?

—Sí.

—Gracias, Dios mío —comentó alzando la cabeza.

5

Siempre que te pregunten si puedes hacer un trabajo,
contesta que sí y ponte enseguida a aprender cómo se hace.

Franklin D. Roosevelt

—Sexy y Juguetona es una empresa de venta a domicilio de juguetes eróticos —explicó Venus—. Estoy aquí con el único objetivo de
encontrar comerciales competentes y responsables que lleven nuestros productos a todas las casas de Madrid.

—¿Pretendes que vaya casa por casa, dildo en mano, vendiéndo-
selo al primero que me abra la puerta? Pues me van a caer hostias
por todos lados —comentó Ariel mirando a Venus como si estuviera
loca—. No es por nada, pero si aparezco con un chisme de esos de
veinte centímetros de largo y cinco de grueso, y le propongo a un
tío que lo use, no para consolarse, sino para darle gusto al
cuerpo… no voy a tener piernas para correr. Y yo lo que quiero es un
trabajo, no suicidarme. Para eso prefiero cortarme las venas; ensucia
más, pero duele menos.

—Me has entendido mal.

—Lo mismo no te has explicado bien. —¿Cuánto costaría esa
pulga de lacón con tomate del escaparate?, pensó Ariel al oír rugir su
estómago, y lo que era más importante, ¿cuánto dinero tenía en el
bolsillo?

—¿Qué te parece si desayunamos y te lo explico más tranquilamente? —propuso Venus al oír cierto ruido sospechoso.

—Pura gloria.

—Verás, somos como Avon, solo que, en vez de perfume y maquillaje, vendemos juguetes eróticos. Nuestros productos están des-
tinados al público femenino y vamos a buscar a los clientes en vez de
esperar a que vengan a nuestra tienda. Les ofrecemos muestras y ca-

tálogos, y conversamos con ellas resolviendo dudas y dando consejos, convirtiéndonos en amigas suyas —dijo sentándose a la mesa y
señalando al camarero en la carta un desayuno para dos.

—Pero aun así, ir casa por casa... —comentó Ariel siguiendo con
la vista al camarero. ¡Sí! Venus había escogido dos pulgas de lacón y
tomate.

—No irás casa por casa. No conseguirías nada.

—Ya decía yo. —¿Tardaría mucho el camarero? Se le estaba haciendo la boca agua.

—La mejor manera de que una posible clienta acceda sin reservas a escucharte es pillándola en compañía de otra posible clienta.
Las mujeres somos desconfiadas por naturaleza —continuó Venus
cuando el camarero dejó el desayuno en la mesa—. Si una desconocida llama a nuestra puerta ofreciéndonos juguetes, la rechazaremos
de plano, pero, si, por ejemplo, vas a una cafetería a la hora del desayuno y ves a un grupo de mujeres, puedes presentarte de manera espontánea y comentar que trabajas para nuestra empresa, que les has
visto cara de ser mujeres abiertas y divertidas y, a lo mejor, con un
poco de suerte, les causas esa importantísima primera buena impresión y te permiten exponer de manera amena y coloquial las venta-
jas y desventajas de los productos que vendes.

—¿Me presento en una cafetería y delante de todo el mundo
saco un par de vibradores? —preguntó Ariel alucinada—. Casi prefiero ir casa por casa, por lo menos me puedo escaquear por las escaleras, en una cafetería va a ser complicado esquivar las mesas y salir
por patas.

—No —rechazó Venus frotándose la cara desesperada; o se explicaba muy mal, o esta chica era más obtusa de lo que parecía—.
Empecemos por el principio. Hay muy pocas mujeres que acudan a
los *sex-shops*, Muy pocas vencen la vergüenza y la timidez que pro-
voca entrar en tiendas «prohibidas», en las que, por si fuera poco, los
compradores habituales son hombres. Mucho menos se atreven a
curiosear, y ya no digamos exponer al dependiente sus dudas. Mi
empresa les ofrece reuniones privadas, entre amigas, en las que se
explican las dudas, se dan consejos, y se crea complicidad, risas y
buen rollo, un encuentro donde cualquiera puede tocar y comparar
los distintos juguetes para adultos. Una vez terminada la reunión,
pueden comprar o no, pero, si has sabido crear el ambiente propicio
y estimular su curiosidad, casi te puedo asegurar que tienes compras
garantizadas y que, cuando jueguen con los juguetes, te volverán a
llamar por más.

—La teoría está muy bien… pero, para hacer todo eso, tengo que conseguir un sitio donde dar la charla y gente a la que dársela, y lo veo muy chungo.

—Efectivamente, esa es la parte más complicada y a la vez más sencilla del trabajo. Necesitas una reunión de arranque, y eso es lo más difícil de conseguir. No puedes ir puerta por puerta, pero sí puedes seleccionar tus potenciales clientes en lugares de reunión. Antes he puesto el ejemplo de una cafetería, también puede ser cualquier otro sitio donde se reúna un grupo de mujeres. Debes buscar señoras de entre veinte y cincuenta años; da igual su posición social, si visten de Chanel o de trapillo, si trabajan o son amas de casa. Lo imprescindible es que el grupo se vea relajado, sonriente, y que se note que son amigas. Y desde luego no te puedes presentar con un dildo en la mano, tienes que ser más sutil. Puedes decir por ejemplo: «Hola soy Ariel. Perdonad si os interrumpo. Represento a la empresa Sexy y Juguetona, líder en el sector de juguetes para adultos…». Y a partir de ahí dices lo que se te ocurra, algo divertido y que les haga sentir curiosidad. Si consigues preparar una reunión en casa de alguna de ellas, o en un lugar en el que os sintáis cómodas, que sea discreto y donde nadie os interrumpa, el boca a boca entre amigas se ocupará del resto.

—Visto así no parece tan complicado, solo es echarle morro al asunto.

—Y no sentir timidez ni vergüenza.

—Yo de eso no tengo.

—Entonces tienes medio camino recorrido. ¿Te interesa el trabajo?

—¿Cuál será mi horario? ¿Cuánto y cómo cobraré?

—Tu horario es el que tú te quieras poner. Tus beneficios serán un tanto por ciento de las ventas que hagas y los cobrarás en el momento en el que te paguen tus clientes. Esto funciona así: nos haces un pedido, te lo mandamos por mensajería contrarrembolso y con el descuento por beneficios ya hecho. La manera de cobrarlo depende ti y la confianza que tengas o le quieras dar a tus clientes. En principio recomendamos que no exijas anticipos y aceptes demorar el pago hasta el momento en que entregues el producto, de ese modo será más fácil que confíen en ti.

Venus interrumpió su diatriba para tomar un sorbo de café, y examinar a Ariel. Esta tenía los ojos muy abiertos, despiertos, sopesando todo lo que acababa de escuchar. Sonrió, la muchacha había devorado su pulga y ya no se oían rugidos extraños provenientes de su estómago. No es la música lo que calma a las fieras, sino la comida, pensó. Al verla alzar una ceja, decidió que estaba lo bastante interesada como para continuar su monólogo.

—Si te decides a formar parte de nuestra empresa, te daré un maletín con todo lo que necesitas para empezar: catálogos y muestras de lubricantes, aceites y cremas. A partir de ahí, en cada nuevo pedido te proporcionaremos más muestras sin ningún gasto adicional. Además, dependiendo del volumen de ventas, te daremos puntos que irás acumulando, y con los que podrás elegir un regalo entre nuestros productos. Lógicamente cuantas más ventas, más puntos, cuantos más puntos, mejores obsequios. No obstante, siempre recomendamos invertir parte de los primeros beneficios en comprar al menos un par de dildos, un estimulador y algún juguete, para poder tentar a las clientas con objetos en vivo y en directo, aunque eso depende de ti y de tu economía.

—Si empiezo ahora, no tendré que pagar nada. —Ariel quería tener eso muy clarito.

—Exactamente. Solo pagas cuando recibas el primer pedido.

—¿Y si no hago ningún pedido?

—No pasa nada, no estás obligada a nada. Pero te aseguro que, si sabes montártelo bien, puedes ganar mucho dinero.

—¿Puedo venderlo en cualquier parte de Madrid?

—No. En estos momentos tenemos varios comerciales operando en la capital y, por motivos de competencia, la única franja que queda libre es parte del cinturón sur, Alcorcón, Móstoles y Fuenlabrada. ¿Te interesa?

—Sí. Como siempre dice mi padre, no tengo nada que perder y mucho que ganar. Explícame más.

6

Pocos ven lo que somos,
pero todos ven lo que aparentamos.
NICOLÁS MAQUIAVELO

*T*ras la reunión con Venus, Ariel regresó a la pensión y allí se llevó la sorpresa de su vida. Lulú y Minia la estaban esperando en la puerta.

—Mira por dónde aparece esta ahora —dijo la vieja entre sus tres dientes— y tan sonriente que viene la jodida.

—¿Se puede saber dónde cojones te habías metido? —preguntó Lulú con su vozarrón de tenor—. ¿Tienes la más remota idea de la hora que es?

—No, pero me la vas a decir tú.

—¡Las diez de la mañana! ¿Sabes dónde tenía que estar yo a estas horas?

—No, pero también me lo vas a decir.

—¡Durmiendo en mi cama! ¡Y en vez de eso, ¿sabes dónde estoy?!

—¡Esa me la sé! —exclamó Ariel levantando el dedo índice y dando saltitos como si estuviera en el colegio—. Estás aquí.

—Menos guasas, niña. ¿Te parece normal llegar a estas horas? —inquirió Lulú señalando la esfera de su Rolex de imitación—. ¡Sin avisar! ¡Sin decir esta boca es mía!

—Lulú —dijo Ariel entornando los ojos sorprendida—. No me jodas que estabas preocupado por... mí —acabó diciendo señalándose a sí misma para que no hubiera lugar a dudas.

—Eh. No —afirmó Lulú dejando de señalar la hora con el índice y poniendo cara de circunstancias, fuera esa la cara que fuera—. Solo digo que, aunque hayas llegado a estas horas —remarcó la última palabra—, tienes que dejar mi cuarto como los chorros del oro y… pintar, y recoger la basura, y hacer todas esas cosas que haces siempre. A ver si te vas a pensar que voy a olvidar nuestro trato porque te hayas ido de parranda hasta estas horas y sin avisar. —La mirada de Lulú prometía una buena azotaina si volvía a llegar tan tarde—. ¡Como si no tuviera otra cosa mejor que hacer que estar aquí esperándote!

—Pues haberte ido.

—¿Sin saber qué había pasado? ¿Pero tú sabes los monstruos que hay sueltos por la noche?

—Me hago una ligera idea —respondió Ariel sonriendo.

—No te vayas a pensar nada raro, niña —dijo Lulú al oír a Minia reírse—. Me da igual lo que hagas, o lo que te hagan —comentó esto último mirándola fijamente—, siempre que lo que sea que te pase —arqueó las cejas, como advirtiéndola de algo muy, pero que muy malo— ocurra después de que acabes de pintar mi cuarto. Si luego te violan, te roban o te asesinan es cosa tuya —finalizó cruzándose de brazos satisfecho.

—Acabé de pintar tu cuarto ayer.

—¿Sí? Pues no se nota —respondió Lulú a la defensiva, se le había olvidado por completo que ahora sus paredes eran de un rosa pasión divino de la muerte.

—Antes era gris mierda, ahora es rosa limpio.

—Pero no has tocado el armario —afirmó de repente.

—¿El armario?

—Sí, el armario. Está hecho polvo, tienes que lijarlo y barnizarlo —asintió satisfecha.

—No me habías dicho nada del armario.

—Pues te lo digo ahora. Tienes que dejarlo brillante y bonito, así que ya te puedes andar con ojo y regresar a tu hora.

—¿Qué? —exclamó Ariel estupefacta. ¿Quién se creía Lulú que era?

—En fin, me voy a mi casa, que ya es hora —dijo echando un último vistazo a Ariel, comprobando que estuviera bien… para lijar y barnizar, por supuesto.

—¿Qué llevas en la mano? —preguntó en ese momento Minia.

—Nada —dijo Ariel pasando entre las dos mujeres, intentando escaquearse.

—¿Es un maletín de maquillaje para niños? —inquirió Minia interceptándola en la huida. Para ser una mujer mayor, era tan rápida como una arpía con un petardo en el culo.

—Es para mi nuevo curro —contestó Ariel intentando esquivarla.

—¿De maquilladora? —preguntó Lulú agarrándola por la muñeca para que no escapase.

—No. —Ariel intentó soltarse sin lograrlo. Lulú tendría aspecto de mujer, pero los músculos que trabajaba en el gimnasio eran de hombre.

—¿Qué llevas ahí dentro? —interrogó frunciendo el ceño.

—Suéltame ahora mismo, o te dejo el ojo más negro que la boca del lobo —siseó Ariel intentando liberar la muñeca.

—Parece el maletín de la señorita Pepis —comentó Minia quitándoselo de las manos de un tirón.

—Minia, ¡dámelo! —exclamó Ariel cabreada.

—Ábrelo —exigió Lulú soltándola—. Espero que sea maquillaje lo que hay ahí, porque si es otra cosa… —dejó la amenaza en el aire—. En mi cuarto no entra mierda.

—Será porque no cabe —respondió Ariel agarrando el maletín y tirando de él con la intención de arrancarlo de las zarpas de la arpía desdentada.

—Ahí le has dado. —Se carcajeó la vieja agarrada al maletín con uñas y tres dientes.

—Joder, Minia, tienes más brazos que el doctor Octopus —exclamó Ariel perdiendo la paciencia y dando un fuerte tirón que hizo que el maletín saliera volando por los aires.

Las tres mujeres (o dos mujeres y un hombre mucho más guapo, más maquillado y mejor vestido que ellas) observaron boquiabiertas la elipse que hizo el maletín hasta caer al suelo donde, con un fuerte golpe, quedó abierto de par en par.

—¡Joder con la mosquita muerta! —gritó Minia abriendo los ojos como platos—. Ahora va a resultar que le va la marcha más que a un tonto.

—¡No lo toques! —ordenó Ariel al ver que Lulú se inclinaba para coger el muestrario.

—¿Para qué narices quieres tú esto? —preguntó Lulú cogiendo un dildo enorme.

—Para metérmelo por el culo —exclamó Ariel sin pensar lo que decía.

—Pues se te va a quedar más ancho que el túnel de la M-30 —afirmó Minia carcajeándose y llenando de salivazos el interior del maletín.

—¡Minia para! ¡Lo estás inundando! —Ariel cogió el maletín y lo cerró con fuerza—. Soy vendedora de juguetes para adultos y lo que hay en el maletín es el muestrario. ¿Ha quedado claro? —Levantó la barbilla y miró con los ojos entornados a sus amigas—. No se toca. ¿Entendido?

—Lo que tú digas, niña —asintió la vieja encogiéndose de hombros con tal desinterés que a Ariel no le cupo ninguna duda de que intentaría robárselo en cuanto se despistara.

—Pues a mí sí que me puede interesar —comentó Lulú—. Dame esas muestras.

—No. Sí quieres algo, lo pagas —dijo Ariel protegiendo el maletín entre sus brazos.

—Antes tendré que probarlo.

Ariel alzó una ceja. Lulú tenía más de dos docenas de lubricantes distintos colocados en orden en el cajón de la mesilla, no le hacía falta probar muestras. Solo quería conseguirlas gratis.

—Lulú, tienes más cara que un saco de monedas —afirmó antes de darse la vuelta y subir las escaleras que la llevarían a su dormitorio. A la cama llena de muelles y bultos. A los dulces e incómodos sueños… y también fríos, pensó recordando que tenía que ventilar la habitación antes de que estuviera habitable.

El molesto *ring* del despertador la despertó antes de que hubiera descansado todo lo que necesitaba. Eran las cuatro de la tarde.

Hora de comenzar a trabajar.

Se estiró perezosa y se levantó de la cama. Lo primero que hizo fue quitar sus sábanas y su cobertor y poner la ropa de cama que Lulú usaba. La higiene manda.

Lo segundo fue salir al pasillo e ir hasta el cuarto de baño de puntillas. Minia tenía el oído muy fino y un despertar acojonante; literalmente: si la despertabas, te acojonabas. Una vez allí, se aseó teniendo mucho cuidado de no tocar nada que pudiera contagiarle algo, o sea, de no tocar nada.

Luego regresó a su cuarto, cerró la puerta, encajó la silla bajo el picaporte, pegó el oído a la pared en busca de los ronquidos de Minia y esperó unos segundos hasta estar segura de que no la había despertado. Cuando lo estuvo, abrió el armario y acercó la mesilla a él.

No era que sospechara que Minia o Lulú fueran capaces de revisar sus cosas cuando ella dormía: era que lo sabía a ciencia cierta. Y si algo tenía claro era que no podía enseñar muestras usadas de juguetes para adultos. Aparte de resultar asqueroso, era antihigiénico. Por tanto, antes de dormirse se ocupó de esconder el maletín y poner una botella de cristal sobre él. De este modo, si lo cogían, esta caería, se rompería y la despertaría.

Se subió a la inestable mesilla y comenzó a sacar del altillo del armario las bolsas de mantas, ropa vieja y demás cachivaches inútiles que lo atestaban hasta que por fin lo encontró. Lo cogió, y lo dejó con cuidado sobre el colchón.

De pie, junto a la cama, Ariel lo observó por enésima vez. Parecía el maletín de maquillaje de Betty Boop. Era de tamaño medio, metálico, lacado en negro con una franja rosa chicle rodeándolo y las letras «S» y «J» del mismo color, en mayúsculas, sinuosas y entrelazadas, en el mismísimo centro. Discreto y elegante… ¡Ja!

Se mordió los labios y lo abrió. Apretó los dientes intentando contenerse; inspiró profundamente, expiró, volvió a inspirar… y no pudo más. Una carcajada tremenda, bulliciosa y musical se escapó de su boca. Joooder. ¿Cómo iba a vender «eso» si no podía dejar de reírse al verlo?

Cerró el maletín.

Se sentó en la cama.

Miró el maletín.

Venus confiaba en ella para vender esos chismes y Ariel, cuando se comprometía con algo, lo cumplía. Eso por no hablar de que le hacía falta el dinero desesperadamente, estaba hasta los mismísimos de vivir en el cuchitril de Lulú.

Rotó los hombros, giró el cuello hasta que chascó, entrelazó los dedos, estiró las manos hacia fuera hasta que crujieron y se puso manos a la obra. Tenía que centrarse, asumir que este era un trabajo como otro cualquiera y, sobre todo, conseguir ver esos chismes sin echarse a reír.

Abrió el maletín de nuevo y observó detenidamente lo que había en su interior.

Varias muestras de aceites y lubricantes, un manual para el vendedor, un par de docenas de catálogos, ropa interior supuestamente comestible y un vibrador ultra moderno, rosa y con orejas.

—Joooder —exclamó tapándose la boca con las manos antes de que la carcajada que pugnaba por salir de sus labios se escapara y despertara a Minia.

¿Para qué narices querría alguien una polla artificial con orejas de conejo? En fin, tenía que ponerse seria, porque la cosa esa, según el precio del catálogo, era más cara que el seguro del culo de la Beyoncé. Aunque a ella le había salido por la cara. Anda que no era nadie regateando... y así lo comprendió Venus cuando se dio por vencida.

Respiró profundamente y lo cogió entre sus dedos: era grande, gordo, suave y rosa. Con dos orejas de conejo en la base, que, según la descripción, servían para excitar y dar placer al clítoris, aunque, a ella, el chisme ese más que excitarla le recordaba a la novia de Bugs Bunny teñida de rosa. Se le escapó otra risita tonta.

En vista de que no era capaz de contenerse, dejó el vibrador orejudo y pasó a hojear el catálogo.

—¡La hostia! —exclamó sin poder contenerse.

Ocupando una página entera a todo color, estaba el primo de Zumosol de la novia de Bugs Bunny: conejito vibrador, experiencias mágicas. Tenía cuatro funciones en un solo vibrador y unas dimensiones idóneas para elevarte a la cumbre del placer. Ariel volvió a mirar la foto.

—Lo dudo —comentó para sí misma.

El trasto ese parecía una pistola rosa, tenía otro «apéndice» además de las orejitas. En el momento en que introducías el más grande (20 centímetros) en la vagina, uno más chiquitín te tentaba el ano a la vez que las orejitas de la base te acariciaban el clítoris. Además, y por si fuera poco, el más grande rotaba sobre sí mismo, estimulando el punto G. Cerró los ojos y se imaginó a sí misma jugando con él. Dio un respingo.

—La leche... Tiene que ser algo así como taladrarse el coño —comentó mirando la foto desconfiada.

Había que estar loco para meterse semejante chisme, sería como empalarse. Seguro que si se despistaba lo sentiría en el gaznate.

Pasó la siguiente página y se encontró con el hermano punki del primo de Zumosol. Era igual que el otro vibrador, pero transparente y en el interior tenía bolitas de metal que, según el catálogo, vibraban y giraban a varias velocidades «transportándote a un mundo de sensaciones».

—Glups.

Esta situación era tan extraña para ella, tan lejana a sus vivencias, tan desconocida, que la ponía nerviosa y la hacía reír, y eso no podía suceder en medio de una venta. Estaba acostumbrada a tratar con chatarra, cables, tubos, cuadros de luz y andamios, no con consoladores, dildos, conejitos ni, ya puestos, con nada que tuviera que ver con el sexo.

Tendría que empollar de lo lindo para aclararse para qué servía cada cosa, para saber en todo momento qué estaba vendiendo y, lo más importante, para convencer a sus futuras clientas de que lo que les ofrecía era, sin duda, lo mejor para ellas. Y para eso, antes tendría que convencerse a sí misma. Se negaba a engañar a nadie.

7

Ay ho, Ay ho, al bosque a trabajar.
Los enanitos buenos tenemos que currar.
LA POLLA RÉCORDS, *Los siete enanitos*

2 de enero de 2009

—**M**ierda. A este paso voy a trabajar menos que el Ratoncito Pérez en un asilo —masculló Ariel dándose cabezazos contra una esquina.

Era la enésima vez en esa semana que entraba en una cafetería decidida a comerse el mundo y terminaba saliendo sin haber abierto la boca. Acababa de descubrir, en el peor momento de su existencia, que sí tenía vergüenza y que, en según qué casos, sí era tímida.

Una semana de ir a la zona sur de Madrid, de gastarse tres euros diarios en el billete de tren de ida y vuelta, de vigilar ojo avizor cada parque, cafetería y colegio esperando encontrar la víctima propicia, la compradora adecuada. Y todo para que, cuando por fin daba con ella, sus piernas, sus rodillas y su mente decidieran que no era capaz de echarle valor al asunto y vender lo que tenía que vender, es decir, pollas rosas con orejas de conejo. No era justo.

Dejó de darse de cabezazos contra la pared, la gente empezaba a mirarla como si estuviera loca. Estiró la espalda y agarró con más fuerza su maletín. Sabía todo lo que tenía que saber sobre lubricantes, dildos, vibradores, bolas chinas, ropa comestible, sexo vaginal, anal y oral. Estaba convencida, más o menos, de que sus futuras compradoras disfrutarían con sus nuevos juguetes, ya que estos eran de buena calidad y tenían buen precio.

Entonces…

¿¡Por qué narices no era capaz de empezar a vender!?

Porque le daba vergüenza. Una cosa era la teoría y otra la práctica. Y no tenía ni idea de cómo entrar a matar.

Llevaba toda su vida trabajando con hombres, en empleos que, según la sociedad, eran exclusivamente masculinos. Su trato con mujeres se reducía a su madre y a las pocas niñas del colegio que no la llamaban marimacho o que habían pasado de convencionalismos sociales y se habían mezclado con la hija del chatarrero. En definitiva, no sabía tratar con el género femenino. Y eso, en ese momento, era una faena como la copa de un pino.

—¡A la mierda! —exclamó agobiada—. Llamaré a Venus, le diré que no soy capaz, le devolveré los chismes y listo. Como dice papá, más se perdió en Cuba.

Se dio la vuelta irritada, volvería a Madrid, al vestíbulo de su estación de metro favorita, a buscar periódicos olvidados en las papeleras. Ya había perdido tiempo y dinero suficiente, tenía que reconocer que no valía para ese trabajo. Y punto.

Atravesó la calle a paso rápido, eran casi las nueve de la noche y unas nubes oscuras amenazaban con descargar lluvia. ¿Qué más daba? Total, el día estaba arruinado.

Estaba a escasos quince minutos de la Renfe, cuando la tarde decidió fastidiarse del todo. Un solo trueno y el mundo cayó sobre su cabeza en forma de diluvio universal.

—¿Qué más puede ir mal? —se preguntó a sí misma—. Todo —se respondió tras pensarlo un segundo—. Puede nevar en vez de llover, puede incluso granizar, que fastidia más, o mejor todavía, puede caerme un rayo encima.

Colocó como pudo el maletín para que quedara resguardado bajo su enorme chubasquero y apretó el paso mientras miraba de soslayo el cielo. No descartaba lo del rayo. En absoluto.

Estaba doblando la esquina de la calle cuando el diluvio se convirtió en tempestad. Si no se ponía a cubierto, acabaría empapada, y si acabada empapada probablemente se constiparía, y si se constipaba… No quería ni pensarlo.

Miró a su alrededor; los edificios que la rodeaban no tenían terrazas bajo las cuales refugiarse, excepto… Se dio la vuelta, Justo a su espalda había una pequeña construcción de dos plantas, un supermercado a pie de calle y, en un lateral, unas escaleras junto a un ascensor que llevaban arriba. Decidió subir por si había suerte y encontraba algún techado bajo el que refugiarse. Si no era así, se quedaría quietecita en el ascensor. A falta de pan, buenas son tortas.

Resultó que la suerte no la había abandonado. Al salir del ascensor en el piso superior se encontró con una estrecha galería al aire libre que servía de mirador para la pared de cristal que daba al interior, y que, ¡milagro, milagroso, milagrero!, estaba cubierta por un tejadito diminuto bajo el que guarecerse. Ni corta ni perezosa se plantó allí a la espera de que amainara y, como no tenía nada mejor que hacer, observó a través de los cristales.

El interior era un gimnasio, pero no uno de esos imponentes que salen en las películas, sino más bien el típico de barrio, pequeño pero coqueto, con gente de lo más normalita, no imponentes especímenes de la humanidad hipervitaminados e hipermusculados.

Justo frente a las escaleras y el ascensor, estaba ubicada la entrada, con unas puertas de cristal automáticas de las que se abrían con sensores y eran la delicia de los niños. O al menos lo eran de ella, recordó sonriendo.

La primera vez que había visto unas fue junto a sus padres en un centro comercial. Papá le hizo detenerse ante ellas y le dijo al oído que eran unas puertas especiales, y que solo se abrían con las palabras mágicas. «¿Sabes cuáles son?», le preguntó. Ella contestó muy bajito: «Ábrete, sésamo». «Más alto», dijo papá, y ella gritó con su vocecita de tres años. En ese momento su padre dio un paso adelante y las puertas se abrieron… Para Ariel fue algo así como un milagro.

Una estúpida y salada gota de lluvia que cayó sobre sus mejillas la hizo volver al presente. Se secó la cara con el dorso de la mano y siguió observando el gimnasio. Tras las puertas estaba ubicado el mostrador de recepción, con portero incluido, por supuesto. Frente a este, y a lo largo de toda la pared de cristal, estaban las bicicletas, los aparatos de *steps* y un par de cintas de correr. También podía ver aparatos de musculación, poleas y mancuernas, y al fondo una pared con tres puertas. Los vestuarios y alguna sala, imaginó Ariel. Y justo en el extremo derecho, alejado de los ventanales y ocupando una parte importante del gimnasio, un enorme, cómodo y hermoso tatami verde. Estuvo tentada de entrar solo para recordar qué se sentía al pisar uno de nuevo. Pero dudaba de que el portero le permitiera el paso sin carné de socio.

Siguió observando anhelante. El gimnasio era un espacio diáfano, sin columnas que pudieran estorbar la libre circulación de las escasas personas allí reunidas. Quizá por eso le llamó la atención un grupo de mujeres que, en vez de pedalear sobre la bicicleta, parecía que estaban de picnic. Hablaban entre sí, gesticulando y riendo, hasta que de repente una se bajó de la bici y se dirigió a una puerta de la pared del fondo. Todas las demás la siguieron, y justo en ese momento el portero desapareció del mapa.

Puede que el destino decidiera ayudar a Ariel, o tal vez que fuera su minuto de la suerte. Puede que simplemente el pobre hombre sufriera un apretón mortal de necesidad y no le diera tiempo a dejar a nadie en su puesto antes de salir corriendo a echar las tripas al servicio. Lo único importante fue que todo se confabuló para que ella decidiera probar suerte por última vez. Y esta vez no pensaba desaprovechar la oportunidad.

Entró subrepticiamente, si es que alguien empapado hasta los huesos podía hacer eso, y se dirigió con seguridad a la puerta por la que habían desaparecido las mujeres. La abrió de golpe irrumpiendo en una sala de paredes de espejo y suelos de madera. Sus presas, es decir, futuras clientas, se giraron y la miraron estupefactas.

Ariel se quedó en blanco… o casi. Aún recordaba la fórmula de presentación de Venus.

—Hola, soy Ariel. Perdonad si os interrumpo; pertenezco a Sexy y Juguetona, empresa líder de venta a domicilio de juguetes para adultos. —Soltó la parrafada de su jefa sin pararse a respirar, pero esta no le había dicho cómo continuar. Bueno, sí, le dijo que continuara como se le ocurriera… ¡Pero no se le ocurría nada!

Las mujeres la miraron desconcertadas, casi alucinadas. A una incluso se le abrió la boca de par en par mostrando la sorpresa que sentía. Ariel sintió que estaba fallando estrepitosamente a Venus, que había confiado en ella; a Lulú, que contra todo pronóstico le había enseñado todo lo que sabía sobre sexo, y a sus padres por no ser capaz de conseguir mantener el único trabajo que había encontrado desde hacia varios meses.

—¡Vaya cagada de presentación! —exclamó exasperada—. Vale, el tema es este: afuera está diluviando, tengo frío, estoy hasta las narices de andar y aquí se está muy calentito. Tengo un maletín lleno de catálogos sobre cosas que ni siquiera imagináis que existen, y que sirven para pasárselo de fábula. Por tanto, tenemos tres opciones: uno, hacéis vuestra buena acción del día dejándome estar aquí calladita y calentita en un rinconcito, como si fuera un mueble, hasta que deje de llover. Dos, llamáis al portero y que me eche a la calle sin perder un segundo. O, tres, abro el maletín, os enseño lo que tengo y nos echamos unas risas mirando vibradores con orejas de conejo, bolas chinas multicolores y tangas para hombre con sabor a chocolate.

Las mujeres la miraron como si estuviera loca.

—De estos últimos tengo una muestra, y no sé si darán morbo o no, pero es la hora de merendar y os aseguro que están de vicio. ¿A alguna le apetece merendar «tanga de chocolate»? ¿Qué me decís? —dijo arqueando las cejas y abriendo el «cofre del tesoro».

8

Allá donde se cruzan los caminos...
Joaquín Sabina, *Pongamos que hablo de Madrid*

*D*arío apoyó la espalda en la pared y se dejó resbalar hasta quedar sentado en el tatami. No podía concentrarse, necesitaba un respiro.

Todos los días, en cuanto cerraba su tienda iba al gimnasio en busca de la paz que le daba hacer sus series de ejercicios. Concentrarse única y exclusivamente en ir un poco más allá, correr un poco más rápido, hacer los *katas*[3] de jiu-jitsu un poco mejor... Él contra su cuerpo, a solas, en silencio.

Hoy no había sido así.

Su organizada y previsible vida estaba patas arriba. Todo aquello que había supuesto inamovible había saltado en pedazos. Su familia: su padre, su hermano, su hermana y su sobrina eran el puntal de su realidad, y ahora alguien se había introducido en su vida, rompiendo su tranquila rutina, amenazando con acabar con su existencia tal y como la conocía hasta ese momento.

Marcos.

El muy cabrito se había presentado en la tienda, tras siete años desaparecido, buscando a Iris, confirmando que era su padre. Amenazando a Ruth con quitarle a la niña si no se casaba con él.

Darío lo hubiera matado de buena gana si su hermana no lo hubiera impedido. Aunque, una vez pasado el arrebato y pensándolo fríamente, sabía que jamás lo habría hecho; puede que le hubiera dado algún que otro golpe, que le hubiera dejado un ojo más morado

3. *Kata*: serie de movimientos realizados con un orden preestablecido, ya sea contra adversarios imaginarios o reales.

que el otro, pero matarlo… No. No podía, no por falta de ganas, sino porque hubiera ido de patitas a la cárcel y tenía que cuidar de su padre, de su hermano, de Iris, de Ruth… aunque esta última, debía reconocerlo, se cuidaba muy bien solita, menos cuando metía la pata hasta el fondo, como ahora, enamorándose de nuevo de un capullo malnacido que merecía la muerte. ¡Miércoles!

Derrotado, sin saber qué hacer para solucionar una situación en la que no cabía su opinión, dejó caer los hombros, apoyó los codos en las rodillas y fijó la mirada en los ventanales, concentrándose en las gotas de lluvia que caían tras el cristal, buscando la serenidad que se le escapaba por momentos. Su mirada se encontró con «algo» que se dirigía hacia el gimnasio. ¿Persona? ¿Animal? ¿Espectro? No lo sabría decir, fuera estaba muy oscuro, apenas se veía nada a través de la cortina de agua que caía. Era un bulto informe y bastante alto. Quizás una persona, perdida dentro de un enorme chubasquero negro, que intentaba cobijarse bajo el diminuto tejado de la galería exterior.

Cuando ese «algo» estuvo pegado a los cristales, Darío pudo comprobar que era una mujer joven, no porque su cuerpo mostrara formas femeninas bajo el impermeable en forma de saco, sino porque la cara que asomaba bajo la oscura capucha podría haber sido la de un hada. A pesar de la distancia que los separaba podía apreciar que tenía la piel muy blanca, casi nívea, y unos labios carnosos y extremadamente rojos, del color de la sangre, casi del mismo tono que el largo flequillo que ocultaba sus ojos. La expresión de su rostro era melancólica, casi triste. La vio pasarse el dorso de la mano por las mejillas. ¿Estaría llorando? ¿Por qué? No era algo que le incumbiese, pero no pudo evitar centrar sus pensamientos en esa chica. Se la veía tan solitaria, tan desamparada ante la furia de los elementos.

¿Quién era? No recordaba haberla visto por el barrio y, debido a su trabajo en la zapatería, conocía a casi todo el mundo. De repente la joven se tensó, alerta. Darío vio un borrón aparecer en sus manos, un destello rosa chillón sobre fondo negro. La vio dar un paso, dos, y colarse como Pedro por su casa en el gimnasio, sin dejar ningún carné o pedir permiso a nadie. La observó dirigirse con paso rápido y seguro a la sala de baile, justo donde acababan de entrar Sandra y las demás. ¿Qué tramaba? Y sobre todo… ¿Qué llevaba en esa cosa negra y rosa?

Se levantó sin pensárselo dos veces y la siguió hasta quedarse parado ante la puerta cerrada, dudando, esperando oír cualquier ruido que le indicara si su presencia era necesaria o un estorbo. Quizá la muchacha conocía a Sandra… o lo mismo las estaba atracando. Pegó el oído a la puerta, pero solo le llegó el runrún de una conversación.

—¡Dios Santo! ¡Dame eso! —escuchó gritar a Sandra.

Darío no se lo pensó más. Abrió de un empujón y entró preparado para inmovilizar a la supuesta ladrona y arrancarle cualquiera que fuera el arma con la que estuviera atacando a las chicas.

Ariel se giró asustada al oír el golpe que dio la puerta contra la pared. Un tipo enorme y con cara de mala leche la estaba mirando como si fuera el aperitivo del día. Su instinto tomó el control. Años de peleas en el instituto, de defenderse en barrios poco recomendables, de dejar clarito que no era presa fácil para nadie, habían dejado en su mente una huelle indeleble.

No se lo pensó dos veces, aprovechando la inercia del giro tomó impulso con la mano que sujetaba el maletín y golpeó con fuerza al gorila en un lateral de la cabeza. Mientras él se llevaba las manos a la cara, le agarró de los codos y tiró con fuerza hacia sí misma, desequilibrándole, obligándole a adelantar el pie derecho, momento en que le golpeó con su pie en un barrido bajo, perfectamente ejecutado, que le robó el precario equilibrio.

Darío acabó tirado en el suelo sin saber cómo.

—¿Te has hecho pupa? —preguntó ella con sorna. Mantuvo los pies separados, las rodillas ligeramente dobladas y las manos apoyadas en los muslos con los dedos mirando hacia dentro.

Si las estrellas pudieran bajar del cielo estarían en ese momento dando vueltas alrededor de la cabeza de Darío, como en los dibujos animados. Estaba patidifuso, no por el porrazo que se había pegado, ni por el golpe en la cabeza con el ¿maletín de maquillaje? Estaba atónito porque una niñata, vestida como el hombre del saco y con cara de hada, le había tumbado. A él. Sí, a él, que llevaba años estudiando jiu-jitsu. Y por si fuera poco, lo había dejado fuera de combate con un *ashi barai*[4] de principiante y no contenta con eso ahora lo miraba desde arriba, amenazadoramente inmóvil, asumiendo una postura *jigotai*.[5]

—¿Quién coj… minos eres? ¿De qué mier… coles vas? —exclamó Darío conteniendo en el último momento los tacos que pugnaban por salir de sus labios.

4. *Ashi barai*: barrido al pie adelantado.
5. *Jigotai*: postura defensiva básica de jiu-jitsu.

—¿Tú eres tonto o te lo haces? —preguntó Ariel alucinada por la manera de hablar del tipo.

—¿Me estás llamando tonto? Mira, niñata, ten cuidadito con lo que dices… —amenazó él incorporándose. La cabeza le zumbaba por el golpe.

—¿O qué? —interrumpió ella—. ¿Romperás mi maletín con tu cara?

—Serás bruja…

—Claro, hombre, te he echado un hechizo para que te fallaran las rodillas y por eso te has caído. Tu inutilidad no ha tenido nada que ver —se burló dando un par de pasos atrás al ver que el mastodonte se ponía de pie, no porque tuviera miedo de él, sino porque de tonta no tenía un pelo.

—¡Manda hue… sos! Ya puedes ir saliendo por la puerta. —Darío se alzó imponente en toda su estatura y señaló con el dedo la salida.

—Échame —siseó Ariel apoyando las manos en las caderas. Ahora que por fin parecía que tenía alguna posibilidad de venta, solo la sacarían de allí con los pies por delante.

—Ey, chicos, tranquilos —intercedió la morena bajita que había pedido entusiasmada el tanga de chocolate, la primera posible clienta de Ariel—. Darío, no pasa nada; Ariel es una… —Sandra miró a la vendedora de juguetes eróticos— ¿amiga?

—¿Una amiga? No me jo… robes. Se ha colado y os ha seguido hasta aquí con la intención de robaros.

—¿Me estás llamando ladrona? —preguntó la interpelada muy bajito, acercándose a él hasta quedar plantada casi nariz contra nariz.

—¿Tú qué crees? —contestó el hombre inhalando profundamente. Entrecerró los ojos, y se acercó más a ella para saborear el enigmático y sensual aroma que se había colado en sus fosas nasales sin pedir permiso.

—¡Alto! ¡Tiempo muerto! —interrumpió Sandra de nuevo. Puso una mano en el pecho de cada uno de los contrincantes, separándolos—. Darío, Ariel nos estaba enseñando… unas cosas. No pasa nada, de verdad. Yo la he invitado a entrar —finalizó dejando claro con la mirada que no había más que hablar.

—¡Y una mier… coles! No me lo creo —replicó él alejándose de la bruja y su aroma. Recuperando la cordura que por un momento le había sido arrebatada—. Se ha colado en cuanto Toni se ha despistado. Lo sé porque la he estado observando desde que ha aparecido por la galería —explicó cruzándose de brazos.

—¿Te gusta mirar? ¿Te «pone» observar a la gente escondido tras un cristal? Chico, te tenía por torpe —comentó Ariel burlona—, pero no imaginaba que también fueras un pervertido. —Sonrió cruzándose de brazos, imitando la postura altiva del hombre. Para chula: ella—. Y otra cosa, no he aprovechado el despiste del portero. Cuando me he decidido a entrar, al tipo le han dado ganas de echar las tripas; casualidades de la vida —comentó encogiéndose de hombros.

—Mira, niña, no te pases de lista y no te hagas la tonta, que no te pega —gruñó Darío, tan enfadado que no cayó en la contradicción implícita en la frase. ¡Menuda bocaza tenía la nenita!

—No, eso va más contigo. No te lo tienes que hacer, lo eres —dijo ella hundiéndole un dedo en el pecho.

—No me toques —siseó él apartándole el dedo de un manotazo. ¡Hasta ahí podían llegar!

—¿Por qué? ¿Tienes miedo de perder el equilibrio y volver a caerte al suelo? —preguntó ella volviéndole a clavar el dedo en el pecho.

—¡Ariel! Deja de meterte con Darío —exclamó con autoridad Sandra—. ¡Darío! Ariel es mi invitada. Punto.

—No me jod… —comenzó Darío.

—Punto —reiteró Sandra alzando la barbilla.

—Vale, tú misma —aceptó él dándose la vuelta enfurruñado, saliendo de la sala y cerrando la puerta con un sonoro portazo.

Si la dueña del gimnasio decía que la bruja era una invitada, así sería, pero él no se lo tragaba.

—Bueno, chicas. ¿Dónde nos habíamos quedado? —preguntó Sandra dirigiendo la vista hacia algo negro tirado en el suelo.

Las demás mujeres miraron hacia donde señalaba.

Abandonado en el suelo estaba el tanga comestible de chocolate… El que Ariel estaba mostrándoles cuando Darío entró en la sala.

Sandra lo cogió y lo observó atentamente.

—¿Dices que esto es comestible? —preguntó arrancando un trocito de la «tela» y metiéndoselo en la boca—. Pues sí, y está riquísimo.

Y quizás esto fue una señal, porque, todas a una, las demás mujeres se acercaron a probar su trocito de tanga.

Ariel respiró de nuevo y se agachó para recoger su maletín del suelo y comprobar que todo estaba más o menos en su sitio. Una mano se posó en su hombro. Era una mujer de unos treinta años, rubia, con el pelo cuidadosamente peinado y perfectamente maquillada, con un chándal precioso en tonos burdeos y unas deportivas con un poco de tacón a juego. Tan arreglada que desentonaba totalmente con el ambiente del gimnasio.

—¿Estás bien? —preguntó amablemente—. Darío a veces es un poco bruto, pero no suele ser mala persona.

—Claro que estoy bien, ese ceporro es incapaz de tocarme un pelo —respondió Ariel con suficiencia.

—Sí. Ya he visto que lo has tumbado en un periquete. Por cierto, soy Bridget, pero mis amigos me llaman Bri.

—Hola Bridget, yo soy Ariel.

—Llámame Bri —afirmó la rubia sonriendo—. Veamos, quítate el abrigo, ponte cómoda y dime, ¿qué más sorpresas llevas en ese maletín?

Ariel miró a Bri, sonrió y la obedeció.

Diez minutos después el vibrador rosa con orejas, los catálogos, los aceites, lubricantes y un menguadísimo tanga de chocolate corrían de mano en mano a través del círculo de mujeres sentadas en el suelo de madera de un gimnasio de barrio.

El grupo resultó ser muy heterogéneo. Lo formaban un par de mujeres casadas y tres solteras; algunas no llegaban a la treintena y otras, como Sandra y Nines, pasaban con creces de los cuarenta.

Ariel descubrió, entre risas y mordiscos al tanga, que todas vivían en Alcorcón, que se veían todos los lunes, miércoles y viernes para hacer ejercicio y charlar sin maridos ni novios presentes.

Aunque todas se interesaron por los juguetes, fue sin duda Sandra la que dio el pistoletazo de salida a su carrera como vendedora.

Era la dueña del gimnasio y resultó ser una mujer agradable y divertida, sin pelos en la lengua y con una curiosidad infatigable para según qué productos del catálogo —en realidad, todos, menos los juguetes anales—. Al final acabó comprando un vibrador «experiencias mágicas», un par de lubricantes al agua con sabor a fresa y dos tangas de chocolate para su marido porque, según sus propias palabras, pensaba desayunárselo a la menor oportunidad.

Cuando Ariel rellenó la hoja de pedido y le confirmó a Sandra que esta no pagaría nada hasta que le fuera entregado, las demás mujeres del grupo se apresuraron a pedir ropa interior comestible y, por si fuera poco, Bri escogió unas cucas esposas forradas de terciopelo rosa y Natalia se animó con una caja de preservativos de sabor frambuesa con estrías. Además, dejaron en suspenso varios productos a la espera de ver el «resultado» que le daban a la jefa.

Una hora después de colarse en el gimnasio, Ariel se levantó del suelo con su maletín en una mano y su abrigo en la otra. Había acordado con sus clientas llevarles los juguetes dentro de dos semanas. También le dejó un par de catálogos a Sandra para que los enseñase al resto de mujeres que habían faltado ese día.

Abrió la puerta de la sala y traspasó feliz el umbral, con una sonrisa en la boca de esas que hacen estragos en los afortunados que las ven.

Y el (des)afortunado que la vio, no fue otro que…

Darío estaba sobre el banco de abdominales inclinado a cuarenta y cinco grados, tenía las rodillas encajadas en el extremo más alto y su cabeza reposaba a escasos centímetros del suelo. Esta era la posición que más le gustaba y en la que más esfuerzo realizaba. O que debería realizar, porque, en vez de hacer la serie de abdominales, estaba tumbado con las manos bajo la cabeza pensando en las musarañas. O más exactamente, en una ninfa malcriada y deslenguada, con conocimientos de artes marciales, que le había dejado en el más absoluto de los ridículos. Y que, por si fuera poco, olía como las hadas, si es que las hadas huelen a algo.

Cerró los ojos y tensó los músculos dispuesto a comenzar de una buena vez sus ejercicios. Respiró profundamente y se alzó hacia sus pies. Pero no llegó a completar el movimiento, el recuerdo de su aroma estaba tan dentro de su cerebro que no le dejaba concentrarse. ¿Cómo podía oler tan bien la condenada? Abrió los ojos enfurruñado. ¡No había manera! En fin, se consoló a sí mismo, estaba seguro de que bajo el enorme chubasquero negro habitaba el cuerpo horrendo de una bruja, aunque tuviera unos rasgos dignos del reino de la fantasía.

En ese momento oyó abrirse la puerta de la sala de baile, echó atrás la cabeza en un ángulo casi imposible para ver quién salía de allí. Era ella. Y no tenía el cuerpo de una bruja.

Era alta, no tanto como él, pero casi; debería rondar el metro ochenta. Vestía unos vaqueros anchos y caídos de cintura, nada sexis, que tapaban de la manera más horrenda posible sus larguísimas piernas; llevaba una camiseta negra que dejaba al aire su vientre liso y de marcados abdominales, y sobre aquella, una camisa a cuadros abierta, similar a las que él usaba, y, si no le engañaba la vista, más o menos de la misma talla que las suyas. El fino cuerpo de la muchacha volaba dentro de la enorme prenda y esto, en vez de hacerla parecer desarrapada, provocaba el efecto contrario. Le confería un aspecto etéreo, o al menos así se lo parecía a él.

Gruñó en silencio. La cosa se iba arreglando por momentos: no solo olía demasiado bien, sino que además su figura era demasiado bonita. Ascendió con la mirada por el cuerpo de la joven. Tenía el cuello delgado y grácil, y un rostro divino de rasgos afilados, pómulos altos y marcados, ojos grises como un cielo tormentoso y labios carnosos y rojos como la sangre, en perfecto contraste con un cutis que era tan blanco como la nieve. Su tez tenía un aspecto sublime, natural, sin ningún artificio o maquillaje que estropeara la armonía de sus facciones. Lo más intrigante de esa mujer era su peinado, si es que a «eso» se le podía llamar peinado. Tenía el pelo rojo. Ni caoba ni rojizo. Rojo. Ese rojo brillante y casi anaranjado que solo podía ser producto de la genética. Lo llevaba muy corto, casi como un militar, excepto el flequillo liso y largo hasta los labios, que en ese momento llevaba retirado de la cara, enganchado tras una oreja. Cuando giró la cabeza para despedirse de las chicas, Darío se percató de que también tenía un mechón de pelo trenzado que le caía desde la nuca hasta la mitad de la espalda, como si fuera una coletilla *hippie*. Era el corte de pelo más raro que había visto en su vida, y, aun así, todo en conjunto era de una belleza especial, única, más aún con esa sonrisa aniñada y feliz que adornaba su preciosa cara en esos momentos.

Ariel caminó rápidamente hasta la salida, y pasó junto al banco de abdominales, tan sumida en su recién encontrada felicidad que, aparentemente, ni se dio cuenta del hombre que cerró los ojos e inspiró profundamente.

Ese aroma… picante y dulce, cálido y sensual, intenso y natural. Era una fragancia única para una mujer única, y aunque Darío en esos momentos no lo sabía —pero sí lo sospechaba— era una esencia que se colaría en sus sueños más de una noche.

Bridget observó a la pelirroja salir del gimnasio, y no le pasó desapercibido el gesto de Darío cuando esta pasó junto a él. Se giró y miró a las demás mujeres con una sonrisa en la boca.

—Una chica extraña, ¿verdad?

—Más bien divertida —afirmó Sandra.

—Sí, hemos pasado una tarde estupenda con ella, pero viste de una manera rara, no sé, como con retales, o algo así. La camisa le quedaba enorme y mejor no hablar de los pantalones —comentó Bri como quien no quiere la cosa.

—Cada cual viste como quiere —contestó una de las chicas.

—Claro que sí. Cada cual viste según su personalidad. —Amplió la opinión Bridget—. ¿Creéis que volverá con lo que le hemos encargado?

—¿Por qué no? —preguntó Sandra extrañada.

—No sé… —suspiró Bridget indecisa.

—Claro que va a volver. Si no vuelve para traernos las cosas, no las cobra… ¿Qué vendedora haría algo así? —respondió Nines. Le había caído genial la zagala, y se negaba a pensar nada malo de ella.

—Bueno, no nos ha enseñado ningún carné de su empresa ni nada por el estilo —sembró Bri la duda—. Pero claro, ¡qué tonta soy!, tienes toda la razón, Nines. Mientras no paguemos por anticipado, estamos seguras al cien por cien de que nos traerá las cosas.

—¿Estás insinuando algo? —preguntó Sandra recelosa. Hacía años que conocía a Bri, y sabía exactamente de qué pie cojeaba.

—Por supuesto que no. Es solo que… ya sabéis. Los vendedores ambulantes a veces… Bah, son tonterías mías, no me hagáis caso. Bueno, chicas, me tengo que ir; ya es tarde y me estarán esperando en casa para cenar. Chao. —Se despidió de todas con una sonrisa enorme en los labios y un guiño de ojos.

9

Si algo puede salir mal, saldrá mal.
EDWARD A. MURPHY JUNIOR, Ley de Murphy

*E*ran las cinco de la tarde de un crudo viernes de enero.

Desde las entrañas de Madrid los accesos subterráneos del metro y de Renfe escupían una riada de gente con mucha prisa y poca paciencia. En la superficie, los autobuses arrojaban enjambres de ciudadanos aburridos a la fría tarde. En las calles y avenidas los tenderos se apresuraban a subir los cierres, buscando posibles clientes entre las pocas personas que observaban, con miradas de refilón y pasos apresurados, sus escaparates. Los mismos individuos que ignoraban, dando algún que otro codazo, a los vendedores ilegales que desplegaban sus mantas en las sucias aceras. Sobre el asfalto, conductores con complejo de Fernando Alonso esquivaban entre bocinazos arrogantes a los ingenuos peatones que osaban pensar que el semáforo en ámbar significaba que aún les daba tiempo a cruzar la calle… Y entre toda esta marea de humanidad anónima, ensimismada y apresurada, una joven pelirroja luchaba contra el tiempo.

Vestida con su sempiterno anorak negro tamaño XXL, sus vaqueros gastados y sus botas de montaña, Ariel caminaba deprisa con una meta fija en la mente: llegar a la pensión lo antes posible.

Dobló la esquina y enfiló casi corriendo la calle, abrazando con fuerza el paquete que llevaba entre las manos. Este no solo contenía su salvación de la ruina, su garantía de seriedad hacia sus clientes y su más preciado tesoro; era también un muerto de cuidado que pesaba más que un elefante con problemas de sobrepeso. ¿Quién iba a pensar que unas pocas vergas de juguete iban a pesar más que un saco de yeso?

Él estaba apoyado en la esquina, buscando a alguien, quien fuera; daba lo mismo. Alguien que no se pudiera defender, que fuera manejable. Necesitaba dinero y lo necesitaba ya. No podía esperar más. Entones la vio.

La víctima perfecta. Delgada, vestida de manera descuidada, y con un paquete en las manos que le impediría reaccionar. Con la vista fija en el suelo sin prestar atención a su alrededor y tarareando una canción entre dientes. Distraída.

No se lo pensó dos veces. Echó a andar tras ella, satisfecho al ver que no notaba su presencia. Al pasar frente a un portal vacío, la agarró del codo con fuerza y tiró de ella.

—Ven —gruñó amenazante, normalmente no hacían falta más palabras para aterrorizar a sus presas.

—Tengo prisa —respondió su presunta víctima intentando soltarse.

Él se quedó perplejo por un segundo, pero no la soltó.

—He dicho que vengas —insistió alzando la voz y apretando la mano que la sujetaba.

—Y yo te he dicho que tengo prisa —contestó ella dando media vuelta con rapidez felina y clavándole con fuerza una rodilla en la entrepierna.

—¡Arg! —exclamó él, soltándola y doblándose por la mitad, con tan mala suerte que al caer golpeó con la cabeza la pesada caja que ella transportaba.

Ariel lo miró fijamente, observó su preciado paquete buscando signos de abolladura y volvió a mirar al inoportuno tipejo.

—¿Tú eres tonto o te lo haces? —exclamó con ojos de loca, esos ojos abiertos como platos que destilan odio, salvajismo y venganza sin par. Esos que lanzan tal mensaje a quien los contempla que logran que a este le entren ganas de salir corriendo sin tener en cuenta su aflojada vejiga y el líquido amarillo que está a punto de derramar—. ¿Sabes lo que acabas de hacer? —siseó la exasperada joven mientras acariciaba con mimo su preciado paquete—. ¿Sabes lo que me ha costado esto? —continuó, agitando el paquete con cuidado—. Serás gilipollas.

El tipo seguía doblado sobre sí mismo intentando recuperar la respiración, sin dejar de mirarse asustado la entrepierna, a la vez que, con ambas manos, se palpaba la zona en un intento de ver si sus queridos testículos estaban todavía en su sitio.

De repente sintió una corriente de aire cerca de su oreja y un segundo después una bota de montaña impactó en su hombro haciéndole perder el poco equilibrio que le quedaba y dejándolo tirado panza arriba en plena calle.

Miró hacia arriba, a la dueña de la bota, e instintivamente se tapó lo que quedaba de sus maltrechos órganos genitales. Había dado con una loca.

—¿No sabes que es de mala educación no responder cuando te hablan? —preguntó Ariel con el paquete apoyado en la cadera.

Lo observó ahí tirado, con la cara pálida, sujetándose los huevos, que, seguramente, habían pasado de duros a revueltos, y casi sintió lastima por el pobre ladrón. Casi.

—No vuelvas a tocarme las narices, ¿vale? —El tipo no respondió—. ¿Vale? —preguntó más alto a la vez que le daba una ligera patadita en la cadera.

—Vale —susurró el ladrón de poca monta.

—Bien —dijo girándose para irse... pero se volvió para mirarle al cabo de un segundo, haciendo que el tipo adoptara, por mor de su seguridad, la posición fetal—. Y la próxima vez que quieras chorar el parné a alguien, mejor te metes el dedo en el culo y te lo piensas un poquito, no vaya a ser que la acabes diñando por hacer el gilipollas —finalizó indignada. Con la prisa que tenía, le había ido a tocar a ella el imbécil de turno. ¡Había que joderse!

El chorizo observó aliviado cómo se perdía de vista su agresora. Suspiró e intentó ponerse en pie sin separar sus manos de los huevecillos asustados que se habían ocultado en el interior de su ingle. Al tercer intento consiguió mantenerse erguido y convencer a sus «niños bonitos» de que asomaran a la superficie para un examen preliminar. Fue en ese momento cuando se percató de que había un corrillo de gente a su alrededor, murmurando algunos, riéndose abiertamente otros.

Intentando aparentar dignidad, fue cojeando hasta su esquina favorita mientras pensaba en qué narices había fallado en su plan. Ella parecía la víctima perfecta. Hizo memoria y encontró su error... Había pensado que iba cantando distraída, y no creyó que la cancioncilla que tarareaba tuviera la menor importancia, pero visto en retrospectiva sí qué era importante, decisiva de hecho. Porque lo que la loca tarareaba no era una canción, era un aviso subliminal: «Mierda. Llegaré tarde. Mierda, mierda, mierda. Como llegue tarde mato a alguien».

Cuando Ariel por fin llegó a «casa» estaba de un humor de perros, así que no se molestó en aflojar el paso cuando Minia se dirigió a ella con algo en las manos. La miró con cara de malas pulgas y siguió su camino.

Había salido de allí a las dos de la tarde con la intención de estar de vuelta antes de las tres… Pero todo se le había dado mal. De hecho, si tuviera que elegir la segunda semana más horrible de su vida, sin duda sería esta.

Cuando abandonó el gimnasio quince días atrás, llena de confianza en sí misma, decidió seguir buscando nuevos clientes durante el resto de la semana con la intención de conseguir más volumen de pedidos… y lo había logrado. Una vez roto el hielo de la vergüenza, la timidez y la inseguridad habían desaparecido. Un día dio paso a otro y rápidamente tuvo un buen pedido entre las manos. Lo gestionó con la certeza de que llegaría en menos de tres días, eso le dejaba una semana para ordenar los juguetes por clientes y zonas. Pero correos había «casi» perdido el paquete postal. No estaba perdido, no; únicamente no lo encontraban. ¡Que alguien le explicara la diferencia!

Harta de esperar un paquete que no llegaba, el martes había decidido tomar medidas drásticas. Sin pensarlo un segundo, se personó en la oficina de Correos y usó la «palabra mágica», que, en contra de todo lo enseñado por sus padres, no era «por favor». La palabra mágica era «hoja de reclamación» seguida de «denuncia en la oficina del consumidor». En ese momento la persona que la atendía la miró por primera vez y se dio cuenta de que, bajo su apariencia descuidada y su pelo extraño, había alguien, muy, pero que muy cabreado. Tras dos lentas y angustiosas horas habían localizado el paquete, en otra oficina, en otra provincia, eso sí, dentro de la península Ibérica —menos da una piedra y hace más daño—; ahora solo tenía que esperar un par de días a que fuera remitido a Madrid.

Ariel de pequeña veía *Barrio Sésamo*, y allí Supercoco y Epi y Blas le habían enseñado que un par de cosas era igual a dos cosas… pues no. Como comprobó, indignada y exasperada, para ciertas entidades (que seguramente no habían visto *Barrio Sésamo*), un par de días eran como mínimo tres.

Por tanto el mismo día que, supuestamente, debía entregar el pedido, este llegaría a Correos y lo haría, más o menos, a mediodía… según los parámetros temporales del empleado que no había visto a Epi y Blas explicar cuándo era por la mañana, mediodía, por la tarde y por la noche.

Decidió ir por el paquete a mediodía —por si acaso el empleado sí había visto ese episodio— pero le fue imposible. ¡Cómo no! En el momento en que salía de la pensión, saltaron los plomos. Y no hubiera pasado nada si Minia hubiera estado dormida, como era su costumbre a esa hora. Pero no, ese día la vieja había decidido hacer un bizcocho.

Ariel estuvo a punto de pasar de todo y largarse con viento fresco, pero no pudo. Y no fue por su conciencia, qué va. Fue porque Minia, en un arranque de velocidad nunca visto, salió corriendo de la cocina, cerró la puerta de la calle con la llave y se la metió en el escote. Y Ariel, que había estado en los sitios más insospechados y repugnantes, se vio incapaz de meter la mano por el agujero negro que era el escote de la buena mujer. Por tanto tuvo que arreglar el desastre.

Y por fin, después de esperar una cola interminable en Correos y ser casi asaltada por un ladrón incompetente, llegó a «su» habitación con el tiempo justo de colocar los chismes en el maletín y salir pitando a Alcorcón.

—Ya era hora, niña —dijo Lulú en cuanto Ariel entró por la puerta.

Estaba sentada en la cama, rodeada de los catálogos, muestras y juguetes que horas antes estaban perfectamente colocados. Ariel sintió que una vena se le hinchaba en el cuello, que, de hecho, estaba a punto de estallar.

—Lulú, te he dicho mil veces que no toques mis cosas. ¡Joder! —exclamó desde la puerta, un segundo antes de que esta se abriera y el picaporte le golpeara la espalda.

Minia acababa de hacer acto de presencia llevando una bandeja con algo parecido a un bizcocho en el que alguien hubiera aposentado su trasero. Ariel la miró mientras se frotaba la zona golpeada, luego observó a Lulú reírse tumbada sobre lo que tanto le había costado colocar… y la vena estalló. Cogió el bizcocho y se lo tiró a la cabeza.

Quizá si el dulce lo hubiera hecho otra persona no hubiera pasado nada, pero la cocinera había sido Minia.

El proyectil, del tamaño de un plato embarazado, abandonó veloz la mano de Ariel para ir a estamparse contra la testa perfectamente peinada y maquillada de Lulú y a continuación cayó con un seco *crac* sobre el suelo.

Las mujeres que aún estaban de pie miraron atónitas el bizcocho. Estaba impecable, como si no hubiera impactado contra nada. Lulú por su parte estaba semiinconsciente en la cama, con un chichón en la frente que iba creciendo y poniéndose morado verdoso por momentos.

Minia se acercó hasta su bizcocho, lo cogió con cuidado, lo observó atentamente y golpeó con él la pared. La pintura rosa saltó, y un poco de yeso cayó al suelo. El bizcocho continuó intacto.

—¡Minia! —exclamó Ariel enfadada—, pinté la pared hace menos de un mes. ¡Haz el favor de no andar jodiendo la marrana, que la pintura rosa no se consigue así como así! —Le había costado un triunfo encontrar una obra en la que pedir «prestados» un par de botes.

—¿Te preocupas por la pared? ¡Y mi cabeza qué! —gimió Lulú tocándose el chichón de su frente—. He estado a punto de morir lapidada por una magdalena gigante.

—No entiendo qué ha podido pasar —comentó Minia rascándose la cabeza, haciendo que la caspa que la poblaba saliera despedida en todas direcciones—. He seguido las instrucciones al pie de la letra. Quizás he puesto mucha harina, no sé… —continúo farfullando mientras golpeaba de nuevo el bizcocho contra la pared, dejando pequeños picotazos impresos en esta.

—¡Minia! ¡Lulú! ¡Fue-ra! —gritó Ariel separando mucho las sílabas. Su paciencia había alcanzado el límite.

Las dos mujeres centraron su atención en el cuello de la muchacha, donde el extraño peinado de Ariel no tapaba la vena palpitante e hinchada, y decidieron, en bien de su salud física, abandonar el cuarto. Eso sí, Minia usó el bizcocho como escudo, solo por si acaso.

Una vez a solas, Ariel abrió el paquete; estaba todo, gracias a Dios. Miró el reloj: las seis de la tarde. Tenía una hora escasa para colocarlo todo y arreglarse para ir al gimnasio. Tiempo de sobra.

Noventa minutos después, todavía estaba en la pensión, mirándose al espejo del cuarto de baño comunitario. Se había vestido con sus mejores galas, pero, aun así, no se sentía cómoda.

Se puso de perfil para observarse desde otro ángulo y al momento deseó darse un cabezazo contra la pared. ¿Qué mosca le había picado? Ella jamás se preocupaba por su aspecto físico, por su ropa o por su pelo. Excepto cuando este crecía demasiado y debía recortarlo. No tenía sentido de la moda ni un cuerpo femenino digno de ser tratado como tal. Era simplemente un marimacho. ¿¡Qué narices hacía mirándose en el espejo durante quince minutos!?

—Perder el tiempo, eso es lo que hago —se respondió a sí misma.

Se quitó los *leggings* que había comprado en un arranque de insensatez antes de quedarse en el paro, se quitó por la cabeza el vestido de punto que su madre le regaló al cumplir los dieciséis, ese que jamás se ponía por miedo a estropearlo, y guardó con cuidado la fina cadena de oro con el colgante en forma de dos manos unidas que papá le había obsequiado cuando tuvo su primer período. «Ya eres una mujer, mereces llevar joyas de mujer», dijo el pobre iluso. Como si un poco de sangre en las bragas pudiera convertirla en algo remotamente femenino. Frunció el ceño y se regañó a sí misma por pensar así de papá; él no era un iluso, solo la veía con ojos de padre: ojos ciegos e ilusionados.

Una vez desnuda observó su cuerpo en el espejo: delgado, fibroso, con buenas piernas para subir y bajar de los andamios y brazos fuertes para levantar y tirar de metros y metros de cable. No le hacía falta más. Se tocó el pelo, el flequillo ya le llegaba casi hasta la barbilla, la coletilla alcanzaba más de media espalda y el resto tenía por lo menos tres dedos de largo. Tenía que cortárselo, pero le daba tanta pereza. No, reconoció para sí misma; no era pereza, era esperanza. Lulú no hacía más que decirle que tenía un pelo precioso y que debería dejarlo crecer y Ariel, como la tonta que era, casi le había creído.

—Pelirroja mala suerte —dijo entre dientes tomando la determinación de no dejarse comer el coco con chorradas y empezar a buscar una academia de peluquería donde se lo cortaran gratis.

Se puso unos pantalones de deporte, una camiseta de tirantes y, sobre esta, un jersey de lana con tantos años como ella. Por último se calzó las únicas deportivas que aún estaban enteras. Le hacían rozaduras, por eso estaban enteras, porque no se las ponía nunca, pero... El chándal y las botas de montaña no pegaban ni con cola.

—Mucho mejor —comentó para sí misma.

Tenía tres objetivos a cumplir en su visita al gimnasio.

El primero, que todos los encargos fueran del agrado de sus clientas y estas quedaran conformes y siguieran comprando.

El segundo, casi imposible de cumplir, que Sandra la dejara subirse al tatami para hacer unos cuantos movimientos.

El tercero, el más tonto de todos, volver a ver al tipo moreno al que había tumbado. No porque hubiera sido divertido, que lo había sido, sino porque... Él había cerrado los ojos e inspirado profundamente cuando ella pasó a su lado, como si se deleitara con su aroma y quisiera grabárselo en el cerebro para no olvidarlo. Pero eso era una tontería, ¿verdad? No obstante, hubo un momento en que le dio la impresión de que la miraba con buenos ojos, tal y como siempre decía papá que la miraría el hombre que se enamorase de ella.

—Eso es una chorrada —musitó con la mirada fija en su reflejo—, nadie me mirará jamás con buenos ojos, porque simplemente no hay nada bonito que mirar —afirmó tapando con la mano la cara de hada que le devolvía la mirada.

Negó con la cabeza y bufó al recordar que a su imaginación, esa estúpida testaruda que no seguía órdenes y hacía lo que le daba la real gana, le había dado por poner al maromo dentro de sus sueños, noche tras noche… Por lo que había que añadir al desastre horroroso que era su cara unas ojeras negras como el carbón. Siguió con los dedos su imagen en el espejo; dibujó sus labios demasiados gruesos y rojos, sus ojos rasgados de color humo sucio, y su frente lisa y estrecha.

—Deja de mirarte —se recriminó—. Ya lo dice el refrán, aunque la mona se vista de seda, mona se queda —sentenció.

Fue a su cuarto, colocó con cariño el vestido y los *leggings*, escondió el colgante y cogió el maletín. Había llegado la hora de la verdad. Todo su dinero estaba invertido en dildos, vibradores, lubricantes, esposas y ropa interior comestible. Esperaba que diera sus frutos.

10

Las cosas no son como parecen,
son como somos nosotros.

EL TALMUD

16 de enero de 2009

Si las miradas matasen y los relojes fueran humanos en vez de simples máquinas, el reloj de la zapatería estaría temblando.

Darío revisó por última vez los estantes llenos de botas y zapatos recién arreglados, colocó por enésima vez cualquier cosa que se hubiera escapado de su mirada penetrante y volvió a observar el reloj. En ese momento el minutero cambiaba (algo angustiado, aun siendo una máquina sin cerebro) de ocho menos diez a menos nueve.

De pie frente al mostrador el hombre empezó a tamborilear con los dedos sobre él. El reloj marcó tímidamente otro minuto más, esperando que el musical *tic* calmara a la fiera. Darío caminó hasta él y le dio un par de suaves golpes a la esfera.

—No puede ser que solo hayan pasado dos minutos —dijo impaciente—, me apuesto el cuello a que vas mal —acusó al reloj. Este casi se encogió sobre sí mismo, casi.

Se asomó a la puerta de su tienda y observó la calle. Estaba desierta. Era de noche, hacía mucho frío y la gente estaba calentita en sus casas. Por tanto, saltándose su regla principal —esa que colgaba de un cartel en la puerta: «Tardes de 17.30 a 20.00»— decidió que era hora de cerrar. Cogió su mochila, apagó las luces, cerró la tienda y se dirigió al gimnasio. El reloj marcó las ocho menos cinco, aliviado.

Normalmente no tenía tanta prisa, pero ese día era diferente.

Tras arduas investigaciones, es decir, hacerse el encontradizo con Bri a la salida del gimnasio, descubrió que la bruja con cara de hada se llamaba Ariel, que vendía juguetes eróticos y que iba a volver, supuestamente, el 16 de enero, o sea, ese mismo viernes. De hecho, había obtenido mucha más información. Durante las dos últimas semanas en el gimnasio no se había hablado de otra cosa.

Las chicas estaban eufóricas y sus maridos, un poco moscas.

«Para qué narices querrá Sandra (o Nines, dependiendo de qué marido se estuviera quejando en ese momento) juguetes de esos», fue la frase más repetida de Elías y compañía durante la semana y, como eran sus compañeros de tatami, podía decir, sin temor a equivocarse, que las compras de las mujeres no habían caído muy bien a sus respectivas parejas.

Caminó a paso ligero en dirección al gimnasio, no porque tuviera prisa, que la tenía, sino porque era una costumbre adquirida durante toda su vida. Cuando se tiene un negocio al que atender, una sobrina a la que cuidar y un padre con problemas de memoria, o aprendes a darte prisa o no te da la vida para hacer todo lo que tienes que hacer.

Aunque eso iba a cambiar. Su hermana había decidido dejar entrar (¡voluntariamente!) en su vida a Marcos, el padre de su hija, y ahora se dedicaban, como la *happy family* que no habían sido en la vida, a pasar las tardes juntos en el parque. ¡Manda hue… sos! Seis años ayudándola a cuidar de Iris y ahora le dejaban de lado. Pues mira qué bien, ¡mejor solo que mal acompañado! A partir de ahora tendría tiempo libre… Y no sabría qué hacer con él.

Aceleró el paso intentando dejar atrás la rabia que acompañaba a sus pensamientos, pero no había modo. No entendía a su hermana y nunca la entendería. El capullito de alelí la iba a dejar tirada, como ya hizo siete años atrás, y ella no se daba cuenta.

Cuando entró al gimnasio tenía la cabeza en otro sitio, exactamente en el mismo lugar que el cabreo: saliendo en forma de humo de sus orejas, por lo que cuando le dio su carné al portero, no dudó en preguntarle a bocajarro.

—¿Ha llegado ya la sirenita?

—Hum, ¿quién? —preguntó Toni sin entender.

—Ariel, la vendedora de consoladores a domicilio —especificó Darío.

—Ah, hum, sí. Ha llegado hace cosa de media hora, está en la sala de baile con las chicas. Hum, una cosa, no andes por ahí diciendo que vende consoladores; creo que no les sienta bien.

—¿Qué digo entonces? —preguntó perplejo Darío—. ¿Que vende nabos?

—Hum, yo que tú no diría nada, las chicas están un poco sensibles. Ya sabes, llevan dos semanas escuchando bromitas y, hum, están a la defensiva.

—¡Pero es que vende consoladores! —exclamó Darío—. No puedo hacer nada para cambiarlo.

—Hum, Sandra ha dicho que prefiere el término «dildo» —comentó Toni encogiéndose de hombros.

—¡Qué chorrada!

—Hum, no seré yo quien le lleve la contraria —afirmó Toni, que, lejos de ser el típico gorila hipermusculado e hipervitaminado, era un hombrecillo flemático, con poco pelo en la cabeza, una mente muy lúcida, y una tranquilidad a veces exasperante.

Encogiéndose de hombros, Darío se dirigió al vestuario, donde se encontró con Elías apoyado en una taquilla y muy enfurruñado.

—¿A ti qué te pasa? —le preguntó.

—Nada. Ponte el quimono —ordenó Elías cruzándose de brazos.

—Cuánta prisa —sonrió Darío; sí que le pasaba algo, y se imaginaba qué.

—¡No sé qué mosca le ha picado a Sandra!

—Debería buscarme curro de vidente —dijo entre dientes Darío.

—¿Qué?

—Nada.

Se vistió mientras oía una letanía interminable de quejas por parte de su compañero.

—A mí me parece genial que las chicas jóvenes y solteras compren esas cosas, pero Sandra y yo tenemos ya una edad… Y no es para andar haciendo el tonto, ¡ni que fuéramos críos! Además, ¡no sé para qué cojones quiere un consolador! Cómo si no tuviera suficiente conmigo. ¡Si no me hace ni caso! Yo la busco todas las noches, pero o tiene sueño o es muy tarde…

—O le duele la cabeza —le interrumpió Darío haciéndose eco de lo que había visto por la tele en series cómicas, porque experiencia en eso, lo cierto es que tenía bien poca.

—¿Eh? No, a Sandra nunca le duele la cabeza. ¡Ves! —exclamó irritado—. No se molesta siquiera en buscar excusas. Y ahora va a comprar un consolador rosa, tamaño extragrande, para comparar con lo que tiene en casa.

—¿Lo que tiene en casa? —¿Ya era usuaria de esas cosas? ¡Miércoles! De lo que se enteraba uno.

—Sí, yo.

—Ah, tú… Vale, lo he cogido.

Caminaron en silencio hasta colocarse en mitad del tatami, se saludaron y comenzaron.

En contra de lo que mucha gente piensa, las artes marciales, y el jiu-jitsu en particular, no son un continuo ir y venir de patadas alucinantes que hacen silbar el aire con ruidos del tipo *sswiittsss zzwwuuttss*. Ni saltos interdimensionales con grititos *yhaaee* incluidos. Ni mucho menos golpes con la mano abierta y rígida cuyo sonido onomatopéyico es algo parecido a *plfauafst*, que dejan al oponente rendido con un contundente *pataplof* al caer al suelo, del que por cierto se levanta al momento, fresco como una rosa.

No.

Para nada.

Eso queda muy bien en la tele, pero, en la vida real, practicar artes marciales significa ejecutar una y otra vez los mismos movimientos, hasta que salen perfectos y luego, si acaso, una peleíta corta y coreografiada para poner en práctica lo aprendido.

Darío y Elías hablaron hasta que decidieron qué *katas* realizar y se pusieron a ello.

Se miraron, pendientes uno del otro, atentos al más mínimo movimiento. Para realizar correctamente un *kata*, es necesario enfatizar la fuerza y la corrección del equilibrio, algo en lo que había fallado estrepitosamente Darío hacía dos semanas, y de lo que prefería no acordarse. También debía controlar la respiración y coordinar el tiempo y la distancia. Esa tarde, además, pensaban desahogarse un poco… Por tanto no fue extraño que menos de una hora después ambos estuvieran sudorosos, agotados, algo golpeados y, por qué no decirlo, bastante más calmados y dispuestos a afrontar lo que les deparara el destino: una noche en compañía de un falo rosa XXL a uno, y la aparición en persona de la bruja con que había soñado varias veces al otro.

Se saludaron educadamente con un apretón de manos y se fueron a duchar; la higiene manda.

En la sala de baile, una docena de mujeres estaba sentada en el suelo formando una circunferencia perfecta, es decir, una curva cerrada sin principio ni fin. Pero si, por algún motivo incomprensible y alejado de las reglas matemáticas, esta circunferencia tuviese un principio y un final, sería exactamente el lugar donde Ariel estaba sentada.

Tras más de una hora de darle a la lengua, por fin se sentía cómoda hablando de lo que estaba hablando y esto era: formas de dejar a alguien del género masculino tirado por los suelos. Era increíble cómo podía degenerar una conversación con el paso del tiempo, porque, aunque en estos momentos no lo pareciera, habían empezado hablando de…

—Siento muchísimo llegar tarde —se disculpó Ariel en el

mismo instante en que sus pies pisaron el suelo del gimnasio—. Pero, aunque suene a excusa, hoy me las he tenido que ver con una cola en Correos más larga que la bufanda de una jirafa, con un ladrón más inútil que el timbre de un cementerio y con un bizcocho más duro que una paella de tornillos, y eso por no hablar de la Renfe, que ha hecho el trayecto con la misma rapidez que una tortuga asmática —finalizó, tan nerviosa por llegar tarde a su primera cita de trabajo que no se dio cuenta de que estaba usando con sus futuras clientas un argot cuanto menos pintoresco.

Sandra la miró patidifusa durante un par de segundos para acto seguido comenzar a reírse.

Ariel sonrió ante la risa de Sandra, pero luego frunció el ceño al comprobar que estas sonaban en estéreo, más bien en *dolby surround.*

Miró a su espalda. Un montón de mujeres la observaban atentamente mientras reían disimuladamente. Detrás de ellas, la «división» masculina del gimnasio la miraba como seguramente mirarían a una «Mamá Noel» traidora, cargada de artefactos altamente peligrosos y estéticamente perfectos, que pudieran dejar en evidencia sus aptitudes ancestrales masculinas.

Las comparaciones son odiosas, y comparar penes de verdad con dildos de juguete es más o menos como comparar unos pechos naturales talla 95 contra unos siliconados talla 110; los segundos son artificiales, sí, pero también son más grandes.

Ariel miró confusa a uno y otro bando, esperando que alguien dijera algo, pero solo la observaban y sonreían (ellas) o fruncían el ceño (ellos). Recorrió con mirada nerviosa a su improvisado público y se encogió de hombros. «De cobardes está lleno el mundo —pensó—, y yo tengo un trabajo que hacer.»

Sin mirar a ningún sitio en especial —había buscado entre las caras y el moreno de la vez anterior no estaba; por tanto, no había nada que le llamara la atención—, dejó el maletín en el suelo, se descolgó la mochila que llevaba en la espalda y la apoyó sobre su muslo, la abrió con dedos nerviosos, metió una mano dentro y sacó…

Todos, absolutamente todos los ocupantes del gimnasio, contuvieron la respiración y se alzaron sobre las puntas de sus pies para ver mejor, pero algo se lo impidió.

Sandra posó una mano sobre el brazo de Ariel y negó con la cabeza.

—Vamos a la sala de baile, será mejor —dijo guiñando un ojo. Si los hombres querían ver algo, se iban a quedar con las ganas.

Sandra entró la primera en la sala privada, después lo hizo Ariel y, a continuación, el resto de las mujeres. Ariel se quedó sorprendida, no esperaba encontrarse ante tantas personas; al fin y al cabo, la vez anterior solo había hablado con cinco chicas; ahora había por lo menos el doble. Algo aturullada, se arrodilló con la intención de dejar ahí su mochila y sacar los chismes.

Al segundo siguiente todas las mujeres estaban sentadas en el suelo formando corro y mirándola fijamente. Las observó un tanto impresionada, no tenía por costumbre ser el centro de atención. Decidió seguir su ejemplo, se dejó caer en la tarima brillante cruzada de piernas cual indio en son de paz y se mordió el labio inferior pensando en cómo debía continuar. No le quitaban el ojo de encima y ella, que no estaba acostumbrada a relacionarse con el género femenino, se estaba poniendo ligeramente nerviosa.

—Bueno —comenzó algo cortada—, he traído las cosas. ¿Las queréis ver?

No esperó respuesta; sacó el vibrador rosa, los tangas comestibles, las cremas lubricantes, las esposas forradas de terciopelo y las cajas de condones con sabores frutales, y los fue colocando en una fila en el suelo.

Nadie dijo nada, todos los ojos estaban abiertos como platos, fijos en el primo de Zumosol de los vibradores.

—¡Qué nadie se mueva! —gritó en ese momento Sandra, sobresaltando a todas las mujeres.

—¿Qué pasa? —preguntó una de las nuevas, mientras el resto se quedaban petrificadas.

—¿No te has dado cuenta, Sofía? —contestó Sandra—. Se te ha caído un ojo, búscalo antes de que alguien lo pise —explicó muy seria, y la interpelada, sin plantearse lo que había oído, se puso a mirar el suelo con atención para no pisar... ¿un ojo?

Una sonrisa afloró en un rostro. Una mano tapó unos labios para no delatarse. Una cara miró al suelo inocentemente. Al final Ariel no lo pudo evitar, comenzó a reírse y, una tras otra, el resto de las mujeres hicieron lo mismo. El hielo se había roto y la curiosidad se abrió paso sin demora.

Tiempo después, con su cuaderno lleno de pedidos y las muestras de nuevo dentro del maletín, advirtió que una mano se posaba sobre su hombro; era Bri.

Durante la hora anterior, esta se había convertido sin pretenderlo en la base de su éxito. La rubia era una conversadora amable y hacía preguntas que nadie se atrevía a hacer sobre los productos que vendía y sus usos. Podría decirse que, gracias a ella, muchas de las chicas se habían atrevido a contar cosas que no habían contado antes a nadie, y que de paso habían dado bastante que pensar a Ariel. Sus productos no eran solo para divertirse, también cumplían algunas necesidades básicas. Nunca se hubiera imaginado que el lubricante podía ser necesario para mujeres que no producían suficiente flujo como para hacer cómoda la penetración. De hecho, no se le había ocurrido pensar hasta ese momento que eso fuera necesario. Siempre había pensado que la humedad que se acumulaba en su vulva en momentos específicos algunas noches, últimamente demasiadas para su estabilidad mental, era una asquerosidad y una guarrería. Estaba claro que le quedaba mucho por descubrir y que su nuevo trabajo se iba a ocupar de ello a pasos acelerados.

—Ha sido todo un éxito —afirmó Bri—. Jamás imaginé que hubiera tantas cosas con las que poder jugar.

—Uf, ni yo —contestó Ariel sinceramente.

—¡No sabías que existían estas cosas! —exclamó Bri en voz quizás un poco demasiado alta. Las demás mujeres acallaron sus murmullos y prestaron atención—. Pensaba que eras una experta en estos temas.

—¿Yo? ¡Qué va! —Ariel sonrió divertida—. No supe nada de esto hasta que hablé con la jefa y me entregó el catálogo. Pero desde el momento en que tuve al primo de Zumosol en mis manos comprendí que iba a ser divertidísimo investigar sus usos —comentó arqueando las cejas a la vez que sonreía—. A ver, la experiencia está muy bien para ciertas cosas. Pero para divertirse y pasar un buen rato, vale más la sorpresa ante lo desconocido, la excitación de la investigación y el placer del descubrimiento… o al menos así es como yo lo veo.

—Pero, no sé, pensé que era necesario tener alguna experiencia en la materia —argumentó Bri, dudosa.

—En absoluto, solo hay que tener ganas de aprender y divertirse haciéndolo, y para eso nada mejor que una buena compañía —contestó Ariel, pensando en las amigas que había hecho ese día.

—Estoy totalmente de acuerdo —aseveró Sofía—, no me hubiese atrevido a preguntarte nada si tú hubieras sido más… más… sexi. Si tu actitud hubiera sido la de alguien que lo sabe todo, me hubiera cortado más todavía —dijo colorada como un tomate.

—Y no hubiera sido tan divertido —zanjó el tema Sandra sonriendo.

Ariel era una caja de sorpresas; no tenía mucha idea sobre ciertos asuntos, pero sí mucha intuición, y eso, sumado a su carácter abierto y franco, había llevado a que todas participaran en la charla exponiendo sus conocimientos en la materia. Cuando un tema era complicado, no había nada que facilitara más las cosas que tomárselo a risa, y eso hacía la sirenita. ¡Si hasta les había puesto motes a los vibradores!

—Ariel —llamó Bri al ver que esta se disponía a marcharse—. ¿Cómo te las apañaste para tumbar a Darío?

—Sí, ¿cómo? —preguntó Sofía alucinada—. Darío es el tío más grande del gimnasio, ya tienes que ser fuerte para tumbarlo. ¡Madre mía!

—¿Te refieres al moreno? —inquirió a su vez Ariel, a lo que las demás asintieron—. No es cuestión de fuerza, sino de equilibrio y sorpresa —explicó abriendo la puerta de la sala, pero con la cabeza girada hacia dentro—. Ni de coña podéis pensar que yo podría tirarle así como así. —Chasqueó los dedos—. ¡Me saca una cabeza! Pero puedo crear una distracción, hacerle perder el equilibrio y, con una simple patada con barrido bien dada, dejarle en el suelo. No es tan difícil.

—Me encantaría aprender a hacer eso, así la próxima vez que me intentaran atacar no me echaría a llorar como una tonta —confesó Sofía mordiéndose los labios.

—No te equivoques, si alguna vez alguien te ataca, lo mejor que puedes hacer es darle todo lo que te pida y salir corriendo —aseveró saliendo de la sala de espaldas.

—Y quedar como una cobarde —refunfuñó la chica—. ¿Tú qué has hecho hoy con el ladrón que ha intentado robarte?

—Bueno… —¿Y ahora qué?, pensó Ariel—, mi padre siempre dice que lo mejor que se puede hacer es tirar lo que te pidan al suelo, lejos de ti, y salir corriendo.

—¿Y tú has hecho eso? —aguijoneó Bri sonriendo.

—Bueno, no exactamente.

—¿Qué coj… ines has hecho entonces? —tronó una voz a su espalda, una voz conocida que hizo que Ariel se volviera con el maletín en posición de ataque.

—¡Y no se te ocurra golpearme otra vez con eso! —estalló la misma voz.

11

La vida de toda mujer, a pesar de cuanto ella quiera simular
—o disimular—, no es más que un eterno deseo de encontrar a quien
someterse. La dependencia voluntaria, la ofrenda de todos los minutos,
de todos los deseos y las ilusiones, es el estado más hermoso, porque
es la absorción de todos los malos gérmenes —vanidad, egoísmo,
frivolidades— por el amor.
MEDINA, Revista de la Sección Femenina, 13 de agosto de 1944

«¡*I*nconcebible! —pensó Darío—, esta mujer no tiene cabeza, es
una inconsciente» y además ¡a cuento de qué narices tenía que ir diciendo por ahí que no era difícil tumbarlo!

Toda la vida cuidando de su hermana y de su sobrina había formado en Darío el carácter protector que toda cabeza de familia tenía grabado en lo más profundo de su mente, es decir: las mujeres son seres frágiles y hay que protegerlas, y, en caso de que en el momento de peligro el macho protector no esté presente, deben tener bien aprendido que su obligación es salir corriendo como alma que lleva el diablo.

¡Eso lo sabía todo el mundo mundial!

Pero la mujer que tenía ante él, en vez de huir, se enfrentaría a cualquiera. Y lo haría armada con un maletín de maquillaje lleno de vibradores, que, aunque no lo pareciera, era un arma contundente y muy dolorosa... Y si no que se lo preguntaran a él.

Este último pensamiento hizo que apretara los dientes enfadado y se llevara la mano a la sien, donde, hasta hacía pocos días, había lucido un hermoso y colorido chichón.

Ariel miró al hombre que estaba frente a ella. El tipo, Darío se llamaba, tenía el pelo negro como el chocolate más puro, ondulado, largo hasta los hombros y algo humedecido, por lo que imaginó que acababa de darse una ducha. Tampoco era lo que se dice bajo, sino que le sacaba una cabeza, más o menos un metro noventa, calculó. Vestía un chándal no demasiado holgado que le caía como un guante justo en la zona comprendida entre sus caderas y sus musculosos y bien definidos muslos, y una camiseta blanca, que debido a la humedad que todavía quedaba en su piel, no ocultaba en absoluto un vientre plano de abdominales marcados.

Impactante. ¿Y qué? ¡Anda que no había tíos buenos en el mundo!

Ariel apoyó las manos en las caderas, abrió un poco las piernas para mantener mejor el equilibrio en caso de ataque inesperado y le respondió con suma tranquilidad.

—No pensaba golpearte con el maletín, la última vez por poco me lo abollas de tan dura que tienes la jeta. Aunque... si te hace ilusión, haré un poder.

—No, gracias —respondió irónico—. Imagino que no habrás golpeado al caco con tu supermaletín de la señorita Pepis, ese al que tanto cariño pareces tener —comentó cruzándose de brazos.

—Pues va a ser que no —contestó Ariel acercándose a él lentamente—, mi maletín solo lo uso para dar matarile a tipos enormes, torpes y con cara de mala leche. Para ladrones ineptos y descerebrados uso otra estrategia. ¿Quieres saber cuál es?

—No es que me haga mucha ilusión la verdad.

—Pero seguro que te parece divertido —dijo tan cerca de él que solo les separaba el canto de un duro... o la longitud de un muslo.

El mismo muslo, femenino para más señas, que se elevó fulminante en dirección a la entrepierna masculina. La misma que en el breve espacio de tiempo que dura un suspiro —o un quejido desgarrado— vio reducir el tamaño de los atributos masculinos que antaño colgaban insolentes hasta quedar convertidos en pequeños y asustadizos guijarros que intentaban esquivar el cruel golpe.

Hay ciertas partes del cuerpo que son cobardes por naturaleza. Los testículos son una de ellas; de hecho, hay quien asegura que es la parte más importante del hombre, y aquel que los posee tiene un fuerte instinto de protección hacia ellos. ¿Por qué? Porque estos llevan en su interior el futuro de la especie.

Darío, como persona consciente de su papel en la procreación de la raza, en ese instante sintió cómo el tiempo se paraba y sí, temió por sus niños, los futuros bebés no, ¡los huevos!, y, como hombre previsor que era, intentó ampararlos tapándolos con ambas manos aun sabiendo que llegaba demasiado tarde como para protegerlos.

Un segundo después suspiró aliviado, el golpe no se había producido gracias a la parada repentina e inesperada de la rodilla agresora.

—Ves como ha sido divertido —comentó Ariel, bajando la pierna como si tal cosa.

Darío la observó de refilón; su cuerpo permanecía doblado por la mitad y, en su rostro, su boca estaba abierta en un alarido mudo. No había gritado, por supuesto; solo había preparado los labios y la laringe para el aullido posterior al golpe. Toda previsión es poca.

—Ah —carraspeó e intentó hablar de nuevo—. Elías… —llamó a su amigo con aparente tranquilidad a la vez que se estiraba y ponía la espalda bien recta. La dignidad obliga.

—Estoy aquí, dime —respondió el interpelado al instante, acercándose temeroso.

En el gimnasio no se oía una mosca, el silencio se podía cortar con un cuchillo de tan denso que era. Los pocos usuarios que aún quedaban observaban los sucesos con los ojos muy abiertos y las bocas muy cerradas.

—Elías —repitió calmadamente—. ¿Tienes el gimnasio asegurado?

—Eh. —Elías miró a su esposa, dudoso, hasta que esta asintió—. Sí. ¿Por qué?

—Por nada… simple cautela —dijo Darío mirando a Ariel fijamente.

—¿Me estás amenazando? —preguntó ella sonriendo.

—En absoluto. Te estoy avisando —contestó limpiándose el sudor de las manos en los pantalones.

—Vamos, Darío, no pasa nada. Ha sido una broma, de muy mal gusto, pero broma al fin y al cabo —comentó Elías dándole palmaditas en el hombro.

—Elías.

—Dime.

—No me toques los cojones —siseó apartándose bruscamente.

—No jodas que se te han subido hasta ahí. ¡Madre mía! ¡Si que te has pegado un buen susto! —exclamó Ariel muy seria, aparentemente.

—Elías —llamó Darío muy calmadamente.

—Dime.

—Sujétame —solicitó con tranquilidad— y en cuanto a ti —señaló a Ariel con un dedo— ya puedes empezar a correr, porque te juro que en este preciso instante soy incapaz de controlarme.

Y Ariel hizo lo que nadie se esperaba, lo que nadie hubiera pensado o imaginado que podría hacer una joven y frágil mujer que estaba siendo señalada con el dedo por un hombre alto, fuerte y muy cabreado.

Morder el dedo que la señalaba.

—¡Miércoles! ¿Habéis visto lo que ha hecho? ¡Me ha mordido! —gritó mirando alternativamente a la mujer de pelo rojo y a su dedo enrojecido. Para no desentonar, también su cara empezó a enrojecer y sus ojos se inyectaron en sangre.

—Eh, ¡no grites, exagerado! Además, no tienes por qué ponerte así; no tengo la rabia.

—Se acabó, ¡la voy a matar! —dijo sosteniendo todavía el dedo en alto y alejado de él.

—¡Ja!

Darío no se lo pensó dos veces, haciendo caso omiso de la mano de Elías, que se había quedado petrificada a escasos milímetros de darle una nueva palmadita en el hombro; dio un paso adelante y extendió las dos manos como si fuera a estrangular a alguien.

—¡Alto ahí! —exclamó Ariel haciendo el signo de tiempo muerto. Se le acababa de ocurrir una idea—. Si me quieres matar, por mí perfecto, pero vamos a hacerlo bien.

—¿Bien? No te preocupes, lo voy a hacer perfecto. Te voy a agarrar de ese precioso cuello que tienes y te lo voy a retorcer hasta que lo separe de tus hombros —respondió Darío posando sus dedos en el cuello de la joven.

—¿Te parece bonito mi cuello? —preguntó extrañada al notar que el tipo se estaba tomando su tiempo para estrangularla, más bien parecía acariciarla—. Bah, no importa. —Se liberó de un manotazo como si de una mosca se tratara—. Mira, vamos al tatami, nos damos unas cuantas patadas, algún que otro puñetazo y tal, y el primero que tire al otro al suelo y lo mantenga ahí cinco segundos gana. ¿Te parece?

—¿Qué? —preguntó Darío a la vez que frotaba con el pulgar las yemas del corazón, índice y anular. ¿Cómo iba a imaginar que la bruja tenía la piel tan suave? ¿Se le habría quedado impregnado en los dedos ese aroma dulce y picante que emanaba del hada?

—¡Serás melindre! —exclamó indignada al ver que él se tocaba los dedos pensativo—. Tengo los dientes bien limpios —aseveró enseñándoselos del mismo modo que un caballo relincha—. Si no te fías, lávate las manos con lejía. Te espero, no tardes —dijo dándole una palmada en el estómago y dirigiéndose al tatami.

Darío se quedó petrificado, no porque la muchacha tuviera los

dientes tan blancos como la leche, sino porque parecía decir totalmente en serio eso de dar unas cuantas patadas en el tatami.

—Sandra, no te importa que pegue unas cuantas patadas en el
tatami, ¿verdad? —le preguntó Ariel en un aparte; al fin y al cabo
era la dueña del gimnasio y, por ende, quien debía otorgarle permiso
para usar las instalaciones.

—Claro que no me importa, pero… ¿Lo estás diciendo en serio?
Darío lleva años practicando jiu-jitsu, no creo que sea inteligente
enfrentarte con él —susurró.

—¿Y qué? Yo no voy a pelear bajo sus reglas.

—¿Cómo vas a hacerlo?

—Tal y como me enseñó mi madre: como gata panza arriba, con
uñas, dientes e ingenio —contestó Ariel caminando hacia el tatami.

Sandra se quedó pensativa al escuchar la última frase, algo en su
interior le decía que quizá no fuera la pelirroja quien perdería la pelea.

—Ariel —siseó Bri caminando a su lado.

—Dime.

—¿Estás segura de lo que vas a hacer? —preguntó con cara de
preocupación—. Darío no es trigo limpio —bajó la voz hasta convertirla en un susurro casi inaudible—. Creo que eres una buena persona y por eso te voy a contar una cosa, pero no digas a nadie que te
lo he contado —dijo mirando de refilón hacia el resto de los clientes
del gimnasio—. Sé de buena tinta que golpea con todas sus fuerzas,
sin importarle si su contrincante es hombre o mujer. A veces incluso
da golpes bajos. Solo piensa en ganar y, después de que le tumbaras
la semana pasada, quiere vengarse de ti; lleva dos semanas diciéndo-
selo a cualquiera que le escuche. No te fíes de él, en serio; te puede
hacer mucho daño.

—Lo tendré en cuenta —contestó Ariel incrédula. No porque no
se fiara de Bri, sino porque se fiaba más de su instinto y este le decía
que, bajo la cara de mala leche y los músculos del moreno, habitaba
un cachito de pan. Se encogió de hombros, fue al centro del tatami y
comenzó a prepararse; lo que fuera sonaría.

Darío observó a Bri acompañar a Ariel, y no le gustó un pelo; de
todas maneras, no era asunto suyo. Sacudió la cabeza y echó a andar
tras ellas, pero se detuvo cuando vio a la muchacha prepararse para
la pelea. No había contado con eso. Ni él, ni lo que había bajo sus
pantalones.

La contempló deshacerse del informe jersey de lana que llevaba
y se quedó anonadado cuando vio lo que ocultaba la horrorosa
prenda. Una simple camiseta gris de tirantes, muy ajustada, sin di-

bujos, encajes, ni ningún tipo de adorno, excepto sus pechos perfectos, que, por lo que a él concernía, bastaban y sobraban para convertir la prenda en la más sexi del mundo. La camiseta terminaba justo un centímetro por encima de la cintura de los pantalones. Darío gruñó para sus adentros; ya puestos a llevar una camiseta sexi, bien podría haberse puesto una algo más corta y que enseñara un poco más. Ver solo un centímetro de su nívea piel era absolutamente frustrante. Pero más inquietante fue comprobar que, en lugar de los vaqueros anchos y caídos de la vez anterior, en esta ocasión la sirenita se había decantado por unos pantalones deportivos de cintura baja que se pegaban a su anatomía como un guante. Tenía unas piernas preciosas, largas y bien definidas.

Por si no fuera suficiente con todo esto para dinamitar su paz mental, la joven se dejó caer como si tal cosa sobre el suelo verde, se quitó las deportivas y los calcetines y comenzó a masajearse sin ningún reparo ni pudor los pies desnudos, consiguiendo, sin pretenderlo, no solo que la mitad masculina del gimnasio le prestaran toda su atención, sino que también aquello que habitaba en sus pantalones se mostrara todavía más excitado.

¡Miércoles!

Ariel, totalmente ajena a los pensamientos de Darío, se frotaba con deleite sus martirizados pies. Toda la tarde con las asquerosas deportivas puestas había devenido en un nada saludable tono rojizo en el empeine y los dedos, y unas dolorosas ampollas en el talón. Se prometió a sí misma comprar unas nuevas a la mañana siguiente; al fin y al cabo, acababa de cobrar por su trabajo.

Cuando se calmó un poco el dolor, reparó por fin en el silencio que reinaba a su alrededor y en que su *partenaire* en la lucha no estaba lo que se dice presente, al menos no en esa dimensión.

—Vamos, perezoso, no tengo todo el día —le instó poniéndose en pie.

Darío reaccionó al momento, se deshizo del calzado y los calcetines y entró en el tatami.

—No tengas tanta prisa, sirenita. En dos minutos estarás tumbada en el suelo: bajo mi cuerpo —advirtió.

Ariel abrió los ojos como platos. Darío se mordió la lengua. No pretendía que la frase sonara como había sonado. Quería lanzar una amenaza, pero no de ese tipo.

—No soy ninguna sirenita —siseó ella enfadada. Nadie la llamaba así y vivía para contarlo.

Ambos contendientes se encontraron en el centro del tatami.

Darío, sin saber muy bien qué hacer, decidió que lo mejor era iniciar el encuentro como Dios manda. Por consiguiente inclinó la cabeza en un saludo… y acto seguido levantó el brazo para bloquear la patada traicionera que la muchacha lanzó contra él.

—Alto —exclamó—. ¡No puedes empezar así, antes debes saludar!

Ariel no hizo ni caso y volvió a atacar, por lo que Darío se vio obligado a contrarrestar el ataque. Esquivó la patada y, con toda la delicadeza posible, lanzó un golpe en dirección al hombro femenino con el talón de la mano, rogando por que ella se diera cuenta de que estaban haciendo el tonto y parase antes de hacerse daño. Todo quedó en agua de borrajas cuando Ariel desvió el golpe con el antebrazo y a continuación le clavó su puño en el estómago en un golpe rápido, un *atemi* perfectamente ejecutado. Darío decidió en ese mismo instante dejar la delicadeza para otro momento más oportuno.

Al cabo de unos minutos tuvo que reconocer que la chica, aunque no tenía un estilo definido de lucha ni seguía ninguna norma establecida, no estaba indefensa ante él. Esquivaba y bloqueaba las patadas y golpes sin problemas. No perdía en ningún momento el equilibrio ni la orientación. Se movía tanto que no había manera de hacerle un agarre medianamente decente y menos todavía de lograr que diera con sus huesos en el suelo y, por si fuera poco, parecía tener diez piernas y ocho brazos de tan rápido como atacaba. Era un torbellino, claro que él tampoco se quedaba atrás. En el momento en que convenció a su cerebro de que Ariel era un contrincante en toda regla en vez de una frágil mujer que olía estupendamente, el instinto dio paso a la prevención y cogió el ritmo de la pelea.

En menos de un cuarto de hora los dos estaban sudorosos y sonrientes, en posición defensiva, uno frente al otro, respirando agitadamente, mirándose a los ojos, buscando cada uno el punto débil del contrario. Comenzaron entonces un baile pausado, moviéndose en círculos, buscando el momento oportuno, esperando un error por parte del contrario.

Ariel no tenía la paciencia de que Darío hacía gala; a ella eso de moverse alrededor del tatami sin soltar ninguna patada le aburría soberanamente, pero el tipo había resultado ser un hueso duro de roer y no veía la manera de derrotarlo. Era un desafío en toda regla. Había llegado la hora de empezar a jugar en serio. Estaba harta de seguir reglas y ser previsible.

Darío se quedó sorprendido cuando Ariel se dejó caer sobre una rodilla con una expresión de intenso dolor en su rostro a la vez que se masajeaba la pantorrilla. En contra de lo que le decía su cerebro (que era algo así como: «no seas tonto, te la está jugando»), bajó la guardia y se acercó a ella temiendo que le hubiera dado un tirón en el gemelo.

Hizo mal.

Muy mal.

En el momento en que se acercó, la joven, todavía de rodillas, se lanzó contra él, hundió su femenina y adorable cabeza en la cadera masculina, lejos de la ingle para no golpearle donde no debía, y le agarró con ambas manos la pierna que tenía adelantada. Acto seguido se levantó sin soltarle, consiguiendo por fin que la montaña humana perdiera el equilibrio. El resto fue coser y cantar. Golpeó con su talón el único pie de Darío que aún se posaba en el suelo y este cayó cuan largo era. Sin perder un segundo, se sentó a horcajadas sobre el tórax poderoso, aprisionó con sus rodillas las costillas del hombre y ancló firmemente los pies bajo el duro trasero para después envolver con sus brazos los de Darío, y dejar caer todo su peso sobre la parte superior del cuerpo masculino, aferrando con su cabeza el sólido cuello.

Jolines, pensó Darío, le había hecho un *tate shiho gatame* impecable, y no solo eso, la tenía encima de él, sentía sus pechos perfectos sobre su esternón y sus larguísimas piernas rodeándole las caderas. Se puso duro al instante. Entonces oyó la voz de Sandra.

—Uno… Dos… Tres… Cuatro…

¡Miércoles! El despiste podía costarle la victoria.

Dio un golpe de caderas, elevando a la muchacha en el aire y giró sobre sí mismo.

Contra un oponente de sus mismas características físicas, no hubiera servido de nada, pero a la sirenita peleona le sacaba por lo menos veinte kilos de ventaja, por lo que en esta ocasión fue ella quien acabó con la espalda en el suelo, las piernas abiertas y un hombre de casi dos metros entre sus muslos, pegado a ella desde la ingle hasta el pecho. Darío dio un respingo y alejó sus caderas del pubis femenino, lo cual le impediría sujetarla tal y como ordenaba el *kata*. Pero no le quedaba más remedio si quería evitar que ella notara la palpable protuberancia que en cierta zona, bajo sus pantalones, luchaba por que le prestaran atención. Una vez resuelto el incómodo problema, le sujetó las muñecas contra el suelo por encima de la cabeza y sonrió. En cinco segundos sería el vencedor indiscutible del encuentro.

Pero Ariel no pensaba lo mismo; de hecho no tenía ninguna intención de perder, e hizo lo único que podía hacer: trampas.

Lanzó su cabeza rápidamente en dirección al rostro del hombre y abrió los labios enseñando los dientes. Darío reculó soltándola ipso facto.

—¡No puedes morderme, eso es trampa! —dijo sentándose en el suelo y señalándola con un dedo acusador en el que apenas se notaban ya las marcas de los dientes.

—¡No iba a morderte! —refutó indignada.

—¡¿Ah no?! —exclamó él incrédulo. No pensaba tropezar dos veces con la misma piedra.

—¡No! —contestó Ariel saltando sobre el torso masculino como quien salta sobre el lomo de un caballo—. Solo pensaba darte un lametazo.

Darío se quedó petrificado. La sentía cálida y suave sobre él, alrededor de él, su aroma lo envolvía y ella aseguraba que pretendía lamerle. La imaginación se le desbocó. Y no fue lo único en su persona que se desbocó. Un segundo después, Ariel, todavía montada sobre él, se desplazó por su cuerpo hasta quedar ubicada sobre sus muslos y comenzó a subirle la camiseta. Algo se endureció aún más en su cuerpo, y no fueron los abdominales precisamente.

—¿Qué haces? —le preguntó Darío en un susurro; el gimnasio no era el lugar adecuado para hacer ciertos ejercicios.

—Ganarte —contestó Ariel muy segura de sí misma.

Un segundo después, Darío sintió los dedos de la muy bruja recorriéndole las costillas, pero no sensualmente como había esperado, sino...

—¡No vale hacer cosquillas! —exclamó revolviéndose, intentando por todos los medios no estallar en carcajadas nerviosas y, sobre todo, intentando no alzar las caderas para que ella no notara lo que su ingenuo ataque había conseguido despertar bajo sus pantalones.

—Vale todo.

Darío la miró fijamente, ella sonreía, una sonrisa sesgada y pícara que entonaba a la perfección con su cara de duendecilla traviesa, y en ese momento claudicó.

Ariel sintió cómo a Darío le comenzaba a temblar el estómago, cómo sus músculos se contraían rítmicamente y al segundo siguiente una enorme y gratificante carcajada emergió de los labios masculinos. Lo cual no fue óbice para que, gracias a un fuerte giro, ella volviera a dar con su espalda en el suelo, y esta vez sí que no hubo manera de quitárselo de encima antes de los cinco segundos de plazo.

—Cinco… —finalizó la cuenta Sandra.

Todo el gimnasio rompió en saltos y aplausos.

¿Todos?

No.

Un hombre y una mujer permanecían tumbados en el suelo. Él sobre ella, sintiendo su cuerpo flexible y acogedor. Ella bajo él, sintiéndose segura y arropada por primera vez en mucho tiempo.

—No lo haces nada mal —aseveró Darío, todavía entre los muslos de Ariel, intentando controlar la distancia entre su ingle y el pubis femenino. Aún estaba duro por ella, rodeado por su aroma y hechizado por su sonrisa.

—Tú tampoco eres tan zoquete como pensaba —contestó ella tirando de sus muñecas en un intento de escaparse de su presa—. Ei, ya hemos terminado, has ganado. Suéltame.

—¿Dónde has aprendido a hacer proyecciones y retenciones de jiu-jitsu?

—¡A ti qué te importa, cotilla! —Sonrió, alzó las caderas e intentó liberarse… y paró de golpe al sentir algo que no debía estar ahí.

—Simple curiosidad —comentó Darío mirándola sin parpadear. Ariel se había dado cuenta de su estado y él no pensaba avergonzarse; no estaba así por gusto, sino por culpa de ella—. Te instruyeron adecuadamente en algunas técnicas pero fallaron estrepitosamente en otras y, además, no creo que te enseñaran a liberarte a base de hacer cosquillas o dar lametazos.

—No. Esos trucos son *made in* Ariel —contestó inmóvil. ¿Lo que había sentido ahí era real o lo había soñado?

—No son trucos, son trampas.

—¿Y qué? —La muchacha no se molestó en negar lo evidente—. No estamos compitiendo.

—No. Pero las cosas o se hacen bien o no se hacen —recriminó Darío.

Ariel entornó los ojos y enseñó los dientes en un gruñido; si no lo hacía correctamente era porque no le había dado tiempo a aprender más y menos todavía a practicar lo aprendido. Dio un fuerte tirón de sus muñecas y volvió a golpearle con las caderas. En esos momentos le importaba un pimiento todo, excepto liberarse del tipejo listillo que todo lo sabía y todo lo hacía bien.

—Tranquila. No te enfades.

—Suéltame —siseó.

Darío obedeció. No porque quisiera hacerlo, sino porque Sandra, Bri, Elías y compañía se habían cansado de esperar en el borde del tatami y se estaban acercando a ver qué pasaba.

Ariel se levantó como un resorte al verse libre, recogió su ropa y salió al encuentro de sus recién encontradas amigas.

Darío se sentó sobre el tatami con las piernas cruzadas y se mordió los labios a la espera de que su erección decidiera bajar un poco y así poder levantarse sin llamar la atención.

—¡Vaya pelea! Por un momento pensé que te ganaba —exclamó Elías.

—Ni lo sueñes.

—Menuda tramposa está hecha —comentó su amigo riéndose.

—No tanto como parece —contestó Darío levantándose. Su erección ya no era visible y en ese momento la sirenita estaba saliendo por la puerta del gimnasio acompañada de Bri.

12

Nunca conoces realmente a una persona
hasta que no has llevado sus zapatos
y has caminado con ellos.

HARPER LEE, *Matar a un ruiseñor*

—¿*Q*ué tal estás? ¿Te ha hecho mucho daño? —preguntó Bri acompañándola.

—¡Qué tonterías dices! Por supuesto que no, tiene menos fuerza que el guantazo de un bebé —contestó Ariel. Lo cierto es que intuía que Darío había controlado su fuerza en todo momento, más que nada, porque el tipo era todo músculo y ella no tenía un solo moratón en el cuerpo.

—Mmm, imagino que con tanta gente observándoos habrá tenido cuidado, ya sabes, por el qué dirán… Aunque, claro, puedo estar equivocada, lo mismo no es tan bruto como yo pensaba; al fin y al cabo no sé nada de artes marciales y los golpes y patadas me parecen taaaan peligrosos —comentó poniendo los ojos en blanco.

—No son peligrosos, son divertidos —contestó Ariel obviando el resto de la frase; no le gustaba nada cómo había sonado.

—¿Hacia dónde vas? —preguntó Bri bajando las escaleras que desembocaban en la calle.

—A la Renfe.

—¡Jo! ¡Qué rabia! Yo voy justo en sentido contrario. Me hubiera gustado tanto acompañarte y seguir charlando un ratito —comentó—. ¿Vives lejos?

—En Madrid, cerca de Sol —contestó Ariel sin prestar mucha atención, las ampollas de los pies la estaban matando tras el breve alivio que había supuesto estar descalza sobre el tatami.

—¿Y vienes hasta aquí para vender tus juguetes? Uf. ¿Qué rollo, no? —inquirió Bri parándose en mitad de la acera.

—No me molesta, pillo el tren en Embajadores y me planto aquí en un periquete.

—¿Vienes mucho a Alcorcón?

—Me muevo por toda la zona sur, cada día voy a un sitio distinto.

—¡¿Todos los días tienes que coger el tren y viajar hasta el cinturón sur?! —exclamó aturdida—. ¿No sería más cómodo vender tus cosas en Madrid centro, en vez de tener que desplazarte?

—Medio mundo tiene que desplazarse para ir al trabajo.

—Pero es un gasto tremendo —insistió Bri— de tiempo, de dinero… Con la de gente que hay en el centro a la que vender tus cosas, tener que venir hasta aquí es un rollo. —Hizo una pausa al ver la cara de incredulidad de Ariel—. Aunque, claro, si te gusta más así, pues mejor para ti. No tiene nada malo perder una hora de ida y vuelta todos los días.

—Me da lo mismo y, de todas formas, no puedo cambiarlo. Fue una de las condiciones para conseguir el trabajo —contestó algo irritada, no había pensado que hablar con chicas fuera tan coñazo… Eso de tener que explicar lo que hacía y por qué lo hacía no iba con ella.

—Me lo imaginaba. Mira, no quiero meterme donde no me llaman, pero es una falta de consideración tremenda que te obliguen a desplazarte. Yo que tú hablaba con tu directora y le exigía que te cambiase de zona. No puedes perder el tiempo y el dinero solo porque a ella le apetezca.

—Ella es la que paga —contestó Ariel indiferente. No entendía por qué Bri se mostraba tan indignada. Con la crisis que había en España, a ella le daba lo mismo trabajar cerca o lejos; lo importante era tener un curro.

—Mujer, si lo miras así, pero no creo que…

—No hay otra forma de mirarlo —la interrumpió Ariel mirando su reloj. Eran casi las nueve y media de la noche, tenía hambre y las deportivas la estaban matando—. Tengo un poco de prisa, nos vemos en un par de semanas —se despidió.

Bri se quedó un poco asombrada ante tan brusca despedida, pero se sobrepuso de inmediato y se despidió dándole un par de besos en las mejillas a la vez que le aseguraba que estaba encantada de que se hubieran convertido en buenas amigas y que esperaría ansiosa su regreso. Ariel asintió, extrañada por los amistosos besos, y se dio media vuelta en dirección a la estación de Renfe. Apenas había andado dos metros cuando entró en el parque y vio un banco, se dirigió allí cojeando y se quitó las deportivas. Un par de ampollas se le habían reventado.

Darío observó a las dos mujeres desde la galería exterior. Bri parecía entusiasmadamente indignada; la Sirenita Tramposa, aburrida. No pudo evitar sonreír al ver su cara de pasmo cuando recibió un vehemente beso en cada mejilla por parte de Briget; la chica no parecía estar acostumbrada a despedidas efusivas.

Cuando Ariel comenzó a andar de nuevo, casualmente en la misma dirección en que estaba la casa de Darío, este dudó si esperar un poco para que ella tomara distancia y de esta manera no juntarse en el camino, o dejarse de tonterías y hacer lo que se había propuesto al salir corriendo del gimnasio: bajar de una puñetera vez, alcanzarla y hablar un rato con ella.

El momento de indecisión duró el tiempo que Ariel tardó en empezar a cojear.

Darío bajó corriendo las escaleras sin pensárselo un segundo y recorrió los metros que le separaban de la muchacha. Estaba sentada de lado en un banco, con los pies desnudos apoyados en el asiento y ensimismada buscando algo en su mochila.

—Así que al final te has hecho daño. No se puede jugar sobre un tatami ni ir dando patadas sin ton ni son, al final acabas cayendo de cualquier manera y pasa lo que pasa.

Ariel alzó la mirada, extrañada al oír la voz de Darío. ¿Qué hacía el tipo ahí? ¿Y por qué le estaba dando la charla?

—¿Te has torcido el tobillo? Déjame ver —dijo el hombre acuclillándose frente a ella y estirando el brazo con la intención de agarrarle el pie.

—¡No se toca! —exclamó ella encogiendo las piernas contra su cuerpo.

—Vamos, no seas tonta. —Darío se sentó a horcajadas en el trozo de banco que acababan de dejar libre los pies de Ariel—. Todos los novatos se hacen daño en algún momento —comentó inclinándose hacia ella.

Un pie salió volando como un rayo hasta quedar firmemente plantado en el esternón del hombre. Los pequeños, delgados y gélidos dedos se acomodaron bajo la nuez de Adán. Darío no pudo evitar llevar su mano hasta ellos y acariciarlos lentamente, solo para calentarlos, por supuesto. Los pobres estaban helados. ¿A qué loca se le ocurría estar descalza en pleno mes de enero?

—¡Alto ahí! —Ariel le paró en seco las intenciones golpeándole ágilmente con el empeine en la mano—. Ni soy novata, ni caigo mal, ni me he hecho daño. ¿Vale? —afirmó mientras volvía a colocar la planta del pie sobre el pecho del hombre con la intención de mantener la distancia entre ambos. Lo que consiguió fue quedar atrapada en su calor durante un silencio que duró la eternidad prendida en una mirada.

Con las prisas por salir del gimnasio, Darío se había olvidado completamente de abrocharse la cazadora, cosa que ahora agradecían ambos. Ariel porque el calor de la piel del hombre traspasaba la fina tela de la camiseta y le permitía calentar sus ateridos pies. Darío porque se notaba extrañamente hechizado ante la sirenita con cara de hada y pies de porcelana. Jamás había visto una piel tan blanca como esa… ni tan fría, pensó ante un escalofrío.

—Tienes los pies helados, ponte los calcetines y dime dónde te duele —insistió asiéndola por el tobillo.

—¡Joder! ¡Te he dicho que no me toques! —gritó Ariel saltando sobre el banco y encogiendo la pierna hasta aferrarse cuidadosamente el pie con ambas manos.

—Como quieras, solo pretendía ayudarte. —Darío se levantó y la fulminó con la mirada—. ¿Sabes una cosa? Eres muy desagradable —sentenció dando media vuelta para irse.

—Me han salido ampollas en el talón por culpa de las deportivas —siseó Ariel entre dientes—, me duelen mucho.

Darío la observó frunciendo el ceño. Era una mujer muy arisca y esquiva, con un sentido del humor totalmente irritante, especialmente cuando iba dirigido a él, pero, a la vez, algo en su manera de actuar la hacía parecer vulnerable. Perdida.

—Déjame ver —reiteró sentándose a horcajadas en el banco.

En esta ocasión, cuando tomó su pie izquierdo, asiéndolo por la planta con cuidado de no tocar el talón ni el empeine, Ariel no se lo impidió.

Darío observó pensativo las marcas enrojecidas en la piel y pasó la yema de un dedo con suavidad sobre ellas. Ariel dio un respingo y tensó los músculos de la pantorrilla. Darío la miró de refilón y prosiguió su examen, con cuidado de no tocar ninguna zona dolorida. Le alzó lentamente el pie y lo giró un poco para ver las ampollas de las que hablaba. Tenía un par de ellas reventadas. La miró a los ojos y levantó las cejas asombrado; tenían que ser muy dolorosas. No le extrañaba que se hubiera descalzado. Depositó con delicadeza la planta del pie sobre su muslo para que al menos tuviera algo de calor y abrió la mano, esperando.

Ariel le miró enfurruñada durante un segundo y acto seguido se apoyó con los codos en el banco y le tendió el otro pie, gruñendo. No la gustaba esa postura: las piernas algo abiertas, un pie apoyado en el muslo masculino, el otro sujeto por las manos del hombre, la espalda echada hacia atrás y todo su peso apoyado en los codos. No tenía buen equilibrio, se sentía indefensa y expuesta.

—¿Por qué no le has pedido a Sandra unas tiritas para cubrirte las ampollas hasta llegar a tu casa? —Darío entornó los ojos al ver una herida especialmente fea.

—¿A Sandra?

—Sí. En el gimnasio hay un botiquín.

—No lo pensé —contestó ella frunciendo el ceño. Estaba tan acostumbrada a no depender de nadie que no se le había ocurrido pedir ayuda—. En fin, no importa. En un rato se me pasará el dolor y podré irme.

—No digas tonterías, así no puedes andar. Creo que tengo tiritas, déjame ver —aseguró él colocando el pie que tenía entre las manos sobre su otro muslo y cogiendo un neceser del interior de la mochila que había soltado en el suelo.

—¿Tienes tiritas? —preguntó Ariel extrañada a la vez que quitaba los pies de las cálidas piernas del joven para volver a plantarlos sobre el banco y colocarse en una postura menos expuesta.

—Sí. Vuelve a poner los pies donde estaban si no quieres que se te congelen —ordenó.

—Sí, *bwana*.

Darío puso los ojos en blanco, no merecía la pena molestarse en responder. Colocó el neceser entre las piernas abiertas de la muchacha y empezó a sacar cosas.

—¡La leche! Parece el bolsón mágico de Mary Poppins —exclamó Ariel alucinada al ver cómo colocaba sobre el poco espacio que quedaba libre en el banco un paquete de toallitas húmedas, uno de tiritas, otro de pañuelos de papel, un par de sobres trasparentes de gasas esterilizadas y por último unas cuantas ampollas monodosis de suero fisiológico—. ¿Eres médico?

—No. Soy zapatero.

—¿Vendes zapatos? —Ariel no salía de su asombro, ¿para qué quería un zapatero llevar esas cosas encima?

—Los arreglo.

—Ah, eres zapatero remendón —afirmó pensativa—. ¿Por qué llevas todo eso en la mochila?

—Tengo una sobrina, ella me ha enseñado que nunca se va lo suficientemente preparado para cuidar a una niña de seis años —contestó abriendo una ampolla de suero y derramándola sobre las heridas, para a continuación secarlas con cuidado con una gasa.

—Pero ahora no estás con tu sobrina —comentó Ariel entre dientes al sentir como si mil alfileres se clavasen en su piel mientras Darío le curaba las heridas.

—No me cuesta nada ir prevenido —contestó encogiéndose de hombros a la vez que abría una tirita y la colocaba sobre las ampollas ahora limpias—. Dame un calcetín.

—¿Qué más cosas llevas ahí dentro? —curioseó Ariel entregándole lo que había pedido sin pararse a pensar que le estaba obedeciendo. Si lo hubiese pensado, probablemente se hubiera calzado ella misma con altanería, pero estaba demasiado atenta al contenido del bolso.

—La cartera, alguna chuchería, un par de chicles... ese tipo de cosas —contestó él poniendo una gasa en el empeine enrojecido y sujetándola con tiritas. Luego comenzó a subir el calcetín poco a poco hasta dejarlo todo perfectamente colocado—. Tal cual está debería aguantar sin moverse hasta que llegues a tu casa. ¿Vives lejos?

—Cerca de la Puerta del Sol. ¿De verdad llevas chuches? —preguntó con los mismos ojos que su sobrina Iris cuando quería una nube, un regaliz o cualquier otra cosa azucarada que pudiera fastidiarle los dientes.

—Sí. Coge una si quieres —contestó él sonriendo, mientras colocaba el pie curado en el banco, bajo su muslo.

—No, gracias —dijo ella muy seria apartando de golpe el pie. No iba a mendigar unas chuches, por muy ricas, dulces, sabrosas y deliciosas que fueran.

—Como quieras —asintió entornando los ojos—. ¿Te he hecho daño?

—No.

—Entonces, ¿por qué lo has quitado de donde lo he puesto? —preguntó señalando el pie con la mirada—. En el banco se te va a quedar helado; bajo mi pantalón estará más caliente.

—No lo había pensado —reconoció ella con un gruñido. No le gustaba demasiado que la tocaran. No lo podía evitar.

—Ya —contestó volviéndoselo a coger y colocándolo bajo su muslo—. Dame el otro.

Ariel no tuvo más remedio que dejarse hacer, el hombre estaba teniendo mucho cuidado y no parecía tener intenciones distintas a curarle las heridas. Por el momento, pensó Ariel enseñando los dientes.

Poco a poco el calor masculino fue colándose bajo el calcetín y calentando su aterida piel. Se sentía tan bien en ese momento que no pudo evitar encoger y estirar los dedos para comprobar si la sangre circulaba igual que antes de congelarse.

Darío acababa de limpiar las ampollas y estaba colocando la tirita sobre ellas cuando sintió una caricia bajo sus muslos, un movimiento que venía de aquel pie de porcelana. Al instante se lo imaginó posado en otro sitio. Le tembló el pulso y la tirita se estrelló de lleno contra la ampolla abierta.

—¡Ay, mierda! ¡Tienes más peligro que un cirujano con hipo! —gruñó Ariel, dolorida.

—Si dejaras los deditos quietos no pasaría esto —la culpó él.

—¡Uys! No me digas que te has asustado —se rio volviendo a mover el pie.

—Estate quietecita —la regañó poniéndole la tirita correctamente.

—Vaya, quién lo hubiera pensado, un hombre hecho y derecho asustándose como una nenita por un simple movimiento de dedos —le picó ella sin parar de hacerle cosquillas bajo el muslo.

—Para de una vez.

—¿Qué pensabas que era? ¿Una araña negra y repugnante trepando por tu pantalón? ¿Quizás una lagartija verde y resbaladiza? —continuó burlándose y jugueteando con los dedos—. No me digas que te dan miedo los insectos, con lo grande que eres.

—No estoy asustado precisamente —contestó Darío impasible, y, para demostrárselo, colocó el pie que tenía entre las manos sobre la parte de su anatomía que se había rebelado y... exaltado.

Ariel abrió los ojos como platos cuando notó que cierta zona que debía estar blanda no lo estaba, en absoluto. Y... sí, era un hombre muy grande.

En el segundo siguiente, sus antaño juguetones pies se las apañaron para volar raudos y veloces lejos del cuerpo masculino, quedar refugiados contra sus muslos, arropados por sus finos y ágiles brazos y cubiertos por el informe impermeable.

Darío arqueó las cejas y señaló el calcetín que faltaba por poner. Ariel lo cogió y se lo puso ella solita. Por si las moscas. No le apetecía volver a tentar a la bestia. De hecho, no tenía ni la más remota idea de cómo narices la había tentado.

—Están hechas de plástico puro —comentó Darío cogiendo las crueles deportivas, rompiendo el silencio que se había apropiado del momento.

—¡Ya habló el experto! —exclamó Ariel un poco demasiado eufórica, sintiendo que pisaba terreno conocido—. ¿Tu infalible ojo de zapatero remendón te ha dicho que son una mierda, o te lo has imaginado al ver el estado de mis pobrecitos pinreles? —ironizó.

—Ambas —respondió él absorto en el estudio de los fallos del calzado—. El empeine, la planta y el talón interiores son de plástico; por eso te han destrozado los pies. Siempre que compres algo, asegúrate de que al menos por dentro sea de piel. También tienes que fijarte en las terminaciones, en cómo está cosido y cortado. Tócalas —dijo cogiéndole la mano y llevándola al interior de la deportiva—. ¿No notas las costuras rugosas? —Ariel asintió—. Están mal rematadas, por esto te han hecho ampollas. Si paramos en la zapatería, puedo limarlas un poco a ver si mejoran —comentó fijando su mirada en la muchacha.

—No te molestes, en cuanto llegue a la pensión pienso tirarlas al cubo de la basura.

—Pero antes tienes que llegar hasta la… ¿pensión? ¿Vives en una pensión?

—Por ahora, pero tengo pensado hacerme rica en breve a base de vender vergas rosas y calzoncillos comestibles. —Ariel ahogó un gruñido al ponerse las deportivas. Por muchas gasas y tiritas que llevara puestas, le hacían polvo los pies.

—Gran meta para una vida. —Darío recogió las cosas y las metió en la mochila—. Pues si quieres ver cumplido tu objetivo, empieza por conseguir un calzado decente con el que poder andar por las calles. Y mientras lo consigues, no estaría de más limar estas costuras para que al menos puedas llegar a… ¿Hacia dónde vas?

—A la Renfe.

—Bien, yo me dirijo allí también. Te acompaño —dijo poniéndose en pie y tendiéndole una mano.

Ariel obvió la ayuda y se levantó solita. ¡Caballerosidad a ella, ja!

Al primer paso empezó a cojear.

Darío la ignoró y recogió las dos mochilas del suelo.

—Dame la mía —ordenó Ariel; no le gustaba que le hicieran favores y Darío ya le había hecho unos cuantos al curarla. Frunció el ceño al pensarlo.

—Sí, *bwana* —contestó él con las mismas palabras que ella había usado minutos antes.

Ariel cogió la mochila bruscamente y gruñó. Darío arqueó una ceja, era la primera vez en su vida que oía a una persona gruñir como un perro, algo así como *grrr*, aunque, cuando Iris, su sobrina, se enfadaba, sonaba parecido. Por ello, decidió usar el mismo truco que usaba con esta.

—¿Quieres un chicle?

Sacó de su mochila una bolsita transparente llena de chucherías: chicles, nubes, regalices, gominolas, ositos Haribo, caramelos…

A Ariel casi se le salieron los ojos de las órbitas. Sintió que la boca se le hacía agua y que sus venas reclamaban azúcar como si les fuera la vida en ello.

—No, gracias —contestó altanera.

—¿Seguro? —Darío balanceó la bolsita a un lado y a otro. Sonrió al ver que a la muchacha se le iban los ojos tras ella—. Las nubes están deliciosas.

—Lo estás haciendo aposta —aseveró ella.

—Sí.

—Te odio.

—Yo también te aprecio —le contestó cogiendo una nube y acariciándole los labios con ella.

Ariel abrió la boca y mordió con fuerza, cortando limpiamente la nube por la mitad. Masticó irritada entornando los ojos. Darío no pudo evitar reírse.

Caminaron lentamente por la calle desierta. Ariel de vez en cuando soltaba algún gruñido y poco a poco su cojera se fue haciendo más evidente. A la postre, acabó sentándose en un banco próximo al final del parque. Darío se detuvo e hizo lo mismo.

—¿Te duele mucho?

—No —mintió—. Tengo hambre. Voy a cenar, si tienes prisa puedes irte —comentó quitándose con cuidado las deportivas. Luego buscó algo en la mochila.

Darío vio cómo sacaba una barra entera de pan con mortadela dentro.

—¿Te vas a comer todo eso? —preguntó asombrado.

—Tengo hambre —repitió—. ¿Quieres? —Darío negó con la cabeza, y Ariel, sin pensárselo un segundo, le dio un tremendo mordisco al delgado y larguísimo bocadillo. Con las prisas por llegar a tiempo a Correos y al gimnasio no le había dado tiempo a comer y estaba famélica.

Mientras devoraba el bocadillo se percató de que el hombre miraba melancólico el parque.

—¿Jugabas aquí de pequeño?

—Sí. Todos los niños del barrio lo hacíamos. Mi sobrina sigue jugando aquí.

—¿La misma por la que llevas el botiquín de mano en la mochila?

—Sí.

—¿La ves a menudo? —preguntó Ariel. Si el tipo llevaba tiritas para su sobrina era porque tenía que estar muy unido a ella.

—Todos los días, vive conmigo.

—¿Y eso? —interrogó Ariel sorprendida. Un segundo después se dio cuenta de que había sido muy maleducada—. Perdona, no es algo que me incumba —se excusó arrepentida.

—Vivimos todos juntos —dijo Darío, que por algún motivo inexplicable parecía tener ganas de hablar de su familia—: mis hermanos, Héctor y Ruth; Iris; mi padre, y yo.

—No tendrás tiempo de aburrirte en casa. —Sonrió ella soñadora, le hubiera encantado tener hermanos y sobrinos.

—No mucho. Ruth trabaja y Héctor estudia, así que entre los tres nos repartimos el cuidado de Iris y papá.

Ariel observó un segundo a su acompañante y luego asintió con la cabeza. Si Darío no había mencionado al padre de la niña, sería por algo, y ese algo no le incumbía a ella. Nunca había sido cotilla, y no iba a empezar ahora… o tal vez sí.

—¿Es muy mayor?

—¿Iris? No, va a cumplir seis años.

—Me refería a tu padre.

—Cumplirá sesenta en un par de meses.

—Oh… vaya, lo siento.

—¿Por qué? —preguntó él estupefacto.

—Bueno, si cuidas de tu padre… —Se detuvo antes de seguir hablando; su madre siempre le decía que no debía soltar de buenas a primeras lo que pensaba, sobre todo si podía hacer daño a los demás o estar equivocada. Aunque era un consejo que pocas veces seguía.

—Continúa.

—Nada, es una chorrada. No sé por qué he pensado que, si tenéis que cuidar de tu padre siendo él tan joven, es porque no está bien de salud, pero ya veo que no. A veces soy más simple que el motor de un chupete.

—No. Tienes razón, mi padre está enfermo —respondió él, sorprendido. Ariel estaba demostrando ser muy perceptiva—. No es nada grave, ni le afecta a su salud —aclaró al ver la cara de la muchacha, parecía triste de verdad—. Perdió la memoria o, mejor dicho, no puede crear recuerdos… Es como un disco duro estropeado, puedes trabajar con él, hablar con él, jugar con él, pero no almacena nada de lo que hace. Por tanto, un segundo después de hacer algo, olvida que lo ha hecho. Es como si viviera en un presente perpetuo. No reconoce el pasado y no recuerda lo que debe hacer en el futuro.

—Vaya. ¿Siempre ha sido así?

—No. Solo los últimos siete años. Para él cada día es julio de 2001, tiene una nieta con la que convive y ni siquiera lo sabe —finalizó bajando los ojos.

—Pero está vivo y sano, con vosotros —dijo Ariel posando su mano en la de él—, y eso es lo importante.

—Sí.

Se quedaron un momento en silencio. Las pullas y broncas en el gimnasio habían dado paso a una intimidad con la que de repente ninguno de los dos se sentía cómodo, o quizás el problema era justo el contrario. Darío se sentía demasiado accesible con respecto a cosas que nunca contaba y Ariel demasiado confiada con un tipo al que conocía de un par de horas y unas cuantas patadas.

—Mejor nos vamos, hace un frío que pela —soltó ella de improviso acabando el bocadillo y poniéndose con un gruñido las martirizantes deportivas. Se levantó y echó a andar sin mirar atrás; no le hacía falta, sentía la presencia del hombre a su lado.

Recorrieron el parque, iluminados por la escasa luz de las farolas. Los árboles deshojados parecían esqueletos espectrales dispuestos a atraparles entre sus desnudas ramas. Darío apenas prestaba atención a su entorno, pero Ariel miraba curiosa cada sombra entre los arbustos, cada hueco oculto entre los columpios infantiles.

—¿Te da miedo la oscuridad? —preguntó él risueño—. Jamás hubiera pensado que una chica tan valiente y arrojada como tú temiera adentrarse en un parque de noche —comentó devolviéndole la broma de las arañas.

—Me gusta —respondió ella—. Cuando era pequeña mis padres me llevaban los sábados a la Pedriza. Al anochecer papá me contaba el cuento de Blancanieves, ya sabes, cuando tiene que huir del castillo por culpa de la malvada madrastra y se pierde de noche en el bosque. Papá lo contaba intentando asustarme y mamá se enfadaba con él diciendo que por su culpa tendría pesadillas. Pero yo en lo único en lo que pensaba era en perderme por el bosque y buscar los esqueletos, las brujas y los fantasmas para atacarles con mi palo mágico.

—¿Tu palo mágico?

—Sí. Cuando papá empezaba a contar el cuento, mamá cogía una ramita del suelo y me la daba diciendo que era la varita mágica que había perdido mi hada madrina y que con ella convertiría a los fantasmas en príncipes.

—¡Vaya mezcla de cuentos!

—Sí —contestó ella sonriendo con nostalgia—, pero consiguieron que con un simple palo yo fuera capaz de ahuyentar cualquier pesadilla.

—¿Te dejaba meterte con el palo en la cama?

—No. Pero debes recordar que era mágico. Cuando montábamos en la furgoneta, mamá lo dejaba en el maletero mientras papá decía «abracadabra, pata de cabra, que la rama mengüe mientras la niña duerme», y yo siempre me dormía en el coche —aclaró—. Al llegar a casa, el palo se había convertido en una aguja de pino que sí podía meter en la cama.

—¡Qué imaginación!

—No lo sabes tú bien —dijo Ariel girando la cara y centrando su mirada en los árboles.

—¿Tenéis una furgoneta?

—Ya no. Ahora tengo un Seat 124. ¡Es el mejor coche del mundo!

Darío observó a la sirenita. «No solo tiene cara de hada, cuerpo de ninfa y piel de alabastro; también gruñe como los perros cuando se enfada y sabe más de coches que muchos hombres que conozco», pensó mientras la escuchaba hablar sin descanso del 124 con motor averiado que pensaba arreglar en cuanto ahorrara un poco.

Entre pasos descompasados por la cojera, gruñidos doloridos cuando pensaba que él no se daba cuenta y partes del motor de un coche clásico e inmortal, llegaron hasta el final del parque. Tras este una carretera les separaba de la estación de Renfe. Unos cuantos metros más y se separarían.

Ariel suspiró; a pesar del dolor de pies, del sueño acumulado y del cansancio pertinaz que la acosaba, no tenía ganas de llegar a la Renfe, al menos no tan pronto. No por ningún motivo en especial, qué va, era solo que… Tardaría menos de media hora en llegar al centro de Madrid y entonces se encontraría sola de nuevo, caminando como una sombra por calles abarrotadas de personas anónimas que pasarían frente a ella sin notar su presencia. Iría a la Puerta del Sol y, una vez allí, entraría en el vestíbulo del metro, en las entrañas de la ciudad, y permanecería encerrada en esa cueva luminosa e impersonal hasta que la estación cerrara. Después saldría de nuevo a la calle, con la única misión de observar cómo se movía el minutero del famoso reloj, aguardando segundo a segundo, deseando ingenuamente que el tiempo avanzara deprisa hasta que llegara la hora de volver al sitio al que le era imposible llamar «casa». A la pensión.

—Si quieres, puedo probar a ver si consigo limar un poco las costuras de las deportivas para que te hagan menos daño —dijo Darío en el momento en que Ariel se disponía a despedirse.

—¿Ahora? —preguntó incrédula.

—Sí, mi tienda está justo aquí —comentó señalando con la mano un edificio a la vez que fijaba la mirada en los ojos de la muchacha. Los tenía grises como un cielo tormentoso, como la luna cuando ilumina una noche de verano. Inhaló profundamente. Si tenía que despedirse en ese momento, por lo menos dejaría grabado en su mente el aroma cálido y dulce de la sirenita.

Ariel dirigió la mirada hacia donde él señalaba, un bloque de pisos, naranja, con terrazas diminutas y ninguna tienda cerca. «¿Dónde está la zapatería?», pensó.

—Detrás del edificio —aclaró Darío al ver la cara de la joven—, es solo cruzar la calle y atravesar la plaza. Tú verás si aguantas con eso puesto hasta que llegues a Madrid.

—Vamos.

—¿Vamos? ¿Así, sin más? ¿Sin pelear, refunfuñar ni gruñir? —Estaba estupefacto, no se esperaba que resultara tan fácil convencerla.

—¿Qué? —preguntó asombrada—. Oye, si no quieres que vayamos, por mí de puta madre, que yo tengo mogollón de cosas que hacer, ¿te enteras? —dijo clavándole el dedo índice en el pecho—. A ver si te vas a pensar que me estás haciendo un favor, y para nada, ¿eh?, que si tengo que ir descalza en el tren me la pela. No me voy a morir, ¿vale?

—Vamos a tener que hacer algo con tu dedito, es un insolente —comentó Darío apartando el dedo que le estaba haciendo un agujero en el esternón.

—¡Que te den!

—No te enfades. Me ha asombrado que aceptaras sin protestar, pero, ahora que has gruñido, ya vuelvo a sentirme como en casa. Anda, vamos. —Le cogió la mano y la guio hacia la carretera.

—Sabes una cosa: eres más raro que un político honesto —comentó ella siguiéndole sin oponer resistencia. Darío no pudo evitar reírse ante su ocurrencia.

—¿Te he dicho alguna vez que, además de preciosa, eres una mujer muy original?

—¿Soy preciosa? —preguntó Ariel fijando su mirada en los ojos de Darío, buscando algún signo evidente de miopía, astigmatismo, ceguera selectiva, cataratas, o algo por el estilo, pero no, no parecía tener problemas de esa índole… Por tanto la única opción que quedaba era que el pobre tenía un gusto pésimo.

—A mí me lo pareces —afirmó él, sonriendo.

—Tienes el gusto atrofiado —aseveró ella—. ¡¿Esa es tu zapatería?! —Señaló con un dedo al girar la esquina y entrar en una plaza cuadrada rodeada por tres edificios con comercios en los bajos.

—Sí.

—¿No te ha dicho nadie que hace diez días se acabó la Navidad?

—Sí, es decir, no. No me lo ha dicho nadie, lo sé de toda la vida.

—¿Y por qué tienes un árbol con adornos, lucecitas y todas esas tonterías navideñas en el escaparate? —Ariel negó con la cabeza—. Estás más perdido que un piojo en una peluca.

—Iris pensó que quedaba bien y me convenció para dejarlo unos días más.

—Espero que nunca le dé por pensar que estarías más guapo desparramado en la calle… —murmuró Ariel entre dientes.

—¿Qué?

—Te tirarías por la ventana para complacerla —aseveró para sí misma—. La verdad es que queda muy coqueta con tantos floripondios.

—¿Floripondios? ¿De qué estás hablando ahora? —Esta mujer tiene una habilidad especial para cambiar el tema de la conversación de buenas a primeras, pensó Darío, confuso.

—Las plantas esas rojas de Navidad —dijo señalando una especialmente grande que ocupaba medio escaparate.

—Flores de Pascua —aclaró él sacando de la mochila las llaves de la tienda.

—Esas mismas. ¿No se te mueren?

—Si las riegas, no.

—¿Te gusta la jardinería?

—No especialmente —respondió abriendo la puerta, esto hizo que se perdiera la mirada nostálgica de la joven.

—Ah, vaya —dijo pensativa pasando al interior de la tienda—. ¿Por qué tienes plantas si no te gustan?

—No he dicho que no me gusten, simplemente me dan igual.

—Pero… está limpia y bien cuidada —repuso Ariel tocando

las hojas sorprendida. Para darle igual las plantas las tenía impecables.

—Si tengo algo es para cuidarlo. Si no, no lo tengo —aseveró él.

Darío tanteó la pared hasta dar con el interruptor y encendió la luz. La tienda cobró vida como por arte de magia, convirtiéndose en una zapatería de cuento de hadas. Además de las estanterías repletas de calzado ya reparado, miles de dibujos infantiles colgaban de las paredes cubriéndolas de color y fantasía. En un rincón una gran vitrina de cristal mostraba antiguos y cuidados zapatos de otras épocas. Y, en el mostrador, sobre un pequeño y mullido cojín de terciopelo rosa, había una preciosa botita de bebé bañada en plata, expuesta cual zapatito de cristal de una diminuta Cenicienta.

Ariel lo observó todo con ojos asombrados, solo faltaban duendes diminutos cosiendo zapatos para que fuera igual que la zapatería que describía su madre cuando le contaba el cuento de los duendes y el zapatero.

—Esta botita… ¿Cómo la has hecho?

—No la he hecho yo. Es el zapatito con el que Iris empezó a andar, cuando se le quedó pequeño lo llevé a una joyería a que lo bañaran en plata. No tiene ningún misterio —contestó él acariciando con cariño su tesoro más preciado.

—¿Y esto? —Ariel cogió un cuaderno que estaba sobre el mostrador y lo abrió para ojearlo—. ¿Es de tu sobrina?

—Sí. Esta tarde tenía tanta prisa por largarse que se le ha olvidado recoger los deberes —respondió enfadado arrebatándole el cuaderno de las manos y metiéndolo en su mochila—. ¡No está a lo que tiene que estar!

—Es una niña pequeña, no pretenderás que sea perfecta —replicó Ariel a la defensiva. Los niños eran sagrados, así se lo habían inculcado sus padres y así lo creía ella.

—¡Por supuesto que no quiero que sea perfecta! Pero podría disimular un poco.

—¿Disimular que es perfecta?

—¡No! ¡Disimular que no tiene prisa por alejarse de mí! ¡Hacer como que se acuerda de que existo! —estalló Darío soltando la mochila bruscamente sobre el mostrador.

—Eh, tranquilo. ¿Qué ha pasado? —preguntó acercándose a él.

—Nada. Dame las deportivas a ver qué puedo hacer —soltó Darío, cortando la conversación de raíz.

Ariel se las quitó con cuidado y se las tendió. Darío sacó de debajo del mostrador chismes que parecían salidos del sueño de un inquisidor sádico. Cuchillas, tijeras, espátulas, mazos y un picahielo… igualito que el que usaba la loca de *Instinto básico*.

—¿Para qué quieres eso? —preguntó Ariel señalándolo.

—¿La lezna? Para hacer agujeros en el cuero —contestó sin prestar mucha atención mientras seguía revolviendo hasta que encontró una lija—. Perfecto.

Se sentó en un taburete tras el mostrador, puso las deportivas sobre este y comenzó a torturarlas.

Ariel rodeó la improvisada mesa de trabajo, tomó asiento al lado del hombre y se dispuso a observarlo atentamente. Usaba los útiles con maestría y soltura, tratando con mimo el calzado, pendiente de cada pequeño detalle.

—Eres todo un genio con esto —dijo acercándose un poco más para ver mejor, tan cerca que solo los separaba la distancia que recorre un suspiro.

—Llevo años haciéndolo —le restó importancia él.

—¿Desde niño querías ser zapatero remendón? —preguntó ella inclinándose hacia él para tocar con curiosidad las herramientas que había sobre el mostrador.

—No me lo planteé —comentó con un escalofrío al sentir el cálido aliento femenino rozándole la mejilla—. Mi padre era zapatero y siempre nos tenía con él en la tienda, me gustaba mirarle. Así aprendí.

—¿Tus hermanos también son zapateros?

—No. Héctor está en la universidad, y saca unas notas alucinantes; es un gran estudiante —contestó orgulloso a la vez que inhalaba profundamente. ¡Dios! El aroma de la muchacha era embriagador—. Ruth es secretaria en un centro de día para mayores.

—¿Iris es hija de Ruth? —preguntó bajando la voz.

—Sí. Es su viva imagen. Cada vez que la miro es como si viera a mi hermana, con la melena alborotada, la cara sucia y la ropa manchada de barro.

—Quieres mucho a tu sobrina. —No era una pregunta.

—Es imposible no adorarla; es una cría estupenda, cariñosa, inteligente y muy traviesa. A veces es el mismo diablo… Tiene algunas ideas que no sabes si echar a correr o reírte de ellas. —Terminó de limar la deportiva y la dejó en el suelo, pero no cogió la otra.

—¿Ruth también era un trasto de pequeña? —preguntó Ariel con una sonrisa, imaginando a los tres hermanos haciendo trastadas.

—No. Era seria y muy responsable, como ahora.

—Entonces… ¿Eres tú el culpable de que Iris sea traviesa? —inquirió burlona. Con lo serio que era Darío le costaba imaginarlo haciendo travesuras.

—No —respondió seco—, su carácter lo ha heredado de él.

—¿De él?

—De su padre. Cuando era niño, Marcos estaba siempre armando líos, poniendo motes a la gente y desquiciando a mi hermana.

—¿Se conocen desde niños?

—Sí. Pero él se largó de España, se vieron una noche en Detroit, y cuando Ruth volvió…

—Estaba embarazada —adivinó Ariel mientras sus dedos nacarados se entretenían siguiendo los arañazos y marcas de la madera del mostrador.

—Sí.

—Y Marcos se lavó las manos —gruñó enfadada con el tipejo.

—No. Ruth no le dijo que estaba embarazada.

—Ah.

—Y ahora ha regresado, ha descubierto que tiene una hija y está decidido a llevarse a mi hermana y a mi sobrina con él —respondió Darío dirigiendo su mirada a la botita infantil expuesta sobre el mostrador.

—¿Qué va a hacer tu hermana? —Si Ariel tuviera una hija, nada ni nadie podría arrebatársela, ni obligarla a hacer nada que no quisiera. Eso lo tenía muy clarito… transparente.

—A Ruth no parece disgustarle la idea. De hecho cree estar enamorada de ese energúmeno —contestó Darío con rabia.

—¿Iris qué opina? —dijo estirando los dedos y tocándole la mano.

—Está encantada. Cuando la llevo al colegio cada mañana no para de decirme lo guay que es su padre. Hace los deberes en la tienda y no deja de mirar el reloj impaciente, esperando a que sea la hora de irse al parque con él. Echa a correr en el momento en que le ve aparecer por la puerta y ni siquiera se despide de mí. Cuando le doy el beso de buenas noches me cuenta con pelos y señales todo lo que han hecho juntos. ¡Como si a mí me importara! —Y lo malo es que le importaba y mucho… La sentía alejarse poco a poco de él.

—Es su padre. Es bueno que esté feliz con él. —Continúo acariciándole suavemente.

—Las va a dejar tiradas, las abandonará y las olvidará como hizo hace años —afirmó convirtiendo sus manos en puños apretados.

—A lo mejor no —rechazó Ariel envolviéndole el puño con sus dedos de hada.

—Ruth se equivoca al confiar en él. Marcos no es adecuado para ella. Mi hermana está ciega, no ve las cosas como realmente son. Va a sufrir por su culpa, y yo no quiero que sufran.

—No quieres que se vayan de tu lado —refutó suavemente Ariel—. Y eso es algo que no puedes evitar. Todos aquellos a quienes amamos antes o después se marchan. Es ley de vida.

—¡Joder! ¿Qué eres? ¿Una puta psicóloga? —gritó indignado. Ariel había dado en el clavo con su última afirmación y él se negaba a aceptarlo. No podía, no en ese momento.

—No. Soy la que te va a partir los morros como se te ocurra volver a insultarme —amenazó ella levantándose y fulminándolo con la mirada.

—Perdona, no he pensado lo que decía. Todo esto me supera —dijo tendiendo una mano con la intención de acariciarle la mejilla. Ariel se apartó bruscamente antes de que él llegara a tocarla.

—¿Has terminado ya con eso? —preguntó señalando las deportivas—. Es tarde —afirmó.

—Me queda por limar una —contestó poniéndose manos a la obra. Ella no había aceptado sus disculpas, pero tampoco le había mordido. Por tanto decidió pensar que estaba absuelto.

El ambiente íntimo en que habían estado inmersos se evaporó como la lluvia en el desierto. Darío continuó con su trabajo sentado tras el mostrador mientras Ariel daba vueltas descalza por la tienda. Se paró frente a la vitrina que contenía los zapatos antiguos, le llamaban la atención sus vivos colores y el estado impecable en que se encontraban.

—¿Son de verdad? —preguntó

—De aire no son —respondió Darío sonriendo. Después de cinco minutos, ella por fin se dignaba a dirigirle la palabra. ¡Milagro!

—Eres más gracioso que una manifestación de payasos en pleno centro de Madrid a las ocho de la mañana.

—No son antiguos, si a eso es a lo que te refieres —comento ignorando su pulla—. Los del estante de arriba los hizo mi padre; el resto, yo.

—Son alucinantes.

—Si tú lo dices. Esto ya está —dijo tendiéndole las deportivas ya limadas.

Ariel se las puso, dio un par de pasos y asintió; seguían haciéndole daño, pero ya no era como si le clavaran alfileres de vudú en la piel.

—Están geniales. Gracias.

—De nada.

—Bueno, me voy, ya es tarde.

—Te acompaño a la Renfe.

—No hace falta —contestó ella abriendo la puerta.

—Ya lo sé.

Darío colocó las herramientas, cogió su mochila y salió tras ella. Atravesaron la plaza, doblaron la esquina del bloque y en un par de minutos estuvieron frente a la Renfe. Decir que era tarde se quedaba corto. No había ni un alma por la calle, la noche estaba en su apogeo y el frío se aprovechaba de que el sol estaba dormido para colarse inclemente bajo el impermeable de la muchacha y helarle hasta los huesos.

Entraron deprisa en la estación, buscando alivio contra el gélido viento, y se pararon frente a los torniquetes de la entrada mientras Ariel sujetaba el maletín de Sexy y Juguetona entre sus piernas y sacaba de su mochila un bono de diez viajes de tren.

—Bueno, aquí nos despedimos. ¿Cuándo volverás al gimnasio?

—En un par de semanas —respondió incómoda. ¿Por qué le preguntaba eso?

—¿El último viernes del mes? —preguntó él contando los días en su cabeza.

—Sí.

—Allí estaré —afirmó Darío acercándose a ella, devorándola con la mirada.

—Genial, allí nos veremos. —«¿Por qué no deja de mirarme así?», pensó extrañada.

—Te voy a echar de menos —comentó alzando una mano hasta la boca de fuego que llevaba deseando besar toda la tarde.

—¿A mí? —preguntó ella con incredulidad a la vez que echaba hacia atrás la cabeza—. Aparta los dedos o te muerdo —amenazó mientras pensaba en cómo sería probar el sabor de su piel.

—Hazlo —susurró Darío posando la mano sobre el esbelto cuello femenino y recorriendo con el pulgar los tentadores labios.

Ariel abrió la boca con el propósito de enseñarle en vivo y en directo lo afilados que tenía los dientes, pero se quedó en la intención cuando él comenzó a acariciarla lentamente, con movimientos tan suaves que la hipnotizaron, o eso pensó ella cuando él sustituyó los dedos por su boca.

Por primera vez en su escasa vida, el instinto de Ariel no tomó el control. De hecho debía estar en la inopia porque no le mordió ni le golpeó en la entrepierna como era su costumbre. Se quedó quieta y se dejó llevar por las sensaciones, o al menos lo hizo hasta que sintió la lengua húmeda y caliente de él intentar adentrarse en su interior. En ese momento recuperó la cordura, lo empujó y se dio la vuelta para meter con movimientos nerviosos y alterados el bono tren en la ranura del torniquete.

—Adiós —dijo entrando en el vestíbulo de la estación con rapidez. Suspiró, no se entendía a sí misma, no alcanzaba a comprender por qué no le mandaba a la mierda o algo por el estilo. ¡Ella no se dejaba besuquear por nadie!

—Te estaré esperando —prometió Darío mientras ella se iba en dirección al andén.

13

Si lo que quieres es vivir cien años
vacúnate contra el azar
deja pasar la tentación
dile a esa chica que no llame más
y si protesta el corazón, en la farmacia puedes preguntar:
¿tiene pastillas para no soñar?
JOAQUÍN SABINA, *Pastillas para no soñar*

—*C*anela —susurró.

Canela, a eso olía Ariel, pensó Darío acercándose a ella mientras paseaban por el silencioso y solitario parque. Era una cálida noche de verano; la luna, redonda e inmensa en el cielo despejado, iluminaba con suavidad su cuerpo desnudo, convirtiendo su piel en nácar vivo y sedoso.

Canela con un toque de… Se le escapaba. Algo dulce y excitante a la vez. Cerró los ojos concentrado, intentando dar con el elemento que faltaba, pero fue incapaz. Cuando volvió a abrirlos la muchacha se había sentado en un banco, de lado, de igual manera que esa misma tarde, una pierna en cada lado del asiento, la espalda echada hacia atrás y los codos apoyados en el reposabrazos.

Él sonrió y se sentó de la misma manera. Frente a ella.

Ariel se descalzó, mirándolo maliciosamente, y posó con exasperante lentitud su pie desnudo sobre el muslo masculino. Darío lo cogió con cuidado, temiendo hacerle daño, pero las heridas habían desaparecido por arte de magia. En su mano tenía una obra de arte de la genética; un pie fino y delicado, níveo y sutil. Lo recorrió lentamente con las yemas de los dedos, acariciándolo desde el empeine hasta el tobillo y más allá.

Recorrió con la mirada sus formas etéreas. Sus pálidas y perfectas piernas en contraste con la madera áspera y oscura del banco. Su cara de hada, infantil y pícara, sus brazos delgados y bien definidos. Anhelaba con toda su alma poder ver y tocar sus pechos pequeños, su vientre liso y acogedor y su pubis de rizos rojizos, pero las sombras de la noche se lo impedían. No podía entenderlo. La luna iluminaba todo su cuerpo menos aquello que él más deseaba observar. ¿Por qué?

Ariel rio cuando los dedos morenos subieron por su pantorrilla, dio una pequeña patada apartándolos y posó su pie sobre el torso masculino. Otra vez. Pero en esta ocasión no presionó para alejarlo, sino que le recorrió sensualmente el pecho, le acarició las sensibles tetillas y siguió bajando hasta llegar al ombligo. Piel con piel.

Darío pensó, en un arrebato de claridad mental, que era extraño que estuvieran allí, en el parque, en verano, ella desnuda, él sin camisa… Pero luego sintió la caricia descender sobre su piel hacia su entrepierna y el raciocinio se escapó junto a la cordura.

El pie bajó lentamente sobre la abultada cremallera del pantalón hasta que la planta quedó posada sobre el pene erecto, separada de él por la tela vaquera. Tentó y apretó con cuidado, fluyó sobre toda su longitud en un roce cadencioso que consiguió volverle loco de deseo.

Él gimió y ella paró. Se apartó lentamente y comenzó el recorrido inverso, subió por su abdomen, se deslizó por su pecho y jugueteó de nuevo con los pezones cubiertos de vello oscuro y rizado.

No lo aguantó más. La aferró del tobillo y lo subió hasta sus labios, lamió cada milímetro de piel y mordisqueó con cuidado el empeine. Inhaló profundamente hasta que el aroma dulce y erótico se quedó impregnado en su cerebro.

—Miel —susurró—, estás hecha de miel y canela.

Ariel volvió a reír y su risa fue como un murmullo de cascabeles sobre el agua de un arroyo.

Fresca, musical, adorable.

Darío sonrió mientras asentía satisfecho. Había encontrado dos de los ingredientes del aroma que lo volvía loco, pero aún se le escapaba uno. Decidió saborearla un poco más, lo justo para dar con el misterio.

Deslizó sus manos por la suave pantorrilla femenina, alzándola para dejarla al alcance de sus labios. Besó cada retazo de piel. Sus manos descendieron despacio hacia el interior de los muslos de alabastro de su hada, buscando aquello que las sombras le ocultaban pérfidamente. En el momento en que las yemas de sus dedos tocaron el primer rizo rojizo, ella se apartó de golpe, o al menos lo intentó, ya que él no se lo permitió. Le agarró los tobillos y tiró hasta que la muchacha quedó sentada a horcajadas sobre su regazo, con aquellos rizos enigmáticos pegados a su pene desnudo.

—Eres mía —afirmó en voz baja.

Se echó hacia atrás hasta quedar tumbado sobre la fresca hierba de primavera. Las gotitas de rocío humedecieron y refrescaron su espalda. Finas briznas verdes y flexibles le acariciaron los muslos y le hicieron cosquillas en los testículos. El aroma a canela y miel que emanaba del cuerpo de sirena tendido sobre él inundó sus fosas nasales.

No se preguntó cómo era posible que estuvieran en primavera cuando segundos antes era pleno verano, ni por qué estaba desnudo cuando antes tenía los pantalones puestos ni mucho menos a dónde había ido a parar el banco sobre el que estaban sentados. Era imposible cuestionar nada con ella sobre él, mirándolo con sensualidad. El resto del mundo podía desaparecer en ese momento, y él no lo notaría.

Observó a la muchacha lamerse los labios y perdió por completo la noción de la realidad. Se abalanzó sobre la boca roja y carnosa y bebió de ella, sediento de degustar el sabor de su paladar.

Recorrió con sus enormes y morenas manos las delicadas costillas hasta llegar a los pequeños pechos, tan suaves como un suspiro. Alcanzó con ternura los pezones duros y erguidos y los apretó entre sus dedos. Ella gimió. Él se bebió su gemido.

Ariel se aferró a los fuertes hombros cuando él tomó entre sus labios la areola rosada, succionándola con fuerza, haciendo que el placer recorriera su estómago. Abrió sus piernas más todavía, y sintió el rígido pene acomodarse entre los labios de su vagina. Él jadeó con fuerza. Ella absorbió su jadeo entre sus labios y comenzó a moverse sobre él. El pene resbaló sobre su húmeda vulva y, con un estremecimiento, todos los músculos de su cuerpo se tensaron.

Darío creyó tocar el cielo cuando su sirenita se deslizó sobre él lentamente, permitiéndole tentar la entrada a su vagina pero sin llegar a introducirlo en su interior. Arqueó desesperado la espalda y apretó las nalgas, mientras ella continuó con sus movimientos en rítmica agonía. Cuando no pudo soportarlo más la agarró de las caderas, deteniéndola.

—Ariel —jadeó con fuerza—, me estás matando.

Acto seguido giró hasta quedar sobre ella, ansiando tener el control. Le aferró ambas muñecas con una de sus manos y se las colocó por encima de la cabeza. Ella flexionó la espalda, levantando los pechos, dejándolos a la altura de sus labios. Darío lamió con fruición los montículos gemelos, mordisqueó levemente los pezones inhiestos y endurecidos y maldijo a la noche por no permitirle deleitarse con su visión. Las estúpidas sombras seguían tapando los encantos del cuerpo femenino y él necesitaba verlos. Lo necesitaba más que respirar.

Recorrió con la mano que le quedaba libre el vientre de su hada hasta dar con los rizos que ocultaban el secreto que anhelaba descubrir. Deslizó un dedo dentro de ella y la encontró húmeda, caliente, receptiva. Preparada para acogerle… Pero aún no. Si las sombras no le permitían ver, él aprendería las formas de Ariel con las yemas de sus dedos.

Acarició con ternura el clítoris, percibiendo cómo se endurecía bajo sus mimos. La sintió vibrar bajo él, mover sus muñecas, tirar de ellas intentando soltarse.

Darío se lo permitió. Abrió sus dedos y las manos de la muchacha volaron hasta su pene endurecido, envolviéndolo. Sintió sus labios posarse en su cuello y mordisquearlo mientras sus dedos recorrían la corona de su verga, tentaban el glande y descendían lentamente hasta el saco que alojaba sus testículos.

La respiración de ambos se aceleró, los latidos de sus corazones golpearon frenéticos.

Darío sintió la sangre recorrer con fuerza sus venas creando una estela de fuego desde sus riñones hasta su escroto. Deseó que ella se quemara igual que él. Deslizó sus dedos por la resbaladiza vulva hasta encontrar la entrada a la vagina, e introdujo el índice a la vez que con el pulgar masajeaba el clítoris.

Sintió a Ariel temblar debajo de él. Abrirse a él. Gemir por él. La besó lentamente en la comisura de la boca, tentándola, hasta que ella la abrió. Deslizó su lengua dentro de ella, aprendió la forma de su paladar, recorrió la suavidad de sus dientes e inició el mismo movimiento que más abajo imponían sus dedos.

El índice entraba y salía de ella con lentitud, buscando cada punto erógeno, asimilando el lugar exacto en el que se producía cada jadeo que ella emitía.

Ariel movió las caderas acompasando sus movimientos a él. Succionó cada embate de la lengua, deleitándose en su sabor salado y masculino. Le acarició con lenta suavidad el pene erecto entre sus manos. Deslizó la piel del glande en una caricia tan etérea que casi desesperó al hombre. Recorrió con sus dedos la corona hasta encontrar la abertura de la uretra, jugueteó con las lágrimas de semen que emergían de ella. Las extendió por el glande y, a continuación, bajó suavemente hasta los testículos.

Darío jadeó, intentando llenar de aire sus pulmones, pero este se le escapaba entre gemidos. Estaba a punto de morirse de placer, ella lo sabía y jugaba con él.

—Me estás volviendo loco —susurró.

Ariel sonrió y separó sus manos de él.

—No. No pares ahora —rogó él.

Ariel lo ignoró y posó las manos sobre su fuerte torso. Darío alejó sus dedos de la vagina, castigándola con la misma tortura que ella le daba. La muchacha hizo un mohín y gruñó a la vez que le pellizcó un pezón. Darío sonrió. ¿Quería jugar? Jugarían.

Le asió una mano, la llevó hasta su pene atormentado y pegó su pubis al de la muchacha, dejando las manos de ambos entre ellos.

La obligó a recorrerlo con la palma, mientras que él, a su vez, la acariciaba con sus nudillos. Jadearon al unísono. Ella abrió sus dedos y lo envolvió con ellos. Él comenzó a bombear con fuerza.

—No me sueltes ahora —suplicó—, apriétame fuerte —ordenó—, rodéame con tus piernas —rogó.

Ariel obedeció, oprimió con sus dedos el ardiente pene, encerró entre sus piernas la cintura del hombre en una cárcel de blanca suavidad y ancló sus talones al duro trasero masculino. Darío como recompensa estimuló el clítoris con el pulgar a la vez que introdujo ávidamente en ella el índice y el corazón, moviéndolos contra las húmedas paredes de su vagina, entrando y saliendo con fuerza.

Las bocas sedientas se unieron en una algarabía de lenguas entrelazadas que se quemaban en el fuego de la pasión desenfrenada.

Estaban al límite.

Se miraron a los ojos durante un segundo eterno.

Ella negó con la cabeza, incapaz de ir más allá.

—Vibra para mí —ordenó Darío.

Ella vibró, ambos lo hicieron.

Un jadeo se abrió paso desde los pulmones de Darío hasta su garganta cuando el semen cabalgó frenético hacia la liberación. Sintió en sus dedos la humedad que manaba de Ariel, los espasmos de su vientre, la crispación de su espalda.

Un fuerte gruñido teñido de erotismo resonó en sus oídos a la vez que notaba la humedad pegajosa de su semen derramarse sobre su vientre y su mano.

Abrió los ojos sobresaltado.

Todavía era de noche, pero no estaba en el parque tumbado sobre la hierba, sino sobre su cama. No había ninguna luna iluminando el cuerpo nacarado de la muchacha, sino la luz de las farolas colándose entre los huecos de las persianas. No estaba desnudo, llevaba puesto un pijama. Ariel no le acompañaba, estaba solo… o todo lo solo que podía estar durmiendo en la misma habitación que su hermano.

Cerró los ojos desolado.

—Eso de «vibra para mí» te ha quedado muy poético. Imagino que te referías a que se corriera para ti, ¿no? —comentó una voz desde el otro lado del cuarto.

Darío abrió los ojos aterrado. De todas las noches que había soñado con Ariel, de todas las que se había despertado con una erección de caballo, esta era la primera que llegaba al orgasmo… y justo en esta ocasión tenía que estar despierto su hermano. ¡Perra suerte!

—¡Qué co… minos haces despierto! —increpó.

—Eh, tranqui, tío, que yo estaba durmiendo tan feliz hasta que me has despertado con tu alboroto. No hacías más que retorcerte en la cama, gemir, jadear y decir cosas sobre… canela y miel.

Héctor estaba tumbado de lado en la cama, con un codo hincado en el colchón y la cabeza apoyada en una mano. Su pelo rubio refulgía con la tenue luz que iluminaba el cuarto y su sonrisa taimada insinuaba que había oído demasiado.

—¿Has soñado con la sirenita? —preguntó a Darío.

—Duérmete.

—Estás loco si crees que me voy dormir después de esto.

—¿Esto?

—Mi hermano mayor, el serio, el circunspecto, el tipo más seco y poco original que conozco, se ha montado una juerga en sueños con una tía que hace dos semanas lo tiró al suelo y que, para más inri, ha sido la culpable de que hoy llegara tarde a cenar.

—No he llegado tarde a cenar —rebatió Darío asegurándose de estar bien tapado por las mantas.

—Sí que lo has hecho. Nos tenías a todos muertos de hambre. Pero no pasa nada, solo por oírte hablar exultante de ella durante toda la cena; te lo perdonamos.

—No he hablado de ella durante toda la cena. —Notaba el pantalón del pijama húmedo y mejor no pensar en el estado de los calzoncillos. Había sido la corrida del siglo y no precisamente orquestada por Francisco Rivera en la plaza de las Ventas, sino por su propia mano, sobre su propio pene, en su propia cama y… al lado de la de su hermano. ¡Miércoles!

—Bueno, para ser sinceros no; ha sido solo durante el primer plato y el segundo. En el postre has dejado hablar a los demás.

—No he hecho tal cosa. —Comenzó a quitarse los pantalones

bajo las sábanas, con mucho cuidado de no hacer movimientos bruscos que pudieran delatarle.

—¿Qué has soñado exactamente? —preguntó Héctor de sopetón.

—No sé de qué hablas. —Los puñeteros pantalones se enredaron al bajar por las rodillas.

—De Ariel, de miel y canela, de… a ver cómo era… ah sí, «eres mía» y no nos olvidemos de «me estás matando» o, y esta es la que más me ha gustado «apriétame fuerte».

—Héctor, no imagines cosas. —Porque él no había dicho esas frases. Vale, sí las había dicho, pero en sueños. Era imposible que las dijera en voz alta. ¿O no? Enfadado, dio una fuerte patada con los pies, los pantalones del pijama quedaron ocultos bajo las sábanas a los pies de la cama.

—No disimules, Da, que no cuela.

—Duérmete —ordenó a la vez que luchaba contra los calzoncillos que se habían enrollado a la altura de los muslos.

—¿No sería más fácil que te levantaras?

—¿Para qué narices me tengo qué levantar?

—Para quitarte la ropa tranquilamente, te traes una pelea tremenda bajo las sábanas.

Darío se quedó quieto al instante. Tenía que tocarle a él, de entre todas las personas del mundo mundial, tener el hermano más tocapelotas del universo.

—Por mí no te cortes, Da. —Héctor se lo estaba pasando en grande—. Se lo asqueroso que es tener toda la ropa manchada de esperma. Si no te la quitas y te lavas, te vas a levantar todo pegajoso. En serio, no me mires así —dijo intuyendo la mirada de su hermano. La luz de la luna no iluminaba lo suficiente su rostro pero veintitrés años durmiendo y viviendo juntos lograban que la imaginación no tuviera que trabajar demasiado—. Yo me he tenido que levantar en mitad de la noche montones de veces para darme una ducha y cambiarme. Antes o después nos pasa a todos.

—¿En serio? —preguntó Darío asombrado, tenía un oído muy fino y jamás había sentido levantarse a su hermano pequeño.

—No. Solo quería consolarte.

—Vete a la mierda.

—Uy, como te oiga Ruth soltando eso por la boca.

—Héctor, cállate y duérmete de una vez.

—Ni lo sueñes. Por tu culpa me he desvelado. No se puede despertar a nadie de esa manera y esperar que no sienta una mínima e insana curiosidad.

Darío le ignoró, terminó de quitarse como pudo la ropa interior, se «limpió» un poco con ella y se colocó de lado, dándole la espalda a su hermano, con la esperanza de que entendiera la indirecta y lo dejara en paz.

—¿Dónde ha sucedido? —preguntó Héctor al aire.

Silencio.

—¿De verdad la sirenita sabía a miel y canela? Tenía que ser deliciosa.

Silencio, este un poco más incomodo que el anterior.

—¿Por qué le dijiste en el sueño que era tuya? Eso suena un poco posesivo, yo que tú no se lo diría en la vida real.

Gruñido, apenas audible, pero gruñido al fin y al cabo.

—Vamos, Da, no te hagas el dormido que no me lo trago. Creo que deberías hablar de esto. No es normal que tengas poluciones nocturnas a tu edad. Aunque, pensándolo bien, lo raro es que no las tengas.

Gruñido. Este fue muy audible, de hecho reverberó en la habitación como si de un trueno se tratara.

—¿Hace cuánto que no estás con una mujer?

Darío se colocó la almohada sobre la cabeza y la mordió con saña. Estaba tentado de asesinar a su hermano.

—En serio, hermanito, no es normal que no salgas con nadie. Al fin y al cabo tienes ciertas necesidades, como todos. Aunque debo decir que a mí estas cosas no me pasan, pero, claro, yo salgo por ahí, tengo mis rollitos. A mi cerebro no le hace falta imaginar nada y, a todo esto... ¿Soñaste con sexo oral?

—Te voy a matar. —Darío saltó de la cama, tal y como su madre lo trajo al mundo y le lanzó a Héctor la almohada a la cabeza—. O te callas o te callo.

—¡Aleluya, hermanos! —exclamó Héctor riéndose a la vez que se quitaba la almohada de encima y volvía a tumbarse—. El gigante impasible ha reaccionado.

—Cállate —gruñó Darío de pie cual dios griego con todo al aire.

—Chico, te ves imponente desde aquí abajo —comentó Héctor mirándole el gusanito—. Si te esmeraras un poco, las chicas harían cola por pasar la noche contigo —afirmó entrecomillando con los dedos la palabra «cola» .

—¡No necesito acostarme con nadie! —exclamó Darío sentándose sobre la cama y tapando con las manos su arrugado y pegajoso pene.

—Permíteme que disienta. Si estuvieras bien servido en ese

aspecto, no andarías follándote el colchón y despertando a tu pobre hermano.

—¡Señor! ¿Qué he hecho yo para merecer esto? ¿Qué delito he cometido? ¡¿Tan graves han sido mis pecados como para tener que sufrir este tormento?!

—No te pongas histriónico. Ves, ese es un claro síntoma de que te hace falta más marcha en tu vida. No es normal que un tío sano como tú eche un polvo de Pascuas a Ramos. —Héctor se quedó mirando a su hermano pensativo—. Porque lo haces, ¿no?

—¿Hago el qué? —preguntó Darío a punto de sucumbir al desánimo.

Esto no podía estar pasándole a él. Eran las... miró el despertador de la mesilla, las cuatro de la mañana; a las diez tenía que abrir la tienda. Necesitaba estar descansado y hasta ahora no había dormido mucho. Y no por su culpa, sino debido a su excitada imaginación, que le había hecho soñar con Ariel, con su cuerpo de ninfa, sus labios de fuego, sus pechos firmes, sus piernas esbeltas, su piel de nácar y su aroma a miel y canela... Sintió que bajo sus manos el pene volvía a endurecerse.

¡Miércoles!

—Hacer el amor.

—¿Qué? —Darío estaba perdido, completa e ineludiblemente. No tenía ni idea de sobre qué narices estaba hablando el payaso que le había tocado en suerte como hermano.

—¿No serás virgen, verdad? —Ante la mirada alucinada de su hermano mayor, Héctor decidió ampliar su razonamiento—. Me refiero a que no sales nunca por ahí. Siempre estás en la zapatería, en casa o en el gimnasio y en esos sitios no creo yo que te salgan muchos romances.

—¿Sabes qué? Tienes toda la razón —dijo Darío levantándose de la cama y obviando su semierección. Al fin y al cabo su hermanito tenía los mismos atributos, no se iba a asustar.

—Lo sabía. —Héctor asintió ante sus palabras. Se lo había planteado a menudo. Darío no podía tener vida amorosa ni sexual, con la existencia rutinaria que llevaba. ¡Era virgen! Con veintisiete años no había probado mujer... Era *mocito*. ¡Qué desperdicio!

—Tienes toda la razón —repitió Darío fulminándolo con la mirada por haberlo interrumpido—. Lo mejor que puedo hacer en estos momentos es darme una larga ducha, porque como siga un segundo más oyendo tus idioteces, a Dios pongo por testigo de que te agarro por el cuello hasta que te quedes sin aire con el que poder hablar. Y si durante el proceso te mato, será únicamente por tu culpa. Como no quiero ir a la cárcel, me voy —aseveró saliendo del cuarto y topándose con su hermana que estaba tras la puerta—. ¡Ruth! ¡Qué coño haces aquí! —dijo tapándose pudorosamente sus partes. Una cosa era que su hermano lo viera en bolas, otra muy distinta que lo hiciera su hermana.

—Escuché gritos y acudí preocupada a ver qué sucedía —respondió mecánicamente ella, roja como un tomate, como si tuviera la excusa ensayada de antemano—. Y no digas palabrotas en mi presencia —apuntilló al momento.

—¡No me lo puedo creer! ¡Esto es una jod… conspiración! —gritó frustrado.

—¿Mamá, qué le pasa al tío? —preguntó Iris desde la puerta de su habitación, restregándose los ojos con sus manitas—. ¿Estás malito, tío Darío? ¿Por qué estás desnudo? Mamá dice que en invierno tenemos que ponernos el pijama para no coger frío, pero, si tú no te lo pones, yo tampoco. Eso es hacer trampa, solo porque seas mayor no significa que no tengas que seguir las reglas de mamá —refunfuñó.

—Hijo, ¿pasa algo? —preguntó su padre saliendo de su cuarto—. Ruth, hija, ¿qué hacéis todos en el pasillo? ¿Le pasa algo a tu hermano? —reiteró la pregunta, olvidando por qué había salido al pasillo.

—No pasa nada, papá. Iris, vuelve a la cama. —Ruth tomó el control de la situación, llevó a su padre al cuarto de nuevo y luego se metió en su habitación con su hija.

—No me lo puedo creer —murmuró Darío a nadie en especial.

—Lo siento, tío. No pensé que se fuera a liar de esta manera.

—Ya lo sé. Tú nunca piensas. Vete a la cama.

—Vale, pero… ¿Eres virgen o no? —preguntó de nuevo. Darío se giró sin decir nada—. Vale, lo he captado. Me meteré en mis asuntos —afirmó Héctor al sentir la mirada enfurecida y febril de su hermano mayor sobre él—. La verdad, no sé por qué lo llevas tan en secreto. No pasa nada si lo eres, tiene solución —dijo entre dientes, pero lo suficientemente alto para que Darío lo oyera.

—¡Héctor! —gritó Darío alzando las manos al cielo. Las puertas de las habitaciones volvieron a abrirse y por ellas asomaron dos cabezas y una cabecita.

Darío volvió a cubrirse con rapidez y de esa guisa atravesó el pasillo y se metió en el cuarto de baño. Lo malo de vivir con la familia era que no existía ningún tipo de intimidad.

Ruth esperó hasta oír el sonido del agua caer para abandonar su cuarto. Iris estaba dormida de nuevo y tenía ciertas cosas que hablar con Héctor. Atravesó el pasillo descalza y entró en la habitación de sus hermanos sin molestarse en llamar. Si conocía bien a Héctor, este estaría despierto.

—Deja en paz a Darío —siseó en cuanto atravesó el umbral.

—Eh, yo no le he dicho nada, hermanita —contestó sentándose en la cama.

—Sí lo has hecho. Déjalo tranquilo, bastante tiene encima como para que tú le andes fastidiando.

—Yo no fastidio a nadie.

—No te das cuenta de nada —acusó—. ¿No te has parado a pensar en cómo se siente al tener que aceptar a Marcos en nuestra familia?

—Por supuesto que sé cómo se siente. Lo quiere matar —afirmó encogiéndose de hombros como si tal cosa.

—¡Héctor!

—Es la pura verdad. No se fía de él, y que Iris adore a su padre y le ignore a él le duele tanto que apenas le he visto sonreír en el último mes.

—Héctor… —susurró confundida, a veces olvidaba que su hermano pequeño tenía una rara habilidad para percibir los sentimientos que los demás querían ocultar.

—Y de repente, como caída del cielo, aparece una chica y él sonríe durante toda la noche. —Héctor volvió a tumbarse en la cama y entrecruzó las manos por detrás de la cabeza sonriendo satisfecho—. Y no es una tía cualquiera. No. Es una mujer que no se amilana ante él, que pelea sin cortarse un pelo, que hace trampas, que rompe las reglas. Una sirenita deslenguada a la que acompaña hasta bien entrada la noche, saltándose el inflexible horario por el que nuestro austero hermano rige su vida. Una pelirroja de ojos grises de la que habla sin parar —enarcó las cejas, dando a entender que, si sabían tanto de ella, era porque Darío lo había repetido mil veces durante la cena—. Una mujer que se mete en sus sueños. Y digo yo que lo mejor que puede suceder es que esos sueños se le queden bien grabados en la mente y que tenga ganas de hacerlos realidad. Y lo mejor para no olvidar los sueños es contarlos. Si de paso averiguo uno de los grandes misterios de la humanidad, eso que gano.

—¿Uno de los grandes misterios de la humanidad?

—¿Cómo puede un hombre ser virgen y no morir en el intento?

—¡Héctor! No te metas donde no te llaman.

—¿No te come a ti la curiosidad?

—No —negó rotundamente Ruth, quizá con demasiada rapidez—. Duérmete ya. Como Darío vuelva y te encuentre despierto… —Abandonó la habitación dejando la amenaza en el aire.

—¿Y perderme toda la diversión? —comentó Héctor para sí mismo—. ¡Ja!

Dobló la almohada por la mitad, la situó contra el cabecero y, recostando la espalda sobre ella, se dispuso a esperar tranquilamente a que Darío regresara de la ducha. Una ducha fría, si conocía tan bien a su hermano como creía. Darío podría ser muy discreto, pero algún jadeo que otro se le escapaba de vez en cuando, y, desde hacía quince días, se le escapaban todas las noches.

—¡Esto es increíble! —gruñó Darío bajo la ducha—. ¿Algo más puede salir mal? —preguntó al grifo, del que solo salía agua fría.

Decidió ignorar los escalofríos que recorrían su cuerpo y se metió bajo la cascada de hielo líquido. Tampoco le iba a venir mal pasar un poco de frío, últimamente estaba un poco —demasiado— caliente. Además, a su estúpida polla le iba a costar recuperarse después de esa ducha, pensó mirando hacia su ingle, donde su pene encogido luchaba por no desaparecer entre el vello negro y rizado.

Por suerte, el calentador decidió empezar a funcionar y Darío recuperó su capacidad cerebral, junto con la autoridad sobre su mandíbula, que apenas podía dejar de castañetear.

Jamás había oído tantas estupideces juntas en una sola noche. ¿Él, virgen? Sí, claro y qué más. ¿De dónde narices se había sacado esa gilitontez su hermanito del alma? Solo porque no fuera vanagloriándose de sus conquistas no significaba que fuera un tierno e inocente chiquillo. Reconocía que posiblemente no tuviera tantas citas como Héctor, pero eso no significaba que no lo hubiera catado. Hace muchos años. En alguna que otra ocasión. Sin que fuera nada del otro mundo. ¡Miércoles! ¿A quién cominos quería engañar?

Apoyó la frente en los azulejos de la pared, buscando refrescar con ellos su cabeza entumecida, y si de paso se le enfriaban ciertas ideas no deseadas —bueno, deseadas sí, pero no a esas horas y menos con tanta gente en casa— mejor que mejor.

Entornó los ojos intentando recordar la última vez.

Los abrió de golpe.

¿Hacía tanto tiempo? ¡Imposible!

Se enjabonó el pelo, a ver si masajeándose el cuello cabelludo ponía a funcionar su memoria. La última vez que recordaba fue hacía dos o tres años, en las fiestas del barrio y ella se llamaba... ni idea.

Frunció el ceño.

Apretó los dientes.

Nada, no había modo. No recordaba ninguna ocasión posterior.

Quizá lo estaba planteando mal. Decidió evocar las últimas veces que había salido de fiesta. Seguro que en alguna de esas ocasiones había pasado algo.

Se aclaró el pelo; se enjabonó las axilas, los brazos, las piernas, el abdomen... Se colocó bajo la ducha para que el agua se llevara el jabón. Y por fin recordó.

La Nochevieja de hacía dos años. Esa fue la última vez que salió de marcha. Y no, no había sucedido nada de nada. Por tanto, su memoria no fallaba; llevaba algunos años sin catarlo. ¡Ni falta que le hacía!

Ya que estaba por la labor de recordar, se puso a ello con todo su empeño.

Esa Nochevieja Héctor le convenció de que abandonara su cálido y acogedor hogar para acudir con él a una discoteca.

Fue una de las noches más horrorosas de su vida.

La música a todo volumen le atontaba; el olor a tabaco, sudor y ozono le daba ganas de vomitar. Los potentes focos de luz, a veces parpadeantes, otras veces fijos, o enfocados sobre un solo punto de la pista, lo aturdían. La masa incontrolable de personas enfervorizadas, enardecidas y alocadas lo aturullaban. Los empujones, pisotones y codazos unidos al aliento de los borrachos que intentaban hablar con él le daban ganas de cometer un asesinato... o de pegarse un tiro para acabar con el tormento. Lo que fuera más rápido.

Recordó a su hermano. Héctor estaba en su salsa bailando en mitad de la pista, un dios rubio de ojos azules, rodeado de mujeres que se pegaban a él como si fueran lapas, mujeres, que si no le engañaba la vista, y la tenía muy afilada, metían mano a su hermano sin el menor pudor. Y no es que Darío fuera un estrecho o un anticuado, pero no podía evitar un gesto de asco al verlo. Si le tocaban la polla a Héctor con tanta facilidad... ¿A cuántos más se la habrían tocado esa misma noche? ¿En cuántos paquetes sudorosos y olorosos habrían metido las zarpas? ¿Se habrían lavado las manos después? No se tenía por tiquismiquis, pero había ciertas cosas que le superaban, y la falta de higiene era una de ellas.

Rememoró las carcajadas de Héctor cuando le contó el porqué de su mala cara en la fiesta.

—Pero, Da, mira que eres raro. Aprovecha el momento. Conoce a una chica, lígatela y pásatelo bien por un día. ¿Qué más da quién mete mano a quién? —Se rio en su cara con voz y aliento de llevar alguna que otra copa de más.

Y la cuestión era que a Darío no le daba igual. No podía enrollarse con una mujer sin conocerla antes y eso cada vez se le volvía más complicado.

En su trabajo en la zapatería, no conocía gente de su edad. Sus clientas eran mujeres encantadoras, agradables y, en su mayoría, casadas. Su relación se limitaba a los arreglos de los zapatos y, al cabo de unos días, entregarlos. Punto y final.

En el gimnasio sí había conocido gente de su edad. Pero nadie le había llamado la atención, y él había sido incapaz de llamar la atención de nadie o de casi nadie.

La única persona que se sentía atraída por él le daba grima, no se fiaba de ella y no le gustaba tenerla cerca. El resto de las chicas sin pareja de allí se le antojaban o muy infantiles o muy alejadas de su esfera de prioridades. En las que tenían pareja, por supuesto, ni se le ocurría fijarse.

Reconocía que era un tanto seco, que no hablaba mucho y que a veces, solo a veces, tenía mal genio. Le costaba comunicarse, no sabía mantener conversaciones estúpidas sobre insensateces, no le interesaban las ideas políticas ni religiosas, los deportes le apasionaban, pero no entendía la necesidad de discutir por ningún equipo ni ir de bar en bar a celebrar la victoria de nadie.

Por tanto sus opciones de conocer a alguien eran muy escasas. De hecho la única manera que se le ocurría para relacionarse con otras personas, fuera del trabajo, el gimnasio y la casa era… salir de fiesta con su hermano y, sinceramente, le daba una pereza tremenda salir a la busca y captura de una desconocida para echar un polvo esporádico.

Su idea de conocer a una mujer no pasaba por hablar a gritos entre la música estridente ni por olfatear desesperado su cuello en busca de un aroma que no fuera el del humo de la pista de baile, y muchísimo menos meterse mano delante de todo el mundo ni que le metieran mano como si fuera un objeto con el que acostarse y luego olvidar, que era justo lo que había pasado la última vez.

Conoció a alguien en las fiestas del barrio de hacía tres años. No conseguía recordar el nombre ni la cara de la chica. Se fueron a un descampado y echaron un polvo en el interior del coche de su hermana. Fue incómodo, apresurado y totalmente insatisfactorio.

Cuando volvieron a la fiesta la chica se fue a bailar… y si te he visto no me acuerdo. No la volvió a ver, y no le quedó la menor duda de que el polvo había sido un fracaso total.

Follar no era lo suyo. Estar horas y horas acechando a una mujer para tener un contacto sexual de diez minutos se le antojaba una verdadera pérdida de tiempo, además de un rollo patatero.

Él quería hacer el amor con la mujer de su vida pero la estrategia para conseguirla se le escapaba totalmente. No sabía cómo encontrarla ni dónde buscar. Había perdido el ritmo a los dieciocho años y, cuando encontró las fuerzas y el tiempo para recuperarlo, se dio cuenta de que ya no le parecían tan excitantes ni tan apasionantes los tejemanejes del cortejo.

Recordaba las prisas que tenía por vivir, el empeño en ponerse el mundo de sombrero y cuánto disfrutaba pasando cada noche con una muchacha distinta, si estas le dejaban.

Y entonces sucedió.

Un día su padre olvidó de repente la conversación que estaban manteniendo. Darío se burló de él, achacándolo a un despiste por su avanzada edad, pero, esa misma noche, se le olvidó que la sartén estaba en el fuego; se quemó la cena y parte de la cocina. Pero gracias a Dios no pasó nada… Al menos hasta el día siguiente en que, al levantarse, Ricardo preguntó asustado por el estado de la cocina. No recordaba nada de la noche anterior. Héctor tenía quince años, él acababa de cumplir los dieciocho, y Ruth, que siempre era quien sabía qué hacer, estaba al otro lado del charco, en Detroit. De repente se encontró solo y asustado. Al borde de un precipicio, sin saber qué hacer. Llevó a su padre al médico, pero este no vio ningún problema y regresaron a casa. Decidieron no decir nada a su hermana, no querían preocuparla sin motivo.

Un mes después, su padre no era capaz de recordar por la tarde lo que había hecho por la mañana, hacía la comida dos veces porque no se acordaba de que ya habían comido, se levantaba los domingos de madrugada confundido porque su hijo menor no estaba vistiéndose para ir al instituto. Volvieron al médico y de ahí al hospital. Allí pasaron los días, angustiados y aterrados, esperando un diagnóstico que no llegaba. Cuando por fin llegó, no supo qué hacer. Llamó a su hermana y le contó entre sollozos lo que había pasado.

Ella volvió, entre los dos se ocuparon de todo; él de la tienda, ella de la casa y de las necesidades de su padre en el hospital… al menos durante un tiempo. Luego, el desastre.

El mismo día que Ricardo fue dado de alta, Ruth ingresó en el hospital, descubrieron que estaba embarazada y que era un embarazo de riesgo.

Tardaron casi un año en recuperarse. Iris nació sana, Ruth salió adelante, su padre perdió la capacidad de crear recuerdos y ellos aprendieron a vivir con ello. Pero ya nada era lo mismo. No se reía con las bromas tontas de sus amigos, las chicas que conocía se le antojaban infantiles, sin preocupaciones, sin responsabilidades. No entendían que él no podía irse de fiesta toda la noche, que tenía una familia que cuidar. Poco a poco se fue haciendo demasiado serio, demasiado circunspecto. Se sentía demasiado cómodo en su casa, jugando con su padre y con su sobrina, conversando con su hermana y riéndose de las locuras de su hermano. Se había hecho adulto de golpe y no encajaba con la gente de su edad.

El agua templada le hizo retornar a la realidad. El calentador estaba a punto de declararse en huelga de agua caliente. Volcó un poco de gel en la palma de su mano y se dispuso a acabar su aseo.

Quizás, además de cómodo se había vuelto demasiado exigente, pensó mientras se lavaba con movimientos circulares el vientre.

Conocía perfectamente sus carencias y defectos, y anhelaba encontrar a la mujer que fuera capaz de compensarlos y enfrentarse a ellos. No quería una niña que saliera corriendo en la primera discusión. Deseaba una mujer en el más amplio sentido de la palabra, no una joven alocada y sin responsabilidades, caviló mientras deslizaba hacia atrás la piel que cubría el glande.

Una pelirroja risueña, alegre y bromista, que a la vez fuera seria en los momentos precisos. Mmm. Frunció el ceño mientras se aseaba el pene con los dedos resbaladizos por el jabón. No tenía por qué ser pelirroja, de hecho le daba igual el color del pelo siempre que la sirenita tuviera una personalidad fuerte e independiente. ¿Había dicho «la sirenita»? ¿En qué cominos estaba pensando? Bajó la vista hasta la ingle, donde su mano, totalmente ajena a sus castos deseos, se dedicaba a enjabonar con entrega y deleite el pene casi erecto. Tal vez la pregunta adecuada fuera: ¿cuál de sus dos cerebros estaba pensando, el de arriba o el de abajo?

Gruñó alejando la insumisa mano del «niño mimado» y se posicionó de nuevo bajo el chorro de agua casi fría de la ducha con la intención de acabar de una buena vez. Apoyó las palmas en los azulejos y bajó la cabeza para que el helado líquido le refrescara las ideas. Lo que él necesitaba era una chica hogareña, sin importar el color del pelo, la blancura de la piel o el aroma excitante de su cuerpo. Una muchacha que no se asustase ante las responsabilidades. Cariñosa, excitante, rebelde, deslenguada, dispuesta a plantarle cara y pararle los pies, aunque fuera a puñetazos y haciendo trampas cuando él se enfureciera. Que no le tuviera miedo, y se burlara de él si la ocasión lo precisaba.

Se incorporó, cerró el grifo, abrió la mampara de la ducha y cogió una toalla dispuesto a secarse.

—En buen lío me has metido. ¿Cómo pretendes que vaya así a la cama? Seguro que Héctor está despierto, esperándome para seguir con su particular tortura —le recriminó a su pene empalmado—. No puedo ni pensar en ella sin que te vuelvas loco —se quejó—. ¿Y ahora qué hacemos? ¿Nos tiramos de cabeza al río? —Tanto su polla como él sabían perfectamente que no hablaban de un río, sino de la sirenita que habitaba en sus sueños—. Mira que lo mismo no cubre lo suficiente y nos escalabramos. —El falo dio un bote sobre su cuna de rizos oscuros—. ¡De cobardes está lleno el mundo! —exclamó. Si el calvo de abajo, después de años de pasividad e ignorancia hacia cualquier fémina, reaccionaba de esa manera ante Ariel... por algo sería. Y él se fiaba de sus instintos, aunque fueran bajos.

Se envolvió en la toalla, dispuesto a abandonar el baño y enfrentarse a lo que le esperara en su habitación.

Abrió la puerta, se lo pensó mejor y volvió a cerrarla.

—¿Qué pasa contigo? ¿Estás en pie de guerra? —preguntó a la antena parabólica que se insinuaba bajo la toalla—. Pues ya puedes irte a dormir, porque, por esta noche, vas servido —amenazó cruzándose de brazos.

En la lucha de voluntades que siguió, y que, por supuesto, perdió, Darío tuvo un pensamiento aterrador. ¿Podía un hombre matarse a pajas? Si la respuesta era afirmativa, él desde luego estaba al borde del suicidio, porque, desde el momento en que ella había aparecido en sus sueños, no había podido resistirse. Como un adolescente con poluciones nocturnas, cada mañana se despertaba con el bóxer manchado. Y ahora incluso recurría a la íntima soledad del cuarto de baño.

Quince minutos después, sonrojado, con el corazón alterado y los instintos satisfechos entró en su dormitorio y se puso el pijama Un leve bulto se esbozaba a la altura de la ingle, pero no era nada que no se pudiera disimular entre las sombras de la noche.

Miró hacia la cama de su hermano, esperando alguna pregunta indiscreta, pero este roncaba alegremente con la espalda apoyada en el cabecero y el cuello descolgado hacia un lado.

—Mañana tendrás tortícolis —susurró asiéndole por las axilas y tumbándolo adecuadamente sobre el colchón.

—Da... —farfulló Héctor.

—Dime —contestó temiendo la clase de pregunta con la que se habría quedado dormido su implacable hermanito.

—¿Eres feliz? —dijo entre sueños.

—Sí. ¿Y tú?

—Claro.

Le acarició la cabeza alborotándole el pelo, lo tapó cariñosamente con el edredón y se metió en su propia cama.

Estaba deseando volver a soñar con ella.

14

Vivo en el número siete, calle Melancolía.
Quiero mudarme hace años al barrio de la alegría,
pero siempre que lo intento ha salido ya el tranvía.
JOAQUÍN SABINA, *Calle Melancolía*

No era un garaje normal y corriente. Era especial.

No era especial porque estuviera situado en pleno centro de Madrid ni porque fuera antiguo, que lo era, y mucho. Tampoco era especial porque sus ocupantes fueran automóviles de rancio abolengo, tipo Rolls Royce o Mercedes, que no lo eran, en absoluto. De hecho, el más insigne inquilino era un Citroën C4 más raído que flamante. Era un garaje especial porque allí dormía todas las noches su Seat 124, ni más ni menos.

Desde la entrada, Ariel observó atentamente la plaza del fondo, justo la que estaba bajo un pequeño tragaluz. Los rayos de sol de las tres de la tarde luchaban por atravesar la suciedad de los cristales e iluminar un coche más añejo que viejo: su 124 azul, con sus asientos descoloridos por el tiempo, sus ruedas pequeñas, sus faros redondos originales de serie y sus formas afiladas y de ángulos vivos.

Se acercó hasta el querido automóvil y acarició, casi con reverencia, la chapa brillante. Recorrió con las yemas de los dedos cada arista del techo, del capó, del maletero. Se asomó a la ventanilla del asiento del copiloto y sonrió. Ahí, desmadejado, estaba esperándola Chocolate. Con su único ojo de cristal azul y su chaqueta de un solo botón. Con su gorra roja ladeada y sus pies calzados con diminutas zapatillas de lona.

—Ya sé que llevo algo más de un mes sin venir —comentó entrando por el lado del conductor—, pero es que he estado como las putas en Cuaresma, sin un duro. —Apretó los labios al decir estas palabras y se golpeó la frente contra el volante—. Perdona mi lenguaje, se me va la pinza.

El osito lo había cosido su madre hacía muchos años y Ariel siempre intentaba moderar su vocabulario ante él. Era una estupidez. Al fin y al cabo el animal no tenía vida ni conciencia, pero, como dijo Blaise Pascal, «el corazón tiene razones que la razón ignora» y aunque ella era plenamente consciente de que el peluche no la escuchaba, igualmente no podía evitar sentir a su madre en él... Y delante de su madre no se decían tacos.

—Traigo buenas noticias. ¡Tengo un trabajo! —gritó a la vez que abrazaba al osito—. Pero no es de electricista. Ahora vendo juguetes —le tapó con las manos la zona donde estarían las orejas si el osito fuera real— eróticos para adultos —susurró y guiñó un ojo—. Al principio la cosa pintaba chunga, no te lo puedes ni imaginar. Me dio un ataque de timidez galopante... No era capaz de vender nada, pero un día, de la manera más tonta, conseguí una venta.

Y mientras le contaba a su mejor amigo todo lo que había pasado en ese mes, iba limpiando con cuidado el salpicadero, acariciando con el trapo el volante, vigilando que el retrovisor estuviera impecable.

Alguien a quien el coche le diera igual vería simplemente un cacharro viejo, averiado, con medio motor metido en cajas sobre los asientos traseros y el otro medio sujeto precariamente dentro del capó. Pero para la muchacha era un tesoro, un recuerdo, un trozo de historia, parte de su vida. Y como tal lo trataba, con mimo, con cuidado, con cariño.

—Así que, ya ves, puedes estar orgulloso de mí, ya tengo curro otra vez, y para celebrarlo me he pasado por Desguaces La Torre y, ¿sabes lo que he encontrado? —Guardó silencio creando expectación en el ambiente—. ¡Sí! La manivela que nos faltaba para tu puerta —dijo dando saltos sobre el asiento—. Y por si eso fuera poco, ¡tacháaan! —exclamó sacando de la mochila un par de relés y una bomba de gasolina en buen estado—. Así que vamos a ponernos manos a la obra que como siga dándole a la húmeda voy a trabajar menos que el peine de un calvo.

Dicho y hecho. En un pispás sacó de la mochila el traje de faena y entre contorsiones y bufidos se cambió de ropa. Después agarró al osito de un brazo y salió del auto con él colgando de su mano como si fuera una cachiporra. Lo sentó con cuidado sobre el techo del coche y le avisó, risueña, sobre los riesgos de caerse. Acto seguido se tumbó en el sucio suelo y se metió bajo el 124.

A partir de ese instante, la silenciosa quietud del garaje fue rota por los gruñidos, palabrotas y golpes que se originaban en las entrañas del anticuado coche aparcado al fondo.

—No lo veo nada claro. La correa de distribución podría aguantar, pero la junta de culata está a punto de palmarla —comentó Ariel frustrada un par de horas más tarde.

Tirada en el suelo del garaje, con medio cuerpo oculto bajo el coche, revisaba una y otra vez el motor bajo la luz blanca de una lámpara de leds.

—Voy a tener que pasarme por Lourdes a ver si la Virgen me hace un milagrito, porque esto no lo soluciona ni MacGyver —comentó quitándose con el dorso de la mano una gota de grasa de la mejilla—. Ya, ya lo sé: paciencia y tiempo al tiempo, todo eso está muy bien, pero es que el 124 está a falta de tres arreglos y un milagro para poder pasar la ITV y ponerlo en circulación. Me come la moral ir tan lenta.

Salió de debajo del coche, se quitó la gorra y se secó el sudor de la frente con la manga del mono azul de electricista, más viejo que nuevo, con el que trabajaba.

—La cuestión es que esta plaza me sale más cara que enmoquetar el paseo del Prado —gruñó a nadie en especial—. Además, ahora que me estoy moviendo por la zona sur he echado un ojo a los garajes de allí y son más baratos que este. De hecho, he visto uno en Alcorcón que me sale por setenta pavos al mes. No solo me ahorraría una pasta, sino que, entre visita y visita, podría trabajar en el coche.

Guardó las herramientas en el maletero y luego cogió el bocadillo de la mochila. El tiempo se le había echado encima y estaba muerta de hambre. Asió a Chocolate, entró en el coche y se sentó en el asiento del copiloto colocando a su amigo sobre su regazo.

Ya había caído la tarde, y a través del tragaluz solo entraba la exigua luz que se escapaba del halo de las farolas. La oscuridad se había apoderado del pequeño garaje mostrando a sus inertes habitantes entre sombras, dotándolos de vida gracias a los crujidos que surgían de los motores con el cambio de temperatura. Desde las esquinas se oían susurros acompasados de seres de cuatro patas y un rabo. Las luces de emergencia que aún funcionaban parpadeaban intentando sacar un poco más de energía a los cables deshilachados que las alimentaban.

Si alguien hubiera entrado en ese momento se hubiera asustado ante la quietud lóbrega del garaje, más todavía al ver encenderse una luz blanca en la cabina de un viejo automóvil azul, tan limpio y brillante que lanzaba destellos. Pero Ariel no estaba asustada. Estaba indignada. Su coche no se merecía estar en ese lugar atroz. Se merecía vivir en un lugar limpio, sin grietas en las paredes, bien iluminado y sin ratas. Aunque le costara la vida, conseguiría un garaje digno para su niño. De hecho, ya sabía dónde lo iba a guardar. Ahora solo faltaba poner el coche en marcha y conseguir a alguien que lo llevara hasta allí.

Suspiró dejando el bocadillo a un lado y afirmó las manos sobre el volante. Mejor pensar en otras cosas.

—¿No te parece alucinante que ahora trabaje con mujeres? —le dijo al peluche—. Sí, increíble, la pelirroja marimacho currando con chicas. —Entornó los ojos como si estuviera escuchando una regañina—. Yaaa, ya sé que no debo decir eso; es solo una broma, no te chines. Es que se me hace raro hablar de chismes eróticos con ellas. Son mayores que yo y bastante más experimentadas, y ahí lo llevo, explicándoles qué diferencia hay entre lubricantes con base de agua o de aceite... —En ese momento miró a Chocolate y se mordió los labios. ¡Ay, señor! Estaba escandalizando al osito—. Y todas esas cosas —sentenció apartándose del tema—. Creo que he hecho buenas migas con Bri —se mordió los labios pensativa—, me da la impresión de que está decidida a ser mi amiga íntima —comentó asombrada—, no sé explicarlo; me habla bajito, al oído, como si fuéramos niñas pequeñas susurrándonos secretos. Me pregunta qué hago, dónde vivo y cosas del estilo. Uf. ¡Parece del FBI! No para de contarme chismes de todo quisqui que a mí ni me van ni me vienen, a veces llega a aturdirme —se encogió de hombros—; pero no te pienses que es una cotilla o que se mete en la vida de los demás, lo que pasa es que habla mucho. Muchísimo. —Suspiró—. Es muy guapa y siempre va superarreglada, monísima de la muerte —dijo echando hacia atrás los hombros y marcando sus pechos, a la vez que posaba teatralmente el dorso de la mano en la frente, al más puro estilo Hollywood—, muy femenina, igualita que yo —bufó retorciendo su larga y delgada trencita entre los dedos—. A veces no sé ni qué decirle... No sé, esto de las relaciones entre mujeres es muy complicado... Bueno, con Sandra no es complicado. Con ella todo es sencillo. Es casi como con mamá —afirmó con mirada soñadora.

Comenzó a recoger las migas que habían caído al asiento, fijándose bien en no dejar ninguna que pudiera manchar la impoluta tapicería, a la vez que miraba de reojo al osito cuidadosamente colocado en el asiento del copiloto.

—Por cierto... —comentó indiferente—. ¿Sabes cuál ha sido mi última genialidad? ¡Dejar que un tío me besara y no partirle los dientes de un tortazo! ¡Como lo oyes! —exclamó irritada—. ¡No me entiendo ni yo misma! —Dio un fuerte golpe al volante del que se arrepintió al momento. ¡Ay, su pobre coche!—. ¿Te acuerdas del tipo con el que te dije que había peleado en el gimnasio? —susurró muy rápido—. Pues se empeñó en acompañarme a la Renfe. ¡Como si no pudiera ir solita por la calle! —exclamó sentándose de lado, con la espalda apoyada en la puerta—. ¿Qué será lo siguiente, acompañarme a mear? Dimos un paseo por el parque y hablamos de… cosas. —Se mordió los labios sopesando cómo continuar—. Vive con su familia —comentó con un deje de satisfacción—. Lleva un botiquín de primeros auxilios en la mochila —explicó asombrada— y en vez de «mierda» dice: «¡miércoles!» ¿Te puedes imaginar un tío más raro? Y la cuestión es que fue tan amable —dijo abstraída acariciándose los labios con las yemas de los dedos—, me curó las heridas de los pies. Es buena persona, aunque muy serio, no se toma bien las bromas y… —en su cara afloró una sonrisa soñadora, tan hermosa y radiante que, si Chocolate en vez de estar relleno de lana, fuera de carne y hueso, se hubiera contagiado de la felicidad de su amiga—, cuando llegamos a la estación me preguntó cuándo volvería a verme. ¡A mí! ¡Ni que yo fuera Miss España! Y después, sin comerlo ni beberlo, ¡me plantó un beso en la boca! —exclamó atónita—. ¡Y no le di ni una mala patada en los huevos! ¡Si hasta me quedé cortada! —dijo enfadada consigo misma—. ¡Seré idiota! Pero… si te soy sincera, Darío está mejor hecho que la tabla de multiplicar —aseveró con una pícara sonrisa a la vez que se lamía los labios inconscientemente.

15

Que no se ocupe de ti el desamparo.
Que cada cena sea tu última cena
Que ser valiente no salga tan caro.
Que ser cobarde no valga la pena.
JOAQUÍN SABINA, *Noche de bodas*

13 de febrero de 2009

—*H*oy llega tarde —comentó Elías mientras completaba el enésimo *kata* de la tarde.

Estaba tumbado de espaldas sobre el tatami y mantenía a Darío inmovilizado contra su pecho. Con las piernas le rodeaba la cintura hasta clavar los talones en el estómago y con el antebrazo le apretaba la garganta, mientras con la mano libre se sujetaba su propio puño para hacer más presión.

Darío golpeó el tatami con un puño y esperó.

—Es la primera vez que se retrasa —aseveró el profesor sin aflojar la presión del estrangulamiento—. Imagino que, como únicamente viene a entregar pedidos y no tiene prevista una reunión, pues no tiene prisa.

Darío golpeó de nuevo el tatami, esta vez con más fuerza, y volvió a esperar algo irritado.

Ambos hombres estaban practicando jiu-jitsu, aunque quizá sería más correcto decir que Darío intentaba evitar morir asfixiado, mientras que Elías estaba más pendiente de si «alguien» entraba por la puerta que de no presionar con demasiada fuerza la carótida.

Normalmente el maestro tenía cuidado y atendía a los golpes sobre el tatami, soltando inmediatamente a su presa. Normalmente no asfixiaba al alumno. Claro que, normalmente, Elías estaba centrado en el *kata* y no en la mujer con la que el alumno no podía dejar de soñar.

—¿Crees que habrá traído los catálogos de los juguetes? —preguntó sin fijarse en que la cara de Darío comenzaba a amoratarse.

El alumno solía mantenerse pacientemente inmóvil hasta que el profesor lo soltaba, pero, en esta ocasión, Darío se estaba cabreando ligeramente. Muy ligeramente.

Elías estaba demasiado pendiente de quien no debía estarlo, es decir, de su sirenita. Y no era solo eso, sino que empezaba a temer seriamente por su vida. La carótida le estaba palpitando y los ojos se le empezaban a nublar. Si seguía estrangulándolo acabaría por cortarle el riego sanguíneo y, aunque eso era algo que a veces pasaba, dando como resultado algún que otro desvanecimiento sin importancia, Darío no tenía ganas de experimentarlo en ese momento.

Por tanto hizo lo único que podía hacer; levantar casi sin fuerzas un brazo, agarrar lo primero que encontró, que fue el pelo de Elías, y dar un fuerte tirón.

El maestro soltó de inmediato su presa.

Darío jadeó al sentir que el aire recorría de nuevo su laringe.

—¡Jo... er! —bufó tosiendo—. ¿En qué cojines estabas pensando? —jadeó dándose la vuelta, colocándose de rodillas sobre el suelo y apoyando los puños en él—. Por poco me asfixias.

—Vaya, lo siento —se disculpó Elías sentándose con las piernas cruzadas—, se me ha ido un poco la mano.

—¿Un poco? ¿Solo un poco? —exclamó Darío con voz ronca masajeándose la garganta con los dedos—. ¡Miércoles! ¿A qué viene esa fijación con Ariel? —preguntó entornando los ojos.

—Eh, nada, es solo que me extraña que tarde tanto —le respondió quitándole importancia a la vez que se levantaba del suelo y le tendía la mano.

—¿A ti qué más te da si llega antes o después? —inquirió este, receloso.

Aceptó la mano del profesor y se puso en pie, o al menos lo intentó, porque, en el mismo momento en que tiró para alzarse, Elías lo soltó sin ningún miramiento. Darío gruñó cuando dio con su trasero contra el suelo. Levantó la cabeza y miró a su amigo enfadado. Se estaba cansando de tanto despiste.

Desde la última visita de Ariel, Elías lucía una gran sonrisa en los labios en todo momento y, por si fuera poco, en los últimos días se mostraba algo obsesionado con la próxima cita de la chica. De hecho preguntaba cada dos por tres cuándo regresaría con sus productos.

Esperó a que su despistado profesor se disculpara, pero este estaba muy quieto, con la espalda muy recta y los ojos fijos en la entrada. Darío, todavía tirado en el suelo, siguió su mirada y entendió. El hada acuática acababa de hacer acto de presencia.

Observó a la muchacha. Vestía más o menos como siempre, un pantalón deportivo negro, el sempiterno impermeable dos tallas más grande y, en los pies, unas flamantes deportivas, blancas y nuevas. Sonrió satisfecho. La chica era lista, no repetía errores.

Se levantó con la intención de ir hasta ella para saludarla cuando observó de refilón que Elías caminaba a paso rápido en dirección a su sireni... a Ariel.

¿Qué cominos estaba pasando?

Incapaz de permitir que su ¿amigo? se le adelantara, inició una pequeña carrera hasta que quedó al lado de su contrincante y en ese momento, sin percatarse, le pegó un pequeño empujón. Satisfecho al haber desbancado a su rival, redujo la velocidad seguro de ser el primero en llegar hasta el premio. Craso error.

En menos que canta un gallo una estampida de mujeres animadas, risueñas y expectantes lo arrolló sin ningún miramiento, colocándose alrededor de Ariel y creando una barrera entre ella y el resto del mundo.

—¿Has traído las esposas de terciopelo? —preguntó una.

—No habrás olvidado los... «aperitivos» —dijo otra mirando a su alrededor, comprobando que los chicos sí estaban pendientes de todo lo que se decía.

—¿Has preguntado aquello de las... bolitas? —inquirió otra recorriendo amenazadora con la mirada a los varones que no dejaban de mirarlas asombrados y demasiado interesados... al menos para el gusto de las féminas.

—¿Tienes libre el próximo lunes? Unas amigas quieren que les enseñes... ya sabes qué —comentó otra bajando la voz.

Darío se detuvo indeciso a pocos metros de la multitud, dándose cuenta de que su presencia no era requerida ni bienvenida.

Resopló malhumorado, decidiendo que esperaría un momento mejor cuando, a su lado, oyó un gruñido. Giró la cabeza, intrigado; era Elías, con las manos apoyadas en las caderas y en la cara un gesto claro de decepción.

—Míralas. Están como locas. No pueden esperar a que la pobre entre, no. Tienen que acosarla en la misma puerta. Esto es inaudito —bufó—. ¿Te parece que dejemos para otro día los *katas*? —preguntó, para, al segundo siguiente y sin esperar respuesta, dirigirse al vestuario.

Darío se encogió de hombros, estaba claro que en ese momento no iba a conseguir nada, por tanto imitó a su amigo. Se quitaría el quimono, se pondría el chándal y esperaría haciendo aparatos hasta que ella estuviera disponible.

—¿Y qué me decís del espray de pimienta? —preguntó Sofía a todo el mundo en general, pero mirando a Ariel en particular—. Estoy pensando en comprar uno para llevarlo en el bolso. Solo por si acaso.

El resto de las chicas se apresuraron a dar su opinión en un batiburrillo incomprensible de voces. Todas estaban de acuerdo en que era importante llevar algo con lo que defenderse de posibles agresores.

¿Todas?

No.

Ariel meneó la cabeza, no alcanzaba a comprender de qué manera se había ido desvirtuando la conversación.

Al entrar en la sala, se habían sentado en el suelo formando un círculo. Repartió los diferentes pedidos entre sus clientas, y estas se apresuraron a compartir experiencias y comentar los distintos usos para determinados juguetes, algunos de ellos tan extravagantes que no solo arrancaron carcajadas, sino también exclamaciones alucinadas. Y de ahí, sin saber cómo, habían pasado a hablar de pistolas eléctricas, espráis de pimienta y porras extensibles. Ariel no salía de su asombro. ¿Qué tenían que ver las churras con las merinas? Y lo más gordo de todo era que, cada vez que sacaban a colación un aparato de esos, todas la miraban, como si ella supiera de qué narices estaban hablando. ¿Acaso tenía pinta de matona?

—¿Tú qué opinas? —preguntó Nines. «*Date*, ya tocaba», pensó Ariel.

—La verdad, no le veo mucha utilidad.

—Mujer, si se lo echas en la cara, lo dejas ciego y te dará tiempo a escapar.

—Pero para eso lo tienes que llevar en la mano —respondió Ariel encogiéndose de hombros.

—Claro —respondieron todas.

—Si lo llevas en el bolso, no lo llevas en la mano —expuso intentando hacerse comprender.

—Pero lo coges en un momento —refutó Bri.

—Depende de cómo tengas de ordenado el bolso y de dónde esté colocado el espray —contradijo Ariel—. Es que me parece una tontería. Si alguien te ataca, no tienes tiempo de abrir el bolso y ponerte a buscar nada.

—Pues entonces la cuestión es llevarlo en la mano.

—¿Siempre? —Ariel señaló lo obvio—. No puedes ir siempre con eso en la mano ni sacarlo cada vez que veas a alguien que te parezca peligroso —atajó cuando vio a Bri abrir la boca—. No todo aquel que tenga pintas raras es un agresor —sentenció.

—¿Y qué propones? ¿Esperar pacientemente a que nos den un par de guantazos para asegurarnos de que es un delincuente? —bufó Bri, despectiva—. La mejor defensa es un buen ataque.

—Si no sabes atacar, tu mejor ataque será tu peor defensa. La mejor defensa es tener la cabeza bien amueblada.

—¡Una patada en los huevos! Esa es la mejor defensa —comentó entre risas Nines.

Las chicas corearon sus risas, pero no eran las carcajadas despreocupadas de otras ocasiones, sino que más bien pretendían quitar hierro a un asunto que a todas las causaba mucho respeto. Ariel observó a sus... ¿amigas? Y se decidió.

—Hay ciertas normas que yo sigo para ser menos accesible a ataques —comentó bajando la voz.

La única vez que lo había comentado con sus compañeros del curro la habían mirado estupefactos, razón por la que dudaba de si seguir hablando. No sabía cómo iban a reaccionar las chicas; la gente tendía a hacerse una idea equivocada sobre ella debido a su aspecto «inusual» y su carácter respondón.

—¿Cuáles? —preguntó Sandra pidiendo silencio con un gesto. El tono guasón de Ariel brillaba por su ausencia, y eso la intrigaba.

—La primera de todas: si te roban, dales todo. Nada vale más que la vida.

—¡Qué novedad! ¡Nunca se me hubiera ocurrido! —comentó burlona Bri.

—Depende de con qué nos agredan reaccionamos de una manera u otra —continuó Ariel haciendo caso omiso a la interrupción—. Una cosa es que un tipo aparezca con el cuchillo de pelar patatas y otra muy distinta es que nos enseñen el machete de Rambo. El segundo acojona más. —Todas asintieron. Nadie podía negar tan rotunda y sincera aseveración—. Pero los dos matan, los dos hieren. No es del arma de lo que debemos tener miedo, sino del agresor —aseveró; las chicas la observaron atentamente—. Hay varios tipos de agresores, el nervioso, el educado, el matón, el que está pasando el mono. Y todos tienen algo en común, si los pones nerviosos te van a joder viva. Por tanto, lo mejor es estar tranquila, dejar las manos quietas y a la vista en todo momento, y entregar el bolso sin rechistar —se calló al ver que la miraban como si fuera Dios dictando los mandamientos a Moisés.

—Continúa —dijo Sandra poniendo en sus labios las palabras que todas querían decir.

—La verdad es que no soy nadie para daros instrucciones —reculó asustada ante tanta atención—, pero lo mejor que podéis hacer si queréis saber cómo actuar es ir a la poli. Ellos fijo que os ayudan más que yo —dijo nerviosa. Estaban hablando de temas muy serios y ella no era una experta para dar consejos.

—Lo que estás diciendo es toda una lección de sentido común, nadie pretende que seas una entendida —animó Sandra.

—Claro que no. Vamos, Ariel, cuéntanos más cosas —solicitó Sofía.

—La mejor defensa ante un ataque es evitar que este se produzca. La mejor arma con la que contamos es nuestro cerebro. —Examinó a las chicas, esperando que alguna refutara esa afirmación. Ninguna lo hizo—. Hay muchas reglas obvias, como evitar las calles desiertas, más aún si es de noche, alejarnos de barrios conflictivos, prestar atención a lo que nos rodea. —Todas asintieron ante sus palabras—. Pero hay otras cosas que podemos hacer para prevenir y que casi nadie tiene en cuenta.

El silencio era tan denso que, si alguien hubiera rascado con las uñas el suelo, más de una habría dado un bote sobresaltada. Ariel miró a cada mujer a la cara, y no vio ninguna sonrisita por lo que estaba diciendo, ningún gesto irónico, ninguna mirada de refilón que diera a entender que pensaran que estaba loca. Ninguna de ellas pensaba que decía chorradas. La tomaban en serio. Sus antiguos compañeros la tenían por una «chica» problemática y agresiva, más hombre que mujer, y no entendían que ella tuviera miedo, que tomara precauciones… Estaban seguros de que si alguien se atrevía a atacarla —lo cual consideraban la mayor de las locuras— ella lo dejaría tirado en el suelo con algún que otro hueso roto. No la veían frágil ni vulnerable, y lo era, muy en el fondo, pero lo era.

—Siempre camino por el lado de la acera que da a la carretera, pero sin pegarme al asfalto —explicó.

—¿Por qué? —preguntó Sofía muy interesada.

—Porque me aleja de callejones, esquinas y portales. Nadie puede sorprenderme apareciendo de repente por uno de ellos ni tampoco puede cogerme y arrastrarme hasta donde esté escondido. —Las chicas asintieron, Ariel continuó—. Si no me pego al asfalto nadie me puede sorprender desde la ventanilla de un coche. Si tengo la sensación de que alguien me sigue, hago caso a mi instinto y me meto en una tienda, en un bar, en cualquier establecimiento público donde haya gente y espero un rato a que se pase la sensación. Aunque parezca una estupidez, no cuesta nada hacerlo, solo por si acaso. Jamás busco refugio en un portal o en un garaje, sería como ofrecerme en sacrificio.

—¿Y si te das cuenta de que alguien está metiendo mano a tu bolso?

—Me giro y le miro a la cara, sin mostrar que estoy acojonada ni nerviosa; si el tipo recula, le observo de arriba abajo y memorizo sus rasgos, y, si hay alguien cerca, llamó su atención sobre lo que está pasando, me busco aliados. Con estos gestos le doy a entender que sé cómo es físicamente, que lo he localizado y que no estoy sola.

—¿Por qué? —preguntó extrañada Sofía.

—Ningún ladrón quiere que le cojan. Al acercarte a un grupo de personas incrementas tu seguridad, pasas de estar sola y ser una víctima fácil a convertirte en un posible problema ya que alguien podría defenderte o dar la voz de alarma. Va a costarle más trabajo robarte, y los cacos prefieren ampararse en el anonimato. No les merece la pena correr tantos riesgos cuando hay más víctimas a su alcance.

—¿Y si el tipo no recula? —preguntó Sandra entornando los ojos.

—Entonces le dejo que se lleve lo que quiera. No merece la pena arriesgarme a un ataque por salvar mi dinero —mintió. El que asumiera ser una irresponsable no significaba que estuviera orgullosa de ello.

—No sé por qué pero esa parte no me la trago —dijo Bri sonriendo guasona—, te imagino tumbando al tipo en el suelo y pisándole los… ya sabes. Vamos, confiesa. ¿Cómo lo haces?

—Sí, sería alucinante plantarle cara al tipejo y pegarle un par de leches bien dadas. A mí me encantaría saber hacerlo —confesó Sofía mirando a Ariel esperanzada.

—¡Claro que sí! —exclamó Ariel—. ¿Por qué no? ¡Con dos cojones! —Se levantó de un salto—. Un empujón, una patada en los huevos y listo —dijo escenificándolo—. ¡Qué coño! Todas practicamos ejercicio, estamos en forma, somos ágiles. ¡No es tan difícil! Apuntamos, levantamos la rodilla y ¡zas! Lo convertimos en eunuco.

—¡Así se habla! —gritó Nines eufórica poniéndose de pie.

Ariel se giró hasta quedar cara a cara con ella, la sujetó por la nuca con una mano y cerró la otra en un puño que lanzó contra el estómago de la desprevenida joven. Esta se encogió sobre sí misma, aunque Ariel no llegó siquiera a golpearla. Un gemido retumbó en las gargantas de las mujeres que estaban sentadas. Ariel estaba pegada a Nines, únicamente separadas por la ropa. Su puño a un centímetro del impacto.

—Estás muerta —siseó—, te acabo de abrir las tripas con un cuchillo de pelar patatas. ¿Cuánto dinero llevas encima?

—Seis euros —contestó la joven con voz trémula.

—¿Merece la pena arriesgarte a morir por seis euros, por seis mil? —Nines negó con la cabeza—. Ten eso claro, siempre. No hay nada que importe tanto como para arriesgar la vida por ello. Podemos tener suerte y pegar una buena patada, pero podemos no tenerla y acabar con las entrañas desparramadas en la acera —finalizó soltando a Nines y volviendo a su sitio en el suelo—. Nunca puedes estar totalmente segura de que no te vayan a atacar, por muy amable, asustado o educado que sea tu agresor. Puede ser una bomba de relojería esperando el momento exacto para reventarte, por tanto es mejor esquivar en lo posible cualquier conflicto.

El silencio acudió sigiloso y se instaló en el aire que las mujeres respiraban. Se acomodó en los rincones de las paredes y las grietas de la madera del suelo, esperando una palabra que lo hiciera salir volando. Un suspiro que le mostrara que no era bienvenido. Un gesto que lo hiciera desaparecer. Pero nada de esto ocurrió.

Ariel miró a sus amigas, mejor dicho clientas, y frunció el ceño. Ya no la miraban como si fuera una más. La observaban con desconfianza. La había vuelto a cagar, había hablado más de la cuenta, había actuado sin pensar y ahora volvía a ser el bicho raro. Otra vez. Si pudiera se daría de cabezazos contra la pared por idiota. Bajó la mirada sin saber qué decir para disculparse.

El silencio, poderoso e inclemente, rodeó a Ariel, como tantas y tantas veces. Y ella se sintió aparte. De nuevo. Pero aun el silencio más poderoso es un contrincante fácil de destruir. Basta una sola voz para que huya como el cobarde que es.

—Debemos evaluar la situación en que nos encontramos antes de actuar —dijo Sandra.

—Siempre que podamos, debemos evitar cualquier enfrentamiento —continuó Nines.

—Buscar la compañía de otras personas, meternos en comercios
y evitar portales y lugares desiertos en caso de sospechar que alguien nos sigue. Fiarnos de nuestro instinto —aseveró Sofía.

—A mí no me gusta pasear con los cascos de música puestos, me
parece que me aíslo, y que si pasa algo no me voy a enterar —comentó Bri.

—Yo… —comenzó Sofía— cuando aparco el coche por las noches, antes de salir, cojo las llaves de casa y las pongo en un bolsillo
de la chaqueta, a mano, para no perder tiempo buscándolas en el
bolso en la puerta del portal.

Ariel levantó la mirada, atónita al escuchar hablar a sus amigas.
Todas la observaban con atención, esperando… Como si respetaran
sus opiniones. Como si buscaran sus consejos.

—Sofía, cuando vas en el coche, ¿dónde pones el bolso? —preguntó suavemente.

—Sobre el asiento del copiloto.

—Si hace calor… ¿abres las ventanillas?

—Claro.

—¿Qué me impide meter la mano por la ventanilla cuando estás parada en un semáforo y robártelo? —inquirió Ariel con una
sonrisa.

—Eh… ¿nada?

—Sandra, ¿cierras las puertas del coche con el seguro cuando estás dentro? —preguntó Ariel.

—Pues no.

—¿Qué me impide abrir una puerta y meterme en tu coche
cuando pares en un semáforo? —interpeló Bri cogiendo al vuelo la
idea—. ¿Qué me impide darte un golpe y sacarte del coche?

—Puedo gritar —exclamó una chica.

—Si te pongo una navaja en la tripa y te amenazo, no dirás ni pío
—replicó Ariel.

—¿Y si nos atacan? No podemos estar pendientes en todo momento de lo que nos rodea y, aun estándolo, tampoco significa que
podamos esquivar un atraco solo por verlo venir —intervino otra de
las chicas.

—Entonces, intentemos ocultar nuestro miedo, no nos mostra-
mos nerviosas y les damos todo lo que nos pidan. La mejor defensa
ante un ataque es obedecer las instrucciones que nos den, y rezar
para que acabe cuanto antes.

—¿Y si eso no es posible? —preguntó tímidamente Sofía—. ¿Y si no podemos obedecer? ¿Y si no es dinero lo que quieren? —finalizó mirando a Ariel a los ojos. Requiriendo una respuesta.

—Entonces, y solo entonces, nos defenderemos atacando —contestó tajante Ariel.

—¿Cómo? —susurraron todas.

16

No hay mejor medida de lo que una persona es
que lo que hace cuando tiene completa libertad de elegir.
WILLIAM M. BULGER

—*L*levan ahí dentro más de dos horas —refunfuñó Elías por enésima vez.

—Eso mismo indicaste hace… —Darío miró el reloj de su muñeca— diez minutos. En honor a la verdad, he de reconocer que esta vez solo te faltan cinco minutos para tener toda la razón.

—Está graciosillo hoy el niño —gruñó el profesor—. Aprieta más el pecho, no me seas blandengue —ordenó.

Darío resopló. Estaba de pie, en la máquina de cruce de poleas, ejercitando pectorales y deltoides. Y lo estaba haciendo bien. Perfectamente, de hecho. Cerró los ojos, inspiró, exhaló y movió los hombros, decidido a relajarse y continuar su trabajo en las poleas, con la sana intención de tener las manos ocupadas en algo más útil y menos peligroso que el cuello de su «amigo», a quien según pasaban los minutos y las quejas se sentía cada vez más tentado de estrangular lenta y agónicamente.

Se colocó de nuevo en posición erguida bajo el aparato, la pierna izquierda adelantada, el cuerpo ligeramente inclinado hacia delante, la cabeza mirando al suelo y los brazos en cruz con los codos flexionados. Aferró los manerales[6] con fuerza, tensó los músculos y tiró hasta que ambas manos se juntaron frente a sus muslos.

—Mete la barriga —ordenó Elías dándole una palmadita amistosa en el estómago. Darío gruñó, él no tenía barriga—. Vamos,

---

6. Maneral: barra cromada para poleas y aparatos de musculación, normalmente con puños antideslizantes.

hombre de hojalata. ¿Te falta aceite? Estás demasiado rígido, esos codos ¡flexiónalos! ¡Las manos más bajas, a la altura del cinturón! No tienes que rascarte la tripa, tienes que ejercitar los pectorales.

—Sí, *bwana* —siseó Darío molesto. Su posición era perfecta.

—Mantén ahí la postura, tensa bien el deltoides —exigió Elías—. Quieto. —Esperó unos segundos, manteniendo inmóvil a su alumno hasta que el cuerpo de este empezó a temblar—. Regresa las poleas lentamente. —Darío obedeció—. ¿Qué pasa, tienes prisa? —Darío negó con la cabeza—. Pues lo parece, lo has ejecutado de manera apresurada. Vuelve a empezar y esta vez hazlo des-pa-ci-to —marcó cada sílaba.

Darío soltó los manerales, dejando que las poleas colgaran inertes, apoyó las manos en las caderas y miró fijamente a su maestro. Se estaba empezando a cansar de tanta tontería.

—¿Tienes algún problema? —preguntó Elías arqueando una ceja y cruzándose de brazos.

—Solo uno. Tú.

—¡Yo! —exclamó su compañero atónito.

—Sí, tú y tu actitud pedante. Llevas toda la tarde distraído, pendiente de… otra cosa, y ahora te atreves a sugerir que no ejecuto los ejercicios perfectamente.

—No lo sugiero, lo asevero. Los has hecho apresuradamente.

—No es cierto.

—¿Insinúas que miento? —inquirió Elías acercándose un poco más al otro hombre.

—No lo insinúo. Lo asevero. —Le devolvió la respuesta—. Estás impaciente y frustrado porque Ariel tarda demasiado, y lo estás pagando conmigo.

—¿Qué? No lo dirás en serio.

—Y lo que no entiendo es… ¿Por qué cojines tienes tanto interés en ella? —le imprecó Darío—. Me estás tocando las pelotas con tanta preguntita… «¿No tarda demasiado?» «¿Qué hace ahí encerrada dos horas?» —dijo con voz de falsete—. «¿Por qué llega tarde?»

—¿Estás celoso? —Elías entornó los ojos.

—Tú te pinchas —le respondió el joven metiendo las manos en los bolsillos del pantalón. Le estaban entrando unas ganas casi incontenibles de atizar a su (ex)mejor amigo.

—Lo estás.

—Paso de ti —contestó Darío a modo de despedida antes de darse la vuelta y dirigirse a otra parte del gimnasio donde no estuviera el petardo del profe.

—Quién me lo iba a decir, el hombre impasible ha dejado de serlo —chinchó Elías siguiéndolo.

Darío se dio la vuelta con la sana intención —al menos para su salud mental— de callarlo por las buenas o por las malas. Estaba hasta las narices de oír su voz.

—Por supuesto que estoy de acuerdo contigo, pero tal y como lo hemos hecho parece muy fácil —comentó Bri en ese preciso instante saliendo de la sala de baile—. Con un hombre, seguro que es radicalmente distinto —aseveró.

—No tiene por qué serlo —Ariel caminó tras Bri con cara de desaliento.

Darío, Elías y el resto de la rama masculina de la especie que habitaba en el gimnasio dejaron ipso facto de hacer lo que estaban haciendo para dedicarse a labores más gratas: la observación de la especie femenina iniciando una ¿discusión?

—Debes reconocer que no es lo mismo. Los hombres son más fuertes y más altos que nosotras —rebatió Sofía—, o que casi todas nosotras —rectificó observando la altura de Ariel.

—¿Y qué? Eso no tiene nada que ver. Tenemos que buscar el factor sorpresa. ¡Son hombres! —exclamó como si con esas dos únicas palabras explicase todo lo que tenían que saber—. Van a lo que van. Si piensan que lo han conseguido, estarán más pendientes de meter que de otra cosa y en ese momento, ¡zas! —dio una fuerte palmada—, hacemos lo que hemos practicado.

El público masculino asintió con la cabeza. Ellos entendían esa estrategia estupendamente, sobre todo la parte de «meter».

—Pero es que… no sé, tal y como lo hemos ensayado parecía una coreografía —objetó Nines—. En la vida real no será tan sencillo.

—Por supuesto que no. Será jodidísimo. Lo más difícil que hayáis hecho jamás —aseveró Ariel—, pero, si practicáis los movimientos hasta que os salgan de manera espontánea, las posibilidades de salir vencedoras se multiplicarán por mil.

La rama masculina del gimnasio se tensó al oír la palabra «practicar» unida a la palabra «movimientos». Todos pensaron lo mismo: mujeres encerradas dos horas en una sala con juguetes eróticos. Mujeres que debían practicar movimientos.

La imaginación es muy activa, pone imágenes donde no debe, y eso acaba repercutiendo en el tiro de los pantalones.

—Si no te quito la razón… Pero practicar entre nosotras no es lo mismo que con un tío —observó Sofía mordiéndose los labios. Ariel no le tenía miedo a nada, pero mujeres como ella solo existía una, Ariel. Nadie más.

—Vale —asintió la pelirroja frotándose la frente. Las mujeres eran muy complicadas. Requerían paciencia, explicaciones interminables, información exhaustiva; lo miraban todo desde cualquier ángulo posible y, si no había tal ángulo, se lo inventaban. Uf. Necesitaría miles de horas para hacerse entender, aunque, a lo mejor, solo hacía falta una pequeña lección—. ¿Cuál de todos los tipos que están aquí ahora mismo te impone más respeto? —le preguntó a Sofía.

—¿Más respeto?

—Sí, ¿a quién te daría más miedo enfrentarte? El más bruto, el más borde…

—Ah… mmm… a Darío, es el más grandote —dijo Sofía señalándole con un gesto.

Darío se quedó estupefacto ¿Él era el que más respeto imponía? ¿Desde cuándo? ¿Y por qué su familia no se había enterado de eso todavía?

—¿Darío? —cuestionó Ariel atónita—. Pero si es como un osito de peluche… muy grande, pero peluche al fin y al cabo. En fin, si es el que más te asusta —Sofía asintió—, entonces con él será.

—¿Conmigo será qué? —Darío miró a las dos mujeres alucinado.

De dar miedo, había pasado a convertirse en ¿un osito? No sabía qué prefería, imponer respeto, o ser tomado por un juguete, aunque… se imaginó a Ariel achuchándolo por las noches. Sí, mejor ser un peluche. Pero única y exclusivamente para ella, para el resto del mundo eso de imponer respeto sonaba mucho mejor.

—Acompáñame al tatami —le ordenó Ariel.

—¿Para qué?

—Vas a ayudarme a demostrarles una cosa.

—¿El qué? —preguntó él quitándose las deportivas.

—Cómo responder a un intento de agresión sexual.

Todos los hombres inhalaron aire a la vez al oír las palabras de Ariel. Las risitas disimuladas, las miradas de reojo y la imaginación maliciosa se convirtieron en colérica indignación, helada repulsión y negra furia.

—¿Cómo… qué? —Darío estaba petrificado con un pie en el aire y los cordones a medio desabrochar. En su defensa cabe decir que gozaba de un sentido del equilibrio estupendo.

—¿Tienes problemas en los oídos?

—No.

—Pues vamos.

—Pero… ¿Qué pretendes que haga exactamente? —preguntó entrando en el tatami a la pata coja. Los cordones se le estaban resistiendo, o quizás eran sus dedos los que padecían un ataque repentino de histeria y no dejaban de temblarle. ¿Qué cojines pretendía esa mujer?

—Quiero que me ataques e intentes violarme —Darío abrió los ojos como platos—, hipotéticamente —especificó Ariel al ver su mirada, que no dejaba lugar a dudas de que la consideraba más loca que a una cabra esquizofrénica.

—Hipotéticamente. Claro.

Ariel se dio la vuelta, dando la espalda a Darío y comenzó a alejarse.

—¿Qué haces?

—Esperar a que me ataques.

—¿Esperar a que te ataque?

—Sí.

—¿Sí?

—¿Tienes complejo de loro?

—¿Complejo de loro? —preguntó sin entender. ¿Qué tenían que ver los loros con toda esta locura?

—Darío. —Ariel se acercó hasta él y bajó la voz hasta convertirla en un susurro que únicamente él pudiera oír—. Ayúdame. Las chicas y yo hemos estado hablando de agresiones, me han preguntado cómo reaccionar ante un ataque, y les he comentado algunas cosas, pero no lo ven claro y no sé qué más hacer para explicárselo. Necesitan un ejemplo.

—¿Y por qué no practicáis entre vosotras? No me gusta nada este juego. Lo odio —aseveró Darío.

—No lo odias más que yo. Y ya lo hemos practicado entre nosotras, pero necesitan verlo con alguien que las supere en tamaño, peso y fuerza… y tú has sido el afortunado —dijo poniendo una mano sobre el pecho de su amigo.

—¿Qué quieres que haga? —claudicó él posando su mano grande y morena sobre la nívea y delicada de la joven.

—Atácame.

—¿Cómo? —preguntó inhalando su esencia, intentando descubrir cuál era el aroma que se le escapaba; miel, canela y...

—Como prefieras. No quiero hacer nada «coreografiado» porque eso es justo lo que no se tragan. Tiene que ser algo espontáneo.

—Yo practico con *katas*; nunca, jamás, ataco a nadie. No sé cómo hacerlo de manera espontánea —respondió acercándose a ella, a su cara blanca como la luz de la luna.

—Improvisa —sugirió separándose de él, alejando su mano pálida y suave, su aroma acogedor y dulce.

Darío sacudió la cabeza para intentar apartar de sí el hechizo en que había caído. Cuando lo consiguió, comprobó que la sirenita le había dado la espalda y se alejaba caminando sobre el tatami. Apretó los nudillos hasta hacerlos crujir y se dispuso a ocuparse de tan ingrata tarea.

17

Me resisto a ser la presa.
ROSENDO/LEÑO, *Callejones*

«*T*ranquila.»

«No me voy a defender.»

«No voy a reaccionar.»

«Voy a ser una chica normal.»

Ariel repetía este mantra en su cabeza una y otra vez mientras esperaba el ataque. No porque tuviera miedo, sino por todo lo contrario, porque temía dejar escapar su instinto y liarse a puñetazos con quien no lo merecía: su cobaya (in)voluntario.

Y eso sería totalmente contraproducente. Sus amigas tenían que verla como alguien vulnerable e indefenso, no como a un Rambo pelirrojo de tetas diminutas. Debían comprobar que cuando todo parecía perdido se podía dar la vuelta a la tortilla. Y eso implicaba no dejar KO al agresor… al menos al principio.

Sintió pasos tras ella, percibió más que vio una sombra, el aire se movió a su espalda. Tensó todo el cuerpo. Una mano la aferró por el cuello, la otra rodeó su estómago inmovilizándole la espalda contra el pecho de su agresor. Notó su aliento susurrante en su propia nuca.

—Si gritas te mato —amenazó tímidamente Darío. Ariel suspiró, no era nada convincente.

Darío sintió tensarse el cuerpo de la muchacha un segundo antes de que esta se moviera repentinamente, intentando escapar de su presa. Le sujetó ambas manos con una de las suyas y apretó los dedos que le rodeaban el cuello. Un cuello frágil y hermoso, como el de cualquier otra mujer. Un cuello que merecía caricias, no golpes.

—Estate quieta —siseó ¿furioso?

—No me hagas daño —dijo Ariel—. Por favor. —Recordó añadir para dar más énfasis.

—Esto no funciona —le susurró Darío al oído—. Nadie se tragará que tú tienes miedo, o que yo quiero hacerte daño.

—Mejor nos dejamos de palabras —musitó a su vez ella.

Ariel volvió a revolverse y Darío la retuvo enérgico y, a continuación, la tiró con fuerza al suelo. Ella intentó darle una patada, él la esquivó y se lanzó sobre el delgado cuerpo femenino. Forcejearon suavemente hasta que Ariel se tapó la cara con ambas manos a la vez que adoptaba la posición fetal.

Darío se quedó petrificado. ¿Cómo podía alguien atacar a otra persona voluntariamente? ¿Quién podía ser tan malnacido como para causar dolor a una mujer por el simple placer de hacerlo? Sintió cómo la furia tomaba fuerza dentro de él; no sabía qué pensaba hacer Ariel, pero ella le había pedido espontaneidad y él, aunque sintiera la repugnancia más absoluta por esos actos deleznables, se la iba a dar. Todas las mujeres que estaban observando atentamente, buscando la manera de defenderse, se lo merecían.

Le agarró un tobillo con cada mano y se los separó bruscamente, posicionándose entre sus piernas. La muchacha comenzó de nuevo a debatirse, sacudiendo los pies e intentando golpearle con las manos. Darío intentó retenerla, pero ponía tanto cuidado en no hacerle ningún daño que era totalmente incapaz de dominarla. Ariel lo miró a los ojos, furiosa.

—Atácame, golpéame, hazlo verosímil. Tienen que creerse lo que ven, no sentir pena por ti —acicateó.

Darío inhaló con fuerza y levantó la mano para, a continuación, hacer como que la golpeaba en la cara. Ariel sonrió satisfecha y lanzó la cabeza hacia atrás como si hubiera recibido el peor golpe de su vida. Darío se tumbó sobre ella, inmovilizándola bajo su cuerpo, sujetándole ambas manos con una de las suyas.

—¿Qué hago ahora? —siseó.

—Lo que haría un violador: desabróchate los pantalones.

Darío se quedó atónito unos segundos, luego reaccionó… No sabía adónde quería llegar Ariel, pero estaba seguro de que no le iba a dejar ir mucho más lejos.

Se separó ligeramente del cuerpo vulnerable de la muchacha hasta quedar arrodillado entre sus piernas, asegurándose de mantener las delgadas muñecas de Ariel inmovilizadas con su mano izquierda. Llevó la derecha a la cinturilla del pantalón con la intención de acabar de una buena vez con la escena, sintiendo asco de sí mismo al verse obligado a interpretar tan repugnante papel.

Ariel esperó… Y cuando Darío comenzó a deshacer los nudos del pantalón deportivo, en un movimiento tan rápido como seguro, encogió la pierna izquierda llevándola hasta su pecho y acto seguido la lanzó contra la ingle expuesta del hombre. Darío reculó al instante consciente de que no le daba tiempo a esquivar el golpe, pero este nunca llegó. Ariel había parado el impulso un segundo antes del impacto. Aun así el hombre se encogió llevándose las manos a los testículos y liberando a Ariel, que en ese instante aprovechó para levantarse y salir corriendo del tatami.

Todo el gimnasio estaba pendiente de dos personas, la que se encontraba sentada en el suelo y la que había conseguido liberarse de un tipo más alto, más grande y más fuerte.

—¿Lo entendéis ahora? —preguntó Ariel entrando de nuevo en el tatami y tendiéndole la mano a Darío—. Debemos aprovechar que un violador se cree superior a nosotras. Por eso nos escoge como víctimas, porque supuestamente somos más débiles, más frágiles… Porque estamos indefensas. Debemos dejar que lo crea, que se confíe. En cuanto nos vea dominadas pasará a hacer lo único que le interesa en el mundo. Violarnos. Estará pendiente de su polla, de alcanzar su placer, y bajará la guardia. En ese momento tenemos que actuar y atacar donde más duele, los cojones. Una vez hemos quedado libres, ¡corremos como si nos fuera la vida en ello! Nada de quedarnos mirando al tipo ni de patearle un poco para quedarnos a gusto. Ni se os ocurra, porque, si la patada en los huevos no ha sido lo bastante potente, puede volver a atacar si nos ponemos a su alcance. En el momento en que nos veamos libres, corremos y, si pensamos que no nos sigue, da igual, seguimos corriendo hasta encontrar a alguien que nos pueda ayudar. ¿Entendido?

Las chicas asintieron con la cabeza, demasiado impresionadas para hablar. En lo más profundo de sus corazones, todas habían estado seguras de que Ariel no podría escaparse de Darío. La sobrepasaba en peso, fuerza y altura. Se miraron unas a otras, dudando. Ariel no era como ellas, ni siquiera fingiendo había parecido vulnerable.

—A ver, Sofía, ven aquí —ordenó Ariel viendo la mirada dudosa de sus amigas.

La interpelada se armó de valor, se descalzó y entró en el tatami.

—Túmbate de espaldas y abre la piernas. —Sofía la miró con los ojos como platos, pero obedeció—. Aquí tienes a tu violador —dijo empujando a Darío para que se arrodillara entre las piernas de la chica—. Es grande, es fuerte, está más salido que el pico de una plancha y solo piensa en follarte. Sabe que eres vulnerable y está seguro de que no te vas a defender porque estás acojonada, ¿le vas a dejar salirse con la suya?

—¡No! —exclamó Sofía ejecutando el movimiento que Ariel les había mostrado segundos antes.

Lo hizo lento, descoordinado y débil.

Darío cayó de espaldas haciendo grandes aspavientos y agarrándose la entrepierna entre gemidos.

—¡Corre! ¡No te quedes mirando! —gritó Ariel. Sofía se levantó y corrió como alma que lleva el diablo.

Darío continuó tirado en el suelo, encogido sobre sí mismo y quejándose.

—Estupenda actuación, pero puedes dejar de hacer el indio —le dijo Ariel al ver que no se levantaba.

—¿Quién te dice que estoy haciendo el indio? —jadeó Darío. Ariel se quedó estupefacta, Sofía no lo había tocado. En ese momento oyó la risa entusiasmada de su amiga, giró la cabeza, Sofía estaba dando saltitos sobre el tatami.

—Lo he conseguido, yo solita, yo y mis piernas tontas —decía entusiasmada una y otra vez.

Ariel volvió la vista hacia Darío a tiempo de ver cómo le guiñaba un ojo. La sonrisa que brotó en la cara de la sirenita fue suficiente para que él sintiera que había cogido la luna entre sus dedos.

—Cuando te ha empujado… —dijo Bri dirigiéndose a Ariel y obviando la felicidad de Sofía— tú has caído al suelo y él continuaba de pie… ¿Por qué no te has defendido como nos has enseñado?

—Porque quería que vierais el movimiento que se os antojaba más difícil. ¿Queréis ver ese otro? —preguntó Ariel. Sus amigas asintieron; los hombres también—. Darío, te importa si…

—Adelante —contestó poniéndose en pie y preparándose para lo que fuera—, pero ten cuidado; Sofía me ha dejado baldado —avisó sonriendo. Ariel le devolvió la sonrisa.

—Empújame —solicitó ella. Él obedeció.

Ariel cayó sobre el tatami de lado, apoyada ligeramente en un codo, en una postura claramente accidental y vulnerable… o a lo mejor no.

—Fijaos bien, al caer lo he hecho de lado. Parece casualidad pero no lo es. Mirad mi codo, lo tengo bien apuntalado en el suelo, la pierna sobre la que recae mi peso tiene la rodilla doblada, aportando mayor estabilidad, y, lo más importante de todo, dejo mi pierna izquierda libre. Darío, atácame.

Darío asintió y se acercó a ella con la intención de escenificar la agresión, pero no le dio tiempo. En el momento en que estuvo a su alcance, Ariel dobló su pierna libre y a continuación la lanzó con fuerza contra la ingle del hombre. Darío se tensó asustado, incapaz de contener el jadeo que surgió de su garganta. Tenía el talón de la muchacha firmemente anclado en los genitales. Si ella hubiera finalizado el golpe en vez de parar en seco, ahora mismo sería un eunuco.

—Darío, no te muevas, por favor —pidió ella.

—Ni lo sueño —contestó él totalmente petrificado.

—Prestad atención al golpe —ordenó. Encogió la pierna y volvió a lanzarla contra Darío. Este contuvo un respingo—. No golpeo con los dedos ni con la planta del pie. Lo hago con el talón, la parte más dura, y la que lleva toda la potencia del golpe. —Para consternación de su compañero, volvió a repetir el movimiento un par de veces más hasta que todas y cada una de las chicas asintieron satisfechas.

—Creo que no estaría de más que todas practicáramos un poco, siempre y cuando nuestros gallardos amigos se muestren totalmente de acuerdo, claro —comentó Sandra mirando a la población masculina del gimnasio.

Los hombres se miraron unos a otros y asintieron. Comenzaron a descalzarse echando ojeadas ocasionales a Darío, que se mantenía erguido sobre el tatami, con las piernas abiertas y las manos apoyadas en la cintura… preparado para taparse cierta parte. Estaban decididos a servir de cobayas a sus compañeras, pero ninguno podía evitar tragar saliva una y otra vez al asumir el riesgo que corrían al prestarse como voluntarios para esos ataques… A las chicas se les podía escapar alguna patadita.

—Y digo yo… —comentó Toni, el portero, mirando al personal desde la seguridad que daba su puesto tras el mostrador—, no creéis que sería más, hum, conveniente, empezar a practicar con ataques menos, hum, peligrosos. Lo digo porque Darío tiene los cojones bien puestos, pero, hum, me da la impresión de que a los demás se os han puesto de corbata.

Los hombres se pusieron firmes, como si la cosa no fuera con ellos, pero a la vez dirigieron a Ariel una mirada suplicante. Preferían tentar un poco el terreno antes de lanzarse al río de cabeza.

—Podríamos practicar lo de los ojos —apuntó Nines. Las demás chicas asintieron.

—Es una idea estupenda —aprobó Ariel—. Ese ataque no pone en peligro ningún punto vital masculino —comentó señalando con un gesto la entrepierna de Darío. Este bufó en respuesta y el ambiente se relajó. Sandra sonrió satisfecha, esos dos sabían muy bien lo que tenían entre manos.

«Lo de los ojos» consistió, para mayor pasmo de la sección masculina del gimnasio, en un ataque frontal simple y directo. En el momento en que el agresor atacaba a la víctima, esta se enfrentaba a él, lanzando ambas manos contra la cara del atacante para a continuación hundirle los pulgares en las cuencas oculares. Simple y efectivo, pero con algunas contraindicaciones, ya que, como comprobaron inmediatamente las chicas, hacía falta mucha velocidad y determinación para llevarlo a cabo y, en la mayoría de los casos, los hombres conseguían esquivarlas.

—Veis, a esto me refería —comentó Ariel al ver los escasos progresos de sus «alumnas»—. Cuando nos atacan no siempre se tienen los nervios o la reacción inmediata para responder. Por eso, a veces es más fácil hacer el papel de víctima y esperar el momento adecuado para contraatacar. Todo agresor espera que su víctima se intente defender al inicio del ataque. Lo que no imagina es que esta los agreda cuando ya la tienen «supuestamente» vencida, y es ese factor sorpresa lo que debemos aprovechar.

—Entonces, mejor practicar los ataques sorpresa del suelo y, cuando los dominemos, pasamos a sacarle los ojos a los chicos —aseveró Sofía sin ningún rastro de la timidez que la caracterizaba. Haber dejado fuera de combate al «tipo grandote del gimnasio» le había dado a su autoestima una nueva dimensión.

Ariel sonrió y esperó a que sus chicos se colocaran por parejas y empezaran a practicar. Un momento después, colocaba algunos pies correctamente, mientras Sandra consolaba a los dos afectados por los estragos de una mala estimación en las distancias.

Ariel asentía satisfecha ante el panorama que se desarrollaba frente a ella. Interactuar con la gente era mucho más fácil que explicar las mismas cosas una y otra vez. Hacía años que se había dado cuenta de que ella no servía para la comunicación oral, lo suyo eran las demostraciones físicas, las palabras se la daban fatal. Se explicaba como un libro cerrado.

Echó una ojeada al reloj colgado en la pared y se quedó parada en seco. Las once y media de la noche. No se lo podía creer, se le había pasado el tiempo volando. Faltaba media hora para que la Renfe cerrara sus puertas, más le valía salir corriendo. Se puso el «abrigo», cogió su maletín, y con un somero «adiós» dicho desde la entrada se despidió del personal.

Y aunque la despedida fue rápida, todos los que allí estaban se volvieron para alzar la voz y despedirse; incluso hubo tres personas que salieron corriendo tras ella.

18

El peligro no es cuestión de un par de golpes,
El peligro es no saber adónde ir.
El peligro es no encontrar jamás tu sitio,
y sentir que ya llegaste sin salir.
REVÓLVER, *El peligro*

*D*arío estaba situado en una esquina del tatami, vigilando para que nada se saliera de madre, cuando vio que Ariel se marchaba sin despedirse ni hablar con él. ¡Sin esperarle! Abandonó al momento su posición y corrió al vestuario a por su bolsa, dispuesto a esprintar si fuera preciso para alcanzarla, y, cuando lo hiciera, esa sirenita maleducada se iba a enterar de quién era él. ¡Cómo se le ocurría irse sola, sin él! Toda la tarde esperando… ¡para esto! ¡Miércoles!

Elías observó la partida de la pelirroja con un regusto amargo en el paladar. Llevaba toda la tarde esperando para hablar con ella a solas, algo que había resultado prácticamente imposible. Había aguardado impaciente su oportunidad y, cuando por fin parecía que todos estaban pendientes de sus propias cosas y él pensaba que podría hablar a solas con Ariel, esta salía pitando. ¡Qué injusticia! ¡Necesitaba hablar con ella en privado! Y no podía esperar hasta que volviera al gimnasio dentro de quince días. Tenían asuntos urgentes que tratar. Observó frustrado a su alrededor, buscando una manera de escaquearse que no fuera demasiado evidente. Vio que Darío salía corriendo del vestuario con la mochila en la mano y una lucecita se encendió en su cabeza. Echó a correr, pasó por delante de su mujer y le advirtió que Darío había olvidado algo y él, como buen amigo que era, iba a devolvérselo.

La tercera persona no se anduvo con tantos remilgos ni tampoco tuvo que salir corriendo cual alma que lleva el diablo, en absoluto. La tercera persona sabía perfectamente que la hora se acercaba y que, si quería tener su oportunidad, solo necesitaba una cosa, estar en el sitio adecuado en el momento adecuado. Y eso hizo. A las once y cuarto se posicionó al lado de la entrada, con la mochila en la mano, la sonrisa en la boca y los ojos alertas.

Cuando Ariel atravesó volando las puertas, la tercera persona solo tuvo que llamarla.

—¡Ariel! ¿Dónde vas con tantas prisas?

—Me chapan la Renfe en media hora —respondió la interpelada sin interrumpir su loca carrera.

—¿No tienes otro medio de trasporte para regresar a tu casa?

—Puedo ir en el búho de la Blasa, [7] pero no sé los horarios.

—Oh. Me apetecía tanto charlar un ratito sin tener que estar rodeadas de tanta gente… A veces me aturden —comentó mirándola inocentemente.

—Bueno, la verdad es que tampoco tengo tanta prisa —claudicó Ariel. Su padre siempre decía que a los amigos para conservarlos había que cuidarlos, y sus consejos siempre eran certeros.

—Perfecto. Es que hoy ha habido tanto jaleo que no hemos podido hablar nada. Uf, les ha costado coger el hilo de las cosas; tantas preguntas, tantas dudas… —puso los ojos en blanco.

—Si algo no lo entiendes lo tienes que preguntar, es lógico. —Ariel se encogió de hombros y bajó las escaleras hasta la calle tranquilamente. Total, ya no iba a llegar a la Renfe.

—Sí, sí, por supuesto, pero me aturullan… —La tercera persona esperó la confirmación de Ariel a sus palabras, pero no, la muy sosa era incapaz de seguir una conversación decentemente. Por tanto se vio obligada a cambiar de tema muy a su pesar—. ¿Sabes?, te admiro; además de inteligente, eres muy valiente, te enfrentas a todo sin dudar.

—¿Yo? Qué va —contestó Ariel alucinada. ¿Cómo se le ocurría pensar esa tontería? Ella tenía mala leche y poco sentido común, eso no era ser inteligente ni valiente: era ser idiota.

—Claro que sí. Enfrentarte a Darío de esa manera requiere muchísimo valor.

—¿Por qué? —preguntó a la vez que se encaminaba hacia la esquina del bloque, cerca del cruce de las dos carreteras, donde las luces de los coches iluminaban un poco más la calle.

7. En argot, autobús público de recorrido nocturno interurbano de Madrid, de la empresa Blas y Cía.

—Oh, ya sabes, es alto, fuerte y un poco brutote. A ningún hombre le gusta que le dejen en ridículo… Nadie te aseguraba que él no se defendiera «por las malas».

—¿En ridículo? Yo no he dejado a nadie en ridículo. —Y dale con el temita. ¡Pero qué perra había cogido su amiga contra Darío!

—Claro que sí, has demostrado que incluso un tío grande y agresivo puede caer ante una buena patada.

—Darío no es agresivo, además ha sido muy amable al prestarse voluntario.

—Claro, claro. —La tercera persona entornó los ojos, pensativa, y si… —. ¿Te gusta Darío?

—¿Qué? —«¿Y esto a qué viene ahora?», pensó Ariel escamada. A ella no le gustaba nadie. Punto.

—Es un hombre muy guapo —comentó como quien no quiere la cosa— aunque un poco huraño. La verdad es que no suele hablar mucho, pero a las chicas del gimnasio las vuelve locas.

—¿Locas? Pues parecen de lo más normales —respondió Ariel alucinada, o ella estaba muy ciega o su amiga se imaginaba cosas raras. No había visto a ninguna de las compañeras hacer nada para llamar la atención de Darío.

—Ya sabes, disimulan. —Bajó la voz, como si hubiera alguien cerca que pudiera oírlas a las doce menos cuarto de la noche en una calle desierta—. Se mueren por sus huesos, por ese aspecto misterioso que siempre tiene, como si nada fuera con él. Cultiva a propósito ese halo de inaccesibilidad que lo rodea, hace que las chicas sueñen con ser la elegida. Pero si te fijas bien, es una táctica de «cazador».

Ariel escuchaba estupefacta. ¿De qué narices hablaba? Darío no era inaccesible ni misterioso ni mucho menos cazador. Era simplemente un zapatero que iba al gimnasio a hacer ejercicio. O ella era muy ingenua o su amiga tenía una imaginación desbordada. Miró de refilón su reloj, suspiró y se dispuso a pasar un rato escuchando historias incomprensibles.

Elías salió a paso ligero del gimnasio, pero se paró en seco al ver a Darío parado en la galería exterior. ¿Había interpretado mal el interés de su amigo por la sirenita? Lo dudaba. De hecho, su postura le indicaba claramente que la muchacha no podía andar muy lejos. Su amigo estaba apoyado en la barandilla, con medio cuerpo fuera, observando atentamente algo que ocurría en la calle.

Se acercó y se asomó también. Efectivamente. Ariel no estaba lejos; de hecho estaba justo debajo de ellos, en la esquina de la calle, hablando con Bri. Uf.

—¿Qué tal te va la vida? —le preguntó Elías, por decir algo.

—Igual que hace cinco minutos —respondió Darío mirándolo de reojo. ¿A qué venía esa tontería?

—¿Y el negocio?

—Bien, igual que siempre. —¿Y ahora por qué le daba a este por charlar?

—¿No te afecta la crisis?

—Lo mismo que a todos. —Darío miró su reloj irritado, a punto de perder la paciencia—. ¿No cierras hoy el gimnasio? —inquirió para ver si pillaba la indirecta y lo dejaba tranquilo con sus asuntos.

—Aún faltan unos minutos. Además la gente está muy entretenida, no hay prisa —dijo mirando el reloj nervioso. Esperaba que Ariel y Bri se dieran prisa. A las doce cerraban y a Sandra le sentaría fatal que él no estuviera para ayudarla—. Es raro que haya tanta gente a estas horas, parece que tu chica ha creado expectación con sus juguetes —comentó Elías mirando a Darío, esperando que este pillara el dardo.

Darío lo pilló. Alzó una ceja e ignoró a su amigo. Que pensara lo que le diera la gana.

Ambos hombres volvieron su mirada hacia la calle. Bri tocaba el pelo de Ariel a la vez que hablaba gesticulando. Ambos suspiraron, la espera iba a ser eterna.

—Debes hacerme caso, tienes un pelo precioso, deberías dejártelo crecer y darte algunas mechas en negro azulado. Quedarían divinas con tu tono pelirrojo —aseveró Bri tocando la coletilla de Ariel.

—Ajá. —Ariel ya no sabía dónde meterse, miró su reloj por enésima vez en diez minutos.

Estaba segura de que esa noche tendría pesadillas con maquillajes, mascarillas, *gloss* (fuera eso lo que fuera), joyas, moda... Y eso por no hablar de estrategias para seducir a los hombres. ¡Joder! ¿Realmente existían esas cosas?

—No me estás prestando atención —se quejó Bri.

—Sí, claro que sí. —Ariel se armó de paciencia, dispuesta a aguantar como una jabata el tiempo que fuera necesario, que esperaba, por el bien de la incipiente amistad que estaba a punto de mandar a freír espárragos, no sobrepasara los cinco minutos.

—A ver, te lo resumo todo para que no te líes. Maquillaje tres o cuatro tonos más oscuro que tu piel, para no parecer tan paliducha y cubrir esas pecas tan horrorosas. Mechas oscuras para disimular el color zanahoria de tu pelo. Sujetador con relleno, con mucho relleno —especificó—. Camisetas largas para que te tapen el trasero y no se te vea tan delgaducha y, por supuesto, unos buenos tacones. Con esas deportivas pareces un marimacho.

Ariel arqueó una ceja; si no fuera porque era su amiga, pensaría que se estaba metiendo sutilmente con ella. Estaba segura de que Bri le daba la barrila con la mejor intención. Imaginaba que su único propósito era meter en su cerebro algunas nociones de feminidad, tema este que, por el aspecto magnífico que siempre lucía la rubia, Ariel estaba segura de que dominaba a la perfección. Pero es que estaba a punto de darle un jamacuco con tanta chorrada. De hecho le daría con gusto matarile si no fuera porque a las amigas hay que mimarlas, frase que su padre le repetía una y otra vez de pequeña, sobre todo cuando las niñas aparecían en la puerta de su casa, de la mano de sus enfurecidos padres, porque Ariel las había convencido de subirse a un árbol, pelear con los chicos, perseguir lagartijas, etc.

Bri suspiró; Ariel no le estaba haciendo ni caso, se veía a las claras que tenía la cabeza en otro lado. Por tanto decidió no perder más el tiempo, al fin y al cabo era tardísimo y ella tenía muchísimas cosas que hacer.

—En fin… es muy tarde. ¿Cuándo vuelves?

—En un par de semanas, el viernes.

—Perfecto. Si quieres podemos quedar un poco antes, y nos pasamos por una tienda que conozco donde venden ropa barata, un chollo. No es que esté muy bien hecha, pero para cambiar tu imagen bastará. ¿Te parece bien?

—Sí… claro —respondió Ariel conteniendo un bufido. A su ropa no le pasaba nada malo. Ya le estaba cargando un poquito con tanta alusión a su apariencia física. Estaba que gruñía.

—Vamos, no te lo tomes a mal; solo lo hago por tu bien. Jamás lograrás atrapar a Darío, ni a ningún chico, si no te arreglas un poco. Pareces una desarrapada.

—A ver si dejamos las cosas claritas. —Ariel acababa de llegar al límite de su paciencia—. No pretendo atrapar a nadie ni soy ninguna araña tejiendo una trampa a un moscón. Me gusta mi ropa, me gusta mi pelo, me gusta mi cara y sí, aunque parezca mentira, me gustan mis tetas.

—Claro, claro, no pretendía ofenderte.

—Mi madre siempre dice que lo principal para gustar a la gente es gustarse uno mismo —afirmó Ariel entre dientes, intentando contener su genio, pero sin apenas conseguirlo—. ¡Y a mí me gusta mucho como soy! —exclamó herida, no tanto por lo que Bri le había dicho, sino por todos los momentos que había perdido en esas dos semanas estudiando qué ponerse para estar más guapa. ¡A ella jamás le había dado por pensar en esas chorradas! O al menos no se le había ocurrido pensarlas hasta hacía poco más de un mes.

Ver la cara compungida de su amiga hizo que se esfumase su enfado. La pobre Bri no tenía la culpa de que estuviera hecha un lío. Solo había pretendido ayudarla y ella se estaba comportando como una verdadera bruja desagradecida.

—Lo siento —se disculpó sinceramente arrepentida—. Llevo una semana bastante ajetreada y apenas he dormido. Lo he pagado contigo, que solo intentabas darme buenos consejos.

—No pasa nada. Todas pasamos por malos momentos. Mañana será otro día —aseveró Bri comprensiva—. Para eso estamos las amigas.

—Mañana es San Valentín… —comentó Elías como si tal cosa, estaba hasta las narices de esperar en silencio a que las mujeres terminaran. Si Darío no tenía ganas de hablar, él sí.

—Qué ilusión —respondió Darío irónico.

—Sí. Estoy deseando llegar a casa, lo mismo Sandra no espera hasta mañana y lo adelanta a esta noche —comentó perdido en sus pensamientos—. ¿Tendrá alguna sorpresa preparada? —susurró para sí mismo.

Darío miró a su amigo. Llevaba un par de semanas rarísimo, demasiado sonriente, demasiado ansioso por cerrar el gimnasio a las doce en punto de la noche. Incluso esperaba ilusionado el día de San Valentín, cuando llevaba años despotricando contra el santo y toda su familia. Y no era el único. Había una extraña epidemia de sonrisas en el gimnasio, altamente contagiosa entre un sector determinado de los usuarios: los chicos que tenían novias incondicionales a las charlas de Ariel.

¡Miércoles! Se moría de ganas por saber qué cojines pasaba en esas charlas… o, más exactamente, por ver los juguetes que vendía. Tenían que ser mucho mejor que el Scalextric para tenerlos tan felices. Observó a Elías, este tenía los codos apoyados en la barandilla y miraba a las estrellas embelesado a la vez que sonreía como un tonto.

Darío puso los ojos en blanco y resopló. Su amigo estaba ligeramente disperso, pensó dirigiendo la mirada a la esquina de la calle.

Elías no se percató del gesto de su compañero; estaba totalmente centrado en imaginar la sorpresa que le tendría preparada Sandra para esa noche. Al fin y al cabo dentro de dos minutos serían las doce y, por tanto, oficialmente sería San Valentín. Una fecha señalada, un día para celebrar y exaltar el amor mutuo, y ellos estaban muy, pero que muy enamorados.

—Adiós.

Volvió a la realidad al oír la voz de Darío despidiéndose. Parpadeó un par de veces y siguió con la mirada al joven, este bajaba como un rayo las escaleras a la calle… donde en ese momento Bri estaba dando un par de sonoros y pintados besos a Ariel en cada mejilla.

—¡Joder! —exclamó. Toda la tarde esperando para despistarse en el último momento.

Ariel esperó pacientemente a que Bri acabara de darle besos para despedirse de ella. Cuando la vio desaparecer tras girar la esquina del edificio, se miró a sí misma, pensativa. Tratando de entender por qué era incapaz de sentirse cómoda con las chicas, sobre todo con Bri. Imaginó que el haberse criado con chicos, trabajar con hombres y vivir actualmente en un lupanar, bueno, pensión, influía negativamente en su relación con las féminas; eso y que jamás había comprendido del todo la manera de interrelacionarse de estas. ¿Todas las chicas se abrazaban cuando se despedían con dos besos? Joder, ella sería rara, porque le daba una grima tremenda tanto contacto físico.

Miró el reloj, la Renfe ya estaría cerrada, pero creía recordar que había una parada de autobús cerca de la estación. Se encaminó hacia allí sin apresurarse. Esa noche tendría que esperar bastante para poder acceder a su habitación en la pensión. Debido al día de San Valentín los clientes de Lulú se habrían multiplicado por tres.

¿Quién lo iba a pensar? Los puteros eran personas románticas que buscaban el amor en los días señalados. De la misma manera que las parejas y matrimonios se gastaban el dinero en tonterías el 14 de febrero, los solteros se lo gastaban en conseguir a alguien con quien hacer realidad sus fantasías ¿románticas? En los puteros casados, prefería no pensar. Si fuera por ella, les cortaría los cojones por cabrones.

Fuera como fuese, Lulú llevaba toda la semana «ocupando» la habitación hasta pasadas las cinco de la mañana y, por ende, Ariel no se acostaba antes de las seis. Estaba rota, harta de recorrer las localidades del cinturón sur en busca de clientas durante el día, mientras que por la noche caminaba por el centro de Madrid, esperando a que llegara la hora de acostarse. Aunque, a decir verdad, con tanto caminar se le estaba poniendo el trasero y las piernas duros como una piedra (y no es que no los tuviera así antes).

Se dirigió hacia la parada de la Blasa, planificando en su mente la manera más económica de llegar hasta el centro. Descartó de inmediato coger el metro en Príncipe Pío. Podía caminar tranquilamente hasta Sol, tardaría un poco más pero se ahorraría el billete y al fin y al cabo no tenía ninguna prisa. Iba trazando en su cabeza un plano mental de las calles a seguir cuando oyó que la llamaban.

Se giró confusa.

Darío estaba a un par de pasos de alcanzarla, mientras que Elías acababa de doblar la esquina y corría hacia ambos gesticulando.

—Hola —saludó Darío como si no se hubieran visto hacía media hora escasa.

—¡Ariel! —gritó Elías acercándose rápidamente.

—¿Qué narices…? —preguntó Ariel alucinando.

Darío se giró extrañado, mirando a su compañero con cara de pocos amigos. Elías pasó a su lado, ignorándole sin aminorar la marcha.

—Uf, menos mal que te pillo —dijo, llegando hasta ella y cogiéndola de un codo.

—Cuestión de vida o muerte por lo que veo —comentó Ariel moviendo bruscamente el brazo para soltarse del amarre. ¡Qué manía con agarrarla, coño!

—Verás… —comenzó a decir Elías.

—Hola —casi gritó Darío con la intención de hacerse notar.

—Hola —le respondió, por fin, Ariel.

—Tengo que hablar contigo —exigió Elías a la pelirroja, ignorando al tercero en discordia.

—¿Tú? —inquirió Darío algo mosca.

—Vale —contestó Ariel mirando a ambos hombres.

—En privado —especificó Elías mirando a su amigo fijamente.

—Mira, Elías… —Darío señaló al otro hombre con el índice, con un gesto que quería decir claramente: «¿Quieres problemas? ¡¿Los quieres?! ¡Pues los vas a tener!»

—¿Estás casado? —le cortó Elías antes de que su amigo pudiera decir o hacer algo de lo que después se arrepentiría (o, en todo caso, se arrepentirían sus caras y nudillos).

—¡Ya sabes que no!

—Pues yo sí tengo esposa —afirmó Elías.

—Exactamente. Tú, sí —remarcó Darío—. Y no creo que a Sandra le…

—Y Ariel vende cosas —interrumpió Elías susurrando—, «cosas» que pueden ser muy «interesantes». ¿Lo captas?

—Eh… sí —refunfuñó Darío.

—En privado —exigió Elías—. ¿Por favor?

Darío bufó sonoramente, inclinó la cabeza a modo de despedida y caminó dejando tras de sí a Ariel. Vislumbró un banco adecuadamente alejado como para conceder privacidad a su (ex)amigo y lo suficientemente cercano como para no quitarles el ojo de encima. Se sentó a esperar impaciente.

—Bueno, verás… —Elías pasó un brazo sobre los hombros de Ariel y la empujó en dirección contraria a la seguida por Darío. Con lo difícil que iba a ser sacar el tema de marras, solo le hacía falta que la muchacha estuviera más pendiente del tipo del banco que de él.

—No agobies, tío —dijo Ariel zafándose del amistoso abrazo—. Qué perra con trincarme, no me voy a ningún lado. —Al menos ya no. Darío se había ido y ella permanecía ahí. Un lío menos, pensó pragmática.

—Perdona.

—No pasa nada, es que soy un poco maniática con eso de que me sujeten —comentó restándole importancia—. A ver, cuéntame.

—Pues verás… —comenzó Elías sin saber bien cómo empezar. Hablar de esos temas con una mujer que no fuera su esposa se le antojaba complicadísimo—. Ya sabes que Sandra está casada conmigo.

—¡No jodas! ¿En serio? Qué fuerte, tío; jamás lo hubiera imaginado —exclamó irónica.

—Pues sí —contestó Elías orgulloso, al menos hasta que se fijó en la cara de Ariel—. ¿Te estás riendo de mí?

—¿Yo? Qué va —contestó inocentemente.

—Bueno, verás, quería hablar contigo en referencia a… —se interrumpió sin saber bien cómo continuar—. Sandra es una mujer muy especial y… Ella me ha insinuado que… Ya sabes.

—No. No sé. —Ay Dios, pensó Ariel. ¿Otra conversación complicada y retorcida? Por favor, no. No podría resistir ni una más esa noche.

—Sandra te ha comprado algunas cosas. —Ariel asintió. Elías tragó saliva—. Pues… me ha comentado que tienes… Abalorios —ahora no le salía la maldita palabra.

—¿Abalorios? No, hijo; no. Yo vendo vibradores *tutti frutti* a pilas.

—Eh, sí. —Eso ya lo habían probado y eran estupendos, pero ya tenían uno—. Pero Sandra ha dicho que tú tienes… Bisutería.

—¿Bisutería? ¿No te habrás confundido? —Elías negó con la cabeza. Ariel le vio tan cortado que se apiadó de él—. Bueno, no soy una experta, pero, para pillar bisutería, creo que lo ideal son las tiendas de complementos o algo por el estilo —aconsejó.

—¡No! —exclamó él enfadado. Por el rabillo del ojo veía a sus clientes bajar las escaleras del gimnasio, Sandra tendría que cerrar sola mientras él no conseguía explicarse. ¡Mierda!—. ¡Joyas! —le salió por fin la palabra—. Quiero joyas eróticas.

—¿Joyas? ¿Y por qué no has empezado por ahí? Menudo susto me has dado; ya pensaba que querías hablar de pendientes, collares y chismes de esos raros y, entre tú y yo, no soy la persona más adecuada para pedir consejo sobre esas cosas. Pero si quieres joyas, no hay problema. Soy toda una experta —afirmó Ariel sonriendo, por fin una conversación normal y corriente en la que ella tenía mucha información que ofrecer—. Tengo varias cositas muy interesantes. ¿Qué tienes en mente?

—Bueno… Yo… Sandra. —Menos mal que era de noche, jamás había pasado más vergüenza en su vida. A su edad hablando con una jovenzuela de esas cosas. Uf.

—Déjame pensar. Hace un par de semanas que recibí el último catálogo y se lo enseñé a las chicas… mmm. Sandra se mostró interesada en… —Ariel entornó los ojos, intentando recordar.

—¿Perlas doradas? —Sandra llevaba dos semanas tirándole indirectas sobre lo bonitas que eran las perlas doradas, lo bien que quedaban pegadas a la piel, lo suave de su tacto, la calidez que trasmitían, el regalo tan increíble que serían, y él no sabía qué cojones eran las puñeteras perlas doradas, pero estaba como loco por descubrirlo.

—Exactamente. Un *string* de perlas doradas a juego con los decoradores de pezones —asintió a la vez que abría el maletín, para al momento volver a cerrarlo—. ¿Hay alguna cafetería cerca? Lo digo porque con esta luz tan pobre no vas a ver bien las fotografías —explicó.

—Abierta a estas horas, no.

—Bueno, no pasa nada. Imagino que quieres darle una sorpresa a tu chica, ¿no? —comentó dándole un ligero y amistoso codazo.

—Eh, sí. Eso pretendo.

—Vale, no hay problema. Te dejo uno de los catálogos, lo escondes… —Ariel lo miró de arriba abajo— debajo de la camiseta y cuando estés solo en casa lo estudias.

—Vale, y ¿qué tengo que buscar exactamente?

—¿No te lo ha dicho? —inquirió Ariel sorprendida.

—No. Insinúa constantemente algo sobre perlas doradas, pero no sé nada más.

—¡Qué zorrona! —exclamó riéndose—. No te preocupes; yo te lo cuento todo, o casi todo —dijo arqueando varias veces las cejas—. ¿Sabes qué es un *string*? —Elías negó con la cabeza—. Yo tampoco lo sabía hace dos meses —confesó Ariel—. Es un tanga, pero más sexi.

—¡Más sexi! —¿Cómo podía algo ser más sexi que un tanga?

—Sí. En vez de ser de tela, son de otros materiales. Las tiras con las que se sujeta son elásticas, para que se ajuste bien. ¿Me sigues?

—Más o menos.

—Bien, y, donde los tangas llevan tela, los *string* que yo vendo están hechos de metal, terciopelo… O en el caso que nos ocupa, perlas. ¿Lo coges?

—Sí. —Elías sintió cómo se secaba su garganta.

—Las tiras elásticas ajustan las perlas a los labios vaginales y el clítoris. Yo sinceramente no los he probado, pero mis clientas me han dicho que son la bomba.

—Imagino. —¿Cuánto tiempo tardaría en tener eso en su poder? No le importaba el precio. Quería ver a su mujer con eso puesto, ya.

—Son antialérgicos, no contienen níquel, se limpian con agua caliente y jabón y no necesitan perforaciones, lo cual es genial, porque eso de hacerse agujeros ahí… no sé yo.

—Ni de coña —se apresuró a decir Elías.

—Efectivamente, da grima —comentó Ariel—. No tienen ninguna contraindicación y este, en particular, es superelegante. Además viene a juego con decoradores de pezones. —Elías abrió mucho los ojos—. Son parecidos a los pendientes, pero sin necesidad de perforar los pezones. Se sujetan a ellos con un fino hilo ajustable del que cuelga una perla dorada.

—Uf.

—Te lo estás imaginando, ¡eh! —No era una pregunta.

—Eh, ah… —Eso tampoco era una respuesta.

—Pues no imagines tanto, no vaya a ser que te alteres y te detengan por escándalo público —se carcajeó Ariel dándole una palmadita en el hombro.

—Y sería mucho escándalo, te lo aseguro —bromeó Elías antes de darse cuenta de que la persona con la que estaba hablando era una chica, no uno de sus amigos.

—¡No digas eso, que me asustas! —sonrió Ariel fingiendo un escalofrío aterrado.

Elías observó a la sirenita totalmente pasmado. Se había trasformado ante sus propios ojos. En vez de la muchacha retraída que era cuando entraba en el gimnasio, o la borde e irónica que había tirado a Darío al suelo la primera vez, ahora era una mujer segura de sí misma que no se cortaba en absoluto a la hora de hablar de… esos temas. De hecho, ahora que se paraba a pensarlo, hablaba con tanta naturalidad que era como si estuviera hablando con un amigo de su mismo sexo. No le extrañaba que las chicas del gimnasio —y Sandra en especial— estuvieran encantadas con las reuniones de los viernes.

—Toma, llévate el catálogo. Lo que buscas está en la página veintitrés —dijo abriendo el maletín y sacando uno—. De todas maneras échale un ojo a todo, lo mismo ves algo que te guste más.

—Perfecto. ¿Dónde está apuntado tu teléfono? —preguntó.

—No tengo. Cuando vuelva, me las ingeniaré para despistar a Sandra y hablar contigo.

—¿Cuándo vuelvas? ¿Dentro de dos semanas? —preguntó aterrado. No podía esperar tanto. No después de imaginarse a Sandra con eso.

—Sí. ¿Te corre prisa? —preguntó viendo su cara desilusionada.

—Un poco.

—No hay problema, dame el tuyo y te llamo yo.

19

Correremos por las calles, gritaremos tú y yo
que el amor es un misterio y que importa solo a dos.
CARLOS GOÑI, *Besaré el suelo*

$\mathcal{A}$riel sonrió para sí misma mientras observaba a Elías correr hacia el gimnasio. Sandra se llevaría una sorpresa estupenda, o puede que no; al fin y al cabo llevaba insinuándose a su marido dos semanas. Se le escapó una risita tonta al pensarlo. La pareja le recordaba mucho a sus padres; siempre lanzándose miraditas tiernas, cogiéndose de la manita y demás chorradas varias, pensó dejando de sonreír.

Respiró profundamente, con el único propósito de llenarse los pulmones de aire, o al menos eso afirmó para sí. Alzó la barbilla, puso recta la espalda y se giró para encaminarse de nuevo a la parada del autobús. Ojalá esta vez sí consiguiera dar un par de pasos antes de que alguien la detuviera.

Consiguió dar tres.

Al cuarto se quedó petrificada.

Darío estaba sentado en un banco a unos quince metros de distancia. Justo en la entrada del parque. La miraba entre enfurruñado y sonriente, si es que era posible esa combinación de gestos en una sola cara.

Le observó levantarse del banco, coger su mochila y acercarse a ella con tranquilidad.

—Hola. —No era un saludo, era una afirmación. Una manifestación oral de que por fin Ariel estaba sola y a su disposición.

—¿Qué haces tú aquí? —preguntó aún paralizada por la impresión.

—Esperarte.

—Ah. —Ariel lo miró de arriba abajo. Por extraño que pareciera, su amigo daba la impresión de estar en su sano juicio; aunque esperar a alguien de noche, en febrero y con un frío que pelaba no fuera exactamente el colmo de la cordura.

—¿Qué tal te va la vida? —Darío tomó prestada la frase de Elías. No es que fuera una perla de la sabiduría, pero no se le ocurría otra cosa que decir.

—Bien. Cansada —comentó encaminándose hacia el parque.

—¿Y eso?

—Cosas de San Romanticón —bufó la muchacha recordando que esa noche probablemente se acostaría de día.

—¿Cómo? —Muy bien, Da, estás manteniendo una conversación de lo más interesante, gruñó para sí.

—Nada. Y tú… ¿Sigues teniendo un posible futuro cuñado o ya te lo has cargado?

—Todavía vive, pero creo que está a punto de suicidarse.

—¿Qué le has hecho? —preguntó divertida.

—¿Yo? Nada. Se lo ha hecho él solito. —Ante la mirada interrogante de Ariel, decidió explicarse un poco mejor—. Hace un par de semanas decidió que sería él quien llevaría a Iris al colegio.

—¿Y?

—Iris tiene seis años, no le gusta madrugar, odia lavarse la cara, tiene un concepto muy particular de la ropa que debe llevar al cole y cuando se levanta de la cama su pelo está lleno de enredos… entre otras cosas.

Ariel lo miró asombrada durante un solo segundo, luego estalló en carcajadas mientras se imaginaba a la niña chillando mientras su pobre y novato padre le pasaba el cepillo. Darío no tardó en unirse a ella. La luna guiñó su único ojo visible mientras las risas recorrían la oscura claridad de la noche. El parque se hizo eco de su diversión, y de las casas cuyas ventanas daban a este salió alguna que otra imprecación; al fin y al cabo eran más de las doce de la noche, aunque fuera viernes.

—Mira que eres cabronazo —aseveró Ariel limpiándose las lágrimas de risa que le caían por las mejillas sonrosadas por el frío.

—¿Yo? Soy un santo, no he tenido nada que ver.

—Seguro.

—Quizá le haya dado algún empujoncito, pero ya sabes: quien se pica ajos come —dijo guiñándole un ojo.

—Pobrecito Marcos —lamentó ella riéndose—, vas a hacer que tema a las mujeres desde niñas.

—Y hará bien en temerlas. —Miró a Ariel de reojo antes de

atreverse a preguntar—. ¿Cómo sabes tantos trucos de defensa personal?

—Ya ves, soy una caja de sorpresas.

—Hablo en serio. —Al ver que ella se encogía de hombros, pasó a preguntar lo que realmente le preocupaba—. ¿Has tenido que defenderte de alguien alguna vez?

—Pues claro —respondió ella mirándole como si fuera tonto—. Todo el mundo sufre algún ataque de vez en cuando.

—Eh… —Ariel lo había dicho con tal convicción que parecía que fuera algo común, algo que pasaba a diario—. ¿Te han hecho daño?

—No, siempre he tenido suerte; o han sido más ineptos que yo, o han corrido menos —contestó metiendo las manos en los bolsillos del abrigo y sonriendo burlona.

—¿Segura?

—Claro —aseguró con una sonrisa traviesa en los labios—. ¿Qué pasa? ¿Te hace ilusión convertirte en un caballero andante y defender a la pobre damisela pelirroja del ataque de indeseables? Pues lo llevas jodido, chaval —aseveró dándole una palmadita consoladora en la espalda—. La última vez que un tipo me puso la mano encima, yo tenía siete años y él nueve.

—¿Qué pasó?

—Que se rio de mí y me tiró del pelo: lo convertí en hombre.

—¿Hiciste qué?

—Ya sabes, le ayudé a que se le notara la nuez de Adán.

—¿Cómo?

—Le di tal patada en los cojones que se le subieron a la garganta —contestó ella con una sonrisa de oreja a oreja.

—¿Y sus padres… no hicieron nada? —inquirió sin percatarse de que inconscientemente había colocado las manos en las ingles… Uf, eso tenía que doler, y mucho.

—Sí. Se lo dijeron a los míos. —Darío arqueó las cejas esperando alguna explicación más, Ariel decidió complacerle—. Papá me apuntó a clases de judo en el colegio.

—¿Nada más? ¿No te castigó?

—Sí. Mi castigo fue acompañarlo a buscar chatarra durante toda una semana. —Al ver la expresión confundida de Darío, Ariel se explicó—. Mi padre era chatarrero. Pasaba todo el día en la furgoneta recogiendo cobre en las obras y recorriendo los polígonos en busca de hierro, palés y cosas por el estilo.

—Ah… —dijo Darío, jamás se lo hubiera imaginado—. ¿Era? ¿Ya no lo es?

—No. —Ariel se mordió los labios y siguió hablando—. Pensó que, si me enseñaba lo que era el trabajo duro, no volvería a portarme mal.

—Pero algo falló —afirmó Darío apoyándose en un árbol.

—Ajá. Me gustó eso de recorrer las carreteras, regatear el precio del cobre, andar de obra en obra conociendo gente distinta. Me apasionó meter la nariz en la chatarra y buscar «tesoros» escondidos en los desguaces. Discutir con cualquiera que me llamara «princesita». Correr sobre las vigas que forman el esqueleto de los edificios y embadurnarme de yeso... —Su rostro se iluminó con un gesto soñador—. Recuerdo que una vez me quemé las rodillas con el cemento recién echado y mi madre por poco mata a mi padre —finalizó con una sonrisa agridulce en los labios.

—Eras un culo inquieto —adivinó sonriente.

—No. Era un mal bicho —aseveró poniéndose muy seria—. Siempre andaba metiéndome en problemas, haciendo lo que me venía en gana y dando por culo a todo el mundo. —Darío arqueó las cejas al oírle hablar en pasado. Que él supiera seguía haciendo lo mismo—. En vez de ser una princesita de cuento de hadas, fui el problema del siglo. No veían modo de hacer carrera conmigo ni de contener mi mala leche. Fue entonces cuando decidieron apuntarme a las clases de judo, esperaban que la disciplina del deporte me encarrilara un poco.

—Y dio en el clavo —aseveró él.

—No. Me aburría como una ostra, nos pasábamos la clase ensayando posturas en vez de atizándonos. —Darío sonrió sin poder evitarlo—. Así que le dije que me borrara de esa mierda.

—¿Cuánto tiempo consiguió que asistieras a clases? ¿Un mes? —preguntó Darío carcajeándose.

—Siete años. —Esta vez fue Ariel la que se rio de él al ver su cara de absoluto pasmo.

—¿En serio? ¿Cómo consiguió meterte en vereda? —preguntó asombrado. Ariel se parecía mucho a su sobrina y se temía que de pequeña había sido un verdadero trasto.

—Me llevó al cine a ver una película de artes marciales que cambió por completo la opinión que tenía sobre las posturitas tontas en clase. A partir de ese momento, me esforcé por ser la que más alto saltara, la más rápida, la más fuerte.

—¿Qué película fue capaz de obrar ese milagro? —preguntó escéptico.

—Una muy antigua, no creo que la conozcas: *El mono borracho en el ojo del tigre.*

—¡No lo dirás en serio! —exclamó Darío dando un salto que lo alejó del árbol. No sabía de nadie que hubiera visto esa película—. ¿La de Jackie Chan y Siu Tien? —preguntó esperando que ella se lo confirmara.

—¡La conoces! —gritó Ariel con los ojos como platos.

—¡Miércoles! ¿Cómo no iba a conocerla? Es la mejor de Chan.

—Seguida muy de cerca por *La serpiente y la grulla* —afirmó ella dando una patada en el aire y manteniendo el pie frente al pecho de Darío.

—*El chino, La armadura de Dios.* —Darío apartó el pie con el antebrazo y a continuación abrió las piernas, se inclinó y comenzó a moverse como si estuviera ebrio… Mejor dicho, como si estuviera practicando kung-fu totalmente borracho.

—Siu Ten —susurró Ariel impresionada por lo bien que imitaba al maestro borracho.

—De niño me pasaba horas enteras imitando los movimientos que le había visto hacer en el cine —dijo girando sobre sí mismo, elevando los pies en un salto casi imposible para aterrizar sobre las manos y acabar en cuclillas. Todo eso sin dejar de contonearse como buscando el equilibrio.

—Yo quería ser como Nora Miao en *El estilo de la serpiente y la grulla de shaolin* —afirmó—. O mejor, Linda Lin —aseveró levantando lentamente la pierna izquierda a la vez que iba doblando la cintura, hasta que su cuerpo formó un ángulo recto con sus piernas. En ese momento comenzó a girar el tobillo que tenía alzado con movimientos casi hipnóticos…

Ambos formaban una estampa curiosa en mitad del parque desierto. Un hombre agazapado, absolutamente ebrio, a punto de caerse al suelo, moviendo los brazos y el cuerpo de la manera menos amenazante que nadie pueda imaginarse, y una mujer totalmente inmóvil salvo por un pie que no dejaba de dar vueltas sobre sí mismo en el aire.

De repente el tiempo se detuvo, o eso pareció, ya que ambos comenzaron a moverse tan rápido que se convirtieron en sombras susurrando entre los árboles. El hombre danzando en el suelo, apoyándose en las manos, con las piernas girando en el aire y la mujer pisando en los huecos que estas dejaban libres… Al momento siguiente ella saltaba sobre él a la vez que él hacía una pirueta sobre sí mismo y se ponía en pie de nuevo, aún ebrio, para comenzar entre ambos una lucha en la que las manos se mantenían inmóviles en los bolsillos mientras los pies volaban veloces hacia el contrario.

El silencio nocturno se hizo eco de sus respiraciones agitadas, de sus gemidos, cuando un golpe era errado y de sus risas casi infantiles cuando recordaban alguna escena especial para ambos. Si alguien hubiera estado observando el parque ese viernes a las doce y media de la noche, hubiera pensado que estaban rodando una película antigua de artes marciales.

—¿Cómo crees que será? —preguntó Ruth acercándose a Héctor.

—Pelirroja, alta, de piel clara, ojos grises, labios perfectos y muy atlética. —Héctor sonrió al ver la cara que puso su hermana.

—No te estoy preguntando cómo la ha descrito Darío, sino como piensas que es —dijo Ruth dándole un pequeño capón.

Estaban los tres en el salón, Héctor esperando a que Darío volviera para salir de marcha, Ruth deseando que Darío regresara para interrogarle sobre la chica de la que no dejaba de hablar. Y Marcos deseando que Darío no apareciera y Héctor se largara con viento fresco, para quedarse solo con Ruth y hacer manitas con ella en el sillón.

—Estoy segura de que será una muchacha dulce, cariñosa y un poco tímida —comentó su hermana—. Darío necesita alguien tranquilo y amable a su lado.

Héctor bufó al oírla, según las descripciones de Darío, la sirenita era todo lo contrario… y justamente por eso estaba como loco con ella.

—¡Mamá! No puedo dormirme. Déjame un ratito más, porfaaaaaa.

Los tres adultos desviaron la vista a la entrada del salón; allí estaba la reina de la casa, con su pijama de vaquitas remangado hasta las rodillas, su muñeco roñoso agarrado de la mano y los ojos como platos.

Héctor miró el reloj del salón, se levantó del sillón y se acercó a la ventana. La una menos veinte y todavía en casa, no se lo podía creer. Observó a su hermana levantarse e ir al cuarto para contarle un cuento a Iris por enésima vez. La niña estaba nerviosa, había ido por primera vez al cine con sus padres y luego al *burger*, donde Marcos, ante sus pucheros, le había consentido beber de su Coca-Cola. Como consecuencia ahora Iris tenía marcha para rato.

—Vete si quieres —dijo Marcos.

Héctor se giró al escucharle; el pobre hombre estaba sentado en el sillón, intentando parecer relajado pero sin conseguirlo. De hecho parecía desesperado por quedarse un rato a solas con su hermana. Si la intuición no le fallaba, su futuro cuñado llevaba algún tiempo sin «catarlo», justo desde el mismo instante en que Ruth le consintió acercarse a Iris. Desde ese momento estaban juntos en todo momento.

Los tres.

Un hombre, una mujer y una niña pequeña reclamando toda su atención, excepto cuando dormía… Hora en la que Marcos era expulsado de la casa muy educadamente por Darío. Héctor sonrió, si buscaba un aliado lo llevaba crudo. No tenía ninguna intención de enfrentarse a su hermano, al menos por el momento.

—Ya nos ocupamos Ruth y yo de Iris y de Ricardo. Puedes irte si quieres —reiteró Marcos.

—No tengo prisa —contestó, apartando las cortinas de la ventana; un movimiento en el parque, supuestamente desierto, le llamó la atención.

—Se te va a hacer tardísimo. Es la una menos cuarto, cuando quieras llegar a Madrid tus amigos ya no estarán —apuntó su futuro cuñado, intentando convencerlo.

—¿Qué pasa, te molesta que esté aquí? —Héctor sonrió fijando su vista más allá del cristal intentando descubrir qué se movía en el parque.

—No, hombre, en absoluto. Pero si quieres aprovechar un poco la noche, Ruth y yo nos las apañamos muy bien solitos —dijo Marcos entre dientes.

—Ya me lo imagino. Vamos, tío, te estoy haciendo un favor —dijo pegando la nariz a la ventana cada vez más intrigado.

—No tengo yo muy claro eso de que me haces un favor —respondió Marcos enfurruñado—. Me lo harías si te fueras.

—Si me voy, os pondréis a hacer manitas y otras cosas. Si Darío os pilla en una situación «interesante» es muy capaz de matarte, así que, si lo piensas bien, te estoy salvando la vida.

—¡Me estás jodiendo la noche! —exclamó Marcos irritado.

—Marcos, ese vocabulario —lo regañó Ruth entrando en el salón—. ¿Por qué discutís?

—No discutimos, hablamos sobre la capacidad del hombre de resistirse a la tentación si se encuentra a solas con ella —ironizó Héctor clavando la mirada en lo que se movía en el parque. Eran dos personas haciendo el indio, saltando, haciendo piruetas y peleándose, y una de esas personas se parecía muchísimo a su hermano mayor—. ¡Hostia! Esto no me lo pierdo.

—¡Héctor! —exclamó Ruth—. No te consiento que hables así.

—Me lo he pensado mejor, me largo —dijo caminando deprisa hacia la puerta a la vez que cogía su cazadora del perchero de la entrada—, pero tened cuidado. Darío está a punto de llegar —aseveró—. Os doy... diez minutos, veinte como mucho.

—¿Cómo lo sabes? —preguntó Ruth acercándose a la ventana, intrigada por la prisa de su normalmente sosegado hermano.

—¡Qué más da! —exclamó Marcos levantándose y cogiéndola por la cintura. Tenía diez minutos y los pensaba aprovechar. Aunque le costara la vida.

—Cierro la puerta con llave. En cuanto oigáis la cerradura, separaos. No quiero tener que limpiar sangre cuando vuelva esta noche —gritó Héctor desde la puerta.

Marcos le caía bien, pero conocía a su hermano... Aunque lo mismo Darío subía a casa algo más distraído de lo habitual. Sonrió al imaginárselo. Sí, señor, iba a hacer todo lo que estuviera en su mano para conocer a la sirenita.

20

No hay droga más dura que el roce de tu piel.
No hay nada mejor que tener tu sabor corriendo por mis venas.
REVÓLVER, *El roce de tu piel*

*L*a pareja atravesó el parque saltando, haciendo quiebros y piruetas, lanzando patadas al aire y riendo sin cesar. Las mochilas de ambos volaban sobre sus espaldas y el maletín trazaba círculos de color rosa chicle en la oscuridad de la noche. La muchacha era rápida, mucho; cada vez que saltaba parecía nadar entre las corrientes de aire. El hombre tampoco se quedaba atrás; corría tras ella esquivando sus ataques, con la sonrisa de un niño adornando su cara.

El césped mal cortado y los árboles pelados dieron paso a pequeños adoquines grises que resonaron con sus pisadas, pero ellos parecieron no notarlo. Siguieron riendo y corriendo. Enfrentándose uno al otro en poses imposibles que solo podían verse en las películas antiguas de Jackie Chan. Ariel se zafaba una y otra vez de los intentos de Darío por apresarla y él a su vez cabeceaba feliz al verla escapar de entre sus dedos y poder así jugar a atraparla otra vez.

Continuaron moviéndose en círculos, la mirada atenta en el contrario. El aroma a miel, canela y algo más acariciando los sentidos del hombre, impidiéndole pensar.

A un par de metros de la parada del autobús, Darío, con la respiración agitada, se detuvo acuclillándose en el suelo. Tenía la mirada fija en su preciosa sirenita.

Ella frenó su loca carrera dejando la marquesina roja a su espalda y le observó divertida a la vez que le señalaba con un dedo. Después cerró la mano en un puño con el pulgar levantado... para a continuación girarla lentamente hasta que el pulgar apuntó al suelo.

—La cagaste, Burt Lancaster —dijo entre risas, dándole por vencido.

Darío sonrió y, en un movimiento tan rápido que el aire silbó a su alrededor, saltó hacia ella y la acorraló contra la marquesina.

—¡Te pillé! —exclamó feliz como un niño que ha atrapado la luna entre los dedos.

La reacción de Ariel no se hizo esperar. No pensó ni meditó, simplemente reaccionó con la rapidez y el instinto nacidos de vivir en un mundo en que la única ley era la del más fuerte.

Aferró con fuerza el asa del maletín y lo lanzó contra la cabeza del hombre.

Él estaba preparado. Paró el golpe con el antebrazo, le agarró la muñeca y con un giro fluido llevó la mano de la mujer hasta su femenina espalda, sujetándola contra él.

Ariel abrió los ojos como platos al comprobar que estaba demasiado cerca de él, inmovilizada, a la vez que sus pequeños pechos chocaban íntimamente contra el fuerte torso masculino, pero no se rindió. Lanzó la rodilla izquierda en dirección a las «joyas de la familia».

Darío sonrió. Podía pillarle una vez, pero no dos. Interceptó el ataque con la mano que le quedaba libre. Aferró con sus dedos la corva, desviando y utilizando la inercia del golpe para conseguir que la esbelta pierna de la muchacha envolviera su cintura.

Ariel perdió el equilibrio, a punto estuvo de caer de culo al suelo pero la mano que sujetaba su muñeca la sostuvo… por el trasero.

—Te tengo —susurró él con la mirada fija en sus rasgos de hada.

Y ciertamente, así era. La tenía. Estaba pegada a él, haciendo equilibrio sobre un pie, ya que él seguía sujetándole la pierna a la altura de su cintura.

Ariel llevó la mano que le quedaba libre hasta la nuca de Darío y se aferró a su pelo, más para no caerse que para hacerle daño.

—¿Qué miras? —siseó incómoda entornando los ojos ante su atenta mirada.

—A ti. Tienes cuerpo de duende y cara de hada. Tus ojos son…

—Del mismo color que el humo que sale del tubo de escape de un coche, gris polución —aseveró ella ladeando la cabeza, extrañada ante el arrebato poético del hombre.

—Del mismo color que la luna en las noches de primavera. Grises, cálidos y profundos.

—¿Tú te drogas? —preguntó ella muy seria.

Darío no pudo evitar reírse ante su escepticismo. Estaba comenzando a entender que Ariel no era consciente de su belleza. Para ella su precioso cuerpo no era más que la máquina que le permitía moverse. Su hermoso cabello solo era un estorbo que debía peinar cada día y sus ojos de luna, las ventanas a través de las que miraba el mundo.

Sin ser consciente de lo que hacía, soltó su rodilla y llevó la mano hasta la cara de duende que le observaba incrédula. Retiró con dedos trémulos los mechones de fuego que ocultaban la insondable mirada de la muchacha y se recreó en las asombrosas pupilas, del mismo color que el mercurio líquido.

—Tus ojos son los más hermosos que he visto nunca —acertó a decir perdido en su mirada.

Bajó lentamente la cabeza, dándole la oportunidad de retirarse si así lo deseaba, pero ella en lugar de apartarse posó las manos sobre sus fornidos hombros.

Ariel sentía las piernas extrañamente temblorosas, era muy tarde y estaba cansada. O al menos esa fue la explicación que se dio a sí misma ante la extraña necesidad de aferrarse a él.

La boca de Darío se posó sobre la de ella, cálida, tentadora. Su lengua asomó deseosa de volver a saborearla, le lamió delicadamente las comisuras, caminó sobre el labio superior y mordisqueó con ternura el inferior.

Ariel apartó la cabeza, mareada por las sensaciones que recorrieron su vientre ante la caricia.

—¿Qué haces?

—Besarte. —Su lengua volvió a posarse sobre los labios de la muchacha. Esta tembló sin poder evitarlo.

—¡Esto no es un beso! —refutó sin apartarse de él.

—Sí lo es —aseveró él descendiendo de nuevo.

¿Esto es un beso?, pensó incrédula. No es que tuviera mucha experiencia en ósculos, de hecho esta era su segunda experiencia con ellos, pero, como todo hijo de vecino, había visto a los actores besarse en las películas y los «morreos» que se daban no tenían nada que ver con lo que estaba haciendo Darío. En la tele nadie mordisqueaba, succionaba o lamía; simplemente abrían mucho la boca y se metían la lengua hasta la campanilla... o al menos eso parecía.

«Quizá Darío tenga tan poca experiencia como yo y no sepa cómo se da un beso», decidió cerrando los ojos. Puede que el tipo no supiera besar correctamente, pero lo que hacía era sumamente agradable.

Darío continuó adorando los labios de su hada, ajeno a los descarriados pensamientos de esta. Recorrió con cariño su boca de fresa, investigó con la lengua y succionó con cuidado, todo ello sin dejar de acariciar con los dedos el rostro de la muchacha. Los pómulos suaves, la naricilla traviesa, los párpados que ocultaban sus enigmáticos ojos. Besó cada peca, cada ángulo de su perfil. Descendió por su cuello sintiendo contra los labios los temblores que recorrían la delicada piel y volvió a subir hacia su tentadora boca. Besó con ternura los labios cálidos como los rayos de sol. Pasó las manos por la espalda de la joven en un simulacro de abrazo que era realmente una red de seguridad.

Darío recordaba perfectamente la primera vez que la besó. En el momento en que intentó introducirse en su boca, ella había salido corriendo como alma que lleva el diablo. Esta vez no se lo permitiría. Sus manos se anclaron con fuerza en el final de la espalda de la muchacha, dispuestas a detenerla si pretendía volver a escapar de él.

Ariel lo sintió presionar contra su boca, pero no encontró motivo para darle un buen rodillazo en los huevos. Al fin y al cabo no estaba haciendo nada raro… exceptuando ese beso extraño que no seguía las normas establecidas por Hollywood.

Cuando él lamió de nuevo sus labios inspiró con fuerza; no sabía por qué, pero le costaba respirar y sentía que el corazón le latía más rápido de lo normal. Se sujetó con fuerza a sus hombros, confundida y asustada por las sensaciones que se habían adueñado de su cuerpo. Tenía mariposas en el estómago, las rodillas le temblaban como si fueran gelatina y notaba la cara caliente, como si estuviera colorada, solo que ella nunca, jamás, se ruborizaba. Definitivamente, debía de estar incubando alguna enfermedad.

Darío sonrió al sentirla aferrarse a sus hombros. Ariel no había huido… todavía, aunque tampoco le había permitido la entrada a su boca. Frunció el ceño y se planteó, no por primera vez, qué era lo que estaba haciendo mal. Cierto que no tenía mucha costumbre de besar, de hecho no tenía ninguna, pero aun así no creía que fuera tan inútil en esos menesteres.

Ariel le descolocaba totalmente. Era tan osada, independiente y resuelta. Hablar con ella era todo un reto, no se cortaba ante nada y afrontaba cualquier situación, por complicada o peligrosa que fuera, con una sonrisa irónica, una frase lapidaria o una buena patada en los cojones. Era una mujer inteligente y ácida que había visto muchas cosas. Quizá demasiadas. Entonces, ¿por qué cuando la besaba se comportaba así? Como si no supiera qué hacer ni cómo reaccionar.

Incapaz de comprenderla, o tal vez empezando a entender que quizás ella no era tan resuelta y experimentada como él pensaba, Darío cerró los ojos y decidió que era demasiado pronto para intentar un avance más íntimo. Con firme determinación se propuso obviar el dolor que comenzaba a latir en sus testículos y las ansias de libertad de su pene erecto. Volvió a lamer con suavidad los labios femeninos, dispuesto a tomar lo que ella le ofrecía y ese preciso momento fue el elegido por Ariel para entreabrir la boca y dejar asomar su lengua.

Darío a punto estuvo de quedarse petrificado ante el impactante tacto y sabor que sintió. El aroma a canela y miel que emanaba del hada no era nada en comparación con su sabor natural, límpido, dulce… inocente. No encontraba adjetivos para definirlo. Se perdió en la calidez de su boca, acarició con ternura el rugoso paladar, el interior terso y suave de las mejillas, la uniformidad pulida de sus dientes perlados.

Sintió que la muchacha rendía sus defensas. Que sus manos de hada se colaban bajo el anorak y sus dedos arrugaban la tela de su camiseta apretando el delgado cuerpo femenino contra el suyo, fundiéndose con él. La sintió relajarse y abandonarse a sus caricias y, por extraño que pueda parecer, intuyó apenas un destello de la soledad abrumadora que la rodeaba en la manera en que sus manos se aferraban a él. No solo estaba saboreando el interior de su boca, sino también la profundidad de su alma.

¡Oh, Dios! Fue lo único que pudo pensar Ariel ante el asalto a sus sentidos. ¿Cómo había podido pensar que le metería la lengua hasta la campanilla? Nada más lejos de la realidad. Había tanta ternura y suavidad en sus caricias que se estaba derritiendo entre sus brazos. Era la primera vez que besaba a un hombre, la segunda si contaba el interludio en la Renfe de hacía quince días, pero estaba segura de que Darío era especial. Su sabor era limpio, sin rastro del hedor a cerveza o del tufo a tabaco que emanaba del aliento de algunos de los hombres con los que normalmente hablaba. Sus dientes eran tan lisos como parecían, su lengua tan perfecta como imaginaba.

Le parecía imposible sentirse como en esos momentos se sentía, a punto de desplomarse desmadejada entre sus fuertes brazos. De hecho no imaginaba ningún lugar mejor en el que desmayarse por primera vez en su vida. Estaba segura de que, si eso llegara a suceder, él la sostendría, la acogería, la cuidaría, la mimaría… la protegería.

Los músculos de acero de su amigo nada tenían que ver con estas percepciones; si él fuera un alfeñique más delgado que el palo de una escoba, se sentiría igual de cómoda. No era su fuerza física la que la hacía sentirse segura, sino la que emanaba de su interior.

Su furia controlada cuando ella lo azuzaba e insultaba, su dulzura al curarle las heridas de los pies, su ternura al tener un zapatito de su sobrina como si fuera un tesoro, sus gestos de fingido dolor ante Sofía. Podría abandonarse entre los brazos de ese hombre, relajarse ante sus besos, dejar que conociera a Chocolate y condujera su adorado 124; incluso podría reposar sobre sus fuertes hombros el peso de su soledad.

Abrió los ojos asustada ante el giro repentino de sus pensamientos. Ella no estaba sola, o puede que sí lo estuviera, pero únicamente porque así lo había decidido.

Apartó la cabeza, separando sus labios de los del hombre y le miró con ojos de gacela asustada. Empujó las manos contra su poderoso pecho e intentó alejarse de él. Pero él no se lo permitió.

Darío no iba a consentir que ella se asustara y echara a correr. No ahora. No cuando había saboreado su esencia y vislumbrado parte de su alma. La aprisionó entre sus brazos, descendió hasta su boca y volvió a besarla.

Ariel se olvidó del mundo que la rodeaba, de la soledad, de sí misma y le devolvió el beso con toda la pasión que no sabía que tenía en su interior.

El ósculo se volvió salvaje; las lenguas se encontraron, se pelearon. Los cuerpos se acoplaron. Los pechos de Ariel clavaron sus pezones erectos contra el torso de Darío, y este no pudo evitar deslizar sus manos hasta el tentador trasero femenino, recorrerlo y solazarse con él, presionarlo a la vez que su pelvis se mecía, empujando su henchida y dolorida verga contra el vientre cóncavo de la muchacha.

Ariel se sobresaltó al sentir algo enorme presionar contra ella. «¿Qué es esto?», se preguntó. Seguro que no es su polla. «Es imposible que sea tan… grande», pensó un segundo antes de volver a sentir «eso» rozarse contra ella.

—¡Joder! —Se separó de él con los ojos abiertos como platos—. ¿Qué coño tienes en el pantalón? —preguntó estúpidamente. A su favor cabe decir que era la primera vez que tenía un pene al alcance de su mano… De hecho, lo tenía pegado a su vientre.

—¿Qué? —Darío sacudió la cabeza intentando alejar las brumas que entumecían su cerebro; cuando lo consiguió observó atentamente a la mujer que estaba frente a él. Parecía confusa, alterada y… curiosa—. Ya sabes lo que se esconde bajo mi pantalón —respondió asiendo una de las manos de Ariel y llevándola hasta el bulto que se marcaba en su entrepierna.

La primera reacción de la sirenita fue apartar la mano, pero eso era algo con lo que Darío contaba. La sujetó fuertemente y la obligó a continuar posada sobre él, aunque a punto estuvo de costarle la misma vida cuando ella olvidó sus reparos y comenzó a delinear con cuidado su largura y grosor.

«¿Cómo puede ser tan enorme?», pensó aturullada. Por supuesto que sabía que eso crecía y menguaba dependiendo del deseo que sintiera el hombre... Pero no había imaginado que podría llegar a ser igual de grande que el primo de Zumosol de los consoladores. Siempre había pensado que el vibrador rosa que vendía era una exageración desmesurada de cualquier pene, pero ya no estaba tan segura. Extendió los dedos intentando abarcar la protuberancia que se marcaba bajo los pantalones de Darío y no lo consiguió. Ahuecó la mano, alojando en la palma la voluminosa erección, intentando hacerse una idea de su tamaño, y el ansioso falo eligió ese preciso momento para saltar como si tuviera vida propia. Cosa que de hecho tenía. El impaciente pene tenía clarísimo lo que quería: más atenciones.

Ariel abrió los ojos como platos y centró su mirada en el bulto que se marcaba bajo el pantalón deportivo, y este, como el chico obediente e intranquilo que era, volvió a saltar, intentando acercarse a la mano que tanto gustito le daba. La sirenita no pudo evitarlo, retiró los dedos como si se hubiera quemado y soltó una pequeña risita histérica.

—¡Se mueve solo! —susurró levantando la mirada y fijándola en el rostro del hombre.

Darío tenía los ojos entrecerrados, la frente perlada de sudor y los labios fuertemente apretados. ¡La exploración le estaba matando!

Intentó con toda la fuerza de su voluntad comprender la frase que acababa de pronunciar Ariel, y cuando lo consiguió parpadeó sorprendido. Observó la mirada fascinada e ingenua de la sirenita. Parecía como si jamás hubiera tocado una polla, pero eso era imposible. Vendía juguetes eróticos, era una mujer independiente, hermosa y atrevida. No podía ser tan inocente. ¿O sí?

—¡Dios! —siseó entre dientes al intuir que sí. Sí era tan inocente.

Pues iban listos, porque él tampoco es que tuviera mucha experiencia. Mas cuando la experiencia falla, el instinto actúa.

Y el instinto actuó.

Ignoró las preguntas que asomaban a los ojos de Ariel y su propio miedo a meter la pata y volvió a fundirse en un beso, que de casto, ingenuo e inocente no tenía absolutamente nada.

Las manos del hombre volvieron a acariciar el trasero de la mujer, las de la mujer quedaron posadas una sobre el hombro masculino y otra entre los dos cuerpos; y mientras tanto los labios y lenguas de ambos se debatieron hasta que los pulmones se quejaron, exigiendo el aire necesario para su correcto funcionamiento. Se separaron aturdidos, alterados y excitados.

Ariel fue la primera en reaccionar. Su mano seguía posada sobre el pene erecto, acariciándolo y tentándolo, haciéndolo llorar de placer. Si sus padres la vieran en esos momentos fruncirían el ceño decepcionados y chasquearían la lengua enfadados. Su princesita no hacía esas cosas, o al menos no debería hacerlas en un parque público... por mucha curiosidad que sintiera.

Apartó la mano e intentó separarse de Darío. Este la sujetó para impedirlo, pero algo en su mirada lo detuvo. Parecía arrepentida.

—Ariel. ¿Qué...?

—Yo no soy así. No le toco la polla al primer tío que se me presenta —afirmó ella, sin saber si se estaba justificando ante sus padres o si le estaba dejando las cosas claras a Darío.

—Por supuesto que no —aceptó él abrazándola divertido—. Tú lo que haces es darle un buen rodillazo en los cojines al primer tío que intenta algo que no te gusta —sentenció risueño—. Menos mal que lo que yo hago sí te gusta —finalizó guiñándole un ojo.

—No seas tan gallito —espetó Ariel mirándolo fijamente y poniendo los brazos en jarras.

—Te gusta —reafirmó Darío sonriendo ante la postura adoptada por Ariel. Esa era su chica. Fiera y altiva—. Estás deseando que vuelva a besarte. Reconócelo.

Ariel se lamió los labios al observar que él descendía de nuevo sobre ella con la intención de besarla. Frunció el ceño ante sus confusos pensamientos a la vez que entrecerró los párpados para recibir ese beso, que sí, sin lugar a dudas, anhelaba y deseaba, y en ese momento vio algo por el rabillo del ojo. Algo que no le gustó nada.

—¡Tú que cojones miras, gilipollas! ¿Quieres que te parta la jeta? —exclamó apartando a Darío y colocándose frente a él para protegerlo.

Darío se giró extrañado por el arrebato de su chica y, por qué no decirlo, enfadado porque lo hubiera colocado a su espalda como si él fuera un chaval imberbe que necesitara protección. Se posicionó ante ella con la intención de dejarle las cosas bien claritas a quien fuera que hubiera llamado la atención de su sirenita, pero se quedó paralizado al encontrarse cara a cara con el «mirón».

—¡Miércoles! —siseó incapaz de creer en su mala suerte.

—Eh, tranquila… —dijo el intruso levantando las manos y dando un paso atrás; acababa de darse cuenta de que la chica, además de ser preciosa, era peligrosa.

Ariel observó con mala cara al tipo que tenía ante ella. Joven, rubio, alto, guapísimo… un completo gilipollas. Dio un paso dispuesta a partirle la cara por haber interrumpido su preludio romántico, pero Darío la detuvo.

—Ariel… Te presento a Héctor, mi hermano pequeño.

21

Ser sincero no es decir todo lo que se piensa,
sino no decir nunca lo contrario de lo que se piensa.
ANDRÉ MAUROIS

—¿*T*u hermano? Estás de coña —soltó Ariel con tono desconfiado, recorriendo con la mirada al joven dios rubio y de ojos azules—. No se parece en nada a ti.

—Claro que no —afirmó Héctor burlón—. Yo soy guapo, simpático, gracioso...

—Engreído, entrometido, inoportuno, metomentodo... —continuó Darío irritado—. Sí, aunque no lo parezca, es mi hermano.

—Ah, vaya. Encantada de conocerte... supongo —saludó Ariel sintiendo cómo el calor subía por su cuello y se instalaba en sus mejillas. No es que estuviera ruborizada. No. Estaba roja como un tomate. ¡El hermano de Darío la había pillado con las manos en la... polla!

—¿Supones? Bah, no hagas caso de lo que te haya podido contar Da, soy un tío estupendo —afirmó Héctor acercándose a ella, dándole un par de sonoros besos en las mejillas y pasándole el brazo sobre los hombros como si fuera a abrazarla.

La reacción de Ariel fue fulminante. Pasó de estar petrificada y ruborizada a cogerle la muñeca con una mano, girar sobre sí misma y retorcerle el brazo.

—¡Socorro, Da, dile que me suelte! —exclamó Héctor doblado sobre sí mismo y con el brazo dolorosamente alzado y extendido a su espalda.

—A Ariel no le gusta mucho que la toquen —explicó el interpelado con una sonrisa en la boca. Le encantaba ver que a su chica no le hacían efecto las galanterías de su hermano menor—. Suéltale, cariño; es inofensivo.

—No soy tu cariño. —Fue lo único que acertó a gruñir Ariel antes de soltar al pobre muchacho que se había atrevido a intentar abrazarla sin consentimiento previo.

—Gracias —gruñó Héctor masajeándose el hombro. La condenada muchacha había estado a punto de dislocárselo. Dio dos pasos atrás colocándose a la vera de su hermano y entornó los ojos burlón—. La verdad es que, para no gustarte que te toquen, parecías estar en la gloria hace un minuto —comentó situándose tras Darío como por casualidad. Cualquier protección era poca con esa chica.

La reacción de Ariel no fue la que todos esperaban.

Héctor había imaginado que se lanzaría sobre él con intención de sacarle los ojos (justo por eso estaba usando a su hermano como escudo).

Darío pensó que se pondría hecha una furia y querría venganza (y por eso dio un paso a un lado, para dejarle vía libre y que asesinara lentamente a Héctor sin ningún obstáculo).

Ariel se quedó petrificada durante un segundo, el tiempo suficiente para que el rubor se instalara en su rostro. Se estaba comportado como una zorra enloquecida delante del hermano pequeño de Darío. ¡Mierda!

La familia era lo más importante, lo más sagrado del mundo. Se debía tener el debido respeto hacia los padres y hermanos. Y la primera impresión que Héctor había tenido de ella era la de una pelirroja rabiosa sobando lascivamente a su hermano y que al ser interrumpida le había insultado y amenazado, para acto seguido intentar dislocarle el hombro. ¿¡Por qué tenía que ser tan impulsiva!? ¿Qué pensaría de ella? Peor todavía… ¿Qué haría Darío? Si ella fuera él, tendría clarísimo lo que haría: pegarle una paliza a cualquiera que se hubiera metido con su familia.

Dio un paso atrás y miró a su alrededor buscando un ruta de escape que la alejara de ambos hombres. Lo único que quería hacer en esos momentos era salir corriendo, refugiarse en los estropeados asientos de su 124 y abrazar a Chocolate.

—Eh… ¿Qué te pasa? —preguntó Darío asiéndola del codo e impidiéndole huir en el mismo momento en que Ariel daba el tercer paso atrás—. El bobo de mi hermano solo estaba bromeando.

—Claro que sí —confirmó Héctor sin saber bien qué decir. En la cara de la muchacha se reflejaba una profunda desolación—. De verdad, me parece estupendo que mi hermano haya encontrado por fin una chica que le haga dar con el trasero sobre el tatami —bromeó con lo que le había contado Darío sobre la primera vez que se conocieron, pero no surtió el efecto deseado.

—¿Lo sabes? —siseó Ariel mirando asombrada a Héctor. Este asintió estupefacto, no veía nada malo en ello.

Ariel se soltó del agarre de Darío y dio un paso hacia la carretera, con un poco de suerte el autobús llegaría pronto y podría marcharse de allí antes de sucumbir a las malditas lágrimas que comenzaban a quemarle bajo los párpados.

No se lo podía creer… Por primera vez en mucho, muchísimo tiempo, había encontrado a alguien por quien se sentía querida y arropada… Un hombre que la trataba como si fuera una mujer normal y corriente. Que no se asustaba de su carácter descarado ni de sus modales bruscos y ariscos. Que soportaba sus arrebatos y ataques con una sonrisa en los labios. Un tipo especial que la hacía sentir única, que la miraba como si fuera hermosa y no la jirafa raquítica y pelirroja que era en realidad. Que incluso decía que sus horribles ojos gris polución eran del color de la luna, aunque fuera la mentira más grande jamás contada. Alguien que la había besado y abrazado como si no fuera la marimacho que ella sabía que realmente era, la pelirroja mala suerte. Y qué había hecho ella. Tirarlo al suelo y ponerlo en ridículo. Incluso su familia se había enterado. ¿Cómo podía ser tan borde, tan antisocial?

Se imaginó a su padre negando con la cabeza y chasqueando la lengua enfurruñado y decepcionado. Él siempre decía que era una princesita; menos mal que no había visto en lo que se había convertido…

¡Un momento! Ariel frenó sus caóticos y desagradables pensamientos. Ella era como era. Ni más ni menos. No era ninguna pusilánime que salía corriendo al menor contratiempo.

Alzó la cabeza y miró altanera a los dos hombres que la miraban patidifusos. Ella era así. Y si no les gustaba, ya sabían lo que tenían que hacer. ¡Largarse!

Darío respiró aliviado cuando la vio alzar la barbilla y mirarles con cara de mala leche: su sirenita volvía a ser la de siempre.

Héctor suspiró, por un momento había creído que la muchacha se echaría a llorar. Pero tenía que estar totalmente equivocado, ya que cuando su hermano hablaba de ella lo hacía como si fuera una mujer de armas tomar, no una muchacha asustada.

—Creo que hemos empezado con mal pie —dijo tendiéndole la mano—, soy Héctor, el encantador y adorable hermano de este zopenco —se presentó señalando a Darío.

Ariel miró la mano que se alzaba ante ella, se encogió de hombros y la apretó fuertemente con una de las suyas, en un saludo muy, pero que muy masculino, que dejó a Héctor aún más confuso que antes.

—¿Qué haces aquí, hermanito? —preguntó Darío sin dejar de mirar a Ariel, que se acercaba al borde de la acera y miraba hacia la carretera.

—Os vi desde la ventana y pensé que me gustaría conocer a tu sirenita.

—¡Sirenita! —exclamó Ariel mirando enfadada a Darío. Ella no era ninguna sirenita.

—Claro, mujer, por el nombre: Ariel, como la sirenita de Disney —aclaró Héctor—. Además eres pelirroja, así que el mote te viene al… pelo —comentó arqueando las cejas, divertido ante el doble sentido de la frase.

—¿Se supone que eso tiene que hacerme gracia? —preguntó Ariel entornando los ojos.

—No le hagas ni caso, a Héctor le gusta creer que es gracioso —apuntó Darío.

—Mira quién habla… —contraatacó Héctor.

—¿Nos viste desde la ventana? —interrumpió Ariel—. ¿Nos estabas espiando?

—Eh… No. Os vi, y pensé en bajar a saludar, ya sabes…

—No. No sé —replicó Ariel apoyando las manos en las caderas para no liarse a leches con el idiota que tenía delante. No era cuestión de pegar al hermano del hombre por el que se sentía extrañamente atraída.

—Bueno… No es habitual ver al seco de mi hermano dando saltos por el parque a media noche; así que pensé que pasaba algo raro y bajé a investigar.

—¿A investigar? —interrogó Darío irritado. No se creía nada de lo que estaba contando Héctor. Le conocía demasiado bien.

—Vamos, Da, no te enfades. No es culpa mía si no has podido resistir la tentación y has acabado besando desesperado a tu sirenita —atacó Héctor olvidándose de Ariel—. Al fin y al cabo el celibato tiene que ser muy difícil de seguir…

—¡No soy una sirenita! —bufó irritada Ariel.

—¡Héctor! —gritó Darío ignorando la queja de su amiga.

—Vamos, vamos… No te sulfures, Da. Seguro que esta noche consigues dormir sin despertarte por culpa de los… sueños y, de paso, así me dejas dormir en paz a mí también —comentó echando a correr para ocultarse tras la esquina de la marquesina.

Darío no se lo pensó un segundo, fue tras su querido hermano con la intención de… Bueno, con la intención que tiene cualquier hermano mayor cuando el menor está contando secretos que no debería contar.

Ariel observó atentamente a los dos hombres. No podían ser más distintos. Si Darío era moreno, fornido y taciturno, Héctor era rubio, delgado y espontáneo. Los vio perseguirse uno al otro, pelearse en broma y reír como solo lo hacen los miembros de una familia unida. Y deseó, con tanta intensidad que le dolieron las entrañas, pertenecer, aunque fuera por un segundo, a una familia. Recuperar todo lo que ya no tenía. Sus ojos se llenaron de estúpidas lágrimas que se apresuró a limpiar con la manga de su enorme chaqueta.

Se dio la vuelta para no ver lo que no podía tener y oteó por enésima vez la carretera, deseando que llegara de una maldita vez el autobús. Tuvo suerte, al final de la avenida vislumbró la carcasa verde hierba del transporte público.

Se giró con la intención de despedirse de los hombres, y una sonrisa de añoranza asomó a su rostro. Darío tenía inmovilizado a Héctor, lo ceñía desde atrás con uno de sus brazos mientras con la mano libre le revolvía el pelo con saña. Héctor intentaba soltarse, sin éxito alguno, a la vez que estentóreas carcajadas escapaban de su boca.

Ariel apretó los labios, asió con más fuerza su maletín de juguetes eróticos y caminó hasta posicionarse frente a la marquesina. No tenía sentido interrumpirles para despedirse de ellos; estaban ocupados siendo una familia. Ella no pintaba nada allí.

Darío sintió más que vio el movimiento de Ariel. Soltó a su hermano e ignoró el débil puñetazo que este le dio en venganza por haberle despeinado. Toda su atención estaba centrada en la mujer solitaria que le daba la espalda frente a la parada del autobús, con la mirada fija en la carretera. Giró la cabeza y su corazón se detuvo, el búho estaba detenido pocos metros más allá, esperando a que el semáforo cambiara a verde. Ariel se subiría a él y le dejaría solo, otra vez.

—¿Te vas? —preguntó acercándose a ella, agarrándole una mano, intentando impedir su marcha.

—Sí —fue la escueta respuesta de la muchacha.

—Te acompaño —afirmó. Deseaba con toda su alma pasar más tiempo con ella.

—¿Adónde?

—A tu casa.

—¿Para qué? —Ariel le miró francamente asombrada—. ¿Vas a ir a Madrid solo para acompañarme? ¡Qué tontería! ¿Para qué vas a perder el tiempo yendo y viniendo?

—No me gusta que andes sola a estas horas —contestó él a modo de excusa, aunque era totalmente cierto.

—Chorradas. Siempre estoy sola a estas horas —afirmó enfadada soltándose de un tirón de su mano—. No me hace falta nadie que me cuide, sé defenderme muy bien yo solita. Ni se te ocurra subirte a la camioneta —le amenazó asustada.

Por nada del mundo permitiría que la acompañara. Si lo hacía se empeñaría en llevarla hasta su «casa» y no quería ni imaginar qué pensaría cuando viera la pensión en que vivía. Bastante tenía con haberse comportado como se había comportado, como para que encima viera el ambiente de prostitución en que se movía a diario. No se avergonzaba de su vida, nada más lejos de la realidad, pero tampoco quería que él lo supiese y pensara de ella cosas que no eran…

—Entiendo. —No, no la entendía, pero él tenía su orgullo y no iba a suplicar acompañarla. De todas maneras… ¿Qué había de malo en que fuera con ella?—. ¿Cuando volverás?

—No lo sé, en un par de semanas, tres como mucho.

—Es demasiado tiempo, vuelve antes —ordenó bajando la cabeza y besándola. Ariel le devolvió el beso, depositando en él, sin saberlo, toda la soledad, esperanza y añoranza que sentía.

—Lo intentaré —claudicó cuando por fin sus bocas se separaron.

—No lo intentes. Hazlo —exigió volviendo a besarla.

—Lo haré —aceptó ella separándose de él al ver que el semáforo cambiaba de color y el búho avanzaba hacia la parada.

Asió con fuerza su maletín, respiró profundamente para alejar de su mente la necesidad de quedarse un minuto más, una hora más, el resto de su vida abrazada a un hombre tan especial y único como Darío. Un hombre que no merecía. Al fin y al cabo ella era solo una pelirroja mala suerte. No tenía derecho a desear lo que no podía tener.

Darío observó con un nudo en la garganta a su hada. Tenía los ojos demasiado brillantes, los labios le temblaban al igual que el pulso. No sabía qué demonios estaba pensando, pero estaba seguro de que no era nada bueno. Quería abrazarla, obligarla a quedarse con él un minuto más, una hora más, el resto de su vida.

Héctor miraba alucinado a su hermano. Estaba ahí parado frente a su sirenita, sin moverse. Devorándola con la mirada sin acercarse a ella, cuando lo que debería hacer era agarrarla de la nuca y besarla hasta que el autobús pasara de largo. ¿En qué narices estaba pensando? ¿Por qué no hacía nada?

El autobús se detuvo frente a la parada, abrió sus puertas, esperó a que alguien subiera en él.

Ariel parpadeó, dio un paso y subió sin mirar atrás.

Darío apretó los labios apesadumbrado cuando las puertas comenzaron a cerrarse.

Héctor no se lo pensó dos veces, dio un salto y se coló en el último segundo.

—He pensado que lo que más me apetece ahora mismo es irme a Madrid de marcha.

Darío observó alucinado como el búho se alejaba de Alcorcón con Héctor y su chica dentro, y pensó que era un completo idiota por haberle hecho caso… Tendría que haber sido él quien la acompañara, no el caradura de su hermano menor.

Héctor introdujo la llave en la cerradura y la giró sigilosamente, intentando hacer el menor ruido posible. Entró en la casa de puntillas, cerró con cuidado la puerta y aguzó el oído. Los únicos sonidos que se escuchaban eran los ronquidos acompasados de su padre y el monótono runrún de la televisión. Desde donde estaba podía ver perfectamente todo el pasillo y las puertas que daban a él. La habitación de su hermana y su sobrina estaba a oscuras, la puerta del cuarto de su padre permanecía cerrada y la entrada al comedor tenuemente iluminada. Dio un par de pasos hasta quedar frente a la habitación que compartía con Darío y echó un vistazo a su interior. Estaba vacía, su hermano estaría esperándole en el comedor como cada noche, probablemente dormido. Al fin y al cabo eran casi las cinco de la mañana. Caminó con cautela hasta allí, se apoyó en el marco de la puerta y sonrió ladino.

Darío, efectivamente, se había quedado dormido sentado en el sillón frente al televisor. Tenía la cabeza echada hacia atrás en una posición que seguramente le provocaría una ligera tortícolis al día siguiente. Sus piernas estaban extendidas y laxas, cruzadas a la altura de los tobillos. Una de sus manos sujetaba el mando de la tele mientras que la otra reposaba sobre su entrepierna, justo sobre la erección que se marcaba bajo los pantalones del pijama. Su torso desnudo subía y bajaba al ritmo de su respiración, quizás un poco acelerada.

—¿Estás soñando con ella, pillín? —susurró Héctor divertido.

Era raro ver a su hermano tan pillado por una chica. Aunque ahora que conocía a la fémina en cuestión no le extrañaba en absoluto. Ariel era todo un enigma, tenía el carácter explosivo de una tormenta y los rasgos de fantasía de un hada. Una mujer como ella no permitiría que su hermano se aburriera nunca, le retaría constantemente, lo pondría contra las cuerdas y, tal y como había demostrado esa misma noche, le protegería contra viento y marea, aunque Darío no necesitara protección precisamente. Y por si eso fuera poco, Darío se moría por sus huesos, pensó Héctor al ver que la respiración de su hermano se hacía más agitada.

Decidió, con su proverbial mala leche, que ese era el mejor momento para hacerse notar.

—¡Almendras! —exclamó en un tono de voz quizás un poco demasiado alto a la vez que encendía la lámpara del comedor.

Darío parpadeó frenético, se sentó erguido en el sillón, aferró el reposabrazos con la mano derecha y se llevó la izquierda a la cara con la intención de taparse los ojos, olvidando por completo lo que tenía en ella.

—¡Miércoles! —siseó dolorido cuando el mando del televisor impactó contra su frente.

—¿Te pillo en mal momento? —preguntó Héctor con la inocencia pintada en la cara.

—¡Vete a tomar por cu… chara!

—Eh, no te enfades… Tengo algo muy interesante que contarte —comentó Héctor arqueando las cejas—, pero, si no te interesa, allá tú.

—¡Alto ahí! —gritó Darío poniéndose de pie.

—Quizá prefieras permanecer sentado, aunque no es que me vaya a espantar, la verdad —propuso Héctor a la vez que dirigía la mirada hacia la erección que se marcaba en la entrepierna de su hermano.

—¡Vete a la mi… li! —exclamó Darío dejándose caer de nuevo sobre el sillón y cruzando las piernas.

—Chist, cómo te oiga Ruth se va a enfadar —apostilló divertido ante el evidente disgusto de su hermano.

—¡Se acabó! —gritó Darío levantándose del sillón y acercándose a su hermano con intenciones nada cariñosas. Héctor, que de tonto no tenía un pelo, se apresuró a esconderse tras la puerta—. No hay quien te soporte; no solo te metes en donde no te importa, sino que encima interrumpes en el parque cuando menos falta hace y, por si fuera poco, te vas con Ariel a Madrid. ¡A solas con ella! ¡Y a mí que me den morcillas!

—Almendras.

—¿Almendras? ¿Que me den almendras? —preguntó Darío totalmente confundido.

—Miel, canela y… almendras. A eso huele tu chica. No sé a qué sabrá pero imagino que ya te encargarás tú de averiguarlo —comentó Héctor guiñando un ojo y saliendo del comedor.

—Almendras —susurró Darío paladeando la palabra, recordando el aroma de Ariel y el sabor de su piel. Parpadeó al percatarse de que su hermano se largaba sin haberle dicho absolutamente nada de lo que había hecho en esas horas con su sirenita—. Espera. —Le siguió hasta la habitación y se sentó en la cama mientras Héctor se desnudaba—. Cuéntamelo todo —ordenó.

—¿Se puede saber dónde has estado? —increpó Lulú en el mismo instante en que Ariel traspasó la puerta de la pensión.

—Dando un paseo por la ribera del Manzanares, a ver si me pongo morena —contestó la interpelada mientras recorría el pasillo con pasos rápidos.

—¿Dando un paseo? ¿A las cinco de la madrugada? ¿Tengo pinta de chuparme el dedo?

—Mmm, lo que se dice el dedo, no. Otras cosas más grandes… no sabría que decirte.

—¡Ariel! —gritó Lulú indignada porque la jovenzuela no le prestaba la atención requerida.

—Oh, vamos, Lulú, no te enfurruñes —desestimó la muchacha entrando en la habitación que ambas compartían.

—¡No me enfurruño, me cabreo!

Ariel puso los ojos en blanco al comprobar que Lulú entraba tras ella y acomodaba su hermoso trasero en la cama, con la clara intención de ponerse cómoda durante el tiempo que durase la conversación que estaba empeñada en tener.

—¿Qué te pasa? —preguntó Ariel deshaciéndose del amorfo anorak que llevaba puesto y sentándose al lado de la bellísima mujer—. ¿Has tenido menos clientes de lo que esperabas?

—¿Cómo? —Lulú parpadeó confundida por el brusco cambio de conversación. Ariel había pasado de burlarse de ella a palmearle (quizás un poco demasiado fuerte) la espalda—. ¡Por supuesto que no he tenido pocos clientes! ¡Los hombres se pelean por mí!

—Ah, genial. Entonces no hay ningún problema. Buenas noches. —La despidió Ariel levantándose rápidamente y abriendo la puerta con una enorme sonrisa.

Lulú observó a la joven de arriba abajo a la vez que fruncía el ceño, pensativa. A continuación cruzó las piernas, estiró la espalda y dejó reposar con languidez las manos sobre las rodillas, en una pose que indicaba claramente que no se pensaba mover de allí en un buen rato.

—Y bien… ¿Dónde has estado toda la santa noche? —le preguntó a la chiquilla con una forzada sonrisa en el rostro.

—Oh, vamos, no eres mi padre… —Lulú carraspeó con fuerza y Ariel corrigió la frase al momento—. No eres mi madre para andar interrogándome.

—Soy tu jefa, vives en mi habitación y quiero saber dónde cojones has estado —replicó Lulú forzando todavía más su sonrisa y apretando los dedos entre sí.

Ariel entornó los ojos y gruñó. Literalmente.

—No gruñas como los perros —la regañó su jefa.

—A ver, Lulú, ¿qué mosca te ha picado? —preguntó Ariel apoyando la espalda en la pared y resbalando hasta quedar sentada en el suelo con las rodillas dobladas y los codos sobre estas. Lulú suspiró ante la postura tan poco femenina de su protegida.

—Mira, mi niña, no me quiero meter donde no me llaman… —comenzó a decir.

—Pues lo estás haciendo —la interrumpió Ariel.

—Pero habíamos quedado —continuó Lulú haciendo caso omiso a la muchacha— en que no llegarías más tarde de las cuatro de la mañana…

—Tú misma has dicho que hoy ibas a tener mucho trabajo y que acabarías más tarde —volvió a interrumpir Ariel.

—Y por ese motivo —prosiguió Lulú alzando la voz— no he cogido a todos los clientes que han llamado a mi puerta.

—Ah, ¿pero llaman? Yo pensé que aguardaban en fila india en el pasillo, impacientes —apostilló Ariel.

—¡Y cuál no es mi sorpresa cuando veo que tú no te molestas en llegar a tu hora! —gritó Lulú indignada por las pullas de la joven.

—¿Lulú, por qué gritas? ¿Tienes problemas? —preguntó Minia abriendo la puerta a la vez que sujetaba una barra de metal en una de sus manos—. Vaya, ya apareció la mocosa —dijo al ver a Ariel en el suelo—. ¿Dónde te has metido? Nos tenías preocupadas —comentó metiéndose la rudimentaria arma por el escote de la bata vieja que usaba como vestido cada día.

Se atusó un poco las tetas, pellizcó la bata hasta encontrar la goma de las bragas bajo la tela, dio un tirón y meneó las caderas hasta que la barra quedó completamente invisible a la vista.

—He estado jugando al gato y al ratón con el hermano de Darío —respondió Ariel estupefacta ante los movimientos casi de contorsionista de la vieja.

—¡¿Por qué le contestas a ella y a mí me ignoras?! —chilló Lulú, entre indignada y anonadada.

—La he impresionado con mi barra —explicó Minia a su amiga.

—Más que impresionar, das miedo —refutó Lulú mirando muy seriamente a Minia y sus tetas caídas.

—¿De verdad? —sonrió Minia, feliz con la aseveración.

Lulú giró la cabeza para evitar ser atacada por la vaharada de ácido corrosivo que escapó de la boca de la anciana.

Ariel golpeó la pared con un puño, enfadada consigo misma por haber respondido a Minia.

Ambas mujeres giraron las cabezas al oír el golpe. Minia, preocupada por el estado de la pared; la jovenzuela era muy fuerte y la pared muy enclenque. Lulú, con los ojos entornados, reflexionando sobre la respuesta de la muchacha.

—¿Quién es Darío y por qué jugabas al gato y al ratón a las cinco de la mañana con su hermano? —expuso con meridiana claridad la pregunta Lulú.

—Eso, cuenta, cuenta —animó Minia sentándose en la cama junto a la otra mujer.

Ariel gruñó para sus adentros. La doctora Watson/Minia y Sherlock/Lulú Holmes no se darían por vencidas a no ser que les dijera algo, creíble a ser posible.

—Darío es un tío que conocí en el gimnasio al que voy algunos viernes.

—¿Y? —inquirió Lulú esperando algo más.

—Hoy me ha acompañado hasta la parada del búho y su hermano se ha venido conmigo a dar una vuelta por Madrid —amplió Ariel a regañadientes.

—¿Desde Alcorcón? —Parpadeó Lulú perpleja.

—Sí.

—¿Por qué?

—Porque está loco. —Ante las miradas atónitas de las dos mujeres, Ariel decidió extender un poco más la explicación—. Me ha estado dando la vara desde que se montó en el autobús hasta que he conseguido librarme de él. —Se encogió de hombros. Las mujeres continuaron mirándola expectantes—. He tenido que recorrer una y otra vez la orilla del Manzanares hasta que le he cansado lo suficiente como para que decidiera volver a su casa —dijo poniendo los ojos en blanco. Lulú y Minia se inclinaron atentas—. Eso es todo —les indicó Ariel.

Las interrogadoras se miraron una a la otra y luego giraron la cabeza y centraron su mirada en la joven que continuaba sentada en el suelo.

—Así que te gusta el hermano que está loco —afirmó Minia entornando los ojos.

—¡Ni de coña!

—Seguro que está colada por el tal Darío —aseveró satisfecha Lulú mirando a su anciana amiga.

—No —mintió Ariel en un gruñido. Si esas dos se enteraban de su interés por Darío se pasarían el resto de su vida dándole consejos absurdos para ligárselo. Y ella no quería eso. ¿O sí?

—Seguro que sí —ignoró Minia el comentario de la joven—, si no ¿a cuento de qué se iba a vestir así los viernes?

—¿Así, cómo? —preguntó Ariel estupefacta. Ella no se vestía de ninguna manera.

—Con esos pantalones que te marcan el culo —informó Lulú.

—¿Qué culo? —Ariel se levantó ipso facto y giró todo su cuerpo para echar una ojeada a esa parte de su anatomía que jamás se había preocupado en mirar.

—Ese con forma de corazón que tienes justo al final de la espalda —respondió Minia carcajeándose por la expresión asombrada de la joven.

—¡Con forma de qué! —exclamó alucinada Ariel—. Minia, confiesa, ¿cuántas copas de ginebra te has metido entre pecho y espalda?

—Sí, ese mismo culo, duro y bien formado, sobre el que te sientas cada día, y que ahora vas enseñando indecentemente con esos *leggings* demasiado ajustados —profirió enfadada Lulú.

—¿Indecentemente? Lulú, ¡estás más flipada que un piojo en una peluca!

—Y no solo eso, también llevas esa minicamiseta que te marca las tetas.

—¿Pero qué dices? No tengo tetas suficientes como para que se marquen —replicó mirando fijamente a su jefa. Frunció el ceño al dar con el motivo de su enfado—. Vamos, Lulú, no seas tonta; nadie se va a fijar en mis tetitas teniendo las tuyas cerca. No te preocupes, ninguno de tus clientes me mirará dos veces. Anda, vete a tu casa, y tú, Minia, lárgate a la cama. Estoy muerta de sueño y todavía tengo que asear el cuarto —afirmó abriendo la puerta de par en par.

—Ese es el problema, ya te están mirando más de la cuenta —avisó

Lulú muy seria—. Se han dado cuenta de que existes, y si te ven así vestida van a querer probar tu mercancía.

—No digas chorradas. Tus clientes no son ciegos —afirmó Ariel convencida, a la vez que volvía a señalar la puerta—. Buenas noches.

Minia se encogió de hombros y abandonó el cuarto dando un traspiés. Lulú echó un último vistazo a su díscola protegida y salió tras la anciana.

—Maldita muchacha —musitó Lulú en la puerta de la pensión—, va a conseguir que me salgan canas por la preocupación.

—Ya tienes canas —informó maliciosa Minia.

—Cállate, vieja. No tienes ni idea de qué estoy hablando.

—Tengo los dientes podridos, pero los ojos me funcionan perfectamente —replicó la anciana sacándose la barra de hierro del escote—. Yo protejo a mis chicas —aseveró golpeando la barra contra el suelo.

—Ella no es una de tus chicas, ni lo será si yo puedo evitarlo —sentenció.

Ariel esperó a que sus amigas salieran, cerró la puerta y miró la cama aún sin hacer y la ventana abierta de par en par para que se orease la habitación. Resopló agotada y se dispuso a adecentar el cuarto. Cuando terminó, abrió el armario y sacó de su escondite un pequeño paquete forrado con periódicos. Dentro había una pastilla de jabón envuelta en film transparente. Cogió una toalla del armario, salió sigilosamente del cuarto y se dirigió al baño. Una vez allí desenvolvió con cuidado el paquete y se lo llevó a la nariz. Inhaló profundamente a la vez que sus dedos acariciaban con ternura la suave superficie. Le encantaba su aroma, lástima que le quedara tan poco. Pronto tendría que hacer más. Quizá pudiera convencer a Minia de que le dejara usar su cocina; el único peligro sería que la anciana se empeñara en ayudarla. Ariel se estremeció al imaginarla removiendo descuidadamente su «mezcla especial». No, no se lo permitiría. Ese jabón era demasiado importante como para dejar que cualquiera metiera mano en su elaboración.

Había aprendido a hacerlo observando durante años a su madre. No era sencillo; se necesitaba paciencia, delicadeza y cariño para obtener la misma esencia que había arropado sus sueños desde que tenía uso de razón.

Se metió bajo la ducha para quitarse la mugre del día y, mientras acariciaba su piel con la pastilla de jabón, recordó a su madre jugando en la bañera con ella al caer la tarde, restregándole con la esponja los codos y tobillos. El olor a miel, canela y almendras impregnando el cuarto de baño, su ropa, las sábanas con las que la arropaba cada noche antes de darle un beso en la mejilla y apagar la luz de su cuarto. No. Ese jabón era demasiado especial para dejar que Minia lo tocara con sus zarpas.

Dos horas después yacía sobre la cama, con los ojos abiertos como platos. Incapaz de conciliar el sueño. Cada vez que sus párpados se cerraban revivía la carrera por el parque y los besos de Darío. Sentía de nuevo contra la palma de su mano la erección pulsante del hombre y las mariposas se instalaban en su estómago, haciéndole apretar los muslos con fuerza, presa del deseo que la consumía desde la primera vez que él la había besado.

Resopló frustrada, se dio la vuelta hasta quedar bocabajo sobre el colchón y aferró la almohada. No iba a caer otra vez. Ni de coña. No serviría para nada. Ella no era como las demás mujeres.

Un minuto después una de sus manos se deslizó por su cuerpo hasta quedar instalada sobre el pubis. Lo intentaría una última vez, y, si no conseguía nada, se daría por vencida. ¿Quién sabe? Lo mismo en esta ocasión lo conseguía.

Acarició con cuidado los pliegues humedecidos de su sexo, tentó delicadamente su clítoris y sintió el ramalazo de placer que recorría su cuerpo. Alzó un poco el trasero para dejar más hueco a su mano y comenzó a deslizar los dedos lentamente sobre su vulva sin dejar de revivir una y otra vez los besos de Darío. Se lamió los labios intentando sentir las mismas emociones que la lengua del hombre le había causado. Penetró con el anular su vagina sin dejar de presionar con el pulgar el tenso nudo de placer en que se había convertido su clítoris. Hundió la cara en la almohada cuando sus jadeos comenzaron a ser más fuertes. Estaba a punto de conseguirlo. Estaba ahí… al borde de algo grande, impactante, arrollador… Casi tocando la culminación que le haría perder el sentido.

Sentía el placer bajo su piel, recorriendo todas sus terminaciones nerviosas. ¿Sería tan bueno como contaban las chicas en el gimnasio? ¿Tan maravilloso como parecía? Sus dedos tomaron velocidad. Se movieron con rapidez sobre los labios vaginales. La mano que tenía libre se apresuró en unirse con la que trabajaba para lograr el orgasmo siempre esbozado y nunca alcanzado. Su útero palpitó, el interior de su vagina se tensó, todos sus músculos vibraron impacientes. Pero no llegaba. El orgasmo estaba ahí, tan cerca… Tan lejos.

Sus manos temblaron. Su cabeza giró a un lado y a otro, negando con rabia, aceptando lo inevitable. No lo conseguiría, se le escaparía de entre las manos, como siempre.

Jamás podría tener un orgasmo. Ella no era como las demás mujeres, no era femenina, no tenía sus instintos.

Sus brazos temblaron por la tensión insatisfecha, los movimientos de sus dedos perdieron vigor, sus rodillas resbalaron por el colchón hasta que quedó de nuevo totalmente tumbada. Un sollozo involuntario escapó de su garganta. Era inútil. Algo fallaba en su interior. Nunca sería una mujer completa. Y no había nada que pudiera hacer para evitarlo.

Se giró sobre la cama y se tapó los ojos con el dorso de las manos a la vez que gemía angustiada. ¿Y si Darío se enteraba? ¿Qué pensaría de ella? Se mordió los labios, haciéndolos sangrar, al imaginarse su reacción. No se reiría de ella, él era demasiado bueno como para hacer tal cosa, simplemente la miraría con lástima.

No. Jamás. Ella no lo permitiría. Nunca se enteraría. No volvería a acercarse a él. No descubriría su secreto. Al fin y al cabo era una marimacho pelirroja; eso de los besos y las caricias no iba con ella, y así tenía que aceptarlo él.

Algo más calmada ahora que había tomado una decisión, se dio media vuelta sobre la cama hasta quedar de lado y cerró los ojos.

Media hora después volvió a abrirlos. Quizá le dejaría besarla. Un par de besos no eran peligrosos. No pasaba nada por acurrucarse contra él y sentir sus labios sobre los suyos siempre y cuando no pasaran de ahí.

Sí.

Eso haría.

Le besaría sin llegar a más. Un beso o dos, tres quizá, y luego se despediría de él en la parada del autobús con sensatez y decisión. Un beso de despedida cada viernes para poder soñar con él durante el resto de la semana. Nada más… Y nada menos.

Poco tiempo después la quietud de la noche se vio interrumpida por el suspiro procedente de una sonrisa satisfecha en los labios de Ariel. Por fin había conciliado el sueño y, sí, Darío estaba presente en él.

22

Decidieron compartir melancolías,
soledades y fantasmas a la par,
miedos locos, tristezas y alegrías.
REVÓLVER, *Es mejor caminar*

10 de abril de 2009

—¡ Vamos, dale! ¡No te cortes, pégale fuerte! —ironizó Elías.

Darío ignoró la pulla y continuó con lo que estaba haciendo: machacar el saco de boxeo que colgaba inocentemente del techo sin hacerle daño a nadie.

—¿Estás comprobando si el refrán tiene razón? —preguntó burlón el profesor.

—¿Qué refrán? —Darío paró un momento el desquiciado ritmo de sus puños y observó extrañado a Elías, no entendía su pregunta.

—Ese que dice: a falta de pan, buenas son tortas. Como no hay ninguna sirenita con la que pelear, te dedicas a cargarte el equipamiento del gimnasio —aclaró Elías sujetando el saco de boxeo con la intención de hacer desistir a su amigo de seguir golpeándolo.

Darío apretó los dientes, frunció el ceño e ignoró a su mentor retomando el ejercicio a un ritmo endiablado. Un gruñido escapó de sus labios sin que pudiera evitarlo, llevaba más de media hora apaleando el saco y comenzaba a sentir pinchazos en los nudillos.

—Relájate, muchacho. Tiene que estar a punto de llegar —comentó Elías con seguridad.

—Seguro… —Negó el joven con la cabeza a la vez que propinaba una fuerte patada al inocente saco. Nunca sabía exactamente cuándo iba a regresar Ariel, algo que resultaba muy frustrante—. Qué sabrás tú… —siseó enfadado.

—Me lo ha dicho ella —informó Elías.

—¿Cuándo? —Darío se quedó petrificado en mitad del golpe.

—Esta mañana. Por teléfono —amplió la información el profesor al ver la mirada sorprendida de su alumno.

—¿La has llamado por teléfono? —Darío dio un paso atrás, y miró a su ahora ex mejor amigo con furia asesina—. ¿Te ha dado a ti su teléfono?

—No. —Elías levantó las palmas de las manos en un gesto instintivo de rendición—. Me ha llamado ella, imagino que desde una cabina o algo por el estilo. Ariel, que yo sepa, no tiene teléfono —aclaró rápidamente al ver el gesto indignado de su alumno.

—A mí jamás me llama… —siseó entre dientes Darío.

—Quizás es porque tú no insistes tanto como yo —apuntó el profesor. Darío arqueó las cejas interrogante—. Le hice un encargo especial la última vez que vino, y le pedí que me avisara para estar preparado y que Sandra no viera la sorpresa.

Darío observó a su, de nuevo, mejor amigo. No sabía qué se traía entre manos, pero cada vez que Ariel aparecía en el gimnasio ambos desaparecían durante algunos minutos. Elías se había convertido en un comprador compulsivo.

—Me voy a dar una ducha, a ver si me despejo —declaró a la vez que se masajeaba la nuca con los dedos.

Una vez bajo el chorro de agua, Darío dejó fluir su mal humor.

Ariel había cumplido su promesa de regresar antes, de hecho en los dos últimos meses la había visto más veces de las esperadas, pero… le estaba matando.

Iba todos los viernes, sí, y a veces, cuando menos lo esperaba, aparecía en el gimnasio. Lo mismo era un miércoles que un lunes, y él sentía crecer su frustración día a día. No saber cuándo iba a dignarse a aparecer le llenaba de incertidumbre, lo que le llevaba a dar vueltas por la zapatería en cuanto daban las siete de la tarde y su cabeza comenzaba a pensar que ella podría, o no, estar en el gimnasio. Y no podía hacer nada por evitarlo. Ella no tenía teléfono, o al menos eso le decía siempre que él se lo pedía. ¡Gaitas, violines y otras hierbas! Estaba a punto de volverse loco. Y por si esa continua incertidumbre no fuera suficiente, encima tenía que bregar con los instintos lascivos que cada vez le atormentaban con más fuerza.

Sacudió la cabeza y miles de gotitas de agua volaron desde su pelo hasta los azulejos blancos. Se enrolló una toalla en la cintura e intentó ignorar las punzadas de deseo que asolaban sus testículos.

Asomó la cabeza por la puerta, miró a un lado y a otro para comprobar que no hubiera nadie en los vestuarios que pudiera verle en ese estado, y salió de la ducha.

Casi dos meses comportándose como un caballero cada vez que la veía le estaban causando un serio trastorno de personalidad. De ser un hombre agradable y circunspecto, había pasado a convertirse en un tipo irritable, con muy malas pulgas y un exceso de testosterona que solo podía eliminar con sus manos, ya fuera dando golpes a los sacos del gimnasio durante el día o matándose a pajas cada noche.

Se peinó el cabello con los dedos y comenzó a vestirse sin dejar de pensar en lo poco que sabía de ella y lo mucho que deseaba saber más.

Ariel vendía juguetes eróticos y vivía en una pensión en Madrid centro. Olía a miel, canela y almendras; le gustaban los coches, en especial su 124, y tenía muy malas pulgas. Punto y final.

Tras interrogar largo y tendido a Héctor, todo lo que había averiguado era: nada. La sirenita había tenido a su hermano andando por la ribera del Manzanares durante más de dos horas, sin responder a ninguna de sus preguntas ni darle ningún atisbo de dónde vivía o a qué se dedicaba cuando no vendía juguetes eróticos. ¡Bien por ella!, pensó Darío, orgulloso de que su chica no hubiera caído en las redes de seducción de Héctor. ¡Mal por mí! Recapacitó con un gruñido, porque eso significaba que seguía en la inopia con respecto al hada pelirroja.

Entornó los ojos, pensativo. Intuía que Ariel había tenido algún tipo de problema con sus padres, porque nunca hablaba de ellos cuando él le preguntaba, pero, a la vez, los mencionaba en los momentos más inesperados, y siempre con un deje de tristeza en la mirada. Se preguntó, no por primera vez, qué habría llevado a una chica tan joven como ella a vivir en una pensión… y, sobre todo, qué clase de vida habría llevado.

La impetuosidad de su amiga, su forma de hablar y de actuar, todos los trucos que sabía de defensa personal, y su facilidad para salir airosa de cualquier enfrentamiento físico o verbal le hablaban de una mujer acostumbrada a manejárselas en circunstancias nada agradables. La renuencia a que la tocaran, la desconfianza que asomaba a sus ojos con quienes no conocía, la ingenuidad que mostraba ante sus besos y el cariño con el que hablaba de su viejo coche, le hacían intuir que no era la mujer independiente que en un principio había supuesto, sino una joven que se había visto abocada a una soledad no deseada… Y él no podía evitar pensar que esa soledad era fruto de la desidia de unos padres a los que la joven adoraba, y de los que se inventaba historias para paliar la indiferencia que mostraban hacia ella, porque qué padres en su sano juicio permitirían que su hija viviera en una pensión y la ignorarían hasta el punto de no importarles si se alimentaba o no.

Darío bufó al notar que se le hacía un nudo en el estómago. Sacudió la cabeza con ímpetu y salió del vestuario. Se detuvo dubitativo en mitad de la sala, buscó con la mirada algo en lo que ocupar el tiempo y que a la vez le permitiera desfogar la rabia que comenzaba a sentir. El saco de boxeo estaba descartado, le dolían demasiado los nudillos. Su mirada se centró en el banco de abdominales que estaba frente a la entrada del gimnasio. Allí podría descargar su ira, y de paso observar las puertas a la espera de que ella llegara.

Se sentó sobre la superficie acolchada, enganchó los pies en los estribos, colocó las manos en la nuca y comenzó a hacer tandas de treinta abdominales oblicuos. Mientras subía y bajaba se dejó llevar por el trabajo muscular mientras su cerebro se centraba en lo que había averiguado de Ariel desde que escapara con su hermano en el búho.

Héctor le había contado que estuvieron paseando sin cesar, y que ella le había mostrado cada recodo de la ribera en el que algún gato callejero había montado su refugio, cada árbol en el que había un nido de pájaro y cada portal con la cerradura rota en el que poder ocultarse para esquivar a las pandas de borrachos que regresaban a sus casas tras una noche de parranda. Y ese comentario, hecho con toda la intención por su hermano, le había dado mucho que pensar. ¿Cuántas horas había estado Ariel paseando por la ribera del Manzanares? ¿Cuánto tiempo hacía falta observar un lugar para aprender cada uno de sus recodos? ¿Por qué sabía en qué lugares podía resguardarse durante la noche, si a esas horas, supuestamente, estaba durmiendo en su pensión? Tanto pensó sobre ello que, cuando volvió a ver a su sirenita, no dudó en intentar interrogarla, pero Ariel le restó importancia a sus preguntas con un simple: «Tengo mucho tiempo libre y me gusta pasear por Madrid». Y no hubo manera de sacarle nada más.

Cada vez que intentaba averiguar algo más de ella se chocaba contra una pared de ladrillo. Ariel era una mujer transparente y sincera, que hablaba sobre cualquier tema que no tuviera que ver con ella, pero en el momento en el que Darío intentaba saber algo sobre ella, o simplemente verla fuera del gimnasio, se cerraba en banda, dándole mil excusas y ninguna posibilidad. Tampoco hablaba sobre lo que hacía cuando no estaba allí, ni mucho menos le decía los motivos por los que había acabado viviendo en una pensión. Darío intuía que la pensión no era una de esas residencias de estudiantes, con su cocina y su sala común con televisor, ya que la muchacha seguía cenando cada noche en el parque, bocadillos. Jamás un guiso que transportara en una tartera. Lo que le llevaba a preguntarle una y otra vez por la dirección en que estaba ubicada, con la excusa de pasar algún día a recogerla y darse un paseo por Madrid, pero no había modo. En cuanto lo mencionaba, Ariel cambiaba de tema rauda y veloz, o simplemente recordaba que tenía algo importante que hacer y huía de su lado.

Y él cada día que pasaba recelaba más. No podía evitar pensar que sus padres la habían abandonado cuando más los necesitaba y que vivía en una pensión de mala muerte en la que por no haber, no había ni una mísera cocina. Estaba seguro de que Ariel estaba más sola, y era más vulnerable, de lo que mostraba.

—Pero eso se va a acabar hoy mismo —gruñó Darío elevándose para hacer su enésima abdominal.

Elías se giró al escuchar el gruñido de su amigo, y negó con la cabeza.

—Si tienes aliento para gruñir entre dientes es que no estás haciendo bien tus ejercicios —le regañó—. Mete el estómago y no te dejes caer tan rápido, mantén la tensión en los oblicuos unos segundos antes de tocar con la espalda el banco.

Darío asintió con la cabeza e intentó hacer lo que Elías le había ordenado, pero a los pocos segundos su mente volvió a estar centrada en la sirenita en vez de en los abdominales.

Esa noche iba a matar dos pájaros de un tiro. Llevaba planeando su siguiente paso desde la última vez que la vio y había llegado a una conclusión: estaba harto de comportarse como un caballero. Desde el interludio romántico frustrado por su adorado hermano, Ariel no le había permitido ir más allá de un par de besos robados frente a la estación de Renfe. Sus citas, si es que podían denominarse así, se centraban en un rápido paseo por el parque con bocadillo incluido, y una despedida precipitada y casi asustada por parte de Ariel, que, antes de que dieran las doce de la noche, se subía al último tren, abandonándole. Darío comenzaba a sentirse como el príncipe de la Cenicienta. En cuanto intentaba ir más allá de un ligero beso, daban las doce y su princesa se esfumaba. Estaba empezando a pensar que Ariel tenía el tiempo cronometrado para llegar a la Renfe justo cinco minutos antes de la medianoche.

Un tumulto de voces femeninas interrumpió sus pensamientos, alzó la mirada y la vio.

Ariel sonrió feliz al traspasar las puertas del gimnasio y verse rodeada por sus amigas. Sandra y Sofía se habían convertido en parte indispensable de su mundo. Sandra, con su manera de ser cariñosa y afable, le recordaba tanto a su madre que a veces sentía la imperiosa necesidad de abrazarla, cosa que no hacía, por supuesto. Sofía, tan ingenua y tímida, era como la hermana pequeña que nunca tuvo.

Lo cierto era que ya no acudía al gimnasio para vender juguetes eróticos, o al menos no solo para eso. Hacía más o menos un mes que la euforia inicial por comprar y experimentar con sus «productos» había quedado relegada a simple curiosidad, no solo en el gimnasio sino con casi todas sus clientas. Seguía vendiendo, por supuesto, pero apenas un par de vibradores y dos o tres lubricantes y cajas de condones por semana. Se lo había comentado a Venus, y esta le había dicho que tenía que abrir más «mercado», y que las reuniones no podían hacerse siempre con las mismas personas, pues estas perdían interés, y así estaba resultando ser. Pero a Ariel le costaba mucho tomar contacto con desconocidos, y plantearse volver a recorrer las calles en busca de nuevas clientas le daba mucha, muchísima pereza. De hecho, estaba segura de que el trabajo de comercial no era para ella. Le iba más la soledad de los cables, el reto de un buen montaje eléctrico o el desafío de conseguir un buen circuito de iluminación en un edificio. Pero no había trabajo. Por tanto, seguía disfrutando de sus charlas sobre juguetes eróticos con las que ya consideraba sus amigas, y continuaba buscando un empleo de lo suyo.

Esperaba encontrarlo pronto; necesitaba dinero, y rápido. Lulú, Dios sabía por qué, estaba obsesionada con que llamaba demasiado la atención entre sus clientes, y no hacía más que insistir en que debía buscarse otro sitio donde dormir. ¡Genial! ¡Era lo último que le faltaba! Eso, y la manía que Minia había cogido de esperarla despierta en la puerta de la pensión con la barra de hierro entre las manos.

Parpadeó alejando de sus pensamientos los problemas que arreciaban, y se dejó llevar por las risas y el alboroto mientras las chicas la conducían hasta la sala de baile.

Ya no acudía al gimnasio cada dos o tres viernes, sino que intentaba pasar todas las semanas. Se había acostumbrado a entregar a Elías sus pedidos con la mayor urgencia posible, el hombre se había convertido en su mejor cliente, y, cuando no tenía que entregarle nada, simplemente se acercaba a saludar a sus compañeras… y a Darío.

Por primera vez en su vida se sentía integrante de un grupo de amigas, confiaba en ellas, les dejaba entrar en su vida, y ellas le correspondían aceptándola tal y como era, a pesar de todos sus defectos. Aunque Bri la estaba cansando con su empeño en cambiar su manera de vestir, hablar, andar y peinarse. A veces se sentía tentada de mandarla a la porra, pero como sabía que lo hacía por su bien, dibujaba una sonrisa en la cara, asentía sin escuchar y la dejaba hablar.

Darío gruñó frustrado cuando Ariel pasó frente a él acompañada de su club de fans y se limitó a saludarle con una inclinación de cabeza antes de entrar en la sala en la que hacía sus reuniones. Estaba más que harto de que ella se comportara frente a todos como si él solo fuese un amigo más. No lo era, y había llegado el momento de demostrarlo.

Decía el refrán que a los hombres se les ganaba por el estómago, pues Darío estaba seguro de que a su sirena se la podía ganar con un par de lecciones de jiu-jitsu. Había llegado la hora de dejar de ser un caballero y comenzar a jugar sucio.

Ariel abandonó la sala de baile apenas una hora después, se encaminó al despacho y allí mantuvo una charla secreta con Elías. Veinte minutos después abandonó el lugar con la firme promesa de volver al cabo de una semana con el nuevo catálogo de juguetes. Venus le había prometido un catálogo jugoso y repleto de novedades; esperaba no decepcionar a su cliente favorito ni a sus amigas, a las que, por supuesto, había comentado la noticia.

Buscó disimuladamente con la mirada a Darío; eran casi las diez y media, y quería pasar el tiempo que le quedaba antes de coger el tren con él. Lo encontró apoyado en la pared del tatami, descalzo, sin camisa y con la mirada fija en ella. Sintió cómo las mariposas comenzaban a revolotear en su estómago a la vez que los pezones se le endurecían y la boca se le secaba. ¡Uf, era un hombre impresionante! Su pelo moreno caía desordenado sobre su cara, sus fuertes y curtidas manos reposaban sobre sus poderosos muslos, y sus penetrantes ojos castaños no la dejaban respirar.

Inspiró hondo y se acercó a él, dispuesta a entablar alguna charla insustancial con la esperanza de que él, como hacía cada vez que se veían, se ofreciera a acompañarla hasta la Renfe; al fin y al cabo le pillaba de paso hasta su casa, argumentaba Ariel para sí.

Pero Darío tenía otras intenciones.

—¿Te apetecen unos *katas*? —le preguntó a Ariel en cuanto esta estuvo frente a él.

—Bueno…

—Adelante —susurró Sandra a su espalda—, aprovecha que tienes a ese pedazo de hombre a tu disposición y no te lo pienses más —la instó empujándola disimuladamente.

23

¿Le importa si me acuesto un ratito con usted?
Somos amigos, eso es todo.
Porque somos amigos, ¿no?
Desayuno con diamantes

«*N*o ha salido exactamente como tenía previsto», pensó Darío. Estaba tumbado en el suelo del tatami, con Ariel sentada alegremente sobre su espalda mientras le retorcía un brazo en un *kata* improvisado y lleno de trampas. Podría quitársela de encima sin mucho problema, al fin y al cabo su masa muscular sobrepasaba con creces la de la muchacha, pero, si lo hacía, la sirenita continuaría atacándole hasta que él se rindiera o la inmovilizara. Y eso era lo complicado. No pensaba rendirse, su orgullo se lo impedía, pero tampoco podía inmovilizarla, porque, para eso, debía usar su cuerpo, pegarlo al de ella, y entonces ella notaría su tremenda erección, se pondría alerta, y saldría corriendo como una gacela asustada tal y como venía haciendo cada vez que él intentaba ir más allá de un beso.

No.

Nada había salido como pensaba.

Estaba más frustrado que nunca, le ardían los testículos con un dolor seco que no era capaz de obviar, y tenía la polla tan dura que podría hacer taladros con ella en una pared de hormigón. Llevaba una hora haciendo *katas* con Ariel o, más bien, él hacía *katas* y ella hacía trampas. Debía reconocer que al principio se había divertido de lo lindo, pero entonces el roce de piel con piel comenzó a ser más frecuente. Ella intentaba inmovilizarle una y otra vez sentándose sobre él. Sobre su estómago. Sobre su ingle. Sobre sus muslos… Había dejado de ser divertido para tornarse erótico. Y ya no podía soportarlo más. Estaba a punto de tumbarla de espaldas en el tatami, ponerse sobre ella y besarla hasta que perdiera el sentido, costara lo que costara. Se giró bruscamente, con la intención de derribarla y hacer exactamente lo que estaba pensando, cuando ella se puso en pie, profirió un sonoro «¡mierda!» y salió disparada hacia la salida, parándose antes un segundo, para ponerse las deportivas, recoger su abrigo, la mochila y el maletín.

—¡Miércoles! —exclamó Darío a nadie en particular—. ¿Qué narices he hecho para que salga corriendo?

—Ni idea. La verdad es que lo estabas llevando muy bien —comentó Elías a su espalda—, yo en tu lugar ya hubiera tumbado a Sandra en el tatami y le habría enseñado un par de movimientos —explicó arqueando un par de veces las cejas—. Lo mismo se ha sentido decepcionada por tu templanza y por eso se ha largado.

—No digas tonterías, Elías. Ariel ha mirado el reloj, ni más ni menos —replicó Sandra.

Darío no se molestó en poner a su amigo en su sitio, de hecho ni siquiera alcanzó a oír el comentario de Sandra. En el momento en que Ariel abría la puerta del gimnasio él ya estaba corriendo hacia los vestuarios para recoger sus cosas. Cuando ella bajó como un rayo las escaleras, él estaba saltando la barandilla y acortando distancias.

—¡Espera! —gritó corriendo tras ella—. ¿A qué viene tanta prisa?

—Son las doce menos cuarto —le indicó Ariel sin mirar atrás—. Si no corro, perderé el tren.

—¡Detente! —exclamó Darío al ver que se le escapaba de entre los dedos. Él era más fuerte, pero ella más ágil y rápida.

—Nos vemos el viernes que viene —se despidió Ariel sin parar su carrera.

Un deje de amargura asomó a su voz. Había pasado toda la semana soñando con volver a verle y hablar con él y, cuando por fin había llegado el día, había pasado con una rapidez pasmosa.

—¡Para un momento! —ordenó Darío haciendo un último esfuerzo y acelerando el paso más allá de sus posibilidades—. Has olvidado algo muy importante…

—¿Qué? —Ariel se detuvo por fin, intrigada ante el tono apremiante de su amigo.

Darío llegó hasta ella, la abrazó y la besó con ímpetu, demostrándole sin darle tiempo a respirar cuánto la había echado de menos esa semana.

—Has olvidado darme mi beso de despedida —declaró cuando se permitió separarse de ella.

Ariel parpadeó aturdida, con la mente perdida en las sensaciones que recorrían su cuerpo. Apoyó la cabeza en el hombro de Darío y se apretó con fuerza contra su pecho. Ella también le había echado mucho de menos. Darío bajó la cabeza de nuevo, y volvió a besarla, esta vez con lánguida suavidad, lentamente, saboreándola. Ariel apretó la camiseta del hombre entre sus puños y se alzó de puntillas para llegar mejor a sus labios.

Se separaron poco después, sin aliento y arrobados por la intensidad del momento vivido.

—Tengo que irme… Voy a perder el tren. —Ariel dio un paso atrás, recuperando la sensatez. No podía dejarse llevar por los besos de Darío, no podía ir más allá, porque entonces él descubriría que ella no era una mujer en todos los sentidos. Que su cuerpo no respondía como el de las demás mujeres.

—Ya lo has perdido —susurró Darío dando el paso que le separaba de ella—. Ven a mi casa —propuso a la desesperada.

—¿A tu casa? —Ariel entornó los ojos y apoyó las manos en las caderas—. Claro, hombre. Ahora mismo. ¿Me dejo las bragas puestas o me las voy quitando para no perder el tiempo? —gruñó enseñando los dientes.

Darío se apresuró a inventar un motivo honorable que explicara su propuesta, no fuera a ser que la sirenita comenzara a lanzar mordiscos a diestro y siniestro contra su persona.

—No, no me has entendido. Te estoy invitando a cenar —improvisó.

—Claro, y hoy es el día de los inocentes —siseó clavándole el índice en el pecho.

Darío suspiró, asió la mano de la muchacha con la suya, pasó la que tenía libre por su estrecha cintura y le dio un beso en la frente, desarmándola.

—Quiero que vengas conmigo a casa para presentarte a mi padre —declaró, centrando su mirada en los ojos grises de su amiga.

Aunque su intención inicial no había sido esa, una vez que las palabras salieron de sus labios, se dio cuenta de que ansiaba que su padre conociera a Ariel y… opinara sobre ella. Aunque la olvidara un segundo después.

—¿Quieres presentarme a quién? —farfulló la joven, aturullada.

—A mi padre. Él es… especial. Quiero que lo conozcas y… Solo que lo conozcas, nada más. —Hizo una pausa antes de expresar en palabras sus anhelos.

Quería constatar que Ariel era como él pensaba que era: una mujer cariñosa y afable capaz de comportarse con ternura con un anciano «especial». Su padre era y sería siempre una constante en su vida y, si ella no le iba a respetar por culpa de su enfermedad, más valía descubrirlo ahora y no permitir a su corazón seguir suspirando por la muchacha.

—¿Por qué? —preguntó Ariel totalmente perdida.

Conocer al padre de su amigo era una gran responsabilidad. Era el hombre que había educado a Darío, quien le había formado en sus principios y su manera de ser. Si el anciano se parecía en algo a su hijo, sería una persona maravillosa... y ella iba hecha unos zorros. Su ropa estaba sudada después de pasar toda la tarde en el gimnasio, y eso por no hablar de que nunca vestía de manera normal, como una mujer, y, en esa ocasión, tampoco. Su pelo era ingobernable ahora que lo había dejado crecer un poco, además se le había deshecho la trencita de la nuca y el flequillo caía rebelde sobre sus ojos. Y por si fuera poco, llevaba a cuestas el maletín de Sexy y Juguetona... ¡No podía presentarse así ante el padre de Darío! ¿Qué pensaría de ella? Seguro que obligaría a su hijo a alejarse de tan mala compañía.

—Ruth está pasando todo el mes en casa del capullito de alelí de su novio y se ha llevado a Iris con ella —comenzó a explicar Darío ajeno al terror que empezaba a emanar del cuerpo de la sirenita—, y Héctor está esperando a que yo llegue para irse de marcha con sus amigos. Por tanto, no vas a tener que soportar el interrogatorio de mis hermanos; estaremos los dos solos con mi padre.

—Pero... ¿tú has visto qué pintas tengo? —inquirió Ariel asustada señalándose.

—Sí. Estás preciosa. Vamos, te prometo que voy a hacerte la cena más rica que has probado en la vida —zanjó el tema dándole un ligero beso en los labios. No quiso ahondar más, no fuera a ser que Ariel volviera a pensar que sus intenciones no eran honorables... Y no lo eran.

Héctor negó con la cabeza, irritado, al sentir abrirse la puerta de su casa. Apenas eran las doce y cuarto de la noche; si Darío llegaba tan pronto, era porque la pelirroja había vuelto a dejarle tirado frente a la Renfe. Estaba tentado de darle alguna clase de seducción al inútil de su hermano, pero claro, eso supondría exponerse a su mal genio, y bastante tenía ya con la mala leche que gastaba desde que la irascible joven no le hacía todo el caso que él quería. En fin... Cogió la camisa vaquera que pensaba ponerse esa noche y salió de su habitación dispuesto a soportar los gruñidos frustrados de Darío.

—¿Otra vez te ha dado calabazas tu sirenita, Da? —preguntó burlón desde el umbral de su cuarto.

—Yo no soy la sirenita de nadie —contestó Ariel cruzándose de brazos en mitad del recibidor.

—Te doy permiso para atizarle —susurró Darío a su chica con voz suficientemente alta para que le oyera Héctor—. Hola, herma-nito —saludó guasón.

—Ah, hola… No esperaba que vinieras acompañado —acertó a decir el interpelado.

—Ya se nota —comentó Ariel recorriéndole con la mirada.

Héctor la miró sin saber bien a qué se refería. Darío por su parte carraspeó sonoramente y entornó los ojos, crispado. En ese momento, Héctor fue consciente de que no llevaba la camisa puesta, y su torso estaba expuesto a la vista de la supuesta novia de su hermano. Sonrió a Darío, rotó los hombros y se pasó la camisa de una mano a otra a la vez que aprovechaba para tensar los múscu-los de sus brazos y abdomen. Si de él dependía, la sirenita iba a disfrutar de una buena panorámica, pensó con una sonrisa artera. Sonrisa que desapareció de sus labios apenas un segundo después.

Ariel no estaba ni impresionada ni arrobada por la visión de su escultural torso. Para nada. Ni siquiera se había fijado en él. Tenía la cabeza girada y se mordía los labios, nerviosa. Toda su atención se centraba en la figura del anciano que había salido del comedor al oír las voces de sus hijos.

—Hola —saludó el hombre al ver que sus chicos no decían nada—, soy Ricardo, el padre de estos dos muchachos, y tú eres…

—Soy Ariel, una amiga de Darío… y de Héctor —se apresuró a añadir.

—Encantado de conocerte. Pasa al comedor, no te quedes ahí pa-rada —la instó Ricardo—. Mis hijos tienen menos modales que una mula —comentó entre dientes mirando a sus vástagos—. ¿Quieres tomar algo? —le preguntó guiándola hasta el salón—. Darío, trae una Coca-Cola para tu amiga. Héctor, haz el favor de vestirte ade-cuadamente.

Los dos hermanos se miraron durante unos segundos, luego Da-río irguió la espalda y se dirigió a la cocina a obedecer la orden de su padre.

—Da… —le llamó Héctor—. No te preocupes, seguro que hacen buenas migas.

Darío se encogió de hombros, entró en la cocina y preparó un par de refrescos. Cuando volvió al comedor se encontró a su padre y

Ariel sentados uno al lado del otro en el sofá, y a su hermano, completamente vestido, apoyado en la pared.

—Papá ya ha cenado —le susurró Héctor. Arqueó las cejas, preguntándole en silencio si quería que se quedara, o si mejor se iba.

—Saluda a tus amigos de mi parte —le despidió Darío.

Héctor cabeceó asintiendo, cogió su cazadora, se despidió de su padre y de Ariel y salió del comedor.

—Voy a ver qué hay en la nevera para cenar —dijo Darío mirando a su sirenita. Esta se cogió las manos, nerviosa, a la vez que asentía en silencio—. Os dejo que os conozcáis tranquilamente.

Salió de la estancia y se apoyó en la pared del pasillo cerrando los ojos. Ariel sabía que su padre era incapaz de recordar nada que hubiera pasado un segundo antes. Ella sabía a qué atenerse, no se asustaría ante Ricardo. Aun así, se sentía como un miserable por dejarles a solas, pero en esos momentos no se sentía capaz de permanecer impasible ante la reacción de Ariel cuando su padre olvidara una y otra vez quién era ella. ¿Cómo reaccionaría? ¿Se enfadaría, se asustaría, o simplemente ignoraría al viejo loco sentado a su lado? Inspiró con fuerza para calmar los latidos desacompasados de su corazón. Estaba aterrorizado. Si ella no aceptaba a su padre… no quería ni pensarlo.

—Tranquilo, Da —susurró Héctor posando las manos sobre los hombros de su hermano mayor—. Todo va a ir como la seda. Cuando has ido a por los refrescos, he entrado en el comedor y Ariel miraba a papá casi con… adoración —le explicó dándole una cariñosa palmada en las mejillas—. No sé qué le habrá dicho papá, pero, sea lo que sea, se la ha ganado por completo.

—Tú siempre tan optimista —sonrió Darío—. Anda, lárgate, que tus amigas no te van a esperar eternamente.

—Tienes razón —comentó Héctor yendo hacia la salida. Asió el pomo de la puerta, se giró y centró su mirada en Darío—. Volveré tarde —advirtió—. Si la puerta de nuestra habitación está cerrada, me iré a dormir al cuarto de Ruth sin decir esta boca es mía —afirmó guiñando un ojo a su hermano.

—Lo tendré en cuenta —comprendió Darío. Alzó una mano y revolvió el pelo del pequeño de la familia—. Vamos, lárgate de una vez.

Observó cómo su hermano salía de la casa y se dirigió a la cocina, no sin antes echar un rápido vistazo al comedor. Ariel estaba de pie, cogiendo un álbum de fotos de la estantería mientras la mirada de Ricardo se dirigía al televisor y un segundo después regresaba a la muchacha, tornándose dubitativa al intentar recordar, sin conseguirlo, quién era esa chica y qué hacía en su casa.

—¿Este es el que me decía? —preguntó ella.

—¿Perdón? —respondió Ricardo confuso.

Ariel se lamió los labios, caviló durante un segundo y luego esbozó la más preciosa de sus sonrisas.

—Oh, espero que no se tome a mal mi descaro, es que Darío, mi amigo —especificó Ariel—, me ha hablado tanto de su familia que al entrar y ver el álbum de fotos no he podido resistir la tentación de cogerlo, y no me he dado cuenta de que estaba usted aquí —explicó, resolviendo con una sola frase todas las dudas de Ricardo.

—¡Vaya! Pues es increíble, porque fíjate que están todos descolocados en la librería, y has ido a coger el de cuando eran pequeños —respondió el anciano feliz—. Siéntate a mi lado, y te lo voy enseñando.

—¡Genial! —exclamó Ariel, acomodándose al lado del anciano.

Darío observó fascinado cómo Ariel y su padre procedían a revisar una a una las fotos de cuando era un niño. Se le hizo un nudo en la garganta al ver sus cabezas juntas, al escuchar sus risas, y al comprobar cómo Ariel respondía, con pericia, cariño e inteligencia, a las miradas extrañadas de Ricardo cuando olvidaba quién era ella y qué hacía en su casa.

Bajó los párpados e inspiró profundamente, aturdido al comprobar que las lágrimas habían acudido a sus ojos sin que pudiera hacer nada por evitarlo. Podía contar con los dedos de las manos las personas que mantenían una conversación con su padre sin aturullarse, aburrirse o incomodarse, y aún eran menos las que se molestaban en estar pendientes de sus miradas y responder a sus preguntas antes de que las hiciera. Sus hermanos, Iris, Marcos, la madre de este y Ariel.

Se pasó las manos por el abdomen para intentar relajar las mariposas que golpeaban las paredes de su estómago y continuó su camino hacia la cocina. Si seguía entreteniéndose, no cenarían nunca.

Cuando Darío entró en el comedor con una bandeja entre las manos, a Ariel se le hizo la boca agua. Tras un cuarto de hora deleitándose con los olores que salían de la cocina, comprobar con sus propios ojos lo que había cocinado su amigo, casi la hizo entrar en *shock*.

Darío depositó su preciada carga sobre la mesita de centro del comedor y esperó a que Ariel fuera capaz de hablar, aunque su mirada extasiada le había dejado bien claro que aprobaba todos y cada uno de los platos que había preparado.

—Hijo, ¿no pretenderás dejar la comida así, verdad? —preguntó Ricardo muy ofendido.

—Eh… Bueno… —farfulló Darío sin saber qué decir.

—Pues claro que no. ¡Qué cosas tiene, Ricardo! —acudió Ariel en su ayuda—. Darío, mi amigo, me dijo que pusiera el mantel, pero, uf, se me olvidó por completo —explicó levantándose del sillón—. ¿Dónde guarda los manteles?

Ricardo observó a la chica pelirroja y entornó los ojos, pensativo. Un segundo después sonrió y le indicó el primer cajón del mueble.

Darío dejó de contener la respiración al ver que su padre, aunque no reconocía, ni reconocería nunca a Ariel, aceptaba en lo profundo de su subconsciente su presencia.

Ricardo no podía crear recuerdos, todo lo que vivía era borrado de su cerebro un segundo después. Pero su subconsciente sí podía almacenar sentimientos, percepciones y emociones. Y aunque nunca supiera quién era la chica pelirroja, sí sabría que era alguien en quien podía confiar y, por tanto, no se mostraría suspicaz ante ella. Le permitiría una cercanía, que, aunque desconocida, sería entrañable, tal y como hacía con su nieta Iris, con Marcos y con los amigos de la residencia de día a la que acudía.

Ariel estiró el mantel sobre la mesa de centro y esperó a que Darío dejara la bandeja. Se mordió los labios al ver lo que había preparado su amigo: pan tostado con jamón serrano y tomate, tostaditas de queso manchego y pimiento rojo de lata, lacón con limón, un trozo de tortilla de patatas que había sobrado de la comida, y solomillitos de cerdo con salsa a la pimienta, de sobre, por supuesto. La sapiencia culinaria de Darío no daba para más, comentó entre risas Ricardo. Unos manjares tan apetecibles que Ariel casi olvidó sus modales y se lanzó sobre ellos en menos que canta un gallo.

Padre e hijo observaron complacidos a la muchacha; si sus «hum» y sus «ahhh» no fueran suficientes para indicarles que le gustaba la comida, sus ojos cerrados cuando saboreaba cada alimento sí eran indicativo de cuánto estaba disfrutando.

En el momento en que se terminó la última miga de la bandeja y comenzó a chuparse los dedos, Ariel fue consciente de que se lo había zampado todo sin dejar nada para nadie. Un inclemente rubor ascendió por su rostro a la vez que miraba a los dos hombres avergonzada. ¡Menuda tragona estaba hecha! Se mordió los labios, compungida, y buscó una excusa para su glotonería. No quería que Ricardo pensara mal de ella, aunque lo olvidara un segundo después. Cada instante contaba en la vida, y ella no quería decepcionar al afable anciano.

—¡Así me gustan las muchachas! Con buen apetito. Tu hermana

debería aprender de… —Hizo una pausa Ricardo intentando recordar quién era la pelirroja.

—De mi amiga Ariel —explicó Darío con una mueca. Su hermana nunca había comido demasiado, pero, si su padre pudiera recordarla cómo era ahora mismo, se indignaría al verla tan extremadamente delgada.

—Encantado de conocerte, Ariel —saludó Ricardo—. ¿Te ha enseñado el ceporro de mi hijo la casa? —preguntó, habiendo olvidado ya que la muchacha llevaba por lo menos una hora allí.

—No.

—Estos muchachos de hoy en día tienen los modales en los pies. Ven, ven, que te la enseño yo. Darío, haz el favor de recoger la mesa. No quiero ni imaginar qué pensará tu amiga de nosotros, con todo sin recoger a estas horas de… —comentó mirando por la ventana— la noche.

El pequeño piso le recordó a Ariel la casa en la que había vivido con sus padres. La entrada daba a un largo pasillo con seis puertas correlativas en uno de los lados. La primera puerta correspondía a la habitación de Darío y Héctor y en ella reinaba un cierto desorden. Estaba ocupada por dos camas de noventa centímetros, una mesilla entre ambas, y un armario empotrado en la pared libre. Sobre una de las camas, los pantalones y camisas de hombre impedían ver el color del edredón. Ariel supuso que era la de Héctor al oír renegar a Ricardo de su hijo menor. Sonrió. Su padre también se enfurruñaba con ella por el desorden de su cuarto. La siguiente puerta correspondía al comedor; no era lo que se dice grande, pero sí era muy acogedor. Constaba de dos sillones, uno de tres plazas y otro de una, orejero; una mesita baja frente a ellos, y un mueble de cerezo que ocupaba toda una pared. El mueble tenía cada una de sus estanterías ocupada por libros y fotografías de la familia, y en las paredes colgaban retratos de los hermanos, los padres y una preciosa niña de pelo negro y ojos claros, que supuso que sería Iris. La siguiente estancia era la cocina, tan diminuta que apenas cabían dos personas en ella. Después el cuarto de baño, más minúsculo aún que la cocina. Una ducha, un lavabo, un váter y un bidé… y dando gracias. La penúltima puerta daba a una coqueta alcoba con una litera y pósteres infantiles colgados en las paredes: la de Ruth e Iris, supuso. Y la última era la habitación de matrimonio. Era la más grande de toda la casa, y también la más sencilla. El aparador, la cama de matrimonio y las dos mesillas a juego en tonos pastel, un gran armario de espejos y un pequeño portarretratos de una mujer muy parecida a Héctor sobre la coqueta.

—Te presento a mi esposa —comentó Ricardo cogiendo el retrato—. Héctor es su viva imagen. Era la mujer más hermosa del mundo, tanto por fuera como por dentro.

—Es muy guapa —coincidió Ariel.

Ricardo se giró ante el sonido de la voz femenina y miró a la muchacha con curiosidad. Ariel le sonrió. Durante la visita guiada a la casa, el anciano había olvidado varias veces quién era ella y qué estaba haciendo él.

—Le estoy muy agradecida por haberme enseñado su hogar mientras Darío, mi amigo, está ocupado recogiendo la cocina.

—Ah, sí. Darío es un buen muchacho, ¿te he contado ya que me ayuda en la zapatería? Siempre le ha gustado trabajar, así que ahora en verano, como no hay clases, se viene conmigo y me echa una mano. Es un chaval estupendo —dijo Ricardo, pasando un brazo por los hombros de Ariel y guiándola hacia el comedor.

Ariel se dejó arropar por el delgado cuerpo del anciano, y caminó a su lado mirándole con cariño. Su propio padre también adoraba a su madre y aprovechaba cualquier oportunidad para gritar a los cuatro vientos lo hermosa y buena que era. Lo único que diferenciaba a ambos progenitores era que papá ya no vivía con ella, y que Ricardo, aunque estaba con sus hijos, no podía recordar sus vidas.

Darío le había contado que su padre perdió la memoria un verano hacía ya varios años, y que, desde entonces, vivía en ese estío eterno, ya que no recordaba el paso del tiempo ni el cambio de estaciones, ni mucho menos que sus hijos habían continuado creciendo. Ni siquiera sabía que el retrato de la niña en el comedor correspondía a su única nieta.

Darío salió de la cocina y se encontró frente a una estampa que le hizo encoger el corazón. Su padre abrazando a su chica, y esta permitiéndoselo sin poner mala cara o soltar sapos y culebras por la boca. Parpadeó sorprendido. ¿Quién era esa mujer y dónde estaba Ariel? Era la primera vez que la veía dejarse tocar por alguien que no fuera él mismo, sin tirarle al suelo, retorcerle el brazo o poner mal gesto. Su cara mostraba a todo aquel que la viera que se sentía arropada, cómoda… Miraba con tanto cariño al anciano que Darío no daba crédito a sus ojos.

—¿Qué haces en la cocina, hijo? —preguntó Ricardo soltando a Ariel y mirando extrañado a Darío.

—Dar un último repaso a los platos, papá. Se ha hecho muy tarde, ¿no tienes sueño?

—Mmm, sí, ahora que lo dices, estoy algo cansado. Creo que ya es hora de que nos vayamos a la cama.

Ariel vio cómo Darío abrazaba a su padre y lo llevaba hasta la habitación. Decidió ir al comedor para no interrumpir la familiar escena; al fin y al cabo, aunque había disfrutado enormemente hablando con Ricardo, ella no era nada para él, y no tenía derecho a acompañarle a la cama y darle un beso de buenas noches, aunque lo deseara con toda su alma.

Cuando Darío regresó al salón encontró a Ariel de pie, mirando por el cristal de la terraza.

—Son casi las dos de la mañana, hora de largarse —comentó chasqueando los dedos para a continuación pasar las palmas de las manos por encima de sus pantalones de deporte.

—¿Qué prisa tienes? —preguntó Darío aproximándose hasta quedar frente a ella.

—Ninguna, pero ya es tarde, tu padre se ha acostado, y tú tendrás sueño —respondió mirando a todas partes menos al hombre que estaba a un suspiro de distancia.

—En absoluto, estoy más despierto que nunca. —Darío dio el paso que le separaba de la muchacha y le cogió las manos. Su pulgar comenzó a trazar círculos sobre sus nudillos, haciendo que Ariel diera un respingo—. Incluso me atrevería a decir que esta noche me va a ser imposible dormir —susurró en su oído antes de besarle el cuello.

—Siempre puedes ver la tele —replicó Ariel dando un paso atrás, temiendo caer bajo las redes que tan hábilmente tejía el hombre.

—No digas tonterías —rechazó Darío tirando de sus manos, obligándola a abrazarle por la cintura.

Ariel observó, casi a cámara lenta, cómo la cabeza de su amigo descendía, en un aviso irrefutable de lo que iba a pasar a continuación. Su única reacción fue alzar el rostro y entornar los párpados, expectante ante el futuro roce.

Darío posó sus labios sobre los de la muchacha, los acarició con la lengua hasta que ella los separó y a continuación se hundió en la dulce profundidad de su boca. Saboreó la miel de su paladar, bebió sus suspiros, y se dejó llevar por las húmedas caricias que ella le regalaba.

Ariel fue consciente de que Darío la guiaba sutilmente hasta el sillón orejero, pero no le importó; disfrutaba demasiado de su contacto. Se percató del momento en que él se sentó y la acomodó sobre su regazo, pero no intentó impedirlo; se sentía femenina y especial acoplada en sus muslos. Mimada por sus manos y acurrucada sobre su duro cuerpo.

Darío respiró de nuevo al ver que ella no se oponía a sentarse sobre sus piernas. Se recordó una y mil veces que debía ser cuidadoso y no dejarse llevar por el impulso que le acuciaba a tumbarla sobre el suelo y hacerle el amor hasta gritar. Sabía, sin lugar a dudas, que debía ir poco a poco, o Ariel se asustaría y desaparecería como la Cenicienta del cuento. Su sirenita, tan independiente y resuelta, se estremecía ante cada una de sus caricias y suspiraba con cada uno de sus roces, como si fuera inocente ante la intimidad entre dos personas, como si la unión, ya no solo sexual, sino cariñosa de dos cuerpos fuera algo ajeno a ella.

Ariel sintió los dedos de Darío recorriendo su estómago, internándose con sutileza bajo la camiseta y acariciando en círculos su vientre desnudo. Se tensó ante ese primer roce de piel con piel, pero, al ver que él no intentaba ir más allá de su ombligo, se relajó y decidió investigar por su cuenta. Posó sus manos sobre el pecho de su amigo, lo recorrió con lentitud, aprendiendo cada hendidura y cada saliente de sus abdominales, y, cuando encontró el final de la tela que lo cubría, ni siquiera pensó en lo que estaba haciendo. Coló las manos por debajo de la camiseta e inició el recorrido por su piel sin la molesta prenda.

Darío jadeó asombrado al sentir las caricias de Ariel. Cada uno de sus músculos se tensaron, y su respiración se volvió agitada. Ni en sus mejores sueños había imaginado que ella haría eso. Gimió al sentirla juguetear con sus tetillas y, cuando pasó una uña sobre ellas, se olvidó de cualquier precaución autoimpuesta. Su mano voló hacia arriba hasta tocar el sujetador, y siguió subiendo hasta que encontró el comienzo de las copas y sus nudillos acariciaron la sedosa piel que había bajo ellas. Ariel tensó la espalda e intentó alejarse de él. Darío colocó la mano libre en la delicada nuca de la mujer, enrolló la fina coletilla pelirroja en su puño, obligó a su hada a acercarse a su rostro y la besó con toda la pasión que sentía.

Ariel se estremeció ante los desafiantes movimientos de la lengua que penetraba su boca, se acopló a ellos, los rebatió exaltada, y olvidó la astuta mano que acariciaba su pecho. O al menos lo intentó. Cuando las yemas callosas de Darío se posaron sobre un pezón, una corriente eléctrica recorrió todo su cuerpo desembocando en un punto exacto entre sus piernas. Las junto con fuerza buscando alivio y comprobó aturullada que su sexo se humedecía sin que ella pudiera evitarlo. Empujó con sus manos el pecho del hombre, intentando con ahínco alejarse de él.

—Chis, tranquila —susurró Darío dejando resbalar la mano que le causaba tal desasosiego hasta su tirante abdomen.

Comprobó que su sirenita se relajaba poco a poco bajo su tacto y continuó dibujando corazones sobre el tierno estómago, esperando el momento en que ella bajara las defensas y se dejara llevar por sus caricias.

Ninguno de los dos fue consciente del paso del tiempo. Estaban centrados en sentir cada roce, en respirar cada suspiro, en vibrar con cada estremecimiento. Las murallas fueron resquebrajándose, los dedos masculinos ascendieron una y otra vez hasta los suaves pechos, inaccesibles al desaliento, las manos de ambos se colaron tímidamente bajo las prendas que ocultaban la pasión de los amantes.

Darío estuvo a punto de gritar cuando sintió el indeciso toque de Ariel sobre la cinturilla de sus pantalones deportivos. Respiró profundamente, intentando tranquilizarse, y se atrevió a deslizar de nuevo sus caricias hasta los pechos de la muchacha. Tocó el cielo cuando ella le consintió acariciar las cimas rosadas de sus pezones. Jugó con ellas hasta endurecerlas y aprendió con las yemas su tacto rugoso. Olvidó hasta su nombre al advertir que ella jugaba con los cordones que colgaban de la cinturilla de su pantalón y dejó de lado toda mesura al sentir un asustadizo dedo colándose bajo la tela, sobre el algodón de su bóxer. Desplazó con rapidez una de sus manos hasta la de Ariel, la envolvió entre sus dedos, y la obligó a posarse por encima de la tela, sobre su polla erecta.

Ariel intentó alejarse de esa cosa dura y tersa que le quemaba la palma como si fuera fuego, pero Darío se lo impidió. La sujetó implacable y la obligó a moverse arriba y abajo a lo largo del enorme pene sin dejar de susurrar palabras ininteligibles en su oído. Le acariciaba la nuca con sus hábiles dedos a la vez que mordía y succionaba el lóbulo de su oreja, haciéndola estremecer de placer con cada aliento, con cada roce.

Darío intentó controlar el temblor de su cuerpo, normalizar su respiración y templar el fuego que recorría sus venas. Lo consiguió con un gran esfuerzo, estaba al borde del precipicio, y le asustaba terriblemente la reacción de Ariel si él explotaba antes de que ella se acostumbrara a tocar y ser tocada. Por otro lado, estaba convencido de que, si no se controlaba y se corría sobre la mano de su sirenita, esta le consideraría un egoísta por no haberle proporcionado el mismo placer. Y eso era lo último que deseaba; bastante le costaba llegar a ella como para meter la pata haciéndole pensar que era un aprovechado que solo pensaba en sí mismo.

Cuando notó que Ariel continuaba acariciándole la verga sin que él la instara a ello, la dejó hacer a su antojo y volvió a colocar la mano sobre el espacio mágico, voluptuoso y sensual que ocultaba la sencilla camiseta gris de tirantes de su sirenita.

Ariel estaba perdida en un mundo de sensaciones. Los labios masculinos besaban, mordisqueaban y succionaban los suyos, entumeciéndolos de gozo. La mano posada sobre su nuca le hacía vibrar con deleite. Los dedos que acariciaban y pellizcaban sus pezones la estremecían de placer. Estaba encandilada con el poder y vigor del rígido pene que intentaba escapar de los confines del bóxer. Todo su cuerpo temblaba anticipando algo… Algo que estaba segura no iba a ocurrir, pero no se veía capaz de parar al hombre que le transmitía tal cúmulo de sensaciones. Quizá con él fuera diferente. Quizá con él fuera la mujer que debería ser. Quizá con él pudiera…

Héctor se quitó los zapatos en el descansillo de la escalera y, con ellos en la mano, sacó la llave del bolsillo de su cazadora, la metió con cuidado en la cerradura, y la giró. Entró con sigilo en casa y desvió la mirada hacia la puerta de la habitación que compartía con su hermano. Estaba abierta. Se asomó y comprobó que la cama estaba vacía. Echó un vistazo al pasillo y frunció el ceño al ver la luz del comedor encendida y oír los susurros de la tele.

Su querido hermano mayor no solo había vuelto a cagarla, sino que encima le estaba esperando, dormido en el sillón, como de costumbre. ¿Cuándo aprendería Da que él no necesitaba niñera, y que más le valía ocuparse de cazar a su escurridiza sirenita?

«Te vas a enterar», pensó para sus adentros. Una sonrisa taimada se dibujó en sus labios.

—¡Sorpresa! —gritó dando un salto que le colocó en el umbral del comedor.

La sorpresa la recibió él.

Darío y su chica se estaban dando el lote, y menudo lote, en el sillón orejero. Ella estaba en el regazo de su hermano, con una de sus manos oculta bajo los pantalones del chándal, mientras que la de Darío se internaba bajo la camiseta de la sirenita. Entre ellos no pasaba ni el aire de lo pegados que estaban.

—¡Joder! —chilló Ariel asustada, sacando la mano de donde la tenía y saltando en un giro imposible hasta quedar acuclillada en posición de defensa en el suelo.

—¡Mierda! —Darío se levantó de un salto al ver a su hermano.

—Lo siento —susurró avergonzado Héctor ante la colosal metedura de pata.

—Tengo que… irme. Es… es supertarde… —balbució Ariel, sofocada. Cogió el abrigo, la mochila y el maletín y se dirigió veloz hacia la puerta de entrada, no sin antes empujar a Héctor en sus prisas por escapar.

—¡Espera! —la llamó Darío, sin obtener ningún resultado.

—Da… No tenía ni idea de… —musitó Héctor.

—¡Cállate! —bramó Darío pasando al lado de su hermano, corriendo tras Ariel.

Al llegar al descansillo comprobó enfadado que Ariel bajaba por el ascensor y no se lo pensó dos veces, se lanzó por las escaleras a velocidad vertiginosa y logró alcanzar a la muchacha cuando esta ya desaparecía por la esquina del bloque.

—¡Espera! —gritó.

Ella detuvo su loca carrera, se giró y le miró sin saber qué decir.

—No te preocupes por el imbécil de mi hermano; en cuanto suba lo mataré lentamente y, si quieres, te permito que le pegues hasta cansarte, pero, eso sí, yo me ocupo del golpe de gracia —declaró Darío haciendo que las comisuras de los labios de Ariel se levantaran en una tímida sonrisa.

—No te tires el rollo, serías incapaz de ponerle un dedo encima —bromeó ella azorada.

—¿Te apuestas algo? —preguntó Darío llegando hasta Ariel y abrazándola—. No te preocupes por lo que ha pasado —susurró besándola en la frente—. Héctor pedirá disculpas de rodillas.

—No tiene por qué —afirmó Ariel dando un paso atrás y separándose de él—. Es su casa, su comedor, su sillón… Yo no debería haber estado ahí.

—No te equivoques —replicó Darío—. También es mi casa.

—Es la casa de tu padre… ¡Joder! ¡Podía habernos pillado morreándonos! —exclamó dirigiéndose hacia la parada del autobús.

—Mi padre duerme como un lirón —aseveró Darío acompañándola—. Vamos, vuelve conmigo. No irás a permitir que Héctor se vaya de rositas, ¿verdad? Tenemos que darle un escarmiento —bromeó, intentando disimular el enfado que le corroía por dentro—. Te cedo la primera patada.

—No, es muy tarde, me largo.

Darío frunció el ceño y metió las manos en los bolsillos del pantalón, no se le ocurría nada que hiciera cambiar de opinión a la testaruda pelirroja. Miró alrededor buscando inspiración y siseó un exabrupto al ver acercarse el búho.

—No tienes por qué irte tan pronto —afirmó asiéndola por los hombros.

—Es supertarde —refutó Ariel zafándose de su agarre—. Lulú me va a matar —dijo sin pensarlo dos veces al ver acercarse el autobús.

—¿Lulú?

—Mi jefa. El tipo con el que comparto mi cuarto.

—¿Tu jefa? ¿El tipo? ¿Qué es, hombre o mujer? —preguntó Darío asiéndola de nuevo por los hombros, y entornando los ojos ante el súbito ataque de celos que se instaló en su estómago.

—Sí. No. ¡Qué más da! —Ariel dio un tirón al ver que se abrían las puertas del transporte público, se escapó de sus cálidas manos y subió al búho.

Darío subió tras ella. El conductor le pidió el billete, o el dinero para pagarlo en caso de no tener el abono de transporte. Darío miró a Ariel suplicante. No tenía billete ni dinero. Había salido de casa con lo puesto.

Ariel se encogió de hombros, le dio un tímido beso en los labios y se despidió.

El conductor le miró con cara de pocos amigos y a Darío no le quedó más remedio que darse por vencido. Observó con los puños apretados cómo su hada se escapaba sin que él pudiera hacer nada por evitarlo.

Cuando entró en su casa, Héctor le estaba esperando de pie en la entrada.

—Lo siento, Da. No tenía ni idea… Cómo iba a imaginar… Habíamos quedado en que te meterías en el cuarto y cerrarías la puerta —intentó disculparse el muchacho.

—Héctor… Déjame en paz —siseó Darío entrando en la habitación que compartían.

El portazo que dio se escuchó en todo el bloque.

Ricardo se despertó asustado; Héctor consiguió tranquilizarle y, acto seguido, se metió en el cuarto de su hermana y se preparó para pasar una amarga noche llena de remordimientos.

24

Es mejor caminar
que parar y ponerse a temblar.
REVÓLVER, *Es mejor caminar*

17 de abril de 2009

Ariel estiró las mangas de su cazadora vaquera al llegar al gimnasio; hacía ya unos años que la tenía y le quedaba un poco corta. Observó su reflejo en la cristalera de la galería y resopló. Se veía rarísima. Revisó por enésima vez su atuendo: los *leggings* grises que nunca había estrenado se le ajustaban a las piernas como una segunda piel; el vestido camisero azul que le llegaba hasta medio muslo tapaba su inexistente trasero y, supuestamente, daba más volumen a su pecho —o al menos eso había asegurado la vendedora—; y, por último, su nuevo corte de pelo. Había acudido a la academia de peluquería para ver si conseguían domar su cabello, y lo que habían hecho era… Algo raro. Le habían degradado el flequillo, ahora lo tenía muy corto sobre la ceja izquierda y acababa rozándole el pómulo derecho; el resto del cabello era como si lo hubieran cortado a trozos, más largo en la parte superior de la cabeza y muy cortito al llegar a la nuca… Y lo habían hecho a navaja. Ariel se tocó el nuevo peinado, parecía que había metido los dedos en un enchufe y se le habían quedado algunos mechones de punta. Su sempiterna coletilla seguía igual, gracias a Dios.

Había sido una locura, un arrebato. Lulú había insistido tanto en que con un corte de pelo adecuado estaría guapa que al final había acabado por creérselo… ¡Y mira el resultado! En fin, lo hecho hecho estaba.

Miró a través del escaparate, buscando a Darío, imaginando lo que diría al verla vestida de aquella manera tan… femenina. «Bah, tonterías, seguro que no se da ni cuenta», pensó. Al fin y al cabo, no tenía por qué fijarse en si ella cambiaba de peinado o de ropa. Solo porque la última noche se hubieran dado un par de besos más de lo normal, no significaba que él estuviera tan ansioso de verla, como ella a él. Al fin y al cabo no había pasado nada entre ellos, o, bueno, casi nada. Porque los sueños no contaban, ¿verdad? Por mucho que ella hubiera tenido toda clase de sueños con él, él no tenía por qué haberlos tenido con ella… Y, además, estaba hasta las mismas narices de darle vueltas al asunto. Y punto.

Irguió la espalda, alzó la barbilla y dio un paso adelante. La puerta automática del gimnasio se abrió para ella. «Ábrete sésamo», pensó, recordando el juego con su padre.

Darío estaba haciendo un poco de bicicleta cuando el aroma a miel, canela y almendras le envolvió. Alzó la mirada hacia la puerta, Ariel acababa de hacer su entrada triunfal. Un segundo después su club de fans la rodeó. Observó atentamente a la muchacha. Estaba preciosa. Se había hecho algo en el pelo, retirándoselo de la cara, mostrando así sus perfectas facciones de hada. También se había vestido diferente. Tragó saliva a la vez que se recreaba con la mirada en la longitud de sus estilizadas piernas. Era una verdadera ninfa.

Se levantó del incómodo sillín y sonrió. Todas las chicas del gimnasio rodeaban a su sirenita, expectantes, anhelando saber qué desconocidos juguetes les mostraría el nuevo catálogo. Llevaban toda la semana esperando su llegada, por lo que iba a ser complicado acercarse a ella entre tanta mujer desesperada, así que, por una vez en su vida, ignoró su instinto y, en vez de ir hacia ella, dio la vuelta y se dirigió al otro extremo del gimnasio.

Ariel buscó con la mirada a su amigo, lo encontró unos metros por detrás del muro de mujeres que la rodeaban, y le sonrió. Pero él no debió verla, pues se dio media vuelta y desapareció. La luminosa sonrisa que se había dibujado en su cara se esfumó. Carraspeó para quitarse el nudo de decepción de la garganta y acompañó a Sandra y las demás chicas a la sala de baile. Estaban como locas por ver los nuevos catálogos.

Al llegar a la sala, le vio. Estaba apoyado en la pared, al lado de la puerta. Tenía los brazos cruzados sobre el pecho, y sonreía como si estuviera ante un acertijo del que solo él conocía la respuesta.

—Hola —saludó Ariel ralentizando su paso, sin llegar a detenerse.

Darío no contestó. En lugar de eso, estiró veloz un brazo, le apresó la muñeca entre sus poderosos dedos y tiró de ella hasta que Ariel quedó casi encima de él.

—Hola —susurró contra sus labios un segundo antes de besarla, sin importarle cuántas personas estuvieran mirando—. Estás preciosa. Me encanta lo que le has hecho a tu pelo —comentó pasando sus manos por la estrecha cintura femenina, acercándola más a él y volviéndola a besar—. No tardes —murmuró al separarse—, tengo una sorpresa para ti —dijo guiñando un ojo y dirigiéndose al tatami para hacer cualquier cosa mientras la esperaba.

Ariel se quedó petrificada en el sitio. Lamiéndose los labios. Saboreando el beso.

—Vaya espectáculo que habéis dado —musitó Bri al pasar junto a ella—. Anda, vamos, no te quedes ahí parada como un pasmarote —dijo instándola a entrar en la sala.

Ariel la siguió, tocándose los labios con los dedos sin ser consciente de ello.

—Parece que el muchachote está colado por alguien... —comentó Sofía con la ilusión pintada en sus rasgos.

—¡Chicas! Centrémonos en el asunto —ordenó Sandra, dando palmas para llamar la atención de sus amigas—. Luego te descentrarás a placer con Darío —le susurró a Ariel a la vez que la daba una ligera palmada en el trasero.

Ariel dio un pequeño saltito, miró a sus amigas completamente sonrojada y una pequeña risa nerviosa asomó a sus labios. Intentó contenerla tapándoselos con el dorso de la mano, pero fue incapaz. Estaba tan emocionada como una adolescente ante su primera cita.

Las risas cómplices de todas las mujeres allí presentes llenaron el ambiente, acompañándola.

¿Todas?

No.

Una no rio. Más bien gruñó, pero tan bajito que nadie la escuchó.

Una vez que consiguió tranquilizar su alborotado corazón, Ariel se sentó en el suelo de madera, y abrió el maletín muy, muy despacio... creando expectación. Todas las mujeres la rodearon ipso facto y estiraron los cuellos para ver qué nuevos tesoros había traído.

—¡Guau! —exclamó Sandra al ver el nuevo catálogo de joyería y lencería erótica.

Miró a Ariel y esta asintió con la cabeza. Sí, había traído dos, uno para hojearlo con las clientas, y otro para dejárselo a ella y que pudiera elegir junto a Elías, a solas en la intimidad de su casa.

—Ufff —resopló Nines al abrir el catálogo de juguetes.

Las miradas de todas las chicas se centraron en la fotografía a todo color que mostraba una enorme pelota rosa, similar a la que usaban los niños para saltar encima y jugar en la playa, solo que la que mostraba la imagen tenía un añadido. Un enorme vibrador rosa de gelatina sobresalía imponente en el centro del globo.

—¡La leche! ¡Con este juguetito una se lo puede pasar pipa! Lástima que sea tan poco discreto —comentó una de las más jóvenes, provocando las risas del resto.

Siguieron riendo y comentando cada uno de los juguetes del catálogo, centrándose en algunos por su tamaño titánico, y asombrándose ante otros por su complejidad estética.

—¡Ay, mi madre! ¿Esto qué es? —preguntó asombrada Sofía al llegar a la sección de lubricantes.

Ariel se inclinó para ver lo que señalaba su amiga; era un tarro dosificador, similar a los de los jabones de tocador.

—Un lubricante al agua —comentó Ariel extrañada, no era nada del otro mundo.

—No, no. Lee la descripción —le instó Sofía.

—Lubricante con base acuosa, con un suave sabor a canela y propiedades anestésicas. Especialmente recomendado para el sexo anal —leyó Sandra en voz alta—. ¡La madre que los parió! ¡Hay que ver qué cosas inventan!

—Oye, pues no está nada mal. Con esto incluso me atrevería a... —comentó una de las chicas antes de sonrojarse y quedarse callada como una tumba.

—Pues a mí me parece estupendo. Ojalá hubiera habido estas cosas cuando lo hice la primera vez —afirmó Bri muy seria. Todas las miradas se dirigieron a ella—. A ver, no me entendáis mal, quiero decir que la primera vez que hice el amor me dolió muchísimo. Si hubiera sabido de la existencia de esto, me lo hubiera untado «ahí mismo», y hubiera esperado a que la anestesia hiciera efecto.

Las chicas se miraron unas a otras y luego dirigieron su atención a Ariel, que según parecía era la única virgen entre ellas. Cavilaron durante unos segundos, y luego se lanzaron a contar sus batallitas.

—A mí no me dolió tanto... Fue un poco molesto, sobre todo al ver que no había forma de que la polla de mi novio entrara ahí, pero, bueno, pasito a pasito... —comentó risueña Nines que para según qué cosas era muy lanzada.

—¿No entraba? —preguntó Ariel alucinada. En las pelis porno que había visto, eso de «entrar» no suponía ningún problema.

—Uff, al principio, ni de coña —sentenció Nines—. Luego... Bueno, luego aprendimos bastante y dejó de ser un problema...

—Pues yo la primera vez me asusté muchísimo... No dejaba de

sangrar —confesó Sofía colorada como un tomate—. Pensaba que me iba a desangrar.

—¡Qué exagerada! —se rio Sandra.

—¿Sangraste? —inquirió Ariel asustada. Eso de sangrar no se lo había contado nadie, claro que tampoco había hablado nunca con nadie sobre esos temas.

—Pues claro, todas sangramos, mucho o poco; depende de cada una —afirmó Nines—, pero es solo la primera vez.

—Habla por ti —la interrumpió Bri—. Yo sangré las tres primeras veces y, entre eso y el dolor, me dieron ganas de no volver a hacerlo nunca más.

—¿Sí? —Ariel no salía de su asombro. Dolor, sangre, parecía un martirio más que un gozo.

—Ni te lo imaginas. Es un tostón. Los hombres se lo pasan pipa, pero es a nosotras a quienes no nos «entra», a las que luego les duele durante días, las que sangramos como cerdas. Y todo para nada, porque las primeras veces ni siquiera sientes placer, solo dolor. Ellos se dedican a empujar como locos hasta que la meten del todo, se mueven un par de veces, se corren, y hala, si te he visto no me acuerdo —aseveró Bri.

—¿En serio? —Ariel ya no sabía ni qué pensar, lo que contaba Bri era… horrible.

—¡No digas tonterías, Bri! Si fuera como tú lo cuentas, nadie repetiría, y aquí estamos todas, como locas por comprar cacharritos para jugar con nuestros maridos, y follárnoslos después —afirmó Sandra enfadada, sin medir sus palabras. No entendía a qué estaba jugando Bri.

—Eh, que yo no digo que nos lo pasemos mal, solo que al principio no es tan bueno como parece. A ver, ¿cuántas habéis tenido un orgasmo en vuestra primera vez? —preguntó Bri ofendida.

Las chicas se miraron unas a otras, sin contestar, negando con la cabeza.

—Yo —dijo Sandra levantando la mano como si estuviera en el colegio—. No fue espectacular —aclaró en honor a la verdad— pero estuvo muy bien. Todo es cuestión de confiar en tu pareja, conoceros bien y dejaros llevar.

—Está claro que eres la excepción que confirma la regla —sentenció Bri. Las demás chicas asintieron dándole la razón.

—La primera vez es… complicada… —comenzó a decir Sofía—. Recuerdo que…

Ariel pasó la hora siguiente asistiendo atónita, asustada y alucinada a una especie de congreso informal sobre la virginidad, el sexo entre principiantes, los dolores de la primera penetración y la variedad existente de sangrados virginales. Un verdadero horror.

Cuando abandonó la sala, estaba tan apabullada por toda la información recibida que casi olvidó darle a Sandra su catálogo.

—Ariel —la llamó—. ¿No te olvidas de algo?

—Ah, sí, perdona, se me ha ido la pinza —se excusó sacando la revista de la mochila y tendiéndosela.

—No tengas en cuenta nada de lo que has escuchado. Las chicas han exagerado bastante. —Ante la mirada interrogante de Ariel, Sandra se apresuró a explicarse—. Es como en las reuniones de viejecitas. Cuando una empieza a contar a las otras las enfermedades que padece, el resto se apresura a contar las propias, y siempre, siempre, son peores que las que padece la primera anciana… Es como una especie de guerra: si lo tuyo es malo, lo mío es peor.

—Mmm, ¿como cuando los chicos cuentan sus batallitas? Si uno dice que mató un bicho enorme, el siguiente cuenta que cazó un pájaro con un tirachinas, y el último en hablar asegura que mató al mar Muerto.

—Exactamente —asintió Sandra riendo, Ariel había captado a la perfección el meollo de la cuestión.

Mientras Ariel estuvo ocupada con sus negocios, Darío se concentró, supuestamente, en unos ejercicios de taichi que ejecutaba a instancias de Elías. Según su amigo, le ayudarían a relajarse ya que le veía muy alterado. En esos momentos, tras una hora haciendo movimientos lentísimos, más que relajado, estaba a punto de perder la paciencia. Él necesitaba una buena tanda de patadas, puñetazos, pesas o abdominales para gastar toda la energía que llevaba acumulada en su interior, justo a la altura de la ingle, desde la noche del pasado viernes.

Le había costado exactamente cinco horas perdonar a su hermano por la interrupción, justo el tiempo que tardó en pasársele el dolor de huevos. Cinco horas de sueños inconclusos de los que despertó totalmente excitado y frustrado. Al final, poco antes de las nueve de la mañana, se despertó tan sudoroso, empalmado y dolorido que decidió dar un buen uso a sus dos manos. Quince minutos después abandonó el cuarto, medianamente satisfecho, y se dirigió a la cocina para prepararse un hipervitaminado desayuno con el que recuperarse de la agitación nocturna. Allí encontró a su hermano pequeño, sentado sobre un taburete, ojeroso, compungido y cabizbajo. Se acercó a él con la intención de echarle la bronca y acabó revolviéndole el pelo, dándole un pequeño empujón que casi le tiró de su inestable asiento y, cómo no, un fuerte abrazo que trajo la paz al pequeño gran hogar.

Ahora, apenas siete días después, seguía tan excitado y frustrado como esa noche. Había pensado que su imaginación era terrible cuando Ariel solo le daba un beso de buenas noches, pero, desde que acarició su cuerpo de sirena, había aprendido el significado del adjetivo «desbocado». Sí, ahora tenía la imaginación desbocada... Y esa noche se temía que poco iba a poder hacer para mitigar sus fantasías.

Estaba terminando la última tanda de posturas de taichi cuando Ariel salió de la sala de baile y se quedó en la puerta, conversando con Sandra. Darío paró en mitad de uno de los movimientos y, ante la más absoluta indignación de Elías, salió del tatami, se calzó y fue hacia ella.

—¡Darío! No has acabado —se quejó el profesor, últimamente su alumno estaba algo disperso.

—Mañana termino.

—Mañana es sábado, no hay clases —le advirtió Elías.

—Vale, estaré sin falta —le contestó Darío sin prestar atención.

Acababa de ver cómo Bri se posicionaba en la salida, y mucho se temía que estaba esperando a su chica, y eso sí que no. Ya había tenido paciencia de sobra con las reuniones de Ariel para toda su vida. Esa noche era suya, y no pensaba esperar a un lado un segundo más. Una cosa era el trabajo, totalmente respetable, y otra las amistades peligrosas.

—¿Ya has terminado, preciosa? —preguntó a su sirenita, tomándola del codo y besándola con ternura en la comisura de los labios.

—Eh... Sí —contestó Ariel soltándose del amarre de su amigo.

—Perfecto, nos están esperando —afirmó Darío cogiéndole la mano sin darse por vencido.

—¿Nos están esperando? ¿Quién? —inquirió Ariel deteniéndose a la salida del gimnasio.

—Todo el mundo —contestó él observando a Bri, que se acercaba a ellos con mirada maliciosa. Sin pensárselo un segundo tiró de la mano de su sirenita y la obligó a continuar andando.

—¿Quién es todo el mundo?

—Mi padre, mis hermanos, Iris, Luisa, Jorge y el imbécil de mi futuro excuñado. —Darío la instó a salir del gimnasio, dejando a una frustrada Bri atrás—. ¿Qué te has hecho en el pelo? Estás guapísima. Y tu ropa... Mírate —continuó hablando, a la vez que se ponía frente a ella, le cogía ambas manos y se las alzaba en cruz—. Siempre he dicho que eras la mujer más hermosa del mundo, pero hoy… Hoy me has dejado sin palabras —afirmó besándola y abrazándola—. No sabes lo mucho que te he echado de menos —declaró mientras bajaban las escaleras hasta la calle—. He pasado una semana demencial, no te imaginas lo que ha ocurrido… —Pasó uno de sus brazos sobre los hombros de la muchacha y la pegó a él sin dejar de caminar por la acera—. Y tú, ¿qué tal has pasado la semana? ¿Por qué no has venido antes? ¿Has tenido mucho jaleo? —Se detuvo frente al parque, le acarició las mejillas y volvió a besarla.

—¡Madre mía, Darío! ¿Has comido lengua?

—Ojalá —deseó él riéndose. Un segundo después devoraba su boca con ansia.

Ariel tembló cuando sintió la lengua de Darío lamer sus labios, penetrar entre ellos y enredarse con la suya. Se abrazó a él, agarró entre sus puños la chaqueta del hombre, y le devolvió el beso con la misma pasión entregada que él mostraba. Se separaron cuando la necesidad de respirar fue tan acuciante que temieron caer desvanecidos.

Un segundo después, Darío volvió a bajar la cabeza con intención de continuar donde lo habían dejado.

—¡Alto! Para el carro —le detuvo Ariel poniendo las manos en su torso—. ¿Por qué nos está esperando toda tu familia? —preguntó recordando lo que él había dicho.

—Ah, eso… Hoy tenemos celebración en casa —comentó restándole importancia a la vez que volvía a cogerla de la mano. No quería hablar mucho del asunto, no fuera a ser que se enfadara y saliera corriendo—. Resulta que el listillo de mi excuñado se ha declarado a mi hermana. Supuestamente van a casarse el quince de mayo, aunque no sé yo si no se rajará el muy idiota. Iris está como loca. Ruth no hace más que suspirar por los rincones, y Héctor no deja de gastar bromas sobre quién será el siguiente. Como te he dicho, ha sido una semana demencial —sentenció poniendo los ojos en blanco.

—¿Tu hermana se va a casar con tu excuñado? —preguntó Ariel extrañada. No intentó zafarse de su agarre, le gustaba eso de pasear cogidos de la mano.

Que ella supiera, Darío no tenía ningún excuñado con el que pudiera casarse Ruth.

—Sí, al final la ha convencido, y se va a casar con el fotógrafo…

—Ah, con Marcos. Entonces será tu futuro cuñado, no tu excuñado —recapacitó Ariel.

—No. El día de la boda pienso matarle a puñetazos, entonces pasará de ser mi futuro cuñado a convertirse en mi difunto excuñado —gruñó Darío con una sonrisa en los labios.

Ariel giró la cabeza, le miró entornando los ojos y, al ver la chispa de diversión en ellos, unida a lo que le había ido contando de Marcos durante los últimos meses, llegó a una conclusión.

—Ya no te cae tan mal —afirmó.

—Va a quitarme a mi hermana y a mi sobrina... —comentó muy serio—. A veces quiero matarle, pero... Si le mato el mundo perdería a un gran tipo, y por eso me contengo —sonrió.

—Eres más raro que un político honesto —sentenció Ariel mirándole atentamente—. Y... ¿Qué tiene que ver eso conmigo? —preguntó parándose frente al semáforo en rojo. Estaban ya muy cerca de la casa de Ricardo.

—Pues que Ruth se ha empeñado en celebrar la mala nueva —explicó Darío.

—¿Y? —inquirió Ariel apartándose de él y cruzándose de brazos.

—Pues, verás... Héctor le comentó a Ruth que el viernes pasado cenaste en casa, y a mi hermana le dio mucha rabia no haberte conocido... Entonces Iris dijo que también ella quería conocerte, y su padre apuntó que, en vez de celebrarlo el sábado, lo hiciéramos el viernes, que es cuando tú vas al gimnasio, y así podrías venir... Y, sinceramente, a mí me pareció un plan estupendo y acepté encantado —declaró Darío irguiéndose en toda su estatura y apoyando las manos en las caderas. No tenía por qué ocultar que estaba enamorado de ella. No pensaba mantenerla apartada de su familia. La quería en su vida, así que más le valía a la sirenita irse acostumbrando a estar con sus hermanos y su padre.

—¡¿Qué?! ¡Eres más peligroso que un tiroteo en un ascensor! —chilló dándole un fuerte empujón en el torso—. ¿¡Cómo se te ocurre apuntarme a... a una cena con toda tu familia!? ¡Sin contármelo antes! ¡Me cago en todo lo que existe! ¡Yo no pinto nada en tu casa! —gritó casi histérica. No podía presentarse ante toda la familia de Darío. Ella solo era una amiga, no tenía derecho a celebrar nada con ellos.

—Sí pintas en mi casa, de hecho eres imprescindible para mí. Y si no te he avisado de la cena, ha sido porque no tengo ningún teléfono al que llamarte, y tú no te molestas en llamarme a mí —argumentó Darío cogiendo de nuevo la mano de Ariel y cruzando el paso de cebra cuando el semáforo tornó a verde.

—No tengo tu teléfono para llamarte...

—Y aun así no lo hubieras hecho —apuntó él irritado doblando la esquina de su bloque.

—¡Pues claro que no! ¿Para qué iba a llamarte? —inquirió Ariel deteniéndose en mitad de la acera.

—Para enterarte de que esta noche estás invitada a cenar a mi casa. —Darío no dejó que se parara. Diez metros más y llegarían al portal.

—¡Tienes más cara que un saco de sellos! —le increpó Ariel cuando él por fin se detuvo.

—Y tú tienes la cara más bonita del mundo —dijo conciliador dándole un ligero beso en los labios, sin soltarle la mano. Ya no podría escaparse de él.

—Estás más sonado que la Filarmónica si piensas que voy a ir a cenar con toda tu familia así, con estas pintas —intentó zafarse ella de nuevo.

—No veo por qué no, ya te he dicho que estás guapísima —dijo alzando la mano y llamando al timbre que quedaba a espaldas de Ariel—. ¡Abre! —ordenó cuando su sobrina contestó al telefonillo de su casa.

—¡Joder! —gruñó Ariel al comprender que estaba atrapada.

La puerta del portal se abrió, Darío alzó a su sirenita sin dudarlo un segundo y traspasó el umbral con ella en brazos.

—¡Suéltame! —exclamó atónita. La llevaba en brazos como si fuera una novia. Lo miró alucinada y se le escapó una risita histérica. Estaba a punto de conocer a su familia y él la trataba como si fuera la mujer más frágil y femenina del mundo, no como el marimacho que era.

—Si te suelto, sales corriendo y te me escapas. Ni lo sueñes —aseveró Darío apresándola entre sus brazos al llegar al ascensor y besándola con ardor mientras esperaban que este bajara.

Siguió besándola al abrirse las puertas y entrar en la cabina y también mientras buscaba a tientas el botón del séptimo y durante todo el tiempo que tardó el viejo aparato en ascender los siete pisos. Al fin y al cabo, en breves instantes estaría rodeado por toda su familia, y no podría besarla ni tocarla ni acariciarla. Tenía que aprovechar la actual coyuntura, pensó besándola con más pasión, en previsión de las horas de frustración que se le venían encima.

25

> He pasado mil años viendo cómo mi madre
> trabajaba y llegaba a casa siempre tarde,
> una vez, y otra vez, treinta días al mes.
> Cada noche, después de estar yo acostado,
> la sentía abrir la puerta de mi cuarto.
> REVÓLVER, *El Dorado*

—¡*M*amá, ya ha llegado tío Darío! —gritó una niña de cabellos de ébano y ojos de mar cuando el ascensor abrió sus puertas.

—¡Iris! Entra en casa ahora mismo y compórtate como Dios manda —susurró una mujer idéntica a la niña, solo que, obviamente, de mayor edad y con los ojos color ámbar.

—Dios no manda nada —replicó Iris entrando—. Si lo hiciera, no habría tantas guerras ni tanta gente muriéndose de hambre. Lo dice papá.

—¿Marcos? —preguntó la mujer a un hombre de larguísimo cabello rubio.

—Ya ha llegado la invitada. No la hagas esperar en la puerta, cariño —se zafó él. Ariel imaginó que era Marcos, el futuro cuñado de Darío.

—Hola, soy Ruth —se presentó la mujer, tomando las manos de Ariel e instándola a entrar en casa, donde la esperaban impacientes la niña, el rubio, un tipo bajito con la cara llena de *piercings*, Héctor, Ricardo y una señora mayor vestida de… ¿época?—. No sabes las ganas que teníamos de conocerte.

—Me las estoy imaginando… —musitó Ariel dando un paso atrás.

Se chocó contra el torso amplio y duro de Darío. Sus musculados brazos se posaron sutilmente sobre sus hombros, sujetándola. Luego él bajó la cabeza y le dio un ligero beso en la frente.

—Tranquila, no muerden —le susurró al oído.

—¿Seguro? Entre todos tienen más dientes que una caja de cambios… —afirmó pegándose más contra el pecho masculino a la vez que miraba con melancolía la puerta, su única vía de escape.

—Seguro —aseveró él riéndose entre dientes. Cuando Ariel estaba nerviosa, decía cosas rarísimas.

Ariel intentó zafarse de su abrazo, pero él no lo consintió. Iris aún no había cerrado la puerta y corría el peligro de que se le escapase.

—Suéltame —siseó Ariel dando un tirón.

La joven se calló al escuchar una tos que intentaba disimular, sin conseguirlo, una risita.

—Hola, soy Marcos, el futuro marido de Ruth —se presentó el rubio—. Y el chiquitín que se está riendo es Jorge, *el Enano de los Anillos* —comentó señalando al hombre con la cara llena de *piercings*. Este puso los ojos en blanco y suspiró. Marcos siempre estaba con lo mismo.

—Hay quienes son bajitos, y hay quienes son más asquerosos que una cuchara de mocos —replicó Darío mirando con una sonrisa satisfecha a su futuro difunto excuñado.

—¡Darío! —exclamó Ruth

—Hijo, pide disculpas. Ahora mismo —le regañó Ricardo—. Yo te he enseñado otros modales.

—Déjalo, cariño —contestó Marcos abrazando a Ruth y dándole un beso en la clavícula para hacer rabiar a Darío—. El pobre es así. Un *action man* frustrado que no tiene otra cosa que hacer que amargar a los que tenemos más suerte —comentó volviendo a besar a su futura mujer, esta vez en los labios. Y, para causar más estragos en su futuro cuñado, aprovechó que estaba más o menos seguro rodeado por la familia, y le acarició el abdomen subiendo despacio hacia… el cuello.

—Sé de uno que está a punto de quedarse manco —gruñó Darío.

—¡Marcos! —gritó Ruth enfadada dándole un manotazo—. Como empecéis así, os castigo —amenazó mirando a los dos hombres.

—¿Voy preparando las sillas, mamá? —preguntó Iris, voluntariosa.

—¿Las sillas? —musitó Ariel mirando a la niña, confusa.

—Sí, unas muy duras que tiene mamá para cuando el tío y papá se portan mal. Las coloca en habitaciones separadas, y ellos se sientan en ellas para recapacitar sobre sus malos modales —

explicó la niña—. A mí también me castiga mamá, pero menos. Yo me porto mejor que ellos —aseveró señalando a Darío y a Marcos.

Ariel miró alternativamente a los dos hombres abochornados y la morena que permanecía erguida entre ellos con el ceño fruncido. Una risita escapó por entre sus labios, la hermana de Darío era una mujer de armas tomar.

—No sé, Iris. Tú tampoco eres una santa —comentó el hombrecillo de los *piercings*, Jorge, posando una mano sobre el hombro de Ruth y consiguiendo que esta se relajara, Darío sonriera y Marcos gruñera sonoramente—. Así que tú eres Ariel —dijo observándola con los ojos entornados y la cabeza inclinada—. Darío me contó que eras pelirroja, pero no me dijo que fuera un rojo tan explosivo, es… divino —suspiró extasiado—. ¿Es natural? Oh, por supuesto que sí, qué tonterías pregunto —se regañó a sí mismo a la vez que alzaba una mano y acariciaba uno de los ígneos mechones de Ariel; esta dio un respingo y se alejó de él—. Perdona mi atrevimiento, pero no me he podido resistir; es tan… prodigioso. Imagino que tendrás el mismo tono de rojo en todo el cuerpo, ¿verdad? —indagó Jorge frotándose las manos. Esta vez fue Darío quien gruñó—. Verás —dijo acercándose a la joven y bajando la voz—. Me dedico al diseño de… «interiores». No sé si me entiendes —dijo arqueando las cejas—. Creo hermosos dibujos en el pubis y…

—¡Jorge! No es el momento —le advirtió Ruth señalándole con la mirada a Darío, que estaba a punto de echar humo por las orejas.

—Diseños púbicos…, sillas de castigo…, vestidos de época… —musitó Ariel sin salir de su asombro—. Estáis más locos que un rebaño de cabras fumadas.

En el silencio que siguió al comentario de Ariel, se escuchó una tos, un par de carraspeos y, por fin, la risa clara y sincera de Héctor, que, apoyando la frente contra la pared, intentaba no reír a base de darse ligeros cabezazos. Un segundo después le acompañó la risa dulce de Jorge, que intentaba por todos los medios silenciarla tapándose la boca con las manos, y, tras esta, la desvergonzada y sensual de Marcos. Ariel y Ruth se miraron indecisas y, al final, acabaron estallando en musicales carcajadas, mientras Iris preguntaba a voz en grito de qué se reía todo el mundo.

Darío contempló hechizado la hermosa sonrisa de la mujer que se había convertido en el centro de su existencia.

—¿Por qué no pasamos al salón? —preguntó Ricardo confundido. No sabía por qué había tanta gente en su casa, pero, fuera como fuese, era de pésima educación dejarles allí, en el recibidor.

—Tienes razón, papá. Id sentándoos mientras voy poniendo la mesa —indicó Ruth a su familia.

—Te ayudo —dijo Ariel.

—Oh, no. Eres nuestra invitada, no tienes que hacer nada.

—Mi madre siempre dice que, allá donde fueres, haz lo que vieres… Si tú pones la mesa, yo también.

—Como quieras —aceptó Ruth observando a la joven pelirroja. No era exactamente como había imaginado.

Era mejor. Mucho mejor.

Héctor tenía razón, era el más intuitivo de la familia y no se había equivocado en absoluto sobre el tipo de mujer del que se enamoraría Darío.

Ariel no era frágil ni dulce, pero era justo lo que necesitaba su hermano. Una mujer de armas tomar, que no se achantaba ante nada y que parecía estar encantada de formar parte de esa cena familiar en la que la habían atrapado a traición.

Ruth no salía de su asombro. Darío les había advertido que trataran a Ariel con mucho cariño y cuidado, ya que ella vivía sola en una pensión, era muy independiente y no parecía tener contacto con sus padres, por lo que intuía que se sentiría incómoda rodeada de toda su familia. Pero parecía exactamente lo contrario. Mientras colocaban la vajilla y comprobaban que toda la comida estuviera en su punto, Ariel no había dejado de comentarle, con cierta melancolía, los guisos que hacía su madre para las ocasiones especiales, la manera en que su padre decoraba la casa, y lo bien que se lo pasaba ella misma trasteando en la cocina.

Ariel no hablaba de su familia como si estuviera disgustada con ellos, o como si no los viera a menudo. Todo lo contrario. Parecían estar muy unidos.

Averiguó, sin proponérselo, que su madre, María, trabajaba limpiando urbanizaciones, que les encantaba salir el fin de semana a la Casa de Campo y a la Pedriza, y que, cuando Arturo, su padre, que trabajaba de chatarrero, conseguía un buen precio por el cobre, siempre se daban algún capricho yendo al cine, al parque de atracciones o al zoo, y que incluso una vez fueron al Vicente Calderón a ver un partido de primera, dijo Ariel exultante. También supo que María era una excelente cocinera, y que de ella había aprendido Ariel a hacer el jabón de miel, canela y almendras con el que se duchaba cada día, aquel que tenía loco a su hermano.

En definitiva, Ariel pertenecía a una familia entrañable en la que todos los miembros se adoraban.

Tanto se entretuvieron las chicas en la cocina que al final Darío fue a buscarlas, preocupado por si había pasado algo con la cena. Y no, no había pasado nada. Solo se había quedado fría. La calentaron rápidamente en el microondas y la llevaron al comedor sin perder más tiempo. Allí, los hombres habían retirado la mesita de centro a otra habitación y habían colocado en su lugar unas borriquetas y, sobre estas, una larga tabla de madera, que, en cuanto tuvo puesto el mantel, se convirtió en la mesa perfecta para una cena informal.

—Ariel es un nombre poco común —comentó Luisa durante el primer plato—. Siempre he pensado que era nombre de chico.

—¿Perdón? —se sorprendió Ariel ante las palabras de la madre de Marcos.

Cuando era pequeña, los niños, y más tarde sus compañeros de curro, siempre se habían burlado de que se llamara como un detergente, o se habían divertido llamándola sirenita, pero jamás le habían dicho que fuera un nombre masculino.

—Ni caso, mi madre y sus cosas —desestimó Marcos.

—No, al contrario. Luisa lleva toda la razón —replicó Ruth a su futuro marido—. Tengo entendido que Ariel era un ángel de la naturaleza y la tierra, aunque también es cierto que la etimología del nombre nos enseña que es asexuado, de origen hebreo… —explicó dejando a todos los presentes asombrados—. ¿Cómo es que tus padres eligieron este nombre? Si no me equivoco significa 'león de Dios'.

—Bueno… La verdad es que me llamo Raquel —comentó Ariel aturdida ante la explicación—. La primera vez que mis padres me llevaron al cine, fue para ver *La sirenita* y a mamá le gustó tanto el nombre que papá decidió llamarme así a partir de ese instante.

—Vaya, no tenía ni idea de que Ariel no era tu nombre —comentó Darío curioso.

—Nadie me llama nunca Raquel, de hecho averigüé que ese era mi nombre cuando entré en el colegio y los profes se empeñaron en llamarme así. Puf, a veces se ponían de un pesadito…

—¡A que sí! Los profes son un incordio, no hacen más que molestar —asintió Iris, poniéndose sin dudar del lado de la pelirroja. Le caía bien la novia de su tío, era una tía estupenda y con las ideas muy claras.

—Iris, no deberías hablar así de tus maestros, y menos ante

nuestra insigne invitada. Va a pensar que la academia de señoritas a la que te llevamos no tiene categoría, cuando es todo lo contrario —comentó Luisa muy seria, erguida bajo las capas y capas de tela de su vestido de época—. Tus profesores destacan por sus impecables modales y su buena educación. Por eso están dando clase a la alta sociedad, entre la que tú te encuentras —dijo acariciando las mejillas de la niña.

Ariel parpadeó confusa.

—La futura suegra de tu hermana está más colgada que un alpinista en el Everest —susurró al oído de Darío—. Ruth no va a tener tiempo de aburrirse con ella.

Darío miró a su chica, luego a la madre de Marcos y por último a su hermana y, sin poder evitarlo, estalló en sonoras carcajadas.

Al acabar de cenar fueron los hombres los que se ocuparon de recoger la improvisada mesa, colocar la mesita de centro y preparar el café mientras las mujeres y el abuelo se acomodaban en el sillón.

Cuando Darío entró en el comedor con la bandeja del café en las manos, contempló patidifuso la estampa que acontecía ante sus ojos. Luisa, Marcos y Ruth estaban sentados en el sofá de tres plazas y Ricardo en el sillón orejero, mientras que Iris y Ariel permanecían sentadas en el suelo, muy cerca del anciano, contándole batallitas de escuela.

—¿Qué haces ahí? —preguntó enfadado a Ariel, desviando la mirada de ella a Marcos.

En su casa, las mujeres se sentaban en el sillón y, si no había sitio para los hombres, estos, como los caballeros que se suponía que eran, se sentaban en sillas o se quedaban de pie.

—¡Eh, a mí no me mires así! Que no tengo nada que ver. No ha habido forma de convencerla para que se siente en el sofá —explicó Marcos con rapidez. Una cosa era lanzar pullas contra su futuro cuñado, y otra muy distinta que Darío pensase que le había hecho un feo a Ariel. No quería volver a experimentar los puños del hermano de Ruth en su cara. ¡Ni loco!

—¿Ariel? —interrogó Darío a su sirenita con la mirada.

—¿¡Qué!? Estoy más a gusto en el suelo, ¿pasa algo? —replicó molesta, al ser convertida por obra y gracia de Darío en el centro de atención. Por nada del mundo se sentaría en el sofá familiar. Era una extraña en esa casa, y no iba a quitar el sitio a uno de los miembros de la familia. No estaría bien..

—No. No pasa nada, solo que no eres una cría para estar sentada con Iris en el suelo —reprendió Darío a su hada, enfadado por su respuesta cortante.

—Deja a la muchacha en paz, Darío —le regañó Ricardo, acariciando los mechones pelirrojos de la chica. No tenía ni idea de quién era, pero intuía que era una buena muchacha y no quería que su hijo la hiciera sufrir—. Está sentada en el suelo por un buen motivo… —De repente se calló intentando recordar cuál era ese motivo.

—Di que sí, abuelo. Ariel y yo te estamos contando todas las cosas que nos obligan a hacer en el cole… Y son terribles —explicó Iris estrechando los ojos, poniendo morritos y moviendo muy rápido la mano izquierda de arriba abajo.

—Ves como tengo razón, ese es un buen motivo —coincidió Ricardo divertido al ver el gesto de la niña, que imaginó sería hija de la pelirroja—. Tú sigue con tus cosas, hijo, que nosotros seguiremos con las nuestras —dijo mirando con cariño a la mujer y la niña y esperando a que continuaran sus batallitas.

Darío observó con la boca abierta cómo Ariel dedicaba la más hermosa y sincera de sus sonrisas a su padre, a la vez que descansaba la cabeza en el reposabrazos, junto a la mano de Ricardo, y miraba al anciano con adoración.

—Parece que papá y Ariel se llevan bien —susurró Héctor desde la puerta del comedor—. Papá no ha preguntado ni una sola vez quién es ella.

Ruth asintió con la cabeza mirando a Darío. Había escuchado la frase de Héctor y era testigo de ello.

El enfado de Darío se evaporó de golpe, dando paso a una profunda satisfacción y una felicidad que apenas se había atrevido a soñar. Cuando su padre no preguntaba reiteradamente por la identidad de alguien, era porque su subconsciente reconocía a esa persona como alguien que le agradaba y en quien podía confiar. Aunque no supiera su nombre, ni recordara su cara al segundo siguiente. A Luisa le había costado casi dos semanas conseguir que Ricardo no preguntase por ella. Mientras que nunca, jamás, el anciano había preguntado por la identidad de Iris.

Héctor, Jorge y Darío se acomodaron en las sillas que habían traído de la cocina y, una vez estuvo toda la familia al completo, comenzaron a hablar del tema más importante del mundo mundial para Iris. La boda de sus papás.

La niña estaba entusiasmada. Había elegido ella solita la ropa de boda de su mamá, y no podía decir nada porque su papá no tenía que saberlo, pero era un traje de chaqueta y falda de color blanco roto y una camisa… Justo cuando iba a describir la prenda, Ariel le tapó la boca con ambas manos y la llamó chivata entre risas. Iris se ofendió un poco con su nueva amiga, pero en cuanto esta le enseñó a hacer un encantamiento se le pasó el enfado.

—¡Hala! ¡Sabes hacer magia! —exclamó asombrada al ver que Ariel sacaba una moneda de su oreja.

—Sí. Me enseñó mi padre.

—¡Es mago! —gritó la niña total y absolutamente arrebatada.

—No —respondió Ariel entre risas—. Era chatarrero, pero se le daba genial la magia.

—¿Era chatarrero? —preguntó Marcos incrédulo.

—Sí. ¿Te molesta? —preguntó Ariel alzando la barbilla y asesinándole con la mirada.

—No, no… es que nunca he conocido a ningún chatarrero y me ha extrañado. Nada más —se apresuró a explicar Marcos. Por nada del mundo quería hacer enfadar a la sirenita. Estaba claro que Darío y ella eran tal para cual. Los dos igual de fieros.

—Si quieres le atizo un poco —propuso Darío a su chica—. Un par de golpes aquí y allá y listo.

—Bah, déjalo —contestó burlona Ariel—. Me cae bien tu hermana, no quiero que su futuro marido aparezca el día de la boda con la cara desfigurada.

—Si le pegas en la tripa, no le dejas marcas, tío —aconsejó Iris a Darío.

—¡Pero bueno, mocosa! ¿Tú de parte de quién estás? —dijo Marcos levantándose raudo y veloz de su sitio, acercándose a su hija y cogiéndola en brazos para luego lanzarla por los aires entre risas.

—Ni se te ocurra, Darío —censuró Ruth a su hermano, al ver la mirada calculadora que se dibujaba en sus ojos—. Ni en la tripa ni en ningún sitio. Lo quiero sano y salvo, antes, durante y después de la boda.

Marcos dejó de nuevo a su hija en el suelo, se sentó junto a Ruth, le dio un beso en el lóbulo de la oreja y, a continuación, sacó discretamente la lengua a Darío. Este, en respuesta, hizo crujir los nudillos.

Ariel miró a uno y a otro y no pudo evitar reírse.

—Estos dos tienen más peligro que un miura buscando novia en mitad de un encierro —comentó risueña.

—¡No lo sabes tú bien! —exclamó Ruth—. Miedo me da el día de la boda. Me alegra mucho que vayas a estar con nosotros en ese día tan señalado, así me ayudarás a vigilarlos —comentó sonriendo.

—¿¡Qué!? Pero… No estoy invitada —rechazó horrorizada.

—Claro que sí, Ariel. ¿No te lo ha comentado Darío? —preguntó Ruth mirando al susodicho. Este negaba espasmódicamente con la cabeza—. Ya veo que el zopenco de mi hermano no te lo ha dicho. Piénsatelo, me encantaría que vinieras.

—Además, te servirá como ensayo para la tuya —comentó Héctor burlón, guiñándole un ojo a su hermano mayor.

—¡Ni de coña me caso! —exclamó Ariel totalmente alerta.

—Mujer… No digo ahora mismo, pero dentro de unos cuantos meses… —replicó Héctor, divertido al ver la cara de horror de Darío, y la expresión alterada de su novia.

—No me voy a casar, ni ahora ni nunca —declaró Ariel con seguridad.

—¿No crees en el matrimonio? —interrogó Ricardo extrañado. No sabía bien de dónde venía la conversación, pero la afirmación de la joven le hizo fruncir el ceño.

—Claro que creo. El matrimonio es algo maravilloso —contestó Ariel pensando en sus padres.

—Entonces, ¿por qué dices esa chorrada? —increpó Darío irritado. ¡¿Qué era eso de que no se iba a casar nunca?!

—¡Darío! —le regañaron Ruth y Ricardo a la vez.

—¡¿Qué?!

—No es ninguna chorrada —objetó Ariel—. Es la verdad, no pienso casarme.

—¿Por qué? —siseó Darío con los ojos entornados.

—Porque le prometí a mi padre que él sería el padrino y, como no lo va a ser, no me caso —explicó la joven.

—¿Por qué no? Si tu padre no quiere ser el padrino, te buscas otro y ya está —dijo Héctor alucinado. Al final iba a tener razón Darío en que la pelirroja no se llevaba bien con su familia—. A mí me encantaría llevarte al altar —afirmó sin ninguna duda.

—No tengo por qué buscar otro padrino —comentó Ariel indignada con Héctor por decir tal cosa.

—¿Cuál es el problema entonces? —inquirió Darío, cruzando los brazos sobre el pecho en un intento por controlar el mal genio que estaba haciendo mella en él.

—No hay ningún problema —indicó Ariel con rabia—. Hice una promesa, y pienso cumplirla.

—¡No fastidies! Eso es una estupidez. Dame un buen motivo para cumplir esa promesa —exigió Darío levantándose enfadado de la silla.

—¡Porque las promesas no se rompen! —gritó Ariel poniéndose en pie y enfrentándose al hombre que la miraba como si quisiera matarla. ¡Que lo intentara!

—Darío, no insistas. Una promesa es una promesa, no puedes pedirle a nadie que la rompa —sentenció Ricardo, que, de todo lo dicho anteriormente, solo recordaba las últimas frases—. No te preocupes, jovencita. Mi hijo a veces puede parecer una mala bestia, pero en el fondo es buen chico.

El silencio reinó en el pequeño comedor durante unos segundos, los necesarios para que Darío tranquilizara su mal genio mientras toda su familia le miraba esperando uno de sus arrebatos.

Ariel respiró profundamente, se sentó de nuevo en el suelo y apoyó la cabeza sobre el reposabrazos del sillón orejero, junto a Ricardo. Este sonrió al ver a la muchacha a su lado. No tenía ni idea de quién era, pero, bajo su apariencia hostil, veía una mirada desolada. Se propuso animarla. Al fin y al cabo la chica parecía perdida y él era el mejor para hacer que se encontrara.

—No sé si mis hijos te han contado que soy el mejor zapatero remendón del mundo mundial —comentó, usando sin saberlo, una de las frases favoritas de su nieta.

Varias horas después, los sonoros bostezos de Iris y los más sutiles de Ricardo y Luisa convencieron a los demás miembros de la familia de que había llegado la hora de dar por finalizada la reunión.

Jorge fue el primero en despedirse, tenía que conducir un buen trecho hasta su casa y ya era muy tarde. Los siguientes fueron Ruth, Marcos y Luisa, que en contra de los llantos y quejidos de Iris comenzaron a recoger sus abrigos. La niña se negaba en rotundo a irse.

—Que no, que no y que no. No tengo sueño —refunfuñó indignada en medio de un bostezo. Se lo estaba pasando de miedo con la novia de su tío y se negaba a marcharse.

—Yo también me voy, todavía me queda coger el búho y llegar a Madrid, así que, cuanto antes me largue, antes llegaré a la pensión —comentó Ariel intentando consolar a la niña con un beso.

Ruth frunció el ceño al recordar que Ariel no tenía coche para regresar a su casa; no le hacía ni pizca de gracia que la muchacha paseara por las calles a esas horas.

Luisa por su parte entornó los ojos, tramando.

—¡No es justo! —gritó Iris exasperada. Todos los mayores se ponían en su contra—. Quédate un poquito más, *porfaplease* —suplicó a su amiga pelirroja.

—No puedo, mi niña. Mañana quiero levantarme pronto para ir

a Desguaces La Torre y, si no duermo, luego estoy de mala leche —argumentó Ariel para calmar a la pequeña, que cada vez estaba más enfurruñada.

—¿Vas a ir mañana a Desguaces La Torre? —preguntó Darío extrañado. ¿Qué se le habría perdido allí?

—Sí, quiero ver si encuentro una junta de culata.

—Ah, para el 124.

—Exacto.

—¿Cómo vas a ir hasta el desguace? —preguntó en ese momento Marcos—. Si tu coche no tiene junta de culata, no creo que ande, y en transporte público lo vas a llevar fatal.

—Ya me las apañaré —desestimó Ariel.

—¿Por qué no la llevas tú, Darío? Es lo mínimo que un caballero debe hacer por su dama —instó Luisa poniéndose el sombrero.

—Mamá, nadie duda de que Darío está cachas. Pero aun así me parece un poco exagerado pedirle que lleve a Ariel en brazos, como un caballero, hasta Torrejón de la Calzada —replicó Marcos entre risas, colocando bien el sombrero a su madre.

—No, Marcos, tu madre tiene toda la razón —afirmó Ruth dejando a todos con la boca abierta, en especial a su futuro marido—. Ariel, quédate a dormir en mi cuarto, y mañana por la mañana, ya descansados, que Darío te lleve en mi coche hasta el desguace. Así matáis dos pájaros de un tiro.

—¿Por qué van a matar a los pájaros, mamá? A mí me gustan mucho, les pongo miguitas para que coman todas las mañanas —dijo Iris con los ojos llenos de lágrimas. Los mayores eran muy malos si querían matar a sus pajaritos.

—No, cariño, no vamos a matar a nadie. Es solo una manera de hablar —negó Ruth arrodillándose para quedar a la altura de su hija—. Si Ariel se queda a dormir en casa, el tío no tiene que llevarla ahora a Madrid. —Ariel fue a protestar por esa afirmación—. No, Ariel —le impidió decir nada—. No voy a permitir que pasees sola por las calles a estas horas. Por tanto, tienes dos opciones: te lleva Darío a casa con mi coche ahora, y no me parece seguro porque es muy tarde y hay mucho ebrio suelto por la carretera, o te quedas a dormir y mañana vais juntos al desguace —sentenció con su voz de madre.

—¡Sí! —gritó Iris—. Y yo me quedo contigo. Tú duermes en la litera de arriba y yo en la de abajo. Verás qué bien nos lo pasamos, ¡vamos a hacer una fiesta de pijamas!

—No hace falta que nadie me lleve a mi casa ni al desguace,

puedo ir yo sola —rechazó Ariel la propuesta. ¡Qué perra con acompañarla a todas partes tenían todos!

—Por supuesto —coincidió Darío—, eres totalmente capaz de ir tú sola a todos lados, pero… son las cuatro y diez —dijo mirando el reloj— y el búho no pasará hasta dentro de tres cuartos de hora. Llegarás a tu pensión tan tarde que apenas te dará tiempo de dormir. —Ariel abrió la boca para contestar, pero Darío continuó hablando—. Ya sé que no pasa nada, que estás acostumbrada a dormir poco, pero… Luego irás al desguace, tú sola —especificó para que ella no tuviera oportunidad de quejarse—, y, si consigues la junta de culata, ¿cómo vas a llevarla hasta tu coche? —comentó como quien no quiere la cosa.

—Pero… —comenzó a decir Ariel.

—Darío tiene razón, sería lo mas cómodo para todos —apoyó Héctor a su hermano, era un plan estupendo—. Yo me encargo mañana de abrir la zapatería, y así vosotros tenéis todo el día libre para hacer vuestras cosas, hasta que tengáis que traer el coche por la noche a Ruth para que lleve a Marcos a Barajas —argumentó. Su futuro cuñado había cogido un par de días libres para la celebración, pero tenía que regresar a Canarias para seguir con el reportaje que se traía entre manos.

—¡Pues ya está! —gritó Iris eufórica—. Te quedas a dormir conmigo, luego el tío te lleva a *desaguar* y después vamos a llevar a papá. ¿Te quedas? ¿Sí, sí, sí?

—Me encantaría, de verdad de la buena —contestó Ariel a la pequeña—, pero Lulú mé está esperando y se va a enfadar si no voy… Y tiene muy mal genio, uf —se excusó Ariel.

—¿Quién es Lulú? —interrogó Darío, recordando que la última vez también había mencionado ese nombre… Como si fuera un hombre.

—Mi compañero de piso —respondió Ariel sin pensar mientras buscaba una ruta de escape. No quería molestar a la familia de Darío, y la idea de Ruth los iba a trastornar a todos. Y por si eso no fuera poco, corría un riesgo enorme quedándose a dormir allí, con Darío tan cerca. No se fiaba de ella misma.

—¿Compañero o compañera? —indagó Darío. Que él supiera, Lulú era nombre de mujer.

—Compañera.

—Deberías quedarte, vas a dar un disgusto tremendo a Iris, y eso por no hablar de que Ruth y mi madre no van a dormir en toda la noche, pensando que te ha pasado algo —dijo Marcos, agarrando la oportunidad al vuelo. Por culpa del maldito reportaje no había podido dormir con su futura mujer desde que le propuso matrimonio. Había llegado esa misma mañana y se iba a ir al día siguiente por la tarde, y no volvería hasta la próxima semana. Si Iris quería quedarse con su tía, él no pensaba desaprovechar la oportunidad para estar con Ruth a solas durante esa noche.

—¡Papá ha dicho que te quedes! —gritó Iris encantada, dando saltos por toda la sala.

—Pero, cielo, Lulú me está esperando. Se puede asustar si ve que no llego —aseveró Ariel aterrorizada, al ver cómo todas sus excusas se convertían en humo.

—¡Pues llámala por teléfono! Toma, marca —ordenó Iris, encantada de la vida, tendiendo el teléfono a su futura tía.

—Si la llamo a estas horas, se asustará igualmente —mintió Ariel a la niña acariciándole el pelo.

—Mándale un mensaje al móvil. Si está dormida no se enterará y, si está despierta, lo verá y no se preocupará —resolvió Darío.

—No sé mandar mensajes, listillo —resopló Ariel, enfadada con él por acorralarla.

—Yo lo mando por ti, dime el número de teléfono —afirmó satisfecho Darío sacando su móvil del bolsillo. Por fin iba a tener un teléfono en el que localizar a su chica.

Ariel le miró indignada. ¿Quería que se quedara a dormir? Bien, pues él se lo había buscado. Le arrancó el teléfono de las manos, marcó el número de la pensión y se lo puso en la oreja esperando respuesta.

—Ariel, es tardísimo, vas a asustar a tu amiga —comentó Ruth al ver que no mandaba un mensaje, sino que llamaba directamente.

—Que va —contestó Ariel todavía enfadada por la encerrona—. A estas horas Lulú ya habrá despachado al último y estará esperándome.

—Pero… —farfulló Ruth aturullada—. Son casi las cuatro y media…

—Lulú trabaja de noche —explicó Ariel—. Minia, pásame con Lulú… —dijo al móvil—. Sí, estoy bien; no, no ha ocurrido nada. ¡Minia! No me des la barrila y pásame con Lulú —exclamó poniendo los ojos en blanco. Un instante después, frunció el ceño a la vez que una voz grave comenzó a escucharse a través del auricular. Parecía que el interlocutor estaba muy, pero que muy enfadado—. No seas pesada, estoy bien —se excusó. Los gritos aumentaron el tono—. Me he quedado con unos amigos a cenar, y voy a pasar la noche con ellos… —Ariel frunció el ceño, irritada, ante lo que escuchaba a través del auricular—. No te importa un carajo con quien. ¡No! ¡No he hecho nada! —siseó roja como la grana colgando el teléfono.

Un coro de miradas extrañadas la observaba atentamente. Ariel se encogió de hombros y chasqueó la lengua.

—Me quedo a dormir. Tendremos nuestra fiesta de pijamas —afirmó guiñando un ojo a Iris.

La niña dio un tremendo alarido de felicidad y saltó sobre su nueva «muy mejor amiga».

26

Vi a mi padre luchar contra los elementos,
naufragar con su vida contra el muro del tiempo.
No tuvo otra oportunidad.
Y llegaba a casa con las manos cortadas
de montar con las manos armarios de chapa.
REVÓLVER, *El Dorado*

*L*a mañana siguiente a la fiesta familiar, un cansado y frustrado Darío conducía el destartalado y longevo AX de la familia por el carril derecho de la M-50, mientras una exultante Ariel le contaba todas y cada una de las virtudes de su sobrina.

¡Miércoles! Él ya lo sabía todo de su sobrina. Lo que no sabía era casi nada de la pelirroja que le acompañaba. ¡Y quería saberlo!

La observó de reojo, el rostro de Ariel no evidenciaba las pocas horas que había dormido. Sus ojos brillaban ilusionados, sus mejillas estaban sonrosadas por el aire frío que entraba por la ventanilla bajada y sus labios mostraban una extraordinaria sonrisa. Parecía que, en vez de ir a un desguace, fuera de vacaciones pagadas al más caro de los *resorts*.

Darío cabeceó asombrado. ¿Qué había pasado con la huraña pelirroja que le había tirado al suelo en enero? La mujer que se había quedado a dormir en su casa trataba a Iris como si fuera su hermana pequeña, miraba con adoración a su olvidadizo padre, se reía con Héctor y Marcos, se ruborizaba por los cumplidos de Jorge, no ponía caras raras ante las locuras de Luisa, y había conquistado a su hermana. A su hermana y a toda su familia. Y a la gente del gimnasio. Y a él.

Ahogó un suspiro y posó, como por casualidad, la mano sobre el muslo de su hada. Ariel se la retiró sin dudarlo un momento.

—Estate al loro con la carretera, que bastante le cuesta a este cacharro circular a noventa como para que encima te despistes, nos vayamos al arcén y tengamos una avería —le advirtió Ariel.

Darío sonrió, en algunas cosas no había cambiado nada. Desde que habían montado en el coche estaba despotricando por el deplorable estado en que se hallaba el automóvil. No sabían cuidarlo. Según ella, los frenos pitaban porque estaban cristalizados, la palanca de cambios rascaba porque el circuito del aceite estaba sucio, y el volante vibraba porque no tenía bien hecho el equilibrado… Desde que su sirenita se había levantado de la cama, estaba guerrera. O mejor tendría que decir que llevaba guerrera desde que Ruth y su familia habían dejado a Iris en las cuidadosas manos de la pelirroja.

En contra de lo que Darío imaginaba, Ariel no se limitó a acostar a su sobrina, contarle un cuento hasta que se quedara dormida y volver sigilosamente al comedor, donde él la estaba esperando impaciente.

En absoluto.

Ariel se había vestido con la enorme camiseta que él le había prestado y se había metido en el cuarto con Iris. Darío pasó la siguiente hora esperándola, excitado al principio; frustrado después, cuando se dio cuenta de que estaba siendo ignorado, y alucinado por último, al escuchar los susurros, risas y bromas de su sobrina y su novia. Al final, se fue a acostar mucho después de las cinco de la mañana, cuando le quedó diáfanamente claro que su sirenita se había olvidado de él. Cuatro horas después, Ariel le había despertado con un casto y avergonzado beso en la frente.

—Son las nueve, me voy —le susurró al oído—. No hace falta que te levantes, es una tontería, ya voy sola. Te veo el viernes —dijo de corrido en voz baja, como si tuviera miedo de que él reaccionara mal por haberlo despertado, pero a la vez no quisiera irse sin despedirse.

Darío abrió los ojos de golpe. Su sirenita estaba completamente vestida. ¡Miércoles!

—No. Espera, te llevo —afirmó levantándose de la cama con rapidez. Por nada del mundo le daría la oportunidad de dejarle plantado. Pasarían el día juntos, lo quisiera ella o no.

Desayunaron en una cafetería para no despertar al resto de la familia con su conversación, montaron en el coche con el estómago satisfecho y comenzaron su viaje. Y ahí estaban, a punto de llegar a un desguace a buscar Dios sabía qué.

—¡Ahí va la hostia! —exclamó Ariel en ese momento.

Un coche de la misma marca y color que el suyo, un AX blanco, los había adelantado a más de 160 kilómetros por hora.

—Ese tiene menos futuro que un vampiro mellado —comentó la sirenita negando con la cabeza—. Mi padre siempre dice que más vale perder un minuto en la vida que la vida en un minuto.

—Tiene más razón que un santo —aprobó Darío mirándola atentamente. Siempre que hablaba de su padre se le apagaba el brillo de la mirada—. Por eso yo no corro nunca.

—Tú no corres nunca porque tu pobre coche no da para más. Déjalo en mis manos y verás cómo vuela —afirmó risueña, acariciando el salpicadero.

—No me hace falta que vuele —rechazó Darío herido en su orgullo. El coche de su familia no era tan lento como ella aseguraba.

—Oh, vamos, no disimules, si hasta nos ha adelantado un camión de ganado —rebatió ella divertida.

—No era de ganado.

—¿Ah, no? No intentes camelarme, llevaba bichos dentro.

—Llevaba pollos, eso no es ganado. Son aves —replicó Darío con seriedad—. Las aves tienen alas. Por tanto, se ponen a batirlas y el camión corre mucho más. Por eso nos ha adelantado.

Ariel observó unos segundos a su amigo y luego estalló en musicales carcajadas, mientras Darío fruncía el ceño al mirar por el retrovisor.

—¡Miércoles! ¿Qué querrán estos ahora? —protestó, frenando y desviándose al arcén.

Ariel giró la cabeza para mirar por la luna trasera. Un coche de la guardia civil, con las luces del techo encendidas, les instaba a parar. Arrugó la nariz, enfadada. No quería que les hicieran perder más tiempo, bastante tenían ya con el paso de tortuga del AX.

Darío bajó la ventanilla, y el guardia civil le solicitó la documentación del coche. Habían recibido aviso por radio de que circulaba a demasiada velocidad.

—¡Qué! ¡Esta tartana no puede circular a más de noventa! —estalló Ariel desde el asiento del copiloto.

—Ariel, cállate —siseó Darío anticipando problemas.

—No. No me callo —negó soltándose del cinturón de seguridad. Saltó de su asiento y culebreó hasta quedar arrodillada sobre Darío y apoyada en la ventanilla, frente al guardia civil que la miraba con cara de pocos amigos—. A ver, colega, me parece estupendo que persigáis a los que corren mucho y tal, y os apoyo al cien por cien, pero es que este trasto no corre.

—Ariel —gruñó Darío al ver entornar los ojos al guardia.

—Mira, si te tengo que dar los papeles y esperar a que los compruebes, yo te los doy… pero es esperar para nada. Te has equivocado de carro.

—Discúlpela, agente; no sabe lo que dice —se disculpó Darío, fulminándola con la mirada y sacando el permiso de circulación y el recibo del seguro de la guantera.

—Sí sé lo que digo. Este coche es un AX signo de 54 caballos y 1100 de cilindrada del año 92, incapaz de alcanzar los ciento veinte por hora ni aunque lo empujemos. El que buscan nos ha pasado hace menos de quince minutos, es un AX 14 GTI con una cilindrada 1400 y 101 caballos, modificado, más o menos del 98… Como ven, no hay color entre uno y otro.

El guardia civil carraspeó, miró a la pelirroja y extendió la mano con un golpe seco, en espera de que le dieran los papeles solicitados.

—Ariel, por favor, siéntate en tu sitio y déjame hablar a mí —suplicó Darío ante la mirada fulminante del agente.

—Pero si tengo razón, está metiendo la pata hasta el fondo —se rebeló ella.

—¡Ariel!

—¡Este coche corre menos que el caballo del malo! Mira, móntate —le dijo al agente— y, si consigues que pase de los cien, te doy un premio.

—No necesito ningún premio, señorita. Solo que se calle un rato mientras compruebo que todo está en orden.

—¡Pero bueno! Escucha…

No pudo terminar la frase. Darío la calló de la única forma que se le ocurrió. Dándole un buen beso de tornillo.

—No se te ocurra volver a… —comenzó a decir, enfadada.

A Darío sí se le ocurrió.

Y fue un acierto, ya que le dio tiempo al compañero del guardia civil a recibir otro aviso de que el AX que iba a alta velocidad había sido visto en ese mismo instante unos kilómetros más adelante.

—Todo correcto, pueden circular —afirmó el guardia civil devolviéndole a Darío el permiso de circulación, el carné de conducir y el recibo del seguro—. Buena manera de hacerla callar —comentó sonriendo, a la vez que se giraba en dirección a su coche.

—¡Será…!

—¡Ariel! —exclamó Darío tomándola de la cintura y volviendo a colocarla en el asiento del copiloto. Podía ver a través del retrovisor que el guardia civil se estaba montando en su coche sin dejar de observarlos atentamente—. Nos hemos librado por los pelos, deja el tema en paz —ordenó poniendo el coche en marcha y acoplándose al lado derecho de la carretera.

—No te jode, el baranda —renegó Ariel girando en su asiento y mirando por la luna trasera—. ¿Pero quién coño se ha creído que es?

—Un guardia civil —resopló Darío tomando el desvío a la A-42 en dirección Toledo—. Ya sabes, un tipo uniformado con capacidad para poner multas… Y tú le has estado tocando las narices.

—¡¿Yo?! Ha sido él. Ha metido la pata, hasta el fondo. Y tú te has cagado de miedo, ya me está llegando el tufillo a mierda. Pobre Da, ves un uniforme y te jiñas patas abajo… —comentó burlona, olvidando que estaba enfadada con él por hacerla callar de «esa manera».

—Vamos a tener que hacer algo con tus modales —replicó él muy serio.

Ariel se limitó a taparse la nariz como si oliera fatal en el coche.

Darío dejó escapar una carcajada, sacudió el pelo de su chica y continuó conduciendo.

Poco después llegaron a Desguaces La Torre.

Darío sopló alucinado por lo que veía. Ese sitio era el cementerio de todos los coches de Madrid. Era una explanada de unos doscientos cincuenta mil metros cuadrados, vallada y repleta de vehículos en distintos estados de abandono. Algunos estaban enteros, a otros les faltaban las ruedas, los asientos, los retrovisores, y de otros solo quedaba la carrocería. También había enormes «dados» formados cada uno por automóviles prensados.

Ariel salió del coche, y se dirigió con paso firme hasta una de las grandes naves que allí había. Darío la siguió sin dejar de asombrarse por todo lo que le rodeaba. La nave tenía varias dependencias que la muchacha ignoró, mientras se encaminaba hacia la sala principal. Allí, sobre cientos de estanterías metálicas que casi llegaban al techo, había miles y miles de piezas de todo tipo de vehículos, o eso imaginó Darío, que de coches solo sabía que había que echarles gasolina, vigilar el aire de las ruedas y llevarlos al mecánico cuando empezaban a sonar peor de lo normal.

Ariel se acercó hasta un mostrador ocupado por multitud de papeles y cachivaches. El hombre que había tras este sonrió y le dio una fuerte palmada en la espalda a la muchacha. Era un tipo mayor, con barba cana, poco pelo en la cabeza y una enorme barriga cervecera.

—¡Pero si la princesita se ha dignado a visitarnos! —exclamó alegre.

—No hagas el paripé, y déjame ver tu cuerpo serrano —se

rio Ariel pasando por detrás del mostrador y abrazando al hombre—. Uf, cada vez tienes más tripa. ¿Todavía eres capaz de verte la polla?

—Por supuesto que sí, Ari. Cuando uno tiene un rabo de medio metro, no cuesta verlo, por mucha barriga que tenga —replicó el hombre divertido tocándose los huevos con una mano— y no creas, que mi trabajo me cuesta mantenerla —aseveró levantándose la tripa con ambas manos.

Ariel comenzó a carcajearse feliz, se sentía como en casa.

Darío la observaba boquiabierto. Su chica nunca se había mostrado tan desvergonzada.

—Darío, ven —le llamó ella—. Este es el Guata. Guata, este es Darío, un amigo.

—¿Qué tal, chaval? —le saludó el hombre, dándole una palmada en la espalda que le dejó casi sin respiración—. Sí que has tardado en pasarte por aquí, princesita; te llevo esperando más de un mes —le comentó a Ariel.

—¿Y eso? ¿Te has divorciado ya de la Pelotona y quieres pedirme matrimonio? Pues que sepas que estás demasiado viejo *pa* este cuerpo —contestó Ariel divertida.

—¡Anda ya, y no te viertas! —El Guata empujó con fuerza a la joven y le intentó poner la zancadilla, pero esta lo esquivó y comenzó a dar saltitos a su alrededor—. Niña, para, que me mareas. —La pelirroja le hizo caso, aunque no dejó de reírse—. Vaya, vaya… No sé qué mosca te ha picado, pero estás guapísima vestida de mujer —comentó observándola de arriba abajo—. O lo mismo lo que te ha picado ha sido un moscón —comentó guiñando un ojo y mirando a Darío.

—¡Guata! ¡Cierra esa bocaza o te rompo los morros! —gruñó Ariel.

—Uy, qué canguelo me das. Mira cómo tiemblo. Además… Si me los rompes, no te doy lo que te tengo guardado.

—¿Qué me tienes guardado? —preguntó Ariel, de repente muy seria.

—Mmm. ¿Qué hago, muchacho, se lo doy o no se lo doy? —Pasó un brazo por los hombros de Darío y sonrió misteriosamente.

—¡Guata! No seas fullero y dímelo —ordenó Ariel. El interpelado miró a Darío y sonrió.

—Creo que le conviene decírselo antes de que le dé una pataleta —comentó Darío.

Por toda respuesta, el hombre se dio media vuelta y desapareció tras una puerta oculta entre estanterías. Apareció cinco minutos después con un paquete envuelto con tela sucia entre las manos.

—Con cuidadín, princesita, que esto vale su peso en oro. —Le tendió el paquete a Ariel.

Esta lo puso sobre el mostrador y lo desenvolvió con cuidado. Un gritito escapó de sus labios cuando vio lo que era.

—¡Lo has conseguido! —exclamó tan ilusionada que no pudo evitar dar saltitos como una niña pequeña ante un nuevo y esperado juguete.

—Ya te dije que lo conseguiría.

—¿Qué cojines es eso? —preguntó Darío intrigado.

Frente a él, sobre el mostrador, había un trozo de plástico fino y alargado con cuatro agujeros enormes y con pinta de ser más viejo que Matusalén.

—Es una junta de culata, original de un 124. En perfecto estado —explicó el Guata.

—¡No me lo puedo creer! Es lo único que me falta para poner en marcha el coche de papá. ¡Eres la biblia en verso, Guata! —exclamó lanzándose sobre el hombre y comiéndoselo a besos—. ¡Dios, es la hostia! —Saltó exultante sobre Darío y le dio un tremendo beso en los labios.

Darío sonrió sorprendido al ver a Ariel tan feliz, tan alegre. No podía estarse quieta, acariciaba el chisme de plástico con reverencia y acto seguido abrazaba a su amigo, o le besaba a él. Observó patidifuso cómo el inmenso hombre barbudo se secaba con disimulo una lagrimita a la vez que tragaba saliva.

—Ya lo tienes, princesita. Es toda tuya. Vete a por tu cacharro y ponlo en marcha —la instó el hombre, envolviendo de nuevo la junta de culata y dándosela.

—No lo dudes ni por un momento. Voy a hacer que vuele sobre el asfalto —afirmó Ariel abrazando el paquete contra su pecho—. Dime cuánto te debo.

—Nada, princesita; es un regalo —respondió el hombre, poniéndose muy serio.

—No, por supuesto que no. Es una pieza de coleccionista, vale una pasta gansa. Dime lo que es, que te la pago.

—No, mi niña. Es un regalo. —Ariel intentó protestar, pero el hombre la silenció con un gesto de la mano—. Te he visto crecer adorando ese coche. He pasado años viendo cómo Arturo y tú revisabais el desguace de arriba abajo, buscando piezas para él. La ilusión del viejo era ponerlo en marcha. Ahora tienes la oportunidad. Arréglalo y tira millas con él y, si algún día te aburres, ven a verme. Escuchar ronronear el coche de Arturo será el mejor de los pagos —afirmó dando un beso en la frente a la muchacha.

—Gracias, Guata. Eres el mejor amigo que se puede tener —aseveró abrazándole.

Darío asistió estupefacto al intercambio de abrazos, besos y buenos deseos. Luego, Ariel se dio la vuelta y se dirigió presurosa a la salida, abrazando el trasto con fuerza con una mano y limpiándose los ojos con el dorso de la otra.

—Ese chisme es importante —comentó Darío cuando montaron en el coche, y Ariel sorbió por enésima vez por la nariz.

—Sí. Es lo que se interpone entre el bloque de cilindros y la culata, asegura la estanqueidad de la cámara de combustión. Sin ella, ningún coche funciona.

—Vale. —No se había enterado de nada—. ¿Quién es Arturo? —preguntó en vez de seguir indagando en cosas de motor que no entendía.

—Mi padre.

—Ah, no sabía que venías con él aquí.

—Cada vez que ahorrábamos un poco nos acercábamos al desguace a por piezas, ya fuera para la furgoneta o para el 124. Así conocimos al Guata. Le caí en gracia. Le encantaba llamarme princesita —sonrió Ariel, recordando—, y a mí me sentaba fatal. Una vez me metí en la cadena de desmontaje, y por poco les dio un ataque al corazón a mi padre y a él. Uf, papá me castigó un mes sin venir. Fue horrible.

—¿La cadena de desmontaje?

—Es esa nave —explicó Ariel señalando una nave apartada y más grande que las demás—. Es donde descontaminan los coches y les quitan todas aquellas piezas que puedan reutilizarse. Es bastante peligrosa porque las máquinas están funcionando a todas horas, hay escapes de aceite del motor de los coches, y otros fluidos poco recomendables, como el líquido de frenos, el anticongelante y tal… Vamos, el mejor sitio para que una cría de quince años pasee sin ningún cuidado.

—Uf. Yo te hubiera castigado para toda la vida…

—¡Exagerado! Menos mal que no me metí allí. —Y señaló otra nave, mucho más pequeña. Darío miró a la joven, sin entender—. Es la prensa. Ahí espachurran los coches hasta dejarlos muy delgaditos —explicó ella, divertida al ver su gesto asustado—. ¿Puedes acercarme al garaje donde tengo mi 124? Me gustaría enseñarle la junta a Chocolate.

—¿Chocolate?

—Ya averiguarás quién es.

Y cuando lo averiguó la sorpresa fue tal que no se le metió ninguna mosca en la boca porque en el garaje no había. Si no, hubiera tragado por lo menos cien.

Chocolate era un osito de peluche viejo al que le faltaba un ojo. Estaba vestido con una gorra roja, una chaqueta con un solo botón y unas zapatillas de lona. Supuestamente, su cometido era vigilar el viejo y adorado coche de Ariel desde el asiento del copiloto. También se sorprendió al observar el 124. No era una cascarria como había imaginado. Todo lo contrario. Era un coche muy aparente, con una reluciente carrocería azul, faros brillantes y tapicería impecable, siempre que no mirara mucho los asientos traseros, que estaban llenos de… chismes de plástico y metal. Ariel le explicó que eran las piezas que faltaban por colocar en el motor, y que, ahora que tenía la junta de culata, solo necesitaba tiempo para ponerse manos a la obra y hacer andar el vehículo.

—¿Qué te parece, Chocolate? —preguntó Ariel a su peluche, besándolo y abrazándolo con más cariño del que mostraba habitualmente a ninguna persona, incluido Darío—. En un par de meses lo pondré a punto.

—¿También hablas con ese bicho? —dijo Darío risueño. Su sonrisa se borró un segundo después, ante la seriedad de la respuesta de Ariel.

—Pues sí. Es mi amigo, siempre ha estado ahí para mí. Nadie más puede decir lo mismo —aseveró.

—Le tienes mucho cariño.

—Más que eso. Lo hizo mi madre para mí. Durmió conmigo desde que nací hasta que tuve dieciséis años. —La melancolía se coló en su voz. Cabeceó para liberarse de ella y comentó divertida—: Deberías estar celoso…

—Y lo estoy, no lo dudes —afirmó antes de abrazarla y comenzar a besarla.

—¡Esas manos quietas! —exclamó cuando su trasero recibió más atención de la solicitada—. Vas a escandalizar a Chocolate.

Darío rio con ganas al ver la expresión de horror en los rasgos de su sirenita. Desde luego era una mujer única. Se acercó al coche y le dio unos golpecitos en el capó.

—Entonces, vas a ponerlo en marcha.

—Sí. Y en cuanto lo haga, le pasaré la ITV y me lo llevaré lejos de este garaje cochambroso. Está lleno de ratas y no tiene buena ventilación, y eso por no hablar del portero; ¡es insoportable! —explicó enfadada—. Mi 124 dormirá en un garaje decente y mucho más barato que he encontrado cerca de tu barrio.

—Estás como loca por conducirlo —comentó Darío al ver el brillo en sus ojos.

—No. No tengo carné de conducir —objetó Ariel encogiéndose de hombros, como si fuera lo más normal del mundo tener coche sin carné—. Pero en cuanto ahorre un poco me lo saco. Al fin y al cabo sé conducir, solo tengo que conseguir el plastiquito que lo certifique.

—¿No tienes carné? ¿Cómo piensas llevarlo a otro garaje?

—Había pensado pedirle a un hombretón moreno, guapo y amable que lo condujera por mí.

Ariel se lamió los labios y acercó su mano hasta acariciar el torso de Darío. Este se quedó de nuevo alucinado. Era la primera vez que la veía coquetear.

—Si me pones esos ojos, te juro que lo conduzco hasta la luna —afirmó abrazándola dispuesto a besarla de nuevo.

—No será necesario. Basta con que me lleves a Navalcarnero, conozco a alguien en la ITV de allí que me echará un cable. —Ariel se apartó de él y se tocó la barriga a la vez que fruncía el ceño—. Tengo un hambre tremenda, te invito a una hamburguesa en el *burger* de la esquina.

Darío observó alucinado el cambio de la muchacha. De ser una sirenita melosa que le ponía ojitos tiernos, había vuelto a ser la Ariel que iba directa al grano en menos de un milisegundo.

—¡Vamos! No te quedes ahí parado —le instó a Darío a seguirla dándole un azotito en el trasero.

El hombre se encogió de hombros y la acompañó. Si ya era complicado entender a las mujeres, comprender a Ariel, algo más que complicado, era imposible. Claro que por eso le tenía fascinado.

Eran casi las siete de la tarde cuando Darío aparcó en la avenida del Dos de Mayo, en Móstoles. Miró con rabia el portal que se encontraba frente a él. Estaba tentado de emprenderla a patadas con el porterillo automático, la puerta y todo lo que se pusiera en su camino. Pero no iba a hacerlo. No lo haría porque era una persona racional y sensata que no hacía locuras. O al menos eso se recordaba a sí mismo una y otra vez.

—No pongas esa cara de mala leche —dijo Ariel dándole un codazo para llamar su atención.

Su amigo llevaba la última media hora conduciendo con un cabreo de tres pares de narices. No paraba de bufar como los gatos, tenía el ceño fruncido y los nudillos blancos de apretar con fuerza desmesurada el volante. Parecía que no le había sentado nada bien que ella tuviera que trabajar esa tarde. ¡Como si ella hubiera elegido currar el sábado! Pero así había ocurrido. En fin de semana era cuando más trabajo tenía. Sus clientas aprovechaban los días de libranza para hacer reuniones de amigas en las que ella y su maletín de juguetes eróticos eran los invitados principales. Si encima de que últimamente no vendía mucho, se negaba a ir a las reuniones, iba a tener que mudarse a vivir bajo un puente y, qué narices, ¡aún hacía frío para dormir al aire libre!

—Bueno, pues tú mismo; yo me largo que llego tarde —dijo soltándose el cinturón y saliendo del coche. Si Darío quería seguir cabreado era su problema, ella tenía un trabajo que hacer.

Darío salió del coche dando un sonoro portazo al AX. Ariel se giró enfadada y lo miró de arriba abajo.

—Vamos a ver. Si estás rebotado, te vas a aquella pared y te das de cabezazos, pero deja en paz al pobre coche, que en bastante mal estado está como para que encima le jodas el muelle de la puerta —le regañó.

—¡No me lo puedo creer! Me dejas tirado por culpa de una jod… robada reunión y, en vez de entender mi enfado e intentar consolarme, ¡me regañas por dar un portazo a mi coche!

—En primer lugar: no es tu coche, es de tu hermana. En segundo lugar: el pobre cacharro no tiene la culpa de que seas un bruto insensible. Y en tercer lugar: si no voy a currar no papeo, y resulta que me gusta comer a diario siempre que puedo. ¿Vale? —replicó Ariel con las manos en las caderas y los ojos semicerrados. La estaban cargando los lloriqueos de su amigo. ¿Era un hombre o un niño?

—¡Vale! —gritó Darío adoptando la misma postura que ella.

—¡Que te den! —exclamó Ariel enfilando hacia el portal. No llegó muy lejos.

Darío atrapó una de sus manos, tiró de ella atrayéndola hacia sí, y, cuando chocó contra él, la besó con toda la mala leche que llevaba acumulando durante media hora.

—¡Animal! —siseó Ariel cuando consiguió separarse. Acto seguido le agarró un mechón de pelo y le obligó a bajar la cabeza para volver a besarle.

—No quiero que te vayas —susurró él a su oído un segundo antes de comenzar a lamerle el cuello.

—Tengo que trabajar.

—Me da lo mismo.

—Si no voy a la reunión, perderé un cliente, y no puedo permitirme ese lujo —intentó explicarle Ariel por enésima vez entre beso y beso.

—Te espero hasta que acabes —aseveró acariciándole la espalda.

—No sé cuándo voy a terminar —gimió ella contra sus labios—. Seguramente me darán las uvas, e iré a la pensión directamente.

—Da igual. —La mano del hombre descendió hasta acariciar la cinturilla trasera de los *leggings* de la muchacha.

—¿Y Héctor, y tu padre? Llevas todo el día fuera de casa… Tu hermano querrá salir, y tienes que devolverle el coche a tu hermana —intentó hacerle razonar entre jadeos y caricias.

—No es justo —se quejó él apartando la cazadora de la muchacha para tener libre acceso a su hombro, y poder morderlo y lamerlo sin impedimentos—. Es el primer día que consigo estar contigo fuera del gimnasio o de mi casa, y se va a terminar demasiado pronto.

—A mí también me cabrea —susurró Ariel deslizando la mano bajo la camiseta del hombre y acariciando sus poderosos y tensos abdominales—. Pero no puedo hacer nada para evitarlo.

—Dime dónde vives —ordenó Darío dibujando con los dedos las curvas del trasero de su hada—. Mañana te iré a buscar y pasaremos el día juntos.

—Mañana tengo reuniones —siseó Ariel frustrada, raspando con las uñas los pezones masculinos.

Los fines de semana eran sus mejores días, normalmente los tenía ocupados al cien por cien; era un milagro que hubiera tenido la mañana del sábado libre.

—¡Joder! —jadeó Darío furioso, apretando las nalgas de la joven entre las palmas de sus manos—. ¿Cuándo entonces? Y si me dices que el viernes, te juro que ahora mismo te meto en el puto coche y te secuestro.

—El miércoles —gimió arrebatada por sus caricias—. A partir de las ocho no tengo nada pendiente.

—Va a ser una tortura esperarte…

—Exagerado —resopló divertida jugueteando con el vello de su torso.

Darío levantó la cabeza, la miró fijamente y presionó la mano que reposaba sobre el trasero femenino. La pegó a él, obligándola a sentir la dura erección que se elevaba en su ingle.

—¿No te das cuenta de cómo me tienes, de lo mucho que te deseo?

Se balanceó contra ella, frotando su dolorido pene contra el vientre tentador de la muchacha, permitiéndose una satisfacción mínima.

Ariel abrió los ojos alucinada. ¿Estaba tan excitado por ella? Ni siquiera le había tocado ahí abajo como la última vez, solamente se habían besado y acariciado. Nada más. Observó asombrada la cara de su amigo. Darío tenía los ojos entrecerrados y respiraba con la misma rapidez arrítmica que ella. Se mecía despacio contra ella, con las palmas de las manos masajeándole el trasero, logrando que su rígida y enorme polla le quemara el vientre, haciendo que su vagina se humedeciera y su estómago se cerrara. ¿Cómo era posible que ella estuviera tan excitada? Y lo que era todavía más extraño, ¿cómo era posible que él se hubiera excitado tanto, solo con tocarle el culo y besarla un par de veces? No era normal. Ella no era nada del otro mundo, ni siquiera era guapa ni se vestía sexi como Bri, Sofía o Nines. Ella era simplemente Ariel: la mujer menos atractiva y excitante de todo el mundo mundial. Darío tenía que tener un grave problema de testosterona... Al igual que ella, porque cada vez sentía más húmedas las bragas y más duros los pezones.

Se apartó sobresaltada del hombre que jadeaba al borde del colapso junto a su oído. No podía asistir a la reunión tan caliente como una gata en celo.

—Te... te veo el miércoles —susurró casi sin aliento.

—Como llegues un segundo más tarde de las ocho, iré a buscarte, y ten por seguro que, te escondas donde te escondas, te encontraré... —le advirtió él respirando profundamente, intentando calmarse y no correrse en los pantalones, frente al portal, en mitad de la acera.

Ariel asintió con la cabeza, aturdida por la intensidad que escuchó en la voz del hombre. Dio un paso atrás, se tropezó con un adoquín mal colocado, recuperó el equilibrio y, sin dejar de mirarle, caminó de espaldas hasta chocar con la puerta del portal.

—Ni un segundo más tarde de las ocho —reiteró él apoyando las manos en las rodillas a la vez que inhalaba con fuerza. El dolor en los testículos le estaba matando.

27

He corrido y me he arrastrado.
He trepado los muros de esta ciudad
solo para estar contigo.
U2, *I Still Haven't Found What I'm Looking For*

22 de abril de 2009

Las puertas del tren se abrieron, el andén de la estación se llenó de gente con el agotamiento pintado en sus caras tras un duro de día de trabajo. Decenas de hombres y mujeres caminaron cansados en dirección a los torniquetes de salida. Arrastraban los pies mientras sujetaban con dedos sin fuerza sus bolsos, mochilas y maletines. Bajaron con paso mesurado los abundantes peldaños de la escalera que les llevaría a la calle. Eran personas de rostros cabizbajos y cuerpos fatigados que obligaban a sus pies doloridos a dar el siguiente paso. En definitiva, el tren de las ocho y cuarto de la tarde vomitó en el andén, como cada tarde entre semana, un maremágnum de individuos anónimos que avanzaban en diferentes estados de lentitud.

¿Todos?

No. Todos no.

Un individuo destacaba entre el resto. Un borrón de color rojo corría con rapidez vertiginosa por el andén. Sorteó con saltos y quiebros imposibles a los que se acomodaban en las escaleras mecánicas y atravesó como un cohete las puertas de la estación.

El borrón rojizo cruzó el parque esquivando a los adolescentes, las mamás y los niños que aprovechaban el inusitado calor de esa estupenda tarde de primavera. Se saltó semáforos en rojo y voló sobre la acera hasta llegar a un edificio de dos plantas. Ignoró el supermercado que había en la inferior y subió raudo y veloz a la superior. Detuvo su loca carrera frente a los ventanales que daban al gimnasio de barrio, tomó aliento y miró su reloj. Solo llegaba media hora tarde.

Darío observaba impaciente la entrada del gimnasio desde hacía más de una hora. Héctor se había prestado voluntario para cerrar la zapatería, y él había aprovechado para acudir antes de la hora de la cita por si su sirenita llegaba pronto. ¡Pobre iluso!

—Lo único femenino que tiene Ariel en su carácter es su gusto por la impuntualidad —gruñó a nadie en especial.

—No te pongas nervioso. Llegará antes o después —afirmó Sandra divertida.

Era gracioso ver a ese moreno grandote, tan serio y circunspecto, caer de rodillas ante su amiga pelirroja. Verle tan colado por ella que hasta hablaba solo.

—Más le vale llegar antes… —refunfuñó el hombre mirando su reloj.

En ese momento la vislumbró tras las cristaleras. Él, y todo el gimnasio.

Una preciosa hada pelirroja, vestida con unos *leggings* negros, botas de montaña y una enorme camisa de leñador a cuadros rojos y negros.

En el mismo instante en que Ariel entró sus amigas la rodearon, como de costumbre, y apenas si alcanzó a ver el gesto contrariado de Darío. Se encogió de hombros y sonrió, dispuesta a pasar un rato ameno con sus compañeras en la sala de baile, como hacían siempre. Se equivocó.

Darío observó indignado cómo las chicas rodeaban a su novia y la alejaban de él.

—Ah, no. Esto sí que no —musitó para sí—. Si quieren hablar con ella, tendrán que aguardar su turno. Tiene una cita conmigo, y no pienso esperar ni un segundo más.

Se abrió camino a través de bicicletas, cintas, poleas y pesas. Empujó sin compasión a todo aquel despistado que osó interponerse en su camino. Nada ni nadie lograría interferir entre él y su destino.

Ariel observó pasmada como una tras otra las personas que la rodeaban fueron apartadas a un lado por la fuerza demoledora del huracán Darío. Abrió la boca para saludarle con un sencillo «hola», pero no le dio tiempo a articular ninguna palabra. Su amigo llegó hasta ella, pasó un brazo por su cintura, pegándola a él, aferró con la mano que tenía libre su nuca, y le estampó en los labios un beso tan apasionado que, por primera vez en su vida, a Ariel le tembló todo el cuerpo, desde las piernas hasta las pestañas.

—¿Dónde te has metido? Llevo toda la vida esperándote —le reprochó Darío con sus labios a escasos milímetros de los de ella.

—Sí, claro, toda la vida, y parte de la otra... ¡No seas exagerado! —exclamó Ariel divertida, empujándole para separarse de él. Estaban en mitad del gimnasio, rodeados de amigos... No era el mejor lugar para darse el lote.

—Ah, no. Tú de aquí no te escapas. —La envolvió entre sus brazos—. Hay mucha loba cerca y, en cuanto te suelte, te secuestran y desapareces.

—Suelta, tonto. —Ariel intentó zafarse sin conseguirlo.

—Ni lo sueñes. —Darío no bromeaba. Estaba hasta los mismísimos cojines de compartirla con todo el mundo.

Darío buscó una posible ruta de escape, pero no la encontró. La puerta estaba ocupada por las amigas de su novia, en especial por Bri, que se había plantado en mitad del umbral con los brazos cruzados y cara de: «Por aquí no te escapas». El gimnasio estaba lleno de gente, en el tatami estaban Elías y un par de hombres practicando *katas*, y... la sala de baile se hallaba desocupada; si las chicas la podían usar, él también.

Tiró de Ariel en esa dirección con un plan en mente. Dejaría pasar unos minutos y, cuando todo el mundo volviera a sus asuntos, se escabullirían fuera del gimnasio sin que nadie se diera cuenta.

—¿Pero qué haces? —le preguntó ella, divertida ante su arrebato.

Y por toda respuesta, Darío hizo lo más razonable del mundo mundial. La cogió en brazos, la llevó hasta la sala, traspasó el umbral, la cerró de una patada y apoyó la espalda contra la puerta. De esa manera nadie podría molestarles.

—¡Por fin solos! —exclamó besándola de nuevo a la vez que la dejaba en el suelo—. Menuda panda de cotillas que hay aquí, no te dejan tranquila ni a sol ni a sombra. ¿Dónde te has metido? Te he llamado todos los días pero o no me responden o me responde una bruja —indicó sin dejar de besarla.

Posó sus enormes manos en el trasero de Ariel y la instó a pegarse a él, a alojar contra su vientre femenino la imponente erección que le estaba matando. Recorrió con besos fugaces sus labios, sus pómulos, sus párpados y volvió a bajar hasta su boca. La devoró con exquisita fruición, paladeando el sabor dulce de su lengua, el tacto sedoso del interior de sus mejillas.

—¿Una bruja...? —preguntó Ariel incapaz de concentrarse en nada que no fueran los besos de su amigo.

Se aferró a sus poderosos hombros y se acercó más a él. Sentía los pechos hinchados, pesados. Los pezones le hormigueaban a cada roce con el torso masculino, las piernas le temblaban, sentía las braguitas húmedas y tenía calor, mucho calor. Necesitaba que sus manos la tocaran y acariciaran, que recorrieran su cuerpo parándose allí donde estaba ardiendo. Podría desmayarse entre sus brazos, dejarse ir, dejar incluso de pensar, solo sentir. Sentirle a él. A nadie más.

No entendía qué le estaba pasando. ¿Por qué se sentía tan blandengue? ¿Por qué le daba vueltas la cabeza? ¡¿Por qué se estaba comportando como una idiota descerebrada?!

Le empujó de nuevo, intentando separarse un poco, por lo menos para que el aire pudiera pasar entre ellos. Necesitaba respirar, refrescarse y recuperar la cordura.

Lo último que deseaba Darío era que ella se separase de él. Necesitaba tocarla, acariciarla y besarla. Lo llevaba necesitando desde el momento en que sus ojos se posaron sobre su preciosa cara de hada. Por tanto, hizo lo único que podía hacer un hombre desesperado. Apretarla de nuevo contra él y continuar besándola.

—Tranquilo… —jadeó Ariel—. Déjame respirar.

—No te hace falta respirar.

—¡Claro que me hace falta! ¡Estoy a punto de desmayarme! —En cuanto dijo esas palabras, Ariel abrió los ojos como platos y se llevó las manos a los labios. Ella no podía haber dicho esa cursilada. Ella no se comportaba así. Ella no se desmayaba. Y punto.

—No te has desmayado en tu vida, no se te ocurra hacerlo ahora —le regañó Darío. Pues solo le faltaba eso. Ahora que por fin la tenía bien cogida entre sus manos, ¡no iba a dejarle tirado!

—Pues claro que no me voy a desmayar, estás más colgado que las campanas de una catedral si piensas eso de mí —le advirtió dándole un capón.

—¡Ay! ¿Por qué has hecho eso? —se quejó llevándose las manos a la cabeza. Le había golpeado con los nudillos. Con premeditación y alevosía. ¡Esa era su sirenita!, pensó feliz.

—Para que me soltaras.

—Podrías habérmelo dicho, en vez de atizarme.

—Te lo he dicho y has pasado de mí como de comer mierda.

—Normal.

—¿Normal?

—Así has probado un poco de tu propia medicina.

—¿De mi medicina? ¿De qué estás hablando ahora? —interrogó Ariel alucinada.

—Llevo llamándote desde el domingo, y… has pasado de mí como de comer mierda —le replicó con sus propias palabras.

—¿Llamándome? ¿Adónde?

—Al número que marcaste en mi móvil.

Ariel solo pudo parpadear ante la afirmación de su amigo. No tenía ni la más ligera idea de lo que estaba hablando.

Darío observó la reacción de su hada y un segundo después negó con la cabeza.

—No te lo ha dicho.

—¡¿No me lo ha dicho quién?! —increpó Ariel comenzando a perder la paciencia ante tanta adivinanza.

—¡No me lo puedo creer! Esto es alucinante. En serio. Me he tirado tres días llamándote y ¿te lo ha dicho alguien? No, por supuesto que no. ¿Para qué te lo iban a decir? Menuda tontería, si solo son las llamadas de tu novio. ¿Qué importancia tiene que quiera hablar contigo? Ninguna. Si no pasa nada. Al fin y al cabo nos vemos todos los días, qué más da una llamada más o menos… ¡Como pille a esa bruja la mato!

—¡Para el carro, Darío! —gritó Ariel intentando colar una palabra entre la parrafada inconexa e indignada de su amigo. Porque eso de ser novios, habría que discutirlo—. ¿A qué número has llamado? —Marcó cada palabra, a ver si, así, él era capaz de explicarse para que ella le entendiera.

—¿Recuerdas que el viernes pasado llamaste a tu compañera de habitación desde mi móvil? —preguntó Darío armándose de paciencia. Las cosas estaban bien claritas. Ariel asintió—. Bueno, pues se quedó grabado, así que llevo desde el domingo llamándote mañana, tarde y noche…

—¡No lo dirás en serio! —susurró aterrorizada. Ahora entendía el cachondeo de Minia y las malas caras de Lulú de esos últimos días.

—¡Por supuesto que lo digo en serio! ¿Y sabes qué? Ni Dios se ha molestado en hacerme caso —aclaró indignado—. Por la mañana no lo coge nadie, y a partir de las cinco me lo coge una vieja, y me dice que no estás y que deje de molestar.

—¡Joder! Voy a matar a Minia.

—¿Quién es Minia? ¿Tu compañera no era Lulú?

—Minia es la dueña de la pensión. Por las mañanas desconecta el teléfono para dormir sin que la molesten, y por las tardes, en cuanto dan las cinco, Lulú empieza a trabajar y yo me largo con viento fresco. Por tanto era imposible que me localizaras —contestó Ariel enfadada—. Pero aun así, ¡tendría que haberme dicho algo!

Minia debería haberle dicho que Darío estaba llamando. Seguro que su silencio había sido cosa de Lulú. Su jefa últimamente estaba empeñado en que los hombres la miraban demasiado… ¡Qué estupidez! A ella nadie la miraba demasiado; no había nada que mirar en su cuerpo, ni tetas ni culo ni cara bonita. Lulú estaba llevando el amor por su profesión demasiado lejos. Ella no le iba a quitar ningún cliente, y, además, ¡Darío no era un cliente!

Darío parpadeó intentando absorber toda la información que Ariel acababa de darle. ¿Lulú trabajaba en la habitación por la tarde? ¿Qué clase de pensión era aquella?

—¿En qué trabaja Lulú? —preguntó suspicaz.

—¿Habéis acabado ya, tortolitos? —preguntó en ese momento Bri. Había entrado en la sala aprovechando que Darío se había quedado tan petrificado por la respuesta de Ariel que se había despegado de la puerta.

—Hola, Bri —saludó Ariel con una sonrisa.

—Qué oportuna —musitó Darío. Ariel le dio un codazo—. ¡Ay!

—Como hemos visto que no traes el maletín de los juguetes, las chicas y yo nos estamos preguntando si no te importaría darnos algunas nociones más de defensa personal. Siempre y cuando no tengas nada mejor que hacer, claro —apostilló la rubia mirando ladina a Darío—. Desde aquel día no hemos vuelto a practicar contigo… y entre nosotras no es lo mismo —solicitó Bri con carita de niña buena.

—Sí tiene algo mejor que hacer —siseó Darío enfadado.

—¡Darío! No digas eso. Si a Sandra no le importa que use el tatami, a mí me parece estupendo que demos unas cuantas patadas —aceptó Ariel.

Su madre siempre decía que a las amigas había que cuidarlas, y su padre se sentiría superorgulloso de saber que ella, por fin, tenía amigas de su mismo sexo. No iba a dejarlas de lado por unos cuantos besos… Por muy alucinantes que fueran.

—¡Estupendo! —exclamó Bri dando la mano a Ariel y tirando de ella hacia el tatami.

—¡Miércoles! —musitó Darío enfadado.

Bri giró la cabeza y le dedicó al hombre una sonrisa que Ariel jamás había visto, ni vería nunca en su cara. Una sonrisa similar a la de las víboras, pero mucho más venenosa.

Dos horas después, Darío, echando humo por cada poro de su piel, se sentó en la máquina de remos. Estaba hasta las mismas narices de las prácticas de las chicas. Se negaba en rotundo a seguir haciendo de pelele para sus patadas, puñetazos y trucos varios. Más aún cuando podía ver en el rostro de la mayoría de las mujeres el cansancio y las ganas de dejarlo que tenían. Pero no, Bri no lo permitía. Una y otra vez instaba a Ariel a que les enseñara un truco más, una patada más, un golpe más. Estaba seguro de que la condenada mujer lo estaba haciendo a propósito.

—Te lo has montado fatal, colega. —Elías se sentó junto a Darío y le pasó un brazo sobre los hombros, como si fueran los mejores amigos, y realmente lo eran—. Al principio lo has hecho cojonudo, secuestrándola en ese arrebato tan pasional y romántico, pero luego te has dejado engañar por Bri, y te ha jodido vivo.

Sandra, que estaba frente a ellos, asintió ante las palabras de su marido.

—¿Y qué se supone que debo hacer? ¿La vuelvo a secuestrar?

—No, ahora Ariel no te lo iba a permitir. Está alerta y para secuestrarla la tienes que pillar desprevenida —le advirtió Sandra—. Pero puedes intentar llevártela hacia un extremo del tatami con la excusa de ejercitar algún *kata* mientras las chicas practican sus golpes… A partir de ahí, y si sabes jugar bien tus cartas —arqueó un par de veces las cejas—, entretendrás a Ariel y las chicas, que no son tontas, se esfumarán, se ponga Bri como se ponga —susurró mirando enfadada a la rubia.

Darío observó a sus amigos, desvió la mirada al tatami y la dejó posada en Ariel.

Un cuerpo se interpuso entre sus ojos y su sirenita. Bri.

Se levantó de golpe de la máquina de remos, caminó decidido hasta el tatami, se descalzó de un par de patadas y de un salto se colocó ante Ariel.

—¡Ataca! —exclamó.

Ariel no se lo pensó, sonrió divertida y le lanzó una patada al pecho.

Darío la paró con el antebrazo. Ariel proyectó un golpe al cuello con el canto de la mano. Darío lo detuvo apresándole la mano con un giro de muñeca. Dio un fuerte tirón y, antes de que pudiera darse cuenta, Ariel estaba pegada a él. Le devoró la boca hasta dejarla temblando y después la dejó ir.

—Vamos, ataca —la instó con un gesto de la mano.

—¿A qué coño juegas? —preguntó Ariel alucinada por el beso. No se lo esperaba. Para nada.

—Las reglas son fáciles: cada vez que te «cace», te robaré un beso.

—¿Y si soy yo quien te caza a ti?

—Entonces me lo robas tú —explicó Darío lanzando una patada al tobillo con la intención de tirarla al suelo.

Ariel la esquivó sin problemas y, aprovechando que su amigo había perdido momentáneamente el equilibrio, enganchó con un pie la corva de su rodilla y tiró. El hombre cayó al suelo todo lo largo que era, y Ariel se tomó su premio. Se sentó a horcajadas sobre su regazo, puso ambas manos sobre su torso, buscó sus tetillas con los dedos, y las pellizcó con cuidado.

—Si te cazo, pagas con un castigo —afirmó ladina. Pensaba hacerle rabiar de lo lindo.

Un segundo después la pareja estaba de nuevo de pie, dispuestos a continuar con su particular reto, ajenos a las miradas divertidas de sus amigas, y a la enfadada de Bri.

Media hora después, el tatami estaba ocupado únicamente por ellos dos. El resto de las mujeres se había ido, al fin y al cabo era tarde y estaban cansadas.

Sandra y Elías se afanaban en dejar el gimnasio y los aparatos en óptimas condiciones para la jornada del día siguiente mientras Bri, indiferente a todo, hojeaba una revista de musculación sentada en un banco.

—Puedes llevártela si quieres —comentó Elías señalando la revista con la mirada.

—Oh, no, gracias. Solo le estoy echando un ojo —contestó Bri, ignorándolo.

—Vamos a ir cerrando —indicó Elías. Su mujer era más cortés, pero él prefería ir al grano, sobre todo cuando estaba al corriente, por lo que veía, y por lo que le contaba Sandra, de las artimañas de Bri para mantener a Ariel bajo su «tutela».

—Ah, sí. No me había dado cuenta —dijo mirando el reloj de pared. Faltaba un cuarto de hora para las doce de la noche—. Voy a avisar a Ariel de que va a perder el último tren.

—No hace falta. Darío me ha dicho que la va a llevar a casa —mintió Elías.

—No tiene coche con que hacerlo.

—Se lo ha dejado Ruth, su hermana.

—Ah, bueno. De todas maneras, me gustaría decirles adiós. —Bri se levantó e intentó ir hacia la pareja que jugaba sobre el tatami.

—Déjalos tranquilos, están muy entretenidos —le advirtió Elías cansado del juego de la rubia.

—Solo voy a despedirme de mi amiga —dijo con fingida inocencia.

—No te preocupes, Bri. Ya les digo yo que les mandas saludos y besos —se interpuso Sandra con rostro severo.

—Si eres tan amable —sonrió Bri con falsedad.

—Lo soy.

Ajenos a la mujer airada que abandonaba el gimnasio, Ariel y Darío continuaban su particular guerra.

—¡Auch! —se quejó el hombre al dar con sus huesos en el tatami por enésima vez.

Ariel le observó risueña y pensó en qué le haría en esa ocasión. Le había dado algún que otro mordisquito, un par de pellizcos flojos y un cachete en el trasero...

Darío se acomodó de lado en el suelo, intentando ocultar como fuera posible su tremenda erección. Lo cierto era que si caía tan a menudo no era por torpeza o porque Ariel fuera más diestra que él en *katas*, sino porque disfrutaba viéndola reír como una niña pequeña. Lo malo era que, con tantos castigos, roces y besos robados, estaba total e irremediablemente excitado.

Ariel se arrodilló al lado de su amigo, pasó lentamente los dedos por debajo de su camiseta, a la altura de las costillas, y comenzó a hacerle cosquillas.

—¡Bruja! —exclamó él, revolviéndose sin poder evitarlo.

Un segundo más tarde estaba en pie de nuevo, observando los movimientos de su novia, buscando un indicio que le dijera por dónde le pensaba atacar esta vez. La sirenita tramposa le lanzó una patada a las costillas que él paró sin problemas con la mano, y que le dio la oportunidad de sujetarla por el tobillo, pero Ariel se tiró al suelo por sorpresa, desequilibrándole y haciéndole caer. Un instante después, la muchacha estaba a horcajadas sobre él, levantándole la camiseta y buscándole de nuevo las cosquillas.

—Ah, no. Eso sí que no. Ahora me toca a mí —jadeó Darío entre risas.

Le sujetó las muñecas, y giró sobre sí mismo, dejándola de espaldas sobre el tatami.

—Ahora me las vas a pagar todas juntas. —Se colocó entre sus piernas y bajó la cabeza para besarla.

Ariel se tensó ante el primer roce de sus labios. Desde que habían empezado con ese juego se notaba extraña. Por un lado se lo estaba pasando en grande, pero por otro su cuerpo estaba reaccionando exageradamente a los besos de su amigo. No lo entendía. Eran solo besos, nada más. Apenas duraban dos segundos y luego la dejaba libre, pero tenía la piel erizada, los pezones le ardían, y sentía escalofríos que la recorrían de arriba abajo, hasta quedar alojados en su bajo vientre. No comprendía las reacciones de su cuerpo. No estaban haciendo nada fuera de lo normal, nada por lo que sentirse tan excitada. Amagos, patadas, quiebros y la casi insoportable expectación por ver si él conseguía robarle un beso. Y cada vez que él la tocaba, sus braguitas se humedecían un poco más. Cada roce era eléctrico. Cada beso, una tortura.

Darío se alzó sobre los codos, dispuesto a retirarse tras conseguir su beso. La miró sonriente por el premio ganado y lo vio. Vio el deseo. Observó en los perfectos rasgos de su hada la confusión, la excitación y la expectación.

—A la porra —susurró volviendo a bajar la cabeza.

El juego había dejado de ser inocente.

Devoró sus labios sin contenerse, introdujo su lengua, saboreó el interior de su boca y tocó el cielo cuando la de Ariel se unió al banquete. Casi se volvió loco al percatarse de que las piernas de su chica le envolvían las caderas mientras unas tímidas manos se colaban bajo la tela de su camiseta y acariciaban su espalda. Incapaz de ninguna mesura, pegó su dura erección al pubis femenino y comenzó a mecerse, frotándose lentamente contra el lugar en el que tanto ansiaba estar.

Ariel abrió los ojos como platos al ver el deseo escrito en la oscura mirada del hombre. Y estuvo a punto de cerrarlos cuando sintió el pene rígido e hinchado apretarse contra su sexo. ¿Cómo era posible que estuviera tan excitado? Ella no era tan hermosa como para producir esa reacción en él, y menos con solo un par de besos. Seguramente se había equivocado, y su desbocada imaginación, esa que no le dejaba pegar ojo por las noches, había exagerado el tamaño de aquello que se frotaba contra ella. No podía estar tan excitado. No por ella.

Ancló los talones a la cintura del hombre, arqueó la espalda y pegó más todavía su sexo al de Darío. ¡Oh, Dios, sí! Sí estaba tan duro, sí tan excitado. Sí. Por ella.

Observó el rostro de su amigo, tenía los ojos cerrados, la boca apretada en una fina línea y respiraba con dificultad. ¿Cómo era posible que un tipo como él se encendiera tanto y tan rápido con alguien tan poco femenino como ella? Posó sus manos sobre el fuerte torso masculino, con la intención de empujarle y recuperar un poco la cordura. Y ese fue el momento elegido por Darío para frotar su polla contra el punto exacto de la anatomía de Ariel que la hizo jadear, bajar los párpados y olvidarse de todo.

Darío abrió los ojos al escuchar el jadeo extasiado de su sirenita. Lo que contempló fue la más hermosa de las visiones. Ariel bajo él, con la mirada perdida, los labios entreabiertos, las mejillas sonrosadas y la frente perlada de sudor. La cabeza echada hacia atrás y la espalda arqueada, mostrando la perfecta curvatura de su cuello y su bella piel de alabastro. No lo pudo evitar, se deslizó hasta la insinuante clavícula y la lamió, impregnándose del aroma a miel, canela y almendras que emanaba del cuerpo de su amada.

—¿Y ahora qué hacemos? —preguntó Elías en voz baja a su mujer, a la vez que señalaba hacia el tatami.

Habían barrido todo el gimnasio, colocado las mancuernas, reubicado algunos aparatos y limpiado los vestuarios y duchas. Solo les quedaba apagar las luces, cerrar las puertas y echar el cierre metálico.

—Pues no nos queda más remedio que convertirnos en los malos de la película —afirmó apesadumbrada Sandra. Odiaba hacer de bruja mala.

28

Esta noche tengo más de lo normal
y tu cuerpo se me antoja el eslabón
entre la tierra y el cielo, lo real de lo irreal.
REVÓLVER, *Esta noche tengo más de lo normal*

*U*na voz dulce y cariñosa se abrió paso entre las brumas del deseo hasta llegar a los oídos de Ariel. La muchacha abrió los ojos, perdida todavía en la maraña de sensaciones que apenas entendía pero que la habían dejado sin capacidad de reacción.

—Ariel, Darío… son más de las doce, tenemos que cerrar —susurraba Sandra sobre sus cabezas, en la oscuridad fantasmagórica del gimnasio.

—¿Cerrar? —preguntó Ariel sin saber a qué se refería su amiga.

—¡Miércoles! —musitó Darío a la vez que parpadeaba para centrar sus pensamientos.

Estaban en el gimnasio, a oscuras. Seguramente Elías y Sandra habían apagado las luces para cerrar… y les estaban esperando a ellos. Giró sobre sí mismo hasta quedar sentado en el suelo del tatami, miró a su alrededor y se encontró con la sonrisa divertida de Elías y la circunspecta de Sandra. Un sonoro «¡Joder!» le advirtió de que Ariel se acababa de percatar de dónde estaban, con quiénes estaban, y que lo que estaban haciendo había sido observado. ¡Cojines!

Observó asombrado cómo la lánguida sirenita que había gemido bajo sus manos se convertía en una gacela que se levantaba resuelta, se disculpaba, se ponía las botas sin atar y salía corriendo del local. «¡Miércoles!» Se levantó, dio dos zancadas hasta sus deportivas, metió en ellas los pies y sin molestarse en anudar los cordones, salió disparado tras ella, sin siquiera despedirse de sus amigos. Había cosas más importantes en esta vida que decir «adiós». Que se escapara su novia era una de ellas.

Atrapó a Ariel cuando estaba a punto de alcanzar las escaleras, aferró su muñeca y tiró de ella hasta el ascensor, cuyas puertas, gracias a un golpe de suerte, estaban abiertas y dispuestas a acogerlos en su interior.

—¿Qué haces? —preguntó ella cuando él la hizo entrar—. ¡No seas vago!

—Chis.

La empujó contra la pared del elevador y comenzó a besarla ansioso, mientras sus dedos buscaban como locos en el cuadro de mandos el botón que les llevaría al garaje. Lo encontró y pulsó sin dilación.

—Pero...

—Solo quiero un beso más, uno solo —jadeó él contra sus labios, e intentó explicarse al ver que ella se removía entre sus brazos—. El supermercado está cerrado, nadie va a bajar al aparcamiento, nos dejarán tranquilos.

Sin perder un segundo, comenzó a besarla de nuevo a la vez que pasaba sus manos bajo las nalgas de la muchacha. Las amasó brevemente y la alzó hasta su ingle.

Ariel, al sentirle de nuevo ahí, gimió desarmada y, sin poder evitarlo, se aferró a sus hombros y le envolvió la cintura con las piernas.

En esa indecorosa postura los encontraron Elías y Sandra cinco minutos después, cuando llamaron al ascensor para bajar al garaje a por su coche.

—Lo siento, tío, pero el coche está... —comenzó a disculparse Elías ante la mirada de odio de Darío.

Este no le dejó continuar, cogió la mano de Ariel y tiró de ella. Bajaron las escaleras, ella colorada como un tomate por haber sido pillada in fraganti, no una, sino dos veces. Él enfadado por no obtener siquiera un minuto de intimidad. ¡Miércoles!

Caminaron rápido y en silencio unos pocos metros, y al llegar a la esquina del edificio, donde una de las farolas estaba fundida, Darío aprovechó la coyuntura, la atrajo hacia sí y volvió a besarla. Ariel pensó apartarle, pero ni su cuerpo ni su piel querían separarse del calor de su amigo.

La farola fundida aprovechó ese preciso instante para hacer un último esfuerzo, parpadear un par de veces y lucir con fuerza, iluminándolos.

—Maldita traidora —siseó él, enfadado.

Volvió a coger de la mano a su amiga y caminó deprisa, casi corriendo, hasta entrar en el parque. Buscó algún lugar a oscuras en el que poder besarla y cuando lo encontró no se lo pensó un momento.

Ariel lo siguió aturdida. Le escocían los pezones de lo duros que los tenía, le ardía la piel, tenía las braguitas empapadas y, cada vez que daba un paso, el roce de estas sobre su sexo la hacía jadear. ¿Qué narices le estaba pasando?

Darío se sentó en el banco e instó a Ariel a que se acomodara a horcajadas sobre su regazo; esta no se lo pensó dos veces. Las manos fuertes y poderosas de Darío le aferraron el trasero, haciéndola abrirse para él y colocar su entrepierna justo sobre su erección. Ambos jadearon a la vez cuando sus sexos se tocaron. Sin poder contenerse, Darío asió la cintura de su hada, y la obligó a acunar su dolorida polla.

Ariel gimió al sentir contra su clítoris la verga endurecida; su cabeza cayó hasta posarse sobre la frente del hombre, a la vez que cualquier pensamiento racional que aún pudiera albergar escapó volando en las alas de la pasión. Estaba al borde de algo grande.

Las voces desafinadas de unos adolescentes cantando una canción de Shakira les hizo volver en sí. Darío levantó la cabeza y se los encontró sentados en un banco, a pocos metros del suyo. Ariel, por su parte, jadeó una palabrota y se levantó presurosa de su regazo.

—¡Joder! —exclamó enfurecido—. Esto es inconcebible. ¡Es que no nos pueden dejar tranquilos!

Volvió a asir la mano de su sirenita y la condujo hacia el final del parque. Al llegar al semáforo, paró un segundo para besarla, pero el maldito trasto eligió ese preciso instante para ponerse en rojo, y cómo no, un par de coches pararon a esperar a que cambiara a verde… y, mientras esperaban, observaron sin pudor a la pareja de enamorados.

—¿Qué coño están mirando? —ladró Darío a los conductores. Acababa de perder la escasa paciencia que le quedaba.

Asió a una confusa Ariel de la mano y tiró de ella en dirección a la estación de Renfe.

Ariel lo miró aturdida; era la primera vez que le escuchaba usar una palabrota para dirigirse a otras personas.

—¿Crees que es mucho pedir que nos dejen en paz? —preguntó en ese momento Darío. Ariel negó con la cabeza. Él asintió complacido y continuó hablando—. Son las doce y pico de la noche, mañana hay que currar o ir al instituto. ¿Por qué no están en la camita dormiditos? —dijo mirando a los chicos del parque, los coches, y el mundo en general. Ariel fue a abrir la boca, pero él no la dejó—. Te voy a decir por qué, para darme por culo a mí. Para una puñetera noche que tengo para estar contigo ¡y no hay modo de que nos dejen en paz! ¡No es justo! —clamó una de las frases favoritas de su sobrina.

—Hace muy buena noche… —comentó Ariel divertida al ver su enfado—. Por eso está todo el mundo en la calle.

—Ah, claro. Y como hace buena noche, se entretienen metiendo las narices donde nadie les llama —gruñó Darío—. ¡No es justo! Yo no me meto con nadie, ni hago nada malo. Solo quiero darte un beso, nada más que un jodido beso.

—¿Jodido beso? —repitió estupefacta. ¿Qué le pasaba a Darío para hablar así? Él no decía tacos nunca.

—Sí, un beso. Nada del otro mundo. No voy a atracar un banco ni a matar a nadie. ¡Solo quiero darle un beso a mi novia! Pero no, no me dejan. Tienen que mirarnos, reírse y tocar el puñetero claxon. ¡No es justo!

—¿¡A tu novia!? —Se detuvo Ariel asombrada al escuchar esa palabra. No podía estar refiriéndose a ella… ¿O sí?

—Sí, a mi novia. A ti —especificó él por si acaso la sirenita no se daba por aludida—. Todas las parejas se besan. No es ningún pecado, ¿verdad?

—Eh, no… y yo no soy tu…

—Pues, entonces, ¿¡por qué yo no puedo hacerlo!? —la interrumpió él, volviendo a tirar de ella para que caminara.

—Yo no soy… —intentó hablar Ariel, pero no lo consiguió.

—Porque no me dejan en paz. Por eso. Es alucinante. Todo el mundo puede besar a su novia en la calle sin que nadie diga nada, menos yo —aseveró besándola hasta aturdirla. Los adolescentes que les seguían risueños por la acera comenzaron a silbarles—. ¡Lo ves! ¡No me dejan! —protestó asesinándolos con la mirada, estos rieron entre dientes y cruzaron al parque—. ¡Se acabó, esto ya pasa de castaño oscuro! —Giró al llegar a la esquina del bloque y se metió sin dudar en la plaza en la que estaba su casa y su trabajo.

—¿Adónde vamos? —preguntó Ariel tirando de él en sentido contrario, hacia la parada del autobús.

—Al único sitio donde ni Elías ni Sandra ni Bri… —frunció el ceño al recordar otra ocasión en que también les interrumpieron— ni Héctor van a poder molestarnos. Un sitio donde no hay farolas traicioneras, coches ruidosos ni adolescentes imbéciles —aseveró enfadado—. A la zapatería.

Sacó la llave del bolsillo exterior de su mochila sin soltar la mano de Ariel en ningún momento, no fuera a ser que se le escapara. Abrió la puerta con nervios de acero, la cerró de una patada, volvió a colocar la llave en la cerradura y la giró, asegurándose de que nadie pudiera interrumpirles. Con la suerte que tenía, seguro que a algún idiota se le ocurría bajar a la zapatería a la una de la madrugada solo para fastidiarle.

Respiró profundamente para calmar los nervios y miró a su sirenita. Esta tenía los ojos entornados, y miraba a su alrededor sin ver. Darío suspiró; realmente estaba oscuro en el local, pero no pensaba encender la luz y dar pistas a posibles *porculeros* de que estaban allí. Por tanto, hizo lo único que podía hacer. Tomó de la mano a su novia, la guio a ciegas hasta la trastienda y, una vez allí, encendió la luz y cerró la puerta.

Ariel parpadeó cuando la luz la deslumbró; abrió la boca para quejarse, pero no le dio tiempo... Darío la acorraló contra la puerta y devoró sus labios. Un segundo después todas las sensaciones que habían ido diluyéndose con el aire fresco de la noche volvieron a rugir en su cuerpo. No se quejó cuando sintió las manos del hombre quitándole la camisa de leñador, y tampoco cuando le quitó la camiseta de tirantes, dejándola vestida solo con el sujetador de algodón y los *leggings* negros. No se le ocurrió protestar cuando él la empujó hasta que las corvas de sus rodillas chocaron contra el ajado sillón de tres plazas, y mucho menos cuando la tumbó sobre este, y la observó maravillado.

—Eres la mujer más hermosa que he visto nunca —afirmó él con voz ronca antes de quitarse la chaqueta del chándal y la camiseta, dejando su poderoso y musculado torso desnudo.

—¿Qué... qué haces? —farfulló Ariel, estupefacta ante la impresionante visión.

Era la primera vez que le veía desnudo de cintura para arriba, y era... magnífico. Todos esos abdominales ondulantes, los pectorales marcados, las duras tetillas... y todo ello cubierto por una ligera capa de vello oscuro que ansiaba acariciar. Se le secó la boca al imaginar cómo sería tocarle.

—Necesito sentir tu piel contra la mía —afirmó Darío colocándose sobre ella.

Lo hizo con cuidado de no asustarla ni atosigarla. Se instaló entre sus preciosas piernas, abriéndoselas. Apoyó el antebrazo sobre el sillón para mantenerse alejado de su tentador cuerpo y no agobiarla con su peso. Bajó la cabeza muy despacio, hasta que sus labios quedaron solo a un suspiro de distancia y después... La besó. La besó como llevaba toda la noche deseando hacerlo. Con pasión, con ternura. Aprendiendo cada rincón de su boca, peleando contra cada centímetro de su lengua. Y mientras profundizaba en ella, colocó con lentitud insoportable la mano que tenía libre sobre la piel desnuda del vientre femenino y se recreó en su tacto.

—Eres suave como la seda —dijo entre caricias y besos.

Ariel se arqueó ante el calor que la abrasó cuando comenzó a tocarla. Abrió más los muslos, permitiéndole pegarse por completo a ella. ¡Dios! Eso seguía duro como una piedra, y ardía. Ardía quemándola con su pasión. Jadeó cuando sintió sus dedos rebasar la tela del sujetador y colarse por debajo. Intentó escabullirse cuando los notó sobre uno de sus pezones, pero él los retiró inmediatamente al sentir su rechazo y volvió a besarla hasta que la hizo olvidarse de todo lo que no fueran las sensaciones estremecedoras que recorrían su cuerpo.

Cuando Darío volvió a deslizar las yemas de los dedos sobre los pechos de Ariel, esta se encogió ligeramente, pero no se resistió. Envalentonado por el tímido avance, acarició con el pulgar uno de los pezones. La muchacha dio un respingo y echó la cabeza hacia atrás. Sin pensarlo un momento, Darío bajó hasta su cuello y comenzó a lamerlo mientras atrapaba el pezón entre dos dedos, y apretaba con cuidado. Ariel se aferró a sus hombros y pegó más su ingle a la del hombre. Él comenzó a mecerse lentamente contra ella, frotando su rígida polla contra la tibia humedad femenina, atento a los jadeos y gemidos que escapaban de los labios de su sirenita. Pendiente de cada uno de sus movimientos, de su lenguaje corporal, de si le estaba proporcionando el mismo placer que ella le daba a él.

Darío era consciente de las muchas lagunas que tenía su seducción. De hecho, no tenía ni la más remota idea de cómo conquistar a una mujer en la cama. No estaba acostumbrado a esos menesteres, y le aterrorizaba no hacerlo bien, no ser capaz de trasmitir a Ariel no solo placer, sino todos aquellos sentimientos que su corazón rugía cuando estaba con ella.

Las tímidas caricias del hombre desarmaban a la muchacha. Ariel se sentía al borde del colapso; todo su cuerpo clamaba por algo más, pero no tenía ni idea de qué era ese «algo más». Negaba con la cabeza, incapaz de expresar lo que necesitaba con palabras. Ella no podía permitirse actuar así, no les llevaría a ningún lado, no conseguiría «terminar», y Darío se daría cuenta de que no era la mujer que él pensaba que era. Posó sus manos sobre el pecho de su amigo, con la intención de apartarle de ella, pero el ondular de sus músculos al tensarse bajo sus palmas le hizo olvidar su propósito inicial. Era tan… masculino, tan excitante, tan… En ese momento él deslizó la boca hacia sus pechos y atrapó entre sus labios el pezón que había torturado con los dedos. Lo succionó con fuerza y luego lo calmó con un beso, para a continuación atraparlo entre los dientes a la vez que jugaba con la lengua sobre él. Un ramalazo de placer recorrió el cuerpo de la muchacha, hasta instalarse implacable en su vagina, haciéndola temblar y anhelar más.

Darío escuchó el resuello alterado de Ariel, y jadeó a su vez cuando ella alzó las caderas y frotó con fuerza su pubis contra su polla. Repitió la caricia hasta que la joven tembló sin control bajo él y en ese momento paró y alzó la vista para observarla.

Ariel tenía la mirada vidriosa, los labios abiertos y todo su cuerpo luchaba por tomar un poco de aire. Empujó sin fuerza los hombros de su amigo; necesitaba alejarle y reflexionar sobre lo que estaba sintiendo. Pero él no se lo permitió. Volvió a bajar la cabeza y continuó dedicándose sin compasión a sus pechos, alternando cada una de las cimas sonrosadas, esperando a que ella temblara para detenerse y continuar con la otra. ¡La estaba volviendo loca! Ella no podía sentir eso, no podía excitarse, no así. No era posible que estuviera temblando casi sin respiración bajo sus caricias. Y aunque jamás había sentido nada igual; eso no significaba que esa vez fuera a ser diferente de las ocasiones en las que se tocaba. Estaba segura de que antes o después él se daría cuenta de que era incapaz de llegar al orgasmo, se aburriría de acariciarla, la miraría con lástima y… ¡No! No podía permitírselo. No con él. No quería que su amigo, su único amigo, la compadeciera.

Levantó sin apenas fuerzas la mano y agarró un mechón de su sedoso pelo moreno, intentando obligarle a que alzara la cabeza y la liberara de esa excitante tortura.

Pero él lo debió interpretar mal. Redobló las caricias de sus dientes, labios y lengua, y deslizó la mano por el vientre femenino hasta posarla sobre la entrepierna de los *leggings,* en el punto en que se juntaban cada uno de los nervios de la muchacha.

Ariel abrió los ojos, aterrorizada al sentirlo ahí. ¡Se daría cuenta de que estaba empapada! Pero volvió a cerrarlos al sentir la palma de Darío abarcando sus labios vaginales, frotando con la palma de la mano su clítoris hinchado y presionando con los dedos la entrada a su vagina. Un estremecimiento como no había sentido nunca recorrió sus músculos. Tembló, gimió y se revolvió, intentando escapar y a la vez acercarse a él. Respiró profundamente hasta que consiguió calmarse, y volver a razonar. Si continuaba así, él se daría cuenta de que ella tardaba demasiado en tener un orgasmo, y eso le llevaría a descubrir que no podía tenerlo. No podía decepcionarle. Usando cada pizca de fuerza de voluntad que aún le quedaba en el cuerpo, tomó la mano del hombre y tiró de ella hasta dejarla posada de nuevo sobre su vientre.

Por fin estaba a salvo, segura.

Darío permitió que ella le dirigiera, hasta que se dio cuenta de que le estaba llevando hasta su abdomen, justo a la altura de la cinturilla del pantalón. Incapaz de pensar, coló los dedos bajo la tela, y los deslizó veloz hasta el lugar donde deseaba estar. Cuando tocó los pliegues vaginales, todo su sólido y masculino cuerpo se tensó al notar el rocío que los anegaba. La suavidad de su tacto. La resbaladiza superficie que le tentaba. Su sirenita jadeó asustada e intentó cerrar las piernas hundiéndose en el sillón, pero él no se lo permitió. Escaló hasta sus labios y sin dejar de besarla susurró contra ellos.

—Tranquila, no pasa nada, no voy a hacer nada —gimió una y otra vez contra el oído de la muchacha—. Solo quiero tocarte, solo eso, solo una caricia más. Solo una.

Y mientras no cesaba de susurrar en su oído, sus dedos iban adentrándose bajo el algodón de las braguitas, investigando cada uno de los pliegues de la vulva, introduciéndose más y más bajo su ropa, abarcando cada centímetro de piel mojada. Cuando la sintió relajarse bajo su cuerpo, trazó círculos con el pulgar sobre el clítoris inflamado, abrió los pliegues de la vagina con dos dedos e introdujo con lentitud uno en su interior. La muchacha arqueó la espalda y alzó las caderas con un gemido sordo, dejándolo al borde del orgasmo.

Darío respiró profundamente para contener el inminente éxtasis. Observó el rostro amado sin dejar de acariciarla y, cuando la vio cerrar los ojos, comenzó a mover el dedo con lentitud, atento a cada uno de sus gestos. Entrando y saliendo de ella con cuidado.

Era muy estrecha, apenas le entraba el índice, y, cada vez que la penetraba, se cerraba sobre este, absorbiéndole con fuerza. Continuó penetrándola despacio, frotando las paredes de su prieta vagina hasta que esta cedió, dejándose invadir por dos dedos.

Ariel se quedó sin respiración al sentir la presión en su interior. Era demasiado, pensó negando con la cabeza. El placer era tan intenso que estaba a punto de romperse en pedazos… Pero no lo conseguía. No podía. Levantó el trasero, pegándose más a la mano que la atormentaba, intentando llegar a donde nunca había llegado.

Darío observó a su hada negar con la cabeza y sonrió satisfecho, parecía que no lo estaba haciendo tan mal. Bajó hasta tocar con los labios los hermosos pechos de Ariel y comenzó a mordisquear sus pezones sin dejar de jugar con sus dedos en la vagina y el clítoris. Ella volvió a levantar las caderas, haciéndole entrar más profundamente en su interior. Y entonces, él lo notó. Levantó la cabeza y parpadeó confuso, incapaz de creer lo que estaba sintiendo contra las yemas de sus dedos.

Empujó con cuidado dentro de ella, hasta volver a topar con la fina y flexible barrera. Presionó contra la dúctil membrana. ¡Dios! Volvió a repetir el movimiento, esta vez con un poco más de fuerza, más profundamente. La barrera seguía ahí, no se la había imaginado. Se detuvo estupefacto, mirándola maravillado. Nunca se lo habría imaginado. La inocencia que Ariel mostraba cuando estaban juntos era… absoluta.

Su sirenita era virgen. ¡Virgen! Nadie la había tocado antes. Y nadie más lo haría, pensó en un arranque de posesividad. Ariel era suya. Solo suya.

Ariel abrió los ojos cuando Darío se detuvo, aletargada por las caricias, excitada como nunca lo había estado, e incapaz de pensar. Observó el amado rostro masculino y vio en él incredulidad.

¡Oh, Dios! ¡Se había dado cuenta! Lo sabía.

Sabía que no era como el resto de las mujeres, que no era femenina, que algo fallaba en ella. Aterrorizada, desvió la vista, perdiéndose la mirada de posesión que destellaba en los ojos del hombre. Le aferró la muñeca con los dedos como garras intentando que él quitara la mano de allí… Buscando la manera de disimular su incapacidad de sentir, de obtener placer donde otras mujeres lo conseguían sin problemas.

Darío no se lo permitió. Volvió a hundir los dedos en ella a la vez que con un movimiento inesperado enterraba su rostro en el grácil cuello femenino, y lo mordía, succionándolo con fuerza, dejando en él la marca indeleble de su pasión.

¡Ni siquiera quiere mirarme! Estuvo a punto de aullar Ariel al ver que él bajaba la cabeza. Al borde de las lágrimas por haberle decepcionado, intentó de nuevo que sacara la mano de su ropa interior. Pero no lo consiguió.

Darío notó cómo las paredes vaginales se cerraban alrededor de sus dedos, intentando expulsarlos. La dócil humedad se tornó en árida rigidez. Colocó el pulgar sobre el clítoris y comenzó a masajearlo.

Ariel cerró los labios para no dejar escapar el gemido de desesperación que pugnaba por escapar de ellos. Los dedos que tanto placer le habían dado ahora la molestaban. Todo volvía a ser como siempre.

Cuando estaba al borde del orgasmo, su cuerpo se rebelaba y le mostraba a las claras que había cosas que jamás podría tener. Pero su amigo seguía empeñado en darle lo que no podía tener. Sus dedos continuaban perdiendo el tiempo en su vagina, sin conseguir arrancarle nada más que una molesta sensación de intrusión. «Darío no se merece esto» —pensó. Se merece más, mucho más…—. Sin meditar lo que hacía, deslizó su mano bajo la cinturilla del pantalón deportivo y los bóxers del hombre, y posó la palma sobre la polla dura y ardiente que allí se ocultaba.

Darío jadeó al sentirse acogido por los dedos de la muchacha y, cuando comenzó a subir y bajar desde el tronco hasta la corona, olvidó todos sus propósitos y se dejó llevar por el deseo.

Ariel respiró tranquila al notar que el hombre dejaba de penetrarla, parecía que había conseguido distraerle. Algo más relajada al comprobar que el peligro había pasado, decidió inspeccionar aquello que tenía en la mano. Jamás había imaginado que el pene de un hombre tuviera esa suavidad sedosa. Ni que fuera tan duro y sólido. Ni que las venas se marcaran en el tronco. Ni mucho menos que la piel que lo recubría fuera tan flexible, que pudiera deslizar sus dedos sobre ella y esta se adaptara a cada movimiento.

—Está muy duro, pero a la vez es suave como la seda —musitó para sí sin dejar de recorrerlo con los dedos.

—Dios… —jadeó Darío incapaz de responder nada coherente. Le estaba matando.

Ariel lo exploró hasta llegar al glande y se detuvo allí, dubitativa. De la apertura que lo coronaba emanaba un líquido tibio y pastoso. Presionó con el pulgar sobre ese punto y Darío se tensó a la vez que un sonoro gemido escapaba de sus labios.

—Parece de goma… —susurró Ariel alucinada.

Sus dedos se entretuvieron jugando una y otra vez con el extraño descubrimiento. Esparcieron las gotas preseminales por la corona, alisaron la piel del frenillo, bajaron por el tallo hasta llegar al escroto, y allí acariciaron curiosos los testículos, sopesándolos en la palma de la mano, juntándolos y soltándolos hasta que Darío no pudo más.

—¿Es la primera vez que tocas… a un hombre? —le preguntó incrédulo.

—Sí. Es muy… raro.

Darío asintió cerrando los ojos y respirando profundamente. Había estado a punto de correrse al escuchar su afirmación. Una única palabra rugía en su mente.

Mía, mía. Solo mía.

Movió la mano que tenía libre y la colocó sobre la de Ariel. Esta dio un respingo al sentir que él la obligaba a cerrar los dedos sobre su pene.

¡Mierda!, pensó Ariel enfadada consigo misma por ser tan tonta. Había estado tan obnubilada con la rígida y dúctil suavidad de su polla que se le había olvidado por completo que esas caricias no eran para disfrutarlas ella, sino él. Sabía perfectamente lo que tenía que hacer, había practicado mil veces con los falos de látex que vendía. Aunque el pene de Darío fuera radicalmente diferente a los vibradores, los movimientos serían los mismos. No hacía falta que él la guiara.

Lo rodeó con los dedos firmemente, y comenzó a subir y bajar, desde la base hasta el glande. Al principio fueron movimientos mecánicos, pero, al escuchar los jadeos y gemidos del hombre, el calor que había sentido antes volvió a instalarse en su sexo.

Darío abrió la mano, dejando escapar la de Ariel. El placer fulgurante que le recorría le estaba dejando sin fuerzas. El brazo que le sostenía comenzó a temblar. Apoyó la mano que tenía libre junto al ígneo cabello de su adorada hada y dejó caer la cabeza hasta que quedó alojada entre los pechos de su sirenita.

Ariel se sintió poderosa y femenina al notar que Darío se derrumbaba y comenzaba a temblar contra ella. Imprimió un ritmo más rápido a sus movimientos, sin atreverse a apretarle más entre sus dedos por temor a hacerle daño.

—Más fuerte —ordenó el hombre entre jadeos.

Ariel obedeció, ciñó los dedos en torno al pene y gimió al darse cuenta de que todo el cuerpo de Darío se ponía en tensión. Por ella. Por su mano. Por sus caricias.

—Más rápido —la instó él.

Ariel aumentó el ritmo, a la vez que deslizaba la mano que tenía libre bajo el pantalón y los bóxers de su amigo y le tocaba tímidamente los testículos.

Darío no lo pudo soportar más. Incapaz de continuar inmóvil, comenzó a mecerse contra ella, a rozar sus labios y mejillas contra los preciosos senos de su hada, a apretarse más y más contra las manos que le estaban arrebatando la razón, la cordura y la vida misma.

—No pares —suplicó—, por favor, no pares, por favor… Aaahhhh.

Cada músculo del hombre se tornó rígido y su cabeza se alzó en un ángulo casi imposible cuando el demoledor orgasmo lo recorrió.

Ariel observó aturdida a su amigo. Parecía a punto de romperse en pedazos de tan tenso como estaba. En el mismo momento en que se derrumbó sobre ella, un líquido tibio cayó sobre la parte interior de su muñeca y resbaló hasta su mano. Ariel frotó las yemas de los dedos contra la palma, recogiendo el cálido y denso fluido. Era semen.

—¿Te has corrido? —musitó estupefacta para sí, antes de darse cuenta de que había formulado la pregunta en voz alta.

Darío rio sin fuerza ante el ingenuo comentario. Por supuesto que se había corrido. De hecho, acababa de experimentar el orgasmo más impactante de su vida.

Ariel parpadeó atónita. Se había corrido en su mano, pensó frotando los dedos.

Había sido ella quien le había llevado al éxtasis. ¡Ella! ¡Solo ella! Él se había corrido sobre sus manos…

Darío se removió inquieto; ahora que las brumas del placer se disipaban, era consciente de que se había derrumbado sobre Ariel, y que probablemente la estaría agobiando con su cuerpo. Se apoyó sobre los codos, y miró a la mujer que le había robado el corazón.

Ariel frotaba sus manos una y otra vez entre sí, perpleja y orgullosa. Sonreía con los ojos entornados, risueña, satisfecha con ella misma por ser, de alguna manera, capaz de proporcionar placer al hombre que la hacía sentir como una princesa de cuento de hadas.

—¿Nunca habías tocado a un hombre? —reiteró Darío la pregunta, que casi le llevó al paroxismo sexual. Sabía la respuesta, pero necesitaba escucharla otra vez.

—No. ¿Tan mal lo he hecho? —preguntó ella dudando ante su insistencia.

—Ha sido perfecto. Nadie me ha hecho sentir como tú lo has hecho —afirmó él bajando la cabeza y besándola arrebatado.

Ariel le abrazó feliz, recibiendo sus besos y caricias como si fueran lo más preciado del mundo, y de hecho lo eran. Se extrañó ante la intensidad con que él besaba y succionaba su cuello, pero esa sensación era tan agradable que no se planteó el motivo de tal interés.

Darío sabía que se estaba comportando como un crío, peor aún, como una bestia en celo, pero no podía evitarlo. Necesitaba marcarla de alguna manera, hacer saber al resto del mundo que esa mujer le pertenecía, que tenía dueño y la única manera que se le ocurría era esa. «Mía», pensó cuando observó satisfecho el tono rojizo de la primera marca. «Mía para siempre», fueron las palabras que se instalaron en su cerebro al observar la que le había hecho en ese mismo momento. «Soy el primero. El primero y el único. Mía, solo mía», repetía irracionalmente en cada succión. Subió de nuevo hasta los labios tentadores de Ariel y los devoró con intensidad salvaje. Sus manos comenzaron a recorrerla el cuerpo, ávidas de aprenderse cada recodo de su piel. Se posaron sobre los pechos de la muchacha. Volvía a estar poseído por un deseo tan intenso que no lo podía soslayar.

Ariel se revolvió incómoda y asustada cuando notó que el flácido pene volvía a la vida, y que las poderosas manos se acomodaban sobre sus senos, a la vez que los besos de su amigo se volvían más y más intensos, posesivos incluso.

—¿Qué haces? —inquirió, sorprendida por la marea de sensaciones que amenazaban con desbordar su cuerpo. Si se dejaba llevar otra vez, no podría contenerlas. Y él descubriría su tara.

—Devorarte —gimió él contra sus labios.

—¡No! —exclamó ella, apartándole. No podía permitirse caer de nuevo. ¡No podía!

—¿Qué? —Darío se alzó sobre sus codos y la miró aturdido. No entendía su negativa. Ariel era una mujer apasionada, sus gemidos y temblores cuando la había tocado así lo demostraban.

—Te has corrido —señaló Ariel, nerviosa—. Ya está. Hemos terminado.

—No. Acabamos de empezar —refutó él, incrédulo. ¿Qué estaba pensando su atolondrada sirenita?

—Ni de coña —se negó asustada. Si volvía a tocarla, se daría cuenta de que ella tardaba demasiado, de que no podía correrse.

—¿Cómo que ni de coña? —preguntó confuso Darío—. Tú no…

—Yo estoy perfectamente, gracias —dijo zafándose de debajo de él, cayendo al suelo y poniéndose en pie al instante.

—Pero tú…

—Yo nada. Ya está. Zanjado. —Volvió a insistir Ariel a la vez que buscaba su ropa. Localizó la camisa, pero la camiseta no aparecía por ningún lado.

—Ni lo sueñes. —Darío se levantó de un salto, la aferró por el codo y la atrajo hacia sí—. No te vas a ir así como así. No hemos terminado, ahora es tu turno —afirmó besándola enfadado.

Sí, se había dejado llevar, se había olvidado de las necesidades de Ariel cuando ella comenzó a masturbarle, pero eso no significaba que fuera a pasar de nuevo; esta vez tendría cuidado, estaría atento a sus señales y lo haría mejor. Él era casi tan inexperto en el sexo como ella, pero que hubiera metido la pata una vez no significaba que fuera a meterla de nuevo. Esta vez pensaría en su sirenita por encima de todas las cosas. Además, era su novia. Solo él podía tocarla y, ahora que tenía la oportunidad de hacerlo sin interrupciones, no pensaba dejarla escapar.

—Suéltame —siseó Ariel, entornando los ojos al ver que él no la soltaba. No era su turno. Nunca sería su turno, no podía ser. Y punto.

—Eres mi novia, no puedo dejar que te vayas así…

—¿Así, cómo? ¡Y no soy tu novia! —rechazó Ariel cuando la frase completa penetró en su mente. ¡Ay, Señor! Lo había olvidado por completo, Darío se lo había dicho durante el apresurado paseo hasta la zapatería, pero ella no lo había tomado en serio.

—Sí lo eres.

—¡Y una mierda, no soy la novia de nadie! —exclamó intentando zafarse de su agarre, pero sin conseguirlo. Decidió provocar una discusión. Prefería que él se enfadara y olvidara sus propósitos antes que ver cómo la miraba con lástima al descubrir que ella no sentía como las demás mujeres.

—¡Claro que sí! ¡Eres mi novia! —«Esto no me puede estar pasando», pensó Darío totalmente perdido ante el inusitado giro que había dado el encuentro.

—Enséñame los papeles —exigió dando un nuevo tirón. Pero los dedos del hombre no cedieron. Seguía teniéndola presa.

—¿Qué papeles? —preguntó Darío sin soltarla.

—Los que demuestran que soy tu novia. A ver, ¿dónde está mi firma diciendo que lo soy? —requirió Ariel a la desesperada. Era consciente de la estupidez que estaba diciendo, pero le daba lo mismo. No conseguía escaparse de él.

—No digas chorradas —siseó volviendo a besarla.

Ariel sintió cómo todo su cuerpo respondía al beso. Se le erizó el vello de los brazos, la respiración se le aceleró y el estómago se le encogió. Esto no podía estar pasándole. Otra vez no.

Darío se separó satisfecho al ver los ojos brillantes de su sirenita, al escuchar su respiración agitada y ver sus manos temblar. Ella tenía que entender que no volvería a hacerlo mal. Le haría ver las estrellas, podía hacerlo. No volvería a dejarse llevar, ella era lo primero. Siempre.

—No vuelvas a besarme —siseó Ariel, dejándole pasmado—. Si lo haces te juro que te doy tal puñetazo que te dejo sin dientes —advirtió a la defensiva. Tenía que separarse de él, salir a la calle y respirar aire fresco. Estaba peligrosamente cerca de volver a caer en sus redes.

—Eres increíble —susurró Darío dolido, dando un paso atrás, malinterpretando por completo el motivo de la renuencia de Ariel. Estaba seguro de que ella se había enfadado porque no había sabido complacerla, y que por eso le negaba ahora la oportunidad de redimirse—. No hay un ápice de dulzura en ti —afirmó, sin pensar en lo erróneo de sus palabras—. Eres la mujer menos femenina que conozco, ni siquiera amenazas con un bofetón. No. Tú lo haces con un puñetazo —atacó con rabia.

—¡Sí! ¡Soy un puto marimacho! —gritó ella con el corazón hecho trizas, al final Darío se había dado cuenta de la puñetera verdad—. ¡Que te den por culo! —dijo aceptando su desafío y propinándole un sonoro bofetón que hizo sangrar el labio del hombre.

Acto seguido se dio media vuelta, con la camisa todavía en su mano, y corrió hacia la salida sorteando a duras penas el mostrador. Tanteó con los dedos la puerta de la calle hasta encontrar la llave, y la giró, abriéndola.

—¡Espera! —bramó Darío tras ella.

Ariel se giró hacia él, aferrando las llaves en su puño; lo miró con los ojos anegados en lágrimas.

—Este marimacho no quiere volver a verte en lo que le queda de vida —dijo con voz quebrada. Luego lanzó las llaves con todas sus fuerzas hacia la plaza y salió corriendo como alma que lleva el diablo.

Darío fue tras ella, pero se detuvo pocos segundos después. Se giró y observó su zapatería. La puerta permanecía abierta, y no tenía ni la más remota idea de adónde habían ido a caer las llaves. No podía irse, sin más, dejando su medio de vida abierto a cualquiera que quisiera entrar y robar sus escasas máquinas y herramientas. Le dio un puñetazo a un árbol, enfadado por tener que dejar escapar a su novia, y comenzó a buscar las jodidas llaves.

Media hora después entró en su casa, cabreado, frustrado e indignado. Había tenido tiempo de pensar en todo lo que había ocurrido, y no entendía nada. No sabía por qué Ariel había reaccionado de esa manera. Sí, él había actuado como un hombre de Neandertal, lo reconocía, pero ella tampoco se había quedado atrás. Ariel se había comportado de manera irracional, arisca y borde, tal y como lo hacía siempre que estaba a la defensiva. Pero cuando había mencionado que no era femenina, entonces algo se había roto en el interior de los ojos de su hada. Habían dejado de brillar desafiantes para llenarse de lágrimas. Su rostro había palidecido y sus labios habían temblado al denominarse a sí misma «marimacho». No. Algo había ocurrido. Tenían que hablar y solucionarlo. Las cosas no podían quedarse así. Ariel iba a tener que explicarle lo que había pasado por su alocada cabecita cuando volvieran a verse el viernes en el gimnasio.

—Llegas muy tarde, hermanito —comentó Héctor desde el salón al oír abrirse la puerta—. Eso es que te ha ido bien, ¿o me estoy equivocando? —preguntó burlón levantándose del sillón y yendo hacía la puerta—. Joder, ¿qué te ha pasado? —inquirió preocupado al ver el aspecto de Darío—. ¿Os ha atacado alguien? ¿Cómo está Ariel?

—Ariel está de puta madre —respondió el interpelado dirigiéndose al cuarto de baño.

—¿Pero… qué te ha pasado?

Héctor siguió a su hermano, asustado. Darío jamás decía palabrotas a no ser que estuviera al límite de su paciencia. Y por si eso no fuera suficiente para asustarle, su aspecto era horroroso. Iba vestido únicamente con el pantalón de deporte, estaba despeinado, tenía sangre reseca en el labio y los nudillos magullados e hinchados.

—Vete a dormir, Héctor. Es muy tarde —ordenó Darío, furioso, mientras se lavaba. Se quejó entre dientes cuando el agua fría le tocó la mano golpeada.

Héctor asintió con la cabeza, se dio media vuelta y se encaminó hacia su habitación. Cuando su hermano mayor tenía esa mirada significaba que estaba a punto de estallar, y que era mejor no acercarse a él. Y Héctor apreciaba demasiado su cara como para exponerse a un puñetazo o, peor todavía, a escuchar uno de los aburridos alegatos que soltaba Darío cuando se sentía frustrado. Ya se le pasaría el cabreo antes o después.

Se detuvo en mitad del pasillo al darse cuenta de su último pensamiento. Su hermano jamás se había dado la vuelta cuando le había contado alguno de sus múltiples desengaños amorosos, nunca le había ignorado cuando llegaba borracho como una cuba y apenas podía tenerse en pie, tampoco cuando no conseguía aprender el temario de la universidad. Darío siempre estaba allí, contra viento y marea, para lo bueno y para lo malo. Y él no iba a ser menos.

Rehízo sus pasos, y entró en el baño, decidido a averiguar qué había pasado. Lo que encontró ante él hizo que se le cayera el alma al suelo.

Darío estaba sentado sobre el retrete, con los codos apoyados en las rodillas y la cabeza entre las manos. Sollozando.

—Da…

Darío jadeó al sentirse descubierto, giró todo el cuerpo hasta quedar de espaldas a Héctor y levantó una mano, indicándole que se marchara.

—No me pienso ir, Da. Dime qué ha pasado. —Darío negó con la cabeza—. Tío, soy tu hermano. Estoy aquí, joder; úsame como paño de lágrimas si quieres. Incluso te dejo que me llenes de mocos —le increpó Héctor logrando que el mayor riera.

—He metido la pata hasta el fondo… Y no sé cómo ni por qué —susurró Darío.

—La pata no lo sé, pero la mano la has clavado en algo muy duro… —comentó Héctor cogiéndole por la muñeca y comenzando a curarle los nudillos. Darío aún no se había girado, pero al menos le estaba hablando.

—He golpeado un árbol.

—Ah, vaya, ¿qué te hizo el pobre? ¿Se plantó en tu camino impidiéndote pasar? —bromeó Héctor—. Y la cara… Qué te ha pasado en el labio. ¿También el árbol?

—No. Ariel se enfadó conmigo —dijo a modo de explicación.

—Da, ¿qué ha pasado? —preguntó posando las manos sobre los hombros de su hermano y obligándole a mirarle.

Darío fue consciente en ese momento del aspecto que presentaba, desnudo de cintura para arriba, con el labio partido, los nudillos ensangrentados y el pelo revuelto.

—Le dije que no era femenina. —Al ver que su hermano le recorría con la mirada, se apresuró a explicarse.

El amanecer encontró a dos hombres jóvenes sentados en el sofá de una humilde casa. Uno de ellos hablaba sin cesar, abriendo su corazón sin reservas a su hermano menor, permitiéndose exponer ante otra persona todos sus miedos y dudas, apoyándose por primera vez en su vida en el hombro de alguien.

Los rayos solares de ese mismo amanecer entraron sigilosos en un cochambroso garaje del centro de Madrid. Allí encontraron a una muchacha solitaria, abrazada a un ajado osito de peluche como si fuera su tabla de salvación. Estaba sentada con las piernas encogidas sobre el asiento del copiloto de un antiguo y brillante coche cuyo motor estaba fragmentado sobre los asientos traseros. Tan fragmentado como los pensamientos y sentimientos de su joven dueña.

—He sido una idiota, Chocolate. Mamá siempre dice que cada persona tiene su lugar en el mundo, y yo he querido ocupar el que no me corresponde —confesó besando la naricilla de su adorado osito—. Papá me advirtió mil veces que cada uno es como es, y que de nada sirve fingir ser otra persona… y yo, como siempre, no lo he escuchado. He intentado ser alguien distinto y mira lo que ha pasado. De nada sirve quejarse —afirmó sintiendo la mirada enfadada del osito sobre ella—. Acuérdate de lo que decía papá cuando mamá se empeñaba en vestirme como a una princesita: «aunque la mona se vista de seda, mona se queda». Mírame, Chocolate, vestida de chica, con estos estúpidos pantalones ajustados y la ridícula camisa a modo de vestido —susurró comenzando a llorar de nuevo.

El osito frunció el ceño y recordó las ocasiones en que Arturo había dicho esa frase a su hija. No lo había hecho con mala intención, sino sonriendo divertido a la vez que advertía a su mujer que su niña era preciosa tal cual era, sin necesidad de adornos innecesarios. Arturo y María adoraban a su pequeña, no les gustaría nada enterarse de que estaba sufriendo. Chocolate pensó, no por primera vez, cómo podría un osito viejo como él hacerles saber que su hija les necesitaba, que era imprescindible que acudieran para abrazarla y besarla. Para recordarle una y mil veces lo mucho que la querían y lo orgullosos que se sentían de ella. Pero… Él era solo un trozo de felpa marrón relleno de lana vieja, un simple peluche… y los peluches no sentían, ¿verdad?

—No necesitamos a nadie, ¿verdad, Chocolate? —preguntó Ariel a su más antiguo y querido amigo—. Nunca lo hemos necesitado. Estamos muy bien solos —afirmó sorbiendo por la nariz y limpiándose las lágrimas con el dorso de la mano—. No pienso volver a verle. Ni de coña. Cada cual tiene su lugar en el mundo y yo tengo muy claro cuál es el mío.

29

Aún estoy corriendo.
Rompiste los lazos.
Soltaste las cadenas.
Aún no he encontrado lo que estoy buscando.
U2, *I Still Haven't Found What I'm Looking For*

15 de mayo de 2009

Darío, vestido con un impecable traje gris, observó emocionado cómo Ruth daba el «sí, quiero» a Marcos, el hombre que le había arrebatado a su hermana y a su sobrina. Se limpió discretamente una lágrima traidora que osó escapar de la prisión de sus párpados e irguió la espalda, dispuesto a no dejar ver la desolación que sentía en su interior.

La mano de su hermano pequeño se posó firme sobre su espalda, recordándole que, por mucho que lo intentara, no podía fingir ante él. Héctor era increíblemente perceptivo. Darío giró la cabeza y le sonrió, dándole a entender que no pasaba nada, que estaba bien. Pero no lo estaba.

Todo su mundo se había hecho añicos en menos de un mes. Ruth se había ido a vivir con su marido, y se había llevado a Iris, dejándole solo. Héctor les había informado, hacía solo un par de días, de que había conseguido un trabajo de becario y se iría a vivir a Alicante en menos de dos semanas. Con un poco de suerte, conseguiría trabajo allí, a cuatrocientos kilómetros de Madrid.

Miró de reojo a su padre. Ricardo permanecía erguido, observando confuso la ceremonia, sin entender qué pasaba allí. Al menos él se quedaba. Darío se había negado en rotundo a que su hermana se lo llevara a vivir con ella. «Papá necesita la estabilidad que le da vivir en una casa que conoce. Si le llevas a la de Marcos, estará perdido, olvidará por qué está allí, se perderá en las habitaciones, no encontrará sus cosas», había argumentado una y otra vez hasta convencerla.

Giró la cabeza a la izquierda, observando el sitio vacío que había a su lado. Ariel no estaba con él. Por supuesto que no. Había intuido desde el principio que la sirenita se negaría a acudir al evento. Aun así, había fantaseado con convencerla, pero no había vuelto a verla desde aquella aciaga noche. Había desaparecido de su vida de la misma manera que entró. De repente. Sin avisar.

Había llamado una y mil veces al teléfono de su pensión, pero la bruja que le contestaba no se molestaba siquiera en escucharle. Simplemente le colgaba advirtiéndole que dejara en paz a «su niña».

Había intentado encontrar el lugar al que pertenecía ese número de teléfono, pero no hubo forma. No estaba en las guías ni en Internet. Y la policía se había negado a ayudarle cuando acudió a ellos desesperado.

Sabía por Elías y Sandra que Ariel se había puesto en contacto con ellos para entregarles el último pedido que le habían hecho. Pero cuando fue a entregarlo, lo hizo a primera hora de la mañana de un lunes, sin avisar de su llegada. Con premeditación y alevosía. Intentó llamar al número de teléfono que se había quedado grabado en el de sus amigos, pero, cuando lo hizo, descubrió que correspondía a una cabina telefónica.

Su sirenita había desaparecido del mundo como solo ella podía hacer, con sigilo y contundencia. No conseguiría hallarla si ella no quería ser encontrada. Y él debía aceptarlo.

Varias horas más tarde, a solas, en casa, Darío recorrió paso a paso la habitación vacía que pertenecía, no, que había pertenecido a su hermana y su sobrina. Se subió a la litera, se tumbó sobre ella con los brazos detrás de la cabeza y una lágrima se le escapó por entre las pestañas fuertemente cerradas.

Estaba vacía; ya no se oirían gritos infantiles, ni risas acompasadas; ni temblarían las paredes con las travesuras de Iris. Su hermana ya no le recriminaría continuamente que dijera tacos ni controlaría con precisión la nevera. No habría nadie en el salón por las noches cuando regresara del gimnasio. Nadie le preguntaría cómo había ido el día, ni le daría un beso en la mejilla cuando se fuera a la cama. Y no es que pensara que lo iba a echar de menos. Seguro que estaría en la gloria solo en casa. Otra lágrima rodó por la mejilla con ese pensamiento.

¡Miércoles! No estaba triste, no estaba llorando; era simplemente un efecto secundario de todas las cervezas que había tomado durante la celebración. Ni más ni menos.

Se dio la vuelta en la cama e intentó concentrarse en pensamientos más agradables. Una imagen apareció en su mente. Una mujer alta, de espaldas estrechas, piernas largas, con músculos bien definidos y el vientre liso. Con los abdominales más marcados que los suyos propios. Sacudió irritado la cabeza. Había dicho «pensamientos más agradables», no pesadillas con brujas. Volvió a girarse en la litera. Un perfil afilado, de pómulos marcados y con un hoyuelo en la barbilla, enfatizado por el corte de pelo más extraño que hubiera visto en su vida, entró en su mente sin pedir permiso. Lo acompañaban unos ojos grises insolentes y unos labios carnosos que escondían unos dientes blancos y perfectos como perlas, tras los cuales se ocultaba la lengua más retorcida y venenosa que pudiera existir. Suspiró irritado. ¡Solo le faltaba acabar la noche pensando en una bruja! Bajó de la cama de su hermana y se fue a su propio cuarto. Héctor dormía a pierna suelta. Se tumbó sigiloso en su cama e intentó conciliar el sueño…

En el interior de sus párpados apareció una vívida imagen: Ariel vestida con unos *leggings* y una camiseta de tirantes ajustada al cuerpo que se cortaba unos centímetros por encima de su ombligo. Un ombligo tentador que pedía a gritos un poco de atención masculina. Una atención que él le prestaría gustoso, siempre y cuando consiguiera encontrar a la muchacha. Darío frunció el ceño. ¡Maldita fuera! Incluso en sueños le atormentaba.

Apretó los párpados e intentó dormirse. Y volvió a verla.

Estaba tumbada de espaldas sobre el tatami, con los brazos cruzados por debajo de la cabeza, en una postura indolente que alzaba sus pechos perfectos. Los pezones erguidos se marcaban debajo de la camiseta, llamándolo. Tenía las piernas ligeramente abiertas y las rodillas un poco dobladas en la viva imagen de la despreocupación; la planta desnuda de sus pies se apoyaba sobre el suelo verde, realzando la blancura de su piel de alabastro.

Darío abrió los ojos y suspiró. Tenía los testículos a punto de ebullición, el pene le latía dolorido contra el bóxer, las manos le sudaban y su corazón parecía haber corrido una maratón. Aún no estaba dormido y ella ya se estaba metiendo donde no la llamaban. Había escapado de él, ¿por qué no le abandonaba también durante las noches?

Se giró en la cama acurrucándose de costado, intentando olvidarse del dolor casi insoportable que le recorría los genitales. Colocó las manos bajo la almohada, dejó caer los párpados, relajó su respiración y se concentró en el trabajo atrasado de la zapatería... Pero fue imposible. La imagen regresó más vívida.

Tenía entre las manos unos hermosos botines negros de ante, con un tacón afilado de casi diez centímetros al que debía poner tapas. Acarició la suave piel del empeine mientras comprobaba la tapa más adecuada, de caucho, por supuesto; las de hierro hacían mucho ruido al andar. Cogió del cajón las apropiadas y se dispuso a ponerlas, pero algo había cambiado. El botín que tenía entre las manos ya no estaba vacío, subió la vista por el delicado ante hasta vislumbrar un fino tobillo de piel nacarada. Sus dedos acompañaron a su mirada mientras recorría, casi jadeando, el contorno de la nívea pantorrilla, la forma sensual de la corva de la rodilla, los muslos lisos y bien formados que terminaban en... unos pantalones vaqueros mal cortados.

—¡Miércoles! —gimió angustiado por no poder dominar sus pensamientos. Ni siquiera dormido conseguía olvidar a Ariel—. ¡Esto es increíble!

Lo último que le faltaba en esa nefasta noche era desear lo que no podía tener. Lo que había perdido por un arranque de ineptitud. Tenía que olvidarla, deshacerse de su recuerdo, dejar pasar el tiempo y que el dolor se diluyera.

Se giró hasta quedar de espaldas, aguzó el oído hasta escuchar el sonido de la respiración de Héctor, que dormía en la cama de al lado —no le hizo falta aguzarlo mucho, su hermano estaba roncando como un oso—, y sin pensarlo dos veces se cubrió con la manta hasta la barbilla, se quitó el bóxer de un tirón, abrió ligeramente las piernas y volvió a cerrar los ojos...

Tendría a Ariel entre sus brazos una última vez. Aunque fuera en sueños.

Allí estaba ella otra vez, de pie, apoyada en la pared del gimnasio, sonriéndole. En esta ocasión llevaba el vestido camisero con un cinturón ciñéndole las caderas.

«Como si Ariel fuera capaz de ponerse algo que no fueran pantalones», pensó enfadado con su imaginación por ser tan... imaginativa.

Su sirenita tenía las piernas cruzadas a la altura de los tobillos y las manos enganchadas al cinturón. Le guiñó un ojo y abrió los dedos en abanico hasta enmarcar su pubis.

El pene de Darío se alzó impetuoso sin la restricción del bóxer y sus manos se cerraron en garras sobre sus muslos cubiertos de vello negro. Un jadeó escapó de su garganta. Ariel era tan hermosa que le dolía mirarla, aunque fuera en sueños.

Su fantasía quiso que la muchacha deslizara uno de sus tobillos hacia arriba, recorriendo lentamente su propia pantorrilla con la punta de los dedos del pie, en un gesto tan coqueto que era imposible que la mujer real lo realizara en su vida. La pierna ligeramente alzada levantó el ya de por sí muy corto vestido, dejando ver la parte interior del muslo. Darío cerró con fuerza los puños y esperó.

Ariel apoyó el pie en la pared justo por debajo de su delicioso trasero e inició con la pierna un suave movimiento de izquierda a derecha, mostrando y ocultando rítmicamente el desnudo vértice entre sus muslos. Darío se inclinó en su imaginación hasta que quedó de rodillas ante ella. Quería verla bien.

¡Nada! ¡No llevaba nada! Cada dos segundos podía ver su pubis de rizos rojizos, cada dos segundos enloquecía cuando dejaba de verlo.

Ariel seguía balanceando su muslo ignorando la lujuria que asomaba a los ojos del hombre arrodillado ante ella. Sus manos abandonaron el cinturón y se deslizaron lentamente hasta el inicio de sus pechos, apretándose contra sus costillas, enmarcándolos, para a continuación resbalar hacia los pezones y apretarlos entre los dedos. El Darío imaginario se abalanzó sobre ella, la sujetó con sus potentes manos y hundió la cara en su pubis.

El Darío real se olvidó hasta de su nombre, agarró su pujante polla con una mano mientras sujetaba los testículos con la otra y comenzó a bombear con fuerza, deslizando sus dedos arriba y abajo por el tallo venoso y endurecido, apretándolo al llegar a la base para emprender la subida hasta el capullo, aflojando al llegar al prepucio para a continuación volver a bajar. Sus piernas se abrieron más, su trasero se endureció, se le levantaron las caderas para permitir a su otra mano un mejor acceso a la bolsa escrotal; la pesó, la acarició, la sintió endurecerse dispuesta a expulsar el semen de un momento a otro.

Abrió con sus dedos imaginarios la suave piel de los pliegues del sexo de Ariel, su lengua se adentró en el paraíso único y dulce de su vagina. Imaginó a la mujer gimiendo por él. Hundió más la lengua hasta que la sintió tensarse. Entonces se apartó un poco y comenzó a lamerle lentamente la vulva, tan suave, tan tersa. Se recreó en su aroma, en su humedad; absorbió entre sus labios el clítoris, lo arañó levemente con los dientes hasta que la imaginó jadeando desacompasada, tan loca por él como él lo estaba por ella.

El movimiento de sus dedos subiendo y bajando por su pene se descontroló. Sus caderas se alzaron una y otra vez contra su mano en un compás rápido, vertiginoso. Apretó su pene al sentir el calor y los ramalazos de placer atravesándole el cuerpo. Se estaba volviendo loco. Un gruñido asomó a sus labios cuando el chorro de semen emergió exigente y se derramó sobre su vientre. Su cuerpo siguió temblando algunos segundos después, mientras su mente se abría camino entre las brumas del imponente orgasmo.

Poco a poco volvió a la realidad; la humedad sobre su estómago le recordó que tenía que limpiarse, pero no se veía con fuerzas. Se tapó los ojos con el dorso de la mano y dejó que las lágrimas de impotencia fluyeran libres. ¿A quién quería engañar? Esa no iba a ser la última vez que soñaría con ella. La tenía metida bajo la piel, alojada firmemente en lo más profundo de su corazón. Y no podía hacer nada por evitarlo.

El cansancio se fue apoderando de él. Los párpados, pesados, se cerraron por fin, dándole el necesitado descanso. Y allí estaba ella de nuevo, como todas las noches desde el día en que la conoció. Burlona, altiva y pícara, sonriéndole desafiante.

30

Cuánto horror habrá que ver.
Cuántos golpes recibir.
LA POLLA RÉCORDS, *Ellos dicen mierda*

Madrugada del 17 de mayo de 2009

—Me has hecho gozar como una perra. Tu polla en mi culo, tan fuerte, tan gorda, tan dura, es todo lo que una mujer desea —jadeó Lulú contra la oreja del hombre que se estaba despidiendo de ella—. Mañana te estaré esperando, ansiosa por follar ese rabo enorme con mi boca. —Se separó del pobre ingenuo, y le sobó con fuerza el diminuto bultito de sus pantalones. ¡Lo que tenía que decir una para conservar a los clientes!

Esperó, con una sonrisa artificial en los labios, hasta que el tipo se marchó, y luego puso los ojos en blanco. ¡Por favor, qué noche! Ni uno solo había dado la talla. «Quizá me estoy volviendo demasiado exigente», pensó atusándose su hermosa cabellera caoba. Encogiéndose de hombros, se asomó a la ventana y buscó a su pupila. La encontró apoyada en una farola, junto a un par de compañeras de profesión, departiendo tranquilamente. Suspiró negando con la cabeza. ¿Qué demonios iba a hacer con esa muchacha?

Ariel había cambiado en poco menos de tres meses. Se había enamoriscado de un joven, desatendiendo sus sabios consejos. Y mira que se lo había advertido; los hombres estaban para jugar con ellos, para disfrutarlos, sacarles toda la pasta y luego olvidarlos. Pero no, la chiquilla no había entendido ese concepto. Ya le olió mal cuando su niña cambió del día a la mañana su manera de vestir, comprándose esos pantalones tan ajustados que no dejaban nada a la imaginación… Poniéndose esas camisas a modo de vestido, cortándose el pelo de esa manera que le hacía resaltar sus perfectas facciones. Y no era que a Lulú le pareciera mal, todo lo contrario. Ella misma había insistido una y otra vez para que la muchacha aprovechara la belleza angelical que la naturaleza le había dado… ¡pero no por un solo hombre! ¡Era un verdadero desperdicio! ¿Y la pelirroja la había escuchado? No. No. Y mil veces no. Se había pillado como una idiota por un tío, había cenado con su familia y dormido en su casa. ¡Por favor, en su casa, como si no existieran hoteles! Y luego, zas, la había cagado. No tenía ni la más remota idea de lo que había pasado entre ellos. Solo sabía que, hacía menos de un mes, Ariel había llegado a la pensión bien entrada la mañana, asustándolas a Minia y a ella. Con los ojos llorosos, la camisa mal abrochada, un genio de mil demonios y todo el cuello lleno de chupetones.

No les dio ninguna explicación, ni en ese momento ni más adelante. Simplemente volvió a ponerse sus raídos y enormes vaqueros, sus camisetas ajadas y sus botas de montaña, y se convirtió de nuevo en la muchacha intratable de siempre. Solo que ahora era peor. Su genio era más vivo y su paciencia más escasa. Y, según Minia, todas las noches la oía sollozar.

Habían intentado hablar con ella, sobre todo cuando el enamorado comenzó a llamar día y noche por teléfono, pero Ariel se había cerrado en banda. No quería saber nada de nadie. Y si Minia estaba enfadada por el daño hecho a su niña, Lulú comenzaba a cansarse de tanta tontería. Puede que la monogamia no fuera su forma de vida ideal, pero si su pupila estaba enamorada, y de eso no cabía ninguna duda ya que ninguna mujer lloraba por las noches si no era por un hombre, debía coger a su chico por la polla, agarrarle bien fuerte los cojones y obligarle a cumplir como un caballero.

Lo único bueno de toda esa historia era que Ariel volvía a vestir como una vagabunda, y por tanto los puteros habían dejado de mirarla con ojitos tiernos, permitiendo así que Lulú pudiera respirar tranquila. Seguía sin gustarle que la chiquilla anduviera sola por las calles, pero no podía reducir más sus horas de trabajo, aunque, gracias a Dios, últimamente la muchacha pasaba la noche en la calle, frente a la ventana de su cuarto, charlando con las prostitutas que buscaban clientes, y entre ellas y Minia se aseguraban de que nadie la molestara.

Negando con la cabeza se asomó a la ventana. Esta juventud de hoy en día era demasiado inocente.

—¡Ariel! —gritó—. Me pego un duchazo y bajo.

—¡Vale! Deja la ventana abierta para que se airee la habitación.

Media hora después, bien aseada y perfumada, salió de la pensión, y quiso la diosa Fortuna que se diera de bruces con un grupito de borrachos que en ese momento pasaban frente al portal.

—¡Menudo pibón! —jaleó uno de ellos—. Nena, ¿te apetece probar una buena polla? Te juro que te la meto por el coño y te sale por la boca —afirmó entre risas, tambaleándose.

—Claro que sí, muñeco. Si te la encuentras, me avisas —respondió Lulú ignorándole. Su turno había acabado y, además, odiaba a los borrachos. Les costaba entrar en erección y tardaban una eternidad en correrse. Eran mal negocio.

—¡Ahí va la hostia! Pero si es un puto maricón —exclamó ofensivo el energúmeno al escuchar el timbre de voz de Lulú—. ¿Qué creías, que me ibas a engañar? Pues vas listo, marica de mierda. Soy capaz de oler a un degenerado como tú a kilómetros de distancia.

Lulú puso los ojos en blanco al escuchar los improperios del borracho y sus amigos. No era la primera vez que se topaba con ese tipo de escoria, y sabía por propia experiencia que lo mejor era ignorarlos. Lástima que Ariel no estuviera al tanto de ese pequeño detalle.

—¿Tienes algún problema, gilipollas? —les increpó la joven, plantándose ante ellos con las manos apoyadas en las caderas.

—Anda, mira, el renacuajo este quiere defender al puto maricón.

—No te equivoques, lo que quiero es partirte la mierda de cara que tienes —replicó Ariel.

—Niña, ni caso —la intentó tranquilizar Lulú, sin perder de vista a Minia, que en esos momentos salía de detrás del mostrador—. No merece la pena —afirmó tomando del codo a su pupila y alejándola de los borrachos.

—Uy… Qué miedo me das —se carcajeó uno—. ¿Me vas a partir la cara? Vamos, inténtalo.

Ariel no se lo pensó, se dirigió hacia el tipejo con la intención de obtener, por fin, una buena pelea que le calmara la mala leche acumulada durante casi un mes.

—¡Ariel! No quiero problemas —la detuvo Lulú observando cómo Minia salía a la calle atusándose el escote. ¡Ay, Dios!—. Bastantes líos tenemos con las quejas de los vecinos, como para encima darles argumentos para que llamen a la pasma. Estate quieta, ¿vale?

Ariel no respondió. Simplemente se cruzó de brazos y miró desafiante a los estúpidos que habían osado meterse con su amiga. Estos, como buenos imbéciles que eran, no se dieron por aludidos.

—Joder, es enternecedor —se burló uno de ellos—. Si la muy puta hasta se llama como la sirenita de Disney.

—El muy puto, querrás decir —se guaseó otro.

—No. Esta tiene un buen coño. Lo estoy oliendo, y no fallo nunca —dijo acercándose a Ariel. De repente, extendió el brazo y posó la mano sobre el sexo de la muchacha, por encima de los vaqueros—. ¡Te lo dije! Te voy a hacer un favor, nena… —afirmó lamiéndose los labios con la lengua y pegándose a ella.

Al segundo siguiente estaba en el suelo, doblado por la mitad, sujetándose los cojones con una mano, mientras que Ariel, incapaz de contenerse, le propinaba una patada tras otra.

—¡Cabrón, hijo puta, malnacido! ¿Quién coño te has creído que eres, joder? ¡La has cagado, ¿me oyes?, la has cagado!

Lulú se lanzó como un rayo sobre su pupila y la agarró por la cintura, rezando por que Ariel la reconociera como su amiga, y no se liara a patadas con ella también. Al ver que no recibía ningún puñetazo, comenzó a tirar de la muchacha, intentando alejarla de la monumental bronca que se había formado. Una patada le golpeó a traición, haciéndole caer de rodillas. Ariel se giró al sentir que su amiga caía al suelo. Observó cómo Lulú se tocaba las costillas entre gemidos y todo su mundo se convirtió en roja ira. Se encaró con el atacante y le lanzó un puñetazo que le partió la nariz.

—¿Cómo te atreves, cabrón? ¡Si vuelves a tocar a mi amiga, te arranco los huevos! —amenazó saltando sobre Lulú y dando patadas a diestro y siniestro contra los borrachos que pretendían cebarse en la caída de su amiga.

Un puñetazo en el estómago consiguió que la violenta sirenita se doblara por la mitad.

Ariel se aferró el abdomen con una mano y se irguió de nuevo, dispuesta a defenderse hasta la muerte. Pero no hizo falta. En ese momento Minia, cual ninja desdentado, se posicionó a su lado con su enorme e imponente barra de hierro y comenzó a dar golpes a todo aquel que osara acercarse a su protegida.

—Tranquila, Ariel, yo protejo a mis niñas —afirmó descalabrando a uno de los borrachos.

—¡Minia, por Dios, te has vuelto loca! ¡Guarda eso ahora mismo! —chilló Lulú al ver que la sangre comenzaba a correr por la cabeza del hombre.

Ariel observó petrificada a la vieja chiflada que tenía al lado. Minia sonreía como una loca mostrando sus tres dientes. Giró la cabeza y miró a su alrededor. Las pocas prostitutas que había en la calle a esas horas, las cinco de la madrugada, estaban enzarzadas en la pelea, o se escabullían raudas entre los callejones. Lulú intentaba incorporarse sin dejar de gritar a Minia que se detuviera, y ella… ella sentía que toda la mala leche instalada en su interior comenzaba a escapar por cada uno de sus poros, trayéndole una bienvenida paz.

Soltó una enorme carcajada y saltó sobre un grupito de borrachos y trabajadoras de la noche que andaban a la gresca.

Veinte minutos después la policía la metía en un furgón junto a Lulú y una morena agresiva. El resto de las chicas había escapado al escuchar las sirenas, y Minia simplemente se había guardado de nuevo la barra en el escote y se había metido en su pensión con la inocencia pintada en el rostro. Ninguno de los policías había hecho caso a los borrachos que aseguraban que la vieja bruja había sido la que había abierto la cabeza a su amigo. Era imposible que esa viejecita famélica y desdentada tuviera fuerzas para hacer algo así.

—Hay que joderse, Ariel. No podrías haber elegido mejor día para pelearte —ironizó Lulú apoyada en los barrotes de su celda, frente a la de Ariel. Al fin y al cabo Lulú estaba en el calabozo masculino y Ariel en el femenino. La muchacha se encogió de hombros, sin entender a qué se refería su jefa—. ¡Joder, es sábado de madrugada! Mañana domingo… y los juzgados de guardia no están para poner multas y sacar a las putas de aquí; por lo tanto nos toca pasar la noche en este jodido calabozo dos días, hasta que el lunes Minia nos pueda sacar.

—Genial —gruñó Ariel tumbándose sobre el incómodo camastro y cerrando los ojos.

Le dolía todo el cuerpo. Al día siguiente tendría una buena colección de moratones. Pero había merecido la pena. Nadie se metía con sus amigos, ni mucho menos le metía mano a ella impunemente.

—¿Ya está, eso es todo, no vas a decir nada más? —Se entrometió en la conversación la morena a la que habían detenido junto a ellas. Ariel negó con la cabeza—. Por culpa de tu puñetero genio estamos aquí metidas. No podías cerrar la puta boquita y pasar de esos tipos, no. Tenías que dar por culo con tus golpes de kung-fu.

—Judo —replicó Ariel sin abrir los ojos.

—¿Qué? —preguntó la morena alucinada por la respuesta.

—Golpes de judo.

—¿Te estás quedando conmigo? —desafió la mujer, acercándose al camastro y dando una patada en un extremo.

Ariel abrió los ojos, la miró de arriba abajo y volvió a cerrarlos. No le apetecía tener más broncas, y menos con una tía a la que conocía… Aunque no se llevase muy bien con ella.

—No me ignores. —Se enfadó la morena al ver que la culpable de todo el embrollo se hacía la dormida—. Pelirroja de mierda —siseó cada vez más alterada—. ¡Me cago en tus putos muertos!

No vio llegar el golpe.

Ariel se levantó como una exhalación del raído colchón y, antes de que nadie pudiera decir nada, había empujado a la morena contra la pared al tiempo que una de sus manos le envolvía la garganta, haciéndola ponerse de puntillas para poder respirar. Y aun así no era suficiente.

—¡Ariel, suéltala! —gritó Lulú, pero, al ver el rostro de su pupila, bajó la voz y entonó con cariño—: Ariel, no merece la pena, ella no es nadie, suéltala. No te busques un marrón por una estúpida frase —suplicó al ver que los labios de la morena comenzaban a ponerse morados—. Estoy segura de que está arrepentida… Vamos, cariño, déjalo estar.

Ariel desvió la mirada hacia el rostro asustado de su jefa, luego volvió a posarla sobre la morena. Esta abría y cerraba los labios sin conseguir coger aire. Dejó que sus dedos se relajaran. La mujer cayó desmadejada a sus pies, tosiendo sin cesar, intentando respirar.

—¿Qué está pasando aquí? —entró en ese momento un guardia a los calabozos, alertado por el jaleo que se escuchaba arriba. Nadie dijo esta boca es mía.

Ariel volvió a tumbarse en el camastro. Durante las siguientes cuarenta y ocho horas, solo Lulú se atrevió a hablar con ella.

31

Quiero correr, quiero esconderme,
quiero derribar las murallas,
que me tienen encerrado
U2, *Where the Streets Have No Name*

18 de mayo de 2009

—*E*n mi cuarto, escondido tras el radiador roto, encontrarás un sobre con dinero suficiente para pagar nuestras multas y poder salir de aquí. Hazlo rápido, si paso una sola hora más en este apestoso calabozo, ¡me muero! —informó Lulú a su vieja amiga en cuanto esta apareció en comisaría y le dejaron hablar con ella.

—No tardo nada —aseguró Minia—. ¿Cómo está Ariel?

—No ha abierto la boca desde que nos metieron aquí. Tampoco ha probado bocado. Solo bebe agua cuando se lo pido, y el resto del tiempo mira al techo. No está bien. Date prisa, por favor.

Minia asintió asustada ante el temor reflejado en la cara de Lulú, y se marchó sin perder un segundo.

Cuando los guardias volvieron a meter a Lulú en el calabozo, esta no pudo evitar sentir un escalofrío al mirar a Ariel. La muchacha seguía inmóvil en la misma posición en que la había dejado antes de que la sacaran esposada de allí.

—Ariel, he hablado con Minia; enseguida vendrá con el dinero y nos podremos largar.

Ariel ni siquiera parpadeó ante sus palabras.

Su mente estaba centrada en lo que pensarían sus padres de ella. No había sido suficiente decepción para ellos comprobar que su niña jamás sería una princesita que ahora encima tenían que cargar con una hija detenida por alteración del orden público.

Imaginó a papá negando con la cabeza al ver en dónde había acabado su princesita. Se daría la vuelta, alejándose de ella, furioso por no ser capaz de enderezarla. Mamá seguramente se metería en la cocina y comenzaría a limpiar sobre limpio, como hacía cada vez que se enfadaba.

Ariel deseaba con todas sus fuerzas poder entrar en su pequeña cocina, sentarse en su taburete y esperar arrepentida a que su madre se girara, la mirara con cariño y dureza y la mandara a su cuarto, castigada sin cenar. Luego, horas más tarde, papá entraría en su habitación con una fiambrera escondida bajo la camiseta y le pasaría bajo cuerda la cena que mamá había hecho de más. Eso sí, tras obtener la firme promesa de que no volvería a meterse en líos. Ella asentiría con la cabeza, arrepentida de corazón. Cogería la exquisita cena y la devoraría mientras su padre saldría de su cuarto. Les escucharía hablar entre ellos, y admitir que eran unos blandos, pero que aun así su princesita no era tan traviesa como los demás pensaban... Solo tenía demasiada imaginación. Luego mamá entraría a recoger la fiambrera. Ella se haría la dormida, y sentiría sobre su frente los cariñosos y dulces labios de la mujer a la que más quería en el mundo. Y al día siguiente, todo volvería a ser igual: sus padres estarían con ella, queriéndola como siempre hacían.

Daría lo que fuera por ver sonreír a sus padres.

Daría la vida por volver a verlos.

Minia entró a la carrera en la habitación de Lulú, buscó en el lugar indicado y encontró el sobre. Estaba saliendo del cuarto cuando vio el maletín de Ariel apoyado en la pared. Siguiendo un impulso lo abrió, y buscó en su interior.

Lulú se quejaba continuamente de que por culpa de un pazguato su niña estuviera así de irritable. Argumentaba que a los hombres había que usarlos y sacarles todo el dinero, pero Minia había visto la cara demudada de Ariel cuando le dijo que un joven la estaba llamando por teléfono. Había escuchado sus sollozos cada noche. No, la chica no servía para usar a los hombres, realmente estaba enamorada de uno.

Revisó a conciencia el interior del maletín hasta encontrar la libreta en la que Ariel apuntaba los pedidos y teléfonos. Buscó un nombre de hombre. Solo había uno, seguro que ese sería su exnovio.

—Gimnasio Tres Ríos, dígame —contestó Elías el teléfono a las cuatro de la tarde—. Sí, soy yo —respondió confuso—. Eh, no. No soy el novio de... ¿Cómo? ¡¿Qué está dónde?! ¡Espere! Sí, conozco a Ariel. Sí, soy Elías, su novio. ¿Qué? Vale, no hay problema. ¿Cuánto? Deme la dirección donde está… ¿No? ¿Por qué? ¿Cómo que no se fía? Sí, lo estoy apuntando. Voy ahora mismo. ¡Joder!

Elías colgó el teléfono con un golpe, miró a su mujer, estupefacto, y volvió a descolgarlo. Sandra se acercó extrañada por el gesto de su marido, pero este levantó la mano rogándole silencio, y marcó.

—Darío, hola. Soy Elías. Mira tío, me ha pasado una cosa muy rara, seguramente será una chorrada, pero, por si las moscas, prefiero contártela. Ha llamado una vieja loca, y me ha preguntado si era el novio de Ariel. ¡Claro que le he dicho que no! Pero entonces ella ha dicho que yo no le servía para nada, ya que no iba a «apoquinar la pasta para sacarla del calabozo»… Ya, sí. Al final le he dicho que sí era su novio, a ver por dónde me saltaba, y ella me ha pedido dinero para pagar no sé qué fianza. No, no me ha dicho en qué comisaría está retenida. Dice que no se fía de mí hasta que me vea. Me ha dado una dirección cerca de Sol. Ya, yo tampoco me trago la historia, no tiene ni pies ni cabeza; además, me ha contado algo muy raro. Sí. Ha dicho que Ariel no se llamaba Ariel, sino Raquel… ¡Tranquilo, Da! No te preocupes, voy a por ti ahora mismo, sí. No tardo nada.

Elías colgó el teléfono y observó a su aturdida mujer.

—Ariel se ha metido en un buen lío. Voy a llevar a Darío a Madrid; su hermana se ha llevado el coche para ir de luna de miel a Santander, y si va en transporte público se va a eternizar.

—No me des más explicaciones y sal corriendo —le instó Sandra asustada. El hombre asintió con la cabeza y salió corriendo hacia la puerta—. ¡Elías! No te olvides de llamarme en cuanto sepas algo.

Media hora después, Elías y Darío se apearon del coche frente al edificio más cochambroso de todo Madrid. Parecía estar a punto de caerse a trozos.

Darío miró a su alrededor. A pesar de que aún no eran ni las cinco de la tarde, el lugar estaba lleno de prostitutas que les ofrecían sus servicios sin pudor alguno. Una incluso se había colado por la ventanilla del coche y le había dicho que tenía habitación en la pensión. Rechazó el ofrecimiento y miró a su amigo asustado.

—¿Estás seguro de que esta es la dirección?

—Totalmente.

—Pero… Es una pensión de… putas —afirmó estupefacto al ver entrar en ese momento a una trabajadora abrazada a su cliente—. No puede ser.

—Ni idea, tío. Yo sigo pensando que es una broma de mal gusto.

—Voy a acercarme a preguntar —decidió Darío. Ya que estaban

allí, no le costaba nada investigar si era cierto lo que le habían contado a Elías.

Caminó con paso firme hasta el portal de entrada y, al ver a una roñosa anciana de pelo estropajoso y menguada dentadura, se acercó a ella.

—Hola, ¿conoce a una chica llamada Ariel?

—¿Quién lo pregunta?

—Su novio —afirmó Darío al reconocer la voz de la vieja que le había cogido el teléfono en más de una ocasión.

Minia observó al muchacho de arriba abajo; tenía buena pinta, igual que algunos de los puteros que acudían a su pensión. No le impresionaban en absoluto los musculitos del hombre ni la vena que se marcaba en su cuello ni su gesto serio.

—¿Cómo te llamas? —preguntó escupiendo un gargajo negro como la brea a la papelera de debajo del mostrador.

—Darío —dijo este cerrando los ojos asqueado. ¿De qué cominos conocía Ariel a esa vieja repugnante?

—Largo de aquí, chaval —le rechazó Minia dándose la vuelta y alejándose por el pasillo.

—¡Alto ahí! —ordenó Darío saltando el mostrador y yendo tras ella. Se detuvo en seco cuando la vieja se giró con un enorme cuchillo de carnicero en la mano y se lo puso en el cuello. ¡Joder! ¿Qué clase de amigos tenía Ariel?

—No quiero jaleo. Largo.

—Señora… Disculpe. Soy Elías… He hablado con usted hace menos de media hora —le indicó Elías desde detrás del mostrador, asustado al ver a su amigo en esa tesitura.

Minia entrecerró los ojos observando atentamente al hombre que levantaba las manos, en son de paz.

—¿Quién es tu amigo? —le preguntó.

—Darío… El novio de Ariel —ante la mirada afilada de la mujer, Elías decidió explicarse—. Le dije que era yo para obtener información —dijo sin pensar, arrepintiéndose de ello al instante. «¡Seré bocazas!», pensó.

Pero Minia rio mostrando sus tres dientes y soltando perdigonazos de saliva.

—Me gustas, chaval. Eres astuto. —Miró a Darío—. Habla.

—¿Qué quiere que le diga? —preguntó este tragando saliva, le estaba cargando ya con el puñetero cuchillito de los cojones.

—Preséntate y pregunta por mi niña, con educación.

—¡Joder! —renegó Darío harto de la vieja. No obstante decidió concederle el capricho. Esa loca era la única persona que parecía saber dónde estaba Ariel—. Hola, soy Darío. ¿Sabe donde está Ariel?

—¿Podría hablar con Ariel? —le instó la vieja.

—¿Qué?

—Dilo.

—Hola, soy Darío, ¿podría hablar con Ariel?

—Más despacio. —Darío obedeció—. Sí, eres tú —aceptó Minia, reconociendo en el joven la voz del tipo que llamaba por teléfono a diario y preguntaba por su niña—. ¿Por qué coño Ariel te tiene apuntado a ti y no a él? —le preguntó a Elías—. A esta muchacha le gusta complicarme la vida. ¿Habéis traído el dinero? —Elías asintió. La mujer sonrió, quitó el cuchillo del cuello de Darío y lo tiró sobre el mostrador. Luego se dirigió hacia la salida.

Los dos hombres se miraron estupefactos. Esa mujer estaba como una cabra.

—¿Vamos, a qué estáis esperando? —les instó a seguirla.

—Díganos dónde está Ariel, y nosotros nos encargamos —solicitó Elías al observar que Darío apretaba los puños. Su amigo estaba a punto de explotar.

—¿Cuál es tu coche? —respondió ella.

Elías se encogió de hombros y miró a Darío. Parecía que, lo quisieran o no, iba a acompañarlos.

31

Creí haberte oído reír. Creí escucharte cantar.
Creo que pensaba que te había visto intentarlo.
Pero eso solo era un sueño.
REM, *Losing My Religion*

*D*arío y Elías esperaban en la entrada de la comisaria a que Minia acabara de gestionar los pagos y Ariel y su compañera, Lulú, fueran liberadas.

Durante el trayecto la vieja loca les había explicado, más o menos, lo que había sucedido el sábado y, de paso, había aprovechado para interrogarles. Y Darío estaba francamente cabreado. Ariel vivía en una pensión de putas, se había peleado con una panda de borrachos que la tomaron por prostituta y estaba desde la madrugada del domingo en el calabozo, esperando a que alguien pagara su fianza. Y ese alguien había resultado ser la madam de la pensión… Menos mal que esta había preferido ahorrarse la pasta y les había llamado a ellos. Así al menos Ariel se encontraría con amigos al salir de allí, y no con una… proxeneta.

No daba crédito. ¿Dónde cojones se habían metido los padres de Ariel, esos tan buenos y cariñosos de los que siempre hablaba? Porque si de algo estaba seguro era de que estos habrían recibido la llamada de la policía y, por lo visto, habían ignorado dicha llamada. Si alguna vez se los encontraba cara a cara, iban a tener que darle muchas explicaciones.

—¡Lulú! —gritó en ese momento Minia.

Darío se irguió en toda su estatura y observó cómo la vieja loca abrazaba impetuosa a la mujer más explosiva que había visto en su vida.

—¡Minia, por Dios! ¿Cómo has tardado tanto? —le regañó Lulú.

Darío se tensó al escuchar el vozarrón varonil de la… mujer.

—¿Tú eres Lulú? —preguntó sin poder evitarlo.

—¿Y tú quién coño eres?

—Es el novio de la niña —le informó Minia.

—¡¿De Ariel?! —chilló Lulú—. ¡Pero te has vuelto loca! ¿Por qué lo has traído?

—Ha pagado la fianza de Ariel.

—¡Joder, Minia! ¡Te dije que cogieras mi dinero! Dime cuánto te debo —increpó a Darío.

—Métete tu dinero por el culo —replicó el hombre, harto de todo.

—Tranquila, Lulú —la sujetó Minia—. Es un buen muchacho —le informó sonriendo.

—Y una mierda. ¡Tú no sabes lo que le hizo este cabrón!

—¡No le hice nada! —resopló Darío.

—Ni tú tampoco —replicó Minia a Lulú, ignorando el bramido del joven.

—Pero me lo imagino. ¡Es un hombre! —dijo Lulú como si eso lo explicara todo.

—¡Y tú también lo eres! —exclamó Darío, colérico.

—¡Vete a la mierda, gilipollas! —replicó Lulú indignada.

—Lulú, has visto lo que ha pasado —la interrumpió Minia—. ¿Cuánto tiempo crees que podremos protegerla? —susurró—. Él es la mejor opción que tenemos.

—Te va a matar cuando lo vea —afirmó Lulú. La chiquilla no estaba bien con ellas, pero de ahí a lanzarla a los brazos del tipo que la había hecho sufrir iba un mundo.

—¡Mi niña! —exclamó Minia en ese instante. Ariel acababa de aparecer en escena—. ¿Qué tal lo has pasado?

—Joder —siseó Darío al escuchar la pregunta de la vieja loca—, ni que hubiera estado de vacaciones en un hotel de cinco estrellas.

—Bien. Vámonos a la pensión —respondió Ariel dejándose abrazar por Minia sin levantar la mirada del suelo.

—¡Ni lo sueñes! No vas a volver allí.

Ariel palideció al escuchar la conocida voz. Alzó la mirada y lo vio. Frente a ella. Imponente, enfadado… Decepcionado.

—¿Qué haces tú aquí?

—Minia lo trajo —explicó Lulú.

—¡Chivata! —le increpó Minia.

—¡Basta! —estalló Ariel.

Miró a su alrededor buscando la salida y se encontró con la mirada apenada de Elías. Volvió a mirar al frente para esquivar la compasión impresa en el rostro de su amigo, y se encontró de nuevo con Darío, con sus ojos desencantados. ¡Oh, Dios! ¡Ojalá se abriera la Tierra y se la tragase en ese mismo instante! ¿Cuánta gente iba a ser testigo de su humillación?

—¿Has traído a todo el puñetero gimnasio, Minia?

—No. Solo a estos dos.

—¡Genial! ¡Muchas gracias! Ha sido todo un detalle —dijo Ariel irónica.

Sin prestar atención a los hombres que la observaban sin perder detalle, irguió la espalda, alzó la barbilla y abandonó con zancadas rápidas la comisaría. Al llegar a la calle se detuvo para respirar aire fresco y buscar una ruta de escape. Tenía que largarse de ahí, ¡ya!

A Darío se le cayó el alma a los pies al ver a su sirenita; la luz del sol mostraba lo que había ocultado la turbia luz artificial de la comisaría. Había adelgazado, mucho. Estaba pálida y tenía oscuras ojeras, amén de un ojo morado. Su hermoso cabello caía, sucio y lacio, sobre su frente, casi ocultando sus preciosos ojos grises. Vestía de nuevo como la primera vez que se encontraron: unos pantalones tres tallas más grandes, una camisa raída y unas botas de montaña. Salió de su estupor al ver que se dirigía hacia una boca de metro cercana.

—¿Adónde crees que vas? —la increpó.

—Y a ti qué coño te importa.

—No vas a volver a esa… pensión de putas.

—Lo que tú digas, chaval. —Ariel se giró ignorándole de nuevo.

—Por supuesto que sí —dijo él aferrándola por la muñeca y tirando de ella.

—¿Pero quién coño te crees que eres? —siseó.

—Alguien que te quiere y está decidido a cuidar de ti, a pesar de todas tus locuras —afirmó Darío con seriedad.

—No hace falta que nadie me cuide —replicó Ariel enfadada.

—Ya lo veo. Te las apañas genial tú solita. Vives en una casa de putas y has pasado todo el fin de semana en el calabozo. Mejor, imposible. —Ariel gruñó al escuchar las palabras e intentó zafarse de su mano, pero él no se lo permitió—. Estoy harto de discutir contigo. Te vienes conmigo, y punto.

—No eres mi padre para darme órdenes —refutó ella, dando un tirón y soltándose, por fin, de su agarre.

—No. No soy tu padre. Y menos mal que no tengo el dudoso placer de conocerlo, porque sería capaz de matarlo con mis propias manos.

—¡No digas eso! —gritó Ariel. Pero Darío estaba indignado por todo lo que había visto durante esos últimos meses, y lo de ese día… Esa era la gota que colmaba el vaso.

—Si yo fuera tu padre, no estarías durmiendo en esa pensión, ni comiendo bocadillos de pan con pan día tras día, medio muerta de hambre.

—No nombres a mi padre —siseó Ariel palideciendo.

—Ni te dejaría gastarte el poco dinero que tienes en las piezas de ese coche de mierda que te regaló y que no sirve para nada.

—¡Cállate! —rugió dolida Ariel—. Mis padres son los mejores padres del mundo, no tienes ni puta idea de lo que estás diciendo.

—¿Los mejores padres del mundo? Abre los ojos, Ariel. ¿Dónde estaban cuando te quedaste sin trabajo, y sin un duro, y el único sitio que encontraste para dormir fue junto a putas y proxenetas?

—Ellos no pudieron evitarlo —susurró ella casi sin voz.

—¿No pudieron evitarlo? ¿Acaso se han molestado en saber dónde vives, o les da exactamente lo mismo? —inquirió acercándose a ella hasta casi rozarla.

—Basta…

—Dime, ¿dónde estaban mientras tú te pudrías en el calabozo? ¿Dónde están ahora mismo? ¿Por qué no te llevan con ellos a su maravilloso y feliz hogar? —ironizó.

—¡Porqué están muertos, cabrón! —aulló Ariel en un grito desgarrado a la vez que le golpeaba el pecho con los puños—. ¡Oh, Dios! ¡Mira lo que me has hecho decir! —sollozó tapándose la boca con manos temblorosas.

Darío se quedó petrificado al escuchar la espeluznante confesión. Era lo último que hubiera podido esperarse.

—Ariel… lo siento, no sabía…

Ariel no le escuchó. Retrocedió tambaleante un par de pasos y, al dar el tercero, se dobló por la cintura y vomitó sobre la acera el contenido de su estómago.

Darío se apresuró a abrazarla, pero ella se zafó girando sobre sí misma. Cayó de rodillas, volvió a levantarse y echó a correr sin importarle hacia dónde.

—¡Ariel, espera! —gritó Darío yendo tras ella.

Ariel aceleró el ritmo de su alocada carrera, se metió sin dudar en mitad del tráfico, saltó sobre el capó de un coche que frenó en seco al verla abalanzarse sobre él, y continuó corriendo sin mirar atrás.

Darío intentó perseguirla, saltó a la carretera sin pensar y solo los fuertes brazos de Elías agarrándole por la cintura y haciéndole retroceder le libraron de ser embestido por un taxi que apenas si logró esquivarle.

—¡Suéltame! ¡La voy a perder!

—Ya la has perdido —refutó Elías observando cómo Ariel desaparecía al doblar una esquina.

—¡Joder! —escupió Darío al comprender que por mucho que hubiera corrido no la habría alcanzado. Ariel era una gacela, y conocía Madrid como la palma de su mano. Podía ocultarse en cualquier lado.

—Volvamos a la pensión. Seguro que regresa allí.

Cinco horas más tarde la muchacha seguía sin dar señales de vida.

Darío y Elías esperaban impacientes en la habitación de Ariel y Lulú. Tras mucho discutir con el compañero de la sirenita, habían conseguido convencerle de que les dejara esperarla allí. Era eso, o montar guardia a la entrada de la pensión, y Minia se había negado en rotundo, alegando que no solo provocarían jaleos con las chicas y sus clientes, sino que además, si Ariel les veía, daría media vuelta y desaparecería de nuevo.

Durante esas horas, Darío había modificado un poco su opinión sobre las compañías con las que se juntaba Ariel. Minia, a pesar de estar un poco loca, apreciaba sinceramente a la muchacha, a su manera extraña y descabellada, y la intentaba proteger. Lulú, sin embargo, era harina de otro costal. Tan pronto se quejaba amargamente porque por culpa de la inconsciente chiquilla había perdido todo el trabajo del fin de semana, como bajaba a la calle, e interrogaba una y otra vez a sus compañeras de profesión, para averiguar si alguna de ellas tenía idea de dónde se había podido esconder. Por supuesto, nadie tenía ni la más remota idea de nada. Ariel hablaba mucho de sus padres, sí, pero jamás contaba nada actual de ellos. Y Darío no se había dado cuenta de eso, hasta esa misma tarde.

Se levantó de la cama en la que estaba sentado y comenzó a dar vueltas por la diminuta habitación, exasperado. Se pasó las manos una y otra vez por la cabeza, frotándose las sienes, intentando recordar algo que le diera una pista, el nombre de algún amigo que Ariel hubiera mencionado, de alguien a quien hubiera podido recurrir, pero no se le ocurría nadie, aparte del tipo de Desguaces La Torre.

Había buscado el teléfono del desguace nada más llegar a la pensión y le había llamado, pero el hombre no tenía ni idea de dónde podría estar su amiga. Darío le dejó su número de móvil por si se le ocurría algo, o veía a Ariel, aunque no contaba con ello. También se había puesto en contacto con Héctor y Sandra para contarles lo que había ocurrido. No creía posible que Ariel se dirigiera al gimnasio o a su casa, pero prefería dejar todos los cabos atados.

Lulú observaba al joven que se paseaba nervioso por su habitación y luego miró al otro hombre, algo mayor que el novio de Ariel, que permanecía sentado en la vieja silla, mirándose las manos. Ambos estaban muy preocupados, y llamaban una y otra vez a sus familias, que también estaban alarmadas por Ariel. Y viéndolos y escuchándolos, Lulú fue consciente de todo lo que estaba esperando a Ariel. Una familia. Personas que la querían y se preocupaban de ella. Estabilidad, cariño, apoyo… Nada de eso podrían proporcionárselo nunca ni ella ni Minia. Observó de nuevo al tipo que decía ser el novio de su niña. Había dejado de caminar y apoyaba ambas manos en la pared, como empujándola, mientras no dejaba de insultarse a sí mismo en voz muy baja. Lulú estaba seguro de que, si ese tal Darío estuviera solo, estaría dando puñetazos a la pared.

Elías miró a su alumno, se levantó de la silla y se dirigió a él.

—Tranquilo, Da. Si alguien sabe cuidarse sola es Ariel. —Elías posó las manos sobre los hombros de Darío, dándole su apoyo—. No creo que tarde mucho en regresar.

—No va a volver, y yo no aguanto más tiempo aquí encerrado —objetó este irguiéndose y dirigiéndose hacia la ventana—. Pero tampoco sé dónde cojones buscarla.

Lulú se levantó de un salto de la cama al escuchar la desesperación en la voz del hombre. Acababa de tomar una decisión. Abrió el desvencijado armario, sacó la mochila de su pupila y la colocó sobre la cama. Un segundo después comenzó a llenarla con las escasas pertenencias de Ariel: su ropa interior, un par de *leggings*, dos camisas y un jersey viejo, un pantalón deportivo, la camisa nueva de cuadros rojos y negros, un vestido y tres camisetas de tirantes. Eso era todo.

—¡Qué coño estás haciendo! —la increpó Darío al verla sacar las ropas de su novia.

—La maleta. No quiero a Ariel aquí nunca más, solo trae problemas —explicó con fingido enfado—. Me han metido en el calabozo por su culpa y estoy perdiendo toda una tarde de trabajo por la vuestra. ¡Se acabó! Tú te consideras su novio, ¿no? Pues tú cargas con ella —dijo tirando la mochila a los pies de Darío y dando una patada al maletín de Sexy y Juguetona—. En cuanto regrese la pondré de patitas en la calle y no tendrá otra opción que largarse contigo —dijo con los ojos extrañamente brillantes—. ¡Fuera de aquí! —exclamó al ver cómo la miraban los dos hombres—. ¡Largaos un rato abajo a dar por culo a Minia! —Abrió la puerta, apretó los labios y desvió la mirada hacia la ventana.

No quería que aquellos tipos la miraran, por tanto no se percató de que Darío se había acercado a ella hasta que notó sus labios posándose sobre su mejilla.

—Gracias —susurró el hombre en su oído.

Minia no pareció sorprenderse al verlos bajar la escalera ni tampoco cuando comprobó satisfecha que Darío portaba la mochila y el maletín de Ariel.

—Lulú puede ser una puta avariciosa e interesada, pero también es buena gente —afirmó asintiendo con la cabeza—. ¿Os ha dado los paquetes secretos de Ariel?

—¿Qué paquetes? —inquirió Darío confuso.

Minia no contestó, solo sonrió y se fue con paso ligero a la habitación de su amiga. Abrió la puerta sin llamar, y Darío y Elías pudieron escuchar sin problemas el chillido indignado de Lulú.

—No me grites, que no es la primera vez que te veo llorar. Mira que eres histérica, hija —le restó importancia Minia—. ¿Les has dado a los muchachos los secretos de Ariel?

—¿De qué secretos hablas, loca?

Minia se carcajeó lanzando salivazos a diestro y siniestro y, sin decir palabra, abrió el armario, colocó la silla frente a este y se subió. Tiró al suelo las mantas apolilladas del maletero, los edredones pasto de la carcoma, y, por fin, sacó con mucho cuidado un par de paquetes envueltos en papel de periódico y se los entregó a Darío.

—Ten mucho cuidado de no perderlos. Si Ariel los tiene tan escondidos es porque son especiales para ella. —Al ver la mirada extrañada de los hombres y Lulú, se apresuró a abrir los paquetes—. Esta gargantilla me da a mí que es la típica joya que regala un padre a su hija en un momento especial —dijo enseñándoles un precioso colgante de oro con la forma de dos manos unidas— y este es el jabón que Ariel usa —comentó sacando una diminuta y heterogénea pastilla del otro paquete.

—¿El jabón que le enseñó a hacer su madre? ¿Cómo lo has conseguido, bruja? —le increpó Lulú alucinada—. Ariel ni siquiera me lo ha dejado a mí… Y se lo he pedido cientos de veces.

—Pero es que yo soy más lista que tú y, cuando Ariel se va a Correos, investigo en el cuarto… —contestó risueña Minia—. Vamos, metedlo todo en la mochila y guardadla bien en el coche. Así cuando Ariel venga no podrá hacer nada —instó a los hombres.

Darío palideció al escuchar la orden de la mujer mayor y casi dejó caer el colgante y el jabón que Minia le había puesto en las manos.

—¡Joder! ¡Cómo he podido ser tan estúpido! —exclamó—. Ya sé dónde está Ariel.

32

A través de la tormenta, alcanzamos la orilla.
Tú lo das todo pero yo quiero más.
Y te estoy esperando.
U2, *With or Without You*

—*L*e estoy diciendo, viejo asqueroso, que Ariel, la dueña del 124, me está esperando ahí dentro, así que o me deja pasar, o... —amenazó Darío al obtuso portero del garaje donde estaba el 124 y, estaba seguro, en donde se hallaba Ariel.

—Tranquilo, Da. Respira, tío —le dijo Elías a su amigo.

Elías entendía perfectamente lo que pasaba por la cabeza de Darío en esos momentos. Pero de nada servía amenazar al portero, que, protegido tras los cristales de seguridad de su caseta, les miraba burlón.

—Escuche, caballero. Mi amigo está preocupado por su chica, y creemos que ella está ahí dentro —dijo señalando la puerta del garaje—. Solo queremos entrar, y ver si está bien, nada más.

—Le entiendo perfectamente, joven, pero al garaje solo pueden pasar los que tienen la llave de la puerta. Imagínese que dejara pasar a cualquiera... Me despedirían.

—Voy a matar a este tipo —siseó Darío tras Elías.

—Vamos a ver —comentó Elías sacando de su cartera un billete de veinte euros—. ¿De verdad que no puede dejarnos pasar? —preguntó poniendo el dinero en la pequeña abertura que normalmente se utilizaba para dejar las llaves al portero.

—Ya les he dicho que no —negó el hombre volviendo la mirada hacia el calendario de pared a la vez que buscaba algo en un cajón y lo dejaba en el lugar donde había dejado el dinero.

Elías sonrió al ver cómo en la abertura del mostrador, en lugar de sus veinte euros, había una solitaria llave. La cogió y se la entregó a su amigo.

—Te espero aquí.

Darío traspasó, nervioso e inseguro, la puerta del garaje. Miró a su alrededor, todo seguía igual que la última vez. El 124 estaba en el mismo lugar en que lo vio la primera vez. Caminó hacia el coche, asustado. No podía equivocarse, Ariel tenía que estar allí.

Lo estaba.

Cuando la vio, el corazón dejó de latirle. Su sirenita estaba dentro del viejo coche, sentada en el asiento del copiloto, encogida y abrazada con fuerza a su ajado osito de peluche. Sus ojos miraban sin ver la pared del fondo del garaje.

Darío se acercó hasta allí presuroso, se colocó frente a la ventanilla del copiloto y llamó con los nudillos. La muchacha desvió la mirada durante un segundo, y luego volvió a mirar a la pared.

—Ariel, por favor, mírame.

Ella no dio señal de haberle escuchado.

—Ariel, sal del coche, por favor; tenemos que hablar —le pidió Darío al intentar abrir la puerta del automóvil y comprobar que estaba cerrada con seguro. Ariel continuó ignorándole—. Baja al menos la ventanilla, por favor…

Pero ella siguió mirando a la nada. Impertérrita. Como si estuviera muy, muy lejos de allí.

Darío dio un paso atrás, asustado como no lo había estado en toda su vida. Su sirenita no se comportaba así. Ella insultaba, pegaba y lanzaba patadas; no se quedaba quieta como si estuviera muerta. La observó a través del cristal. Estaba demasiado pálida, tenía los labios resecos, los ojos rojos e hinchados de haber estado llorando y todo su cuerpo temblaba abrazando al osito.

Suspirando tomó la que esperaba que fuera una decisión acertada. Hurgó en los bolsillos de su pantalón hasta encontrar las llaves de su casa y volvió a golpear la ventanilla con los nudillos. Al comprobar que ella seguía sin mirarle, se colocó frente al parabrisas y le enseñó las llaves. Ariel parpadeó una sola vez, y se quedó inmóvil de nuevo.

Darío dio un fuerte golpe sobre el capó. Eso consiguió llamar la atención de la muchacha, que abrió los ojos como platos. Volvió a enseñarle la llave, y, después, la bajó hasta dejar el canto afilado de la misma posado sobre la brillante carrocería del 124.

Ariel abrió la boca para gritar, pero no lo hizo; continuó inmóvil, con la respiración acelerada.

Darío bramó un sonoro «¡joder!» y arañó con fuerza la pintura azul del capó.

—¡Maldito cabrón hijo de puta! —aulló Ariel saliendo como un huracán del vehículo y lanzándose contra el joven—. ¡No te atrevas a tocar mi coche! —amenazó lanzándole un puñetazo.

Darío la esquivó sin problemas, dio un quiebro hasta quedar situado tras ella, y la sujetó entre sus brazos.

—¡Suéltame, cabrón malnacido! ¿Cómo has podido hacerle eso a mi coche? —increpó pataleando.

—No se me ocurrió otra manera de llamar tu atención y hacerte reaccionar.

—Pues ya has conseguido toda mi puñetera atención. ¡Aquí estoy! ¡Suéltame! —aulló Ariel desesperada, con todo su cuerpo tenso.

—Si te dejo libre… ¿Te quedarás quieta y me escucharás?

—Sí.

—Bien —aceptó él soltándola renuente.

Ariel permaneció quieta en el mismo lugar donde Darío la soltó. De espaldas a él.

Darío se colocó frente a ella e intentó abrazarla. Ariel dio un paso atrás.

—Siento lo que ha pasado antes —se disculpó él sin saber bien qué decir. Estaba tremendamente asustado por la mirada perdida que veía en los ojos de Ariel—. No tenía ni idea de que tus padres estaban muertos…

—No lo están —siseó Ariel cerrando los puños.

—Tú misma has dicho que están… —intentó responder Darío, confundido. Pero Ariel se lo impidió.

—No lo digas… Papá y mamá no están… —Una arcada sacudió el cuerpo de la muchacha, haciendo que se doblara por la mitad.

—¡Ariel! —gritó Darío lanzándose sobre ella y abrazándola. No tenía ni la más remota idea de qué le pasaba, pero no estaba bien, nada bien.

—No lo están, no pueden estarlo… No los vi… No me dejaron verlos —comenzó a susurrar ella, hasta que se dio cuenta de lo que estaba diciendo. Respiró profundamente e intentó zafarse de los brazos de Darío—. Suéltame. ¡Suéltame de una jodida vez! ¡Vete con tu puñetera familia y deja de joder la marrana! —comenzó ella a gritar y patalear de nuevo, al comprobar que no la dejaba libre.

—No. No te voy a soltar hasta que te tranquilices.

—¿Por qué?

—Porque te quiero, y me duele verte así.

—¿Que me quieres? No digas chorradas. No puedes quererme —rechazó Ariel quedándose inmóvil.

—Claro que te quiero. ¿Por qué no iba a quererte? Eres la mujer más...

—¡No soy como tú crees!

—Por supuesto que lo eres.

—No lo soy. ¡No soy una mujer normal!

—Claro que no, por eso te quiero. Eres mi sirenita, mi pequeña princesita —dijo recordando como la llamaba su padre, intentando reconfortarla—. Te quiero más que a nada en el mundo.

—No me gusta que me abracen, no quiero caricias ni besos, no me gusta el sexo ni siento nada cuando me tocas. ¡No estoy completa! ¡No puedo sentir lo que una mujer siente! —Darío casi la soltó al escuchar su confesión desesperada. Casi—. Papá decía que yo era una princesita, su princesita... pero no lo soy. ¡Nunca lo he sido! Soy un puto marimacho... una pelirroja mala suerte que le dio un disgusto tras otro. Mamá me quería más que a nada en el mundo, y la decepcioné, una y otra vez. La llevé a la tumba con mis travesuras —sollozó angustiada al confesar por primera vez en su vida lo que siempre había ocultado en su interior—. ¡Yo los maté, Darío! ¡Están muertos por mi culpa! —exclamó cayendo de rodillas y vomitando bilis—. Quiero verlos, Darío. Quiero pedirles perdón, pero no me dejaron —continuó, mezclando pasado y presente—. No pude verlos, no me dejaron decirles adiós, y papá y mamá no saben cuánto lo siento, cuánto me arrepiento de haber sido tan mala, cuánto los echo de menos —musitó quedándose sin fuerzas. Darío no podía hacer otra cosa que arroparla entre sus brazos y susurrarle palabras sin sentido, deseando poder ser capaz de calmarla, pero sin saber cómo. Ariel había explotado, dejando escapar todos los remordimientos que la acosaban desde hacía años—. No puedo decirles lo mucho que les quiero...

—Lo saben, Ariel. Ellos saben cuánto les quieres, están contigo aunque tú no los veas, te cuidan, y saben que les quieres.

—¿Tú crees? —preguntó ella mirándole con los ojos inocentes de una niña perdida y asustada.

—Estoy seguro —afirmó con rotundidad.

—Quiero ir con ellos, Darío —suplicó ella meciéndose entre sus brazos—. Quiero irme a casa, por favor. Llévame a casa.

—Claro que sí, Ariel. Vamos a casa. —Darío se levantó del suelo, con ella en brazos y se dirigió hacia la salida.

—Chocolate, ¿dónde está Chocolate? —preguntó Ariel tensándose entre sus brazos—. No puedo ir a casa sin Chocolate.

Darío se detuvo, confuso, hasta que recordó al viejo osito de peluche. Regresó al coche, se agachó con ella en brazos para que pudiera coger a su amigo y se encaminó a la salida.

Elías les esperaba petrificado en la puerta del garaje, angustiado y entristecido por la escena que había presenciado.

Se montaron en el coche, y Elías condujo mientras en la parte trasera del vehículo Darío acunaba a Ariel entre sus brazos a la vez que ella sollozaba contra su hombro.

Cuando llegaron a casa, Ariel temblaba convulsivamente. Héctor fue el primero en reaccionar, llamó a urgencias ante la mirada angustiada de su hermano y Elías. Y cuando Sandra llegó, minutos después, se puso en contacto con Lulú para interrogarla sobre todo lo que había sucedido el fin de semana, buscando una causa para los temblores de la muchacha.

Media hora después, Héctor, Sandra, Elías y un confundido Ricardo esperaban en el comedor de la casa familiar a que el médico y Darío terminaran de hablar.

—Gracias por todo, doctor. —Darío tendió la mano al médico. Este asintió y abandonó la casa con cierta prisa; tenía más urgencias que atender.

—¿Qué le pasa a Ariel, Da? —preguntó Héctor.

—El médico ha dicho que estaba agotada. Según nos ha contado Lulú, no ha comido ni bebido apenas durante el fin de semana, y los vómitos que ha sufrido en el garaje la han terminado por rematar. El doctor también asegura que Ariel ha sufrido una crisis de ansiedad. La ha dado un Lexatin y me ha ordenado que la vigilemos toda la noche y que la convenzamos de que coma algo en cuanto despierte. Y si se repite la crisis, debemos llevarla al hospital para que le hagan pruebas, aunque, teniendo el cuenta el fin de semana que ha sufrido, imagina que todo será producto del agotamiento y el estrés.

—Entiendo —afirmó Héctor, preocupado por su hermano y Ariel—. Dormiré en el cuarto de Ruth estos días, así tú podrás cuidar de ella, y, si veo que no mejora, rechazaré el trabajo como becario y me quedaré a ayudarte.

—No hace falta que rechaces nada, Héctor. Ariel va a ponerse bien —aseguró Darío sin dudarlo.

32

Intenté resolver solo todas mis dudas,
y, veinte años después, aún me quedan algunas.
La vida sigue y yo también.
Y aunque dicen que el tiempo no pasa en balde,
cometí mis errores más bien pronto que tarde.
No usé su ejemplo en aprender,
y en mi propio universo vi a mis padres caer.
REVÓLVER, *El Dorado*

Madrugada del 18 al 19 de mayo de 2009

Ariel abrió los ojos, aturdida. Le dolía todo el cuerpo y notaba la boca seca, tanto que le costaba hasta tragar. Miró a su alrededor intentando averiguar dónde se hallaba, pero no reconocía esa habitación a pesar de la luz que emitía una pequeña lámpara sobre la mesilla.

—¿Cómo te encuentras? —preguntó cerca de ella una voz conocida. Darío.

—No me encuentro. —Darío sonrió al escuchar su respuesta. Ariel volvía a ser ella misma—. ¿Dónde estoy? ¿Qué haces tú aquí?

—Estás en mi casa. ¿Tienes sed? —El hombre vertió un poco de líquido de una jarra en un vaso.

—¿Qué hago en tu casa?

Darío no le permitió continuar. Le puso el vaso en los labios y lo inclinó, obligándola a beber. Tras el primer trago, Ariel ingirió con deleite el refrescante líquido.

—Es limonada alcalina —comentó sorprendida—. Mi madre me la hacía cuando me ponía mala de la tripa.

—Mi padre me enseñó a hacerla de niño. Como has estado vomitando he pensado que tendrías sed cuando te despertaras… —explicó Darío.

—¿He estado vomitando? Yo no poto nunca… ¡Oh, Dios, no! —gimió Ariel dejando caer la cabeza sobre la almohada y tapándose la cara con las manos. Acababa de recordar todo lo que había sucedido el día anterior.

—Tranquila, no pasa nada —susurró Darío tumbándose junto a ella en la estrecha cama—. Estoy aquí, no pasa nada.

—¡Joder! ¡Claro que pasa! Pensarás que soy una histérica.

—Pienso que eres una mujer preciosa a la que adoro.

—¡Déjate de cursiladas! —exclamó ella levantándose de la cama—. ¿Dónde está mi ropa? —preguntó observando la enorme camiseta con la que estaba vestida. Volvió a sentarse en la cama. Estaba tan mareada que le daba vueltas el cuarto.

—En la lavadora, estaba sucia —explicó él obligándola a tenderse sobre el colchón al ver la súbita palidez de su rostro.

—¿Me has quitado la ropa? —preguntó colorada como un tomate. Ningún hombre la había visto desnuda. Al menos ninguno lo hizo, hasta que Darío la medio desnudó en su zapatería.

—No. Ha sido Sandra quien te ha desnudado y lavado.

—Ah.

—Héctor ha hecho un poco de caldo, ¿te apetece un poco?

—¿Tu hermano?

—Sí.

—¿Dónde está? —preguntó Ariel mirando el despertador de la mesilla. Eran casi las cinco de la mañana y, que ella supiera, Héctor y Darío dormían en el mismo cuarto en el que ella estaba en esos instantes.

—Dormido en la cama de Ruth. ¿Si voy a la cocina a por el caldo… no intentarás escapar? ¿Me esperarás? —Ariel asintió con la cabeza. Estaba demasiado aturdida para andar tramando fugas.

Darío se levantó, caminó de espaldas hasta llegar a la puerta y, una vez allí, se giró y desapareció.

Ariel se sentó sobre la cama y apoyó la espalda en el cabecero, confundida por el giro que habían tomado los acontecimientos. Se había comportado como una histérica, aullando y llorando como una perturbada en el garaje… Llamando a su osito a gritos.

Buscó con la mirada a Chocolate. Estaba en una esquina de la cama, junto a la almohada. Lo cogió entre sus brazos y se acurrucó contra él. ¿Qué pensaría Darío de ella? ¡Joder! Incluso le había insinuado que era frígida… Y que había llevado a sus padres a la tumba, recordó de golpe. Un sollozo escapó de su garganta.

—Papá, mamá, ¿qué he hecho? ¿Qué le he contado? —gimió

contra la cabecita del osito—. ¿Qué va a pensar ahora de mí, Chocolate? —le preguntó al peluche—. Me mirará con lástima, me odiará… le daré asco… Chocolate, ¿qué he hecho?

Darío escuchó desde el borde de la puerta los sollozos de su sirenita. Las manos le temblaron al sujetar la bandeja. Respiró profundamente y entró en la habitación.

—Héctor es un buen cocinero, verás qué rico está el caldo —comentó dejando la bandeja sobre la cama libre de la habitación.

Ariel se limpió con disimulo las lágrimas, dejó a Chocolate sobre las sábanas, a su lado, y miró al hombre que hablaba tranquilamente sobre comida, mientras todo su mundo estaba patas arriba.

—Pruébalo. —Darío le tendió un tazón humeante que olía de maravilla.

Ariel lo cogió con manos temblorosas y se lo llevó a la boca. Un par de minutos después se relamía los labios tras comprobar que no quedaba nada en el cuenco.

—¿Quieres más?

Ariel negó con la cabeza. Notaba el estómago revuelto, prefería no tentar al diablo.

Darío asintió y se llevó la bandeja con el tazón vacío. Regresó un segundo después, cerró la puerta de la habitación y abrió la del armario.

—He colocado tu ropa en este lado —explicó señalando las prendas—. La ropa interior está en el primer cajón de la cómoda.

—¿Mi ropa? ¿Por qué tienes tú mi ropa?

—Lulú me la dio.

—¿Lulú?

—Sí. Ha pensado que lo mejor que te puede pasar es que te quedes conmigo, en mi casa. Y yo opino igual que ella —afirmó rotundo.

—¿Lulú ha pensado eso? ¡Ella no es nadie para darte mis cosas!

—No, pero sí es la dueña del cuarto en el que vivías, y ha decidido no acogerte más en él. —Al ver la cara asombrada de Ariel, continuó, asestando el golpe mortal—. Y Minia también está de acuerdo. No te quiere en su pensión.

—¿Qué?

—No lo entiendas mal. —Darío suavizó el tono—. Esas dos mujeres te quieren de verdad. Desean algo mejor para ti, y saben que allí, con ellas, no lo vas a encontrar.

—Ah, sí. Mira qué majas que son. ¡Pues por mí se pueden ir a la mierda! No me hace falta nadie —siseó bajando de la cama y dirigiéndose al armario—. Nunca he necesitado ayuda de nadie y no voy a empezar ahora. Soy perfectamente capaz de buscarme la vida yo solita —afirmó revolviendo entre la ropa—. ¿Dónde está mi puta mochila? —gritó.

—Chis —susurró Darío abrazándola. Ella intentó zafarse—. Vas a despertar a mi padre.

Ariel se quedó inmóvil entre sus brazos. Silenciosa.

—Te diré lo que vamos a hacer. Vas a descansar aquí un par de días, hasta que estés recuperada del todo…

—Ya estoy recuperada —avisó Ariel tirando de los brazos que la apresaban.

—Mejor que mejor. Te quedarás un par de días, y durante ese tiempo decidirás qué quieres hacer y, si después de descansar y reflexionar, decides marcharte, no intentaré impedírtelo; al contrario, te ayudaré en todo lo que pueda —afirmó Darío soltándola, para mostrar que la dejaría libre si ella se lo pedía.

—No necesito tu ayuda.

—Ya lo sé, pero me sentiría mucho mejor si la aceptaras. Además, para qué vas a andar buscándote la vida, cuando tienes mi casa a tu entera disposición.

—No es tu casa. Es la de tu padre.

—Mi padre está encantado. Se lo he preguntado varias veces y siempre me ha contestado lo mismo.

—¿Y Héctor? ¿Y Ruth?

—Les parece estupendo. Ruth está entusiasmada contigo, te considera una persona maravillosa, y Héctor se ha alegrado muchísimo al saber que no me voy a quedar solo cuando él se vaya.

—¿Se va?

—Sí, en un par de semanas. A Alicante. Ha conseguido un trabajo como becario, y no puede desaprovecharlo. Nos quedamos papá y yo solos en la casa.

—Lo siento —afirmó ella con sinceridad. Sabía que Darío había sufrido mucho con la marcha de su hermana y su sobrina. Si ahora Héctor también se iba…

—No pasa nada. Vendrá a visitarnos los fines de semana, y Ruth vive aquí al lado.

—Genial. Pero tengo que irme, Da. No me puedo quedar aquí —susurró apenada.

—¿Por qué? Serán solo un par de días, nada más. No te pido demasiado.

—Lo sé. Pero seguro que Minia ha olvidado algo en la pensión —indicó Ariel tocándose el cuello.

—No. Esa vieja bruja tiene un olfato de lince. Me dio esto antes de que nos fuéramos —dijo abriendo el cajón superior de la cómoda. Cogió los dos paquetitos envueltos en papel de periódico y se los entregó a Ariel.

Ariel los sujetó con manos trémulas y acto seguido los estrechó contra su corazón y comenzó a temblar.

Darío alzó en brazos a su sirenita cuando las piernas le comenzaron a fallar. Estaba más débil de lo que ella misma pensaba. La depositó con cuidado en un extremo de la cama y se tumbó junto a ella.

—¿Qué hay en ellos que es tan importante para ti? —preguntó acariciándole las mejillas.

—Este es el jabón que mi madre usaba siempre; bueno, este justo, no. Este es una copia de aquel —respondió Ariel desenvolviendo el primer paquete. Lo acercó a la nariz de Darío y este inhaló profundamente. Miel, canela y almendras—. Mamá me enseñó a hacerlo cuando era pequeña. Desde que me quedé en paro, no he podido comprar los aceites que necesito para elaborarlo. Por eso no quiero perder este trozo. No quiero dejar de oler como ella —afirmó sonriendo—. Me encanta cómo huele.

—A mí también. Fue lo primero que me enamoró de ti, tu aroma.

—No seas tonto —le regañó, divertida por su flagrante mentira.

Darío negó con la cabeza, frustrado al comprobar que ella no le tomaba en serio.

—¿Y el otro paquete? ¿Más jabón? —disimuló, aunque sabía perfectamente qué contenía.

—No. —Ariel lo desenvolvió con cuidado, y comenzó a acariciar con mimo el pequeño colgante de oro—. Me lo regaló papá la primera vez que me vino el periodo. Dijo que ya era una mujer, y tenía que usar joyas de mujer —recordó, y las lágrimas asomaron a sus ojos.

—¿Qué les pasó a tus padres, Ariel? —susurró Darío abrazándola.

—La primera vez que me lo puse fue para aparentar que era una princesita ante el chico que me gustaba —comentó Ariel, ignorando la pregunta—. Yo tenía dieciséis años y era una completa egoísta. Lo típico a esa edad. —Darío escuchó sin dejar de acariciarle la espalda. Si Ariel no quería hablar de ello, él no insistiría. No la haría sufrir más, no esa noche—. Era un sábado de mayo y hacía un día estupendo, igual que ayer. Como todos los fines de semana, mis padres se prepararon para ir a la Pedriza. Nos encantaba ir allí, disfrutábamos muchísimo comiéndonos los bocatas de tortilla de mamá mientras papá hacía el tonto intentando subirse a los árboles. Y si era verano, nos bañábamos en las charcas, salpicándonos como niños pequeños. Pero ese sábado a mí no me apetecía ir a ningún lado. Quería quedarme en casa para enrollarme con ese chaval... pero eso no es lo que les dije a mis padres. Les mentí.

Ariel se calló durante unos segundos. Luego se dio la vuelta y se quedó tumbada de lado, mirando a la pared. Darío se pegó a su espalda y esperó en silencio.

—Los convencí de que había quedado con unas amigas, y que, como ya era mayor, tenían que dejarme ir. No sé ni cómo me hicieron caso. Imagino que papá pensó que, si por primera vez en la vida había encontrado unas amigas de mi mismo sexo, tendría que dejarme ir con ellas. Le hizo mucha ilusión ver que me ponía el colgante que me regaló, y convenció a mamá de que su princesita se iba a ir a jugar con otras princesitas.

Al ver que Ariel se callaba de nuevo, la abrazó y besó con dulzura.

—Cuando el chaval llegó a casa, yo lo tenía todo preparado. Estaba dispuesta a seducirle. Nos enrollamos sobre el sofá de mis padres y, cuando empezó a meterme mano, dejó de gustarme. Era muy brusco, no tenía nada que ver con lo que yo había imaginado, así que lo mandé a la porra... Como hice contigo. Pero él se enfadó, así que acabamos a hostias por toda la casa.

—¡Joder! —siseó Darío furioso.

—No, no jodimos, pero le rompí la nariz y le arranqué un diente —comentó ella divertida, girándose de nuevo y quedando frente a él—. Tendrías que haberle visto, con un ojo morado, la nariz hinchada y escupiendo sangre por la boca. Puso perdida su impecable camisa blanca —explicó maliciosa. Darío sonrió imaginándose la escena. Era propia de Ariel—. Salió por patas, yo limpié todo el estropicio y me senté a ver la tele. Nadie averiguó nunca lo que había pasado en casa esa tarde —dijo ladina. Darío asintió divertido.

Ariel se acurrucó entre los brazos del hombre, recostó la cabeza sobre su pecho, y cerró los ojos. Darío la besó con cariño en la frente, y esperó, intuyendo que estaba quedándose dormida.

—Mis padres las pasaban canutas para llegar a fin de mes; vivíamos en una casa alquilada, y mamá trabajaba limpiando portales mientras papá recogía chatarra —comenzó a hablar Ariel pasados unos minutos, sorprendiendo a Darío—, pero aun así se las apañaron para ahorrar y poder comprarme este colgante.

—Estoy seguro de que fueron unos padres maravillosos. —Ariel asintió con la cabeza.

—En la tele estaban echando un programa chorra, y me quedé dormida —dijo la muchacha tras unos minutos de silencio. Darío parpadeó, confundido al principio, alerta después, al entender que ella continuaba narrando lo sucedido aquel sábado de mayo—. Cuando desperté ya era de noche y papá y mamá no habían regresado. Me extrañó; me habían asegurado que llegarían antes de que anocheciera, pero luego pensé que se habrían enredado con algún amigo, así que me hice un bocata y me puse a cenar. Poco antes de la medianoche, llamaron al timbre —dijo hundiendo la cabeza en el pecho de su amigo y quedándose muy quieta. En silencio.

—Ariel, ¿quién llamó a la puerta?

—La policía.

—¿Qué pasó, Ariel? —preguntó él, acariciando su espalda.

—Papá se había sentido mal después de comer. Así que decidieron regresar antes a casa. —La muchacha se calló y comenzó a temblar. Darío la arropó con fuerza entre sus brazos—. Le dio un corte de digestión en mitad del trayecto, y se fueron montaña abajo. Yo los maté, Darío —dijo mirándole fijamente—. Están muertos por mi culpa —afirmó conteniendo una arcada.

—Chis. No hubieras podido hacer nada.

—Sé conducir desde que cumplí doce años. Papá me enseñó. Si hubiera estado con ellos en vez de tonteando con un chico como una imbécil, habría conducido en su lugar, y no habría pasado nada.

—Eso no puedes saberlo. Estoy seguro de que tu padre no te habría dejado conducir por esa carretera. Era peligrosa. Te habrías caído tú también —aseveró rotundo, evitando usar la palabra que enfermaba a Ariel.

—Y ahora estaría con ellos, a su lado —afirmó Ariel extrañamente seria.

—No digas eso. No se te ocurra ni siquiera pensarlo —ordenó Darío sujetándole la cara entre sus manos—. Te prohíbo que pienses eso —jadeó asustado ante la intensa mirada de Ariel.

—No me dejaron despedirme de ellos, Darío. La policía me sacó de casa y me llevó a un centro de menores. A mis padres los metieron en ataúdes cerrados. No me dejaron verlos; dijeron que estaban muy desfigurados y no debía recordarlos así. Los incineraron y me dieron una urna con sus cenizas. Dos días después escapé del centro de menores, con la urna guardada en la mochila. Me oculté durante horas, y al final me quedé dormida en un cajero automático. Cuando desperté, la mochila ya no estaba junto a mí; me la habían robado. Perdí sus cenizas, Darío. Ni siquiera eso hice bien.

—Chis, no te preocupes, eras muy joven. Fue un milagro que no te pasara nada. Tus padres te adoran, Ariel, y comprenden lo que pasó.

—Les decepcioné, como siempre.

—No, Ariel, nunca les has decepcionado. Estoy seguro de que están orgullosos de cómo has conseguido salir adelante. Pero tienes que olvidar todo aquello. Ahora mismo te están observando, preocupados por verte tan triste. Ellos lo único que quieren es verte feliz. ¿No les vas a dar ese capricho? —argumentó preocupado al comprobar que los temblores de Ariel eran cada vez más fuertes, más incontrolables.

—¿Tú crees?

—Estoy seguro.

Ariel no dijo nada más, simplemente se acurrucó contra Darío, y lloró. Lloró como nunca lo había hecho. Él la abrazó hasta que su llanto cesó y sus temblores se fueron haciendo más suaves. Y continuó abrazándola cuando amaneció y ella por fin se durmió.

33

¿Cuántas lágrimas vas a guardar en tu vaso de cristal?
AMARAL, *Salir corriendo*

Yo secaré tus lágrimas.
U2, *Sunday, Bloody Sunday*

19 de mayo de 2009

Cuando Ariel despertó, el sol brillaba con intensidad tras las persianas a medio levantar, y Darío estaba a su lado. Mirándola.

—Por fin amaneces. Ya estaba pensando en ir a por un cubo de agua y tirártelo encima para despertarte.

Ariel escuchó su broma, anonadada. Había esperado que la mirara con lástima. Que estuviera enfadado con ella, por ser tan mala hija. Pero en lugar de eso continuaba a su lado… Y le gastaba bromas.

—¿Te apetece una ducha? —le preguntó Darío sin dejar de sonreír. Le estaba costando la vida misma fingir esa alegría. Aún tenía muy presente en su mente el sufrimiento que Ariel había sentido esa noche—. No es que quiera insinuar nada, pero… —Arrugó la nariz y olfateó sobre Ariel. Esta se levantó de la cama de un salto. Indignada.

—¡Serás capullo! ¿Me estás diciendo que huelo mal?

—¿Yo? No se me hubiera ocurrido, aprecio demasiado mi nariz como para exponerla a un puñetazo —respondió Darío, repitiendo una de las frases favoritas de Héctor.

—¡No huelo mal! —protestó Ariel enfurruñada.

—Claro que no. —Darío abandonó la cama, se acercó a su sirenita y le dio un breve beso en los labios—. Pero me gustas más cuando hueles a miel, canela y almendras —dijo asiéndola por la cintura y besándola de nuevo, esta vez durante más tiempo, con más pasión.

—Darío —le apartó ella—. Lo que dije en el garaje iba en serio. —Durante la noche le había contado el momento más doloroso de su vida y él había escuchado en silencio, arropándola, y mimándola, como un verdadero amigo. Lo mínimo que podía hacer para agradecérselo era ser completamente sincera con él—. No me gusta que me toquen.

—Ya lo sé —confirmó él posando sus manos en la espalda femenina a la vez que deslizaba los labios por el sedoso cuello.

—Ni que me acaricien.

—Lo sé —repitió él, besándole el lóbulo de la oreja mientras sus manos caían mimosas hasta el final de la espalda, justo sobre el trasero en forma de corazón de Ariel.

—Ni tampoco que me besen —susurró ella. Comenzaba a hacer calor en la habitación.

—Por supuesto —dijo Darío un segundo antes de devorar su boca.

La besó lentamente, hasta que se abrió a sus caricias y le permitió entrar. Succionó sus labios, saboreó el interior de sus mejillas y enredó su lengua con la de ella hasta hacerla jadear. Apretó con las manos las nalgas de su sirenita, hasta que su pene erecto presionó contra la concavidad del vientre femenino.

—¡No! —exclamó Ariel apartándose de él con la respiración acelerada—. No has entendido nada.

—Claro que sí. No te gusta que te toquen, te acaricien o te besen —replicó atrayéndola de nuevo hacia él—. Estoy totalmente de acuerdo contigo. A mí tampoco me gusta que lo hagan. Y mataré a cualquier hombre al que se le ocurra intentarlo.

—¡No te hagas el tonto! Hablo en serio.

—Yo también. —Bajó la cabeza y la besó de nuevo.

—Darío. No puedo… sentir. Es imposible. No soy como las demás mujeres —intentó explicarle.

—Por supuesto que no eres como las demás. Eres única. Especial. Solo hay una como tú —afirmó él observándola con una sonrisa en los labios.

—¡Eres imbécil! ¡No puedo correrme! —gritó exasperada porque él no la entendía.

—Eso habrá que verlo —respondió Darío sonriendo—. Anda, vete a la ducha y frótate con ese jabón que huele a hada. Te estaré esperando cuando salgas —dijo dándole una cariñosa palmada en el culo y saliendo de la habitación.

Ariel abrió la boca para responder, pero la cerró al darse cuenta de que por primera vez en su vida no tenía ni idea de qué decir. La había dejado perpleja. Carraspeó; buscó a Chocolate, lo colocó sobre la mesilla y, tras hacer la cama, puso al querido osito de peluche en el lugar de honor. Justo sobre la almohada, para que estuviera cómodo.

Ariel disfrutó del agua caliente cayendo sobre su rostro, se frotó con su jabón especial hasta que su piel casi resplandeció, y cuando salió de la ducha se entretuvo dando forma de tirabuzón a su largo flequillo con sus finos dedos. Se miró una y otra vez en el espejo, sorprendida al ver que sus ojeras eran más pronunciadas y sus pómulos estaban más afilados que hacía un par de semanas. «¿Cuánto tiempo hace que no me miro al espejo?», pensó sorprendida. Se los pellizcó un poco hasta dejarlos sonrosados y abandonó el cuarto de baño. Al pasar frente a la cocina, le llegó el olor a comida. Se detuvo para curiosear, y se encontró con Darío. Le observó sorprendida, estaba guapísimo.

Su amigo se había cambiado de ropa y, en vez de llevar los pantalones deportivos que siempre usaba, o el pijama de algodón con el que le había visto hacía unos instantes, llevaba unos vaqueros bajos y una camiseta azul con las mangas cortadas. Estaba descalzo y removía, concentrado, el contenido de una enorme olla que olía a puro cielo.

Darío alzó la cabeza, inhaló profundamente y se giró.

—¿Te he dicho alguna vez que tu aroma me vuelve loco? —preguntó soltando la cuchara de madera y dirigiéndose a Ariel. La envolvió entre sus brazos y la besó en la nariz—. ¿Tienes hambre? —El estómago de la sirenita gruñó en respuesta—. ¡Estupendo! Ve poniendo los manteles individuales en la mesa del comedor, ya sabes dónde encontrarlos. Los platos y los vasos están en ese armario, y los cubiertos en ese cajón. En cuanto llegue Héctor, sirvo la comida. —Ariel le miró petrificada por la familiaridad de la escena—. ¡Vamos, perezosa! Son casi las dos de la tarde, y mi hermano entrará dentro de dos minutos por la puerta, muerto de hambre —la instó Darío dándole un cachete en el trasero, luego volvió su atención al guiso.

Ariel parpadeó un par de veces y se puso manos a la obra.

Exactamente cinco minutos después, Héctor entró en el piso, y se dirigió como una exhalación a la cocina, para intentar robar una patata frita de la fuente.

—No se toca —le advirtió Darío atizándole con la cuchara.

—¡Ay!

—Vete a lavar las manos y luego ayuda a Ariel a poner la mesa —le ordenó Darío.

—Sí, *bwana*. Eh, hola, Ariel. No te había visto —saludó Héctor a la muchacha, que los miraba estupefacta desde el umbral de la cocina—. ¿Estás segura de que quieres ser la novia de este negrero? Te matará de hambre —afirmó dándole un beso en la mejilla.

—No soy la novia de nadie —musitó Ariel tocándose el lugar en que la había besado.

—Haces bien. Es un capullo que no hace más que dar órdenes.

—Héctor, le pienso decir a Ruth que estás diciendo tacos —le amenazó Darío.

—Y además es un chivato —susurró el joven al oído de Ariel al pasar a su lado en dirección al cuarto de baño.

Ariel sonrió divertida y luego buscó con la mirada a alguien…

—¿Y Ricardo? ¿No viene a comer?

—No. Papá come en la residencia. Luego iremos a buscarle a las seis, cuando salga. ¿Te apetece?

—¿Quién va a atender la zapatería?

—Héctor se va a ocupar del negocio durante un par de días. No te preocupes.

—¿Por qué va a hacer eso? —inquirió Ariel observando a su amigo con los ojos entornados. Ahí había gato encerrado.

—Para que yo pueda estar contigo los dos días que has prometido quedarte.

—Yo no he prometido nada…

—Ten en cuenta que tengo cuarenta y ocho horas para conquistarte, seducirte y convencerte de que debes pasar el resto de tu vida conmigo —explicó Darío abrazándola y besándola en la frente—. Y con lo cabezota que eres, voy a necesitar cada uno de los minutos de esas cuarenta y ocho horas para conseguirlo. ¡No puedo perder el tiempo arreglando zapatos! ¿Te gusta la carne en salsa? —preguntó cambiando de tema.

—Eh… Sí.

—Estupendo, lleva la tabla de madera a la mesa, para que pueda poner la olla encima. ¡Héctor, espabila, que ya está la comida!

Comieron entre risas y bromas, la mayoría de ellas a costa de Darío. Héctor disfrutaba atacando a su hermano, hasta que este perdía la paciencia y le increpaba que se callara, y, mientras tanto, Ariel no podía más que reír y reír, ante las ocurrencias del pequeño de la familia. ¡Era un meticón impresionante!

A las cinco y media partieron hacia la residencia a buscar a Ricardo. Ruth estaba de luna de miel con su hija, su marido y su suegra y, por tanto, eran Darío o Héctor los encargados de recoger a su padre. Ariel se enteró del trato al que había llegado Darío con su hermana. Él cuidaría de su padre, en su casa, cada día entre semana, y Ruth se ocuparía de llevarlo y traerlo de la residencia y pasar en la casa familiar las tardes que los deberes de Iris y los compromisos de Marcos se lo permitieran. Los fines de semana se turnarían y, una de dos, o Ricardo pasaría el día con Ruth y su familia en casa de Marcos o Ruth y su familia pasarían el día con Ricardo en la casa familiar. Fuera como fuera, ninguno de los dos hermanos estaba dispuesto a estar un solo día alejados del padre. Había sido casi un milagro convencer a Ruth de que se fuera de luna de miel una semana, ¡sin su padre!

Pasó la tarde hablando con Ricardo y haciendo crucigramas con él. Al anciano le encantaban y ella estaba encantada de estar con él. Cuando Héctor cerró la zapatería, les acompañó, aunque se dio por vencido a los pocos minutos y se dedicó a su deporte favorito, molestar a su hermano, hasta que este se cansó y le mandó a jugar a la Play. Al final, Ariel acabó sentada, casi contra su voluntad, en el regazo de Darío, regañándole por ser tan manta con los mandos, mientras él intentaba por todos los medios que su coche no acabara en la cuneta por los empujones, virtuales, de su hermano.

—¡No es tan fácil! —gruñó Darío ante la regañina de su novia.

—Claro que sí, solo tienes que acelerar en las rectas y frenar un poco en las curvas.

—¿Ah, sí? Pues toma, a ver qué tal lo haces tú —dijo pasándole el mando.

Y para sorpresa de todos, lo hizo genial. Desbancó en el *ranking* a Héctor y, por supuesto, le sacó la lengua con saña. Abrazó a un divertido Ricardo, que no sabía qué estaba pasando exactamente, pero que estaba encantado con las risas de la muchacha y, después, sin ser consciente de ello, besó en los labios a Darío. ¡Era la mejor conductora del mundo mundial!

Héctor, enfurruñado por la derrota, decidió en ese momento que ya era hora de ir haciendo la cena. Durante la velada, Ariel se enteró de que el joven, a pesar de irse a vivir a más de cuatrocientos kilómetros de distancia, intentaría regresar todos los fines de semana a casa, según sus propias palabras, «para que el blandengue de su hermano mayor no llorara demasiado su ausencia», a lo que Darío contestó que «habría que ver quién lloraba a quién, porque él iba a estar muy tranquilo sin tener que soportar a cierto moscón irrespetuoso».

Cuando se fueron a acostar, Héctor ocupó presuroso la habitación de Ruth, dejando a Ariel una única opción: dormir de nuevo con Darío.

Ariel se metió en el cuarto de baño, se lo pensó durante media hora y, cuando salió de allí, lo hizo resuelta a dejarle las cosas claras a Darío. No era su novia, no iba a dormir con él en la misma cama, y no pensaba, de ninguna de las maneras, permitirle ni un solo roce. Entró decidida en la habitación. Estaba vacía. Se tumbó en la cama en la que había dormido la noche anterior, abrazó a Chocolate y esperó. Minutos después apareció Darío y, ante los ojos asombrados de la muchacha, comenzó a desvestirse hasta quedarse solo con los bóxers, que, por cierto, marcaban sin lugar a dudas su tremenda erección. Luego colocó con parsimoniosa lentitud las prendas en el armario, se giró, fue hasta Ariel, le dio las buenas noches y un ligero beso en la comisura de los labios y se tumbó bocarriba sobre las sábanas de la cama desocupada. Un minuto después estaba dormido. Supuestamente.

Una hora después, Ariel seguía con los ojos abiertos como platos. Incapaz de dormir ante la silueta apenas dibujada del cuerpo de Darío. Casi desnudo. Sobre las sábanas. Frente a ella. Con su tremenda erección despuntando en los bóxers.

Había sido un día muy movido, tras un fin de semana todavía más movido. Por eso no podía dormirse, estaba segura. Tras una de las peores noches de su vida, había pasado un día mágico con Darío y su familia. Se había sentido una más del encantador grupo familiar. Héctor la había tratado como a una hermana, Ricardo como a una hija. Y Darío… Darío había sido el príncipe azul, caballeroso y atento con el que toda princesita soñaba. Lástima que ella no fuera una princesita.

«Mañana recogeré mis cosas y me iré, aquí no pinto nada», pensó un segundo antes de quedarse dormida.

Al día siguiente Darío organizó un zafarrancho de limpieza, así que Ariel pasó la mañana entre cubos de agua y salpicones orquestados por Darío, que la obligaron a cambiarse de ropa un par de veces, y que también dejaron a Chocolate más limpio que los chorros del oro; incluso su único ojo relucía. La tarde transcurrió entre fotos, recuerdos y adornos a los que había que limpiar el polvo, eso sí, sentada sobre el regazo de Darío para evitar que él se escapara y la dejara con el marrón. En definitiva, pasaron el día entre risas, abrazos y bromas, que provocaron que la casa quedara aún más desordenada que antes, lo que consiguió que no le diera tiempo a preparar su mochila.

Se acostó poco antes de la medianoche en su cama, y colocó a Chocolate sobre la mesilla, excusándose ante el osito, diciéndole que no quería abrazarlo para no aplastarlo ahora que estaba tan mullidito. Minutos más tarde Darío ocupó la cama contigua tras darle el beso de buenas noches. De nuevo semidesnudo. De nuevo erecto.

Al día siguiente sin falta haría su mochila. Seguía sin pintar nada en esa casa.

Pero al día siguiente, Darío tuvo que ocuparse de su zapatería. Héctor tenía cosas que preparar ante su inminente partida. Por tanto Ariel se vio obligada a pasar gran parte del día en el negocio de su amigo. Darío había argumentado que su hermano era un desastre arreglando zapatos y que necesitaba que ella atendiera a los clientes mientras él ponía orden en los encargos.

—¿No me irás a dejar tirado, verdad? —le preguntó muy serio.

Y ante eso, Ariel solo pudo responder que no, no le dejaría tirado.

La estrategia de Darío cambió ese día. Dejó de comportarse como un hermano. Cesó de abrazarla tiernamente y darle besos en la frente, las mejillas o la comisura de los labios, tal y como había hecho los dos días anteriores. En vez de eso, aprovechó para rozarse contra ella cada vez que cogía algo de los cajones del mostrador, y eso sucedía muy a menudo. La abrazaba en los momentos más insospechados, y no lo hacía como un hermano, para nada. Sus manos se paraban demasiado cerca de las nalgas de su sirenita y su torso se pegaba indecoroso contra los pequeños pechos de Ariel. Lo único que no varió fueron los besos. Seguían siendo inocentes y demasiado breves, aunque, eso sí, aumentaron de cantidad. Apenas pasaba media hora entre uno y otro, pero tan ligeros que la dejaban con ganas de más.

Esa noche, cuando salió del cuarto de baño y se dirigió al dormitorio, Ariel se percató de que se le había olvidado por completo hacer la mochila. «Bueno —pensó—, no pasa nada, la haré pasado mañana, que es sábado y tendré el día más tranquilo.»

Ya no le corría tanta prisa irse de la casa de Ricardo y, además, tenía que ayudar a Darío con la zapatería, la casa y su padre. Él no podía hacerlo todo solo.

Al entrar en la habitación que compartía con su amigo, observó sorprendida que este había aprovechado su estancia en el baño para cambiar los muebles de sitio. La mesilla que separaba los lechos estaba en ese momento pegada a la cómoda, y las camas estaban juntas. Darío dormía semidesnudo, como siempre, sobre una de ellas.

Ariel se cruzó de brazos, indignada por la trampa. Un segundo después intentó separar su cama de la que ocupaba su dormido amigo, pero no hubo manera, era como si las patas de los somieres estuvieran pegadas. Se agachó para ver qué pasaba y comprobó alucinada que Darío las había atado con cuerdas y, con la poca luz que entraba por las persianas entreabiertas, no podía deshacer los nudos. Cogió a Chocolate de su lugar sobre la almohada, lo llevó a la mesilla y lo colocó mirando hacia la pared, no fuera a ser que Darío intentara algo que no debiera ver el osito. Luego se tumbó enfurruñada, resuelta a montarle la marimorena al grandullón si osaba acercarse a ella. Y con ese pensamiento se quedó dormida.

Cuando sonó el despertador a las siete de la mañana del día siguiente, Ariel amaneció abrazada a Darío, casi tumbada sobre él, mientras que él permanecía en la misma postura en la que se había acostado. Dio un salto alucinada, apartándose del hombre.

—Buenos días, preciosa. ¿Qué tal has dormido? —le preguntó él, girando hasta quedar de lado, y la besó en la naricilla. Ariel parpadeó en respuesta—. Voy a despertar a papá para que se vaya vistiendo y Héctor pueda llevarle a la residencia. ¿Vas haciendo el desayuno, cariño? —le pidió saltando sobre ella y saliendo del cuarto.

Ese día, en la zapatería, Darío comenzó a enseñarle los secretos de su profesión. Comenzó por cuáles eran las mejores tapas, y terminó por cómo se utilizaban cada una de las herramientas. Ariel prestó atención a cada una de sus enseñanzas, le apasionaba aprender. Y si en alguna ocasión él la besó en la nuca, o se pegó demasiado a ella dejándole sentir el bulto que se marcaba bajo sus pantalones, bueno, seguro que no lo hizo a propósito. Si se colocó tras ella durante toda la tarde, abrazándola y acariciándola, seguro que fue porque era la mejor postura para enseñarle a utilizar las limas, leznas y demás herramientas.

Al dar las ocho de la tarde, Darío cerró la zapatería y le propuso a su sirenita pasar el resto del día en el gimnasio. A Ariel no le hizo mucha gracia, prefería estar con Ricardo, pero, como bien dijo Darío, había tiempo para hacer todo lo que ella quisiera, y más. Por tanto, subieron a casa, se cambiaron de ropa y fueron al gimnasio. Allí Elías y Sandra les recibieron con los brazos abiertos. Habían llamado por teléfono cada noche para hablar con Ariel y Darío, y poder verlos otra vez, cara a cara, llenó de alegría a la sirenita.

Pasó un buen rato hablando con Sofía, Nines, Bri y sus otras amigas, y fue como si el tiempo no hubiera pasado, como si aquellas horribles semanas que pasó alejada de Darío y su mundo no hubieran existido. Todo seguía igual. Solo que ahora, Darío se acercaba a la sala de baile cuando le venía en gana y la abrazaba y besaba ante la mirada divertida de las chicas… y la enfadada de Bri.

—Desde luego, estás de un pesadito —susurró Bri cuando el joven entró por quinta vez en la sala.

—Qué va, es un cielo de hombre —replicó Sofía entusiasmada por como el grandullón trataba a su amiga—. Yo quiero uno así para mí.

—Todo tuyo —comentó Ariel en broma.

—Hola, chicas —saludó Darío por enésima vez esa tarde—. Voy a pegar unos golpes a Elías en el tatami, seguro que le tiro al suelo un par de veces. ¿Te apetece verme? —le preguntó a Ariel acuclillándose tras ella para abrazarla y besarla en la nuca.

—¡Serás fardón! —exclamó Sandra divertida—. Ni en sueños eres capaz de tirar a Elías. —Las chicas se rieron ante las palabras de Sandra.

—¿Qué te apuestas? —la desafió Darío haciéndole cosquillas disimuladamente a Ariel. Esta comenzó a contorsionarse para liberarse de él, y Darío aprovechó para tumbarla en el suelo y besarla apasionadamente ante todo el mundo—. Te espero en el tatami —dijo a la vez que le guiñaba un ojo y la ayudaba a incorporarse.

—¡Dios mío, Ariel! Si no te lo quedas como novio, me lo pido para mí —afirmó Nines en voz alta.

—¡Quieta, loba! —exclamó otra de las chicas—. Yo me lo he pedido antes. Guarda tu turno. ¿Verdad que sí, cariño? —preguntó lanzándole un beso a Darío. Este rio divertido y lanzó uno a su vez.

—¿Quieres dejar de hacer el tonto y largarte al tatami de una puñetera vez? —increpó de repente Ariel a Darío, dejando alucinadas a sus amigas y alegrando la tarde al hombre que estaba perdidamente enamorado de ella.

—Desde luego, Ariel, te estás comportando como una perra en celo —comentó Bri cuando Darío abandonó la sala—. Nunca lo hubiera imaginado de ti.

—¿Perdona? —inquirió Ariel a la vez que Sandra abría la boca para regañar a la rubia.

—No te enfades conmigo, querida. Ya sabes que todo te lo digo por tu bien. No puedes comportarte así sin que él piense que eres poco menos que… una prostituta.

—¿Comportarme cómo?

—¿De verdad te parece normal dejarte sobetear delante de todo el mundo? Todo aquel que te vea se va a pensar que eres una chica fácil, y si a eso le unimos cómo vas vestida y peinada... Pues solo hay que sumar dos y dos —explicó Bri segura de sí misma—. Te lo digo porque te quiero, Ariel, porque ambiciono lo mejor para ti. No te enfades y escúchame —se apresuró a decir cuando vio que Ariel abría la boca para replicar—. Te dije que la ropa que llevabas te sentaba fatal, y que tenías que cambiar de peinado; no me has hecho caso y, fíjate, pareces un mono.

—¿Un mono? Bri, ¿eres tonta o te lo haces? —estalló Sofía indignada. Si su amiga hubiera seguido los consejos de moda de Bri, vestiría como un payaso—. Ariel es guapísima, siempre lo ha sido, lleve la ropa que lleve y se peine de la manera que se peine.

—Cuestión de gustos —desestimó Bri, furiosa porque la mosquita muerta de Sofía se hubiera atrevido a contestarle—. De todas maneras, ese no es el caso que nos ocupa. Escúchame atentamente, Ariel. Darío solo va a lo que va, como todos los hombres. Son todos unos cabrones que solo piensan en follar, nada más. ¿Crees de verdad que un tipo como él se va a fijar en alguien como tú para algo más serio? —dijo posando una de sus manos de perfectas uñas sobre la de Ariel.

—Creo que te estás equivocando, Bri —contestó Ariel enfadada, aunque intentando contenerse para no decir a su amiga exactamente lo que pensaba.

Darío era un hombre encantador, que la respetaba en cada momento del día. Un amigo en el que confiaba por encima de todas las cosas. Una persona única y especial que la hacía sentir como una princesa, y la adoraba como a nada en el mundo, a pesar de su personalidad arisca, sus ropas desbaratadas, y su cabello mal cortado.

—Como tú digas, Ariel, pero... permíteme un último consejo: cómprate el lubricante con anestesia de tu catálogo, porque Darío va a tardar menos de un mes en meterse en tus bragas, y no va a ser nada cuidadoso; al contrario, te hará daño porque solo pensará en él mismo...

—¿Sabes lo que te digo, Bri? Si vuelves a hablar así de Da, te voy a pegar tal hostia que te voy a empotrar de cuadro en la pared, ¿vale? —exclamó Ariel muy enfadada. No le consentía a nadie hablar así de Darío, y menos a Bri—. Voy a ver cómo mi chico tira a tu marido en el tatami, Sandra.

Y sin más palabras se levantó del suelo y salió de allí para ver a su novio darse de golpes con su profesor.

Sandra miró a Bri y arqueó una ceja.

—¿Algo más que decir, Bri?

—Ella sabrá…

—Se te ha visto el plumero —afirmó Sofía poniéndose en pie y saliendo tras Ariel. Unos segundos después el resto de las amigas la acompañaron. En la sala solo quedaron Bri y Sandra.

—Si la envidia fuera tiña… —comentó Sandra abandonando ella también la sala.

Una vez en el tatami Ariel comprobó que la predicción de Sandra se cumplía sin lugar a dudas. Darío no era capaz de tumbar a Elías. Ni de coña.

Cuando Elías salió del tatami, lanzándole pullas a Darío, le llegó el turno a Ariel. Se descalzó, se plantó frente a Darío y comenzaron a girar uno alrededor del otro sin dejar de mirarse. En un momento dado él atacó, Ariel le paró, pero no consiguió desequilibrarle y hacerle caer. Un segundo después fue ella quien atacó, lanzando una patada a las costillas del hombre. Darío la esquivó, le sujetó la pantorrilla entre sus dedos y la atrajo hacia sí, pegándola a él. Le devoró la boca a la vez que presionaba su entrepierna contra la de Ariel. Cuando la soltó, la sirenita respiraba agitadamente. Darío sonrió y se dio media vuelta para bajar del tatami, seguro de su victoria. Ariel no se lo permitió, se agachó rápidamente y le barrió los pies con su pierna, tirándole. Se montó sobre él a horcajadas y coló los dedos por debajo de la cinturilla elástica del pantalón, estiró… y soltó.

—¡Ay! ¡Bruja!

Ariel no lo pudo evitar. Al oírle comenzó a reírse hasta quedar sin fuerzas, momento que el hombre aprovechó para colocarse sobre ella y… hacerle cosquillas. Un minuto después ambos rodaban por el suelo del tatami entre cosquillas, pellizcos y algún que otro mordisco, ligero y, supuestamente, involuntario propinado por Ariel.

Cuando regresaron a casa, Héctor les estaba esperando, vestido para salir de «caza»; tenía que aprovechar una de sus últimas noches libres en Madrid. La pareja cenó con Ricardo y, mientras Darío se duchaba, Ariel aprovechó para hablar con el anciano. La conversación no fue trascendental ni importante, pero sí perfecta. El subconsciente de Ricardo había aceptado plenamente a Ariel, y el abuelo trataba a la muchacha como si fuera su propia hija: dándole consejos, regañándole cuando hacía algo que no le gustaba y jugando con ella a cualquier cosa que se les ocurriera a ambos. Y mientras tanto, Darío, con el pelo todavía mojado, y una toalla envuelta en la cintura, les observaba desde el umbral del comedor reír y hablar, con el corazón rebosante de felicidad.

—¡Darío! ¿Cómo se te ocurre andar en cueros por la casa, delante de nuestra invitada? Ve ahora mismo a vestirte —ordenó Ricardo a su hijo cuando le vio—. Desde luego, cría cuervos...

—Y te sacarán los ojos —finalizó la frase Ariel, sin dejar de observar a Darío. ¿Cómo podía ese hombre tan guapo quererla a ella, tan feúcha?

Darío puso los ojos en blanco y se dirigió a su cuarto. Pocos minutos después regresó al comedor, vestido con unos pantalones de pijama.

—¿No tienes sueño, papá? Ya es tarde.

—Pues, ahora que lo dices, la verdad es que sí. ¿Me llevarías un vasito de leche a la cama, hijo?

—Claro que sí, papá.

—Yo voy a ducharme —se despidió Ariel, enternecida como siempre que veía al padre y al hijo juntos.

Cuando salió de la ducha, en lugar de vestirse con una de las enormes camisetas que Darío le había dejado para dormir, lo hizo con una de las suyas, más pequeñas y ajustadas. Se miró una y otra vez en el espejo, y se mordió los labios. La camiseta de tirantes era demasiado corta, se le veían las bragas... Pero ya no podía hacer nada. En un estúpido arranque de vanidad, había cogido esa prenda del armario, y no tenía otra opción que ponérsela. Además, si Darío dormía casi desnudo todas las noches, ella podía hacer lo mismo. Volvió a mirarse al espejo; lo cierto era que esa camiseta le sentaba muy bien, se ajustaba a sus pechos haciéndolos un poco más... notorios. Y le llegaba justo hasta el final de la espalda, logrando que su culo pareciera un poco más... respingón, aunque no mucho. Como siempre decía su padre, de donde no hay, no se puede sacar.

Cuando entró en el dormitorio, Darío había colocado a Chocolate en la mesilla, de cara a la pared, y él estaba tumbado en la cama, todavía despierto. La observó detenidamente de arriba abajo, logrando que se encogiera de hombros, avergonzada. Entonces él sonrió, le deseó dulces sueños, cerró los ojos y se dio la vuelta hasta quedar de lado sobre el colchón, dándole la espalda. Nada más. Esa noche no habría beso de buenas noches.

Ariel suspiró, decepcionada. Pero al fin y al cabo, ¿qué había esperado? Nada, por supuesto. Se tumbó sobre su cama, que aún continuaba pegada a la de Darío, ya que no había tenido tiempo en todo el día de desatar las cuerdas, y cerró los ojos. Un segundo después se removía inquieta sobre el lecho, recordando las caricias y besos que él le había dado en el tatami. ¡Maldito fuera! Estaba ahí, tan tranquilo mientras ella se moría de... calor. Se levantó sigilosa, y abrió un poco la ventana para que corriera el aire. Volvió a tumbarse y cerró los ojos de nuevo. Aguzó el oído, la respiración del hombre era tranquila, rítmica. Estaba dormido. Y ella estaba ardiendo. Su traidora piel recordaba cada una de las caricias involuntarias que le había dedicado él mientras peleaban. Rememoraba los besos robados en la zapatería, tan breves. Su imaginación traicionera se deleitaba en el que recibió en la sala de baile, delante de todas sus amigas, tan apasionado, tan... salvaje. Un gemido escapó de sus labios. Abrió los ojos y le miró. Seguía tumbado de lado, totalmente ajeno al calor que traspasaba su cuerpo. Se puso de lado, de espaldas a él, y, sin dejar de escuchar atentamente los sonidos de la noche, deslizó despacio una de sus manos hasta su pubis. Detuvo el movimiento con el corazón acelerado, a punto de escapársele del pecho. ¿Qué estaba haciendo? ¿Cómo iba a ser capaz de tocarse ahí delante de él? Negó con la cabeza y escondió la mano bajo la almohada. ¿En qué clase de zorra se estaba convirtiendo? Además, para qué iba a intentarlo. No serviría para nada. Ella no valía para esas cosas. No era la mujer que tenía que ser para lograrlo.

Intentó calmar su desbocado corazón, inspiró profundamente y cerró los ojos con fuerza, pero no le sirvió de nada. Seguía viendo, y sintiendo, cada roce, cada caricia, cada beso de la pelea en el tatami. Se obligó a pensar en otra cosa, y su mente, traidora como era, regresó a la noche en la trastienda de la zapatería, al momento en que creyó ser capaz de alcanzar el cielo. Al instante en que los labios de su amigo succionaban sus pezones mientras sus dedos hacían magia en su sexo.

Cerró las piernas con fuerza y mordió la almohada para ahogar el gemido que pugnaba por escapar de su boca. Su mano, desobediente, se deslizó de nuevo hasta su pubis y continuó bajando hasta posarse sobre la tela empapada de las bragas. Presionó contra la piel que se ocultaba bajo ellas. Un escalofrío le recorrió el cuerpo. Volvió a presionar. Sí. Ahí abajo estaba ardiendo, pero no sería capaz de conseguirlo; solo lograría frustrarse todavía más. Retiró con un gruñido la mano y la colocó sobre su cadera. No volvería a cometer la misma estupidez de siempre. No podía correrse, y punto.

Una mano se posó sobre la suya, la asió y la envolvió entre sus dedos.

—Déjame probar tu sabor —suplicó Darío haciendo que se tumbara boca arriba.

Llevó la nívea mano hasta sus labios y lamió cada uno de los dedos femeninos sin dejar de mirar a Ariel a los ojos. Saboreó cada gota de esencia impregnada en ellos. Y después se acercó a sus labios, y la besó.

—No puedo… —comenzó a decir Ariel.

—No vamos a hacer nada. Solo conocernos un poco más. Esto no va a ser una carrera ni es necesario llegar a ninguna meta. Solo será un beso. Nada más. ¿Me vas a prohibir besarte? —susurró en su oído.

—No…

—Bien. Cierra los ojos y relájate. Imagina que no estoy aquí, que es solo un sueño y, cuando quieras despertar, no te lo impediré ni mencionaré lo que hemos hecho.

—No puedo hacer eso.

—¿Por qué?

—Porque quiero que estés conmigo.

Y entonces él la besó.

Lentamente al principio, con más pasión cuando ella se relajó, besó sus labios, sus pómulos, su frente y su naricilla de duende. Le quitó la camiseta y después se entretuvo en mordisquear el lóbulo de su oreja. Lamió su cuello y se deslizó por su clavícula dejando un reguero de besos hasta sus pechos.

Acarició sus pezones enhiestos, jugó con la lengua sobre ellos, tomó los pechos entre sus manos y los agasajó y mimó hasta que ella comenzó a jadear. Y en ningún momento dejó de prestar atención a los sonidos femeninos, a los movimientos de su hada, y a cualquier indicio que le dijera qué caricias eran las que proporcionaban más placer a su amada, y cuáles las que la hacían temblar de anticipación. Y cuando ella comenzó a removerse bajo él, cuando sus piernas se abrieron permitiéndole alojarse entre ellas, no se apresuró, continuó dedicado a sus pechos hasta que la escuchó jadear en busca de aire.

Paró un segundo para recuperar el aliento, estaba tan duro que los testículos le dolían punzantes. La deseaba tanto que sentía cómo su polla lloraba por ella derramando lágrimas de semen. Y aun así no se permitió pegarse al cuerpo de sirena que tanto le tentaba. Si su pene acariciaba, aunque fuera por un segundo, la piel de alabastro de su hada, se correría irremediablemente. Y eso no iba a consentirlo, no hasta degustar en su paladar el sabor del orgasmo de su amada. Aunque le llevara mil años conseguirlo. Le daba lo mismo.

Observó a Ariel bajo él, su respiración comenzaba a calmarse. ¡Miércoles! Se había despistado soñando con ella, con su esencia en su lengua. No volvería a ocurrir. Se centraría en lo que tenía ante sus ojos, y convertiría sus sueños en realidad.

Rezando por no ser tan torpe e inexperto como sabía que era, bajó la cabeza y acarició con la nariz el ombligo perfecto de su mujer.

Ariel saltó ante el inesperado contacto. Apenas había logrado volver a respirar con tranquilidad desde que él había dejado de torturar sus pechos, y volvía a la carga. Más sensual, más cariñoso, más apasionado. Sintió una de sus manos jugar de nuevo con sus pezones. ¡Dios! ¿Qué tenían sus estúpidas tetas que le hacían quemarse bajo el contacto de Darío? Un rayo de deseo recorrió su cuerpo y se alojó en su sexo cuando él mordió con cuidado su vientre. Intentó cerrar las piernas, buscar algún alivio, pero él se lo impidió colocando su poderoso torso entre ellas.

Se agarró con fuerza al cabecero de la cama cuando Darío cogió sus piernas y la obligó a colocarlas sobre sus hombros. ¡Eso era indecente! Pero no dijo nada. No podía. Estaba perdida en las sensaciones más placenteras que había sentido nunca.

Darío observó enfadado lo que apenas podía ver en la oscuridad del cuarto, y en un arrebato se levantó de la cama, fue hasta la mesilla y encendió la lámpara.

—¿Qué haces? —siseó Ariel avergonzada al verse iluminada estando casi desnuda.

—Quiero verte.

Darío se volvió a arrodillar en la cama, metió los dedos bajo las bragas blancas de algodón de Ariel y se las intentó quitar. Ella apretó el trasero contra la cama, impidiéndoselo.

—Como quieras —aceptó. Y diciendo esto, cogió las preciosas piernas de su hada y volvió a colocárselas sobre los hombros a la vez que se agachaba.

Ariel intentó bajarlas y cerrarlas, cualquier cosa que le impidiera verla así, pero Darío no se lo permitió.

—Prometiste que me dejarías besarte.

—¡Pero no ahí!

—Ah, aquí entonces —dijo bajando la cabeza y besándola en el vientre. Ariel intentó protestar—. ¿No? ¿Y aquí? —preguntó él mordiendo delicadamente el interior de sus muslos.

—Eso no es un beso —jadeó ella.

—¿No? Me habré equivocado, déjame probar otra vez.

Y esa vez sí la besó, justo en la unión entre las piernas y el pubis. Después subió, recorriendo los bordes de algodón de las braguitas, deteniéndose sobre el monte de Venus y lamiendo el contorno de la prenda íntima. Y mientras tanto, sus dedos acariciaron sin pausa el interior de los muslos, se deslizaron sinuosos por encima de la tela y comenzaron a frotar los pliegues vaginales, hasta que el clítoris, harto de ser ignorado, se hinchó llamando la atención del hombre. Con una sonrisa, Darío posó el pulgar sobre él, y presionó. Ariel alzó las caderas a la vez que un grito involuntario escapaba de sus labios.

—¡Para! —jadeó tirándole del pelo—. No voy a poder llegar, para, para.

—No tienes que llegar a ningún lado. Solo estamos conociéndonos, nada más —afirmó él con rotundidad.

—¿Nada más? ¿No tengo que…?

—No. Claro que no. Solo quiero saborearte un poco más.

—¿Me lo prometes? ¿Me prometes que no te enfadarás si…?

—Te prometo por todo lo más sagrado que solo quiero besarte un poco más. Solo un beso más. ¿Me lo vas a prohibir?

—No…

—Bien.

Y bajó la cabeza de nuevo, hasta que sus labios tocaron el clítoris cubierto por la tela de algodón. Lo besó. Lo besó hasta que Ariel dejó de pensar y solo sintió. Y cuando escuchó su rendición en forma de gemidos, coló los dedos bajo las braguitas y se las quitó, logrando ver, por fin, lo que tanto deseaba.

Darío observó su sexo, extasiado. Era todavía más hermoso de lo que había imaginado. Casi lampiño, el escaso vello que lo cubría tenía la misma tonalidad ígnea que el cabello de su sirenita. Los labios vaginales brillaban húmedos por el rocío de su excitación, su clítoris terso y sonrosado clamaba atención, mientras que la entrada de su vagina temblaba expectante. Bajó la cabeza de nuevo, y le dio un tímido lametazo. Ariel casi gritó. Lo repitió. Ella alzó las caderas y comenzó a temblar. Él hundió un dedo en su interior, y volvió a sentir esa fina membrana que proclamaba que ella sería solo suya, que él sería el primero, y eso acabó por volverle loco.

Lamió con fruición cada pliegue, se solazó con cada gemido que abandonó los labios de su sirenita, penetró una y otra con el índice en su cálido interior y, cuando eso no fue suficiente para ninguno de los dos, lo sustituyó por la lengua. Entró en ella, se recreó en la textura de su vagina, saboreó cada gota de placer que emanó de ella, hasta que Ariel comenzó a suplicar.

—Para, Darío, por favor, para. No puedo. Me duele. Para, no soy capaz, no puedo.

Rompiendo su promesa, la ignoró. Aquello era mucho más que un simple beso. Deslizó los labios hasta el clítoris y succionó hasta que las súplicas de su sirenita se convirtieron en quejidos ininteligibles. Atrapó suavemente entre los dientes el pequeño y duro nudo de placer, y presionó con la lengua sobre él.

Todo el cuerpo de Ariel se tensó mientras poderosos espasmos de un placer sin igual recorrían cada una de sus terminaciones nerviosas, explotando al llegar al lugar que Darío torturaba. La muchacha intentó gritar, pero ningún sonido escapó de su garganta. Sus músculos temblaron durante incontables segundos hasta que al final se relajaron.

Y a pesar de eso, a pesar de sentir su cuerpo laxo, y sus piernas lánguidas sobre los hombros, Darío no pudo dejar de lamer la exquisita esencia que derramaba el cuerpo de Ariel, total y absolutamente hechizado por su sabor. No podía evitar recorrer una y otra vez con la lengua el precioso sexo de su sirenita, deleitarse en su suavidad, dejarse embelesar con su aroma…

—¡Darío! ¡Ya, vuelve otra vez! —gritó Ariel comenzando a temblar de nuevo.

Darío se quedó petrificado, pero al cabo de un segundo reaccionó. Continuó lamiéndola y dando precisas pasadas con su lengua sobre el clítoris a la vez que intentó penetrarla con dos dedos. La entrada a su vagina, flexible y dúctil tras el primer orgasmo, los aceptó casi ansiosa. Y Ariel volvió a gritar. Esta vez todo su cuerpo se arqueó, solo sus hombros permanecieron apoyados sobre la cama, mientras sus talones se clavaban en los brazos de Darío… y él continuó devorándola una y otra vez, hasta que su sirenita, incapaz de resistir un segundo más, cayó desmadejada sobre la cama, regalándole la escena más hermosa que había visto en su vida.

—Me has mentido —la regañó trepando hasta sus labios. La besó.

—¿Yo? —preguntó ella, aún con los ojos cerrados, sin fuerzas para moverse.

—Me aseguraste que no podías tener orgasmos… y, oh, sorpresa, los tienes de dos en dos —explicó divertido al ver como su amada abría los ojos, asombrada.

—Yo…

—Tú eres la mujer más preciosa del mundo y estoy irremediablemente enamorado de ti. De tu sabor. De tu carácter. De tu aroma. No voy a volver a ser capaz de comer miel o almendras sin ponerme duro como una piedra —comentó risueño cogiendo la mano de la muchacha y colocándola sobre su pujante erección.

—Darío. Tu polla está…

—Sí.

—¿Quieres que hagamos… el amor? —preguntó repentinamente asustada al recordar la conversación con las chicas en el gimnasio.

—No, no le hagas ni caso. Es que se pone nerviosa en tu presencia. Pero enseguida se me pasa —bromeó él al ver la cara aterrada de su sirenita.

—No seas tonto —le regañó ella.

Comenzó a mover la mano sobre el dolorido pene, por encima de los calzoncillos. Y cuando escuchó gemir a su novio, aferró los bóxers con los dedos y se los bajó hasta los muslos. Acarició inexperta, pero segura de sí misma, la longitud del pene; lo acogió en la palma de su mano y lo envolvió entre sus dedos haciendo jadear al hombre. Subió y bajó por su polla, recordando las órdenes que él le había dado la noche de la zapatería, y, cuando él se tensó, imprimió más fuerza y velocidad a sus movimientos, hasta que él se derramó sobre sus manos con un jadeo ahogado. Luego se quedó muy quieto, con los ojos cerrados, y el cuerpo desmayado sobre la cama. Exhausto.

Ariel sonrió. Se había quedado dormido.

—Te quiero —musitó besándole en los labios con cuidado de no despertarle.

—Te quiero —susurró Darío abriendo los ojos, y devolviéndole el beso.

34

Cuéntame al oído si es sincero eso que ha dicho
o son frases disfrazadas esperando solo un guiño.
La Oreja de Van Gogh, *Cuéntame al oído*

23 de mayo de 2009

Cuando Ariel despertó a la mañana siguiente, estaba total y absolutamente convencida de lo que quería hacer con su vida. Se giró en la cama buscando el cuerpo de su amigo, pero estaba sola en la habitación. Se vistió rápidamente con una camiseta de su chico y salió en su búsqueda.

—Se ha ido a la zapatería —le dijo Héctor, que estaba en la cocina, preparando un copioso desayuno.

—Hoy es sábado —rechazó Ariel.

—Y los sábados se abren los comercios.

—Ah. ¿Por qué no me ha despertado? —preguntó aturdida. ¿Por qué la había dejado allí sola? ¿Por qué no la había llevado con él, como los días anteriores?

—Eso mismo le he preguntado yo... ¿Y sabes lo que me ha contestado?

—No, pero me lo vas a decir. Ahora mismo —amenazó Ariel yendo hacia su casi cuñado y apoyándose en la encimera.

—Ya sabes que mi hermano a veces es algo gilipollas —comenzó a decir Héctor.

—Como te escuche Ruth se te va a caer el pelo.

—Ah, pero tú no se lo vas a chivar, ¿verdad?

—No, pero si vuelves a decir eso de Darío te voy a dar tal guantazo que vas a tener que usar los dientes de collar —comentó ella con una enorme sonrisa en los labios.

—Eh, vale, lo siento... —reculó Héctor. Por mucho que Ariel se hubiera dulcificado, seguía siendo muy peligrosa—. Pues, como te decía, Darío a veces es un poco… —miró a la joven y abrió mucho los ojos— ¿tontito? —La muchacha asintió aceptando esa palabra—. Vale, y el muy tontito ha pensado que tú estarías más cómoda si te dejaba pensar tranquila y sin presiones sobre lo que quiera que haya pasado esta noche tras la puerta cerrada de vuestro cuarto y que él no me ha querido contar por mucho que le he insistido —se apresuró a decir Héctor con una enorme y ladina sonrisa en la boca.

—Eres afortunado por tener a Darío como hermano —susurró Ariel cariñosa—. Si te lo hubiera contado, yo habría tenido que cortarte la lengua… Solo por si acaso, es que a veces eres demasiado cotilla para tu propia seguridad.

—Ah… pero no me lo ha contado —reiteró Héctor, por si no le había quedado claro a Ariel la primera vez.

—Bien. Recapitulando, el idiota de tu hermano se ha largado dejándome sola porque quiere que piense sin presiones. ¿Es eso? —Héctor asintió—. ¿Pero qué se ha pensado? ¿Qué soy imbécil? Es un puto cobarde que ha huido con el rabo entre las piernas, en lugar de quedarse aquí como un valiente —afirmó yendo hacia su cuarto.

—¡Espera! ¿Adónde vas?

—A cortarle los cojones.

—¡Ariel! Mira, tía, no tengo ni idea de lo que ha pasado, pero te juro que mi hermano no es como piensas.

—¿Y cómo pienso que es tu hermano?

—Da no te ha seducido y te ha dejado tirada. Lo que pasa es que es un gilipollas inexperto que no sabe cómo tratar con las tías y, en vez de estar aquí acosándote y comiéndote la oreja, el muy imbécil ha pensado que debía dejarte espacio para decidir libremente.

—¿No te he dicho que no hables así de tu hermano?

—Pero si acabas de decir que le vas a cortar los cojones.

—¿Y?

—Coño, ¿no será peor cortarle los cojones que llamarle gilipollas?

—Soy su novia y tengo derecho a cortarle los cojones… y, si tú vuelves a insultarle, te los corto a ti también —dijo entrando en su cuarto y abriendo el armario.

—¿Qué vas a hacer? —le preguntó Héctor, repentinamente serio al ver cómo comenzaba a sacar ropa del armario.

—Ya te lo he dicho.

—Si pretendes coger tu ropa y meterla en la mochila, no te lo voy a permitir. Aunque me cueste un ojo morado.

—Te costaría más que eso, como mínimo la nariz rota y los cojones a la altura de la nuez.

—Me da lo mismo. No puedes irte. Le destrozarás. Él te quiere.

—Lo sé.

—No puedes dejarle tirado, ni a papá tampoco —dijo de repente, intentando tocar el punto débil de la sirenita—. Yo me voy dentro de una semana y Ruth se ha largado a vivir con Marcos; Darío no puede quedarse solo con papá y la tienda.

—Sí puede. Tu hermano es capaz de eso y más.

—Ariel, no voy a dejar que te marches —dijo cerrando de un portazo el armario e intentando adoptar la misma mirada seria que usaba Darío cuando se enfadaba. No le salió bien, parecía más un gatito asustado.

—¿Y a ti quién te ha dicho que me voy a ir? —preguntó Ariel apartándole sin hacer mucho esfuerzo, y abriendo de nuevo el armario para coger unos *leggings* y una camisa.

—¡Estás cogiendo tu ropa!

—No pretenderás que salga medio desnuda a la calle. —Se volvió para mirarle y, al ver la cara pálida y asustada del muchacho, sonrió sin poder evitarlo—. No te preocupes, Héctor; voy a hacer un trato con Darío.

—¿Qué trato?

—Ah, misterio misterioso. Anda, vete a jugar a la Play, o a hacer un crucigrama con Ricardo y deja que me vista tranquila.

Media hora después, Ariel entró decidida en la zapatería.

Darío estaba atendiendo a un cliente, por tanto ella esperó frente a la vitrina que contenía los zapatos artesanales que él y su padre habían creado. Cuando el cliente se marchó, se dirigió sin prisas al mostrador, y sin pensarlo un segundo se sentó sobre la pulida madera.

—No te sientes ahí, causa mala impresión —la regañó Darío.

Ariel sonrió. Le encantaba eso de su chico. Si tenía que mimarla, la mimaba, pero si se merecía una regañina no se cortaba un pelo. No le hizo caso y continuó sentada donde estaba.

—No pienso quedarme a vivir en tu casa por mi cara bonita.

—¿No? —inquirió Darío. Sus manos temblaron mientras colocaba unos zapatos en la estantería, después la asió de la cintura y la bajó del mostrador—. Deberías pensártelo mejor —advirtió. No iba a dejar que se marchara, y si Ariel se enfadaba… en fin, cosas peores podían pasar, como por ejemplo no volver a verla.

—No. No me hace falta que nadie me haga favores —rechazó

Ariel lamiéndose los labios. Darío, como el zorro astuto que era, le acariciaba la tripita, logrando que ella se sintiera... bien.

—No voy a hacerte...

—Por eso pagaré por mi habitación —le interrumpió Ariel poniendo sus manos sobre las del hombre—. A Lulú le pagaba doscientos pavos por todo el mes. ¿Cuánto pides tú?

—No quiero que me des dinero —replicó ofendido.

—Entonces me buscaré otro sitio donde dormir, y nos tendremos que ver en la calle, en el gimnasio o en alguna cafetería. Me niego a vivir de prestado —dijo separándose de él y yendo hacia la puerta.

—¡Cincuenta euros! —gritó Darío sin pensar; si quería pagarle por el cuarto, por él perfecto. Ingresaría el dinero en una cuenta y sería para su futuro hijo.

—¡Cincuenta euros! ¿Pero tú eres tonto o te lo haces? ¿Qué quieres, insultarme?

—No...

—Pues lo estás haciendo. Cincuenta euros es una puñetera miseria. El resto de lo que cuesta la habitación, ¿pretendes cobrarlo en carne? —gruñó enseñando los dientes.

—¡No! Por Dios, Ariel, no malinterpretes mis palabras. —Pero ella no dejó de gruñir—. Está bien, vale. Trescientos euros al mes, y no se hable más.

—¿Trescientos euros? ¡Eso es un atraco a mano armada! Ni de coña voy a pagarte esa cantidad. ¡Es un robo! ¡Saca la pistola y acaba con mi vida de una vez! ¡Abusón!

—¡Jopé! Setenta y cinco euros —pidió aturullado.

—Pero ¿qué haces? A ver, Darío, que no es tan complicado. Tú tienes que quedarte en tu precio, y yo tengo que intentar que me lo bajes. Si regateas al contrario no tiene gracia.

—¿Qué?

—¿Cuál es tu última oferta?

—Cuatrocientos euros —demandó Darío al comprender el juego.

—¿Cuatrocientos? Pero tú qué te has fumado, colega. Ni de coña pago cuatrocientos pavos por ese cuchitril. Como mucho cincuenta. —Darío abrió los ojos como platos al escuchar la primera cifra que él había dicho; fue a quejarse, pero recapacitó. Si Ariel quería jugar, jugarían.

—Con cincuenta no te da ni para alquilar una hamaca bajo un puente. Trescientos —rechazó. Ariel sonrió ilusionada al escucharle.

—Cien pavos, y tienes suerte de que esté desesperada. Tu habitación no solo es pequeña, sino que encima tengo que compartirla contigo, y ¡roncas!

—¡Yo no ronco! Por cien pavos no me merece la pena aguantar tus gruñidos, y, créeme, gruñes muchísimo. Doscientos, y es mi última oferta.

—Ni loca pago doscientos; te apestan los pies, y eso supone, como poco, cincuenta pavos menos.

—¡No me apestan los pies! De acuerdo, acepto ciento veinte euros antes de oírte decir que me tiro pedos.

Ariel estalló en carcajadas al escuchar su comentario.

Cuando regresaron a casa pasadas las dos de la tarde, un nervioso Héctor y un tranquilo Ricardo les estaban esperando con la mesa puesta.

Héctor arqueó varias veces las cejas mirando interrogante a su hermano, pero Darío no le hizo caso. Para una vez que podía chincharle, pensaba aprovecharse. El joven rubio también intentó sonsacar información a Ariel, pero esta le despachó con un gruñido. Por lo que al final tuvo que conformarse con refunfuñar airado, ante la estupefacta mirada de su padre, que no sabía qué narices le pasaba a su hijo menor, normalmente dulce y cariñoso, para estar con ese humor de perros.

—¡Se acabó! ¿Nos vais a contar de una vez lo que habéis decidido? —exclamó impaciente una vez hubieron recogido la mesa y se sentaron a descansar.

—Héctor, no grites, que no estamos sordos —le reconvino su padre.

—Ricardo… —comenzó a decir Ariel, pero hizo una pausa sin saber muy bien cómo continuar.

—Papá, Ariel se va a quedar a vivir con nosotros.

—¿Ariel? —preguntó Ricardo, confundido. No conocía a ninguna Ariel.

—Ricardo, yo soy Ariel —dijo esta sentándose en el suelo, y apoyando la cabeza en el reposabrazos del sillón en que estaba sentado el anciano. Ricardo acarició los rizos pelirrojos. Se sentía bien junto a la joven—. Te prometo que voy a cuidar de Darío con todo mi corazón. No soy perfecta, ni siquiera soy una princesita, pero le quiero muchísimo. Me gustaría llegar a convertirme en la mujer que él se merece y, aunque sé que no lo voy a conseguir, te juro que lo voy a intentar con toda mi alma. Te prometo que no te decepcionaré, verás a Darío siempre feliz. Te lo juro por lo más sagrado —aseguró al anciano.

—Claro que sí, cariño; mi hijo también te quiere muchísimo, solo hay que ver cómo te está mirando ahora —le correspondió el anciano besándola en la coronilla, algo confuso por esa extraña confesión, pero entusiasmado de ser testigo del amor que la pelirroja profesaba a su hijo.

—Gracias, Ricardo. —Ariel le dio un beso en la frente y se levantó para sentarse sobre el regazo de Darío. Este la abrazó con fuerza, con los ojos brillantes de emoción.

—¡Guau! Eso ha sido impresionante, Ariel. Uf, se me han puesto los pelos de punta. ¡Cielo santo! Yo quiero tener una novia como tú —comentó Héctor dando palmas como un niño pequeño—. ¿A que ha sido increíble, papá?

—Eh, sí… Claro, hijo. La película está muy bien… Increíble, sin lugar a dudas —respondió Ricardo mirando la tele, sin entender el alborozo de su hijo menor.

Ariel se acurrucó más contra Darío y le secó una lágrima disimuladamente.

—Lo importante en esta vida no son los momentos que recuerdas, sino los que vives. La intensidad con la que sientes y el amor que te rodea —le dijo en voz baja—. Tu padre está rodeado de tanto amor que es imposible que no se sienta el hombre más afortunado del mundo cada segundo de su vida.

—Tu amiga tiene razón, Darío. Lo importante es lo que se vive, no lo que se recuerda —afirmó Ricardo—. La memoria es traicionera y olvidadiza. No nos podemos fiar de ella. El presente es lo único real, y hay que vivirlo intensamente, porque, un segundo después, se convierte en pasado. No lo olvides nunca, hijo.

—No lo olvidaré, papá.

—Bien, así me gusta. Y ahora basta de caras serias; Héctor, trae el periódico y vamos a hacer un crucigrama.

—Sí, *bwana*.

Ariel se sentó entusiasmada al lado de Ricardo para ayudarle con los crucigramas, y Darío y Héctor aprovecharon que ella estaba entretenida y no iba a darles una paliza para jugar un rato a la Play.

—A ver si te sabes esta —comentó Ariel a Ricardo un rato después, señalando unas casillas vacías con el bolígrafo—. Dice: «Varón o macho que ha engendrado» —leyó en voz alta—. Tiene una «D» en medio.

—Padre —dijo Darío, que tenía su atención puesta en su padre y su novia y, justo por eso, iba perdiendo contra Héctor.

—Es verdad. Padre. —Apuntó Ariel cada letra en su casilla.

—Princesita —dijo en ese momento Ricardo, sorprendiendo a Ariel al llamarla por ese apelativo. Darío y Héctor giraron las cabezas y le miraron extrañados, su padre nunca usaba ese término—. Si quieres puedes llamarme papá Ricardo, estoy seguro de que a tu padre no le importará. ¿Sabes?, haces muy bien en cuidar de Darío, siempre he dicho que a los amigos para conservarlos hay que cuidarlos, no lo olvides.

—No, papá Ricardo —musitó Ariel paralizada. Darío se levantó, sin dejar de mirar a su padre, estupefacto. Él nunca había dicho eso… De hecho esa aseveración era una de las frases que más repetía Ariel de su padre.

—Bien, princesita, así me gusta. Ah, no. No se te ocurra ponerte a llorar ahora. No quiero ver más lágrimas en tus ojos. Recuerda lo que siempre dice mamá: la vida aprieta, pero no ahoga. Tu madre no te educó para que te ahogaras, y menos ahora que te va todo tan bien. ¿Verdad que no?

—No, papá Ricardo.

—Excelente… —comentó Ricardo. Bajó la mirada a la mesa y observó confundido el periódico—. ¿Qué estábamos haciendo?

—Un crucigrama, papá —comentó Héctor con los ojos abiertos como platos mientras su hermano abrazaba a Ariel.

—Ah, perfecto… —comentó Ricardo observando a su hijo mayor y a la joven pelirroja—. ¿Por qué llora tu amiga, Darío? ¿No le habrás dicho nada feo, verdad, hijo?

—No, papá, al contrario. Creo que acaba de escuchar a un ángel.

—Ah, vaya. Bueno, eso es maravilloso —dijo; luego bajó la mirada y miró el periódico e, intuyendo que estaba haciendo un crucigrama, preguntó—: ¿Por qué palabra íbamos?

—Padre —susurró Ariel. Ricardo buscó las letras en las casillas y asintió satisfecho al encontrarlas.

—Perfecto, ya la tengo; mira, jovencita, a ver si sabes esta. Acaba en «R» y tiene cuatro letras: «Sentimiento intenso del ser humano».

—Amor —contestó Ariel hundiendo la cara en el hombro de Darío.

—Ah, sí. Amor. El sentimiento más hermoso —afirmó Ricardo mirando cariñoso a su familia.

—Darío, ¿te molesta que llame a tu padre papá Ricardo? —preguntó Ariel al entrar en la habitación que compartían. Se sentó con las piernas cruzadas sobre la cama y abrazó a Chocolate—. Quizá no debería llamarle así. Al fin y al cabo es tu padre, no el mío, y yo no quiero que pienses que te lo estoy robando…

—No digas tonterías, cariño —rechazó Darío acercándose a ella y dándole un beso en la frente—. Papá te adora, además él mismo te ha dicho que le llames así. Y a mí me encanta escucharte decirle papá. —Ariel negó con la cabeza, dudosa—. No le des más vueltas, Ariel. No tengo ni idea de lo que ha pasado en el comedor esta tarde, papá a veces hace y dice cosas raras debido a su enfermedad, pero en esta ocasión sabía perfectamente lo que decía. Él quiere que le llames papá, y tu obligación como su hija adoptiva es hacerlo.

—Pero a tus hermanos quizá no les siente bien.

—Héctor ha estado hablando con Ruth por teléfono y se lo ha contado; ya sabes cómo es mi hermano, no se calla ni debajo del agua. Ambos están entusiasmados, así que deja de pensar tanto, que se te está arrugando la nariz y pareces un duende enfurruñado.

—¡Yo no parezco un duende!

—Sí. Sí lo pareces, y estás preciosa —afirmó— aunque arrugues la nariz.

—¡Da!

Darío sonrió divertido al ver que su sirenita se cruzaba de brazos ofendida. Jamás había conocido a ninguna mujer a la que le gustara tan poco que le dijeran piropos. Sin dudarlo un momento le quitó a Chocolate de los brazos y llevó al peluche hasta la mesilla. Una vez allí, lo sentó mirando hacia la pared.

—¿Por qué has hecho eso? —preguntó Ariel enfadada. Solo ella podía poner a Chocolate de cara a la pared.

—Te parecerá una estupidez, pero te juro que, cada vez que entro en el cuarto, siento su único ojo clavado en mí, observándome. Y sinceramente, me da vergüenza hacer lo que pienso hacerte esta noche si él me está mirando. —Darío se arrodilló sobre la cama y se acercó a ella.

—¿Qué vas a hacer…? —preguntó Ariel reculando hasta quedar apoyada en el cabecero.

—Devorarte.

—¿Nada más? —preguntó ella, viendo con meridiana claridad en su mente las imágenes de sangre y dolor por la pérdida de la virginidad que las chicas del gimnasio tan bien le habían narrado.

—¿Quieres que hagamos algo más? —preguntó él lamiéndole los labios.

—No. —Si por ella fuera, seguiría virgen toda la vida.

—Entonces no haremos nada más. Solo besarnos y acariciarnos.

Y eso fue lo que hicieron.

Besos y caricias. Mimos y arrumacos.

Experimentaron con caricias cada rincón de sus cuerpos y saborearon con besos la esencia que emanaba de sus pieles.

Ariel aprendió que un solo beso puede vencer al más fuerte de los golpes, que una sola palabra puede borrar el recuerdo más triste, y que una única caricia puede ahuyentar el sufrimiento más doloroso.

Darío comprendió que la paciencia es el arma más poderosa contra la incertidumbre, que la oscuridad puede iluminarse con una sola sonrisa y que no hay pasado ni futuro para los amantes, solo presente.

Se adoraron entre las sábanas, hasta que el amanecer los encontró dormidos.

Cuando Ariel despertó, Darío estaba a su lado, en la cama, abrazado a ella. Erecto de nuevo. Retiró la mirada rápidamente de ahí y observó su querido rostro. Una pizca de remordimiento se reflejó en los ojos de la muchacha. No quería hacer el amor con él, le daba miedo, pero había otras muchas cosas que podía hacer, y que tampoco hacía.

Él le había dado todo, la había tocado, besado y acariciado sin pedir nada a cambio, y a ella le costaba muchísimo corresponderle. No podía evitarlo. Quería devorarle como él hacía con ella, quería lamerle y saborearle. Quería simplemente acariciarle por ella misma, sin que él tuviera que cogerle la mano y colocarla sobre su pene, pero no podía. No se atrevía. Le daba tanta vergüenza que, aunque lo intentaba, siempre acababa reculando.

¿Cómo era posible? Era una mujer segura, fuerte y decidida. Pero se asustaba como una niña al pensar en sangre, y se ponía colorada como un tomate con solo pensar en tocarle sin que él la instara a ello. ¡Era de locos!

«¿Qué eres, una mujer o un avestruz?», pensó indignada consigo misma.

Estiró la mano lentamente, hasta dejarla a escasos centímetros del pene erecto de su amigo. Era tan… grande. Tan terso y suave. Tan hermoso. Estaba tan imponente, ahí, sobre su nido de rizos oscuros. Le atraía tanto. Se lamió los labios y miró el rostro del hombre; tenía los ojos cerrados, aún dormía. Quizá… Bajó la mano con cuidado, hasta tocar el glande sedoso. El pene saltó, acercándose a las yemas de sus dedos. Ariel sonrió envalentonada. Acarició con el índice el tallo del falo y abrió los ojos, asombrada al ver que se hinchaba todavía más bajo su contacto. Se mordió los labios. Era la primera vez que veía la polla de Darío. La había tocado antes, pero nunca había bajado la vista hasta ella. Le daba vergüenza.

Ahora él no la miraba, y por tanto era libre de investigar, pensó sonriendo. Acarició con suavidad cada vena que recorría el precioso miembro, y acabó centrando su mirada en los testículos. Eran tan… incitantes. La palma de su mano los acogía con facilidad, como si hubieran sido creados para que ella disfrutara de su frágil dureza, y ahora podía observarlos a capricho. Colgaban insolentes de la base del pene, y apenas si tenían vello. No eran bonitos, pero sí sexis, o al menos a ella le atraían muchísimo. No pudo evitarlo; bajó la cabeza y sopló sobre ellos. Darío tembló y ella se apresuró a apartarse, pero, tras un momento sin moverse, intuyó que seguía dormido y siguió con su investigación. Volvió a acercarse a él, esta vez mucho más sigilosa, y aspiró su aroma. Era… excitante. ¿A qué sabría? Levantó la mirada hacia su amigo; comprobó que seguía con los ojos cerrados, aunque su respiración se había acelerado. Bajó la cabeza; una pequeña gotita lechosa asomaba por la abertura del glande. Sacó la punta de la lengua y la lamió con mucho cuidado.

—Me estás matando, Ariel —susurró Darío en ese momento, incapaz de seguir aguantando impasible la exploración de su sirenita.

—¡Voy a ducharme! —gritó Ariel. Saltó de la cama como un resorte, se envolvió en la sábana y salió corriendo del cuarto. Roja como un tomate.

Darío cerró los ojos y comenzó a darse cabezazos contra el colchón.

—Seré tonto, imbécil, idiota, gilipollas, estúpido…

—Negrero, capullo, pazguato, dictador… —continuó Héctor entrando en el cuarto.

—¡Jolín! ¡Héctor! ¡Qué cominos haces aquí! —exclamó Darío tapándose los genitales con la almohada, ya que Ariel le había dejado sin sábana con la que cubrirse.

—He visto salir a tu sirenita, y he pensado que ya estarías despierto y que por tanto podría coger sin problemas mi chaqueta de cuero… Y como te he visto tan entusiasmado insultándote, he pensado en ayudarte —comentó Héctor todo dulzura e ingenuidad.

—No necesito que me ayudes, gracias, y ahora ¡lárgate! —gritó Darío.

—Vale, tranquilo, que yo solo quería echarte una mano. La verdad es que pareces muy necesitado… —comentó Héctor abriendo el armario y sacando su chaqueta.

—¡Fuera! —La almohada alcanzó al hermano menor en mitad de la espalda, pero, como estaba rellena de plumón, no le hizo ni pizca de daño. Qué lástima.

Un buen rato después, con el deseo latente que no aplacado, Darío abandonó su dormitorio, y se encontró con que su novia estaba todavía en el cuarto de baño, ¿duchándose?

—Ariel —llamó con los nudillos a la puerta—. ¿Estás bien? Llevas ahí dentro un buen rato.

—No lo sabes bien… Me voy a hacer pipí en los calzoncillos —susurró Héctor a su espalda.

—¿Pero tú no te habías largado? —preguntó Darío intrigado.

—No.

—¿Y para qué has entrado a por la chaqueta?

—Hum, buena pregunta.

—¡Héctor! —siseó enfadado el hermano mayor.

—Darío —susurró en ese momento Ariel desde el otro lado de la puerta.

—Dime, cielo.

—No puedo salir…

—¿Por qué? —se sorprendió Darío.

—No tengo ropa.

—¿Estás desnuda? Interesante —apuntó Héctor, ganándose una colleja por parte de su hermano.

—Se me olvidó cogerla cuando salí del cuarto… —susurró Ariel, avergonzada.

—¡Voy a por ella! —comentó Héctor.

Se detuvo antes de dar el primer paso.

Darío le había agarrado de la cintura de los pantalones; Ariel por su parte había abierto la puerta y se asomaba a ella, envuelta en una enorme toalla.

—Si tocas con un solo dedo mis bragas, te convierto en eunuco de una patada.

—Eh, que yo solo quería ayudar.

—¡Héctor! —gritaron a la vez Darío y Ariel.

El resto del día transcurrió sin incidentes destacables, quizá porque era el último domingo de Héctor antes de irse a Alicante y este aprovechó que Ariel y Darío se iban a quedar en casa para pasar el día fuera y despedirse de su legión de amigos y amigas. Sobre todo amigas. Ariel por su parte demostró ser un hacha en los crucigramas, sopas de letras y autodefinidos. Y Darío… Darío disfrutó observando a su novia y a su padre. No podía pedirle más a la vida… o tal vez sí. Pidió su deseo, y este le fue concedido cuando cayó la tarde.

Ruth, Iris, Luisa y Marcos regresaron de su multitudinaria luna de miel, y pasaron por la casa familiar a saludar a su padre y hermanos. Y Héctor, intuitivo como siempre, apareció en el pequeño piso poco después, y así fue como, sin esperarlo, Darío se encontró rodeado por toda su familia.

Cenaron latas de sardinas, mejillones, y calamares acompañados por pan de molde y el poco fiambre que había en la nevera… y en ese momento, rodeada por personas a las que había conocido hacía poco tiempo, Ariel se sintió por fin en su lugar. Con su familia.

Al llegar la noche, estaba tan excitada por las visitas, tan ilusionada con sus mejores amigas: Iris y Ruth, y tan feliz por… todo, que se sentó en la cama, y habló sin parar hasta quedar dormida. Darío la escuchó divertido. Parecía una niña pequeña al salir de clase el primer día de colegio tras un largo verano, entusiasmada por haberse reencontrado con sus compañeras, extenuada de tanto reír y enloquecida por todos los planes que había trazado.

Durante la siguiente semana Darío y su sirenita apenas se separaron; se levantaban juntos, bajaban a abrir la zapatería y, mientras él atendía y hacía arreglos, ella aprendía el oficio. Por las tardes, Ariel salía a las reuniones con sus clientas de Sexy y Juguetona o a buscar trabajo por las obras, pero indefectiblemente regresaba antes de las seis y media, para estar en la tienda en el momento en que Ruth regresaba con Ricardo de la residencia.

Ariel compartió juegos en la Play con los hermanos, les enseñó algunos trucos de cocina, y esquivó una y otra vez los interrogatorios de Héctor, que, como le había advertido Darío, no solo no se callaba ni debajo del agua, sino que además era el hombre más cotilla que había conocido nunca. Y también uno de los más inteligentes.

Héctor, al comprobar que no había modo de conseguir respuestas de la sirenita, optó por la guerra fría. Se buscó un aliado: Ricardo. Dejaba caer preguntas delante de su padre, y este se apresuraba a mirar a Ariel, en espera de respuesta; así fue como desentrañó los ingredientes secretos del jabón que volvía loco a su hermano, como averiguó en qué sitios había vivido Ariel, en qué había trabajado antes de ser vendedora de juguetes eróticos, cuáles eran sus colores favoritos, sus canciones, sus películas, sus actores, hasta su comida preferida. Y Darío, que al principio regañaba a Héctor por ser tan cotilla, enseguida comenzó a aprovecharse de las aptitudes de su hermano para el «acoso y derribo».

Y de repente, sin saber cómo ni por qué, Ariel empezó a cenar acelgas rehogadas, guisantes con jamón, o judías verdes con tomate. Y una tarde, como por arte de magia, aparecieron en uno de los estantes del comedor los DVD de la primera trilogía de *La guerra de las galaxias* y, en otra ocasión, los duendes dejaron, junto al reproductor de CD de la cocina, la discografía completa de U2. Y los duendecillos traviesos no pararon ahí. De hecho tenían que estar haciendo horas extras, porque cada noche, antes de acostarse, Ariel encontraba sobre su cama una camiseta, unos pantalones o unos simples calcetines… y todas las prendas eran de color azul cielo.

El día antes de que Héctor partiera a su nueva casa en Alicante, el último viernes de mayo, al regresar de una dura mañana en la zapatería, Ariel entró en la cocina y se encontró con un sonriente Héctor apoyado en la encimera con una enorme bolsa entre los pies…

—¿No hay nada hecho? —preguntó Ariel mordiéndose los labios. Le crujía el estómago de hambre.

—Lo siento, sirenita, acabo de llegar y no me ha dado tiempo.

—No pasa nada, ayer vi un bote de alcachofas. ¿Las hacemos con jamón? —preguntó ilusionada, poniéndose un delantal—. Ah, y no soy una sirenita —se acordó de regañar al joven rubio. Este sonrió divertido, antes o después conseguiría llamárselo sin que le reprendiese.

—No, que Darío prepare unos bocatas —rechazó Héctor quitándole el bote de las manos; estaba hasta las narices de comer cosas verdes, le estaba entrando complejo de vaca.

—¿Y por qué no los preparas tú, caradura? —replicó el interpelado entrando en la cocina—. Me apetece más una lasaña —comentó abriendo el congelador. A su sirenita le gustaba mucho la verdura, pero él prefería algo más consistente, al menos para comer. Las cenas eran a capricho de ella.

—No puedes comer lasaña —negó Héctor.

—¿Por qué? —inquirió Darío con la miel en los labios.

—Porque Ariel y yo necesitamos la cocina para hacer una cosa —explicó Héctor arqueando las cejas y sonriendo ladino.

—¿Qué cosa? —preguntaron a la vez los otros dos.

—Hoy me he levantado pronto y me he marchado a Madrid a la busca y captura de ciertos productos. Conseguir la sosa cáustica ha sido fácil —comentó Héctor dirigiéndose a Ariel—, pero el aceite de almendras y la cera de abeja ya me ha costado un poco más. Uf, he recorrido varios sitios hasta que una buena mujer me ha dicho que probara en el herbolario. Ya podrías haberme avisado, guapa —finalizó dando unos golpecitos a la bolsa que tenía entre los pies.

—¿De qué narices estás hablando, Héctor? —preguntó Darío aturullado. Que él supiera, en su casa solo se usaba un aceite, el de oliva. Miró a su novia, a ver si esta sabía de qué iba el tema, y lo que vio le dejó alucinado.

Ariel estaba de rodillas en el suelo y, mientras que con una de sus manos abría la bolsa, con la otra se tapaba la boca. Ambas manos temblaban.

—Ariel, ¿qué te pasa, cielo? —le preguntó Darío preocupado, arrodillándose junto a ella. Aún había momentos en la noche en que la escuchaba sollozar contra la almohada. Cada vez menos, gracias a Dios, pero no por eso se permitía bajar la guardia.

—¡Eres tonto, Héctor! —gritó ella—. ¿Tienes la más remota idea de lo que cuesta esto? —dijo señalando la bolsa. Héctor asintió divertido, lo había comprado él—. ¿Cómo se te ocurre?

—Bueno, lo cierto es que me voy mañana, y en estas dos semanas me he acostumbrado tanto a tu aroma que lo voy a echar de menos. —Se agachó y comenzó a sacar las materias primas de la bolsa—. Había pensado en cogerte prestado un trocito de tu jabón y llevármelo a Alicante, pero te queda tan poco que te ibas a dar cuenta del… préstamo. Por tanto, no me ha quedado otra opción que comprar los aceites, esos que me dijiste, y suplicarte que me hagas un poco —comentó arrodillándose y juntando las manos como un angelito bueno, y diabólico—. ¿Lo harás? Dime que sí, *porfaplease*.

—Lo haré, pero ni sueñes con que te enseñe el toque secreto, y además pienso quedarme con un trozo. —Ariel se levantó del suelo, se limpió los ojos con el dorso de la mano y le observó intentando hacerse la dura.

—¡No lo dirás en serio! Oh, cruel. Yo que pensaba llevarme dos kilos de jabón con olor a miel, canela y almendras, para seducir a los chicos. ¡Malvada!

Darío no pudo evitar reírse al escuchar a su hermano. El jabón de Ariel era especialmente femenino.

—Oh, cállate y saca la olla. —Ariel cogió la cuchara de madera y comenzó a señalar cosas y dar órdenes—. Esa no, la otra más grande. Y también coge esa de ahí, sí esa. Darío, dame el molde que está guardado en el fondo del armario… Ese que no usáis nunca. ¡Héctor, no toques la sosa! ¡Es muy peligrosa!

—¡Ay! Vale, no toco nada —gimió al sentir el golpe de la madera en el dorso de la mano.

Ariel se hizo dueña de la cocina y continuó dando órdenes a diestro y siniestro durante gran parte de la tarde, mientras dos jóvenes, más altos y corpulentos que ella, obedecían sumisos a la vez que miraban atentamente el cucharón de madera que enarbolaba en una de sus manos.

Casi dos horas después, el jabón estaba en el molde, donde debería esperar 24 horas antes de repartirse en trozos. Y fue justo en ese momento cuando Ariel se dio cuenta de algo importantísimo. Se había encariñado del hermano pequeño de Darío. No había podido hacer nada por evitarlo. Cuando Héctor no se dedicaba a chinchar a su hermano era un muchacho estupendo y cariñoso, y cuando sí se dedicaba a chincharle era divertidísimo. Y se iba a ir al día siguiente por la noche.

¡Mierda! ¡Odiaba ver partir a la gente a la que apreciaba!

Cuando Darío entró esa noche en el cuarto que compartían, encontró a Ariel sentada en la cama, abrazando con fuerza a Chocolate.

—Cuéntame qué te pasa —susurró sentándose junto a ella. Cuando su sirenita se abrazaba al peluche era porque estaba intranquila, nerviosa o triste.

—No me pasa nada.

—Vamos, dímelo, no te hagas la remolona —dijo besándola, o al menos intentándolo, porque Ariel quitó la cara y se tumbó de lado sobre la cama, sin soltar a Chocolate, y dándole la espalda a él.

—No me pasa nada. No sé por qué te empeñas en que me pasa algo. No me pasa. Y déjame dormir que tengo sueño.

—¿Sabes qué es lo que más miedo le da a Héctor de todo el mundo mundial? —preguntó Darío tumbándose tras ella y abrazándola.

—Ni lo sé ni me importa —contestó arisca.

—Me tiene miedo a mí —dijo Darío sin ofenderse por sus maneras bruscas.

—¿A ti? —Ariel se giró y observó a su amigo en la oscuridad del cuarto—. Sí, claro.

—Teme que yo le dé uno de mis sermones, y sabe que lo haré si no vuelve puntualmente cada fin de semana.

—Seguro.

—Ya lo comprobarás.

Darío esperó a que Ariel dijera algo, o a que soltara a su peluche y que, tras colocarle como todas las noches de cara a la pared, se abrazara a él y le dejara besarla apasionadamente. Pero no hizo ninguna de las dos cosas. Su sirenita no estaba de humor esa noche, ni para hablar ni para acercamientos más íntimos. Y la entendía. Bien sabía Dios que la entendía. A él tampoco le hacía gracia la marcha de su hermano. Inspiró profundamente y cerró los ojos, frustrado.

Esa noche ni siquiera tendría el consuelo de poder acariciarla.

Ariel había resultado ser una verdadera caja de sorpresas. Arisca, brusca y desvergonzada de día, y tímida, ingenua e inocente durante la noche. Y también asustadiza. ¡Quién lo hubiera pensado! Su sirenita era capaz de pegarse con una panda de borrachos sin pestañear y, sin embargo, se había echado a temblar cuando había intentado hacerle el amor la noche anterior. Los resultados fueron tan nefastos que no pensaba volver a intentarlo hasta que ella no se lo pidiera.

Darío se había envalentonado al comprobar que, poco a poco, Ariel se iba lanzando. Después de que él metiera la pata hasta el fondo aquella mañana, su sirenita había hecho algunas tentativas. Ya no hacía falta que él le llevara la mano hasta su pene; de hecho, ella comenzaba a investigarle por su cuenta y riesgo y, la noche anterior, había investigado tan a fondo que él se olvidó de toda paciencia y mesura e intentó ir más allá. Craso error.

Apenas llevaban en la cama unos minutos, cuando de repente ella le había tumbado sobre el colchón y había comenzado a besarle el torso. Darío se sorprendió tanto por su avance que se quedó inmóvil, y Ariel se aprovechó de esa circunstancia. Le había acariciado las tetillas, las había arañado con suavidad y, a continuación, había comenzado a lamerlas y mordisquearlas, imitando lo que él hacía con ella. Se había atrevido incluso a posar su femenina mano sobre su estómago y trazar senderos de fuego en él, bajando cada vez más, acercándose poco a poco a su erección, jugando con el vello de su entrepierna, pero sin llegar a tocarle el hinchado pene, volviéndole tan loco que no pudo más y se abalanzó sobre ella. La besó, la adoró, la hizo consumirse en un orgasmo abrasador y, luego, intentó penetrarla.

Su vagina era muy estrecha y, aunque trató de ir despacio y tener mucho cuidado, ella se tensó al sentirle entrar. Darío presionó un poco, intentando abrirse camino, pero la mirada asustada de la muchacha le hizo sentirse como un canalla. Ariel no se quejó, ni siquiera abrió los labios, pero su respiración acelerada y su cuerpo rígido le confirmaron que aún no había llegado el momento. Esbozó como pudo una sonrisa y se retiró, alejándose del cuerpo cálido que tanto adoraba.

Ella se tumbó de lado, mirándole, sin atreverse a acercarse a él.

—Lo siento —comenzó a decir, pero Darío la interrumpió con un beso.

—No, Ariel. Nunca, jamás te disculpes por algo que no quieres hacer. Si alguna vez hago algo que tú no quieres que haga, tienes tres opciones: decir no, mirarme como lo has hecho, o darme un puñetazo —afirmó muy serio—. Y aunque prefiero las dos primeras opciones, también aceptaré gustoso la tercera siempre y cuando no me rompas ningún diente. Los dentistas son muy caros y mi sueldo de zapatero no da para implantes.

Ariel le miró, al principio aturullada, pero luego una hermosa sonrisa iluminó sus rasgos, para convertirse en apenas unos segundos en la risa clara y musical que él tanto amaba. Minutos después sus cuerpos estaban entrelazados mientras sus manos y labios se movían sobre sus pieles.

No hicieron el amor, pero tampoco hizo falta.

Darío parpadeó, volviendo al presente; estaba a punto de quedarse dormido y su sirenita continuaba dándole la espalda, enfurruñada. Suspiró y deseó que el día siguiente no fuera tan duro como preveía.

Lo fue.

Fue espantoso.

Toda la familia se reunió desde primera hora de la mañana para aprovechar el último día del chiquitín en Madrid.

Héctor no paró de reírse de ellos, insinuando que no se iba a la guerra, y, aunque se comportaba tan dicharachero y animado como siempre, sus sonrisas brillaron por su ausencia.

Ariel estuvo todo el día sin hablar con nadie. Ni siquiera Iris logró arrancarle una sonrisa. De hecho, la pequeña acabó tan enfurruñada como su amiga.

Ruth se hizo la fuerte, pero a cada momento acariciaba y besaba a su hermanito pequeño, dándole miles de consejos y órdenes.

Ricardo no se percató de lo que pasaba, pero los nervios del resto de la familia hicieron mella en él, logrando que su carácter normalmente afable se volviera quisquilloso.

Y Darío… Darío simplemente aprovechó cada momento con su hermano y hasta se dejó chinchar sin replicar.

A las siete de la tarde, la familia al completo tomó la Renfe hasta la estación de autobuses de Méndez Álvaro, desde donde el pequeñín de la familia partiría. Hubo besos, abrazos, alguna lagrimita que otra, y más besos y más abrazos. Todos tuvieron ración doble de mimos. Todos menos Ariel, que se mantuvo apartada a unos metros de ellos. Aquello no iba con ella. Odiaba las despedidas. Las odiaba con toda su alma.

Darío no logró convencerla de que se acercara a despedirse de Héctor, ni siquiera Ricardo lo consiguió. Por tanto, Héctor se acercó a ella.

—Bueno, sirenita, me largo; te veo el viernes que viene —afirmó tendiéndole la mano. La novia de su hermano podía bromear con él, jugar a la Play o compartir ollas, pero seguía sin permitirle abrazos ni roces. En eso no había cambiado.

—Eso espero. No quiero que Darío y los demás sufran porque tú te olvides de regresar el viernes —afirmó a la defensiva, con los brazos cruzados—. Y no me llames sirenita.

—Volveré, sirenita —replicó Héctor, burlón—, no lo dudes; el viernes estaré en casa chinchando a Darío. No voy a permitir que mi hermano se acostumbre a la buena vida, tú lo tratas demasiado bien. Si me despisto, seguro que se olvida de mí, y no lo voy a consentir.

—Seguro —rechazó enfadada por la ligereza de sus palabras. Para ella, una despedida, era algo muy serio—. Darío te va a echar de menos, no bromees con eso.

—¿Tú también me echarás de menos? —preguntó Héctor divertido.

—Ni lo sueñes. —Héctor se encogió de hombros y, sin que ella lo esperara, le asió la mano y le besó los nudillos a la vez que le guiñaba un ojo. Luego se dio media vuelta para coger el autobús—. ¡Espera! Sí te echaré de menos, pero solo un poco. —Héctor abrió los ojos como platos, sorprendido. Obtener ese reconocimiento de Ariel era todo un logro—. Y... Puedes llamarme sirenita, pero solo tú. Nadie más. —Héctor asintió sonriendo—. No te olvides de volver el viernes, o te iré a buscar y te romperé las piernas —susurró la joven lanzándose a sus brazos y besándole en la mejilla. Héctor la abrazó casi petrificado, jamás habría imaginado esa reacción de la arisca sirenita. Luego sonrió, iba a chinchar a su hermano de lo lindo llamándola así cuando Darío no tenía permiso para hacerlo. ¡El mundo era maravilloso!

35

·

He besado labios de miel.
He sentido el alivio en las yemas de sus dedos.
Queman como el fuego.
U2, *I Still Haven't Found What I'm Looking For*

Domingo, 7 de junio de 2009

Darío miró por enésima vez el reloj de su muñeca; era casi la una de la madrugada y hacía más de media hora que había acostado a su padre. Ariel y él tendrían que estar ya en la cama, abrazándose y besándose, al menos eso era lo que él deseaba, pero Ariel continuaba sentada en el sillón orejero del comedor, haciendo *zapping* con el mando del televisor. Esquivándole.

Y se le estaba acabando la paciencia.

No tenía ni la más remota idea de qué mosca le había picado a su sirenita. Héctor había regresado ese fin de semana, tal y como prometió. Por tanto no podía estar preocupada, pero lo estaba.

—Bueno, ya es muy tarde —comentó Darío bostezando sonoramente—. Vamos a la cama.

—Ve tú, quiero terminar de ver esta película —contestó Ariel parando un segundo el deambular de los canales en la tele.

—¡Pero si no estás viendo nada!

—Lo estoy viendo todo a la vez —afirmó ella sin mirarle.

—Pues yo me largo, estoy muerto. Te espero en la cama.

—No me esperes y duérmete, voy a tardar un buen rato.

—¡Estupendo!

Darío se levantó del sofá y sin molestarse en darle un beso, se fue a su cuarto. Si Ariel quería su beso de buenas noches, que fuera a buscarlo.

Ariel esperó un cuarto de hora, y luego salió sigilosa del comedor. Se dirigió al cuarto de baño, y se encerró en él. Se duchó, se afeitó los cuatro pelitos invisibles que encontró en sus piernas y axilas, y recortó con cuidado el escaso vello de su pubis. Se colocó ante el espejo, echó los hombros hacia atrás, arqueó la espalda y metió su inexistente tripita. Se miró con el ceño fruncido y posó las manos sobre sus pechos, subiéndolos. No había modo; por mucho que intentara adoptar la misma postura que Ana Obregón, en vez de parecer sexi, parecía idiota. Dejó caer los hombros, y se mordió los labios.

—¿Qué eres, Ariel, una mujer o una sirena tonta que no se atreve a nadar? —se regañó a sí misma—. Una sirena idiota que pretende caminar sobre dos piernas en vez de quedarse tranquilita en el fondo del mar. Eso es lo que eres. No. —Negó con la cabeza, decidida—. No eres sirena ni mujer. Eres Ariel. Y Ariel no le tiene miedo a nada.

Y con ese pensamiento abandonó el baño envuelta en una enorme toalla.

Darío estaba medio dormido cuando el ruido de la puerta de su habitación al cerrarse le despertó. Entreabrió los ojos, amodorrado, y observó a su sirenita. «Por fin se ha decidido a acostarse —pensó enfadado—. Pues si ahora pretende que le haga algún mimo, ya puede esperar sentada.» Volvió a cerrar los ojos, y continuó en la misma posición en que estaba, aparentemente dormido.

Ariel entró a oscuras en el cuarto e, intentando no tropezarse con nada, llegó hasta la mesilla y encendió la lamparita de noche. Su amigo, no, su novio, estaba dormido de espaldas sobre las sábanas, vestido, como todas las noches, con un bóxer, solo que, en esa ocasión, la acostumbrada erección brillaba por su ausencia.

Darío sintió la luz de la lámpara sobre los párpados, pero no se molestó en abrirlos. Estaba dormido, y pretendía seguir estándolo. ¡Él también tenía derecho a enfadarse!

Ariel tocó con las yemas de los dedos los bordes de la toalla que cubría su cuerpo, se mordió los labios, inspiró profundamente y se deshizo de ella. Se subió con cuidado sobre la cama, y gateó hasta casi tocar el cuerpo de su chico. Animada al ver que él permanecía dormido, le dio un ligero beso en los labios.

Darío tragó saliva y permaneció impasible. Si Ariel volvía a besarle, quizá se despertara y la abrazara, pero solo un poquito. Al fin y al cabo ella no podía ignorarle durante toda la tarde y luego reclamar sus besos. No era justo.

Ariel sonrió al ver que su chico reaccionaba ligeramente y, totalmente convencida de que estaba haciéndose el dormido, se decidió.

Se agachó hasta que sus labios tocaron las tetillas cubiertas de vello del hombre y las lamió. Este dio un respingo, pero Ariel no le prestó atención. Continuó chupándole el torso, hasta que se le ocurrió succionar los pequeños pezones, y estos respondieron al instante, endureciéndose e induciéndola a mordisquearlos… y así lo hizo.

Darío abrió los ojos como platos, repentinamente erecto y con la respiración acelerada. La miró. Ariel estaba desnuda, acariciándole y lamiéndole. Hizo intención de incorporarse, pero recordó el fracaso de la última vez que ella había tomado la iniciativa, y se detuvo en seco. Cerró los ojos de nuevo. Seguiría dormido. Sí. Eso haría.

Ariel se sobresaltó al ver que su amigo se movía. Se apartó rápidamente y le observó el rostro, seguía haciéndose el dormido. Sopló sobre sus labios. Darío dio un respingo, pero mantuvo los ojos cerrados. Ariel sonrió satisfecha y bajó la cabeza. Le lamió las comisuras de los labios, jugueteó sobre su rasposa mandíbula, dejó un sendero de besos en la clavícula y volvió a dedicarse al torso que tanto le gustaba acariciar. Colocó la mano sobre el estómago del hombre, y arañó con las uñas cada hendidura de sus abdominales. Se detuvo cuando Darío tensó los músculos y alzó la mirada hasta su rostro, pero él seguía supuestamente dormido. ¡Bien!

Bajó de nuevo la cabeza, e intrigada por el ombligo del hombre, introdujo su lengua en él y presionó. Darío arqueó la espalda. Ariel lo ignoró, algo había llamado poderosamente su atención: una delgada vena que comenzaba un poco por debajo de su cintura y continuaba hasta perderse bajo los bóxers. La recorrió con la yema del índice hasta la cinturilla de la prenda. Se mordió los labios, dubitativa, mientras acariciaba distraída la enorme erección que se marcaba bajo el negro algodón.

Darío aferró con sus manos las sábanas, mientras todo su cuerpo se estremecía incontrolable ante el sutil roce de los dedos femeninos. Abrió los ojos lentamente y observó a su preciosa sirenita entre sus párpados entrecerrados. Su pelo rojo destellaba bajo la luz de la lámpara; sus mejillas sonrosadas y sus labios húmedos clamaban por un beso. Sus manos de alabastro destacaban sobre su erección, torturándole de manera inconsciente.

—Me estás matando, Ariel —musitó incorporándose. Le envolvió el rostro con sus temblorosos dedos e intentó besarla.

Ariel le apartó las manos, le empujó de nuevo sobre la cama y se sentó a horcajadas sobre él.

—¡No! ¡Estás dormido! Sigue fingiendo y déjame hacer lo que me dé la gana —ordenó.

—Pero, Ariel…

—¡No! —exclamó ella sujetándole las manos y llevándolas hasta el cabecero. Darío se aferró a este con fuerza—. Estoy harta de tener miedo, Darío. Harta de sentir vergüenza por querer hacer… lo que quiero hacer. Esto se va a acabar hoy. Aquí y ahora.

—Ariel, no tienes por qué tener…

—¡Ya lo sé! —gritó ella, acomodando su sexo desnudo sobre la erección del hombre—, pero no puedo evitarlo. Así que cierra los ojos de una puñetera vez y duérmete —ordenó—. No quiero que me mires. —Darío asintió y cerró los ojos—. Y si se te ocurre moverte un solo centímetro, te juro que te arranco los huevos de un mordisco —advirtió.

Darío, en vez de asustarse, se excitó todavía más al escucharla. Si veía que no podía soportarlo, siempre podría moverse, y así ella le tocaría la polla, aunque fuera con los dientes.

Ariel esperó unos segundos antes de continuar con su investigación. Quería asegurarse de que él había comprendido sus instrucciones. Luego comenzó de nuevo a recorrer la intrigante vena y, cuando lo sintió temblar, bajó la cabeza y la siguió con la lengua hasta llegar a los bóxers. Una vez allí, los músculos tensos de las caderas masculinas llamaron su atención. Se recreó en ellos, siguiéndolos y saboreándolos, y, cuando volvió a toparse con la prenda íntima, bufó enfadada por la molestia. Coló los dedos bajo ella e intentó quitársela, pero no hubo manera.

—Levanta el culo —ordenó.

—Antes quiero el mordisco que me has prometido —exigió él.

Ariel gruñó entre dientes, bajó la cabeza y obedeció… con delicadeza.

Darío jadeó con fuerza a la vez que alzaba las caderas, momento que aprovechó su sirenita para librarse del estorbo.

Ariel observó el enorme pene que se alzaba insolente ante ella. Lo empujó con cuidado, y este saltó. Posó una mano sobre él, y en esta ocasión fue el hombre el que saltó, pero ella no se movió un ápice. Lo sentía bajo la palma, tan caliente y duro, tan suave y terso. Lo frotó hasta que vio el brillo de la humedad asomando en la abertura de la uretra; recogió con el índice la lechosa gota de rocío masculino y se la llevó a los labios, saboreándola. Después posó el dorso de la mano de nuevo sobre la sedosa polla y la acarició con los nudillos, mientras que, con la que tenía libre, acariciaba el interior de los muslos.

Darío era tan distinto a ella. Sus piernas eran velludas; su estómago y su torso, pétreos, y sus manos, callosas. Y la hacía sentir tan femenina como si ella fuera una verdadera mujer. De cada poro de su morena piel emanaba su esencia fuerte y varonil, casi picante, en contraposición con su propio aroma a miel, canela y almendras.

—¿A qué sabes? —le preguntó Ariel un segundo antes de inclinarse sobre él y besarle el glande.

Darío no pudo responder. Todo su cuerpo se colapsó ante el primer roce... Después, simplemente fue incapaz hasta de respirar.

Ariel lamió con cuidado cada centímetro de piel, degustó el sabor de las lágrimas de semen, y recorrió cada vena marcada en el tallo del delicioso falo. Sintió cómo ella misma se humedecía más y más, cómo sus pezones se erguían con cada chupetón que le daba, cómo su vagina se contraía de deseo, anhelando sentir en su interior su imponente presencia. Pero aún era pronto, quería bañarlo en saliva hasta tornarlo tan resbaladizo que entrara en ella de una sola embestida.

Jugueteó con los testículos sobre la palma de su mano, los acarició y mimó sin dejar de besar el tronco de la verga hasta que Darío comenzó a moverse contra ella, a alzar las caderas intentando que el contacto fuera más enérgico, más potente. En ese momento Ariel envolvió con sus labios la corona del pene, y succionó.

Una de las manos de Darío voló desde el cabecero hasta su propio rostro. Se mordió los nudillos para no gritar. Por nada del mundo quería despertar a su padre en ese momento. Sentir cómo Ariel lo iba hundiendo poco a poco en su boca estaba haciéndole morir lentamente. Notar su lengua presionándole el pene mientras el rugoso paladar le acogía estaba convirtiendo sus intentos de contener el inminente orgasmo en un infierno. Padecer sus labios rozando la base de la polla y su garganta contra su glande era el mayor de los suplicios. Mantenerse silencioso mientras ella le proporcionaba el placer más intenso de su vida era simplemente inconcebible.

Sus manos volaron hasta la cabeza de la muchacha, enredó los dedos en los mechones ígneos y se dejó llevar.

Ariel sintió los temblores que se apoderaron del cuerpo del hombre y, un segundo después, su paladar se llenó con el gusto salado del semen, a la vez que un rugido apenas silenciado reverberó en la habitación. Tragó y se deleitó con su sabor, continuó lamiéndole hasta que él dejó de temblar y su cuerpo se tornó lánguido sobre la cama. Luego permitió que el laxo pene escapara de sus labios y escaló el cuerpo amado, hasta quedar tumbada sobre él.

—Soy un desastre —musitó, más para ella misma que para que lo escuchara él.

—No, no lo eres. Eres… increíble. Jamás he sentido lo que hoy. Nunca.

—Pero no era lo que yo había imaginado —susurró ella—. No tenías que correrte.

—¿No? Pues, no es por nada, pero has hecho lo imposible por que me corriera como nunca antes —comentó Darío divertido por su respuesta.

—Por eso soy un desastre, ni siquiera eso sé hacerlo bien —comentó incorporándose enfurruñada y sentándose a horcajadas sobre los muslos de Darío—. Tendría que haberte llevado al límite y haber parado antes de que te corrieras, pero me entusiasmé y mira el resultado —le dio un golpecito al flácido pene—. Ahora ya no sirve para nada.

—¡Cómo que no sirve para nada! —exclamó ofendido y sin entenderla en absoluto.

—Pues eso, que no sirve —afirmó ella cogiendo el pene entre dos dedos y moviéndolo a un lado y a otro—. ¿Cómo puedo ser tan torpe? —murmuró enfadada consigo misma.

—Ariel, te juro que no entiendo lo que estás diciendo. Explícamelo, por favor.

—Ah… eh, no, da igual; es solo una chorrada —contestó colorada como un tomate al darse cuenta de que había hablado más de la cuenta. Darío frunció el ceño, irritado por su evasiva—. En serio, no pasa nada, son… Cosas mías. Otro día lo intento —comentó levantándose.

—¡No! No te vas a ir de rositas, dejándome intrigado. ¿Qué vas a intentar otro día? ¿Qué habías planeado? —Ariel negó con la cabeza—. Si no me lo dices, te juro que…

—¡Qué! —replicó ella desafiante.

—¡Que te lo saco a besos! —exclamó haciendo realidad su amenaza.

La besó hasta que sus labios se hincharon, volviéndose tan sensibles que jadeaba ante cada roce. Deslizó las manos por su cuerpo, tocando los lugares que había aprendido de memoria, aquellos que la hacían gemir casi sin respiración. Pellizcó sus pezones con la intensidad que sabía la haría gritar de placer. Jugó con el interior de sus muslos. Rozó con las yemas de los dedos sus húmedos pliegues. Presionó en la entrada de la vagina con el índice y anular y, por último, acarició su clítoris en círculos con el pulgar, despacio al principio, más fuerte y rápido después, hasta que la sintió temblar debajo de él... Y cuando Ariel levantó las caderas y arqueó la espalda, paró.

—¡No! —jadeó ella aferrándole del pelo, intentando llevarle hasta su sexo. Necesitaba sus besos ahí.

—¿Qué habías pensado?

—¿Qué? Darío, no pares ahora. Por favor... O te juro que te arranco el pelo.

Darío sonrió, su sirenita no se mostraba dócil ni siquiera a punto de alcanzar el orgasmo. Le asió los dedos con los suyos, y la obligó a soltarle; Ariel era muy capaz de cumplir su amenaza.

—¿Qué tenías planeado? —volvió a preguntar, imperturbable ante el peligro.

—¡Qué más da! Acaba lo que has empezado o...

Darío la penetró con un dedo. Ariel se contorsionó ante su tacto.

—Dímelo. Dime qué querías hacer antes de que yo me corriera —susurró él en su oído sin dejar de mover el índice en el interior de la muchacha. Acariciando con la yema la fina membrana, subyugado por que Ariel fuera algún día suya. Solo suya.

—Es una tontería —jadeó ella bajo sus caricias.

—Dímelo —insistió uniendo otro dedo al que la penetraba.

—Quería... Quería hacerte el amor, montarme sobre ti y empalarme en tu polla. Pensaba que, si tu verga estaba muy mojada con mi saliva, resbalaría y no me dolería tanto. Pero lo he hecho fatal, y ahora ya es tarde. Ya no está dura y tengo que esperar hasta mañana. Soy un desastre, no valgo para seducir.

Darío parpadeó, incapaz de comprender lo que ella decía. Luego entendió.

Él siempre se dedicaba a ella primero y, cuando Ariel volvía en sí, ella se dedicaba a él, llevándole al borde del abismo, haciéndole saltar al vacío. Y después, como el caballero estúpido e imbécil que era, la abrazaba y la dejaba dormir hasta que amanecía. Sin molestarla ni acercarse a ella, temiendo asustarla con su sexualidad exigente e impaciente. Y ahora Ariel pensaba que él no podía volver a tener una erección hasta pasadas varias horas. ¡Dios!

—Ariel. Tócame —le ordenó sin dejar de penetrarla con los dedos.

Ella obedeció y abrió los ojos como platos.

—Estás duro —musitó sorprendida.

—Siempre estoy duro, Ariel. Siempre. Por ti.

Apenas acabó la frase, cuando Ariel ya le había tumbado boca arriba sobre la cama y se sentaba sobre él.

—No te muevas —ordenó.

—Ariel, espera, déjame terminar…

—¡No! No pienso correrme y acabar desmayada y sin fuerzas como me pasa siempre. Quiero hacerlo ahora. Es mi cuerpo, es mi coño, y yo mando —siseó decidida—. No se te ocurra correrte —le advirtió.

Cogió el pene con ambas manos y lo devoró, con intención de dejarlo tan resbaladizo y duro como ella quería. Darío, mientras tanto, aferró sus cabellos de fuego entre los dedos, dispuesto a apartarla de él si fuera necesario. Pero no hizo falta. En el mismo momento en que empezó a temblar, Ariel alejó sus labios del rígido falo y se colocó a horcajadas sobre él. Lo sujetó con una mano, y apoyó la otra sobre el torso del hombre, sosteniéndose. Estaba tan excitada por sus caricias, tan nerviosa por su propia impaciencia, le ansiaba tanto que vibraba al son de un deseo arrollador.

Descendió con lentitud hasta sentirlo contra la entrada de su sexo. Respiró profundamente y continuó bajando, introduciéndoselo muy despacio. Sintiendo, asustada y anhelante, cada milímetro que la penetraba. Volvió a detenerse un segundo después, cuando la intrusión que presionaba contra las paredes de su vagina comenzó a ser molesta, casi dolorosa. Bufó enfadada por ser tan quejica y continuó decidida.

—Tranquila, no tengas prisa, poco a poco —susurró Darío pasando una mano por su cintura mientras colocaba la otra sobre su pubis.

Ariel sintió las yemas callosas del hombre acariciar con suavidad su monte de Venus, avanzar hasta tocar su sexo, y detenerse en el punto en que ambos se unían. Notó cómo sus dedos separaban los pliegues de su vagina, abriéndola para él. Casi se quemó en el fuego de la pasión cuando el pulgar se posó sobre su clítoris. Creyó desvanecerse cuando él comenzó a acariciarla.

Incapaz de contenerse, se meció sobre él, perdida en las sensaciones placenteras, temiendo el dolor que vendría tras ellas. Casi sin fuerzas para mantenerse en esa postura, se dejó caer hacia atrás, apoyó las manos en los muslos de Darío y cerró los ojos, poniéndose a su merced.

Él continuó mimando su clítoris, pujando con delicada paciencia cada vez que la sentía relajarse bajo su contacto, entrando en ella tan despacio, con tanto cuidado y cariño, que Ariel no pudo más que rendirse a él, a las caricias apenas susurradas sobre su piel, a los suaves embates con que cortejaba su vagina.

Darío se detuvo al sentir la última barrera contra su glande, la fina membrana que debía romper. El dolor que debía causar.

Ariel abrió los ojos cuando él paró. Su amigo, su amante, su amor, estaba muy quieto. Gotas de sudor adornaban su frente mientras su respiración agitada resonaba en la habitación. La miraba como si ella fuera lo más preciado y frágil que hubiera en el mundo. Y en ese momento, Ariel intuyó lo que él sentía, sus dudas, y su miedo a hacerle daño. Vio la adoración en sus ojos, y, por primera vez en su vida, confió plenamente en alguien. En Darío.

Se incorporó hasta quedar recta sobre él, y fijó su mirada en sus ojos castaños.

—Te quiero —dijo hundiéndole en su interior.

Una exclamación de dolor pugnó por abandonar sus labios, pero ella los mantuvo firmemente apretados. Encadenó su mirada con la del hombre y, perdiéndose en el amor que leía en sus ojos, se obligó a extender los dedos en forma de garra que arañaban inconscientes el torso de su amigo, a la vez que ordenó a los músculos de su sexo que se relajaran.

—No... No ha sido para tanto —musitó ella confusa—. Doler, duele, pero no tanto como había pensado —comentó pensativa. Comenzó a mecerse sobre el pene, acomodando su grosor a su estrechez—, y tampoco es tan grande, bueno, sí. Sí lo es —aseveró al ver el gesto dolido de Darío—. Me refiero a que pensaba que no iba a entrar... y, míranos, está dentro. —Entornó los párpados y se alzó muy lentamente, sintiendo cómo el grueso pene resbalaba en su interior hasta casi salirse, luego volvió a bajar igual de despacio—. Oh, Darío... es...

Incapaz de continuar hablando se recostó sobre el acogedor torso masculino y comenzó a acunarse sobre él, haciendo que la rígida polla penetrara una y otra vez en su resbaladiza vagina, sintiéndole abrirse camino y tocar un punto en su interior que la dejaba sin respiración. Se acopló más a él, hasta que la base del pene se frotó contra su clítoris enardecido, y en ese momento perdió la capacidad de razonar. Comenzó a moverse de forma errática, impaciente por sentir el placer insinuado, nerviosa por no ser capaz de orquestar sus anárquicos movimientos y frustrada por no poder canalizar el deseo y convertirlo en placer.

—Chis, quieta, tranquila —susurró Darío sosteniéndola por la cintura y obligándola a parar—. Déjame hacer a mí.

Había aprendido a conocer el cuerpo y la mente de su sirenita; sabía que la impaciencia y los nervios la dominaban cuando estaba muy excitada, impidiéndole alcanzar el orgasmo. Y también sabía que, si conseguía dominarla, que si lograba pararla el tiempo suficiente para que se relajara, no solo llegaría una vez... sino dos o tres. Solo hacía falta paciencia, y él había aprendido a tenerla en cantidades ingentes con Ariel.

Giró sobre sí mismo hasta que ella quedó tumbada de espaldas sobre el colchón, con él encima, entre sus sedosas piernas de hada, y comenzó a besarla.

Pero Ariel no estaba por la labor. Quería más, y lo quería en ese instante. Le envolvió la cintura con las piernas, ancló sus nacarados pies en el moreno trasero masculino e intentó obligarle a ir más rápido, a ser más potente en sus embestidas.

—Tranquila, sirenita; no tengas prisa.

—Sí tengo prisa. Está ahí, se está escapando —jadeó Ariel.

—No voy a dejar que se escape. Te lo prometo —susurró acariciándole las mejillas, la frente, el cuello—. Déjame tener paciencia por los dos.

Y entonces la besó.

Comenzó a moverse sobre ella, lentamente; frotó su pubis contra ella, apenas saliendo de su vagina, y friccionó una y otra vez contra su clítoris, hasta que Ariel arqueó la espalda y gritó, cubriéndole el pene con su húmedo placer.

Y después esperó, esperó paciente hasta que ella volvió a respirar casi con normalidad. Y cuando lo hizo, comenzó a moverse de nuevo. Pero esta vez no fue delicado ni lento. Salió de ella por completo y restregó su resbaladiza polla contra los labios vaginales, acariciando con el glande el nudo de placer que sabía volvería a revivir inmediatamente con sus caricias. Y cuando la escuchó jadear, la penetró con fuerza, e imprimió un ritmo lento, de embestidas firmes, calculado para volver a llevarla al límite. Y lo consiguió.

Ariel, suavizada su impaciencia por el potente orgasmo, se acopló al tempo cadencioso de Darío. Salió a su encuentro alzando las caderas cuando él hacia descender las suyas. Bebió de sus besos y ardió contra las yemas de sus dedos cuando estos se posaron sobre su vulva y comenzaron a jugar con su clítoris.

Cuando Darío la sintió temblar de nuevo debajo de él, se olvidó de toda mesura y aumentó la velocidad de sus envites. Sin dejar de acariciarla, invadió con ímpetu su vagina hasta que ni siquiera pudo mover los dedos colocados entre ambos, y aun así siguió empujando, entrando y saliendo con vigor, buscando una liberación que llegó en el mismo momento en que el húmedo interior de su sirenita se apretó contra él, comprimiéndole con tal fuerza que explotó en un arrollador orgasmo que tensó cada uno de los músculos de su cuerpo, haciéndole gritar de placer. Dejándole postrado sobre ella.

Con sus últimas fuerzas, se tumbó de lado sobre la cama, junto a ella. Pasó uno de sus brazos sobre el estómago de la joven, abrazándola, y comprobó complacido que Ariel temblaba tanto como él y respiraba agitada, igual que él.

Ariel se giró hasta quedar de lado, se acurrucó junto a Darío y, con un suspiro confiado, apoyó su cabeza sobre el hombro de su amado y cerró los ojos, dispuesta a soñar con él.

Cuando llegó el amanecer, Darío despertó, sobresaltado al comprobar que Ariel no estaba tumbada sobre él como de costumbre. Abrió los ojos asustado, y la encontró frente a él. Sentada en la cama al estilo indio, mirándole pensativa.

—Casi temo preguntar qué es lo que está pasando ahora mismo por tu cabecita —le dijo tumbándose de lado y apoyando la cabeza en una de sus manos.

—Llevo años buscando un lugar al que llamar paraíso, y acabo de darme cuenta de que estaba equivocada. El paraíso no es un lugar… Eres tú. Y ahora que te he encontrado… tengo miedo de perderte.

—No tengas miedo. Estaré siempre a tu lado. Tú eres mi paraíso, no voy a dejarte escapar.

—Pero, soy tan… arisca, tan borde, tengo tan mal genio, y por mucho que lo intento no sé controlarme. Temo ahuyentarte con mis malos modales, con mis…

—No vas a poder alejarme, Ariel. Ni aunque lo intentaras con todas tus fuerzas serías capaz. Soy más cabezón que tú, y tengo más paciencia… Y eso por no hablar de que soy más fuerte, más grande y más bruto y, además, me desenvuelvo mejor en jiu-jitsu, incluso cuando haces trampas. No, imposible. Estás encadenada a mí, lo quieras o no.

—Mmm, sí que eres más grande y fuerte —comentó posando su mano en la erección de Darío—, pero yo soy más bruta y, por supuesto, soy mejor que tú en jiu-jitsu… Incluso cuando no hago trampas. Por tanto, soy yo quien te mantendrá encadenado a mí. Me quieras o no.

36

El cielo acostado detuvo el tiempo en el beso.
Y ese beso, a mí en el tiempo.
LA OREJA DE VAN GOGH, *Cuéntame al oído*

Martes, 5 de enero de 2010

A las seis en punto de la tarde, Darío cerró las puertas de su negocio y salió a la calle. Le daba lo mismo que fuera día laboral, también era la Noche de Reyes, y no pensaba perderse la cabalgata. Atravesó la plaza en dirección a la parada del autobús. Si sus cálculos no fallaban, Ariel estaría a punto de llegar.

No fallaron.

A las seis y siete minutos Ariel bajó rauda y veloz del autobús, se paró apenas un segundo para dar un casto beso en los labios a su pareja y después, ambos se dirigieron al lugar donde habían quedado con el resto de la familia. En menos de cinco minutos ocuparon su posición en primera línea junto a Luisa, Ricardo, Jorge, Ruth, Marcos y una extasiada Iris. El único ausente era Héctor, que, a pesar de que el día siguiente era festivo, se había quedado en Alicante. Ariel le había defendido ante la familia argumentando que al no ser fin de semana, quizá no había podido escaparse del trabajo. Aunque él no había dado ningún motivo para justificar su ausencia... Había faltado a su promesa de regresar los fines de semana dos veces en menos de un mes, algo que, ciertamente, extrañaba a toda la familia. Algo le pasaba al muchacho, pero nadie sabía qué era.

Las luces que iluminaban las primeras carrozas del desfile se veían todavía lejanas, y los niños, nerviosos, se colocaban en mitad de la desierta carretera y gritaban a sus compañeros de juegos «Ya vienen, ya vienen».

Ariel, cogida de la mano de Darío, saltaba impaciente sobre sus pies, se acercaba al bordillo de la acera y observaba en la distancia las luces para al segundo siguiente acercarse a su chico y besarle una y otra vez.

—¡Jo, qué petardos son! Madre mía lo que tardan —le dijo por enésima vez, haciéndose eco de los nervios de Iris.

—Tranquila. Seguro que cuando pasen te quejarás porque van muy rápido.

—Es que es verdad, seguro que en cuanto lleguen aquí echan a correr —gruñó acercándose de nuevo al bordillo. Darío se rio y tiró de su mano hasta que volvió a quedar junto a él.

—Anda, cuéntame qué tal has pasado el día —le preguntó, como hacía cada tarde desde que un mes atrás ella abandonara su puesto en la zapatería y empezara a trabajar de electricista. Eso sí, en contra de la voluntad de él.

—¡Fatal! —exclamó repentinamente seria—. He estado a punto de caerme de la torre.

—¿Qué? ¡Se acabó! —gritó Darío llamando la atención de su familia—. No vas a volver a trabajar allí, me niego. Mañana mismo mandas a la porra al Chispas.

—¿Perdona? —replicó Ariel poniendo las manos en las caderas y mirándole con gesto peligroso—. ¿Quién coño te has creído que eres para darme órdenes?

—Darío… —le reprendió Jorge dándole un codazo—. Tranquilo.

—Ni tranquilo ni narices. Todos los días aparece con un rasguño nuevo —replicó enfadado—; la semana pasada te torciste un tobillo, antes de ayer te desollaste las rodillas, y hoy has estado a punto de caerte —continuó regañando a Ariel—. Se acabó. Te prohíbo volver allí, si el Chispas quiere un suicida que se busque a otro en tu lugar. No tienes ninguna necesidad de andar trepando a las torres de la luz como un mono.

—¿Ah, no?

—¡No! —gritó él impidiendo que continuara hablando—. Con la zapatería nos basta y nos sobra; además, me hace falta tu ayuda, así que no hay más discusión, mañana te despides y vuelves a trabajar conmigo —exigió indignado.

—¡Ni de coña! Yo hago lo que me da la gana y cuando me da la gana. ¡Tú no eres nadie para darme órdenes!

—Mira, Ariel, hay cosas en las que no pienso ceder, y esta es una de ellas —afirmó Darío intentando serenarse—. Te dije desde el principio que no me gustaba que anduvieras subiendo a las torretas de alta tensión, y aun así acepté al verte tan ilusionada, pero lo de hoy ya pasa de castaño oscuro. Mañana mismo lo dejas.

—¡No!

—Darío, Ariel, tranquilos; mejor lo discutís luego, en casa —les pidió Ruth mirando a la pareja alternativamente.

—¡Está bien! —accedió con un gruñido al comprobar que no solo su familia, sino todas las personas a su alrededor estaban pendientes de la discusión—, luego lo hablaremos, en casa, en nuestro cuarto, sin interrupciones —le advirtió a su sirenita.

—No hay nada que hablar —contestó ella cruzándose de brazos—. Mañana no voy a despedirme… porque lo he hecho esta misma tarde.

—¡¿Qué?! —exclamó Darío alucinado—. Ariel, si ya habías dejado el trabajo, me quieres explicar, de manera que yo lo entienda, por qué coj…minos estamos discutiendo.

—Porque tú te has empeñado en que me despidiera.

—¡Pero si te has despedido esta tarde!

—Claro, pero porque yo he querido, no porque tú me lo hayas ordenado —replicó ella.

—¡Tranquilo, amigo! —le dijo Marcos dándole golpecitos en la espalda—. Me encanta ver cómo Ariel te pone en tu sitio —le susurró burlón al oído.

—Si vuelves a tocarme, te…

—Joder, yo solo quería consolarte… —afirmó Marcos con fingida inocencia.

—Marcos, no digas tacos, y tú, Darío, no le hagas caso. Haced el favor de comportaros como adultos —les regañó Ruth a ambos.

—¡Ya llegan las carrozas! —gritó un niño en ese momento—. ¡Ya las veo! ¡Ya están aquí!

—¡Mirad el cielo! ¡La Estrella de Oriente está brillando para guiar la cabalgata! —gritó una mujer señalando un punto en el firmamento.

—¡Pide un deseo, Darío! Seguro que se cumple —le instó Ariel entusiasmada, cerrando los ojos, y pidiendo a su vez uno.

Darío levantó la vista en la dirección que señalaba la mujer, observó la estrella y pidió su deseo.

6 de enero de 2010

Darío abrió los ojos, Ariel llevaba más de diez minutos removiéndose inquieta en la cama. Observó a su sirenita y luego miró el despertador de la mesilla. Todavía no eran las siete de la mañana. Y se habían acostado poco antes de las dos...

—¿Te pasa algo, Ariel?

—¿Ya estás despierto? ¡Vamos a abrir los regalos! ¡Vamos, vamos, vamos! —gritó ella bajándose rauda y veloz de la cama, agarrándole una mano y tirando de él.

Darío se frotó los ojos con la mano libre, se rascó el estómago y, por último, complació a su chica. Se levantó renqueante y la acompañó al comedor, sonriendo. También él estaba deseando ver a Ariel abrir sus regalos.

—No se te ocurra tocar ningún paquete hasta que venga papá Ricardo, eh —le advirtió la muchacha, dejándole solo en el comedor y corriendo hacia la habitación del anciano.

Pocos minutos después, Darío se limpió con disimulo una lágrima traidora que había escapado de sus ojos. Observar a su padre, sentado en el sillón orejero, disfrutando como un niño con los sencillos puzles de madera que Ariel había hecho para él, era... Emocionante. Verlos a los dos juntos, hablando y sonriendo, montando las piezas del sencillo juguete, era algo que nunca se había atrevido a soñar, y ahí estaban, delante de sus ojos. Ariel adoraba a papá Ricardo, le cuidaba con toda la paciencia y el cariño del mundo, le mimaba como si fuera el regalo más preciado, y Ricardo, por su parte, se sentaba siempre cerca de la chica, la tomaba la mano y jugaba con ella como lo hacía con Iris y Ruth. No sabía quién era Ariel, ni nunca lo sabría, pero en su subconsciente, en el fondo de su corazón, no solo la aceptaba, sino que la quería como un padre quiere a sus hijos.

—¡Da! No te quedes ahí pasmado, abre tus regalos —le instó Ariel.

—No, abre primero tú los tuyos.

—¡Genial! —exclamó Ariel entusiasmada.

Cogió los dos paquetitos que había sobre sus zapatillas y procedió a abrirlos. El primero contenía una pegatina amarilla, con los números romanos del 1 al 12 grabados en la parte superior y un 11 blanco y grande ocupando el centro junto a las letras ITV; junto a la pegatina encontró la ficha de inspección técnica que ratificaba que su 124 tenía en orden el permiso de circulación.

—¡Darío! —jadeó asombrada sin poder dejar de mirar los papeles—. ¿Cómo... cómo has conseguido esto?

—No lo he conseguido yo, sino tú. —contestó sentándose en el suelo, a su lado—, tú lo arreglaste y conseguiste que funcionara; yo solo tuve que esperar a que asistieras a alguna reunión, tomar prestadas las llaves sin que te dieras cuenta, y llevarlo a pasar la ITV.

—Oh, Darío, no sabes… No tienes ni idea… —farfulló llorando—. Te quiero, te quiero más que a mi vida, más que a Chocolate y a mi 124 juntos —consiguió decir.

Darío la abrazó y parpadeó asombrado; nunca se había permitido pretender estar por encima del peluche y el coche, sabía lo que significaban para ella.

—Bueno, no exageres, nos quieres a todos por igual, ¿te parece? —comentó risueño. Ella asintió besándole—. ¿No vas a abrir el otro regalo?

—Sí, claro —Se secó las lágrimas y abrió el otro paquete. Era un recibo de matriculación de una autoescuela—. ¿Y esto? —preguntó confusa.

—Tendrás que sacarte el carnet si quieres conducirlo… ¿o piensas dejarlo guardado en el garaje?

—Por supuesto, me sacaré el carnet enseguida, y lo sacaré de ese garaje cochambroso, lo traeré aquí, con nosotros… —dijo entusiasmada.

—Bueno, sobre eso tenemos que hablar. —Ella le miró interrogante—. El 124 ya no está allí; aproveché que había pasado la ITV y le metí en el garaje que hay detrás del gimnasio.

—¡No!

—Sí, y no puedes volver a llevarlo al antiguo garaje; acabé discutiendo con el portero, y no quiere volver a verte —comentó satisfecho.

Ariel no dijo nada, simplemente se lanzó sobre Darío, le tumbó de espaldas sobre la alfombra y le devoró la boca.

—Hijo, Darío… No me parece adecuado que dejes que la señorita haga eso en el salón… quizá debería marcharme… —comentó Ricardo sonriendo. No sabía por qué, pero le gustaba que esa pelirroja se tirara sobre su hijo y le hiciera perder los papeles.

—Ni se te ocurra marcharte, papá Ricardo; ahora Darío tiene que abrir sus regalos —exclamó Ariel sentándose de nuevo y acariciando las manos del anciano.

—Cierto —afirmó Darío colocándose el pijama para que no se le notara la erección—. A ver qué tenemos aquí.

Abrió el primer paquete; era de parte de su padre, aunque sabía de sobra que lo había comprado Ariel. Contenía un ajado par de botines de mujer. Cualquiera que los viera se extrañaría, ya que estaban tan viejos y raídos que parecían sacados de la basura, pero Darío parpadeó asombrado y los giró entre sus manos, acariciándolos casi con reverencia. Eran botines de caña media, con cordones. De piel color blanco en la caña y el empeine, y negro en el talón y la puntera.

—Papá Ricardo, Marcos y yo fuimos al rastro… —explicó Ariel al ver su gesto alucinado.

—¿Al rastro?

—Sí, cuando el domingo pasado te dije que íbamos con Marcos a ver una exposición de fotografías, en realidad nos fuimos los tres al rastro. Papá Ricardo no corrió ningún peligro, no le quitamos la vista de encima —afirmó Ariel.

—¿Con Marcos? ¿Marcos vigiló a papá? —acertó a preguntar Darío.

—Sí. Recorrimos las callejuelas. Papá Ricardo recordaba perfectamente dónde buscar zapatos antiguos, y nos llevó directos, aunque tuvimos que recordarle varias veces por qué estábamos allí…

—Déjame ver uno, hijo —pidió en ese momento Ricardo—. Son unos botines estupendos, de principios del siglo veinte. Habrá que limpiarlos, ponerles suelas nuevas e intentar recuperar el cuero de la caña. Mmm, en el talón y la puntera, va a ser necesario teñir la piel, y el collarín vas a tener que coserlo nuevo. Pero por lo demás, son fabulosos. ¿De dónde los has sacado?

—Me los han traído los Reyes Magos.

—Pues te han hecho un regalo maravilloso, lo vamos a pasar estupendamente arreglándolos, y luego los pondremos en la vitrina de la zapatería. Sí señor, son fantásticos, ni yo mismo los hubiera elegido mejor —comentó Ricardo dando vueltas al botín entre sus manos, tan entusiasmado como su hijo por trabajar juntos en ellos.

—Bueno, grandullón… Ahora tocan los míos —susurró Ariel, repentinamente nerviosa—. Pero tienes que verlos por orden, primero va este —dijo tendiéndole una cajita cuadrada—, pero no lo puedes aceptar hasta que después veas este —le advirtió enseñándole otro paquete, todavía más pequeño, pero sin dejar que lo tocara.

—Vaya, cuánto misterio misterioso…

Abrió la cajita, dentro había dos sencillas alianzas de oro, una más grande que la otra, que le dejaron la boca seca y le hicieron temblar los dedos. Miró a su sirenita y esta se apresuró a explicarse.

—Se pueden cambiar por otra cosa, no tienes que quedártelas… Es solo que… He pensado que si nos casamos por el juzgado, no hará falta llevar padrinos, solo testigos, y yo a papá le prometí que sería mi padrino, nunca dije nada de testigos; así no rompería mi promesa, pero vamos, que no es nada importante, ni tienes que aceptarlos, solo piénsatelo, y si no, pues vamos un día a El Corte Inglés y los devolvemos, tengo el recibo y…

—Por supuesto que acepto, ¿cómo se te ocurre siquiera pensar en devolverlos? —la silenció él, besándola—. Desde el día que comprendí que te amaba, no he deseado otra cosa que casarme contigo.

—Pero no puedes aceptarlos todavía —le advirtió ella—. Tienes que abrir el otro paquete, y ver lo que contiene antes de decidirte.

Darío arqueó las cejas y se apresuró a romper el papel de regalo, intrigado. Nada le haría cambiar de opinión, fuera lo que fuera lo que hubiera allí.

Era algo parecido a un termómetro de plástico, con un capuchón rosa y sin números, y con una ventanita en el centro en el que había pintadas dos rayas rosas muy marcadas.

Parpadeó sin saber bien qué decir, no tenía ni idea de qué era eso. Giró la cabeza y observó a su sirenita. Estaba sentada en el suelo, muy quieta y con las mejillas sonrosadas. Tenía ambas manos apoyadas sobre su tripita. Abrazándosela.

Darío desvió la vista al regalo y un segundo después volvió a mirar a Ariel.

—Me lo he hecho esta mañana —musitó ella—. Hace un par de semanas que me tiene que venir el periodo…

—¿Qué significan las dos rayas? —la interrumpió Darío.

—Que estoy embarazada —contestó Ariel armándose de valor. No era algo planeado ni esperado, pero ella ya quería a ese bebé con toda su alma.

—Ariel, ayer, cuando vimos la estrella brillar, le pedí un bebé que fuera solo nuestro… Ese fue mi deseo —afirmó envolviéndola entre sus brazos—. Me acabas de regalar lo que más deseo en el mundo.

Epílogo

Todavía no he encontrado
lo que estoy buscando.
U2, *I Still Haven't Found What I'm Looking For*

Madrugada del 31 de diciembre al 1 de enero de 2011

Darío observó embelesado a su princesita que dormía en la cunita, ajena a la mirada emocionada de su papá. Con solo cuatro meses se había convertido en el centro de la vida de su padre. Todo cuanto él hacía giraba en torno a ella.

Ariel se apoyó en el marco de la puerta, observó a su marido y pensó, no por primera vez, que tendría que comprarle un babero. Jamás había imaginado que Darío cayera rendido tan total y absolutamente ante Livia.

Desde el momento en que se había enterado de su embarazo, se había vuelto todavía más protector. Y más asustadizo. Había pasado los meses de gestación temiendo por ella, por su salud, por el bebé… Por todo. Cada vez que la veía vomitar o la escuchaba quejarse, acudía presuroso y la obligaba a ir al médico. Al principio Ariel se había enfadado mucho con él por ser tan pesado e hipocondriaco. Pero luego, Ruth había hablado con ella, le había contado lo mal que lo habían pasado durante el embarazo de Iris y Ariel entendió. Asumió que el miedo que Darío sentía no podía ser ignorado ni contenido, por tanto se armó de paciencia y aceptó con una sonrisa cada una de sus infundadas preocupaciones. Y, durante el parto, le consoló y calmó, ya que él lo pasó bastante peor que ella. Al fin y al cabo la epidural alivió sus dolores, pero los temores de su marido, solo podía tranquilizarlos ella.

Ahora, cuatro meses después, ese hombretón moreno pasaba las noches en vela mirando absorto a su pequeña y preciosa princesita.

Ariel salió de sus pensamientos al sentir la puerta de la calle abrirse y los pasos de Héctor adentrándose en la casa. Se giró para saludar a su cuñado y lo que vio le hizo llamar a Darío. Este dejó de observar a su hija, se acercó presuroso a su mujer y parpadeó, sorprendido por la escena que se mostraba ante sus ojos.

Su hermano pequeño estaba en la entrada, tambaleándose, borracho como una cuba, algo que no sucedía desde hacía años.

—¡Héctor! —le sujetó cuando este comenzó a caer hacia delante—. ¿Qué te pasa?

—¿Da? —Héctor intentó centrar la mirada en su hermano, pero todo le daba vueltas—. Creo que he bebido una copa de más.

—¿Una solo?

—Voy a vomitar —le advirtió dejando caer la cabeza sobre el hombro de Darío.

—Ah, no. Ni se te ocurra. No pienso limpiar tu vómito. Espera hasta llegar al váter.

Darío pasó los brazos por debajo de las axilas de su hermano, lo levantó como pudo y le llevó hasta el baño. Y durante el trayecto Héctor no dejó de quejarse.

—No tenía que haberme ido con la rubia, pero no pude follarme a la morena, me recordaba a Sara… así que intenté follar con la rubia, y mira lo que ha pasado… —balbuceó—. Da, no me aprietes la tripa, voy a vomitar.

—Aguanta un par de metros, ya casi estamos.

Pero no aguantó. Expulsó todas y cada una de las copas que había tomado sobre la alfombrilla del lavabo. A medio metro escaso del retrete.

—¡Miércoles! —gruñó Darío—. ¿No podías haber esperado un segundo?

—Da, no le regañes —le reconvino Ariel—. ¿No ves como está?

—Claro que lo veo, por eso justo le estoy regañando.

—Hola sirenita —dijo Héctor al ver a su cuñada—. Qué guapa estás… y tu princesita también es preciosa. Yo también tengo una sirena, pero no me quiere. Por eso me he buscado otra, pero me equivoqué…

—Héctor, estás como una cuba.

—No. Estoy como un botijo. Si estuviera como una cuba, me la habría follado, pero no estoy lo suficiente borracho y no la he podido olvidar… —afirmó cerrando los ojos.

—¡No se te ocurra dormirte! No pienso llevarte en brazos hasta la cama.

—No lo hagas, aquí estoy bien —contestó acurrucándose entre el lavabo y el bidé, a punto de posar la cabeza sobre el vómito apestoso.

—¡Héctor, levanta! —gritó cogiéndole las manos y tirando de él—. Vamos, hermano, no te voy a dejar aquí tirado, aunque lo merezcas.

—Me da lo mismo si lo haces, estoy acostumbrado.

—Héctor, ¿quién te ha dejado tirado? —preguntó con dulzura Ariel.

—Mi sirena.

—¿Tu sirena? —interrogó Darío cargándose a su hermano en los hombros.

—Sí. Es tan guapa como la tuya, pero morena. Y canta como los ángeles. Pero no me hace caso. Dice que soy un niño. ¿Soy un niño, Da?

—En estos momentos, prefiero no decir lo que pienso —contestó el interpelado.

—No seas tonto, Da —reconvino Ariel a su marido dándole una colleja—. Claro que no eres un niño, Héctor. Eres un hombre muy guapo y cariñoso.

—¿Entonces por qué no me quiere?

—Porque es tonta —afirmó Darío.

—¡No! Ella no es tonta. Es demasiado lista —replicó Héctor cayendo en la litera que ocupaba cuando estaba en la casa familiar—. Yo soy el tonto por haber intentado follarme a otra. ¿Sabes cuánto tiempo llevo sin mojar? —le preguntó de repente a Darío.

—Ni idea, y tampoco quiero saberlo.

—Mucho, mucho tiempo. Un hombre tiene sus necesidades, y yo, el que más. Pero cada vez que me acerco a una chica, pienso en ella, y no puedo hacer nada. Hoy me he emborrachado, decidido a quitármela de la cabeza, y mira como he acabado. Sabes, Da, estar enamorado es un asco —dijo cerrando los ojos y comenzando a roncar.

Querid@s lector@s:

Much@s me conocéis por libros anteriores, para tod@s vosotr@s: ¡Hola de nuevo!

Para aquell@s que me habéis leído por primera vez: ¡Encantada de estar con vosotr@s!

Y para tod@s en general: ¡Gracias por leerme!

Ha pasado ya un tiempo desde que me atreví a intentar publicar las locuras, esto, libros, que escribo. Un tiempo en el que la alegría de ver publicado mi trabajo solo ha sido superada por los comentarios y mails que recibo de vosotr@s. ¡Gracias!

En esos mensajes, que tanta ilusión me hace recibir, me contáis vuestras impresiones, y también me preguntáis cuántos libros formarán la serie Amigos del Barrio. (Para ser sincera, también hay mensajes en los que me amenazáis con darme de sartenazos en la cabeza si no me doy prisa en escribir y tal… Esos también los agradezco, aunque sean los culpables de que cuando salgo a la calle lo haga con un casco en la cabeza… ¡No! ¡¡Que lo del casco es broma!! Jajaja.)

Creo que ha llegado la hora de responder a la pregunta: ¿De cuántos libros constará la serie Amigos del barrio?

Es fácil, cuatro + uno.

Cuando escribí *Falsas apariencias* tuve claro que sería la primera de una serie; los personajes secundarios me atraían poderosamente y no podía dejarlos sin su historia. Con la segunda novela de Amigos del Barrio, *Cuando la memoria olvida*, me volvió a suceder lo mismo, hubo tres personajes que me enamoraron irremediablemente, y cuyas historias necesitaba contar. Lo que nos lleva a este libro que tenéis entre las manos, *¿Suave como la seda?*, el tercero de la serie, en el que destaca un personaje secundario que ya nos acompañó en la novela anterior: Héctor. Un muchacho encantador y sin preocupaciones, al que como habréis comprobado en el epílogo, le acabo de hacer la vida un poco más complicada (sí, soy mala).

Sí, he hablado de tres personajes que me subyugaron en *Cuando la memoria olvida...* pero solo he mencionado a dos, Darío y Héctor.

Debo reconocer que el último personaje que me conquistó tiene su historia escrita en mi cabeza, pero... por el momento va a quedarse en ese rinconcito de mi mente en el que está guardado.

Por tanto, por ahora diré que la serie consta de cuatro libros + uno.

  * *Falsas apariencias* (Álex y Luka) (Amigos del Barrio I)
  * *Cuando la memoria olvida* (Ruth y Marcos) (Amigos del Barrio II)
  * *¿Suave como la seda?* (Ariel y Darío) (Amigos del Barrio III)
  * *TN* (Título provisional) (Sara y Héctor) (Amigos del Barrio IV)

Esta serie, Amigos del Barrio, lleva años rondando por mi cabeza, y como consecuencia de ese deambular de ideas y personajes, he ido escribiendo cositas relacionadas con ella.

Dani, uno de los secundarios de *Falsas apariencias*, tiene sus propios relatos en los que, por supuesto, cuento su historia de amor: *Tarde de chicos* y *Noche de amantes*. Los podéis encontrar en forma de relatos inéditos en los libros *Falsas apariencias* y *Cuando la memoria olvida* publicados por Terciopelo.

Relacionados con la serie, podéis encontrar en www.noeliaamarillo.com un par de relatos sobre Marcos (Diario de M. Sierra), el protagonista de *Cuando la memoria olvida*. (En cuanto tenga tiempo libre, prometo seguir escribiendo sus avatares y desventuras.)

Ahora que he explicado un poco sobre la serie, me gustaría hablaros de *¿Suave como la seda?* Cuando me propuse escribirlo, tenía claro que Darío necesitaba una protagonista tan especial como él. Quería una chica dura pero inocente. Curtida a la vez que ingenua. Una mujer que no necesitara nada de nadie, y que a la vez necesitara más que nada en el mundo una mano amiga que la alejara de la soledad.

Creo que Ariel cumple a la perfección todos esos requisitos.

Soy consciente de que os sorprenderán algunos de los trabajos a los que se dedica Ariel, o bueno, tal vez os sorprendan todos sus trabajos y *hobbies*, pero... ¿por qué no? ¿Quién tiene el poder de decidir en qué trabajan o cuáles son los gustos de las personas, basándose en su sexo? Me fastidia bastante que, a veces, el mundo parezca una cuadrícula en la que hombres y mujeres veamos limitadas nuestras opciones por nuestro sexo. Es tan estúpido.

Me niego a ponerle límites a Ariel, ella es demasiado libre como para que se encarcele su manera de ser.

Por otro lado, debo reconocer que me he tomado algunas libertades a la hora de fraguar este libro. La empresa Sexy y Juguetona no existe, es producto de mi imaginación desde que la creé para *Falsas apariencias*, y la manera en que Venus aconseja a Ariel que capte clientes NO es como sucede en la realidad. En absoluto. De igual modo, el desarrollo de las sesiones de *tupper sex* reales tampoco tiene nada que ver con como las desarrolla Ariel, pero en fin, mi excusa es que Ariel es una mujer muy peculiar y que, por tanto, hace las cosas de manera peculiar.

Espero, no, deseo que hayáis disfrutado con las peripecias de Ariel y Darío. Que hayáis reído, llorado y soñado junto a ellos. Esa era mi única intención al escribir este libro.

Agradecimientos

Gracias Loli Díaz, por dar nombre a esta serie. El título Amigos del Barrio salió de tu imaginación y no puede ser más acertado. Tu confianza en mí hace que quiera ser mejor, escribir mejor, ¡y hacerte llorar más! Eres alucinante, niña.

Gracias Pilar Aldegunde, Nur Casas y Merche Diolch por hacer de conejillos de indias y leeros la historia, incluso antes de que estuviera corregida. Gracias por tener más paciencia que el santo Job y calmar mis arrebatos de pánico. Gracias también por los momentos hilarantes frente al monitor a las tantas de la madrugada, por las coca-colas en la cafetería regadas con risas y buen rollo y por vuestros consejos y/o amenazas cuando me da por decir tonterías. ¡¡Sois la bomba!!

Gracias a mis chic@s de Facebook por ser l@s amigas más divertid@s que nadie puede tener. Sin vosotr@s el mundo sería un lugar muy serio y aburrido.

Gracias a todos los blogs y foros que prestan su apoyo de forma desinteresada a tod@s l@s autor@s. Gracias por sus reseñas que me hacen sonreír y tocar las nubes, y por mantenerme informada de todas las novedades (¡la de libros y eventos que me perdería si no fuera por vosotr@s!).

Y ante todo, gracias a tod@s vosotr@s, amig@s lector@s, ya que sin vuestro aliento, vuestros comentarios y mensajes, ni siquiera me plantearía escribir. Sois la tinta con la que escribe mi imaginación.

¿Suave como la seda?

SE ACABÓ DE IMPRIMIR

EN INVIERNO DEL 2013

EN LOS TALLERES GRÁFICOS DE EGEDSA

ROÍS DE CORELLA 12-16, NAVE 1

SABADELL (BARCELONA)